張恨水精品集2

典藏新版

金粉世家

中

張恨水 著

金粉世家

中

目錄

一 黃金時代……5

二 神算諸葛……63

三 門第之見……115

四 倉促成婚……169

五 情海生波……225
六 夫子論……281
七 體面兩個字……339
八 金錢買的愛情……395
九 齊大非偶……453
十 蔗境……513

一　黃金時代

燕西睡了一場午覺，醒來之後，又在後面浴室裡洗了一個澡，再走回房去，太陽還照在東邊牆上，也不過四點多鐘。一個人坐著很無聊，拿了一本小說看，看不到三頁，覺得沒有意思，時候還早，還是出去走走吧，於是換了衣服走將出來。

剛到月亮門下，只見侍候翠姨的那個蘇州胡媽，靠了門，和金榮在那裡說笑。

金榮道：「你現在北平的話是進步了，你不記得德祿哥說，要喝你的冬瓜湯，你都答應了嗎？」

胡媽笑罵道：「你們沒有一個好人，老占別人的便宜，我要告訴七爺，叫你吃不了兜著走。」

燕西聽到這裡，便向後退一步，將身子一閃，閃到葡萄架後面，聽他向下說些什麼。

金榮道：「別人不能占你的便宜，那倒罷了，我們的交情不錯，為什麼我也不能占你的便宜？再說，我吃不了兜著走，我們就要分離了，你忍心嗎？」

胡媽呸了一聲道：「你別瞎嚼蛆，信口胡說，人家聽見了，什麼意思？你們這樣胡說，以後我不和你們講話了。」

金榮道：「咱們一塊兒同事，說句交情不錯，那也不要緊，這樣一句談話也值得發急嗎？」

胡奶道：「你一張嘴實在會說，算我說不過你就是了。」

金榮道：「我屋子裡還有一件汗衫，勞你駕，帶著和我洗一洗，成不成？」

胡媽道：「我不和你洗，洗了你又對他們說，倒鬧得難為情。」

金榮道：「我哪裡那樣不知好歹，你給我做事，我一個字也沒有提過呢。」

燕西在葡萄架後聽見，倒是有趣，覺得**愛情這樣東西，不分哪層階級，都是需要，也都是自己能發揮的**，金榮這小子向來就調皮，胡媽又是蘇州人，生長在莫愁鄉裡，這一對男女到了一處，當然有些意思。金家本來相當地解放，燕西對於男女愛情這件事更是不願過問的，所以金榮和胡媽在那裡說情話，他不但不管，反怕把人家的話打斷，掃人家的興趣，因此，藏在葡萄架後面總不作聲。

不料這個時候，梅麗又從後面出來，老遠的叫道：「七哥！七哥！你藏在葡萄架後面做什麼？又想嚇誰嗎？」

胡媽聽了這話，向後一退，一回頭看到葡萄架後面，果有一個人影子，臊得低了頭，一句聲也不作，就由旁邊牆根子下走了。

燕西實在不想做這無情的事，故意戳破人家的紙燈籠，現在胡媽躲開，倒好像自己有意給人開玩笑似的，也是老大過意不去。

梅麗一直追上前來，問道：「你為什麼躲著呢？」

燕西道：「我哪裡是躲著，我尋尋這葡萄架藤上還有葡萄沒有？仔細一看，他們摘去了。」

梅麗道：「中秋前摘乾淨了，有還留到現在嗎？可是六姐院裡還有幾串，據說是秀珠姐姐留下定錢的，要養到九月半後再摘。」

燕西道：「那不見得是真話，恐怕是六姐冤你的呢。」

談著話，走出了葡萄架，過了月亮門，見金榮捧了一盤粟米，在走廊欄杆的柱子上，給鸚哥上食料。

他見燕西就像沒有知道一般，只管偏了頭做事。

燕西道：「這個時候，不遲不早，餵什麼食料？車子都開出去了，你去給我雇一輛車吧。」

金榮放下盤子，便笑著問：「雇到哪裡？」

這一問倒問出問題來了，連燕西自己也沒有決定是上哪裡去好，站定了，將腳尖子在地上點著，半晌不言語。

金榮笑道：「你自己沒有決定上哪兒，叫我雇車上哪兒呢？」

燕西道：「忙什麼？等我想。」於是背著手昂著頭出了一會兒神，笑道：「你看上那兒去好？」

金榮道：「上落花胡同吧？」

燕西道：「我上午從那兒回來的。」

金榮道：「上白家去，好嗎？」

燕西道：「也不好，我不要找誰。」

金榮道：「都不好，我想還是上公園去溜躂一趟，回頭在公園裡遇到哪個朋友，就和哪個朋友去玩兒，就更現得有趣。」

燕西道：「若是遇不著朋友，應該怎麼辦呢？」

金榮笑道：「不會沒有朋友的，除非是沒有女朋友，男朋友還會少嗎？」

燕西笑道：「你這東西，又給我開玩笑，就雇車上公園吧。」

金榮不多說，笑著雇車去了。燕西也不等他，就跟出來了。

他們這大門口，本來時常停有許多漂亮的人力車，專門做金家人出門的生意，並不說車錢，告訴地名，坐上去就走。到了那裡，高興給多少就是多少，有時身上沒帶著零錢，車夫也不就要，回頭再到公館號房裡來取。

燕西坐上車去，車夫就拉著飛跑。到了公園門口，燕西知道烏二小姐照例是愛到咖啡館裡閒坐的，既然來了，不願單獨的一個人在這裡溜達，且去先找她談一談話，因此，一直向咖啡館來。

到了那裡，果然見烏二小姐和一位穿西裝的女子相對坐在一張桌上喝茶。

烏二小姐一見燕西，早站了起來，用手對他連招了幾招，笑道：「七爺今天哪有這種閒工夫到公園裡來走走？」

燕西笑道：「特意來拜訪二小姐來了，你看我袖內的陰陽八卦準是不準？」

說這話時，看那個西裝女子，穿一件米色的單綢衣，露出大半身人體美，雖然是清秀的臉兒，卻並不瘠瘦，由臉上經過脖子，敷上一層薄粉，正是堆酥凝雪。

臉上也不知是透出來的羞色，也不知道是抹了胭脂，眼圈兒下，正有兩個小紅暈兒，她見人一笑，露出一帶整齊細白的牙齒。烏二小姐早給她介紹了，原來是曾美雲小姐。

她毫不躊躇地和燕西握了一握手，烏二小姐讓燕西和她相依坐著，笑道：「你二位不必我介紹，也應當認識認識。」

曾美雲聽了這話，聳著肩膀，微微一笑。燕西卻不懂這一層緣故，問道：「二小姐這話一定有緣故的，請你告訴我這個理由。」

烏二小姐望了曾美雲一眼，然後笑道：「她和你們二爺感情非常之好。」

燕西心想，怪呀！他那樣阿彌陀佛的人，會結交如此美麗的一位女友，結交之後，還能夠守住秘密，一點也不讓人知道，便道：「常聽見家兄說的，曾小姐非常好，今日一見，果然話不虛傳了。」

烏二小姐笑道：「這又不是臺上，怎樣七爺唱起戲來了？」

燕西道：「我正說的是真話，像曾小姐這樣的人，能夠背後所說勝似當面的人嗎？」

曾美雲笑道：「七爺真會說話，比令兄好得多了。」

烏二小姐道：「他們二爺是個老實人。」

曾美雲一撇嘴道：「這話別讓老實人聽見了，前些時，他和李老五常常在一處鬼混，鬧了不少的笑話，今天七爺是初次見面，我不便說，過兩天我再告訴你吧。」

燕西道：「李老五是誰？我也不曾聽說過。」

烏二小姐笑道：「七爺許久不和一班跳舞的朋友來往，連鼎鼎大名的李五小姐都不知道，真可怪了。」

燕西道：「她是小圓臉兒，肌肉很豐的一個人嗎？」

烏二小姐道：「對了，難道你認得她？」

燕西道：「並不是我認得她，恰好今天二家兄拿了一張美女的相片給我看，他很得意，我想，必是跳舞場上的朋友。現在你二位一說，我聯想到她，就猜上一猜，不料果然不錯。」

曾美雲笑道：「既然七爺連相片子都看到了，你可以告訴密斯烏。」說著，將手上的手絹捂著嘴嫣然一笑。

烏二小姐道：「什麼相片？你們說得這樣藏頭露尾的。」

燕西道：「也並不怎樣奇怪，不過是一張表現人體美的相片子罷了。」

曾美雲道：「有多大一張？」

燕西道：「是六寸的。」

曾美雲搖頭微笑道：「不對不對！她另外一打三寸的小照片，全是你們二爺自己攝的美術相片。你要看到那個，才是有趣的呢。」

烏二小姐笑道：「不用提了，這個內容，我一猜就明白。李老五人是漂亮，也就解放得厲害，我們都說是文明分子，比起人家來，恐怕還差得遠哩。」

燕西道：「文明不文明，似乎也不在這個上面去講究。」談到這裡，茶房已經給燕西送了一杯咖啡來。

燕西見曾美雲先伸手有要接的樣子，後又縮了轉去，於是接了茶房的咖啡杯，雙手托了杯下的碟子，送到她面前。曾美雲道：「七爺要的，怎樣送到我這裡來？」

燕西道：「我就是給密斯曾要的，因為我看見你面前那杯咖啡已經喝完了，所以給你再要一杯。」

曾美雲道：「你自己呢？」

燕西道：「我要的蔻蔻。」於是對茶房望了一眼道：「我先說的你沒有聽見嗎？」

茶房會意，笑著去了。

曾美雲心裡也明白，燕西是怕自己接不著咖啡，有些難為情，所以把這杯咖啡讓了過來。心想，**這個人對於女子的面子真是肯敷衍**，只得笑著接了過來，談著話，就比先見面的時候熟了許多似的。

坐了一小時之久，曾美雲因問道：「怎樣是一個人出來？還有少奶奶呢？」

烏二小姐眼皮一撩，對著曾小姐笑道：「人家還沒結婚呢。」

曾美雲道：「是哪一家小姐？現時在北京嗎？」

烏二小姐笑道：「是哪一家的小姐……」這話說時，眼光可就望著燕西微笑。

燕西笑道：「你要說只管說，沒有什麼可守秘密的。」

烏二小姐將手一指道：「說的人來了，你瞧。」

燕西看時，卻是白秀珠和她嫂嫂二人攜著手並肩走來。她們走過走廊，就直向這邊欄杆外來，烏二小姐就站起來連喊白小姐。

秀珠見了烏二小姐，點了點頭，只臉上帶了一點笑容，並沒有說別的話，曾美雲因為烏二小姐未曾介紹，當然不能招呼。燕西坐著沒動，卻也只對秀珠姑嫂笑了一笑。

這個時間很短，只一會工夫，就過去了，但是秀珠一個人，又不住地回轉頭來望，臉上似乎帶有一種冷笑的態度。

燕西看見，心裡倒未免添上一種不快，因此，和烏曾二人敷衍了幾句，說道：「我忘了有一句話要和秀珠說，請你二位坐一會兒，我就來。」

烏二小姐道：「你有公事就請便吧，我們不敢強留。」

燕西明知話中有刺，倒也不去理會，帶著笑容，點頭而別。

順著路追到秀珠身後來，白太太一回頭，便笑道：「七爺來了。」

秀珠聽了，頭也不回，像沒有聽見一樣，依然向前走。

燕西跟上來，並排而走，便問道：「今天怎樣有工夫來？」

秀珠轉著眼珠看一眼，什麼話也不說。

燕西笑道：「同在桌子上那位，你認識嗎？那是曾美雲小姐。」

秀珠冷笑道：「我哪裡配認識人家？人家人又漂亮，架子又大，我們呢，只好看人家的顏色罷了。」

燕西笑道：「你這話又是說我呢，我也是由烏二小姐介紹，剛才認識的。」

秀珠道：「這話可說得奇怪，你老早認得她的也好，剛才認識她的也好，與我什麼相干？我又沒問你，你說上這些做什麼？」

在從前，燕西碰了這個大釘子，一定是忍受的，但是從那一回在白家提刀動劍鬧了一回之後，對秀珠就不肯讓步，現在因為是在公園裡散步，只臉色板著，還沒有說什麼。

白太太一看這樣，怕他兩人就會在公園裡鬧起來，便從中湊趣道：「七爺，我們好久沒有要你請客了，今天晚上應該請我們聽戲去吧？」

燕西勉強笑道：「白太太總也不讓我請客，今天初次要我請客，我一定要答應的。」

白太太道：「倒不是那樣說，我們聽戲一點也不懂，若是和七爺在一處，可以請七爺講給我們聽，那就便利得多了。」

燕西道：「我沒有留心今天晚上那一家戲好，白太太願意聽哪一家呢？」

白太太道：「我全是外行，你問哪一家，我實在是說不上，我們舍妹，她倒可以算得是個半吊子，你就問她吧。」

秀珠也知道嫂嫂的意思，是借這個機會給他二人來調和，便不作聲，讓燕西開口來問。

燕西卻不問秀珠，自道：「白太太既然可以隨便，等我回家去了，讓聽差打電話去包廂。

包得了廂，我再打電話到府上來。白太太看這種辦法妥當不妥當？」

白太太因問秀珠道：「大妹，你說哪一家好？」

秀珠見燕西不理她，更是有氣，將身一扭，說道：「誰要看戲？嫂嫂要看戲，只管去看戲，問我做什麼？我們又沒有訂什麼合同，非在一處逛不可。你要上戲館子，我要逛公園，各幹各的，誰也不要睬誰。」

燕西冷笑道：「白小姐這話對極了，各幹各的，誰也不要睬誰。」

秀珠道：「七爺，你別多心，我是和我家嫂說話呢，可不是說你的女朋友，也不是說你。」

白太太道：「哎呀！你一對小孩子，哪有這樣歡喜鬧彆扭？」

秀珠道：「並不是鬧彆扭，我說的話都是實話，我以為我們太有些不客氣，哪裡有強迫人家請客的道理！」

燕西跟著他們一旁走路，卻是默然，白太太越給他們拉攏，他們越借著小事情鬥嘴。

白太太在這裡很不得趣，也不便老向下說。

在柏樹林裡走了一個圈兒，白太太就要找茶座喝茶。秀珠道：「不喝茶了，回去吧，還有個朋友約著下午六點到家裡去會我呢。」

白太太道：「是哪個人要會你？」

秀珠道：「你怎樣不知道？就是頭回到我們家裡去的那個人，他穿了一身嗶嘰西裝，你不是說又年輕又漂亮嗎？」

白太太一時倒愣住了，想了一想道：「是哪一個穿西裝的？」

燕西聽說，將腳偏到一邊去，只是暗笑。

白太太一見，心裡恍然大悟，是她故意來氣燕西的，笑道：「你是信口開河，哪裡有這樣一個人？七爺已經答應請我們聽戲，我們不要辜負人家的好意。」

秀珠正色道：「不是說笑，我正有一個朋友要去會我。」說畢，將腳提快兩步，就一個人先走向前去了。

燕西只當沒有知道這件事似的，便對白太太道：「反正我們看晚戲，不用忙，九點鐘去，那正趕得上好戲。白太太若是有事，只管回府去，我回頭再打電話來奉請。」

白太太道：「只有我一個人，我就不願意聽戲了，過兩天再說吧。」趕上前一步和秀珠一路去了。

燕西見秀珠生氣去了，心裡也有些氣，只管讓她二人走去，卻未曾加以挽留，背轉身仍到來今雨軒，和曾烏二小姐談話。

曾美雲自燕西去後，就問烏二小姐道：「這白小姐就是七爺的未婚妻嗎？」

烏二小姐笑道：「也算是也算不是。」

曾美雲道：「這話我很不解，是就是，不是就不是，怎麼弄成一個兩邊倒呢？」

烏二小姐道：「你有所不知，這白二小姐是他們三少奶奶的表親，常在金家來往，和七爺早就很好，雖沒有正式訂婚，她要嫁七爺，那是公開的秘密了。七爺今年新認識一位冷小姐，感情好到了極點，慢慢地就和白小姐疏淡下來了，而且這位白小姐又好勝不過，常常為一點極小的事讓這位燕西先生難堪。所以他就更冷淡，一味的和冷小姐成一對兒了。

「不過這件事，他們家裡不很公開，只有幾個人知道，這位白小姐更是睡在鼓裡，不曾聽得一點消息，所以她心裡還是以金家少奶奶自居，對這未婚夫拿喬，其實，七爺的心事是巴不得她如此，只要她老是這樣，把感情壞得不可收拾，自然口頭婚約破裂，他就可以娶這位冷小姐了。這位冷小姐，我倒是遇過好幾次，人是斯文極了，我也曾和她說過好幾次，要到她家裡拜會她，總又為著瞎混，把這事忘了。」

曾美雲笑道：「我看這樣子，你和七爺的感情也不錯啊。」

烏二小姐臉一紅，笑道：「我不夠資格，不過在朋友裡面，我們很隨便罷了。」

曾美雲笑道：「很隨便這句話大可研究，你們隨便到什麼程度呢？」

烏二小姐道：「我雖不怎樣頑固，極胡鬧的事情也做不出來，隨便的程度，也不過是一處玩，一處跳舞。我想人生一世，草生一春，多久的光陰轉眼就過去了，**這花花世界，趁著我們青春年少不去痛快玩一玩，一到年老了，要玩也就趕不上幫了**。」

正說到這裡，燕西卻從外來了。

曾美雲笑道：「白小姐呢？怎麼七爺一個人回來了？」

燕西道：「我並不是去找她，和白太太有幾句話說。」

烏二小姐笑道：「你和誰說話，都沒有關係，言論自由，我們管得著嘛？」

燕西笑道：「密斯烏說話總是這樣深刻，我是隨便說話，並不含有什麼作用的。」

烏二小姐笑道：「你這話更有趣味了，你是隨便說話，我不是隨便說話嗎？」

曾美雲道：「得了得了，不要談了，這樣的事，最好是彼此心照，不必多談，完全說了出來，反覺沒有趣味了。」

燕西笑道：「是了，這種事只要彼此心照就是了，用不著深談的。」說時，對曾美雲望了一眼，曾美雲以為他有心對她譏諷，把臉臊紅了。

烏二小姐笑道：「你瞧瞧，七爺說他說話是很隨便的，像這樣的話輕描淡寫，說得人怪不好意思，這也不算深刻嗎？」

燕西連搖手道：「不說了，不說了，我請二位吃飯。」那站在一旁的西崽，格外地機靈，聽了這話，不聲不響就把那個紙疊的菜牌子輕輕悄悄地遞到燕西手上。

燕西接著菜牌子，對曾烏二人說道：「二位看看，就是我不請客，他也主張我請客呢。」說著，又對西崽笑道：「你這是成心給我搗亂，我是隨便說一句話，做一個人情。你瞧，你也不得我的同意，就把菜牌子拿來。這會子，我不請不成了。我話先說明，我身上今天沒帶錢，回頭吃完了，可得給我寫上賬，你去問櫃上，辦得到辦不到？」

茶房不好意思說什麼，只在一旁微笑著。

燕西笑道：「看這樣子，大概是不能記賬，你就先來吧，吃了再說。」茶房去了。曾美雲笑道：「金七爺人真隨便，和茶房也談得起來。」

燕西道：「還是曾小姐不留心說了一句良心話，我究竟很隨便不是？」

烏二小姐道：「密斯曾，我是幫你的忙，你怎樣倒隨著生朋友罵起我來了？」

曾美雲笑道：「我只顧眼前的事，就把先前的話忘了，這真是對不住，我這裡正式地給你道歉，你看好不好？」

烏二小姐笑道：「那我就不敢當。」

燕西道：「曾小姐因我的事得罪了烏小姐，我這裡給烏小姐道歉吧。」

烏二小姐道：「這就奇了，我和七爺是朋友，她和七爺是朋友，大家都是朋友，為什麼曾小姐得罪了我，倒要七爺道歉？這話怎樣說？若是我得罪了曾小姐呢？」

燕西道：「那自然我也替你給曾小姐道歉。」

烏二小姐道：「那為什麼呢？」

燕西道：「剛才你不是說了嗎？大家都是朋友，我為了朋友和朋友道歉，我認為這也是義不容辭的事。」

這一說，曾烏二位都笑了。燕西剛才本來是一肚氣，到了現在，有談有笑，把剛才的事就完全忘卻了。

惹事的秀珠，她以為燕西是忍耐不住的，總不會氣到底，所以在公園裡徘徊著還沒有走。現在和她嫂嫂慢慢地踱到來今雨軒前面來，隔了迴廊，遙遙望著，只見燕西和曾烏二人在那裡吃大菜，一面吃，一面說笑，看那樣子是非常地有趣味。

秀珠不看則已，看得眼裡出火，兩腮發紅，恨不得要哭出來，便道：「嫂嫂，我們也到那裡吃飯去，我請你。」

白太太還沒有理會她的意思，便笑道：「你好好請我做什麼？」

秀珠道：「人家在那裡吃了東西來饞我們，我們就會少那幾個錢，吃不起一頓大菜嗎？」

白太太聽了這話，向前一看，原來燕西和兩位女友在那裡吃大菜，這才明白過來秀珠這話是負氣說了出來的，便道：「你真是小孩子脾氣，怎麼說出這種話來？七爺未必知道我們還在公園裡沒走。是他請客，那還好一點，若是別人請他，我們一去，他是招呼我們好呢？還是不招呼我們好呢？走吧！站在這裡更難為情了。」說時，拉著秀珠就走。

秀珠本來是一時之氣，經嫂嫂一說，覺得這話很對，便硬著脖子跟著走了。

燕西遠遠地見兩個女子在走廊外樹影下搖搖動動，就猜著幾分，那是秀珠姑嫂，且不理她，看她如何。後來彷彿聽到一句走吧，聲音極是僵硬，不是平常人操的京音，就知道那是秀珠嫂嫂所說的話。心裡才放下一塊石頭。

到了上咖啡的時候，茶房就來報告，說是宅裡來了電話，請七爺說話。燕西心裡想著，家裡有誰知道我在這裡？莫不是秀珠打來的電話？有心不前去接話，恐怕她更生氣，只得去接話。及至一聽，卻是金榮的報告。說是三爺在劉二爺那裡，打了好幾個電話來了，催你快去。那裡還有好些個人等著呢。

燕西一聽，忽然醒悟過來，早已約好了的，今晚和白蓮花在劉寶善家裡會面，因為在公園裡一陣忙，幾乎把事忘了。現在既然來催兩次，料想白蓮花已先到了，也不便讓人家來久候，當時就和曾烏二人說了一句家裡有電話來找，我得先回去。於是掏出錢來，給她們會了賬。女朋友和男朋友在一處，照例是男朋友會賬的，所以燕西不客氣，她們也不虛謙。

燕西會了賬之後，出了公園門，一直就到劉寶善家裡來。

劉寶善客室裡，已然是人語喧嘩，鬧成一片。

一到裡面，男的有鵬振、劉寶善、王幼春，女的有白蓮花、花玉仙。一見燕西進來，花玉仙拖著白蓮花上前，將燕西的手交給了白蓮花，讓白蓮花握著，笑道：「嘿！你的人兒來了，總算劉二爺會拉纖，我也給你打了兩回電話，都沒有白忙。」

劉寶善笑道：「嘿！花老闆，說話客氣點，別亂把話給人加上頭銜。」

花玉仙笑道：「什麼話不客氣呢？」

劉寶善道：「拉纖兩個字都加到我頭上來了，這還算是客氣嗎？」

他二人在這裡打口頭官司，燕西和白蓮花都靜靜地往下聽。

白蓮花拉住了燕西的手，卻沒有理會。燕西的手被白蓮花拉著，自己卻也沒有注意。王幼春笑道：「七爺你怎麼了？你們行握手禮，也有了的時候沒有？就這樣老握著嗎？」

這一句話說出，白蓮花才醒悟過來，臉臊得通紅，趕快縮回了手，向後一退，笑著對花玉仙道：「都是你多事，讓人家碰了一個大釘子。」說時，將嘴噘得老高。

花玉仙道：「好哇，我一番很好的意思，你倒反怪起我來了，好人還有人做嗎？得了，咱們不多事就是了。劉二爺，是咱們把七爺請來的。咱們何必多事？還是請七爺回去吧。」

鵬振皺了眉道：「人家是不好意思，隨便說一句話遮面子，你倒真挑眼。」

花玉仙笑道：「你這人說話，簡直是吃裡扒外。」

王幼春笑道：「你這一句話說出來不打緊，可有三不妥。」

花玉仙笑道：「這麼一句話，怎麼就會有三不妥？」

王幼春道：「你別忙，讓我把這個理由告訴你。你說三爺吃裡扒外，三爺吃了你什麼，我倒沒有聽見說，我願聞其詳，這是一不妥；既然說到吃裡，自然你是三爺裡邊的人了，這是自己畫的供，別說人家是冤枉，這是二不妥；剛才你是挑別人的眼，現在你說這一句話，馬上就讓人家挑了眼去，這是三不妥。你瞧，我這話說得對也是不對？」

花玉仙被他一駁，駁得啞口無言。

鵬振拉著她在沙發椅上坐下，笑道：「我們談談吧，別鬧扯了。」

在這個時候，白蓮花早和燕西站在門外廊簷下唧唧噥噥，談了許多話。鵬振用手向外一指，笑道：「你看人家是多麼斯文？哪像你這樣子，唱著十八扯？」

花玉仙笑道：「要斯斯文文那還不容易嗎？我這就不動，聽你怎樣說怎樣好？」她說完，果然坐著不動。

那白蓮花希望燕西捧場，極力地順著燕西說話，越說越有趣，屋子裡大家都注意他們，他們一點也不知道。

王幼春是個小孩子脾氣，總是頑皮，不聲不響，拿了兩個小圓凳子出來，就放在他兩人身後，笑道：「你兩個人，我看站得也太累人一點，坐下來說吧。」

燕西笑道：「你這小鬼頭倒會損人，我們站著說一會話，這也算什麼特別？就是你一個人眼饞。得了，把黃四如也叫了來，大家鬧一鬧，你看如何？」

白蓮花笑道：「王二爺可真有些怕她，把她叫來也好。」

王幼春是大不願意黃四如的，自然不肯，於是又一陣鬧。

一直鬧了一個多鐘頭，還是鵬振問劉寶善道：「你家裡來了這些好客，就是茶煙招待了事嗎？你也預備了點心沒有？」

劉寶善笑道：「要吃什麼都有，就是聽三爺的吩咐，應該預備什麼？」

鵬振道：「別的罷了，你得預備點稀飯。」

劉寶善站在鵬振面前，兩手下垂，直挺挺地答應了一個喳字。

鵬振笑道：「你這是損我呢？還是捨不得稀飯呢？」

劉寶善道：「全不是，我就是這樣的客氣。客氣雖然客氣，可是還有一句話要聲明，就是花老闆李老闆都有這個意思，希望大家給她打一場牌。」

燕西聽說，就問白蓮花道：「是嗎？你有這個意思嗎？」

白蓮花笑道：「我可不敢說，就看各位的意思。」

王幼春笑道：「何必這樣客氣？乾脆你吩咐大家動手就是了。」

鵬振道：「我先說，我弟兄兩個只有一個上場。」

劉寶善道：「這為什麼？」

鵬振道：「這有什麼不明白的？這樣打法，或者金家人贏了錢，或者金家人輸了錢，省得有贏的，有輸的。老七打吧，我和玉仙在一邊看牌得了。」

燕西道：「我不高興打牌，我情願坐著清談。」

劉寶善笑道：「你二位是最愛打牌的人，何以這樣謙遜，但今晚若沒有兩位女客在此，沒有人陪著談話，我怕大家要搶著打牌了。」一句話沒說了，只聽見有人在外面嚷道：「炸彈！」

就在這炸彈聲中，只聽得屋子中間撲通一聲，滿屋子人都嚇得心跳起來，白蓮花正和燕西並坐，嚇得一歪身，藏到他懷裡去，接上大家又哄堂大笑。

原來是黃四如和王金玉來了。黃四如預先在玩意攤上，買了一盒子紙包沙子的假炸彈藏在身上，未進門之先，吩咐聽差不許言語，等屋子裡面正說得熱鬧，一手拿了三個，使勁向走廊的牆上一摔，所以把大家都嚇到了。

她和王金玉看見大家上了當，都哈哈大笑。

劉寶善看見，首先不依，說道：「幸而我們的膽子都不算小，若是膽子小點，這一下，真要去半條命。我提議要重重罰四如，你們大家贊成不贊成？」

大家都說贊成，問要怎麼地罰她？劉寶善道：「我以為要罰他們……」說到這裡，笑道：

「我們當著王二爺的面，也不能占她的便宜，讓她給王二爺一個克斯得了。」

王幼春笑著跳了起來，說道：「胡說！我又沒招你，怎麼拿我開心？」

劉寶善給他蔻了一眼，笑道：「傻瓜！這是提拔你一件好事，這一種好機會，你為什麼反對？」

黃四如道：「嘿！劉二爺，話得說明怎樣罰我？我不懂，什麼叫克斯？別打啞謎罵人。」

燕西學著唱戲道白的味兒，對她說道：「附耳上來。」

黃四如道：「你說吧，劉二爺能說，你也就能說。」

燕西道：「真要我說嗎？我就說吧。他要你和王二爺親一個嘴。」

黃四如聽了對劉寶善瞟了一眼，將嘴一撇，微笑道：「這是好事呀！怎樣算是罰我呢？劉二爺說，人家是傻瓜，我不知道罵著誰了？」

劉寶善道：「我倒是不傻，不過我要聰明一點，硬占你的便宜，你未必肯。」

黃四如道：「為什麼不肯？有好處給我就成了。」

王幼春笑道：「黃老闆真是痛快，說話一點不含糊。」

黃四如道：「不是我不含糊，因為我越害臊，你們越拿我開玩笑，不如敞開來。也不過這大的事，你們就鬧也鬧不出什麼意思了。」

王幼春道：「話倒是對，可是玩笑要斯斯文文才有意思，若是無論什麼事都敞開來幹，那也沒有味。」

黃四如道：「我也不是歡喜鬧的人，可是我要不給他們大刀闊斧地幹，他們就會欺侮我的。」

王幼春道：「剛才你還沒有進門先就摔炸彈嚇人，這也是別人欺侮你嗎？」

黃四如笑道：「這回算我錯了，下次我就斯斯文文的，看別人還跟我鬧不跟我鬧？」說著，便坐在王幼春一張沙發上，含笑不言。

燕西笑道：「天下事，就是這樣一物服一物，不怕黃老闆那樣生龍活虎的人，只要王老二隨便說一句話，她都肯服從，王老二還要說和黃老闆沒有什麼感情，我就不服這一句話。」

黃四如道：「為什麼李家大妹子就很聽七爺的話呢，這不是一樣嗎？」

王幼春道：「你剛才說了斯斯文文，這能算斯文的話嗎？漫說我和你沒有什麼關係，就是有關係，你也別當著大家承認起來呀，你要把我比七爺，我可不敢那樣高比。」

燕西道：「大家都是朋友罷了，一定要說誰和誰格外地好，那可不對。」

王幼春將黃四如推了一推，笑道：「聽見沒有？人家這話，才說得冠冕呢。」

黃四如笑道：「我又怎樣敢和七爺來比呢？七爺是個公子，我是唱戲的，說話要說得和七爺這樣，那麼，我至少也是一位小姐了。」

燕西道：「你兩個人這個也說比不上我，那個也說比不上我，既然都比不上我，你們別在這裡坐著，就請出去吧。」

這一說，倒駁得他兩人無辭可答。

劉寶善道：「大家別鬧，還是趕快辦到原議，來打牌。」

鵬振道：「角兒不夠，怎麼辦呢？」

劉寶善道：「我也湊合一個，再打電話去找一個，總會找得著的。」

燕西道：「不要找別人，找老趙吧，他和王老闆不錯。」說著，將嘴對王金玉一努。

鵬振道：「算了，他有點像他那位遠祖匡胤，手段高妙。」

燕西道：「打牌就是十四張牌翻來翻去，他有什麼大本領，也碰手氣。」

劉寶善笑著問王金玉道：「王老闆，我們就決定了找他了，你同意不同意？」

王金玉笑道：「劉二爺，你們大家請人打牌，我哪裡知道找誰好呢？」

燕西道：「劉二爺，你真叫多此一問，好朋友還有不歡迎好朋友的道理嗎！」

劉寶善於是一面叫聽差的擺場面，一面叫聽差的打電話找趙孟元。

趙孟元本來知道劉寶善家裡有一場鬧，因為晚上有一個飯局，不得不去，走後告訴家裡人，若是劉宅打電話來了，就轉電話給飯館子裡。

這裡電話一去，他的聽差果然這樣辦，趙孟元借著電話為由，飯也未曾吃完，馬上坐了汽車到劉家來。一進客廳，燕西便笑道：「真快真快！若是在衙門裡辦事也有這樣快，你的差事就會辦得很好了。」

趙孟元道：「上衙門要這樣勤快做什麼？勤快起來，還有誰給你嘉獎不成？我覺得天天能到衙門裡去一趟，憑天理良心都說得過去，還有那整年不上衙門的人，錢比我們拿得還多呢。」

鵬振道：「這裡不是平政院，要你在這裡告委屈做什麼？趕快上場吧，三家等著你送禮呢。」

趙孟元道：「今天是和誰打牌？誰得先招待招待我，這場牌打下去，不定輸贏多少。贏了倒還罷了，若是輸了呢，我這錢豈不是扔到水裡去了？」

說這話時，先看了一看花玉仙，然後又看一看白蓮花，她兩人未曾聽得主人表示，這牌是和誰打的，她們也就不敢出頭來承認。

鵬振道：「我們還沒有和李老闆幫過忙，今天就給李老闆打一場吧。」

白蓮花一站起身來，對鵬振笑道：「謝謝三爺。謝謝趙老爺。」

趙孟元走上前一步，握住了她的手笑道：「我佩服你謝得不遲不早。」

白蓮花被趙孟元握住了手，她可偏過頭對劉寶善笑道：「謝謝劉二爺。」

劉寶善笑道：「你真機靈。我心裡一句話沒說出來，說是不謝我嗎？你倒先猜著了。你怎樣不謝謝七爺呢？」

白蓮花道：「大家不是說我和七爺關係深些嗎，這就用不著客氣了。」

劉寶善道：「七爺聽見沒有？就憑這兩句話，一碗濃米湯也灌得你會糊裡糊塗呢。」

燕西靠了沙發椅坐著，只是微笑。

聽差來說，牌已擺好了，劉寶善向鵬振道：「賢昆仲哪一位來？」

花玉仙道：「李家大妹子說，七爺和她關係深呢，當然是七爺來。」

劉寶善道：「不對，沒有自己人給自己人抽頭的。你說了這話，就應當三爺來。」

花玉仙笑道：「我這一問，倒問出三爺的責任來了，這牌倒非他打不可呢，既然這樣，就請三爺打吧，我是極力贊成，下一回子我還可以照樣辦呢。」

白蓮花笑道：「得啦！大姐，你讓三爺給我幫個忙，有你的好處。」

花玉仙道：「你何必這樣說呢？我還能攔住三爺不打嗎？」

說話時，大家都起身向旁邊小客廳裡走，白蓮花就抱住花玉仙的脖子，對著她的耳朵唧唧噥噥地說了一陣，然後拍著花玉仙的肩膀道：「大姐，就是這樣說吧，我重託你了。」

花玉仙的眼睛可瞟著燕西微笑，燕西笑道：「我知道了，將來一定和你幫忙。」

花玉仙笑道：「只要七爺說句話，那我就放心了。」

他們也就一齊跟到牌場上來。

鵬振道：「打多大的？五百塊一底嗎？」

王幼春連連搖手道：「不成！不成！我不能打那大的牌，輸了怎麼辦？三爺能借錢給我還賬嗎？」

鵬振道：「別小家子氣，就這麼一點小事，推三阻四的，有多麼寒磣？況且我們還是交換條件，下次我也和你幫忙呢。」

王幼春道：「下次你和我幫什麼忙？」

鵬振將嘴向黃四如一努道：「難道你就不給她打牌嗎？」

黃四如真不料鵬振會說這樣好的話，不由瞇著眼睛笑道：「只要大家也能賞面子，三爺的順水人情還有什麼不肯做的。」

王幼春笑道：「你真一點不客氣，就猜到我一定會做順水人情。」

黃四如笑道：「三爺，我就不會伺候你，你也只有心裡不願意。當著這些個人，你若說出來，我這面子往哪裡擱？」

她說出這樣的軟話來，倒弄得王幼春不好再說什麼，只笑了一笑。

劉寶善笑道：「我們只是替人幫忙，三爺以為大家彼此拚命嗎？我自己有限制的，至多是兩百塊錢一底，我若送個六七百塊錢，大概還可以開支票，若是再大些，就不要怪我開空頭支票抵債了。」

鵬振笑道：「這話也只有你肯說，因為你總是陪客，撈不回本錢的。」

劉寶善笑道：「可不是嘛，若照定三爺的定額陪客，這裡還擺著三四場呢，我要用多少錢來陪客呢？」

燕西也以為王幼春在場，他是不能多輸的，錢多輸了，一來他拿不出，二來讓玉芬知道了，說是戲弄她的兄弟，負擔不住那個名義，因此便道：「小點也罷，大家無非好玩，過了幾天，我要出來陪客，也是照樣子辦。」

王幼春笑道：「就是七爺能體諒我，我們就打二百塊底吧。」

形勢如此，大家也就無異議。

四圈打完，王幼春就輸了一底半，燕西心裡老大過不去，便道：「老二，我們合股開公司吧。」

王幼春笑道：「不成，我輸了一個小窟窿下去了，合股起來，我要撈本，只能撈回一半。」

燕西道：「若要開公司，當然從前四圈起算。」

趙孟元對燕西伸了一個大拇指，笑道：「七爺做事漂亮，第二次我們要打牌輸了，也要找七爺開公司了，公司裡要倒，有洋股份加入，那是自然有人歡迎的。」

王幼春笑道：「胡說！我這公司，資本雄厚，絕不倒的。」

正說這話時，燕西在身上拿出一搭鈔票，由他肩上伸了過去，輕輕放在王幼春面前，笑道：「你先收下，這是兩股。」

王幼春笑道：「嘿！這是成心來捧場的，身上帶著許多現款呢。」

燕西笑道：「你以為我是財神嗎？身上隨帶著就有幾百塊，其實，因為錢完了，今天下午在銀行裡取來的錢，若是輸了，我明天零用錢都要想法子了。」

王幼春笑道：「不會輸的，**衣是精神，錢是膽，有了錢，就會放手做去了。**」

劉寶善道：「老二，你這話露了馬腳了。原來你上場是空心大老官，沒有本錢？我們可差一點兒讓你把錢蒙去了。」

王幼春道：「蒙事就蒙事吧，是你要我來的，又不是我自己要來的。」

燕西道：「不要說笑話了，別把我幾個血本也輸了，我來給你當參謀吧。」於是燕西坐在他左邊，白蓮花坐在他身後，黃四如坐在他右邊，三個人幫著他打牌。

四圈打完了，王幼春居然反輸為贏。

在他輸錢的時候，黃四如坐在邊下，也不敢靠近，也不敢多說話，現在那就有說有笑。王幼春一抽煙捲，黃四如就擦了取燈給他點上，王幼春抽了半根，不要抽了，黃四如就接過來自己抽。

打牌的人，一心打牌去了，倒不留神，燕西就不住用胳膊碰白蓮花，眼睛去望著她，白蓮花也對燕西望望，微微笑了一笑。

黃四如正在抽煙時，王幼春卻伸手到旁邊茶几上來拿茶杯，拿了茶杯，就要拿過去喝。黃四如按住他的手，說道：「涼的，不能喝，我來吧。」於是站起身來，在旁邊茶几上的茶壺裡，斟了一杯熱氣騰騰的茶，送到王幼春面前。

他心在牌上，茶來了，舉起茶杯就喝，連勞駕兩字都沒有說出來，燕西先未曾注意，自從發生了這事之後，可不住地瞟著她了。

那黃四如和王幼春各有各的心事，有人注意，她卻不知道，後來王幼春取了一副好牌，正要向清一色上做，黃四如伸著頭到王幼春肩膀上，笑嘻嘻地指揮他打牌。燕西私私地將白蓮花的衣袖扯了一下，卻忍不住一笑，他的意思，是告訴王黃親熱的模樣。

白蓮花卻誤會了他的意思，以為有什麼話要說，便借著斟茶喝為由，坐到一旁去了。

這時，燕西伸了一個懶腰笑道：「休息一會兒吧。」便取了一根煙捲坐在一邊抽煙。

白蓮花靜靜地坐著，忽然微微一笑，笑了之後，抽出肋下掖的手絹，結了一個大疙瘩，坐了拿著，向右手掌心裡打，低了頭，可不作聲。

燕西笑道：「來，坐過來，我有話和你說。」

白蓮花笑道：「我們離得也不遠，有話可以說，何必還要坐到一處來說？」

燕西笑道：「我的中氣不足，坐到一處，聲音可以小一點，省力多了。」

白蓮花笑道：「坐過來就坐過來，我還怕你吃了我不成？」說時，便坐到燕西一處來，牽過燕西一隻手，將手絹疙瘩在他手心裡打。

燕西笑道：「怎麼著？我犯了什麼法，要打我的手心嗎？」

白蓮花笑道：「你這話我可不敢當。」

燕西輕輕地說道：「不要緊的，你打就打吧，你不知道打是疼，罵是愛嗎？」

白蓮花紅了臉，也輕輕地笑道：「別說吧，他們聽見，那什麼意思？」

燕西笑道：「聽見也不要緊。你瞧，王二爺和黃老闆那種情形，不比我們酸得多嗎？」

白蓮花道：「可惜我們家屋子髒得很，要不然，可以請七爺到我家裡去玩玩。」

燕西道：「真請我去嗎？」

白蓮花微笑道：「我幾時敢在七爺面前撒謊？」

燕西道：「撒謊倒是沒有撒過。不過從上海來的人，多少總有些滑頭，我覺得你說話很調皮，怕你也有些滑頭呢。」

白蓮花道：「七爺，你說這話，有些冤枉人，我縱然調皮，還敢在七爺面前調皮嗎？」

燕西笑道：「那也說不定，但是調皮不調皮，我也看得出來的。」

白蓮花道：「這就是了，七爺憑良心說一句，我究竟是調皮不調皮呢？」

燕西笑道：「在我面前，還算不十分玩手段，可是小調皮，不能說是沒有。」

白蓮花笑道：「請七爺說出來，是哪一件事有些小調皮？」

趙孟元抬起一隻手，對這方面招了幾招，笑道：「七爺，七爺，請過來，給我看兩盤。」

燕西道：「我自己開了公司，不看公司裡的牌，倒看敵手的牌嗎？」

趙孟元笑道：「我倒不一定要七爺看牌，不過七爺在那裡情話綿綿，惹得別人一點心思沒有，我願七爺到隔壁屋子裡說話，與人方便，自己方便。」

燕西就對白蓮花笑道：「好吧，我們到隔壁屋子裡說話去。」

白蓮花笑道：「何必故意搗亂？我還是來看牌。」說時，就走到鵬振後面來看牌。

這正是鵬振當莊，擲下骰子去，就叫：「買一百和，老劉，你頂不頂？」

劉寶善笑道：「我不頂，上次你買五十和，我頂五十和，上了一回當，你想我會再上第二回當嗎？」

鵬振笑道：「你不頂，就沒有種。」

劉寶善道：「你不要用這種激將法，我又不是當兵的老侉，也不和人打架，管他有種沒有種呢？」

說話時，鵬振已將牌起好，竟是一上一定，牌好極了。

白蓮花笑道：「怪不得三爺要頭一百和。」

劉寶善道：「怎麼著？手上有大牌嗎？」

白蓮花微笑道：「我不便說。」

劉寶善碰了一個釘子，就不作聲。

過了一會兒，鵬振吃了一張，果然和了，自這一牌之後，他就接連穩了三個莊。

趙孟元笑道：「了不得，我要釘他幾張牌了，不然，淨讓他兄弟兩個人贏錢。」

白蓮花見站在這裡，鵬振大贏，不好意思，也就閃了開去。坐了一會兒，又慢慢踱到劉寶善身後，看了一盤，因見他那裡銜了煙捲，要找取燈，連忙擦了一根送了過去，給他點煙。

劉寶善將頭點了一點，然後笑說道：「勞駕！勞駕！到了這裡，我是主人，怎麼還要你來得我的忙呢？」

白蓮花笑道：「這算什麼？二爺幫我的忙可就大了。」

劉寶善道：「怎麼不算什麼？我告訴你一段笑話吧。我有一個本家兄弟，專門捧唐蘭芬，天天去聽戲叫好，花的錢也可觀了，戲散之後總要上後臺的小門口去站班，希望人家給一點顏色。有一天，經人介紹，在後臺門口見了面，人家也沒有多說，只說了一句：貴處是湖北吧？聽你說話的聲音很像呢，他這一樂，非同小可，一直笑了回來，不問生熟朋友，見了就先告訴人說道：唐蘭芬和我說話了，唐蘭芬和我說話了，你瞧，只和他說兩句話，他就樂得這樣。我又沒捧過李老闆一次，李老闆倒肯給我點煙，這面子可就大了。還值不得說一說嗎？」

白蓮花笑道：「言重言重，你打牌吧，若為我擦了一根取燈，讓劉二爺挨一盤大的，我心裡倒過不去。」

劉寶善笑道：「只要李老闆肯說這句，挨一盤大的也值。」

趙孟元笑道：「這樣說，你就多灌他一些米湯，讓他多挨幾盤大的吧。」

白蓮花笑笑，對趙孟元瞟了一眼睛，在劉寶善身後看了兩三盤，慢慢地卻又踱到趙孟元身後來。

燕西躺在沙發上，冷眼看著白蓮花。見她在四個人身後都站了一會子，這分明是對各人都要表示好感，不讓任何人不滿意，這樣一來，她所需要捧場的人也可以多一點，如此說來，真是用心良苦了。

白蓮花一直將四個人的牌都看過了，然後才坐到燕西一處來。

燕西握住了她的手，正要安慰她兩句，忽然有人在外面哈哈大笑一聲，接上說了一句道：「好哇！你們躲在這裡快活，今天可讓我捉住了。」

說話的人走了進來，正是鳳舉。

劉寶善笑道：「呵喲！大爺，好久不見了，今晚上怎樣有工夫到我們這裡來走走？」

鳳舉一見燕西和一個漂亮女子坐在一處，便問道：「這位是誰？」

燕西還不曾介紹，白蓮花就站起來先叫了一聲大爺，接上說道：「我叫白蓮花。」

鳳舉笑著點了一點頭，便和鵬振道：「這倒好，郎舅兄弟捧角兒捧到一處來了，這一班小孩子也就夠胡鬧的了。」

趙孟元笑道：「大爺別怪我旁邊打抱不平。你做大爺的，在外面另租小公館住都可以，他們和幾個女朋友打一桌牌，這也很平常的一件事。」

鳳舉笑道：「我可沒有敢說你，你也別挑我的眼。」

趙孟元笑著對鵬振道：「怎麼樣？我給你報仇了不是？大爺，你這件事什麼時候公開？也應該讓我們去看看新奶奶吧？」

鳳舉道：「不過是個人，有什麼看頭？」

趙孟元道：「怎麼沒有看頭？要是沒有看頭，大爺也不會花了許多錢搬到家裡去看呢！」

劉寶善、王幼春都附和著說：「非看不可。」

鳳舉笑道：「我不是不讓諸位去看，無奈她不願意見人，我也沒有辦法。」

趙孟元道：「這是瞎扯的，靠不住，我現在可以先聲明一句，無論是誰，見了這位新大奶奶的，都要保守秘密，不許漏出一個字，有誰漏了消息半點，就以軍法從事。」說這話時，可就用眼睛瞟了鵬振、燕西一下，笑道：「執法以繩，雖親不二，你們二位聽見沒有？」

鵬振和燕西自然不好說什麼，只是微笑。

劉寶善道：「我看大爺還是讓我們去的好，若不讓我們去，我們就會邀一班胡鬧的朋友作不速之客，到了那個時候，大鬧起來，那就比招待我們費事多了。」

鳳舉笑道：「你二位的事還不好辦嗎？隨便哪一天去，先通知我一聲就是了。」

白蓮花在一邊聽了半晌，這才明白了一些，大概是這位大爺瞞住了家裡，在外面又娶了一位姨奶奶，因笑道：「大爺新娶的大奶奶，來了多少日子了？」

劉寶善道：「還不過一個來月哩！不但是娶過去沒有多久，就是他們倆認識也沒有多久，像你和七爺這樣要好，恐怕還要不了這久呢。」

白蓮花弄得不好意思，將嘴一撇笑道：「幹嘛？……」這兩個字說完，又無什麼話可說了。

趙孟元笑道：「別不好意思，這話也不是瞎說的，好比今天這場牌，我們不和別人打，單替你打，這就是看到你和七爺的關係深，幫你的忙，也就和幫七爺的忙一樣，就在這一點上，你可以知道將來怎麼樣了，還用得著說嗎？」

白蓮花笑道：「你要說這話，我可要駁你一句，將來大家總也有給花大姐、黃大姐打牌的日子，這又能說因為和誰要怎樣，才肯來的嗎？」

鵬振道：「你這句話說得很奧妙，什麼叫做怎樣？誰和誰怎樣？又怎樣呢？」

白蓮花笑道：「唉！三爺別說了，瞧牌吧，若是誰要敲了一個三抬去，可不便宜。」

鳳舉見他們圍在一處打牌說笑，卻是有趣，不覺也就加入他們的團體，一直看他們打完了四圈牌，接上又吃稀飯，還捨不得說走。

這時電話就來了，聽差說是請金大爺說話，這電話就在打牌的隔壁屋子裡，大家聽他答應道：「是了，我就回來的，還早著呢！」

鳳舉掛上電話進來，趙孟元便問道：「是新奶奶打來的電話嗎？」

鳳舉笑了一笑。

趙孟元道：「這就太難了，出來這一會兒子就要打電話催，比舊奶奶管著還要厲害多少倍了。」

王幼春道：「這位新嫂子，耳目也靈通，怎樣就知道大爺在這裡？又知道這裡的電話哩？」

劉寶善道：「老二，你還沒有經過這時期，你還不知道，**一個人在新婚燕爾的時候，是沒有什麼話不對新夫人講的**，大爺今天出來，一定是對夫人先聲明了，說是到我這裡來了，一來讓新奶奶好找，二來也可借此表示並沒有回家去見舊奶奶，所以新奶奶打了電話來了，大爺自己接著，這就算沒有走開，證實了大爺說話並不撒謊。大爺，你說我這話猜到了你的心眼兒去了沒有？」

鳳舉笑道：「猜到心眼裡來了，你劉二爺還不是一位神機妙算的賽諸葛嗎？」

鳳舉雖然是這樣說著，但是也只再看了三四盤，一聲不響地就走了。

趙孟元道：「老劉，明天我們就去，三爺七爺，你們二位去不去？」

鵬振道：「大爺還沒有對家裡人實說呢，我們還是不去的好，將來家裡發生了問題，我們也省得置身事內。」

劉寶善道：「以大爺的身分而論，討一個姨太太，那也不算過分，為什麼連家裡都不告訴哩？要是這樣，輪到你二位身上，那有希望嗎？我看你們幫大爺一點忙，把這事通過家庭吧，將來你二位也好援例呀，你看我這話對不對呢？」

金氏兄弟不過微笑而已，倒弄得花玉仙、白蓮花很有些不好意思。

這時，牌又打完了四圈，共是十二圈了，依著劉趙還要打四圈，鵬振就不肯，大家明知道他是夫人方面通不過，當著他大舅在這裡，不好開玩笑，也就算了，算一算，共打了二百多塊錢頭錢，輸得很平均，只鵬振贏了三四百塊錢，其餘三家都輸。輸家為頭家可得現錢起見，都掏出鈔票換了籌碼，沒有開支票。

燕西將頭錢裡面的鈔票疊在一處，輕輕地向白蓮花手裡一塞，笑道：「太少，做兩件粗行頭穿吧。」

白蓮花拿著錢，就滿座叫多謝，說畢，一回頭，又對燕西道：「七爺，我還有一件事求你。我回去沒有車，借你的車坐一趟回去，成不成？路也不多，開到我家馬上就讓他們回家去，也不耽誤什麼時候的。」

燕西道：「我這也就走了，我送你回去得了。」

花玉仙就問鵬振道：「我呢？」

鵬振道：「當然我也送你回去。」

王幼春就對鵬振道：「三哥，你那車讓我搭一腳成不成？」

鵬振笑道：「我這車，要送你，又要送你的朋友，有好幾趟差事呢，你不知道省幾個錢，自己買一輛小伏脫*坐嗎？遇到新朋友，也是一個小面子呀。」

王幼春道：「我要坐就坐好的，搖床似的汽車坐著有什麼意思？就是請朋友坐，朋友也會笑斷腰呢。」

燕西笑道：「黃老闆，你笑斷腰不笑斷腰呢？你說二爺把自己汽車送你有面子呢？還是搭人的車坐有面子呢？」

黃四如笑道：「有交情沒有交情，也不在乎坐汽車不坐汽車。」

燕西對王幼春道：「她到處關照你，盛情可感啊！」

王幼春笑道：「你不要多我的事，你送你的貴客回家去吧。」

這時，白蓮花已經披上一件天青色的斗篷，兩手抄著，站在人叢中有許久了，別人說笑，她只是站在那裡望著，這才說道：「我等了許久了，要走就走吧。」

燕西微微地抄著她斗篷裡的胳膊，並排走出大門，又同上汽車。

車開了一會兒，白蓮花微微一笑，燕西道：「你笑什麼？」

白蓮花道：「你那些朋友，開玩笑開得厲害，我有些怕他們。」

燕西道：「怕什麼？你也索性和他們開玩笑，他們就不鬧了。」

白蓮花搖搖頭道：「像老黃那個樣子，我辦不到。」

她這樣一搖頭，有一支頭髮卻從額角上披了下來，燕西見她兩手抄了斗篷，不能去理頭髮，一伸手就給她輕輕地將頭髮理上去，笑問道：「你回去得晚了，你媽不會問你嗎？」

白蓮花道：「平常除了上戲園子，回去晚了，那是不成的，不過和七爺在一處，無論什麼時候回去，都不要緊的。」

燕西笑道：「那為什麼呢？對於我感情特別的好嗎？」

白蓮花笑道：「憑你說吧！我是不知道。」

燕西道：「據你這話看，自然是特別和我要好，但是她一回也沒有看見過我，怎樣就對我特別要好呢？」

白蓮花道：「那也因為是我的關係。」

燕西道：「你這話我越聽越糊塗了，剛才你說你母親有些干涉你，現在又說有你的關係，她就特別對我要好，這話我簡直不能明白。」

白蓮花在斗篷裡伸出手來，握著鬆拳頭，在燕西大腿上輕輕捶了一下，笑道：「你這人真是蘑菇。」

燕西笑道：「你到北京還沒有幾天，怎麼新出的土話也學會了？」

白蓮花道：「你以為我們在上海，也是說南方話嗎？」

燕西道：「你說起這個，我倒想起了一樁事，我以為在上海住著，聽著人說北京話，覺得格外地好聽，好比在北京住著，聽人說蘇州話一樣，嬌滴滴的，分外入耳。」

白蓮花道：「你說的是小姑娘說話吧？」

燕西笑道：「自然是小姑娘，娘們也還對付，在南方聽男子漢說北京話呢，倒不怎樣討厭，若是在北方聽一大把鬍子的人說真正的蘇州話，可是怪肉麻的。」

白蓮花道：「我在蘇州前後也住過一年多，勉強說得來幾句蘇州話，以後我們見面就說蘇州話吧。」

燕西笑道：「你不是蘇州人，我也不是蘇州人，見了面說蘇州話，人家還要笑我們是一對傻子呢。」

說到這裡，汽車門忽然開了，小汽車夫手扶著門，站在地下。燕西道：「怎麼著？到了嗎？」

小汽車夫笑道：「早到了。」

燕西笑道：「你瞧！我們說話都說糊塗了，到了都會不知道。」

白蓮花笑著下了車，說道：「你願意坐在車上說話，我再坐上去，開了繞一個彎吧。」

燕西笑道：「好吧，只要你肯坐上車來，我就帶你去繞個圈圈，要什麼緊？」

白蓮花只回頭對燕西一笑，自上臺階，去敲門環。燕西讓她敲開了門，才肯吩咐開車。

白蓮花家裡聽到門外汽車響，知道是燕西用汽車送白蓮花回來了，她的母親就親自走出來開門，看見汽車上坐了一個年輕的人，料定了就是金七爺，便道：「七爺，費你心啦，還要你親自送來，真是不敢當，家裡坐一坐去吧？」

白蓮花道：「這樣夜深了，家裡沒個茶沒個水，請人哪兒坐呀？我約了七爺了，請他過一天再來。」

燕西就隔著車窗，笑著給她母親點了點頭，汽車這才開走了。

燕西回到家裡，已經差不多到三點鐘。金榮已經將棉被展開，他脫了衣服，倒頭便睡。一覺醒來，已是紅日滿窗，坐了起來，伸了一個懶腰，靠著床柱便按電鈴，恰好聽差屋裡人走空了。按了兩次鈴，還沒有見人來，便喊道：「金榮呢？怎麼老不見人？」說話時，門輕輕一推，燕西看時，卻是佩芳。

她穿了青嗶嘰滾白辮的旗衫，臉色黃黃的，帶有三分病容，臉上固然摒除了脂粉，而且頭髮也不曾梳攏，兩鬢的短髮都紛披到耳邊。

她究竟是個大嫂，不須避嫌，就一直進房來，笑問道：「好睡呀！怎麼睡到這個時候？」

燕西道：「是什麼時候？有十二點鐘嗎？」

佩芳道：「怎麼沒有十二點鐘？你忘了你的窗戶到下午才會曬著太陽嗎？」

燕西在枕頭底下掏出一只小瑞士錶來一看，卻是兩點多鐘了，笑道：「真好睡，整睡十二個鐘頭。」

佩芳道：「又打了一宿牌嗎？怎麼鬧到這時候才醒？」

燕西笑道：「可不是！打了一宿牌，倒贏了幾塊錢。」

佩芳笑道：「我管你輸錢贏錢。我問你打牌，有沒有大哥在內？」

燕西道：「沒有他，我們幾個人坐在一處閒談，回頭湊合著就打起牌來了。」

佩芳道：「在哪裡打牌？」

燕西道：「在劉寶善家裡。」

佩芳笑道：「我知道的，那裡是你們一個小俱樂部，到那裡去了，沒有好事。那地方你常去嗎？」

燕西道：「也不天天去，偶然一兩天去一兩回罷了。」

佩芳道：「你大哥呢？」

燕西道：「大概也是一兩天去一回。」

佩芳道：「這樣說，你們哥兒們是常在一處玩的，怎麼他娶了一位新大嫂子，你一聲也不言語呢？」

燕西做出很驚訝的樣子道：「誰說的？哪有這件事？」

佩芳道：「你這孩子也學得這樣壞，嫂子有什麼事對你不住？你也學著他們一樣，也來冤我？」說到一個冤字，嗓子就哽了，有話也說不出來，眼圈就起了一個紅暈兒。

燕西一面穿衣服下床，一面說道：「我能夠起誓，我實在不知道這一件事情，別說不見得有這一件事，就是有這件事，我一張嘴是最快的，大哥焉肯先對我說。」

佩芳道：「你就是不知道，大概總聽見說過的了？聽說這個女人有二十多歲，長得並不好看，倒是蘇州人，對嗎？」

燕西正對了洗臉架子上那面大鏡子在扣胸前鈕扣，背對著佩芳，聽她樣樣猜一個反，不覺好笑。轉念一想，且慢，不能聽得樣樣相反，她不要故意如此，讓我說不對，她就好追問吧？因笑道：「我對於這個消息，根本上就不知道，我知道是蘇州人還是揚州人呢？你真要問這個事，你叫我去打聽打聽得了，你要問我，真是問道於盲了。」

佩芳笑道：「你這孩子真調皮，討不出你一點口風，你既然擔任給我打聽，我就拜託你吧，你什麼時候給我的回信？」

燕西道：「這可說不定，也許兩三個鐘頭以內，也許二三十天以內，事情是在人家嘴裡，人家什麼時候告訴我，我什麼時候告訴你，我怎樣可以預定呢？」

佩芳道：「你不要說這樣的滑頭話，乾脆不肯給我打聽就是了，不過我託你一件事，見了你大哥的時候，你給我傳個信，你說我要到醫院裡去養病，請他抽空送我一趟，醫藥費也不必他拿一個，我全有。他若是不回來，我就自己去找，找了不好的醫院，把病醫治壞了，可是人命關係。」

燕西笑道：「何必叫我撒這樣一個謊？叫大哥回來就是了，你能說能笑，能吃能喝，哪裡像有病呢？」

佩芳笑道：「是吧，你是處女式的小爺們，知道什麼病不病？你給我對他一說就是了，至於他回來不回來，你可不必管。」

燕西道：「叫他回來還不容易嗎？何必費這些事？他昨天下午不是回來了一趟嗎？」

佩芳道：「我有一個多禮拜沒有見他的面，昨天他哪裡回來了呢？」

燕西道：「他昨天的確回來了，大概他只在前面混一混，沒有到後面去。」說著，笑了一笑，因道：「我給你一個好主意，你只要對聽差說一聲，只要大哥來了，就報告你一聲，你馬上出來，你還見不著嗎？」

佩芳道：「我叫你辦這一點兒小事，你就這樣推三阻四的，以後你望嫂子替你做事，你還望得到嗎？」

燕西笑了一笑道：「我這是兩姑之間難為婦了，痛痛快快幫嫂子的忙吧，又得罪了大哥，不管這些閒事吧，又得罪了大嫂。我究竟應該怎麼樣辦呢？」

佩芳笑道：「你和你哥哥有手足之情，自然應當衛護著哥哥，但是要照公理講起來呢，誰有理就該幫誰，那應當幫為嫂的了。我也不是不肯讓你哥哥討人，只要討的人走出來看得過去，又還溫柔，他就彰明昭著一馬車拖了回來，我絕不說半個不字，現在瞞了我，瞞了父母，索性連你們兄弟都瞞起來了，另在外面開一個門戶，這實在不成事體。不知道的，還要說我是怎麼厲害呢。我不恨他別的，我就恨他為什麼瞞著我們討了，還要給我們一個厲害的名聲？」

燕西笑道：「據大嫂這樣說，這個人竟是可以把她接回來的了？」

佩芳一拍手道：「怎樣不可？你怕我想不通嗎？他在外面另成一個門戶，一個月該花多少錢？搬了回來，要省多少錢？花了省了，是誰的呢？」

燕西笑著把大拇手指頭一伸，說道：「這樣大方，真是難得！」

佩芳道：「我不是說一句不知上下的話，我們上一輩子不就是兩個姨母嗎？母親對姨母是怎樣呢？他照著上人的規矩辦下來，我還能說什麼？不過我們老爺子討兩位姨母，可不像他這樣鬼鬼祟祟的呀！」

燕西見她話說得這樣切實，也很有理由，笑道：「嫂子是真大方，既然如此，我給你和老大辦辦交涉看。」

佩芳道：「你儘管去和他說，你看我辦得到辦不到？你在什麼時候對他說了，就請你什麼時候給我一個信，我對於這位新奶奶也是以先看為快呢。」

燕西道：「只要見著了他，我就對他說，絕沒有問題。」

佩芳見他已表示可以幫忙，總算是表示好意了，因此陪著他說了許多閒談，一直等到燕西洗過臉喝過茶，金榮送上點心來吃，佩芳才出門而去。

燕西起來得晚，混一混就天晚了。吃過晚飯，一人轉覺無聊，坐汽車出去，汽車又讓人坐走了，想著還是找清秋談一談，比較上有趣一點，於是就雇了一輛人力車到冷家來。

不料到了那裡，清秋又出去了，心想，白蓮花昨天約我，我不曾告訴她日子，我今天給她一個冷不防撞了去，看她究竟在家裡做些什麼？這也算是很有趣的事，何妨試試。

因這樣一想，又坐了車到白蓮花家來。

打了幾下門，是白蓮花家一個老媽子來開門。她在黑影裡，也看不出燕西是怎樣一個人，開了門，便粗聲粗氣地問是找誰？燕西道：「我姓金，會你們李老闆來了。」

白蓮花有個遠房哥哥，是戲班子裡一個打零碎的小角，也住在這裡，他喜歡提了鳥籠子上小茶館，亂七八糟的朋友很多，白蓮花的母親李奶奶很討厭他的朋友前來麻煩，因此有朋友來會李老闆，總是回絕的時候多。

因此，那老媽子很不客氣地說道：「他不在家，出去一天了。」

燕西道：「還不回來嗎？」

老媽子道：「今晚上就睡在外頭，不回來了。」

燕西一想，這是什麼話？怎麼白蓮花會睡在外面？但是她是這般說的，也就不便追問所以然，因笑道：「她就一宿都不回來了嗎？」

老媽子道：「你這人真麻煩，誰知道呢？」

燕西出世以來，也未嘗碰過老媽子的釘子，現在受老媽子這樣搶白，十分不高興，不過自己為人向來不大會發脾氣，況且白蓮花家裡，一回也沒有來過，怎麼可以對人家發氣？只得認作倒楣，自行走了。

那老媽子一路嘰咕著進去，口裡念念有詞道：「又是一個冒失鬼，我也沒問他姓什麼，他自己說是姓金，我三言兩語就把他轟跑了。」

白蓮花問道：「是一個二十來歲，穿外國衣服的人嗎？」一面說著，一面向屋子外跑。

老媽子道：「可不是！倒穿的是洋服呢。」

白蓮花母女不約而同地叫一聲糟了，白蓮花道：「大概沒有走遠吧？趕快去請回來。」她母親李奶奶道：「她哪兒成？她去請人家，人家也不會來呢。你去一趟吧，平白得罪一個人怎麼好呢？」

白蓮花一想也是，顧不得換衣服，問明老媽子是走南頭去的，出了大門，趕緊就向南頭追趕。恰好燕西無精打采，兩手插在衣袋裡有一步沒一步地走著，還沒有雇車呢。

白蓮花在後，認得後影，就連叫了幾聲七爺。燕西一停步，白蓮花走上前，握住燕西的手笑道：「真是對不起！我家雇的那個老媽子，什麼也不懂得，她以為是找我們哥哥的呢。」

燕西還沒有答話，後面又有人嚷道：「大姑娘，七爺在這兒嗎？」

白蓮花道：「在這兒呢。」

李奶奶聽說，就趕上前來，笑著對燕西道：「七爺，真對不起，真不知道七爺肯到這兒來，你不要見怪，請到我們家坐坐去，就是屋子髒一點。」

白蓮花笑道：「人家怕屋子髒就不會到咱們家來敲門了，七爺你說是不是？七爺倒是真以為我不在家，所以就走了，他值得和老媽子生氣嗎？」

李奶奶道：「我在前面走吧，這胡同裡漆漆黑黑的，不好走。」

燕西本來一肚子不高興，現在被她母女二人包圍著，左一聲右一聲地叫七爺，叫得一肚子氣都化為輕煙，加上白蓮花執著他兩隻手，又暖和，又柔軟，隨便怎樣，不能當著人家生氣，只得笑道：「我又沒說什麼，你們左一句右一句對不起，倒把我叫得怪難為情的。」

白蓮花道：「走吧，有話到家裡去說。」說時，拉著燕西的手，就跟著李奶奶一路回家去。

到了家裡，直把他引到白蓮花自己住的屋子裡去坐。

白蓮花究竟是從南方來的人，屋子裡的陳設都是南式的白漆傢俱，床雖不是銅的，卻是白漆漆的新式架子床，掛著白夏布的帳子，白綾子的秋被，白絨墊毯，一望潔白，倒是很有可喜之處，因笑道：「怪不得你叫白蓮花，進了你這屋子，就像到了雪堆裡一樣。」

白蓮花抿嘴一笑，然後說道：「你的公館裡和王府差不多，我們這兒，不敢說擺得怎樣好，總要乾淨一點，才敢請七爺來呢。」

燕西笑道：「你這話簡直該打，說屋子髒是你，說屋子乾淨也是你，究竟是乾淨是髒呢？」

白蓮花笑道：「說髒呢，不過是客氣話，但是和你公館比起來，那是要算十二分髒的了。」說時，便握著燕西的手，一同在床沿上坐下。

燕西笑道：「我明天來也不要緊，為什麼一定要把我拉了進來？」

白蓮花笑道：「你是難得來的人，來了就叫你碰釘子回去，我們心裡怎樣過得去呢！你吃過晚飯沒有？」

燕西道：「吃過了，正因為吃過了飯沒事幹，這才來找你談談。」

白蓮花道：「那就很好，你多談一會子去吧。七爺你會接龍嗎？我在上海老玩這個，到了北京來，老找不著對手。」

燕西道：「我倒是知道一點，但是接得不好，未必是你的對手。」

白蓮花笑道：「那就好極了，我們來吧。」於是在玻璃櫥子裡，取出一個精製的黃松木匣子，抽開蓋來是一副牙牌。她就花啦啦向桌子上一倒，拉著燕西在椅子上坐了，自己搬了一個杌凳，和燕西椅子只隔了一個桌子犄角，就這樣坐下。

翻過牌來，洗得好了，一人分一半。燕西將手按著十六張牌面道：「我們賭什麼？」

白蓮花道：「我有那樣大的膽，敢和七爺賭錢嗎？」

燕西道：「不一定要賭錢，無論賭什麼都可以。」

白蓮花道：「賭什麼呢？打手心吧，誰輸了，誰該打三下手心。」

燕西道：「不好，那是小孩子鬧的玩意。」

白蓮花道：「我家裡現成有兩瓶果子酒，我們打開一瓶酒來喝，誰輸了，誰就該喝一杯。」

燕西道：「酒要連著喝才有趣，接完一回龍，喝一杯酒，時候太久了。我倒有個辦法，我輸了呢，一回送你一條手絹，明日準送來，你要輸了呢，……」

說到這裡，就輕輕對著白蓮花的耳朵邊說了一句。

白蓮花一掉頭，站起身來向後一退，笑道：「我不來，我不來。」

李奶奶正好走進來，說道：「你陪著七爺玩玩吧，為什麼又不來呢？」

白蓮花鼓了嘴笑道：「你又不知道，他真矯情。」

李奶奶見這種情形，料到燕西就有些占白蓮花的便宜，笑道：「七爺怎樣矯情？你才矯情呢！」

燕西笑道：「我不是為吃東西來的，你不用張羅。」

李奶奶聽說，斟了一杯茶放在燕西面前就走了。

白蓮花正和燕西在接龍，回頭一看，見沒有人，就拿了一張牙牌，在燕西手指頭上敲了一下，笑道：「你說的是些什麼話？我沒有聽見說過這樣罰人的。」

燕西道：「怎樣不能？輸錢是論個兒的，這也是論個的。」

白蓮花站了起來，笑道：「你還說不說？你再說，我們不來了。」

燕西道：「我就不說什麼，可是你輸了，罰你什麼呢？」

白蓮花道：「我若輸了，我就罰唱一段戲，你瞧好不好？」

燕西道：「不好，我自己也會唱，要你唱做什麼呢？」

白蓮花道：「咳！你別讓人家為難了，人家在家裡正膩得很，你來了，算心裡舒服一點，你又要來搗亂。」

燕西道：「你心裡膩些什麼，說給我聽吧，我倒是願聞其詳。」

白蓮花道：「你要問我心裡的事嗎？我心裡的事可多著呢，我這個名字，真把我的心事叫出來了。」

燕西道：「你這話我倒有些不解，怎樣你心裡的事和你的名字有些關係呢？」

白蓮花道：「你去想，白蓮花在外面看起來不是很好看的嗎？可是結了蓮子，蓮子不也是很好吃的嗎？可是蓮子的心非挑去不能吃，若不挑去，就吃得很苦。許多人給我捧場，也不過是看蓮花，吃蓮子，要吃蓮子苦心的人，恐怕沒有呢。」

燕西笑道：「你這話倒說得很雅致，但是我在昨晚牌場上，看你應酬這些人，我就知道你心裡很苦呢。這個年頭兒專憑本事賣錢，可真是還有些不行呢。」

白蓮花道：「可不就是這樣，我手頭要有個萬兒八千的，我情願回到鄉下買幾頃地種，誰還幹這臺上的事？唱戲的人，隨便你怎樣紅，也是冬不論三九，夏不論三伏，也就夠苦的了。人生在世，有飯吃就得了，何必苦巴苦掙弄那些個錢？」

燕西笑道：「你想得這樣開豁，實在難得，但是你不想想，種地不是姑娘們的事嘛，真要種地起來，恐怕冬不論三九，夏不論三伏，比那唱戲還要困難呢。」

白蓮花笑道：「你別那樣死心眼兒呀，我說種地，不是要我自己就去種，不過買了地，讓人家來種罷了。」

燕西笑道：「你就吃那幾頃地，就能了事嗎？」

白蓮花笑道：「有什麼不能？鄉下人有兩頃地就能過日子呢。」

燕西笑道：「我的話你還沒有聽明白，我是說一個姑娘家，反正不能過一輩子，總得跟著一個男子漢，你現在是姑娘，一輩子還做姑娘嗎？」

白蓮花道：「為什麼不能？我就打算做一輩子的姑娘。」

燕西笑道：「假使有人不許你做姑娘，你打算怎麼辦呢？」

白蓮花笑道：「胡說，沒有那回事，就是我媽她也管不著，別說是別人。」

燕西道：「譬如說吧，現在要有個年輕的公子哥兒，性情兒好，人也好，老是捧你，你打算對他怎麼辦呢？也說做一輩子的姑娘嗎？」

白蓮花拿起茶杯子來舉了一舉，笑道：「我拿茶潑你。」

燕西笑道：「這是什麼話？我又沒說什麼得罪你的話，為什麼要拿茶潑我？」

白蓮花笑道：「你還說沒有得罪我呢？若是有第三個人在這裡，聽得進耳嗎？你說這話，可完全是占我便宜哩！」

燕西笑道：「你以為我說的公子哥兒，就是說我自己嗎？那完全不對。我也不是公子哥兒，我人不好，性情也不好，和我說的人哪有一點兒對呢？」

白蓮花笑道：「得了得了，咱們不說這些話了，還是接龍吧。」

燕西也就笑著洗牌，繼續的接龍。接連五次，白蓮花輸了三次，先是白蓮花說贏一盤抵一盤輸的。到了第五次，燕西按著牌道：「別往下接了，這一牌不結賬，我就不幹了。」

白蓮花道：「不幹就拉倒，反正我也不吃虧呢。」

燕西笑道：「你在我面前玩這樣的滑頭手段，你不怕我將來玩你的手段嗎？」

白蓮花笑道：「我沒有玩什麼手段，縱然玩手段，也玩你七爺不過去。」說時，就向這屋子的套間裡一跑。

燕西笑道：「我看看你這裡面屋子怎麼樣？」說時，也追了進去。

白蓮花在屋子裡格格地笑了幾聲，兩隻手扶著燕西的脊梁，把他推了出來，一面用手去理鬆下來的鬢髮，一面望著燕西笑道：「真是豈有此理！」

燕西笑道：「這是我贏家應有的權利，你若是贏了呢？也能放過我嗎？」

白蓮花鼓了嘴道：「哼！你要這樣鬧，我不來的，下一次我不和你接龍了。」

燕西笑道：「真的嗎？下次我也不來了，你這地方是趙匡胤的賭，輸打贏要的，這才真是豈有此理呢！」

白蓮花笑道：「你是來做客的，不是來賭錢的，你要說我們這兒賭錢不規矩，倒是不怕你說。」

燕西道：「坐得也久了，我也走了。」說著，站起身來，就有要走的樣子。

白蓮花一把將他的袖子扯住，笑道：「好意思嗎？真個要和我鬧彆扭不成？」

燕西笑道：「先是很強硬，這會子我要走，又怕把我得罪了，做好做歹，都是你一人包辦了。」

白蓮花笑道：「你這話，不屈心嗎？我什麼事強硬？多會子又強硬？七爺說的話，我不敢不遵命啦。」

燕西見她這話說得倒有幾分可憐，不忍再說走，又握著她的手，笑著一同坐下。

李奶奶就左一個碟子，右一個碟子，送了許多東西進來，什麼熟栗子、炒杏仁、榛子仁、花生豆、陳皮梅等，擺下了一桌。

李奶奶笑道：「七爺，你隨便用一點，沒有什麼好東西，表表我們的心罷了。」

燕西笑道：「我看見這些東西，倒想起一件事。」

白蓮花道：「你想起什麼？」

燕西道：「我四五歲的時候，常常和著家裡的小孩子和丫頭在一塊兒做客玩，把廚房裡的小醬油碟子、小酒杯子偷了許多來，躲在走廊犄角上擺酒。廚子知道了，又不敢攔阻，又怕我們把東西揍了，總是對小丫頭們嚷，如今想起來，倒很有趣的。至於醬油碟子裡盛的，無非是瓜子、花生豆、糖球兒、餅乾。我現在看一看，真有些像那日子的光景，不過碟子大了，人也大了。」

李奶奶笑道：「那是你作官人家少爺們的玩意兒，平常人家小孩子，哪有那樣東西玩啦？撿了幾塊小瓦片兒，抓了一小撮土放在上面，大家蹲在牆犄角上湊合著，那才是擺酒呢。」

燕西笑道：「我們小時候擺酒玩，原不在乎吃，只要擺得熱鬧一點就是了。」

白蓮花笑道：「七爺第二次到這兒來的時候，咱們把場面也拿了出來。」

李奶奶道：「那為什麼？」

白蓮花道：「七爺不是說，只要熱鬧七爺就高興了？」

這一說三人都笑了。

這一場談笑，終把燕西說得透頂高興，這才很快樂地回家。

剛一出大門，恰好一輛汽車停在門口，燕西心裡倒是撲通駭了一跳，心想，**難道還有第二個金七爺來捧白蓮花嗎？**

正在大門外躊躇著，車門一開，一個人向下一跳，一把將燕西抓住。說道：「我不找則已，一找就把你找到了。」

燕西看時，卻是趙孟元。

燕西笑道：「你真怪！怎麼知道我在這裡？」

趙孟元道：「我有神機妙算，一算就把你算出來了。」

燕西道：「神機妙算是未必，但是你的偵探手腕，我倒相當地佩服，你怎樣就探到我向這裡來了？」

趙孟元道：「那你就不必管我，要告訴了你，第二次這事就不靈了。」

燕西道：「那個我且不管，我問你，你來找我做什麼？」

趙孟元笑道：「有一個好機會，你不可以錯過了。你老大今晚在小公館請客，去的人一律招待，我主張你也去一個，現在是九點鐘，到了時候了。」

燕西道：「我不去，我還有個約會。」

趙孟元道：「不管你有約會沒有約會，你總得去。」

燕西道：「你不知道，我去了有許多不便。」

趙孟元道：「正因為不便，這才要你去呢。」

燕西笑道：「你說這話我明白了，你是奉了我老大之命，叫你把我引了去的。」

趙孟元道：「算你猜著了就是了。」

燕西道：「我更不能去了，今天白天，我大嫂還找我幫忙呢。這倒好，我成了漢奸了。」

趙孟元道：「你真是一個傻瓜，這個年頭兒，會做人要做得八面玲瓏，不能為著誰去得罪誰，也不能為一個不為一個。我都聽見說了，你大嫂有一個梅香，和你感情很好，她都極力地在裡面監督，不讓你們接近，你何必還顧全著她呢？」

燕西笑道：「胡說，哪有這樣一件事？」

兩人原是站在車門前說話的，這個時候燕西被汽車一顛，把他顛得醒悟過來，自己已和趙孟元並坐在汽車上，汽車風馳電掣似的，已離開白蓮花家很久了。

燕西笑道：「我真是心不在焉，糊裡糊塗坐上了汽車，我一點兒也不知道，我們這上哪兒去？」

趙孟元道：「上哪兒去呢？就是上你尊嫂家去啊。」

燕西道：「不好不好，你還是把我送回去吧，我今天不去。」

趙孟元道：「我管你去不去，我的車子是一直開上你新大嫂那兒。」

燕西笑道：「你這不是代人請客，簡直是綁票。」

趙孟元道：「綁票就綁票吧。到了，請下車。」

車子停住，小汽車夫搶著開了汽車門，趙孟元拉著燕西，一路走下車來。

燕西一看，兩扇紅漆大門樓，上面倒懸著一個斗大的白球電燈罩。電光下，照著一塊金字牌，正書「金宅」兩個大字，大門前一列停著三四輛汽車，幾輛人力車，汽車一響，旁邊門房裡就出來一個很年老的聽差，站在一邊，畢恭畢敬地站著。

燕西心裡想著，老大也特為糊塗，怎樣如此鋪張？這要讓兩位老人家知道，非發脾氣不可。這簡直是開大宅門，哪是住小房子呢？

趙孟元笑道：「你看他這大門口的排場，不算錯吧？走！我們進去。」說時，拉著燕西的手，一直向裡衝。

燕西道：「你別拉，我和你一塊進去就是了。拉拉扯扯的，像個什麼樣子呢？」

趙孟元在前走，燕西隨後跟著，進了兩重院子，才到最後一幢。

只見上面銀燈燦爛，朱柱輝煌，笑語之聲鬧成一片。趙孟元先嚷道：「新奶奶預備見面禮啊，小叔子拜見大嫂子來了。」說著，上屋聽差，將風門一拉，只見裡面人影子一擠，已有人迎了出來。

燕西看時，是鳳舉一對最親密的朋友朱逸士、劉蔚然。他兩人走出，握了燕西的手，笑道：「我們各處的電話都打遍了，這才把你找著，特恭請老趙駕專車去接你，這也就夠得上恭維了。」

趙孟元道：「別嚷，別嚷。你一說，我的錦囊妙計就要讓他識破了。」

大家一面說話，一面走進屋子，只見劉寶善和鳳舉並坐在一張沙發椅上，另外有個十八九歲的剪髮女子，穿了一件豆綠色的海絨旗袍，兩手交叉著，站在沙發椅子頭邊。

燕西還沒有說話，鳳舉已先站起來，指著燕西先向她笑道：「這是我們老七。」

那女子就是一鞠躬，燕西知道這就是那位新嫂子晚香女士，沒有個小叔子先受大嫂子禮的，因此也就取下帽子，和她一鞠躬。可是要怎樣稱呼，口裡可說不出來，只得對著她乾笑了一聲。

趙孟元道：「大奶奶，你看這小叔子多麼客氣！你要給一點見面禮，才對得住人家呀。不然，這大孩子可難為情啊。」

晚香見了鳳舉的朋友，倒不覺怎樣，見了鳳舉的兄弟，總算是一家人，這倒有些難為情。偏是趙孟元一進門便大開玩笑，弄得理也不好，不理也不好，只好含笑呆立著。

燕西已是不好開口，晚香現在又不開口，簡直兩個人成了一對演電影的人了。

幸而鳳舉知趣，就插嘴笑著對趙孟元道：「你這個玩笑開得太煞風景，她是不會說客氣話的人，老七呢，見了熟人，倒是也說得有條有理，見了生人，他也是大姑娘似的，不知道說什麼好。」

在這個當兒，晚香叫了一聲王媽倒茶，未見有人，自己便將茶桌上的茶倒了一杯，雙手遞到燕西的茶几邊，笑道：「喝茶。」

燕西欠了一欠身子，將茶杯接了。笑道：「我們是自家人呢，用得著客氣嗎？這裡也要算是我的家啊。」

劉蔚然笑道：「鳳舉兄，你說老七見了生人不會說話，你瞧他剛才說的話，很是得體啊。」

燕西笑道：「什麼得體不得體，我這不是實話嗎？」

晚香站在鳳舉坐的沙發椅邊，看看鳳舉，又看看燕西，因低下頭去，對著鳳舉輕輕說話。鳳舉大聲說道：「又要說傻話了，人家是兄弟嘛，豈有不像之理？」

晚香道：「你這話就不對，兄弟之間，也有許多相貌不相同的。」

朱逸士將頭擺了一擺，笑道：「新大奶奶真是不錯，過來還沒有多少日子，就會咬文嚼字，你瞧，之間二字都用上來了，這不能不說是我們大爺教導有方啊！」

鳳舉笑道：「這之間二字，也是很平常的，這又算什麼咬文嚼字呢？」

朱逸士道：「這之間二字雖然很是平常，但是歸究起來，不能不算是新大嫂子力爭上流。一斑如此，全豹可知。」

晚香笑道：「朱先生人是極和氣的，就是這一張嘴不好，喜歡瞎說。」

朱逸士道：「這是抬舉你的話，怎樣倒說我的不是呢？」

晚香道：「真不早，你們大概都餓了，吃飯去吧。」

於是鳳舉在前面引道，繞著玻璃格子的遊廊，將他們引到旁邊一個長客廳裡來。客廳外面，一道遊廊，將玻璃格扇完全來掩護著。

遊廊裡面，重重疊疊，擺下許多菊花，電燈照耀著五色紛呈，秀豔奪目，人走了進來，自有一種清淡的香味。

這客廳裡，一樣都是紅木雕花的傢俱，隨著桌案，擺下各種菊花，中間一張大理石圓桌，上面陳設著一套博古細瓷杯碟。趙孟元道：「大爺對於起居飲食是極會講究的，你瞧，這屋裡除了電燈，都是古色古香，而且電燈還用五彩紗燈罩著，也看不出是舶來品了。」

鳳舉道：「菊花這樣東西，本來是很秀淡古雅的，這就應該配著一些幽雅的陳設，才顯得不俗。若是在花前陳設著許多洋貨，大家對著吃大菜，也不能說不行，然而好像不大相投似的。」

朱逸士道：「這是你的心理作用，我們也在外國人家裡看見他們養菊花，那種地方洋氣沖天，好像和菊花的古雅不相合了，然而我們看那菊花依然是好看啊！」

劉蔚然道：「你們這種說法，簡直沒有懂得人家的意思所在，你們太粗心，走進這屋子來，也沒有留心那門上一塊橫匾嗎？」

朱逸士和趙孟元聽了這話，果然就走門外抬頭一看。原來上面用虎皮紙裁成一張扇面式，在上面寫了三個大字「宜秋軒」。

朱逸士道：「這也沒有什麼特別之處，與菊花陳設有什麼關係？」

劉蔚然道：「你再瞧旁邊那副對聯。」

朱逸士看時，照樣的兩張虎皮紙寫了五言聯貼在廊柱上，一邊是「栽松留古秀」，一邊是「供菊挹清芬」，拍手道：「我知道了，這副對聯正暗藏著新嫂子的尊諱呢，怪不得這個屋子，要叫宜秋軒！」

劉蔚然道：「這算你明白了，你想，一副小對聯還要和夫人發生些關係，那麼這屋子裡陳設固然不可繁華，而且也不宜帶了洋氣。」

晚香聽他們說，只是微笑，等說完了，這才說道：「大爺是無事忙，他哪有工夫弄這些不要緊的東西？這也是前天來的那個楊老先生，他說，這屋子應該貼上一副對聯，馬上叫人買了紙來，還要我親自研一硯臺墨，硯臺又大，水又多，研了半天，研得我兩手又酸又痛。他高高興興讓大爺牽著紙，站著寫，一直等墨乾了，我們貼上去了，他才肯走。他寫的時候，還是一個字兒一個字兒念給我聽，好像很得意，這一位老人家，我真讓他膩得可以的。」

朱逸士道：「哪裡有這樣一位楊老先生？」

鳳舉道：「還有誰呢？就是楊半山。他弄了許多掛名差事，終日無事，只是評章風月，陶情詩酒，消磨他的歲月，無事生非他還要找些事情做，何況是有題目可想呢？他也是說這地方很好，要我請他吃一回菊花鍋子，我說時間尚早，這才把他推開了。」

燕西道：「那是推不開的，他不要人請則已，若是要人請他，就不知道什麼叫做客氣了。」

劉蔚然道：「這老頭兒很有趣，何不就借今天晚上這一席酒，請他來吃一餐？就是大爺也算順便做了一個人情。」

鳳舉一想，這話也對，就叫聽差打電話去問楊老先生在家沒有，那裡答應在家，鳳舉就親自去接電話，催他過來。

那楊半山因為晚上在家極是無聊，捧了一本唐詩在燈下消遣，現在接到電話，有酒可喝，自然是極端願意。馬上坐了自己的馬車，向鳳舉小公館而來。

到了鳳舉家時，這裡大家入席已久。大家因都是極熟的人，圍住了一張小圓桌，不分賓主地胡亂坐下，唯是空了正面一個位子給楊半山。

楊半山還未進門，在玻璃門外就連連嚷道：「不用提，後來居上，後來居上。」

他一走進門，大家都站起來。看他穿一件古銅色團花夾袍，外罩棗紅對襟坎肩。這個日子雖未到冬天，他已戴上一頂瓜皮小帽，有一個小紅帽頂兒。最奇怪的，他手上還執著湘妃竹的加大摺扇，嘴上稀稀的幾根蒼白鬍子，倒梳得清清楚楚。

劉蔚然笑道：「久不見楊半老，現在越發態度瀟灑，老當益壯了。」

楊半山將摺扇輕輕打開，搖了兩下，笑道：「緩帶輕裘羊叔子，綸巾羽扇武鄉侯。」

燕西笑道：「楊半老的詩興，實在比誰也足，我早就要找個機會和你去談一談，總是不能夠。」一面說著，一面給他讓座。

楊半山毫不客氣的就坐在首席，他旁邊還有一個空位，將手上的摺扇敲著坐椅道：「老七，這兒來坐，這兒來坐。」

燕西聽說，真個坐過來。

楊半山拍著他的肩膀道：「你今年多大年紀了？」

燕西笑道：「十八歲。」

楊半山道：「好啊，這真是現在人所謂的黃金時代啊。你定了親事沒有？」

燕西笑道：「怎麼樣？楊半老問我這句話，想喝我的冬瓜湯嗎？」

楊半山道：「你這話，說得就該打，你們這班新人物，趕上了改良的年頭兒了，正好幹那才子佳人的韻事，自己去找佳偶，而且現在是光明正大自訂終身，用不著半夜三更上後花園了。你說要我作媒，豈不是冤我老頭子？」

燕西笑道：「那也不然，喝冬瓜湯不一定是舊式的媒人，就是新式結婚的介紹人，也可以算是喝冬瓜湯。」

楊半山左手一把摸著鬍子，將頭點了兩點道：「這話倒也持之成理，你若真是有這個意思，我倒可以給你介紹一個。」

燕西一面聽他說話，一面伸手去拿了酒壺來，向老頭子的酒杯裡就冷不防斟上一杯酒，笑道：「我先給你斟上一杯作定錢，將來事情成了，再謝媒吧。」

楊半山道：「得！我先收下你這定錢。」端起杯子，咕嘟一聲，把酒一口喝乾了，對著滿桌人照了一照杯。

晚香和鳳舉坐在主席，面前還有一把酒壺。晚香拿酒壺站了起來，對楊半山微微一笑道：「老先生，我敬你一杯。」

楊半山左手按了酒杯，右手拿了摺扇，在桌一敲，伸著頭笑道：「新奶奶敬我一杯，這是得喝的，但是主不請，客不飲呢。」

晚香笑道：「我是不大會喝酒，但是老先生要我陪一杯，我就陪一杯。」說時，將自己面前的酒杯滿滿斟上了一杯。

鳳舉一順手就把她的酒杯按住，笑道：「你又要作怪，回頭灌醉了，又要鬧得不成樣子，我看你還是安靜一點兒的好。」

楊半山道：「豈有此理！哪有主人翁敬客，旁人從中攔阻之理？」

鳳舉笑道：「不是我不讓她喝酒，因為她一點酒量沒有，喝下去就要鬧的，所以我不敢讓她放肆。若是半老非陪不可，我代陪一盅如何？」

楊半山道：「不成，她是她的，你是你的。你把酒喝到口裡，不會到她肚子裡去。」

鳳舉笑道：「半老，你不是她的先生嗎？哪有個先生要灌女弟子喝酒之理？」

楊半山撫摸著鬍子笑道：「不錯，我是有此一說，但是你賢夫婦並沒有承認。」

鳳舉道：「不是不承認，因為楊半老是一位大文學家，把一位認識不了三個大字的女子拜在門牆，豈不是壞先生的名譽？而且楊半老連這種弟子也收，豈不成了教蒙館的先生，連三字經、百家姓都要教起來了？」

楊半山笑道：「我的門生多著呢！若是一個一個都要我親自去教他，那會把我累死了。我的意思只不過要有一個名義，能不以無關係的人待我，那就行了。」

晚香在他討論之際，已經捧著壺離開了席，走到楊半山面前笑道：「得啦！我不敢把先生當平常人看待，這兒給你敬酒來了。」

楊半山唱著崑曲的道白說：「酒是先生饌，女為君子儒，女學生，我生受你了。」

大家一聽，哈哈大笑。

鳳舉道：「半老，這是說不得的話啊。」

大家以為鳳舉不喜歡楊半山開玩笑，都愣住了。

鳳舉也看出大家的意思了，因道：「這兩句詩不是《牡丹亭》上的嗎？那麼，半老成了在陳絕糧了。」

楊半山道：「那也不要緊。我現在雖不絕糧，也就到了典裘沽酒的時代了。」

晚香將酒杯拿起來，交給楊半山道：「你喝！喝完了，我還要敬你一杯。」

楊半山有了她相勸，不喝也不好意思，於是連乾了兩杯。晚香讓他喝完，這才回席。

楊半山將扇子一拍桌沿，嘆了一口氣道：「鳳舉世兄，這是你們的世界了。我們當初到京的時候，年少科甲，真個是公子哥兒，一天到晚，都是幹那詩酒風流的事，比你們現在這樣還要快樂，不料只一轉眼，青春年少就變了白髮衰弱，遇到這種詩酒之會，不免要成少年人的厭物，真是可傷感得很。」

鳳舉道：「不然！不然！無論是什麼人都有一個年少時代，這是不足羨慕的，譬如說吧，據半老自己所言年少的時候，已經快活了半輩子，現在到了年老，又和我們這班小孩子在一處，是你已經快活兩個半輩子了，我們現在快活，將來能不能像半老這樣快活，卻是說不上。如此看來，只有我們不如半老，不能半老不如我們，況且半老精神非常地好，看去也不過五十歲的人，若是不長鬍子，看去就只三四十歲，這正是天賦的一副好精神，為什麼不快活呢？」

燕西道：「真是的，楊半老真看不出來是六十多歲的人。」

楊半山現在雖然是個逸老，不怕人家說他窮，也不怕人家說他沒有學問，就是一樣，怕人家說他年老，你若說他老，他必定說，我還只六十三歲，七八十歲的人，那就不應該穿衣吃飯了，所以人家當他的面說出他不老，說他精神好，他就特別歡喜，現在金氏兄弟異口同聲地說出他不老，喜歡得瞇起雙眼，笑出滿臉皺紋來。

鳳舉道：「我這話你聽了以為如何？你問問同席的人，我這話錯不錯？」

劉蔚然道：「實在是真情。半老的精神固然不錯，就是他發笑的聲音也十分洪亮，若不是熟人，他在屋子外面聽了，他絕猜不到是個六旬老翁的聲音。」

楊半山道：「這話我也相信，倒不是劉世兄當面恭維我，他們鳳鳴社裡的崑曲集會，每次都邀我在內，若是論起唱來，我真不怕和你們小夥子比一比。」

劉寶善笑道：「燕西兄現在正在學崑曲，而且會吹笛子，半老何不和他合奏一段曲子？」說這話時，卻向燕西使一個眼色。

燕西道：「唱我倒能來幾段。笛子是剛學，只會一支《思凡》。」

劉寶善正和他比座而坐，聽了這話，用腳在桌子下敲了一敲他的大腿，笑道：「就是《思凡》好，你就和半老合奏這個吧。」

楊半山道：「不唱呢，我今天怕不行，而且也沒有笛子。」

鳳舉道：「那倒現成，胡琴、笛子這兩樣東西反正短少不了。」

晚香笑道：「就是上面屋子裡掛的著那支粗的笛子嗎？我去拿來。」說畢，帶走帶跳地去了。

楊半山將腦袋擺了一擺，笑道：「玲瓏嬌小，剛健婀娜，兼而有之。」於是拈著下頦上幾根長鬍子，對鳳舉一點頭道：「世兄，你好豔福啊。」

鳳舉端了杯子呷著酒微笑。一會兒工夫，晚香取了笛子來，交給燕西。燕西拿笛子在手，向楊半山笑道：「半老，半老，如何？」

楊半山笑道：「這一把鬍子的人，要我唱《思凡》，你們這些小孩子，不是拿我糟老頭子開玩笑嗎？」

劉寶善連連搖手道：「不然，不然。你沒有聽見燕西說，他只會吹這個嗎？」

楊半山笑道：「真的嗎？燕西兄，你先吹一支曲子給我聽聽看，你若是吹得好，我就一抹老臉，先唱上一段。」

燕西也是看了眾人高興，要逗著老頭子湊趣，當真拿了笛子，先吹一段，然後歇著笛子向楊半山笑道：「你看怎麼樣？湊合著能行嗎？」

楊半山點了點頭道：「行，我唱著試試吧。」於是將身子側著開口唱起來。唱到得意的時候，不免跟著做身段，晚香和鳳舉坐在一處的，握住了鳳舉的手，只是向著他微笑，鳳舉只扯她的衣服，讓她別露形跡。

燕西見楊半山扭著腰子，擺著那顆蒼白鬍子的腦袋，實在也就忍不住笑，笛子吹得高一聲細一聲，也只好背過臉去，不看這些人的笑相。

好容易唱完了，大家一陣鼓掌。楊半山拈著鬍子道：「我究竟老了，唱得還嫌吃力，若是早十年，我就一連唱四五支也不在乎呢。」

大家又是一陣笑。

楊半山道：「燕西世兄，什麼時候學的崑曲？吹得很不錯。」

燕西指著劉寶善道：「我們這班朋友都是在二爺家裡學的，有一個教崑曲的師父天天到二爺那裡去，我們愛學的，一個月也不過出個六七塊錢，有限得很。我原不要學，偏是他們派我出一份學費，我不學，這錢也就白扔了，所以我每星期總學個兩三天，你看怎樣？學得出來嗎？」

楊半山道：「學得出來，學得出來，這個我也知道一點，我們可以研究研究。」

朱逸士道：「七哥倒用不著半老教，你有一個新拜門的學生，倒是要教給人家一點本領呢，這個新門生，皮簧就好，再加上崑曲，就是錦上添花了。」

晚香道：「朱先生，你別給我添上那些個話，我是什麼也不能。」

楊半山笑道：「新奶奶，你的話我算明白了，你是怕我們要你唱上一段呢，其實，我這一大把鬍子的人都老老實實地唱了，你們青春年少的人有什麼害臊的？」

晚香笑道：「老先生，要會唱的人那才能唱啊，我是一句不會，唱些什麼呢？」

朱逸士道：「新嫂子，你這話不屈心嗎？我要罵那會唱的人了。」

晚香抿嘴笑道：「你儘管罵，不要緊。我反正是不會唱。」

朱逸士道：「鳳舉兄，你說句良心話，新嫂子會唱不會唱？」

鳳舉笑道：「這話說得很奇怪，要我說做什麼？她不會，我說她會，她也不會唱，她會，我說她不會，她也不能要唱一段來證明。」

正說到此地，晚香低低地叫了兩聲劉媽，因叫不著，自己就走了，一去之後，許久也沒有來，趙孟元道：「了不得，我們都中計了，人家當著我們的面從從容容地逃席走了，我們會絲毫不知道，這是多麼無用啊！」

朱逸士道：「不要緊，逃了席，也逃不了這幢房子，咱們回頭吃飽了，喝足了，到她屋子裡鬧去。」

鳳舉笑道：「她很老實的，絕不能逃席，我自叫她來吧。」便吩咐聽差請大少奶奶來。聽差笑著，卻不曾移動。鳳舉道：「你們請不來嗎？我去！」他於是走到裡面，將晚香帶勸帶拉，牽著她一隻手，一路到客廳裡來。

晚香笑道：「別鬧，我又不是小孩子怕客，拉些什麼？」說畢，將手一摔。

鳳舉道：「坐下吧，你唱得那樣糟糕，他們不會要你唱的，你放心坐下吧，他們要你唱是和你開玩笑的呢。」

朱逸士道：「大爺真是會說話，這樣輕描淡寫的，把新奶奶這一筆賬就蓋過去了。不成，我們總得請新奶奶賞一個面子。」

晚香笑道：「所以我就很怕諸位鬧，不敢請諸位過來，請了這一回客，第二回我就不敢再請諸位了。」

劉寶善笑道：「我們這樣的客，來了一回，還想來二回嗎？反正鬧是不能再來，不鬧也是不能再來，我們就敞開來鬧吧。」

這一說，於是大家哈哈大笑。

他們這樣鬧，鳳舉不覺得怎樣，唯有燕西一想，晚香總是一個嫂嫂，大家當著小阿叔的面和嫂嫂開玩笑，未免與人以難堪。這其間自己固然是游夏不能贊一辭*，就是大家一定要逼晚香唱戲，燕西也覺得太不客氣，因此他默然坐在一邊，臉上有大不以為然的樣子。

晚香和燕西正坐在斜對面，看他那般局促不安，也就看出一部分情形，因對鳳舉道：「七爺倒是老實。」

鳳舉點了一點頭。朱逸士道：「他老實嗎？只怕是老實人裡面挑出來的呢？」

晚香道：「你瞧！大家都在鬧，只有他一人不鬧，不算是老實嗎？」

朱逸士道：「他因為新奶奶是一位長嫂，在長嫂面前，是不敢胡亂說話的，若是在別的地方，你瞧吧？他就什麼話也能說了。」

燕西聽了，也不辯駁，只是微微一笑。

楊半山道：「女學生，你不唱也得，你陪大家喝一杯吧。」

晚香調皮不過，捧了酒壺，就挨座斟了一巡酒，然後回到自己的位子，也斟上一杯，就舉著杯子對大家一請，微笑說道：「招待簡慢得很，請諸位喝一杯淡酒吧。」說畢，先就著嘴唇，一口吸乾了，對著大家照了一照杯。

杯子照著眾人，老是不肯放下來。大家因為她這樣，也就不便停杯不飲，都端起杯子，乾了一杯。

劉寶善道：「來而不往非禮也，我們不能不回敬一杯。」於是要過酒壺去斟上一杯，舉了起來道：「新奶奶，怎麼樣？不至於不賞臉吧？」

晚香笑道：「我的酒量淺，大家再乾一杯得了。」說畢，她端起來先飲。

楊半山笑道：「我這位女弟子真是機靈，她怕你們一個一個地回敬，有些受不了，倒先說乾一杯，真是有門兒。」

說到這裡，已上了菊花鍋子。廚子擦了取燈，將鍋子正面的火酒點著，火光熊熊，向上亂吐，一股熱氣兀自向人面亂撲。

晚香喝了酒，本來也就將幾分春色送到臉上，現在爐子火光一烘，面孔上更是紅紅的。

晚香拿著鳳舉的手，在臉上撫摩了一會兒，笑道：「你摸，我不是醉得很厲害嗎？」

鳳舉笑道：「你太沒有出息了，喝這兩杯酒，怎麼就會醉了？」

晚香兩隻白手互相疊著，放在桌沿上將額角枕了手背，說道：「噯呀！我的腦袋有些發暈了，怎麼辦呢？」

鳳舉道：「吃膩了吧？不會是頭暈。」

晚香將一隻胳膊閃了一閃，說道：「吃膩了頭暈，我沒有聽見說過。」

鳳舉道：「你真是頭暈，就進去睡吧，不要吃了。」說著，挽了她一隻胳膊就讓她走。

晚香一隻手扶了人，一隻手按了桌子，對大家笑道：「這不算是逃席吧？」

大家礙了面子，不好說什麼。看她那樣子，也許真是頭暈，因此都不會為難。

鳳舉挽著她轉過了玻璃門，晚香將手一揮，回頭一笑，輕輕地說道：「傻瓜，誰要你挽著？」一扭頭，帶跳帶跑就回上房去了。

鳳舉一看，這才知道她是搗鬼。這鬼算搗得好，連自己都不曾知道，不覺一個人好笑起來，在屋子外停了一停，忍住了笑，然後才走進屋子去。

朱逸士道：「酒是喝不醉，怕是中寒。這個日子，天氣已太涼了，我看她還穿的是夾襖，只那瘦小的身兒，我都替她受不了。」

劉寶善道：「現在太太們愛美的心思實在太過分了，到了冬天，皮衣都不肯穿了，只是穿一件駝絨夾襖，真是單薄得可憐。今天這樣涼，新嫂子好像還穿的是一件軟葛夾襖。」

劉蔚然笑道：「你看走了眼了，人家並不是夾襖，乃是一件單褂子呢。」

朱逸士道：「穿一件單褂子嗎？我不相信。」

鳳舉笑道：「是一件單褂子，不過褂子裡面另外有一件細毛線打的小褂子，所以並不冷。」

楊半山笑道：「他們實在也想得周到，知道穿單褂子好看，又會在單褂子裡另穿上毛線褂子。這樣一來，既好看，又不涼，實在不錯。」

鳳舉見人家誇獎他的如夫人，不由得心裡笑將起來，端了杯子只是出神。

劉寶善手裡捧著碗，將筷子敲著碗沿撲撲地響，口裡說道：「大爺，大爺，吃飯不吃飯？我們可吃完了。」

鳳舉這才醒悟過來，找補半碗稀飯喝了。

大家一散席，一陣風似的擁到上房。晚香知道他們愛鬧，假裝在裡面屋裡睡了，大家因晚香臉上曾一度發現紅暈，倒認為她是真不大舒服，因此不再請出來，各人談了一會，各自散開。只有燕西和楊半山沒走。

晚香換了墨綠的海絨夾襖，一掀門簾，笑著出來了。

楊半山笑道：「好孩子，你真會冤人，我這才知道你的手段哩！」

晚香笑道：「你哪裡知道，大爺的一班朋友都是愛鬧的，不理他們，可得罪了人，要理他們，他老是和你鬧，你簡直沒有法子對付，所以我只好假裝腦袋疼，躲開他們，反正他們天天也不能有這些人來鬧，一個兩個我不怕，倒對付得了。」

鳳舉笑道：「剛才躲起來，這又誇嘴了。」

晚香說話時，就給楊半山和燕西斟了一杯茶，共圍坐在一套沙發上。

晚香先對燕西笑道：「七爺，你回宅裡去的時候，可別這樣說，我原是想在外面住，總不成個規矩，等大爺在老爺太太面前疏通好了，我再回去。這個時候，你儘管來玩，回去可一字別提，我是不要緊，鬧出什麼事，不言語躲開就是了，可是大爺就夠麻煩的。」

楊半山摸著鬍子，連連點頭道：「這話言之有理，老七，你要守秘密。鬧出風潮來，大家都不好。」

燕西笑道：「今天是趙孟元硬拉我來的，不然我還不知道住在哪兒呢？我的脾氣就是不管本人分外的閒事。」

晚香笑道：「我不是說七爺管閒事啊，就怕你一高興，順口說出來了，今天晚上在哪裡吃的晚飯，回頭你那位大嫂子聽見一問，你怎麼辦？還是說好呢，不說好呢？不說，對不住大嫂，說了對不住自己大哥。」

燕西見她三言兩語就猜中了本人的心事，不由得噗哧一聲就笑將起來。

晚香笑道：「我這話說得挺對不是？」

燕西笑道：「我剛才說了，我是不管閒事的人，無論發生什麼事，我是不會兩面說的。」

晚香笑道：「那就好極了，現在我是不出大門悶得慌，若是沒有事，七爺可以常來和我談談。最好能再湊上一個人，我們可以在家裡打小牌。」

鳳舉笑道：「你倒想得周到，叫人整天陪你打小牌，別人也像你一樣，一點事沒有嗎？」

晚香道：「我並不是說叫你整天陪我打小牌，不過沒有事就來就是了，你沒有聽清楚我的話嗎？七爺，你還是一個人來吧，別邀人來打牌了。我是剛說一句，你的大哥就不願意，若是真打起來，你哥哥非揍人不可了。」

她說話時，兩隻胳膊撐住了沙發椅子的扶手，人坐在上面一顛一聳，兩隻高底皮鞋的後跟一上一下，打得地板咚咚地響。

燕西見她如此，活現是一個天真爛漫的人，並沒有什麼青樓習氣，若是對佩芳說了，讓她來大興問罪之師，良心上說不過去，因此把佩芳所託的話根本推翻，還是依著大哥，給他始終保守秘密為是。這樣一來，倒很隨便地談話下去，一直談到一點鐘，才坐鳳舉的汽車回家。到了家裡，再坐一會，就快三點鐘了。

一覺醒來，又是下午。因為金太太早先對金榮說了，七爺醒了，叫他去有話說，因此燕西一起來，金榮就說道：「七爺，你這幾天回來得太晚了，總理要你去說話哩。」

燕西道：「是真的嗎？你又胡說。」

金榮道：「怎麼是胡說？太太就派人來問了好幾回，問你起來了沒有？」

燕西心裡一驚，難道是昨晚上的事犯了？這一見了父親，不定要碰怎樣一個大釘子，因道：「太太也問我來的嗎？你是怎樣對太太說的？」

金榮道：「我沒有對太太說什麼，太太是叫人來問的。」

燕西道：「總理在家裡沒有？」

金榮道：「上衙門還沒有回來。」

燕西笑道：「那倒還是我走運，讓我先進去試試看，太太就是說上一頓也不要緊。」於是搶忙洗了一把臉，趕緊就向上房走。

到了裡院的月亮門下，背著兩手，慢慢地在長廊下踱著緩步，口裡還不住地唱著二簧。金太太正戴了一副老花眼鏡，捧了一本大字《三國演義》，就著窗下的亮光看，見窗外人影子晃來晃去，又聽到燕西哼哼的聲音，便問道：「外面那不是老七？」

燕西道：「是我。我要找四姐問幾個外國字呢。」

金太太道：「你別要假惺惺了，給我滾進來，我有話問你。」

燕西含著笑，一隻手打了簾子，一隻腳在房門裡，一隻腳在房門外，靠住門框站了。

金太太把眼鏡取了下來，問道：「我問你，你這些時候忙些什麼東西？我簡直三四天不見你的面，你就這個樣子忙，你應該趕上你的父親了，為什麼你還是一個大*也掙不了？」

燕西笑道：「你老人家真罵苦了我了，可是我天天不在書房裡看書，又說我行坐不定，沒有成人的樣子；一天到晚在書房裡坐著，又說見不著人，這不是太難嗎？」

金太太用一個食指，對燕西點了幾點，笑道：「孩子，你在我面前就這樣撒謊，若是你老子在面前，也能這樣說嗎？」

燕西笑道：「並不是我撒謊，我是真正每天都有幾個鐘頭看書。」

金太太道：「你這就自己不能圓謊了，剛才還說是一天到晚不出去，這又改為幾個鐘頭了。昨天晚上，到了一點鐘派人去叫你，你還沒有回來，你到哪裡去了？」

燕西道：「我在劉二爺家裡。」

金太太道：「你胡說！我叫人打電話到劉家去問，就聽說劉二爺本人不在家呢。」

燕西這時已走進屋裡，斜躺在一張沙發上，輕輕地說道：「真是騎牛撞見親家公，單單是我昨天打了四圈牌，就碰到你老人家找我。」

金太太道：「你不要推託是打牌，就是打牌，你也不應該，你父親為你的事很生氣，你還嬉皮涎臉，毫不知道呢。」

燕西道：「我又沒做什麼錯事，父親為什麼生氣？回來得晚一點，這也不算什麼。而且回來得晚，也不是我一個人。」

金太太道：「我是不說你，你有理，讓你老子回來了，你再和他去說吧。據許多人說，你是無所不為，天天晚上都在窯子裡。」

燕西跳了起來說道：「哪有這個事！是誰說的？我要把這個報告的人邀來當面對質。」

金太太道：「說得不大對，你這樣跳，可見說你終日在外不回來，你並不說什麼，那是事實。」

正說到這裡，老媽子進來說：「魏總長的老太太打了電話來了，請太太過去打小牌。」

金太太道：「你去回她的電話，就說我待一會兒就來。」老媽子就去了，燕西對他母親望著，笑了一笑，可不作聲。

金太太笑道：「沒出息的東西，你心裡在說我呢，你以為我罵你打牌，我自己也打牌了。你要知道，我這是應酬。」

燕西道：「你老人家真是誅求過甚，連我沒作聲都有罪，要說我心裡在犯罪，那麼，在你老人家隨時都可以告我的忤逆。」

金太太將手一摔道：「出去吧，不要在這裡囉嗦了，我沒有工夫和你說這些閒話。」

燕西一伸舌頭，借著這個機會就逃出來了。

剛一出門，碰到了梅麗。她一把揪住燕西的胸襟，笑道：「這可逮住了。」

燕西道：「冒失鬼！倒嚇我一跳，什麼事要抓住我？」

梅麗道：「王家朝霞姐是明天的生日，我買了點東西送她，請你給我寫一張帖子。」

燕西道：「小孩子過生日，根本上就不用送禮；送禮還用開禮單，小孩子做成大人的樣兒更是寒磣。」

梅麗道：「寒磣不寒磣你別管，反正給我寫上就是了。」說時，拖了燕西的手就走。

梅麗因為自己要溫習功課，曾在二姨太的套房裡用了兩架錦屏，隔作小小的書室，因此她拉著燕西，一直就到那套間裡去。

二姨太看見燕西被拉進來，笑道：「梅麗，你就是不怕七哥，老和他搗亂，七哥也端出一點排子來，管管她才好。」

燕西笑了一笑。

梅麗將頭一偏道：「你別管！這也不礙你的事。」

二姨太道：「這丫頭說話好厲害，我不能管你，我能揍你。」說著，順手拿了瓷瓶裡插的孔雀尾追過來。

梅麗笑著把套房門訇的一聲緊關上了。燕西笑道：「打是假打，躲也是假躲，我沒看見用那輕飄的東西能打人的。梅麗，你的皮肉除非是豆腐做的，你會怕孔雀尾子把你打傷了嗎？真是沒有出息。」

梅麗笑道：「人家要挨打，躲也躲不了，你又從中來挑禍，這更是糟糕了。」

二姨太笑道：「我是隨手一把，沒有拿著打人的東西，你以為我真是駭嚇你就算了呢。」

燕西道：「得了，二姨太，你就饒她一次吧。反正打不痛，她也是不怕的啊。」

二姨太見燕西從中攔住，也就算了。裡邊屋裡，梅麗自去找燕西寫字。

佩芳因為梅麗抱著燕西向屋裡走，因此也跟了來，站在房門外，看見二姨太那樣管梅麗，也是好笑。等二姨太打人了，這才笑了進來，說道：「二姨太疼愛妹妹，比母親究竟差些，母親連罵都不肯罵一句呢。」

二姨太道：「那究竟為了隔著一層肚皮的關係，太太是對孩子客氣一點，其實，她若打了小孩子，罵了小孩子，我們還敢說她不公心嗎？」

佩芳道：「其實倒不是客氣，實在小妹妹是有些好玩，怪不得老人家疼她，連我都捨不得對她瞪一瞪眼呢。」

說這話時，只聽見梅麗說道：「七哥，你就不怕大嫂說嗎？」

佩芳還以為是梅麗聽見說話，搭起腔來了，便偏著頭聽了下去。

只聽見燕西道：「我的態度最是公正，也不得罪新的，也不得罪舊的。」

梅麗道：「你這話就該讓大嫂生氣。她到咱們家來多少年了，和你也是很好，這個新嫂子呢，你也不過昨日見了一面，你就不分個厚薄嗎？」

燕西道：「別嚷別嚷，讓人聽見傳到大嫂耳朵裡去，我又是個麻煩。」

二姨太先還是不留心，後來看見佩芳不作聲，靜靜聽下去，心裡不由得亂跳。

這一對小孩子口沒遮攔，卻是儘管說下去。二姨太想攔住，恐怕是佩芳不高興，不攔住，若把內容完全說出來了，少不了有一頓大吵大鬧，更是禍大。她事外之人格外急得臉上紅一陣，白一陣，只得提高了嗓子，連連叫王媽。

梅麗哪裡理會？就問燕西道：「你看這新嫂子，人長得怎樣？漂亮不漂亮？」

燕西道：「當然漂亮。不漂亮，你想老大會如此嗎？」

梅麗道：「她見了你，你怎樣稱呼呢？」

二姨太在隔壁聽了，只急得渾身是汗，就對佩芳道：「大少奶奶，這事居然是真的，我看我們老大有些胡鬧了，我們把老七叫來，當面審他一審吧？」便用手拍了桌子，嚷道：「老七，你不要在那邊說了，大嫂來了，你到這邊來說吧。」

燕西忽然聽了這話，心裡倒嚇了一跳。連忙走出套房門，伸頭向這邊一望，佩芳可不是坐在這裡嗎？燕西滿面通紅，問道：「大嫂什麼時候來的？」

佩芳笑道：「你不知道我在這裡吧？若是二姨太不作聲，大概你們還要往下背三字經呢。」

燕西笑道：「我原對八妹說，把你請來，和你要求一個條件，然後把內容告訴你，不料你先來了，倒撿了一個便宜去。」

佩芳指著燕西的臉，冷笑道：「好人哪，我是怎樣地問你，你倒推得乾淨，一點兒不知道。可是當天晚晌，你就去見那位新嫂子去了。去見不見，那是你的自由權，你怎樣對八妹說，不敢得罪新的，反不如八妹有良心，說你對不住我。」

燕西被佩芳蓋頭蓋腦一頓譏諷，逼得臉加倍地紅，猶如喝醉了酒一般，只得傻笑道：「大嫂，我這事是有些對不住你。但是你能不能容我解釋一下。」

佩芳道：「用不得解釋，我完全知道，你也是不得已而為之。」

燕西笑道：「我真沒法子向下說了。得了，我躲開你，有話我們回頭再說吧。」說時，掉轉身子，就想要走。

佩芳一伸手，笑道：「不行，你又想在我面前玩金蟬脫殼之計哩。」

燕西道：「這可難了，我在這裡，你是不許我說；我要走，你又嫌我沒有說出來，這應該怎麼辦呢？」

佩芳道：「罵我要罵你，說你是得說。」

燕西對著二姨太笑，皺著眉兩手一揚，說道：「你瞧我這塊骨頭！」二姨太也笑了。

佩芳坐在一張海絨的軟榻上，將腳向榻頭的一張轉椅踏了兩下，笑道：「在這裡坐著，我有話問你。」

燕西笑道：「這樣子是要審問我呢，得！誰叫我做了嫌疑犯哩，我坐下你就審吧。」

佩芳道：「我是規規矩矩和你談話，並不是開玩笑。」

燕西故意把轉椅扶得正正當當的，然後坐下，面向著佩芳說道：「大嫂請你問，我是有一句說一句，不知道的就說不知道。」

佩芳道：「我問的，都是你能知道的，我多也不問，只問十句，可是這十句，你都實實在在答應，不許撒謊。若要撒謊，我就加倍地罰你，要問二十句。」

燕西一想，十句話有什麼難處，還不是隨便地就敷衍過去了，因道：「那成，這頭一問呢？」說時，豎起一個食指。

佩芳道：「我問了，你可不許不說。我問你這第一句話，是她住在什麼地方？」

燕西不料第一句就是這樣切切實實的一個問題，便道：「住在東城。」

佩芳道：「你這句話是等於沒說，東城的地方大得很，我曉得住在什麼地方？你說了，答應我十句話，一句也不撒謊，現在剛說第一句，你就說謊了。」

燕西臉上笑，心裡可大窘之下，不說呢，自己不能完成一個答案，顯是撒謊；說了呢，她簡直可以按圖索驥。這一下子，真把燕西急得無可奈何了。

佩芳見燕西猶豫的樣子，鼻子裡哼著冷笑了一聲。

燕西想了一想，有主意了，因道：「凡事總得讓人家辦成了局面，你再來下批評，我剛才說出東城兩個字，不過是頂大帽子，至於詳細地點，當然還要讓我再往下面說，我這說了東城兩個字，你就說不對，這樣的批評，豈不是有些不對？」

佩芳笑道：「豬八戒收不著妖怪，倒打一耙。我要說你，你倒反駁起我來了。好！這就算我輸了。我問你，她住在東城什麼地方？」

燕西裝出很老實的樣子說道：「住在燕兒胡同一百號。」

佩芳看著燕西的面孔，呆滯著出了一會神，笑道：「你不要胡扯！沒有這樣一個胡同，一個胡同裡也不能有這樣多門牌。」

燕西道：「你並沒有到過，你怎能斷定沒有這些門牌？不但一百號門牌，有二百號的都多著呢。」

佩芳道：「門牌倒說得過去。可是我就沒有聽見說過有什麼燕兒胡同。」

燕西道：「北京城裡地方大得很，哪裡能處處都知道？我說有，你一定說沒有，那有什麼法子。」

佩芳道：「燕兒胡同，由哪裡過去？」

燕西道：「你這個問題，問得實在難一點，我是坐汽車去的，我坐在車子裡頭，走過那些胡同，我哪裡知道？這是很容易的事，你若是有意思要去看看，你就叫汽車夫直接開到燕兒胡同去得了。」

佩芳道：「好，算你隨便說都是有理。我再問你，她是怎樣一個人？」

燕西道：「不過中等人罷了，沒有什麼特美之點。」

佩芳道：「你這話有些不對，若是長得沒有什麼特美之點，你大哥為什麼討她呢？」

燕西道：「不過年輕一點罷了，加上把好衣服一穿，自然不覺怎樣壞。」

佩芳點了點頭，笑道：「這總算是你一句良心話，我很願意把她弄回家來，我和她比一比。哼！我要讓她比下去了，我就不姓這個吳。」

燕西笑道：「這可不結了，你知道是這麼樣，你還生什麼氣？」

佩芳冷笑道：「我生氣嗎？我才不值得生氣呢，她住的那個屋子有多麼大？聽說設備得很完全，是嗎？」

燕西道：「不過是個小四合院子，沒有什麼好處，我不知道老大在那裡面怎樣待得住？」

佩芳道：「她穿的是些什麼衣服？」

燕西道：「她在家裡能穿什麼好的呢？不過是一件巴黎嗶嘰的夾襖。」

佩芳道：「她在家裡穿得這樣好，也就可以了，她是什麼東西出身！還要望穿得太好嗎？」

燕西說一句，佩芳駁一句，燕西笑道：「這樣子，大嫂子不是問我的話，倒好像和我拌嘴似的，這不很妙嗎？」

佩芳笑道：「我和你拌什麼嘴？我看得這事太笑話了，忍不住不說兩聲。」

燕西道：「你說只問我十句，這大概有十句了，你還有什麼可問的沒有？若要再問，已經在十個問題之外，我可以隨便地答覆你了。」

佩芳笑道：「那由著你，但是我也不問，請你自己揀可以說的對我說吧。」

燕西道：「我所知道的，都可以說，這又不關我什麼事，我何必隱瞞呢？」於是把大家吃飯說笑的話略微談了幾句。

佩芳在問話之時，自是有談有笑，現在不問了，專聽燕西說，儘管呆著聽下去。聽下去之時，她不躺著了，坐將起來，右腿架在左腿上，兩手相抄，向前一抱著，臉上先是顯得很憂愁的樣子，慢慢地將鼻子尖聳了兩聳，接上有七八粒淚珠滾到胸襟上。

二姨太皺眉對燕西道：「這，全是老七多嘴多舌，惹出來的麻煩。小孩子在家裡，總是搬弄是非，讓你大嫂這樣傷心。」

燕西道：「這是哪裡說起？先是大嫂要我說，說完了之後，又怪我多事，這豈不是有意叫我犯罪？」

佩芳道：「這不能怪老七，老七就是不說，我也會慢慢打聽出來的。二姨太不要提吧，等我見了母親，把他找著，當面把這事從長評論評論。」

佩芳口裡說著，心裡已在盤算，當了二姨太的面，是不能反對人納妾的，於是將臉正了一正，說道：「二姨太，你不知道，我是三十快到的人，絕不會吃什麼醋，而且與其讓他在外面胡鬧，不如讓他再討一個人。但是你要討人，要對父母回明，揀一個好好的人才討了回來，多少也可以幫我一點忙，我有什麼不樂意的？」

二姨太道：「大少奶這話很是，與其讓老大在外終日胡鬧，不如讓他討一個人。但是這件事總應該先通知家裡一聲，不當那樣偷偷摸摸的。這話說明了，我想你是不會反對的。」

佩芳坐了不作聲，垂了一會淚。

燕西面上雖然笑嘻嘻的，心裡可就想著，今天這一場大禍，惹得不小，搭訕著一掀門簾，向天上看了一看太陽就溜走了。

這裡佩芳心裡是一萬分委屈，走回房去，想了又哭，哭了又想。

蔣媽一看情形和平常不同，便走到金太太屋裡去報告，說道：「太太，你去瞧瞧吧。我們少奶奶也不知道是什麼事受了委屈，今天哭了大半天。我看那樣子，很生氣似的，我又不敢問。」

金太太道：「她這一向子總是和老大鬧彆扭。」

道之、慧廠都坐在屋子裡，道之聽了對慧廠微笑了一笑。金太太看見，笑道：「正是的，你兩口子也是鬧彆扭，現在怎麼樣了？」

慧廠道：「他是屢次和我生氣，我不和他一般見識。」

金太太一面起身，一面說道：「我暫且不問你的事，我先看看那個去。」於是跟著蔣媽一路到佩芳院子裡來，恰好一轉走廊，頂頭就碰到了鳳舉，金太太一把將他抓住說：「你哪裡來？駕忙得很啦，你的婦人快要死去了，你還不去看看。」

鳳舉突然聽到了這句話，倒嚇了一跳，問道：「那為什麼？真的嗎？」

金太太見他真嚇著了，就乘此機會要把他拉住，因正色說道：「我哪裡知道？你和我去看看就明白了。」

鳳舉到了此時，不由得不跟著母親走，一面說話，一面就在金太太前面走去。

佩芳一個人坐在屋子裡，正在垂淚，聽到外面有腳步響，隔著玻璃窗子向外一看，連忙倒退一步，面向裡橫躺在床上。

金太太和鳳舉走了進來，便問道：「佩芳你怎麼樣了？不舒服嗎？」

佩芳躺著，半晌不作聲。

金太太走上前，將她推了一推，問道：「怎麼樣？睡著了嗎？」

佩芳翻了一個身，慢慢用手撐著身體，坐將起來，說道：「媽來了，我沒有什麼不舒服。」

鳳舉見她滿臉憔悴可憐，不由動了愛惜之念，便道：「我們請大夫來瞧瞧吧。」

佩芳對鳳舉一望，身子站了起來，冷笑道：「原來是大爺回來了，你大駕忙得很啦，誰是我們？誰是你們？剛才大爺是和我說話嗎？」

鳳舉雖被她搶白了幾句，一來見她哭泣著，二來母親在當面，也就完全忍耐，不說什麼。

金太太也就臉一板道：「不是我當著你媳婦的面掃滅你的威風，你這一陣子實在鬧得不成話。」

鳳舉陪著笑道：「不過沒有在家住，鬧了什麼呢？」

佩芳用手向鳳舉一指道：「你這話只好冤母親，你還能冤別人嗎？姨太太討了，公館也賃好了，汽車也買了，樣樣都有了，還說沒有鬧什麼？你不回來，都不要緊，十年八年，甚至於一輩子不回來，也沒有誰來管你，只是你不能把我就如此丟開，我們得好好地來談判一談判。**你以為天下女子，只要你有錢有勢就可以隨便蹂躪嗎？有汽車洋房就可以被你當玩物嗎？**你不要我，我還不要你呢！憑著母親當面，我們一塊兒上醫院去，把肚子裡這東西打下來。然後我們無掛無礙地辦交涉。」

鳳舉的脾氣，向來不能忍耐的，佩芳這樣指著他罵，他怎樣肯含糊過去？而且母親在當面，若是就這樣容下去，未免面子很難看，就說道：「你這種說法，是人話嗎？」

佩芳道：「不錯，不是人話，你還做的不是人事呢。在如今的年月，婚姻自然要絕對自由，你既然不高興要我，我也犯不著要你，這地方暫且讓我住了，就是我的境界，多少帶有幾分賤氣，這種賤地，不敢勞你的駕過來，請你出去！」

說這話時，兩隻手揚開，向外作潑水的勢子。

金太太原來覺得是兒子一派不是，現在看到佩芳說話意氣縱橫，大有不可侵犯之勢，而且鳳舉並沒有說什麼話，立刻轉一個念頭，覺得是佩芳不對。臉上的顏色就不能像以先那樣和平，很有些看著佩芳大不以為然的樣子。因對佩芳說道：

「你又何必這樣子？有話不能慢慢說嗎？我看那些小戶人家，沒吃沒喝，天天是吵，那還可以說是沒有法子。像我們這種人家，比上不足，比下有餘，何至於也是這樣天天地吵？好好的人家，要這樣哭著罵著過下去，這是什麼意思？」

金太太這話，好像是兩邊罵，但是在佩芳一人聽了，句句話都罵的是自己，心想，丈夫如此胡鬧，婆婆還要護著他，未免有些偏心，便道：「誰是願意天天這樣鬧的呢？你老人家並沒有把他所行所為的事調查一下，你若是完全知道，就知道我所說的話不錯了。我也不說，省得說我造謠，請你老人家調查一下就知道。」

金太太道：「他的事我早已知道一點，可是你們只在暗裡鬧，並不對我說一聲兒，我要來管，倒反像我喜歡多事似的，所以我心裡又惦記，又不好問，不然，我們做上人的豈不是成心鼓動你們不和？」說到這裡，回頭對著鳳舉狠聲說道：「你也是個不長進的東西，你們只要瞞過了我和你父親的眼，什麼天大的事也敢辦出來。據許多人說，你在外頭另弄了一個人，究竟這事是怎麼樣的？你真有這大膽量，另外成一所家嗎？」

佩芳靠了銅床欄杆，兩隻手背過去扶著，聽到這裡，嘿嘿的冷笑了兩聲。金太太看見，便道：「佩芳，你冷笑什麼？以為我們上人昏聵糊塗嗎？」

佩芳陪笑道：「母親這是怎麼說法？我和鳳舉當著你老人家面前講理，原是請你公斷，怎敢說起母親來？」

金太太隨身在旁邊一張靠椅上一坐，十指交叉兩手放在胸前，半晌說不出話。佩芳剛才說了一大串，這時婆婆不作聲，也不敢多說。

鳳舉是做錯了事了，正愁著沒有法子轉圜，自己也就不知道要怎樣措詞，因此在桌上煙捲盤子裡找了半截剩殘的煙捲頭，放在嘴裡，一時又沒有火柴，就是這樣把嘴抿著。

這時，慧廠和道之已經趕了來，玉芬和梅麗也來了。先是大家在外面屋子裡站著聽，接上大家都走進來。

梅麗伏在金太太肩上，說道：「媽！你又生氣嗎？」

金太太將肩一擺，一皺眉道：「我心裡煩得很，不要鬧！」

梅麗回轉來，對道之一伸舌頭。

玉芬伸了一個食指，在臉上耙了幾下，又對她微微一笑。

梅麗對玉芬一撇嘴道：「這有什麼害臊？你就沒有碰釘子的時候嗎？」

那二姨太得了這邊消息，以為燕西告訴佩芳的話，全是在自己屋子裡說的，現在這事鬧大了，少不得自己要擔些責任，所以也就靜悄悄走到這兒來，現在看到梅麗和金太太鬧，便插嘴道：「你還要鬧哩，事情都是你弄壞了。」

梅麗道：「關我什麼事呢？」

二姨太失口說了一句，這時又醒悟過來，若是說明，少不得把燕西牽引出來，便走進房來，牽了梅麗的手道：「別這樣小孩子氣了，走吧。」

梅麗道：「人家來勸架來了，你倒要我走！」

道之笑道：「你瞧大哥嘴裡銜著一支煙捲，也沒有點著，八妹找根火柴給他點上吧。」

滿屋子裡人，七嘴八舌，只說閒話，金太太和鳳舉夫婦依然是不言語。還是金太太先說道：「鳳舉，從今天起，我要在每晚上來點你一道名，看你在家不在家？你若依舊是忙得不見人影，我決計告訴你父親，讓他想法子來辦你。到了那個時候，你可不要求饒。」

鳳舉聽說，依然是不作聲。

佩芳道：「他回來不回來，那沒有關係，不過他既然另討了人，這件事全家上上下下都知道，不應該瞞著父親一個人。回頭父親回來了，我和他一路去見父親。那是你二位老人家作主，說要把那人接回來就接回來，說讓她另住，就讓她另住。」

佩芳說這話時，臉上板得一絲笑容都沒有，鳳舉看見弄得如此之僵，這話是說既不好，不說也不好。

還是金太太道：「那也好，我是不配管你們的事，讓你父親出面來解決。我這就走，聽憑你們自己鬧去。」說畢，一起身就要走。

梅麗伸開兩手，將金太太攔住，笑道：「媽！走不得，你若是走了，大哥大嫂打起架來，我可拉不開。」

金太太道：「別鬧，讓我走。」

梅麗拖著金太太的手，卻望著鳳舉道：「大哥，你說吧，你和大嫂還動手不動手？」

鳳舉忍不住笑了，說道：「你指望我們演《打金枝》呢，我父親夠不上郭子儀，我也沒有那大的膽。」

佩芳道：「你這話分明是笑我門戶低，配不上你這總理的公子，但是現在共和時代，婚姻是平等的，不應當講什麼階級，況且我家也有些來歷，不至於差多大的階級。」

鳳舉道：「知道你父親是一位科甲出身的人品，很有學問。我們配不上。」

玉芬笑道：「蔣媽呢？沏一壺熱茶來。」

蔣媽答應了一聲是。

玉芬道：「別忙，看看你們少奶奶玻璃格子裡，還有瓜子花生豆沒有？若是有，差不多一樣裝兩碟兒，我那屋子裡，人家新送來的一大盒埃及煙捲也捧了來。」

大家見她笑著高聲說，也猜不透是什麼事情，都忙忙地望著她。

她笑道：「你們看著我做什麼？不認得我嗎？大哥大嫂不是在家裡說身價嗎？我想這件事不是三言兩語可以說完的，我以為要喝著茶，磕著瓜子，慢慢地談一談，不知道大哥大嫂可能同意？」

這話說完，大家才知道她是開玩笑，不由得都笑了，就是這一笑，這許多人的不快都已壓了下去。

金太太也情不自禁地笑了一笑，說道：「玉芬就是這樣嘴尖，說了話，教人氣又不是，笑又不是。」

鳳舉笑道：「你瞧屋裡也是人，屋外也是人，倒像來瞧什麼玩意似的。」一面說道，一面搭訕著向外走。

佩芳道：「嘿！你別走，你得把我們辦的交涉先告一個段落。」

鳳舉道：「我不走，這是我的家，我走到哪裡去？」

佩芳道：「不走就好，咱們好慢慢地講理。」

這倒弄得鳳舉走也不好，不走也不好，卻只管在外面屋子裡踱來踱去。

玉芬便對佩芳道：「大嫂到我屋子裡去坐坐吧，你若高興，我們可以鬥個小牌。」

佩芳道：「還鬥牌呢？我還不知生死如何呢？」

玉芬拉著佩芳的手道：「走吧！」於是一邊說著，一邊拉了她的手，自己身子向門外彎著。

佩芳原是不曾留心，被她拉著走了好幾步，笑道：「別拉，我是有病的人，你把我拉得摔死了，你可要吃官司。」

玉芬道：「是啊！我忘了大嫂是雙身子，這可太大意了。」

佩芳道：「胡說！我的意思不是這樣，你別挑眼。」

玉芬撒手道：「我反正不敢拉了，至於你去不去，我可不敢說。你若是不去……」說到這裡，對佩芳笑了一笑。

道之道：「其實打牌呢，坐兩三個鐘頭也不大要緊。」

佩芳原不要去打牌，因為她兩個人都這樣說俏皮話，笑道：「打牌，那要什麼緊！打完了牌，我們還可以來辦交涉。走！」

她既說了一聲去，大家就一陣風似的簇擁著她，到玉芬屋子裡去。

鳳舉是料到今日定有一次大鬧，不料就讓玉芬三言兩語輕輕帶了過去。大家走了，他倒在屋子裡徘徊起來，還是留在屋子裡？還是走呢？要說留在這裡，分明是等候佩芳回來再吵，若是走開，又怕佩芳要著急，而且金太太也未必答應，所以在屋子裡坐臥不寧，究竟不知如何是好。

後來還是想了一個折中的主意，先到母親屋子裡閒坐，探探母親的口風，看母親究竟說些什麼，若是母親能幫著自己一點，隨便一調和，也就過去了，借著這個機會將晚香的事說破，一勞永逸，也是一個辦法，於是慢慢地踱到母親房門口，先伸著頭向屋子裡看了一看。

金太太正斜躺在一張軟榻上，拿了一支煙捲抽著解悶，一抬頭看見鳳舉，便喝道：「又做什麼？這種鬼鬼祟祟的樣子。」

鳳舉道：「我怕你睡著了呢，所以望一望不敢進來。」

金太太道：「我讓你氣飽了，我還睡得著覺嗎？」

鳳舉笑嘻嘻的，慢慢走進來，說道：「受我什麼氣？剛才佩芳大吵大鬧，我又沒說一個字。」

金太太道：「你就夠瞧的了，還用得著你說嗎？我問你，你在哪裡發了一個幾十萬銀子財，在外面這樣大討姨太太，放手大幹？」

鳳舉笑道：「你老人家也信這種謠言，哪裡有這種事？」

金太太身子略抬一抬，順手將茶几上大瓷盆子裡盛的木瓜拿了一個在手中，揚了一揚道：「你再要強嘴，我一下砸破你的狗頭！」

鳳舉笑道：「你老人家真是要打，就打過來吧。那一下子，夠破頭出血的了，破頭出血之後，我看你老人家心疼不心疼？」

金太太笑罵道：「你把我氣夠了，我還心疼你嗎？」說這話時，拿著木瓜的那手可就垂下來了。

鳳舉見母親已不是那樣生悶氣，便挨身在旁邊一張方凳子上坐下，笑道：「媽！你還生我的氣嗎？」

金太太將手一拍大腿道：「不要這樣嬉皮涎臉的，你還小嗎？你想，你做的事，應該怎樣罰你才對？依我的脾氣，我就該這一輩子都不見你。」

鳳舉笑道：「我也很知道這事做得很不對，無奈勢成騎虎，萬擱不下。」

金太太不等他說完，突然坐將起來，向他問道：「怎樣勢成騎虎？我要問你這所以然。討姨太太，還有個勢成騎虎的嗎？」

鳳舉道：「起先原是幾個朋友在一處瞎起鬨，後來弄假成真，非我辦不可，我只得辦了。其實，倒沒有花什麼錢。」

金太太道：「胡說！你父子就都是這一路的貨，先是嚴守秘密，一點也不漏風，後來車成馬就了，一問起來，就說是朋友勸的，就說是不得已。你說朋友要你辦，你非辦不可，若是朋友非要你吃屎不可，你也吃屎嗎？」

鳳舉笑道：「得了，既往不咎，我這裡給你賠罪。」說著，站立起來，恭恭敬敬給金太太三鞠躬。

金太太笑罵道：「這麼大人做出這種醜態，只要你有本事，養活得過去，你討十個小老婆我也不管，可是你怎樣去對你老婆說？這是你們自己的事，我做娘的管不著，將來若是為這事打架吵嘴，鬧出禍事來，你也不許和我來說。」

鳳舉笑道：「娶妻如之何，必告父母，哪有不對上人說的道理？」

金太太道：「呸！你越發混扯你娘的蛋！你和佩芳訂婚的時候告訴過我們嗎？這個時候，要討小不奈老婆何，卻抬出孔夫子來，要哄出我們這兩把老黃傘，然後可以挾天子令諸侯，說是父母同意讓你討小，你老婆就無可說了，是也不是？」

鳳舉笑了一笑，說道：「你老人家的話總是這樣重。」

金太太道：「我這話重嗎？我一下就猜到你心眼兒裡去了，你給我滾出去，別在這兒打攪，我要躺一會兒。」

鳳舉又坐下來，笑道：「只要你說一聲，佩芳也就不鬧了。」

金太太道：「我管不著，我沒那個能耐。剛才在你屋裡，你沒瞧見嗎？氣得我無話可說。這會子我倒贊成兒子討小，她說我幾句，我臉往哪兒擱？」

鳳舉正要麻煩他母親，忽聽見走廊子外有人說道：「吃了飯，大家都不幹事。你瞧，走廊下這些菊花，東一盆，西一盆，擺得亂七八糟，什麼樣子？」

鳳舉一聽，是他父親的聲音，不敢多說話，站起來就走了。走到廊子下，見金銓正背了手在看菊花，就在他身後輕輕地走過去了。

剛轉過屏風，側門裡一件紅衣服一閃，隨著是一陣香氣，有人嚷道：「嘿！你哪裡去？」

鳳舉料是他夫人趕上，心裡撲通一下，向後退了一步，只見那個紅衣衫影子兀自在屏風後閃動。他一想，佩芳打牌去了，這會子不會到這裡來，而且她穿的也不是紅衣服，因此定了一定神，問道：「誰在那兒？嚇我一跳。」

那人笑道：「你的膽說大就太大，說小又太小，什麼大事，一個人也幹過去了，這會子我說一句不相干的話，你就會嚇到，我有些不相信。」

說話時，卻是翠姨轉了出來，身上正穿了一件印度紅的旗袍，脖子上繞了法國細絨墨綠圍巾。手上提了一個銀絲絡子的錢袋，後面一個老媽子捧了一大抱紙包的東西，似乎是買衣料和化妝品回來。

鳳舉道：「叫我有什麼事嗎？」

翠姨道：「我沒有什麼事，聽說你和大少奶奶辦交涉呢，交涉解決了嗎？怎麼向外走？」

鳳舉道：「翠姨不是買東西去了嗎？怎樣知道？」

翠姨笑道：「我有耳報神，我就不在家裡，家裡的事，我也是一樣知道。」

鳳舉回頭一望，見四處無人，就向翠姨作了一個揖，笑道：「我正有事要勞你的駕，能不能夠給我幫一個大忙？」

翠姨笑道：「我這倒來得巧了，我要是不來呢？」

鳳舉道：「待一會子，我也會去求你的。」

翠姨道：「大爺這樣卑躬屈節，大概是有事求我，你就乾脆說吧，要我辦什麼事？」

鳳舉笑道：「媽那一方面，我是疏通好了，我看爸爸回來就生氣，不知道是不是為我的事？若是為我的事，我想求求你給我疏通幾句。」

翠姨道：「這個我辦不到，你父親回頭將鬍子一撅，我碰不了那大的釘子，倒是你少奶奶我可以給她說幾句，請她別和你為難。」

鳳舉道：「她倒不要緊，我有法子對付，就是兩位老人家，這可不能不好好地說一說。這件事，你還有什麼不明白的？」

翠姨笑道：「若是疏通好了，你怎樣地謝我哩？」

鳳舉笑道：「你瞧著辦吧。」

翠姨道：「你這話有些不通，又不是我給你辦事，怎麼倒要我瞧著辦？」

鳳舉道：「得了，你別為難，晚上我來聽信兒。」說畢，不待翠姨向下說，逕自去了。

翠姨走進上房，金銓還在那裡看菊花，翠姨叫老媽子將東西送回房去，也就陪著金銓看花，因道：「今年的花沒有什麼特別樣兒，我都不愛挑了。」一面說，一面將脖子上圍的絨巾向下一抽，順手遞給金銓，便蹲下身子，扶那盆子裡的花頭看。

金銓接著那絨巾，一陣奇異的香味撲入鼻子，也就默然拿著，一看如夫人穿了那種豔裝，伸出粉搏玉琢的胳膊來扶那花朵，不由丟了花去看人。

翠姨一回頭，見金銓呆呆望著，不由瞟了他一眼，抿嘴微笑，然後就起身回房去了。

金銓拿了絨巾，也由後面跟了來，笑道：「你連東西都不要了嗎？」說話時，一眼看見翠姨脫了長衣，穿著一件水紅絲葛的薄棉小緊身，開那玻璃櫥子要換衣服，她回頭一見，將玻璃櫥門使勁一關，笑道：「老不正經，人家換衣服也跑來看。」

金銓笑道：「我是碰上的，你不許我在這裡，我走開就是了。」說畢，抽身就要走。

翠姨道：「別走，我有話問你，我回來的時候，你不是很生氣嗎？這會子怎麼氣就全下去了？剛才你生誰的氣？」

金銓因翠姨叫著說話，便走了回來，站在房門口，將手上的絨巾向沙發軟椅上一扔，淡淡地說道：「我的事你不要管。」

翠姨道：「誰管你的事？我回來的時候，看見這樣子，以為有什麼事得罪你呢，所以問一聲兒。你不是發我的氣，何以先見著就撅著你那幾根騷鬍子？」

金銓道：「你難道一點子都不知道嗎？」

翠姨道：「我不知道。知道我還問什麼？那不是廢話。」

金銓道：「還不是為了鳳舉的事。」

翠姨道：「鳳舉什麼事？我沒有聽見說。」

金銓道：「你是成心給我開玩笑。這一件事，全家都知道，何以你一個人就毫無所聞？」

翠姨道：「我是什麼地位，我不敢問你們的事。」

金銓道：「還不是為他在外面又討了一個人！」

翠姨道：「什麼？我沒聽見。」

金銓道：「他在外面又討了一個人。」

翠姨道：「又娶了一個少奶奶嗎？」

金銓道：「可不是！這一件事，他已經辦了一個月，家裡瞞得像鐵桶一般，大家全不知道。你說可惡不可惡？」

翠姨冷笑了一聲，說道：「你們家裡有幾個臭錢，就是這樣糟踏人家女兒。哼！這又不知是哪裡倒八百年楣的可憐蟲，又要像我這樣低眉下賤，受人家的氣了，先是說得天上有，地下無，你家如何如何的好，把人家討來了，上人說是壞了家規，老婆又要吃那種不相干的飛醋，把那個討的人弄得進退兩難。哼！我把你們這班人看透了，就譬如你討了一個姨太太不算，又把我討了來。兒子只討一個，你就生氣，這是只許州官放火，不許百姓點燈。」

金銓微笑道：「你這是和我拌嘴呢，還是和鳳舉出氣呢？你這樣夾槍帶棒，來上一氣，我可不知道你命意所在？」

翠姨道：「我怎麼是夾槍帶棒？我說的還不是真話嗎？**你們自己做上的不正，卻來管做下的，那怎樣能夠？**設若我是鳳舉，你要問起我來，我卻這樣說，是跟父親學的，我看你怎樣說？」

金銓笑著向沙發椅上一坐，將大腿一拍，說道：「得！你不用說，我全明白了，一定是鳳舉那東西，怕我和他為難，託你來疏通我。你又怕我的話難說，不管三七二十一先和我開起火來，我說你不過，你就可以做好做歹，和鳳舉說情了，你說是不是？你們的心事，沒有我猜不著的，這一句話，你說，是不是猜到了你心眼裡去了？」

翠姨在玻璃櫥裡取出一件衣服，穿了一隻衫袖，半邊衣服披在肩上，半邊衣服套在手胳膊上，站在那裡，靜靜地聽候金銓說話。

金銓說完了，真把啞謎猜著，不由得一笑，說道：「我不是那個意思，你不要瞎說，鳳舉又不是我親生的兒子，為什麼我要給他說好話？」

金銓道：「真的嗎？其實，他有這大歲數了，只要他養活得了，我管他討幾個，不過他事先一點不通知家裡，就這樣放手做去，其情可惱。不過事已如此，就是你不講情，我也沒法子，難道我還能叫他把討得了的人退回去不成？只要他婦人不說話，平安無事，也就行了。」

翠姨將衣服穿上，用手指著金銓說道：「這可是你說的話，你的少爺若都援例起來呢？」

金銓道：「他們都要援例，就讓他們一致援例吧。還是那句話，只要他們有那個能耐，無論怎樣，我都不管。」

翠姨笑道：「那就好辦了。我且問你，鳳舉討的這個人，你打算怎辦呢？還是讓她老在外面住呢？還是搬了回來呢？」

金銓道：「以我的意思而論，當然是不搬回來的好，這事我也不便出什麼主意，讓他母親出面來主持吧。」說到這裡，嘆了一口氣道：「年輕的人糊塗，在高興頭上，愛怎樣辦就怎樣辦，等到後來，他才會知道種種痛苦。一個男子，實在不必弄幾房家眷，還是像外國人一夫一妻的好，兩下願意，就好到頭，兩下不願意，隨時可以離婚；中國人不然，對於一個不滿意，就打算再討一個滿意的，殊不知一討了來，不滿意的更要不滿意，就是滿意的，也會連累得不滿意，譬如爛泥田裡搖樁，越搖越深，真是自己害自己。」

翠姨笑道：「你這話是說自己嗎？」

金銓道：「你說我是說一般人也可以，說是說我自己也可以，無奈我不會做小說，我若會做小說，我一定要做一部小說叫多妻鑑，把多妻的痛苦痛說無遺。」

翠姨道：「你嫌多妻嗎？未必吧？為什麼今年上半年有人送一個丫頭給你，你還打算收下呢？不是我極力地反對，丫頭早就討了。」

金銓道：「你這話根本就不對，丫頭是丫頭，姨太太是姨太太，那怎樣能混為一談？」

翠姨將嘴一撇道：「你以為我不知道呢？其名是送你丫頭，其實是姨太太啊。」

金銓道：「你這話有些說不過去，人家送丫頭，為什麼你定說是送姨太太呢？」

翠姨笑道：「這全是你們做官的人玩的花樣，我有什麼不知道？因為送姨太太給人，固然是名聲不好聽，而且名正言順地送姨太太來，也怕家庭通不過，所以繞個彎子說送丫頭。等到送來之後，人是你的了，你要討作姨太太還有什麼難處嗎？」

金銓道：「你們也是一樣地可以反對啊！」

翠姨道：「反對雖然是可以反對，但是到了那時候，可就遲了。」

金銓道：「得了，我不和你談這些了。我還有事呢。」說畢，站起身來，就打算要走。

翠姨伸過手來，一把拉住，笑道：「且住，我問你一句話，鳳舉這件事你到底打算怎樣辦？」

金銓笑道：「我曉得，他一定要送一筆厚禮來感謝你的，我給你一個實的信，你就告訴他說，是你講情已經講妥了。」

翠姨放了手，微微一推道：「胡說！我受他什麼厚禮？老實說，我也是人家的姨太太，總會幫人家姨太太說話的，你們不是常說兔死狐悲嗎？我就是這一句話。」

金銓道：「別嚷吧，嚷出來了又是是非，我的事忙得很，哪有工夫給你們管這些閒賬？我要走了。」說畢，抽身就走開了。

翠姨靠了門，望著金銓後影微笑。一回頭，只見燕西站在旁邊夾道裡儘管伸舌頭。

翠姨道：「你為什麼在這裡鬼鬼祟祟的？」

燕西道：「這一場大禍是我惹出來的，你叫我怎樣不擔心害怕？」

翠姨道：「你說的是鳳舉的這一件事嗎？這與你有什麼相干，要你擔驚害怕？」

燕西因把梅麗問話，被佩芳聽見的話，從頭到尾說了一遍，因道：「你想，糟糕不糟糕？」

翠姨笑道：「你這事，不是一場禍事，是一件兩面討好的大功勞。」

燕西道：「這話怎樣說？我不懂。」

翠姨道：「不是因為你一說，這事就能鬧穿了嗎？在你大嫂一方面，雖不記你什麼大功，也不會說你有什麼過；至於你大哥呢，這一下子可鬧得好了，太太說是不管，你父親也說是不管，只要和佩芳一疏通，就可以帶回家來了，本來是一件私事，現在鬧得公開起來，豈不是大大地方便？無論如何，對鳳舉是有利而無害，這豈不是你一場大功嗎？」

燕西道：「果然如此，倒是一件功勞，不過父親為什麼這樣好說話？」

翠姨將鼻子一聳，用一個食指，指了鼻子尖道：「哼！那不是吹，全靠我給他疏通了，你信不信？」

燕西道：「我有什麼不信？」

翠姨道：「你信就好，將來你有什麼為難的事，也可以託我疏通，雖然辦得不能十分好，總不至於壞事。」

燕西聽說，就直挺挺地站在翠姨面前，給她鞠三個躬。

翠姨道：「這是為什麼？馬上就有事要求我嗎？」

燕西笑道：「現在可沒有事相求，不過據我想，總是難免的，難得你有這種好話，機會不可失過，我這裡先給你鞠了三躬，放下定錢，以後要求你的時候，你收了我的定錢，你就不能推辭了，你說我這個主意好不好？」

翠姨笑罵道：「年輕輕的孩子，不學好，做出這種滑頭滑腦的神氣，我不喜歡這種樣子。」

燕西道：「我有事要求你，不歡歡喜喜的，還要哭喪著臉不成？」

翠姨道：「別在這兒瞎起鬨了，到你母親屋子裡去聽好消息吧，聽得了，給我一個信兒，別忘了。」

燕西聽說，果然就向金太太屋子裡來。

剛進院子門，秋香站在那外院子門邊，又點頭又招手，好像有很要緊的話對他說似的。燕西便走了過去，問道：「什麼事？說給我聽聽。」

秋香笑道：「有一個好朋友打電話請你吃飯，金榮大哥到處找你，滿頭是汗呢。」

燕西道：「請我吃飯的，就是好朋友嗎？」

秋香道：「不是那樣說，因為這個朋友是個小姐呢。」

燕西道：「你怎樣知道是個小姐？是誰？」

秋香道：「我不知道是誰，金榮找你的時候，我又接著找你的電話，我請她等一等，她說不用等，回頭再打電話來。我聽那聲音，是個姑娘說話，所以我知道她是小姐。」

燕西笑道：「你可別到裡面去瞎說。」

秋香道：「七爺就是這樣不知道好歹，人家到處尋你，你倒疑心我們。」

燕西笑道：「混蛋！你這樣說我，也不分個大小，我要把大爆栗子敲你。」

秋香聽說，笑著一扭身跑了。

燕西找到金榮一問，才知道清秋打電話來了，說是馬上到「西味樓」去吃飯，有要緊的話說，叫燕西務必去一趟。燕西心想，她要有事，何必不在家裡說，要請到大餐館裡去說，這也就奇了。

當時，家裡雖還閒著一輛汽車，也不坐，雇了一輛人力車就到「西味樓」來。

到了「西味樓」，那裡的茶房自認得他，便笑道：「七爺來了，早來了一位，在這兒等著你呢。」

燕西道：「我知道了。」於是一直上樓，到了一間小單間裡，只見清秋站在那裡，手扶了椅子背，看牆上的風景畫，似乎是很無聊，因笑道：「早來了嗎？今天這樣子是要請客呢。」

燕西一面取下帽子，自掛在鉤上，一面偏著頭和她說話。

她轉身過來，淡淡地對燕西說道：「你怎麼這樣忙？老不看見你。」

燕西道：「我不知道你有事對我說，要是知道，早就來了，什麼事，還要請我吃飯才肯說出來嗎？」

清秋且不說什麼，自在主席的地方坐了，燕西連忙在橫面挨著桌子犄角坐下。

燕西雖然談笑自如，看見她兩個眉頭緊鎖，目光下射，便也停止了笑聲，因問她道：「怎麼樣？又有什麼事為難嗎？」

清秋嘆了一口氣道：「我是為你犧牲，無論到什麼地步在所不計的，不過我還有個母親，遇事總得替她想想，難道叫她也跟著我一處犧牲不成？」

燕西道：「你這話平空而來，我好生不解。」說到這裡，茶房已經進屋來上菜。

平常清秋吃西餐，拿了菜牌子在手，必定再三地考量。這回隨便看了一看菜牌，就向桌上一推，並沒有多說什麼話，燕西滿肚皮狐疑，其志不在吃上，也就沒有說什麼，只對茶房擺了擺頭，茶房見是如此，自拿著預備去了。

燕西問道：「你究竟有什麼話，先告訴我一點，免得我著急。」

清秋道：「忙什麼？你先吃，回頭我再告訴你。」

燕西道：「我們何妨一邊吃，一邊說呢？不然，我吃不下去。」

清秋道：「你吃不下去嗎？我才吃不下去呢！」

燕西道：「我的天，有什麼事，你儘管說，我真悶死了。」

清秋到了這時，眉頭鬆著，又嫣然一笑，說道：「我打個啞謎你猜吧，就是俗說種瓜得瓜，種豆得豆。」

燕西道：「這是什麼意思？我更不懂了。」

清秋道：「你還是存心，你還是真不懂？」

燕西道：「規規矩矩地說話，我為什麼耍滑頭？我實在是真不懂。」

清秋道：「看你是這樣清秀，原來是個銀樣鑞槍頭。」

燕西道：「不用罵，我早自已定下一個好名字，乃是繡花枕頭，你想枕頭外面，都是綾羅綢緞，裡面呢，有養麥皮，有稻草，有蘆花，有鴨絨。」

清秋微笑道：「裡面若是鴨絨蘆花，那倒罷了。」

燕西道：「是呀！我這個枕頭裡面不過是稻草蕎麥皮而已。」

清秋道：「你既然不懂，我回頭再說吧。」

燕西看那樣子，知她是礙著茶房，只好不問，一直等到上了咖啡，茶房不來了，清秋紅了臉道：「我不是早對你說了嗎？一之為甚，豈可再乎？你總說是不要緊的，而且又舉出種種的理由來，上次我也說了，總要防備一點，你也是不在乎，你瞧……」

燕西道：「怎麼樣？伯母說什麼了嗎？」

清秋道：「她還是不知道，但是不想法子補救，就該快知道了，我今天不能客氣了，我問你一句，你到底願意什麼時候公開？」

燕西道：「就為這個嗎？反正在今年年內。」

清秋臉色一正，說道：「正經是正經，玩話是玩話，人家和你談心，你何以還是這樣隨便？」

燕西道：「我並不隨便，這是我心眼裡的話。」

清秋道：「是你心眼裡的話，難道你利害都不計較嗎？」

燕西道：「有什麼利害？」

清秋一皺眉道：「你還不懂，膩死我了。」說著，一頓腳道：「你害苦了我了。」說時，把鈕扣上插的自來水筆取了下來，又在小提包裡取出自己一張名片，卻在名片背上寫了一行字道：「**流水落花春去也，潯陽江上不通潮**。」寫畢，向燕西面前一擲，說道：「你瞧瞧。」

燕西接過一看，笑道：「一句詞，一句詩，集得很自然哪。」

清秋道：「別淨瞧字面，仔細想想。」說時，兩隻胳膊平放在桌上，十指交叉，撐了下巴，望著燕西。

燕西拿了名片在手上念了兩遍，笑道：「要是一年以前，你算白寫，這大半年的工夫，蒙老師教導我，我懂得這言外之意了。可是我猜沒有這回事，你嚇我的。」

清秋道：「我心裡急得什麼似的，你還是這樣不在乎。」

燕西道：「真怪了，何以那樣巧？有多久了？」

清秋紅了臉，把頭枕著胳膊，臉藏起來。

燕西道：「剛才你說我玩笑，你呢？」

清秋抬起頭道：「虧你問，還能多久嗎？就是現在。我的身體很好，從來日期很準的，這回過去半個月了，起先我還以為是病，現在我前後一想，決計不是，你看要怎樣辦？」

燕西端了咖啡杯子，慢慢出神地呷著，皺了眉道：「若是真的，可是一件棘手的事情，我一時想不出辦法，讓我考量考量。」

清秋道：「怎樣考量考量？我覺得挨一日多一日，這事情非辦不可，你要考量，我可不能等。」

燕西道：「何至於急得如此呢？就是依你的話，我們就結婚，也要一個月的預備啊。」

清秋道：「我也是這樣想，乾脆你送我到醫院裡去把這個問題解決了吧。」

燕西笑道：「這個我絕對不贊成，抖一句文的話，這簡直有傷天地之和，你忍心這樣辦嗎？」

清秋道：「我沒法子呀，不忍心怎麼辦？」

燕西道：「這辦法究竟不好，請你給我三天限期，我在三天以內，準給你確實的答覆，你看如何？事已如此，也不是說解決就解決了的。」

清秋皺了眉道：「從前天我發覺了以後，我就時時刻刻惦念著，不知道你有什麼法子沒有？而今你說出來，也是沒有辦法，你真叫我為難，等三天是不要緊，可是你又叫我要急三天了。」

燕西道：「你雖然急三天，我想只要把法子想出來，那是一勞永逸的事了，也許這小把戲是促成我們的好事哩。」

清秋伸了右手一個食指，在臉上耙了一耙，笑道：「虧你把小把戲三個字都說出來了。」

燕西道：「這不是事實嗎？」說時，站了起來，扶著清秋的肩膀道：「你不要著急，反正前途是樂觀的，**我早就想了一個妙訣，真是家庭有什麼難關，我就用我最後那一著棋，拿錢出洋，到了外國，隨便怎樣辦，也沒有人管得著的**。你看我這個辦法如何？」

清秋道：「我就是捨不得我母親，不然，倒是一個好辦法。」

燕西笑道：「我也是如此說，恐怕你捨不得伯母，但是這種辦法乃是最後一著，我在這三天之內，當然還要想出比較完善的辦法來，你千萬別著急就是了。」

清秋笑道：「你說話是沒有憑準的，當面說的是如何如何的好，只一轉身，你就會把這事丟在脖子後了。」

燕西道：「平常玩笑的事，我或者是這樣不留意，若說正經的事，什麼時候我會有頭無尾的？」

清秋聽他說有辦法，心裡寬一點，見桌上擺著水果，拿了一個梨起來，將刀周圍地削皮，削得光光的，用兩個指頭來箝了蒂，放在燕西碟子裡。

燕西欠了一欠身子，笑道：「勞駕啊！你削得怪累的，我不好意思一個人吃，一人分一半吧。」

燕西拿了刀子，正要向下切，清秋按了他的手道：「有的是，我要吃，再削一個就是了。你吃吧。」

燕西放下刀笑道：「我又想起來了，我記得有一次分梨，你攔住了我，這還是那個意思啊。」

清秋笑道：「我並不是迷信，我不願吃這些涼東西。」

燕西拿了刀，扁平著在右腮上拍了一下。笑道：「是啊！我這人是如此的粗心，你不能吃生冷啊。」

清秋說：「胡說！我的意思不是如此，你不要胡扯，我向來就不愛水果的。」

燕西道：「晚上你能出來不能出來吃飯，一塊兒瞧電影去？」

清秋道：「人家心裡亂得什麼似的，哪裡還有心思去看電影？就是你，也應該早點回去，好好地躺著想法子去吧。」

燕西笑道：「何至於就忙在這一刻呀？」於是會了賬，二人一同下樓出門。

燕西道：「要不要我送你回家？」

清秋道：「我不回家，我去看一個同學，你就快快地回去吧。」

燕西看她這樣無謂的焦躁，雖然可笑，卻又可憐，只得依著她的話，擱下了一切的事，自回家去。到了家裡，在沙發上一躺，慢慢地想著要想個什麼法子，才能把這個問題解決了，只是這一件事，是個人的秘密，又不能對第三個人去商量，三個姐姐或者可以和自己出點主意，無奈事涉閨闥，話又不好出口，三個哥哥呢，都是不了漢，出的主意未必可用，其他的人更不會關痛癢的。

想了半天，居然想了一個繞彎的法子，就叫金榮把四姑爺劉守華請來。

金榮笑道：「七爺和他是不大合作的啊……」

燕西皺了眉道：「去！不要廢話！」

金榮見他滿臉發愁的樣子，或者有正經事，就不敢多說，把守華請了來。

劉守華一進門便笑說：「你不用提，你要說的事，我已經猜著了，是不是你已給我找著了房子？」

燕西道：「不對，請坐下慢慢談吧。」於是起身將門一掩，把劉守華指使到一張沙發上坐下，笑道：「你先該向我賀喜。」說時，眉毛一揚，望了他的臉色。

劉守華道：「什麼事道喜？贏了錢嗎？」

燕西道：「你怎樣總不猜我有一件好事？我這人就壞到如此？」說時，豎起手來，自己在頭上敲了一個爆栗。

劉守華笑道：「我失言了，對不住，我想你一定決定進一個學堂了。」

燕西道：「你這簡直是損我了，我能進哪個學堂呢？」

劉守華笑道：「這就難了，說是你不幹正經，你不願意；說你幹的是正經事，你又說我損你，究竟要怎樣說呢？這樣不正不歪的事，我猜不著，你就乾脆自己說吧。」

燕西笑了一笑，話到口邊，卻又忍了回去，因道：「還是你猜吧，**你向人生最得意的一件事想去，你就猜著了。**」

劉守華笑道：「人生最得意的事情……」一面說時，一面搔著頭髮，笑道：「有了，莫不是做了官？」

燕西笑道：「我還用不著做官呢，和做官可以成為副對子的，你再去想吧。」

劉守華笑著一頓腳道：「這一回我完全猜著了，你和白小姐已經正式訂婚，快要同居？」

燕西道：「猜來猜去，你還只猜了一半。」

劉守華道：「怎麼只猜到一半呢？還有比結婚更進一步的嗎？」

燕西道：「並不是更進一步，你猜的人不對，我的對手方並不是姓白的。」

劉守華道：「並不姓白，姓什麼？我沒聽見說有第三者和你資格相合啊！」

燕西道：「豈但你不知道，不知道的人可多著呢。」

劉守華笑道：「好哇，你倒快要結婚了，你的愛人還保守秘密，你真是了不得，你快說，這人是誰？」

燕西握著他的手，連搖了幾搖，說道：「別嚷別嚷！你一嚷這事就糟了。」

劉守華道：「那為什麼？」

燕西笑道：「自然有講究啊，我問你，現在我要宣布和一個大家不認識的女子結婚……」

劉守華道：「別廢話了，快說這人是誰吧？」

燕西儘管搖曳著兩腿，含笑不言。

劉守華便問道：「這是什麼意思？你還害臊不肯說嗎？」

燕西道：「我害什麼臊？不過這件事情很長，得讓我慢慢地說呢。」

劉守華道：「你儘管慢慢地說，我並不要搶著聽。」

燕西到了這時，只得將自己和清秋認識及訂有婚約的話，從頭至尾說了一個詳細。

劉守華道：「怪不得你姐姐說你和一位冷小姐很好，原來如此。你叫我來是什麼意思？要我給你通知堂上嗎？」

燕西道：「不但是通知而已，我們打算結婚了，希望你轉告堂上，給我預備一點款子。」

劉守華道：「哪有這樣急的道理？你既然是打算在目前結婚，早就該公開，為什麼這樣臨時抱佛腳地幹起來？」

燕西道：「早先原沒有打算現在結婚，因為現在突然要結婚，所以不得不來求你給我說情。」

劉守華道：「為什麼突然要結婚呢？」

燕西笑道：「你這不是廢話，愛情到了終點，自然便有這種現象發生，這有什麼可疑惑的？」

劉守華望著燕西的臉，笑了一笑，又將頭擺了兩擺，然後說道：「你這樣的人，又這樣地講戀愛，說是乾乾淨淨的，沒有其他問題，我有些不相信，你不要是糊裡糊塗弄出什麼毛病來了吧？」

燕西臉一紅，說道：「有什麼毛病？不要胡說了，我和冷女士可是由朋友入手，然後規規矩矩說到婚姻問題上去的，並沒有不正當的手續。」

劉守華道：「並不是說你們訂婚的手續不當，就是怕訂婚以後，大家益發無所顧忌，豈不就會弄出毛病來了呢？」

燕西聽他說了，默然無語。

劉守華道：「你說句良心話，我這話是不是已猜中了你的心病？」

燕西道：「一個人都有一個人的困難，我說是說不出來，反正事後大家都會知道就是了。現在我沒有別什麼要求，你能不能對四姐說，去疏通兩位老人家。」

劉守華道：「這是樂得做的人情，有什麼不可以？」

燕西道：「那就好了，事情成功了，我重重地謝你。」

劉守華道：「謝是不用謝，辦得不好，少埋怨兩句就是了。」於是又把清秋的性情才貌和她家裡的情形盤問了一個夠。

由燕西口裡說出來，當然是樣樣都好，一點批評也沒有。

劉守華道：「果然是好，我想兩位老人家沒有什麼不贊成的，不過，這樣一來，那位白秀珠女士要實行落選了，這一下子，你豈不讓她十分難堪？」

燕西笑道：「這也沒有什麼難堪哪，我們還是朋友呢，現在的情形之下，一個男子只有一個正式夫人的，我有什麼法子可以安慰她呢？」

劉守華笑道：「那是自然，不過我想白女士總是難堪的，而且你還不免要得罪一個人。」

燕西道：「你說的是秀珠的令兄嗎？」

劉守華道：「不相干，他對秀珠的婚姻完全是放任主義，你討不討，沒有什麼關係。」

燕西道：「那還有誰管這一檔子事？」

劉守華道：「你三嫂不是很要玉成你們的婚姻嗎？這就不行了！」

燕西道：「說到這一層，那更是不成問題，我相信玉芬姐在小叔子與表妹之間，至少也是不分厚薄，不能因為我不娶她的表妹，她就見怪。」

劉守華道：「見怪是不見怪，不過她一團高興給你完全打消了。」

燕西笑道：「這是小事，不要去管它，就是玉芬姐真的不高興，我也顧不得許多了。」

劉守華道：「好吧，我和你四姐商量商量看，成不成，是絕對沒有把握的。」

燕西道：「你什麼時候給我回信？」

劉守華道：「我還沒有商量出一個辦法來呢，怎樣倒先就決定給你回信的時間？」

燕西笑道：「實在因為我性子太急，巴不得馬上就有結果，就是那一方面，我也該早些回人家的信。」

劉守華站起來，笑著拍了一拍燕西的肩膀道：「你這孩子，真是個急色兒。」燕西再要說什麼時，他已經走了。

燕西到了這時，反而不出去玩了，拿了一本小說，躺在睡椅上看，看了幾頁，又看不下去，便丟了書到道之住的這邊來。先在窗戶前踱了過去，似乎無意由這裡過似的，但仔細聽去，並不聽到劉守華說話的聲音，因此踱過去之後，復又折將回來。

看見道之抱著外甥女小貝貝引著發笑，便也搭訕走進來逗孩子笑。玩了一會兒，因問道：「姐夫呢？」

道之道：「不是你把他叫去了嗎？」

燕西道：「是。但是只說了幾句話，他早走了。」

道之道：「是哪時候去的，還沒轉來呢。」

燕西見守華不在這裡，說了幾句閒話便走了。

到了晚上，吃過晚飯，又跑到道之屋外的走廊上來。

道之在屋子裡聽見燕西微微的咳嗽聲，便說道：「那不是老七？在外面走來走去幹什麼？」

燕西道：「沒有什麼，姐夫呢？」

道之道：「沒回來呢。」

燕西聽說劉守華不在這裡，就走了。道之見窗子外沒有聲息，也就不說什麼。直到十二點，劉守華才回來。道之見他一進門，便問道：「你答應替老七辦什麼事嗎？」

劉守華先看了一看夫人的臉色，然後問道：「你何以問起這話？」

道之道：「老七像熱石上螞蟻一般，今天到我這裡來三四次，只問你來了沒有？又不肯說出所以然來。」

劉守華一頓腳道：「噯呀！我把他這事忘了。」說畢，又笑起來道：「這孩子實在也是太急，哪裡就要辦得如此的快？」

道之道：「究竟什麼事？大概是哪裡有急應酬，短少一筆款子，要你替他籌劃，對不對？」

守華道：「錢嗎？這事比要錢還急個二十四分呢。」因坐下來，將燕西所說的事詳細說了一說。

道之道：「原來如此，只要他願意，那倒沒有什麼不可以，不過這女孩子究竟如何？」

劉守華道：「若據他說，自然是天上少有，地下難尋，不過他說你五妹六妹都見過的，他們而且極是贊成。」

道之道：「若是敏之、潤之都看得上眼，總不至於十分壞，讓我先問明白了再說。」

劉守華道：「敏之還到人家裡去過呢，你最好是去問她，不過你要對五妹說，在對兩位老人家沒有疏通以前，可不要先張揚出去，若是張揚出去了，一不成功，老七的面子很不好看，而且白小姐也要笑他一頓，這是他最受不了的。」

道之笑道：「這一點事我還不知道嗎？就趁這夜裡沒有人，我去和她說說看。」於是起身就到敏之屋裡來。

這時已經一點多了。敏之、潤之看電影回來，在火酒爐子上燒了一小鍋麥粉粥，坐著對吃，桌上擺了一碟油醋香蘿蔔，一碟拌王瓜片，一碟新鮮龍鬚菜，又是一碟雪花糖，吃得很香。

道之先掀起一角門簾，望了一望，走進來笑道：「你們真是舒服，這個時候還吃夜餐。」

潤之道：「都是我們自己辦的，又不難為人，算什麼舒服呢？」

道之一眼看見阿囡的頭上，插著一根赤金耳挖子，便順手取了下來，將手絹擦了一擦針尖，在碟子裡一戳，也戳了一根龍鬚菜，一偏頭，送到嘴裡吃了，笑道：「很好，又脆又香。」

潤之道：「你是想再吃一根，就這樣誇獎，其實，龍鬚菜是不香的。」

道之道：「龍鬚菜不香，做得總是香的啊，我就喜歡這新鮮龍鬚菜，不要說是吃，就是看它那細條條兒的，綠綠兒的，就有個意思。」

潤之將筷子一撥王瓜片，笑道：「這也是綠綠兒的，怎樣兒就不說好呢？」

道之道：「怎麼不好？我就愛它這個顏色，吃倒是不在乎，這叫吃的美術化，你相信不相信我這句話？」

潤之道：「吃就是吃，喝就是喝，什麼吃東西還要美術化？」

敏之笑道：「這話是有的，你倒不可以說她是胡扯，我常到東安市場去，看見那些水果攤子上，堆了那些大大小小的水果，非常好看，而且隱隱之中夾了一股水果香，是非常的好聞。」

道之鼓掌道：「對了，我老早有這種感想，沒有說出，讓你說出來了，至於擺得最好看的時候，我以為是九月以後，那個時候，所有的水果差不多可以齊了。」

敏之道：「你說最好看的是什麼？」

道之道：「自然是大蘋果，球形的西瓜也好看，此外，就是木瓜、佛手、蜜柑、桔子，梨沒有多大意思，柿子顏色好，形狀不大雅。」

敏之道：「葡萄怎麼樣？」

道之道：「整串玫瑰紫的葡萄，帶上些新鮮的綠葉兒，也好。」

敏之道：「那海棠果的顏色很像蘋果，小得倒也有趣。」

道之道：「大概不大好看的，就是香蕉了。」

潤之道：「這三更半夜，四姐跑到這兒，就是為討論水果好看不好看來了嗎？」

道之一笑道：「自然不能啦。」兩個指頭一伸，先作了一個引子出來。

潤之看了笑道：「這兩個指頭算是什麼意思，指著人呢？指著時間呢？」

敏之道：「或者是指著人。」

道之道：「是有趣的問題喲！二者，成雙也，阿囡，你也給我盛一小碗粥來，我看他們吃得怪香的。」於是挪開桌子邊一把小椅隨身坐了下去，因道：「這話不定談到什麼時候，讓我先吃飽了，慢慢再說。」

敏之道：「有話你就說吧，我們電影看得倦了，希望早一點睡。」

道之道：「我這個問題提出來了，你們就不會要睡了。」

敏之、潤之聽了她這樣說，都以為這事是很有趣味的新聞，便催著道之快說。

道之道：「論起這事，你兩個人也該知道一半。」

敏之道：「知道一半嗎？我們所知道的事，就沒有哪一件是有趣味的。」

道之道：「何必一定是有趣味的事呢？你們可以向鄭重一些的事想去。」

潤之道：「你就說吧，不必三彎九轉了。」

道之喝完了一碗稀飯，讓阿囡擰了一把毛巾擦了臉，然後臉色一正，對阿囡道：「你聽了我們的話，可不要四處去打電報。」阿囡笑了一笑。

敏之道：「究竟什麼事呢？這樣鄭而重之的。」

道之斜坐在大沙發上，讓了一截給敏之坐下，說道：「你不是認識老七一個女朋友嗎？」

敏之道：「他的女朋友很多，有的也是我們的朋友，豈止一個？」

道之笑道：「這是一個不公開的女朋友呢。」

敏之道：「哦！是了，是那位冷小姐，人很好的。你問起這話做怎麼？」

道之道：「他們打算結婚了，你說這事新鮮不新鮮？」

敏之道：「不至於吧？老七未嘗沒有這種意思，不過我看他愛情並不專一，似乎對於秀珠妹妹也有結婚的可能，而且他老是說，要打算出洋，又不像等著結婚似的，在這種情形之下，差不多有好幾個月了。你何以知道他突然要結婚？恐怕是你聽錯了，把他兩人交情好，當作要結婚呢。」

道之道：「這個消息是千真萬確的，老七告訴守華，守華告訴我，能假嗎？」

敏之道：「他告訴姐丈是什麼意思？打算託你夫婦主持嗎？」

道之道：「主持是沒有資格，不過望我們代為疏通罷了。」

敏之道：「疏通父親母親嗎？這事不是這樣容易辦的，要等了那種機會再說。」

潤之道：「我們不要管了，老七託的是姐丈，又沒託我們，我們管得著嗎？」

道之道：「可不能那樣說，助成自己兄弟的婚姻，又不是好了旁人；況且，我看老七不來託你們，一定是另有原因。」

敏之道：「大概是，他以為姐丈究竟在客的一邊，對上人容易說一點，我們一說僵了，這話可就沒有轉圜的餘地了。」

潤之道：「他為什麼這樣著急？」

道之笑道：「守華也是這樣問他呢，他說是愛情成熟的結果，這也就教人沒法子向下說了。」

潤之道：「內容絕不是這樣簡單，必然另有緣故在內，五姐，你看對不對？」

敏之瞟了她一眼，笑道：「你是諸葛亮，袖裡有陰陽八卦？你怎樣知道另有緣故？這四個字可以隨便解釋的，可是不能亂說。」

潤之道：「我斷定另有緣故，不信，我們叫了老七來問。」

道之笑道：「你還要往下說呢，連守華問他，他都不肯說，何況是我們。」

潤之笑道：「哦！你們是往那一條路上猜，以為他像大哥一樣，在外面胡鬧起來了，那是不至於的，何況那位冷小姐也是極慎重的人，絕不能像老七那樣亂來的。」

道之笑道：「這話可也難說，不過我的意思，先要看看這孩子，然後和父親母親說起來也有一個根據。你兩個人都是會過她的，何妨帶了我去，先和她見一見？」

敏之道：「到她家裡去太著痕跡了，我想，不如由老七給她一個信，我們隨便在哪裡會面。」

道之道：「那也是個辦法，最好就是公園。」

敏之道：「公園漸漸地天氣冷了，不好，我看是正式請她吃飯，我們在一處談談。反正雙方的事都是彼此心照，若要遮遮掩掩，反是露痕跡，而且顯得也不大方。」

潤之道：「這話很對，不過那冷小姐明知婚姻問題已發動了，肯來不肯來，卻不能下斷語。」

敏之道：「來不來，老七可以作一半主，只要老七說這一次會面大有關係，她就自然會來了。」

道之昂頭想了一想，說道：「這話是對的，就是這樣辦吧。阿囡，你去看七爺睡了沒有？叫他來。」

阿囡聽了這消息，不知為了什麼，卻高興得了不得，連忙三腳兩步跑到燕西這裡來。

燕西在屋子裡聽得外面腳步得得響，便問道：「是誰？打聽消息來的吧？」

阿囡道：「七爺，是我，怎麼知道我是打聽消息來的？」

燕西自己開了門笑道：「我一晚上都沒有睡著，就為著心裡有事，常言道：為人沒有虧心事，半夜敲門心不驚，我有了虧心事，半夜敲門自然要心驚了。」

阿囡笑道：「這是喜事，怎麼會是虧心事呢？」說了，走進房來，對燕西鞠了躬，笑道：「七爺，恭喜！」

燕西道：「你怎麼知道這件事？上面老太太說出來了嗎？」

阿囡道：「四小姐在我們那邊和你商量這事，請你快去呢。」

燕西聽說，連忙就跟著阿囡到敏之這邊來。可是走到房門口又停住了腳步，阿囡道：「走到這裡，七爺怎麼又不進去？」

燕西道：「不是不進去，說起來，我倒有些怪害臊的。」

阿囡道：「得了吧，你還害臊呢！」

道之道：「快進來吧，我們等著你來商量呢。」

燕西走了進去，先靠著門笑道：「為了我的事，你們開三頭會議嗎？」

潤之道：「你是怎麼回事？突然而來地就要和冷女士結婚。」

燕西只是瞧著她微笑，沒有說出什麼來。敏之道：「這件事，我們是可以幫你的忙，但是你必須把內幕公開出來，而且四姐也要見一見本人。」

燕西笑道：「那很容易的事，若是不能見的人，我決計不要的。」

敏之道：「聽你這話，你就該打，完全是以貌取人。」

燕西笑道：「並不是我以貌取人，因為你們要去看她，所以我說出這話。」

道之道：「我要去看她，並不是看她長得漂亮不漂亮，是看她舉止動靜，看出她的性情品格來。」

燕西道：「四姐幾時學會看相？」

道之道：「你以為人的品行在臉上看不出來嗎？我敢說，無論什麼人，只要她和我在一處有一兩個鐘頭，我就能看出她是什麼人。」

燕西道：「不信，四姐你一去看她，你就會說她是一個老實人。」

道之笑道：「誰是她？她是誰？我聽這個她字，怪肉麻的。」

燕西交叉了兩手，胳膊捧了胳膊，越發嘻嘻地微笑起來了。

道之道：「你坐下來，先把你兩個認識的經過，說給我們聽聽。」

燕西道：「這事說出來有什麼意思？而且現在也沒有什麼關係。」

敏之笑道：「你不管，我們就愛聽這個。」

燕西一高興，坐下來，就將組織詩社和冷家做街坊這一段話說出來。

敏之道：「怪不得，今年上半年你那樣高興作詩，原來是醉翁之意不在酒，但是你是因為有了冷小姐才組織詩社呢？還是組織詩社，然後就認識了冷小姐呢？」

燕西道：「自然是先組織詩社。」

道之笑道：「所以一個人肯讀書總有好處，書中自有顏如玉絕不是假話。你要不是這樣用功，哪裡會有這段婚事？」

潤之道：「那倒不要緊，反正他的女朋友很多，得不著這個可以得著那個。」

燕西道：「你們把我叫了來，還是批評我呢？還是幫我的忙呢？若是批評我，我可就去睡了。」

道之道：「大家都為你沒睡，你倒要睡嗎？」

燕西道：「實在也夜深了，就是剛才的話，由我明天去對她……密斯冷說，約定一個地點，在一處會面。」

潤之笑道：「又一個她字，自己吞下去了。」

道之道：「會面的地方，不要吃外國菜，要吃中國菜。」

燕西道：「這是很奇怪的，你們沒有出洋的時候，衣服要穿西裝，吃飯要吃大菜，一回國之後，宗旨立刻變了，衣服還將就有時穿西裝，對於大菜可就深惡痛絕。」

道之道：「今天算你明白了，出洋的人不但如此而已，第一，不像從前那樣崇拜外國人。第二，不愛說外國話。我在西洋吃了兩年大餐，在日本吃了兩年料理，我覺得還是中國的菜軟爛得好吃。」

燕西笑道：「好好，就吃中國菜，不要把問題又討論得遠了。我約定了時間，便來告訴你們，可是千萬得守秘密。」

道之道：「保守秘密，那是不成問題的，但是要正式地和母親商量起來，這話可得告訴她，不然，母親還疑惑我們也作弊呢。」

燕西聽了他們的話，是怎樣說怎樣好，當夜他心裡落下一塊石頭，睡一夜安穩的覺。

三 門第之見

到了次日，他是起得很早，起身之後，就向冷家去了，在她家裡吃了午飯回來，一直就到潤之屋裡來。

潤之昨晚鬧到天亮才睡，這個時候方才起床，在梳粧檯邊站著梳短頭髮。她在鏡子裡看見是燕西走進來，便問道：「你這個時候還沒有出去嗎？」

燕西道：「怎麼沒有出去？我在外面回來的呢。我已經說好了，今天晚上六點鐘，我們在新安樓見面。我和她說了，怕她不肯來，我只說是兩個人去吃飯，等她到了飯館子裡，然後你們和她會面，她要躲也躲不了。」

潤之道：「你做事就是這樣冒失，這樣重大的事情，哪裡可以架空？」

燕西道：「你不知道，她這個人非常地柔和，很顧全體面，到了見面的時候，你叫她怎麼樣，她就怎麼樣了。」

潤之道：「那樣不好，太不鄭重了。」

敏之在裡面屋子說道：「管他呢，我們只要見了面就是了，撒謊架空，那是老七的責任，你要怕得罪人的話，我們在席先聲明一句就是了。」

燕西道：「這不結了，我還有事，回頭見吧。」

燕西走到自己屋裡，坐一會子，心裡只還有事，還是坐不住，但是仔細一想，除了晚上吃飯，又沒有什麼事。

到了下午三點鐘，燕西實在忍耐不下去，便坐了汽車到冷家來。冷太太也知道他們的婚姻已經發動了，料到他們是有一番議論的，對於清秋的行動，是愈加解放。

燕西來了，一直就向上房走，見著清秋便笑道：「我來了，自從得了你一句話，我就加了工，日夜地忙。」

清秋正坐在屋子裡，靠了窗戶底下，打藍毛繩褂子，低了頭，露出一大截脖子。白脖子上，一圈圈兒黑頭髮，微微鬈了一小層，向兩耳朵下一抄，漆黑整齊。又笑道：「美啊！」清秋回轉頭來，對燕西瞟了一眼，將嘴向屋子裡一努。燕西知道冷太太在屋子裡，便站在屋子外頭，沒有敢進去。

清秋將手上的東西，向桌上一放便走出來。

燕西道：「我們晚上到新安樓吃飯去，還是照以前的話，我有好些話和你說。」

清秋道：「有什麼話，簡單的就在這裡說得了，何必還上館子？為了這事，你今天來兩趟，我倒有些疑心了。」

燕西道：「何必不詳詳細細地談一談呢？這有什麼可疑的，伯母面前通過通不過？」

清秋道：「她老人家是無所謂，你也不必去對她說，不過……」說到這裡，看了燕西的臉微笑道：「你做事，是一點忍耐不住的，只要有一個問題等著去解決，就會亂七八糟忙將起來。」

燕西道：「你這人真難說話，我不趕緊地辦，你嫌我做事馬虎；我趕緊地辦，你又疑心我別有用意，這話怎麼樣子說呢？」

清秋見他如此說，便答應了去。

燕西在冷家談了兩三個鐘頭，已經是七點多鐘，然後和清秋一路坐了汽車到「新安樓」。在汽車上，燕西笑著和清秋道：「我的五姐六姐，你都會過了，只是四姐你沒會過，我介紹你見一見四姐，好不好？」

清秋道：「我知道你今天一定要我出來，必然有事，果然不出我之所料，你把我引得和你一家人都見了面，然後我進你家門，都是熟人，那也好，但是要不進你家門呢？」

燕西在她肋下抽出她的手絹，將她的嘴堵上，笑道：「以後大家不許說敗興的話。」

清秋劈手將手絹奪下，道：「真是你四姐在那裡，我可不去。」

燕西道：「那要什麼緊？女子見女子，還有什麼害臊的嗎？」

清秋道：「這樣會面，並非平常會面可比，我去了，她是要戴了眼鏡瞧我的，自己明知道人家要瞧，倒成心送給人家去瞧，你瞧，那有多麼難為情！」

燕西要說時，車子已到「新安樓」門口。

這裡的小汽車夫還沒有下車，卻另有一個人走上前給這車子開門，他還對這裡車夫說道：「你們才來嗎？」

燕西正要下車，清秋一手扯住他的衣裳角，輕輕說道：「別忙！究竟是什麼人在這兒？你要亂七八糟地來，我可不進去，我雇車子回去。」

燕西道：「實在沒有別人，就是我三個姐姐，你不信，問這汽車夫，到了這裡不去，我可僵了。」

清秋道：「你只顧你僵了，就不怕別人僵了？」

燕西含著笑下車，就伸手來攙她。

清秋要不下來，又怕汽車夫他們看見要笑話，只得勉強下來。可是將手向後一縮，輕輕地道：「別攙我。」

她下了車，燕西讓她在前面走，監督著她一同上了樓。

夥計認得燕西，就笑道：「七爺剛來。三位小姐都在這兒等著呢。」於是對樓上叫了一聲七號。

走到那七號門口，夥計打著簾子。清秋忽然停住了腳，不向前走。燕西在後微微地一推道：「走啊！」

清秋這才一正顏色，大步走將進去。

在裡面三個女子，潤之、敏之是認得的，另外有一個女子，約摸二十五六歲，圓圓的面孔，修眉潤目，頭髮一抹向後，臉上似乎撲了一點粉，那一層多血的紅暈卻由粉層裡透將出來，身上穿著一件平常的墨綠色袍子，鑲了幾道細墨條，在繁華之中表現出來素淨，清秋這就料到是燕西的四姐道之了。

這未曾說話，道之早含笑迎了上來，笑道：「這是冷小姐嗎？很好很好！」走上前，便拉著她的手。

清秋也不知道這很好兩個字，是表示歡迎呢？還是批評她人好？不過連說了兩句很好，那的確是一種歡喜，不由衝口而出的。這時，心裡自又得著一種極好的安慰，當時便笑道：「大概是四姐了，沒有到府上去拜訪，抱歉得很。」

道之道：「我們一見如故，不要說客氣話。」於是便拉了她在一處坐下。

清秋又和敏之、潤之寒暄了幾句，一處坐下。

道之笑著對敏之道：「冷小姐聰明伶俐，和我們八妹一樣，而溫厚過之。」

敏之道：「話是很對的，不過你怎樣抖起文來說？」

道之笑道：「我覺得她是太好了，不容易下一個適當的批評，只有用文言來說，又簡捷又適當。」

潤之道：「密斯冷，的確是一副溫厚而又伶俐的樣子。」說到這裡，笑著對燕西道：「老七，你為人可是處於這相反的地位，只一比，就把你比下去了。」

清秋還沒有說什麼，他們早是一陣批評，倒弄得怪不好意思的，只紅了臉，低著頭，用手扶著筷子微笑。

道之拿了紙片和筆，就偏了頭問清秋：「密斯冷，我們就像自己姊妹一樣，不要客氣。你且說，你願意吃什麼菜？」

清秋笑道：「我是不會客氣的，要了什麼菜，我都願意吃。」

道之笑道：「初見面，總有些客氣的，密斯冷愛好什麼，老七一定知道，老七代表報兩樣。我今天很歡喜，要吃一個痛快。」

燕西道：「她願意吃清淡一點的東西的。」

潤之聽了他又說了一個她字，對他望了一望，抿嘴微笑，燕西明知潤之的用意，只當沒有看見，對道之道：「在清淡的範圍以內，你隨便寫吧。」

道之偏了頭，輕輕地問著清秋道：「清燉鯽魚好嗎？」

清秋說：「好。」

道之又問道：「吃甜的不吃？清淡是葡萄羹呢？是柳丁羹呢？」

清秋微笑說道：「隨便哪樣都可以。」

道之索性放了筆，手撫著清秋的手背，笑著說道：「就是葡萄羹吧，你以為如何？」

清秋微微點頭笑道：「可以。」

敏之看見道之這樣疼愛清秋，也只是微笑。

道之笑道：「你笑什麼？你以為和密斯冷親熱得有些過分嗎？」

敏之道：「並不是說你們親熱得過分，你把密斯冷當了一個小孩子看待了。」

道之笑道：「說起來，我應該是一個老姐姐啊！密斯冷貴庚是？」

清秋微笑道：「十七歲了。」

道之道：「怎樣？比我小九歲哩，梅麗只比密斯冷小兩歲，常常還睡到我們懷裡來，要我們摟著呢。」

潤之道：「這樣子，你也要摟密斯冷一下子嗎？」

這一說，大家都笑了。

道之將菜單子開下去，便和清秋一面說笑著，一面吃東西。清秋真料不到道之待人是這樣地溫厚親熱，心裡非常痛快，便一定要道之到她家去坐。

道之道：「我一定來的，但是我們那裡，你也可以去玩玩。」

清秋聽了這話，臉上一紅，勉強一笑，說道：「一定去的。」

潤之道：「密斯冷，不要緊的，只管去，你到了我們門口，不要招呼大門口的號房，一直向裡走，到了樓邊下，那裡有聽差，你只說找我們姊妹的，他就會一直引到我們那裡來。舍下院子多，你只要到我那裡去坐，絕不會和別的人在一處的。」

清秋微笑道：「並不是怕人，實在因為我一點禮節不懂，到了府上那樣的人家去，恐怕失儀呢。」

道之道：「得了吧，我們又是什麼講禮節的人家呢？你將來就會知道了。」

清秋聽說，只是微笑。

道之原有許多話要當著清秋說，現在見清秋一笑一紅臉，不忍讓她為難，就不說了。

燕西看了大家這樣和睦的樣子，心裡是非常地高興，因對清秋道：「我對你所說的話如何？我們家姊不是藹然可親的人嗎？」

清秋笑道：「是的，我不是早就承認了你這句話嗎？」

燕西道：「你從前說，除了幾個女同學，就沒有人可以和你來往，是很單調的，現在你要和我三位家姊來往，她們可以給你找上許多女朋友，你就不嫌單調了。」

清秋笑道：「你不叫我跟著三位找些學問，長些見識，倒先叫我多交些女朋友？」

燕西笑道：「是啊！這話是我說錯了，可是你又對我說，《紅樓夢》上的對聯『世事通明皆學問，人情練達亦文章』那是很對的，賈寶玉反對這十四個字很無理由。」

清秋道：「我的這話，並不算反對這十四個字呢，不過說交朋友比求實學要次一等罷了。」

道之笑道：「我們老七，從前是高山滾鼓，有些不通往下的，可是這大半年以來，動不動就咬文嚼字，我以為他忽然肯用功夫，最近調查起來，才知道都是密斯冷教的，我要替我們老七謝謝了。」

清秋笑道：「這實在不敢當，不過偶和七爺討論一點書本上的事罷了。」

潤之笑道：「噯啊！密斯冷，你怎樣和老七是如此稱呼啊？這樣客氣，不像是知己了。」說時掉過臉來，對燕西望了一望，微微一擺頭道：「老七，這是你的不對了，你既然和密斯冷這樣好，為什麼還受她這樣的稱呼？你真是豈有此理！」

燕西笑道：「沒有，沒有，這是她當著你們的面，客氣一點說話呢，我們平常說話，就是你我他。」

潤之道：「這樣是俗得很，你不看見大哥他們是怎樣的稱呼嗎？」

潤之突然說出這句話，覺得太冒失，自己臉也紅了，冷眼看清秋時，卻好她並不在意。其實，清秋聽了這話，不但不嫌潤之冒昧，心裡卻是暗暗為之一喜，以為自己和燕西的關係就是金家姊妹也很知道的，所以她也不客氣跟著燕西叫四姐五姐六姐。敏之潤之倒還罷了，唯有道之經清秋這樣一親熱，喜歡得什麼似的，執著清秋的手，滔滔談個不絕。

吃完了飯，夥計來沏了兩壺茶喝，道之還沒有走的意思，潤之道：「我們走吧，不要老占住人家的屋子了，你有話說，第二次再談，也還不遲哩。」

道之這才笑道：「我真也是高興得糊塗了，只管向下談。密斯冷，我們下次再會吧。」夥計呈上賬單來，由燕西簽了個字，然後大家下樓出門而去。

清秋仍坐的是燕西的車子，由燕西送她回家。

燕西在車上問清秋道：「今天這一餐，你總吃得很滿意吧？我早就對你說了，我們四家姊是最好說話不過，你現在可以證明我的話，不是瞎說了。」

清秋道：「你們四姐實在和氣，我想，我有什麼話只要和她說，沒有不成功的，煩你的駕，今天回府去，約一聲令姐到我舍下來，我和她仔細談一談。」

燕西道：「你母親呢？當著面，有許多話好談嗎？」

清秋道：「那一層你就不必管，我自然有我的法子，你只要把四姐請得來就成了。」

燕西道：「好，我就依你的話，明天就把她請來，我看你進行的結果比我怎樣？」說話時，清秋到了家，燕西不下車，馬上回家去。

到了家裡，一直就向道之屋裡來。見屋裡沒人，又跑到敏之屋裡來，她們三人正坐著在評論呢。

燕西一進房就笑著問道：「如何如何？」

道之點點頭道：「這個人算你認得不錯，我明天就對母親去說，準包成功，這孩子小模樣兒又可疼，又可愛，又怪可憐的，可是她的名字太冷一點，本來就姓冷，又叫清秋，實在不是年輕人應當有的，她嫁過來了，我一定給她改一改。」

燕西道：「只要四姐辦成功，什麼都好辦。」

道之道：「充其量，你也不過是要早些結婚，人反正是定了她了，或遲或早，主權在你，我們又不是小戶人家，說是拿不出錢辦事，時間是沒有問題的。」

大家正說得熱鬧，恰好玉芬有點小事要來和敏之商量，走到門口，聽見他們姊妹正在大談燕西的婚事，站在門口聽了一會兒，她就不進去了，輕輕地退出這個院子，走到屋裡，見鵬振斜躺著在睡榻上。

玉芬冷笑一聲，說道：「哼！你們男人家的心思就是這樣朝三暮四，我都看透了！」

鵬振一翻身坐了起來說道：「又是什麼謠言讓你聽來了？一進門就找岔兒。」

玉芬道：「謠言嗎？我親耳聽當事人說的。」

鵬振道：「什麼事？誰是當事人？」

玉芬道：「就是老七，他要結婚了。」

鵬振噗哧一笑道：「我看你那樣板著面孔，不知道什麼事發生了，原來是老七要結婚，這事有什麼可奇怪的？」

玉芬道：「你以為他是和誰結婚？」

鵬振道：「自然是秀珠妹妹。」

玉芬啐了鵬振一下，說道：「你們不要把人家大家閨秀信口雌黃，糟踏人家！」

鵬振道：「結婚兩個字能算是糟踏嗎？氣得這個樣子，至於嗎？」

玉芬道：「現在並不是她和老七結婚，你提到了她，自然就是糟踏。」

鵬振道：「老七和誰結婚？我並沒有聽說。」

玉芬以為鵬振果然不知道，就把剛才聽見敏之他們所說的話告訴了鵬振，因道：「老七和秀珠妹妹的婚事早就是車成馬就，親戚朋友誰不知道？到了現在，一點緣由沒有把人家扔下，叫白家面子上怎樣擱得下去？這個姓冷的，知道是什麼人家的人？頭裡並沒有和我們家裡有一點來往。糊裡糊塗就把這人娶來，保不定還要弄出多少笑話呢。」

鵬振明知道玉芬和秀珠感情十分好，秀珠的婚姻不成功，她心裡是不痛快的，便道：「老七也是胡鬧，怎樣事先不通知家裡一聲，就糊裡糊塗提到結婚上來？真是不該。」

玉芬聽他的話，居然表示同意，心裡倒安慰一點，因道：「可不是！並不是我和秀珠妹妹感情好，我就替她說話，照秀珠妹妹的品貌學問，哪一樣比不過老七？」

鵬振道：「那都罷了，最是秀珠待老七那一番感情是不容易得到的，我還記得，有一次家裡榨甘蔗喝，老七上西山了，她恰好到我們家裡來，分了一碗，不肯吃，找了一只果子露的瓶子，將汁灌好，塞了塞子，放在冰缸裡，留給老七喝。」

玉芬笑道：「你也知道這是女子體貼男子一點心思，但是像這樣的事，我也不知做了幾千萬回，怎樣你一點也不感謝我的盛意？」

鵬振道：「我們已經結婚了，我要感謝你的地方也只能於此而止，還要怎樣感謝呢？」

玉芬微笑道：「結婚算得什麼感謝？這是你們男子占便宜的事呢。」

鵬振見他夫人在燈光之下杏眼微波，桃腮欲暈，背靠了梳粧檯，微微挺起胸脯。她穿的是一件極單薄的藍湖縐短夾襖，把衣裡的緊身坎肩，早脫下了兩隻短衫袖，露出袖子裡的花邊水紅汗衫來，真個是玉峰半隱，雪藕雙彎，比得上海棠著雨，芍藥籠煙。

鵬振不由得心裡一動，便挨近身來，拉住玉芬的手笑道：「怎麼結婚是男子占便宜的事？我願聞其詳。」

玉芬道：「那自然是男子占便宜的事，從來男子和女子締婚，總是表示男子懇求，沒有說女子向男子表示懇求的，這樣看來，分明是男子有好處。」

鵬振道：「男子就是這樣賤骨頭，把一件很平等的事，看做是一樁權利，以為女子是義務，越是這樣，越讓女子拿喬。依我看來，以後男子和女子交朋友，無論好到什麼程度，也不要開口談到婚姻上去，非要女子來求男子不可。」

玉芬道：「沒有那樣的事！女子決計不求男子。」

鵬振笑道：「得！以後我就提倡男子別求女子。」

玉芬將鵬振的手一摔道：「別挨挨蹭蹭的，過去！我看不慣你這樣嬉皮涎臉的樣子。」

鵬振一肚子高興，不料又碰了一個釘子，他就笑道：「好好兒地說話，你又要生我的氣。得了，算我說錯了還不行嗎？來，我這裡給你賠個禮兒。」說時，含著笑，故意向玉芬拱了拱手，把頭一直伸到玉芬面前來。

玉芬將一個指頭向鵬振額角上一戳，笑道：「你真是個銀樣鑞槍頭，剛才你說你不求女子，怎樣不到兩分鐘，你就求起女子來了？」

鵬振笑道：「理論是理論，事實是事實，得了，我們言歸於好。」

玉芬道：「我不能像你那樣子好一陣兒歹一陣兒，決裂定了，不和你言歸於好。」

鵬振向床上一倒，伸了一個懶腰，說道：「我今天真倦。」

玉芬笑道：「你出去，今天晚上我不要你在這兒睡。」

鵬振一翻身，坐了起來，笑道：「你這東西，真是矯情。」

玉芬道：「了不得，你索性罵起我是東西來了，我更要轟你。」

鵬振道：「你要轟我也成，我有一段理，得和你講講，我要講輸了，當然我滾了出去，若是你講輸了呢？」

玉芬道：「你只管把你的理由說出來，我不會輸的。」

鵬振道：「我也知道你不會輸的，但是假使你輸了呢？」

玉芬笑道：「若是我輸了，我就輸了吧。」

鵬振道：「我輸了，依你的條件，你輸了，也得依我的條件。我來問你，我們這一場辯論，因何而起？」

玉芬道：「由秀珠妹妹的事而起。」

鵬振道：「那就是了，剛才你說結婚是男子占便宜的事，對不對？」

玉芬挺著胸點了點頭道：「對！現在我還是說對。」

鵬振道：「既然如此，老七不和白小姐結婚，那算是不肯占白小姐的便宜，這種態度，不能說壞，為什麼你說他不好呢？」

這一句話，十分有力量，總算把玉芬問住了。

鵬振這一問可把玉芬問得抵住了，笑道：「他們兩個人又當作別論。」

鵬振道：「同是男女兩個的結合，為什麼又要當作別論呢？」

玉芬道：「我以為老七對秀珠妹妹不能說是占便宜，應當說是感恩圖報。」

鵬振笑道：「好哇，究竟是你輸不了啊，我也是感恩圖報，你為什麼不許呢？」

玉芬將頭一偏道：「我不要你這種無聊的感恩圖報。」

鵬振笑道：「在你施恩不望報，可是我要受恩不忘報啊。」兩個人說笑了一陣，誰有理誰無理，始終也不曾解決。

一宿無話，到了次日，玉芬便和鵬振道：「事情到了這種樣子，我應該給秀珠妹妹一個信兒才是道理，不然，她還要說我和大家合作，把這件事瞞著她呢。」

鵬振道：「你這話說得是有理由，不過你一對她說了，她是十分失望的，未免讓她心裡難過，依我的意思，不告訴她也好。」

玉芬道：「**你以為通北京的女子都以嫁你金家為榮哩**！她有什麼失望之處？你且說出來。」

鵬振笑道：「為別人的事，何必我們自己紛擾起來？我所說的，自有我相當的理由，而且我是好意，凡是一件婚姻，無論男女哪一方，只要不成功都未免失望的，這也並不是我瞧不起誰，你又何必生氣呢？」

玉芬笑道：「並不是我生氣，不過你們兄弟向來是以蹂躪女子為能事的，你就是說好話，我也不敢當作好事看。」

鵬振笑道：「這樣說來，我這個人簡直毀了，還說什麼呢？」

玉芬聽他如此說，也就算了。

早晨，玉芬把事忍耐住了，卻私私地給秀珠打了一個電話，叫她在家裡等著，回頭到家裡來有話要說。吃過午飯，也不坐汽車，私自就到白家來了。

白秀珠聽說，一直迎到大門外，笑道：「今兒是什麼風把姐姐刮將來了？」

玉芬走上前，握住了秀珠的手，笑道：「是什麼風呢？被你的風刮著來了。」

秀珠道：「我猜你也是有所為而來的。」於是二人攜著手，一路走到秀珠屋子裡來。

玉芬先是說了一些閒話，後來就拉著秀珠的手，同在一張沙發上坐下，因道：「你不許害臊，實話實說，我問你，你看老七待你是真愛情呢？還是假愛情呢？」

秀珠微笑道：「你問我這句話是什麼意思？我沒有猜到這一點。我沒法子答覆你。」

玉芬道：「那你就不用管。你實實在在答應我，你們究竟是真愛情假愛情？」

秀珠臉一紅道：「這一層，我無所謂，你們七爺，我不知道，我們不過是朋友罷了。」

玉芬笑道：「只要你說這一句話，這話就結了，我倒免得牽腸掛肚。」

秀珠微笑道：「你這話我不懂，怎樣讓你牽腸掛肚了？」

玉芬頓了一頓，復又微微一笑，說道：「我這話說出來，你有些不肯信，但是你和我們老七總算是知己，你不是說你和老七不過朋友罷了嗎？他果然照你的話把朋友看待你了，愛情兩個字似乎談不到了。」

秀珠因她一問，早就料到是為婚姻而來的，但是還不知道是好消息呢？或者是惡消息？現在玉芬這樣一說，大八成就知道燕西有些變卦了，便道：「表姐今天說話，怎麼老是吞吞吐吐的？」

玉芬道：「並不是我吞吞吐吐，我怕說了出來，你不大痛快，所以不願直說，但是這事和你關係很大，我又不能不說。老實告訴你吧，老七他要和人結婚了，不知道你知道不知道？」

秀珠聽了這話，臉色卻不由得一變，微笑道：「這和我有什麼關係呢？」那嘴角上的笑容還不曾收住，臉色更是變得厲害，她的兩頰是有一層薄薄兒的紅暈的，可就完全退去了，臉色雪一般白。

玉芬道：「你這人就是這樣不好，我實心實意地來和你商量，你倒不肯說實話。」

秀珠道：「我說什麼實話？我不懂。我們能攔住人家不結婚嗎？我早說了，**天下的男子絕不肯對於一個女子拿出真心來的，總是見一個愛一個，愛一個扔一個，我們做女子的，要想不讓人家來扔，最好就不讓人家來愛，讓人家愛了，自己就算上了人家的當，那要讓人家扔了，也是活該，有什麼可埋怨的呢？**」說到這裡，眼睛圈兒可就紅了。

玉芬道：「我說了，你要傷心不是？不過你和老七究竟相處有這些年，兩個人的脾氣彼此都知道。這兩個月，你兩人雖然因小事口角了幾次，那都是不成問題的，只要你肯不發脾氣，平心靜氣地對老七一說，他一定還是相信你。」

秀珠道：「表姐，你說這話，把我看得太不值錢了，他不理我，我倒要低眉下賤去求他，這還有什麼人格？」

玉芬原是一番好意，把話來直說了，可是就沒有想到話說直了，秀珠受不了。

秀珠見玉芬說著話，忽然停止不說，那面色也是異常躊躇，便笑道：「說得好好兒的，你怎樣又不說了，難道你還忌諱個什麼嗎？」

玉芬道：「我不忌諱，我看你這樣子好像要生氣呢。」

秀珠道：「我縱然生氣，也不會生你的氣啊，打架哪裡會打幫拳的？」

玉芬笑道：「你這話，我又不能承認了，你以為我是幫你打老七的嗎？那一說出去，可成了笑話了。」

秀珠嘆了一口氣道：「其實，你是一番好意，和我打抱不平，但是我要維持我自己的人格，我絕不能再認燕西先生做朋友。我們還是姐妹，以後你有事，你儘管到我這裡來，我決計不登金氏之門了。」說到這裡，再也忍不住，聲音就哽了，接上說道：「我沒有什麼事辜負了他，他為什麼這樣對待我？我早就知道他變了心了，但是料不到有這樣快，我到如今才把人心看透了。」

那話是越說越聲音哽咽，兩行淚珠禁不住自滾下來，她不好意思怎樣放聲大哭，就伏在沙發的靠背上，手枕了額角只是窸窸窣窣地垂泣。

玉芬將手撫著她的背道：「你不要傷心，好在他和那冷家姑娘的婚姻還沒有通過家庭，未必就算成功，等我把老七叫到一邊，給你問個水落石出，他若是隨隨便便的事呢，我就向他進忠告，叫他向你負荊請罪，你們還是言歸於好；若是他真心要決裂，那只好由他去。妹妹，寧可天下人負我吧。」

這「**寧可天下人負我**」七個字正打入秀珠的心坎，就越發哽咽得厲害。

正在這個當兒，白太太走窗戶外經過，便道：「屋子裡是哪一位？好像是王家表姐呢。」秀珠怕嫂嫂看見了淚容，連忙爬起來，將手極力地推著玉芬，玉芬會意，便迎了出去。秀珠一個人在屋子裡，看看洗臉盆子裡還有大半盆剩水，也不管冷熱，自取手巾來打濕了，擦了一把臉，又對著鏡子重新撲了一撲粉，這才敢出去。因是當了嫂嫂的面子，許多話不便說，一定留玉芬在家裡晚上吃便飯，將玉芬再引到屋子裡去談了一下午的話。凡是心裡有事的人，越悶越煩惱，若是有個人陪著談談，心裡也痛快些，所以到了下午，秀珠卻也安定些。

玉芬回得家去，已是滿屋子燈火輝煌了，回屋子去換了一套衣服，就走到金太太屋子裡來坐坐。

走進屋去，只見金太太斜在軟榻上躺著，道之三姐妹一排椅子坐下來，都面朝著金太太。梅麗和佩芳共圍著一張大理石小圓桌兒，在鬥七巧圖。看那樣子，這邊娘兒四人大概是在談判一件什麼事。

玉芬並不向這邊來，徑直來看梅麗做什麼。自己還沒坐下，兩隻胳膊向桌上一伏，梅麗連連說道：「糟了，糟了，好容易我找出一點頭緒來，你又把我擺的牌子全弄亂了。」

玉芬道：「七巧圖什麼難事？誰也擺得來呢！」

佩芳笑道：「這不是七巧圖，比七巧圖要多一倍的牌子，叫作益智圖，所以圖本上也多加許多圖案。明的還罷了，唯有這暗示的，不容易給它拼上，你瞧這個獨釣寒江雪是很難。」

佩芳說時，手裡拿著一本書伸了過來，玉芬接過書一看，見宣紙裝訂的，上面用很整齊的線畫成了圖案。這一頁，恍惚像是一隻船露了半截，上面有一個人的樣子，這圖只外面有輪廓，裡面卻沒有把線分界出來。桌上放了十幾塊小木板，有銳角的，有鈍角的，有半圓的，有長方形的，一共有十四塊。那木牌子是白木的，磨洗得光滑像玉一般。

玉芬道：「這個有趣，可以擺許多玩意，七巧圖是比這個單調。」

佩芳道：「你就擺一個試試，很費思索呢。」

玉芬果然照著書本畫的圖形用木牌拼湊起來，不料看來容易，這小小東西，竟左拼一下，右拼一下，沒法子將它拼成功。後來拼得勉強有些像了，又多了一塊牌，於是將木牌一推，笑道：「我不來了，原來有這樣麻煩。八妹，你來吧，我看你怎樣擺？」於是坐在旁邊圍椅上，將一隻手來撐了下巴頦，遙遙地看著，耳朵早就聽金太太和三位小姐在討論燕西的婚事。

金太太道：「對於你們的婚事，我一向都是站在贊成人之列，沒有什麼異議可持，不過老七這回的事太奇怪了，我不能不考量一下。」

道之道：「有什麼可考量的？女孩子我見著了，若說相貌，準比八妹還要高一個碼子。」

梅麗一回頭，說道：「誰比我高一個碼子？我是豬八戒，比我高一個碼子，那也不過是沙和尚罷了，可不要拿我比人，拿我比人，可把別人比壞了。」

金太太皺了眉道：「你這孩子，就是這樣不好，正經的本領不學，學會了一張貧嘴。」

梅麗笑道：「我是真話，人家小姐長得俊，什麼法子也可以形容，為什麼拿我作一個標準呢？」

道之道：「你這小傢伙，連把你作標準你都不願嗎？你可知道要好的，才能夠作標準呢。」

金太太道：「別和她鬥貧嘴，你且把那孩子和訂婚的這一番經過仔細說一說，讓我好考量。」

道之道：「我所知道的都說了，再要詳細，不如你老人家自己問老七去。我現在就是問你老人家一句話，究竟能答應不能答應？」

金太太道：「靠我一個人答應了也不行，總得先問一問你父親，看他的意思怎樣？若是我答應下來，將來有了不是，我倒要負完全責任。」

道之道：「那也不見得，而且只要你老人家能作主，父親就沒有什麼意見的。你這樣說，就是你不肯負責任的了。」

金太太道：「啊喲！你倒說我不負責任？你和那冷家女孩子也沒有什麼關係，為什麼這樣大賣氣力？」

道之道：「和冷家女孩子是沒有關係，可是這一邊是我的兄弟啊，我的兄弟深深地託了我，我不能不賣力氣。不算別的，我們老七的國文可以說只有八成通，自從認識了人家之後，幾百個字的文章做得是很通順，而且也會作詩了。人家模樣兒現在且放到一邊，就是那一種溫柔的樣子，一見就讓人歡喜，老七是那樣能花錢的人，平生也用不著賬本，若是讓他娶一個能交際的少奶奶，不如娶一個出身清苦些的，可以給他當把鑰匙。」

金太太道：「你這兩句話倒是對的，他們哥兒幾個，就是老七遇事隨便，好玩的心思又比誰還要濃厚！若是再討一個好玩兒的小媳婦，那是不得了，我就不主張兒女婚姻要論什麼門第，只要孩子好，哪怕她家裡窮得沒飯吃呢，那也沒有關係，我們是娶人家孩子，不是娶人門第。」

潤之笑道：「說了半天，你老人家還是繞上了四姐這條道。」

金太太道：「我也得看看那孩子。」

玉芬聽到這裡，看著金太太已經有允准的意思，就站起來笑道：「媽！給你老人家道喜啊！這是突然而來的掉下來的一場喜事呢。」說著，便走了過來，見金太太面前茶几上放一只空茶杯，就拿著茶杯將桌上茶壺斟了一大半杯茶，放到茶几上，笑道：「談判了半天，口也渴了，喝一杯吧。」

趁這倒茶的工夫，就挨了沙發在一張矮的軟皮椅上坐下了，回頭對敏之道：「你們三位知道，怎麼也守秘密呢？我們早曉得了，也可先交一交朋友啊。」

敏之道：「我們哪裡知道，也是昨天晚晌聽了劉姐夫說，才知道的。」

玉芬卻一掉轉臉，對金太太道：「媽！這是怪啊！老七那樣直心直腸的人，有事恨不得到處打電報，對於這件事，他能這樣守秘密，一直到要發動才對家裡說，你老人家還老把他當一個小孩子，可知道早懷著滿腔的心事呢。」說著，將右手大拇指伸了一伸，笑道：「我很佩服我們老七有本領。」

金太太道：「這事我也很納悶的，一向我就不大注意他的婚事，因為他是無話不告訴人的，他要辦什麼事，先會露出一個大八成來，等他有了形跡，我再說也不遲，可不料這一回，他真熬到要辦才說。」

玉芬笑道：「知子莫若母，老七的形跡，你老人家也未嘗不看了一些出來。」

金太太道：「是啊！從前我看他和白小姐來往親密，倒不料白小姐以外他還有要好的呢。」

玉芬道：「這事真奇怪極了，秀珠和老七那樣好，結婚的對手方倒不是她！」

金太太道：「秀珠那孩子呢，倒也很伶俐，就是小姐脾氣大一點，他們私人方面究竟到了什麼程度，我是不知道，所以我總含糊著。你們年輕的人，見識淺，老是和他兩人開玩笑，我就覺得不對。」

玉芬道：「這也難怪呀，你想，他們好到那樣的程度，還有什麼問題呢？據我看，他們過去的歷史有那麼長，或者還可以轉圜的。」

道之見玉芬過來，就知道她有話說，靜靜地望著她，這時便笑了一聲道：「三姐，你有點具體錯誤吧？交朋友是交朋友，結婚是結婚，若是男女交了朋友，就應當走上結婚的一條路上，那麼，社交公開這四個字不能成立，結了婚的男女也沒有交朋友的可能了，老七和白小姐也不過朋友罷了，有什麼可奇怪的呢？」

玉芬和金太太話裡套話，正說得有些來由，不料遇著道之這個大姑子，是絲毫不講情面，辟哩啪啦，大刀闊斧說上一大套，本想要駁她兩句，無奈駁了出來，就有幫助秀珠的嫌疑；要是不駁，自己肚裡放著了許多話又忍受不住，進退為難之間，面孔可就漲得通紅，因勉強笑了一聲，說道：「四妹的話真是厲害，一傢伙提出男女朋友不一定要結婚這句話，就把我駁倒，可是我也沒說男女交朋友就要結婚，不過我的意思，以為老七和秀珠的感情太好，有結婚的可能。這一件事，幾乎是我們公認的了，可是到了現在並不是他兩人結婚，所以我引為奇怪，我並不是對老七有什麼不滿意。」

道之明知玉芬和秀珠那層關係，哪裡又肯默爾，便笑道：「真理是愈辯愈明的，我們就向下說吧，既然三姐說老七是變了心，那麼，當然是不以老七為然，所以不然，又自然是沒有和秀珠妹妹結婚，我先說的那一番道理就沒有錯誤，現在你又說，老七和秀珠妹妹在感情上有結婚的可能，但是我們不是秀珠妹妹，又不是老七，怎樣知道他們有結婚的可能？」

玉芬道：「從表面上自然觀察得出來。」

道之道：「這未免太武斷了，我們在表面上看去，以為他們就有結婚的可能，須知事實上，他們儘管相去得很遠。本來他們的心事，我們不能知道，現在有事實證明，可以知道他們以前原不打算結婚。」

玉芬道：「四妹，這話好像你很有理。但是你要曉得人心有變動啊！這個時候，老七不願和秀珠妹妹談到婚姻問題上去，那是小孩子也知道的事情，還要什麼證明？！不過現在他是這樣，絕不能說他以前也是這樣。」

道之笑著一挺胸脯，兩手一鼓掌道：「這不結了，以前他愛秀珠，現在他不愛秀珠妹妹，這有什麼法子？旁邊人就是要打抱不平，也是枉然。」

玉芬道：「四妹，你這是什麼話？誰打了什麼抱不平？」

金太太先以為她兩人說話故意磨牙，駁得好玩，現在聽到話音不對，那玉芬的臉色，由額角上紅到下巴，由鼻子尖紅到耳根，抿了嘴，鼻孔裡只呼呼地出氣，手上在茶几上撿了一張報紙，搭訕著，一塊兒一塊兒地撕，撕得粉碎。

金太太這就正著顏色說道：「為別人的事，要你們這樣鬥嘴勁作什麼？」

玉芬道：「你老人家還有什麼不明白的？因為秀珠和我有點親戚的關係，我說了兩句公道話，四妹就疑惑我反對老七的婚姻事來了，難道我還有那種力量，不許老七和姓冷的結婚，再和秀珠訂婚不成？」

道之冷笑道：「我不那樣疑心，婚姻自由的時代，父母都作不了主，哥嫂還有什麼力量？要不服，也只好白不服罷了。」

玉芬突然站將起來，用腳將坐的軟椅一撥，便道：「這是當了媽的面，你是這樣對我冷嘲熱諷，我算讓你，還不成嗎？」一昂頭，便出門走了。

金太太看見，氣得半晌說不出話來。佩芳雖然在一邊拼益智圖，可是她的心裡也是注意這邊婚姻問題的談話。

她對於燕西和秀珠決裂一層，也是站在反對的方面，不過這件事和自己並沒有多大的關係，用不著去插嘴。當玉芬和道之爭論的時候，她十分地著急，玉芬怎麼就沒有理由去駁倒道之？自己坐在一邊，拿了益智圖的圖本，儘管翻著看，一頁一頁地翻著看完了，又從頭至尾重翻一遍。這樣的翻著看書，耳朵卻是在等聽她這一篇大議論的結局，到後來，玉芬和道之鬧翻了，自己要調解幾句，又見婆婆生著氣，索性不說什麼。

金太太氣得沉默了一會子，然後就對道之道：「大家好好地說話，你為什麼語中帶刺，要傷害人？」

道之道：「我這不算語中帶刺，是老老實實地幾句話，我就是這樣，有話擺開來說，直道而行，得罪了人也在明處，這是無所謂的，不像她那樣做說客似的，悠悠地而來。」

金太太也明知玉芬是幫著秀珠的，雖然這次道之給玉芬以難堪，若是就事論事，玉芬也有些咎由自取，所以玉芬一氣走了，也不怎樣說道之，只道：「你們這年輕的人，簡直一點涵容沒有，這樣不相干的事情，我不知道你們三言兩語的怎樣就吵起來了？」

道之道：「我就是這樣，不愛聽宋公明假仁假義那一套！我不說了。」說畢，她也是一起身，掉頭就走。

金太太一回頭笑著對佩芳道：「你瞧瞧！」

佩芳這就開口了，笑道：「你老人家這也值不得生他們的氣，這會子只管爭得面紅耳赤，回頭到了一處，還是有說有笑的。」

金太太道：「他們爭吵，我倒是不生氣，不過老七這回提的婚事，不知道怎麼著，我心上倒像拴了一個疙瘩，我也不知道是由他好，還是把這事給他攔回去？」

敏之道：「老七對於這事自然下有一番決心，你老人家要把事攔回去，恐怕不容易。」

金太太坐著，又是好久沒有說話。

佩芳道：「論說這件事，我們是不敢多嘴，不過這事突如其來，加一番考量也是應當的，這又不忙，再遲個周年半載也沒有關係。」

金太太道：「我不也是這樣說，可是他們合了我們南邊人說話，打鐵趁熱，巴不得馬上就決定了，決定了之後，就把人娶來。我是不明白，為什麼要這樣搶著辦？我說提前也可以，必定要舉出理由來，可是他們又沒有絲毫的理由，你說我怎樣不疑心？」

敏之笑道：「這不過年輕的人一陣狂熱罷了，又有什麼可疑的？當年大哥和大嫂子結婚，不也是趕著辦的嗎？」

佩芳道：「我們沒有趕著辦，不要拿我作榜樣。」大家談談說說，把問題就引開了。

當天晚上，道之到敏之、潤之處一塊兒吃飯，潤之就埋怨道：「四姐今天說得有個樣子了，又要抬個什麼槓把事情弄翻，而且還得罪了一個人，真是糟糕。」

道之道：「那要什麼緊？反正我們要辦，他們也反對不了。」說話時，筷子把碟子裡的蝦醬拌豆腐，只管去夾，夾得粉碎，也不曾吃一下。

潤之笑道：「這一碟豆腐活該倒楣，我看你整夾了五分鐘還不曾吃一下。」

道之也笑道：「你不知道，我心裡真氣得什麼似的，我就是這樣，不能看見人家搗鬼，有什麼心事要說就說，繞那麼大的彎子幹什麼？吃過了飯，我碰一個釘子，去對父親說一說。」

說完了這一句話，拿了湯匙，就在一碗火腿蘿蔔湯裡不住地舀湯，舀得湯一直浸過了碗裡的飯，然後夾了幾根香油拌的川冬菜，唏哩呼嚕就吃起飯來。

吃完了這碗飯，一伸手，說道：「手巾！」

阿囡看見笑著，就擰了一把熱手巾送過來，因道：「四小姐，今天怎麼回事？倒像喝醉了酒。」

道之接了毛巾，搽著臉，且不管阿囡，卻對敏之道：「回頭你也來，若是我說僵了，你也可以給我轉一轉圜。」說畢，掀簾子就要走。

阿囡卻拿了一只玻璃罐子，一隻手掀了蓋，一隻手伸到道之面前來，笑道：「你也不用點嗎？」

道之道：「是什麼？」

阿囡道：「是巴黎美容膏。」

道之道：「名字倒好聽，我來不及要它了。」掀開簾子，逕自來見父親。

當時金銓背了兩手，正在堂屋裡閒踱著，嘴裡銜了半截雪茄，一點煙也不曾生出，他低了頭，正自在想心事。道之心裡想，大概父親也知道了，正躊躇著這事沒有辦法呢，於是且不說什麼，逕自進屋去。

金銓也進來了，眼光可就望著道之，將嘴裡煙取下，自放在煙灰缸上，問道：「你兄弟的事，你很清楚嗎？」說完這句，又把煙拿起，在嘴裡銜著。

道之看見，便在桌上拿了取燈盒，擦了一支取燈，伸過去給金銓點上煙，因笑道：「爸爸，你都知道了嗎？這一定是媽說的。媽說了，她請你作主。你怎樣說呢？」

金銓道：「這事我本沒有什麼成見，但是燕西這東西太胡鬧，上半年騙了我好幾個月，說是開什麼詩社，原來他倒是每月花幾百塊錢在外自賃房子住。為了一個女子就肯另立一個家，和人做街坊，慢慢地去認識，用心實在也用心，下工夫實在也肯下工夫，但是有這種工夫，何不移到讀書上去？老實說，他簡直是靠他幾個臭錢去引誘人家的，這種婚姻，基礎太不正當，成就了也沒有什麼好處，嚴格一點地說，就是拆白，我四個兒子，全是正經事一樣不懂，在這女色和一切嗜好上是極力地下工夫，我恨極了。」說時，把腳連頓了幾頓。

道之原是一肚子的計畫，原打算見了父親慢慢地一說，不料自己還沒有開口，父親就說了這一大篇。而且看他的臉色，略略泛出一層紅色，兩隻眉頭幾乎要擠到一處來，於是一肚子話都嚇得打入了冷宮，只是傻笑，卻對金太太道：「媽！我聽說拆白黨是騙人家錢的，不能用在還拿錢向外花的。」

金太太道：「你老子是個正經人，他就惱恨這些花天酒地地鬧，生平所做的事，沒有一樣不能告訴人的。這些男女的事情，他一點不知道，怎樣不說外行話？」

金銓聽說，不由笑道：「太太，你為什麼損我？」

金太太道：「說你是正經人，你倒說我損你？難道你是壞人嗎？」

金銓道：「這樣子，你竟是有些偏袒燕西，剛才你不是也反對這種婚姻嗎？現在我說起來，你又好像不以為然的樣子，這是什麼道理？」

金太太道：「婚姻問題，我倒沒有什麼主張，我就不明白，為什麼你把自己的孩子說得那樣不值錢？這事縱然不好，也是男女兩方的事，為什麼你怪一邊呢？」

金銓道：「你不是說那女孩子國文都很好嗎？我想她未必瞧得起我們這擀麵杖吹火的東西，不過年紀輕的人經不得這些紈褲子弟引誘罷了。」

正說到這裡，張順進來說：「李總長家裡催請。」金銓就走出去了。

金太太因對道之道：「你聽聽，這事是不大容易說吧？本來嘛，這事就不成話。」

道之笑道：「未見得沒有辦法，等明後天再說吧。」回頭一看，敏之已站在房門口，敏之笑道：「碰了釘子了嗎？」道之笑道：「沒有，我看那形勢不對，我就不敢提。」

敏之道：「我就料這事不能像你預料的那樣容易，可是這樣一來，把那一位真急得像熱石上螞蟻一般，只得到處打聽消息。剛才我由外面進來，還看見他在走廊上踱來踱去，那意思是要聽這邊人說話，再要兩天下去，他這樣起坐不寧的樣子，準會急出病來。」

金太太道：「真的嗎？這種無出息的東西！」說著話，就到堂屋裡來，將簾子掀開一點，向外一望，只見燕西由那海棠葉的小門裡正慢慢走將來。金太太且不作聲，看他走來怎麼樣。燕西走到廊下，那腳步放得是格外地慢，靠近金太太房外的窗戶就站住了。

金太太看了他那種癡呆呆的樣子，心裡老大不忍，索性掀開門簾子走將出來，因問道：「阿七，你這是做什麼？」

燕西正靜靜地向屋子裡聽，忽然在身邊有一個人說話，卻不由得嚇了一跳，回頭一看是母親，便拍著胸道：「這一下子，把我嚇得夠了。」

金太太道：「你為什麼鬼鬼祟祟的？進來吧。」

燕西道：「我不去，心裡不大舒服，我要去睡覺了。」

金太太走上前，一伸手扯了燕西的衣服，就向裡拉。燕西笑道：「你老人家別拉吧，我就進去吧。」於是跟了母親一塊兒進去。

到了屋裡，在電燈下，金太太將燕西的顏色一看，見他臉上的肉向下一削，眼眶子陷下去許多，於是拉了燕西靠近電燈，對他臉上望了一望，噯呀一聲道：「孩子，怎麼兩天的工夫，你鬧得這個樣子憔悴？」

道之笑道：「這孩子簡直是害相思病，要不給他治一治，恐怕就會躺下了。」

燕西道：「四姐，可別說玩話，母親會信以為真的。」

敏之道：「病倒不是病，可是你心裡那一分著急，恐怕比害病還要難過幾多倍。」

燕西笑道：「五姐真成，現在又懂得心理學了。」

金太太且不管他們姊弟說話，拉了他的手站到一邊，卻問道：「你實說，有什麼病？明天瞧瞧去。」

燕西道：「我沒有病，瞧什麼？」

金太太道：「還說沒病，剛才你自己都說心裡不舒服。」

燕西道：「心裡倒是有些不舒服，這也是大家逼我的，我瞧什麼？」

金太太道：「誰逼你了？就是說這冷家的婚事吧，我們都也在考慮之中，這事盡可以慢慢地商量，值不得這樣著急。」

燕西皺了眉道：「各有各的心事，誰能知道？不著急的事，我為什麼要著急呢？」

金太太道：「我真也猜不透，這件婚姻問題是多麼要緊的事，可是你不提就不提，一提起來了就要辦，辦得不痛快還要著急，我真不懂，這是為了什麼？」

燕西將腳一頓道：「我不要你們管我的事了，過兩天，我做和尚去！」說畢，板了臉，卻坐在沙發上一言不發。

金太太看了他這樣子，不覺噗嗤一笑，對道之道：「你聽他說，倒好像他不討老婆，會陷了別人似的，你要做和尚，就去做和尚，這樣的兒子，漫說少一個，跑了一個光，倒落個乾淨。」

道之笑道：「老七，事到如今，你只可以好說，哪裡可以講蠻呢？你趁媽這會子心疼你的時候，你一求情，這事就有個八成了。」

金太太道：「誰心疼他？這樣的東西，讓他做和尚去了事。」

燕西道：「做和尚就做和尚，我有什麼看不破的，我馬上就走。」說畢，站起來就向外而去。

當他一走，那門簾子底下的那一塊木板敲得門啪達一下響，金太太道：「你看這孩子，他倒發別人的脾氣。」

道之淡淡地說道：「我看他神氣都變了，一橫心，也許他真跑了，那才是笑話呢，小憐的事不是前車之鑑嗎？」

金太太心裡起初也不過以為燕西胡生氣，胡說，做和尚這一節那是辦不到的，現在聽到道之說小憐的事是前車之鑑，這倒覺得有幾分理由，加上看燕西出去那分的神情是很決裂的，越想這件事，心裡越有些不安，然而在燕西方面，卻也急轉直下了。

敏之看到母親有一番為難的樣子，索性裝出發愁的樣子來。金太太便對她道：「你到前面去看看這東西，他在做什麼？」

敏之道：「我說這件事，母親作主答應就是了，何必鬧得這樣馬仰人翻？」

金太太道：「我又何嘗反對他們什麼？不過事到如今，鬧得這事的內容，你父親也完全知道了，我要辦，也得和你父親解釋清楚了才辦得動。你不管別的，先去用幾句好話把他安頓了再說。」

道之道：「人在氣頭上，是不顧一切的，他說做和尚去，寧可信是真話，不要信他是嚇人的。」

金太太對敏之道：「你站在這裡聽什麼？還不快快地去！」

敏之站在門邊，手正扶著簾子聽話，笑道：「先是滿不在乎，一提醒了，就著急，這一會子，我去把他拖了來，有話還是媽對他說吧。」於是就到前面燕西屋子裡來。

在窗子外，只見裡面電燈通亮，敏之將頭靠近玻璃窗，隔了窗紗向裡一望，只見燕西坐在椅子上發呆，有一隻手提的皮箱翻開了蓋，裡面亂疊著東西，燕西對了那箱子現出一種躊躇的樣子，敏之身子向後一退，便喊了一聲老七，燕西在屋裡答應道：「不要來吧，我脫衣睡覺了，不開門了。」

敏之明知道他沒有睡，不管三七二十一，走上前將門一拉，門就開了。一走進房門，燕西不是坐著，卻在那裡撿箱子裡的東西。

敏之道：「你這是做什麼？真要走嗎？」

燕西道：「這樣的家庭有什麼好處？不如一走，反可以得到自由。」說時，又在滿屋子裡找東西向箱子裡裝置。

敏之一走上前，挽住了燕西的手，笑說道：「我是來做紅娘的人，有話你該和我直說，那才是道理，你倒在我面前弄這些手段？你以為這樣就能嚇著我嗎？」

燕西道：「我為什麼嚇你？我難道早知道你要來，先裝這樣子等你來看不成？」

敏之笑道：「你不要強了嘴，剛才我在玻璃窗外面，就看見你一人坐在這裡躊躇不定，因為聽見我言語一聲，你又站起來拾掇箱子了，這不分明是做給我看嗎？你要好好地聽我的話，我們在一塊兒出主意，我倒有個商量，你這樣做給我看，顯然對我沒有誠意，我還和你出個什麼主意？得！從此你幹你的，我幹我的，我不管了。」說畢，一扭身子就要向外走。

燕西一把扯住道：「你還生我的氣嗎？」

敏之道：「我不生你的氣，你先生我的氣了，你反正不領我的情，我還說什麼？」

燕西笑道：「既然如此，我就領你的情吧，但不知道你有什麼好法子告訴我？」

敏之道：「你不是要做和尚去嗎？何必還想什麼法子？」

燕西道：「那原是不得已的辦法，只要有法子可想，我自然還是不做和尚，我這裡給你道謝。」說畢，連連拱手。

敏之笑道：「我又瞧不得這個，我告訴你的法子，自己可擔著一分欺君之罪，現在我進去說，說是你意思十分堅決，馬上就要走，是我吩咐人不許給你開門，這樣一來，你可以不必裝著走，只向床上一躺，把被蒙頭蓋住，我進去一說，包你要什麼，母親就得給什麼。」

燕西道：「法子是很好，可是要嚴守秘密，一漏消息，不但全域都糟，我的名譽也就掃地以盡。」

敏之笑道：「你還愛惜名譽嗎？」

燕西正要駁這一句話，敏之連連搖手道：「少說廢話，我這就去，你照計而行得了。」

敏之走到上房，快要到金太太窗戶邊下，放開腳步，撲撲撲一陣響，就向屋子裡一跑。

金太太見她進來，便問道：「怎麼樣了？他說什麼來著？」

敏之臉上裝出很憂悶的樣子道：「這孩子脾氣真壞，竟是沒一點轉圜之地，非走不可。」

金太太原是坐著的，這就站了起來，望著敏之的臉道：「現在呢？」

敏之道：「我已告訴前頭兩道門房，叫他們不許開門，他已生氣睡了，今晚大概沒事，可是到了明天，誰也不能保這個險。」

金太太聽了這話，這才安然坐下，說道：「我並沒有說完全不肯，他為什麼決裂到這樣子？你去對他說，只要他父親不反對，我就由他辦去。」

道之道：「還不是那一句話，他要是滿意，早就不說走了。」

金太太道：「此外，我還有什麼法子呢？」

道之笑道：「我只有請你老人家在父親面前做硬保，一力促成這件事。」

金太太道：「我怎樣一力促成呢？你父親的話，你們還不知道嗎？我看這件事，還不如你們去對老頭子說，由我在一旁敲邊鼓，比較還容易成功一點。」

道之低頭想了一想，笑道：「這件事我倒有個主意，我不辦則已，一辦準可以使爸爸答應。」

金太太道：「這回事，本來你幫老七忙的，你就人情做到底，辦了下去吧。這個法子，我想都不容易，你有什麼好辦法呢？」

道之笑道：「這卻是天機不可洩漏，到了明天我再發表，一走漏了消息，就不容易辦。」

潤之笑道：「這倒好像《三國演義》上的諸葛亮，叫人附耳上來，如此如此，這般這般。」

道之道：「其實說出來倒也沒有什麼，不過將來一發表，就減少許多趣味，所以我非到那個時候說出來不可。」

潤之道：「我猜猜看，究竟是什麼法子？」

敏之道：「不要猜了，一說兩說，這話就會傳到父親耳朵裡去的，我先去看看那一位去，他現在究竟怎麼樣了？」說著，又去敲燕西的門。

燕西聽是敏之的聲音，就起來開門，笑道：「五姐這就來了，事情準有八成希望。」敏之就把剛才的話說了一遍，燕西一拍掌道：「她說這話，一定有把握的。」說到這裡，遙遙聽見走廊上有咳嗽聲。

敏之道：「你還是躺下，假就假到底。」

燕西向床上一倒，扯著被蓋了，卻是道之走進屋來，問道：「老七呢？」

燕西不作聲。

道之道：「睡著了嗎？」

燕西還是不作聲。

道之走上前，將被向上一翻，掀開大半截道：「你倒在軍師面前玩起手段來？」

燕西笑著坐了起來道：「我不敢冤你，我是怕你身後還跟有別人，我聽說四姐給我想了一個極妙的計，但不知這條計是怎樣的行法？我能不能參與？」

道之道：「你當然能參與，而且還要你才能辦得到。」

道之談到這裡，於是扶了門，伸著頭向外望了一望，見門外沒有人，這才掩上門。姊弟三人商量了一番，敏之拍掌笑道：「原來是這條計，這是君子可欺以其方啊。」

燕西道：「別嚷別嚷，無論讓誰知道，這事就不好辦。」

敏之、道之也不多說，自去了，燕西於是起來寫了一封信，交給金榮，叫他次日一早就送出去，不可誤事，這就安心去睡覺。

到了次日十一點鐘，燕西睡著，還未曾起來。

金太太可是打發人來看了幾次，探聽他的行動，不讓他走，見他安然睡覺，也就算了，這件事就依了道之的話，未曾告訴金銓。金銓自有他政治和金融界的事，家庭小問題一說也就丟開了。過了一天，大家竟不提，猶如雲過天空，渺無痕跡。

這日是星期，金銓在桌上看完報之後，照例也到他的書室裡去，把他心愛的一些詩文集翻一兩部出來看看。不料走進書房，只見自己桌上放著一條綠絲縐紗圍脖，竟還有些香氣，充溢屋中，再一看自己愛的那一盒脂色朱泥，不知誰揭開了蓋子，也未曾蓋上，心裡一生氣，不由得一人自言自語道：「這又是誰到這裡胡鬧來著？」

他說時，順手撿起那條圍脖一看，上面用白絲線繡了TT兩個外國字母，金銓知道這是道之兩字縮寫，自言自語地道：「這大歲數的人了，也是這樣一點不守秩序。」於是把印泥蓋好，將圍脖放在一邊，自抽了一本書看。

不多大一會兒工夫，道之手裡拿著一本鈔本書，笑了進來，很不在意地將鈔本書放在桌上，卻拿圍脖披上。金銓將手上捧的書本放下，順眼一看，見那鈔本上寫著很秀媚的題簽，是「嫩紅閣小集」幾個字，便道：「這好像是一本閨秀的詩稿，是哪裡來的？」

道之道：「是我一個朋友，年紀很輕。你老人家瞧瞧，這詩詞作得怎樣？她要我作一首序，我隨便寫幾句話，用了這兒的印泥，蓋上一顆圖章。」

金銓笑道：「現在女學生裡面哪裡有作得好詩的？平仄不錯，也就是頂好的了。」說時隨便就把那冊鈔本取了過來，偶然翻開一頁，見是上等毛邊紙訂成的，寫了整整齊齊的正楷字，旁邊卻有紅筆來逐句圈點著，卷頁上頭還有小字，寫了眉批。

金銓笑道：「這倒像煞有介事，真個如名人詩集一般。」

道之道：「你老人家沒有看內容，先別批評。等你念了幾首之後，再說好不好的話。」

金銓果然隨便翻開一頁，且先看一首七絕，那詩道：

「莫向東西問舊因，看花還是去年人。」

金銓先不由讚一聲道：「啊！居然是很合繩墨的筆調。」道之道：「你看我說的話怎麼樣？」

金銓微笑，再向下念那句詩是：

「明年花事知何似？莫負今年這段春。」

金銓道：「倒也有些議論，只是口吻有些衰敗的樣子，卻不大好。」隨手又翻了一頁，看了幾首，都是近體，大致都還說得過去。

後來又看到一首七律，旁邊圈了許多密圈，題目是「郊外」。那詩道：

十里垂楊夾道行，春疇一望綠初平。
香隨暖氣沾衣久，風送游絲貼鬢輕。
山下有村皆繞樹，馬前無處不啼鶯。
寺鐘何必催歸客？最是幽人愛晚晴。

金銓用手拈了鬍子，點點頭道：「這孩子有才調，可惜沒有創造力。若是拜我做先生，我可以糾正她的壞處，成全她作一個女詩人。」

道之道：「你怎樣說人家如此不成？有什麼憑據嗎？」

金銓將手一指道：「就拿這一首詩為憑，初一念，好像四平八穩，是很清麗的一首詩，可是一研究起來，都是成句，這垂楊夾道行，只是改了一個斜字，頸聯呢，是套那沾衣欲濕杏花雨，吹面不寒楊柳風；腹聯呢，更明顯了，是套閬苑有花皆附鶴，女牆無樹不棲鸞。末了，還直用了李義山一句幽人愛晚晴，真正她自己的一句詩，不過是春疇一望綠初平。啊，這是誰寫的眉批，恭維得這樣厲害，什麼詩如其人了，什麼詩中有畫了。可是話又說回來了，總也算難為她，差不多的人可真會被她瞞過。」

道之道：「你這話，我有些不承認，我雖不懂得詩，我覺得念出來怪好聽的。好比你剛才說的，什麼有花皆附鶴，無樹不棲鸞，我就覺得抽象得很。她說的這山下有村皆繞樹，馬前無處不啼鶯，閉了眼一想，你要是坐了馬車，在西山大馬路上走，望著遠處的村子，聽著鳥叫，她這詩說得一點也不錯。」

金銓笑道：「豈有此理！難道她偷了人家的詩，還要賽過人家去不成？」

道之道：「這可就叫青出於藍了。」

金銓道：「這孩子倒是有幾分聰明，所以這樣，並不是有心偷古人之作，不過把詩讀得爛熟了，一有什麼感想，就覺和古詩相合，自己恰又化解不開，因此不知不覺地就會用上古人的成句，這正是天分勝過人力所致。肯用人力的人，一個字一個字都要推敲，用了成句，自己一研究就醒過來，絕不肯用的，這非找一個很有眼光的先生嚴厲指示一番不可。」

道之笑道：「哪裡找這樣的先生去？不如就拜在你的門下吧。」

金銓摸著鬍子道：「門生是有，我還沒有收過女門生，而且我也不認得人家啊。」

道之道：「她和老七是朋友。」

金銓端了鈔本將眉批又看了一看，微笑道：「這可不是燕西的字嗎？這樣鬼打的字，和人家的好字一比較起來，真是有天壤之別，虧他好意思還寫在人家本上。」

道之道：「字寫得好嗎？」

金銓道：「字寫得實在好，寫這種鈔本小楷，恰如其分，我想這個孩子一定也長得很清秀。」

道之道：「自然長得清秀啊，我們老七不是說人家詩如其人嗎？你不信，我給一張相片你瞧瞧。」這時，就在身上一掏，掏出一張帶紙殼的四寸半身相片來，一伸手遞給金銓看，道：「就是這個人。」

金銓道：「看人家的作品，怎樣把人家的相片都帶在身上？」

道之道：「這相片原來在書裡，是一塊兒送來的。」

道之說時，手裡拿著相片卻不遞給他，只是和金銓的面孔對照。

金銓笑道：「倒是很清秀。」

道之笑道：「說給你老人家做第四個兒媳婦，好不好？」

金銓道：「燕西那種紈褲子弟也配娶這樣一個女子嗎？」

道之笑道：「你別管配不配，假使老七能討這樣一個女子，你贊成不贊成呢？」

說到這樣，金銓恍然大悟，還故意問道：「鬧了半天，這女孩子究竟是誰？」

道之道：「那書面下有，你看一看就知道了。」

金銓翻過來一看，卻寫的是「冷清秋未定草」，這就將書放下，默然不作聲。

道之笑道：「這樣的女子，就是照你老人家眼光看起來，也是才貌雙全的了，為什麼你不贊成老七這一回的婚事呢？」

金銓道：「不是我不贊成，因為他辦的這件事有些鬼鬼祟祟，所以我很疑心。」

道之道：「管他們是怎樣認識的呢？只要人才很好就是了。」

金銓道：「這孩子的人品，我看她的相片和詩都信得過，就是福薄一點。」

道之道：「這又是迷信的話了，算命看相的，我就不信，何況在詩上去看人？」

金銓道：「你知道什麼？古人說，詩言志，大塊之噫氣……」

道之連連搖手笑道：「得了，得了，我不研究那個。」

金銓微笑道：「我知道你為燕西的事，你很努力，但是這和你有什麼好處呢？」

道之道：「他的婚事，我哪裡有什麼好處？不過我看到這女子很好，老七和她感情又不錯，讓他們失卻了婚姻，怪可惜的，就是說不能贊成，也無非為了他們締婚的經過不曾公開，可是這一件小事，不能因噎廢食。爸！我看你老人家答應了吧？」

說時，找了洋火擦著，親走到金銓面前，給他點上嘴裡銜的那根雪茄，就趁此站在金銓身邊，只管嘻嘻地笑，未曾走開。金銓默然地坐下，只管吸煙。

道之笑道：「這樣說，你老人家是默許的了，我讓他們著手去辦喜事吧。」

金銓道：「又何必那樣忙呢？」

道之聽到這句話，抽身便走，出了書房門，一口氣就跑到金太太屋裡去。她進門，恰好是佩芳出門，撞了一個滿懷。

她不覺得怎樣，佩芳是個有孕的人，肚子裡一陣奇痛，便咬著牙，靠了門站著不動，眼睛裡卻不由得有兩行眼淚流將出來。只苦笑道：「你這人，怎麼回事？」

金太太便走來問道：「這不是玩的，撞了那裡沒有？可別瞞著。」

道之笑道：「大嫂，真的，我撞著了沒有？」說時，就要伸手來撫摸她，佩芳將手一摔笑道：「胡鬧！」扶著門走了。

道之這才笑著一拍手道：「事情妥了，事情妥了，我的計策如何？老七呢？」

這句話說完，她跑了出來又去找燕西，把話告訴他。

燕西沒有別什麼可說的，只是笑著向道之拱手。

道之笑道：「怎麼樣？我說我的妙計，不行則已，一行起來，沒有不中的。」

燕西道：「我早就佩服你了，不過不敢對你說，早知道你是這樣熱心，我一早託重了你，事情早就成功了。現在是只望四姐人情做到底，快些正式進行。我的意思，在一個月內就把人接到我們家裡來，你看快一點嗎？」

道之道：「豈但快一點，簡直太快了。」

燕西連連作揖道：「這一件事，無論如何都望辦到，至於婚禮，那倒不怕簡單，就是仿照新人物的辦法，只舉行一個茶會也無不可。」

道之道：「人家說愛情到了燒點就要結婚，我想你們的愛情也許是到了燒點，哪有這樣急的？」

燕西道：「這其間我自有一個道理，將來日子久了，你自然知道，現在你也不必問，反正我有我的苦衷就是了。」

道之道：「這些事，媽可以作主的，媽作主的事，只要我努一點力……」燕西連忙接著說道：「那沒有不成功的，媽本來相信你的話，你說的話又有條理，媽自然可以答應。」

道之笑道：「你不要胡恭維，我不受這一套。」

燕西笑道：「我這人什麼都不成，連恭維人都外行。」

道之道：「你倒有一樣本事，很能伺候異性的朋友，我不明白，冷小姐那樣才貌雙全的人，倒看中你了。」

燕西道：「以後這話你千萬別說，說出來，我大丟人，現在只談正事吧，我提到這個問題怎樣？」說著，偏了頭，看著道之傻笑。

道之因為這件事辦得很得意，燕西說要提早結婚日子，也一拍胸答應了。

到了晚上吃過晚飯之後，金太太屋子裡，照例婆媳母女們有一個談話會，道之帶了小孩子，隨便地坐在金太太躺的軟榻邊。

那小貝貝左手上抱了一個洋囡囡，右手拿了一塊玫瑰雞蛋餅，只管送到洋囡囡嘴邊，對它道：「你吃一點，你吃一點。」

金太太伸手撫摸著貝貝的頭髮，笑道：「傻孩子，它不會吃的。」

貝貝道：「劉家那小弟弟怎樣會吃呢？」

金太太笑道：「弟弟是養的，洋囡囡是買的啊。」

佩芳在一邊笑問道：「你說弟弟好呢，還是洋囡囡好呢？」

貝貝道：「弟弟好。舅母，你明天也給我養一個弟弟吧。」

這一句話，說得通屋人都笑了。

道之道：「你準知道是弟弟嗎？真是弟弟，姥姥就要歡喜弟弟，不喜歡你了。」

貝貝聽說，就跑到金太太身邊去笑道：「姥姥，我跟著你玩，我跟著你睡。」

金太太抱起來，親了一個嘴，笑道：「你這小東西，真調皮，說話實在引人笑。」

道之道：「媽，這些個下人都添起小孩子來，那是真不少，怎樣疼得過來？」

金太太道：「怎樣疼不過來？我和旁人不同，無論多少，我都是一樣看待。」

道之道：「媽這一句話，我就有個批評，就以老七婚事而論，你老人家就沒有像處分其他幾個兒女婚事那樣痛快。」

金太太道：「事情完全都答應你們了，你們要怎樣辦就怎樣辦，我怎樣不痛快？」

道之笑道：「你老人家真能那樣痛快嗎？這裡一大屋子人，這話可不好收回成命啦。」

金太太也笑道：「你這孩子在你父親面前用了一些手腕，這又該到我面前來用手腕了。你說這話，顯然還有半截文章沒有露出來。」

道之笑道：「我哪敢用什麼手腕呢？就是我從前說的老七婚期的話，你老人家不是說明年再說嗎？但是老七的意思還是要馬上就辦，你老人家若是痛快地答應，就依他的辦法。」

金太太道：「照他辦，也沒有什麼不可以，但是我不明白，他為什麼要這樣的急法？」

道之道：「這個我也不十分清楚，但是我聽見說，這位冷姑娘的母親要回南去，若是婚期還早，她就帶了姑娘走，老七總怕這一去，不定什麼時候回來，所以情願先結婚。」

金太太道：「何以趕得這樣巧？」

道之道：「就是因為人家要走，老七才這樣著慌呢。」

金太太道：「婚事我都答應了，日子遲早那還有什麼問題？可是辦得最快，也要一個月以後，因為許多事情都得慢慢去籌辦。」

道之道：「據老七說，什麼也不用辦，開個茶會就行了。」

佩芳笑道：「那豈不是笑話？**我們許多親戚朋友不明白，說是我們借了這個緣故省錢，面子上怎樣抹得開？**」

道之見事情有些正談得眉目了，佩芳又來插上這樣一句話，心裡很不高興，一回頭道：「那有什麼要緊？說我們省錢，又不說我們是浪費。」

佩芳白天讓她碰了一下，心裡已十分不高興，這回子又碰了道之一個釘子，實在有氣。但是她對於姑娘總相讓三分的，就沒作聲。

玉芬坐在屋犄角邊，卻鼻子一呼氣，冷笑了一聲，道之見玉芬此種形狀，明知她是餘忿未平，存著譏笑的態度，但是自己立定主意，也絕不理會她們有什麼阻礙，只瞟了玉芬一眼，也就算了，因故意笑著對金太太道：「你老人家若要怕麻煩，事情都交給我辦，我一定能辦得很好的。」

潤之在一邊又極力地慫恿，金太太受了她們姊妹的包圍，只得答應了，說道：「既然這樣，日子我不管，就由阿七自己去酌定吧，要花多少錢，叫他自己擬個單子來，我斟酌了辦，把他叫來，我有幾句話問他。」

一回頭，見秋香站在門邊下，用了小剪刀慢慢剪手指甲，便道：「秋香，你又在這裡打聽消息，這全都明白了，明天讓你到報館裡去當一個訪事，倒是不錯。把七爺給我叫來。」

秋香噗嗤一笑，一掉頭就來叫燕西。燕西在家裡等消息，知道事情有了結果了，心裡正歡喜，不過和家庭表示決裂了的，這個時候忽然掉過臉來，轉悲為喜，又覺不好意思，因此只拿了幾本小說，縮在屋子裡胡亂地翻著看。

秋香一推門，便喊道：「七爺，你大喜啊。」

燕西笑道：「什麼事大喜？」

秋香笑道：「事情鬧得這樣馬仰人翻，你還要瞞人嗎？這位新少奶奶聽說長得不錯，你有相片嗎？先給我瞧瞧。」

燕西笑著推她道：「出去出去，不要麻煩！」

秋香道：「是啊！這就有少奶奶了，不要我們伺候了，可是我不是來麻煩你的，太太說請你去呢。」

燕西道：「是太太叫我去嗎？你不要瞎說。」

秋香道：「我怎敢瞎說？不去，可把事情耽誤了。」

燕西想不去，又真怕把事情耽誤了；去呢，倒有些不好意思，便道：「你先去，我就來。」

秋香拖著他的衣裳道：「去吧，去吧，害什麼臊呢。」

燕西笑道：「別拉，我去就是了。」

秋香在前，燕西只走到金太太房門口為止。

金太太見他穿了一件米色薄呢的西服，打著鵝黃色大領結子，頭髮梳得光而又滑，平中齊縫一分，便道：「你這是打算做和尚的人嗎？做和尚的人，倒穿得這樣的時髦！」

燕西只是站著笑。

道之道：「進來啊！在外頭站著做什麼？你所要辦的事，媽全答應了，這就問你要花多少錢，自己開一個單子來。」

燕西聽說，還是笑，不肯進去。

金太太看著，也忍不住笑了，因道：「究竟還不像老大老三那樣臉厚，大概過個一兩年也就夠了，你還有什麼說的沒有？你若是不說，我可不會辦。」

燕西被逼不過才道：「我的話，都由四姐代表就是了。」說畢，掉身自去。

這裡金太太屋子裡，依然談笑。

佩芳伸了一個懶腰道：「今天怎麼回事？人倦得很，我先要去睡了。」說畢，也抽身回房去。

剛到屋子裡，玉芬也來了，因道：「大嫂，你看老七這回婚事怎樣？事情太草率了，恐怕沒有好結果。」

佩芳道：「以後的事，倒不要去說它，我不知道之為什麼這樣包辦？」

玉芬道：「我也是這樣想，**金家人件件事是講面子，何以對這種婚姻大事，這樣地馬虎從事？你往後瞧吧，將來一定有後悔的日子。**」

佩芳嘆了一口氣道：「自己的事情還管不著，哪有工夫去生這些閒氣？」

玉芬道：「怎麼樣？大哥還是不回來嗎？」

佩芳道：「可不是！他不回來那要什麼緊？就是一輩子不回來，我也不去找他。不過他現在另外組織了一分家，知道的，說是他胡鬧；不知道的，還要說我怎樣不好，弄得如此決裂，所以我非要他回來辦個水落石出不可。我原是對老七說，他要不回來，就請老七引我去找他，偏是老七自己又發生了婚姻問題，這兩天比什麼還忙，我的這事只好耽誤下來了。」

玉芬道：「我想讓大哥在外面住，那是很費錢的，不如把他弄的人一塊兒弄回來。」

佩芳臉一板道：「這個我辦不到！我們是什麼家庭，把窯姐兒也弄到家裡來？莫要壞了我們的門風。」

玉芬道：「木已成舟了，你打算怎麼呢？」

佩芳道：「怎麼沒有辦法？不是她走，就是我走，兩個憑他留一個。」

玉芬笑道：「你這話又不對了，憑你的身分，怎樣和那種人去拼呢？等我和鵬振去談一談，讓他給大哥送個信，叫他回來就是了。」

佩芳道：「老三去說，恐怕也沒有什麼效力。老實說，他們都是一批的貨！」

玉芬道：「唯其他們是一路的人，我們有話才可以託他去說。鵬振是見人說人話，見鬼說鬼話的，我若是有情有理地和他談話，他也不能隨便胡鬧，必定會把我們的意思慢慢和大哥商量。」

佩芳道：「你說這話，準有效驗嗎？倒也不妨試試。怎樣和他說呢？」

玉芬道：「那你就不必管，我自有我的辦法。」

佩芳笑道：「說是儘管說，可不許說到我身上的事。」

玉芬笑道：「算你聰明，一猜就猜著了。你想，除了這個，哪還有別的法子可以挾制他？我就老實不客氣地對他說，說是你氣極了，決計上醫院去把胎打下來，這一下子，他不能不私下回來和你解決。」

佩芳道：「不，不，不！我不用這種手腕對待他。」

玉芬笑道：「那要什麼緊？他挾制你，你也可以挾制他，孫龐鬥志，巧妙的占勝，我這就去說，管保明後天就可以發生效力。」她說畢，轉身就要走。

佩芳走上前，按住她的手道：「可別瞎說。你說出來了，我也不承認。」

玉芬道：「原是要你不承認，你越不承認，倒顯得我們傳出去的話是真的，你一承認，倒顯得我們約好了來嚇他的了。」

佩芳鼓了嘴道：「無論如何，我不讓你說。」

玉芬不多說，竟笑著去了。

玉芬走回自己屋子，見鵬振戴了帽子，好像要向外走，於是一個人自言道：「都是這樣不分晝夜地胡鬧，你看，必定要鬧出人命來才會甘休，這日子快到了，也不久了。」

鵬振聽了這話，便停住腳不走，回轉頭來問道：「你一個人在這裡說些什麼？又是誰要自殺？」

玉芬道：「反正這事和你不相干，你就不必問了。」

鵬振道：「這樣說，倒真有其事了。」一面說著，一面就把頭上的帽子摘下來，因道：「你且說，又是誰和誰鬧？」

玉芬道：「告訴你也不要緊，你可別去對大哥說，說出來了，又要說我們搬是搬非。你不知道嗎？大嫂讓他氣極了，我聽到她的口氣，竟是要上醫院裡去打胎。」

鵬振倒為之一怔，望著玉芬的臉道：「那為什麼？」

玉芬道：「打了胎就沒有關係了，這個辦法很對。」說到這裡，臉上可就微微露出一絲笑容，人向軟椅上一躺，鼻子裡哼了一聲道：「也許有人學樣。」

鵬振道：「中國的婦女，她是什麼也不明白，打胎是刑事犯，要受罰的，弄得不好，也許可以判個三等有期徒刑。」

玉芬道：「你別用大話嚇人，我是嚇不著的，難道到外國醫院去，還怕什麼中國法律嗎？」

鵬振道：「除非是那不相干的醫院，有身分的醫院，他是不做這種事的。」

玉芬道：「那管他呢，只要事情辦得到就是了，醫院有身分沒有身分，和當事人有什麼關係？」

鵬振道：「真是要這樣胡鬧，我就到母親那裡去出首*，說你們不懷好意，要絕金家的後。」

玉芬站起來，緊對鵬振的臉啐了一口，一板臉道：「你還自負文明種子呢，說出這樣腐敗一萬分的話來。」

鵬振將身一閃，笑道：「為什麼這樣凶？」

玉芬道：「你這話不就該罰嗎？你想，現在稍微文明的人應講究節制生育，你這話顯然有提倡的意思，不應該啐你一口嗎？」

鵬振笑道：「想不到你的思想倒有這樣新，但是節制生育，種在未成功之先，成功之後，那就有殺人的嫌疑。」

玉芬道：「越來越瞎說了，我不和你辯，咱們是騎著驢子讀皇曆，走著瞧。」

鵬振笑道：「玩是玩，真是真，這事你可告訴大嫂，別胡來。」

玉芬只笑，並不理他。

鵬振記著話，伸了手就把掛鉤上的帽子取下，拿在手上。他是心裡要走，又怕玉芬盤問，但是玉芬知道他要去報告的，平常愛問，今天卻是只裝模糊，好像一點也不知道。

鵬振緩緩將帽子戴了，因道：「有什麼事嗎？沒有什麼事，我可要出去了。」

玉芬將身子一扭道：「誰管你！」

鵬振道：「因為你往常很喜歡干涉我，我今天乾脆先問你。」

玉芬笑道：「你是有三分賤，我不干涉你，你又反來問我，那麼，今天晚上不許出去，出去了，我就和你幹上。」

鵬振連連搖手道：「別生氣，別生氣，我這就走。」連忙就走出來了。

原來鵬振的意思，是要出去打小牌的，現在聽了這個消息，就打了一個電話給鳳舉，約他在劉寶善家會面。鳳舉聽他在電話裡說得很誠懇，果然就來了。

這個時候，這小俱樂部裡只有一桌小牌，並無多人，鵬振便將鳳舉引到小屋子裡去談話。

鳳舉見他這樣鬼鬼祟祟，也不知道為了什麼，只得跟著他。

鵬振第一句就是：「老大，你怎樣總不回去？你是非弄出事體不可的！」

鳳舉道：「什麼事？說得這樣鄭重。」

鵬振就把玉芬告訴他的話詳細一說，鳳舉笑道：「她要這樣胡鬧，讓她鬧去就是了。」

鵬振道：「你和大嫂又沒有什麼固結不解之仇，何必決裂到這樣子呢？這件事，一來違背人道，二來事情越鬧越大，讓外人知道了，也是一樁笑話，很好的家庭，何必為一點小事弄得馬仰人翻呢？我看你只要回去敷衍敷衍，事情就會和平下去的。」

鳳舉坐在一張軟椅上，只是躺著抽煙捲，靜默有四五分鐘之久，並沒有說一句話，右腿架在左腿上，只管是顛簸個不了。

鵬振看他那樣子，已經是軟化了，又道：「幾個月之後，就可以抱小孩子玩了，這樣一來……」

說到這裡，鳳舉先噗哧一笑，說道：「這是什麼怪話？你不要提了，讓老劉他們知道了，又是一件極好的新聞，夠開玩笑的。我先走，你怎麼樣？」

鵬振道：「我們來了，又各一走，老劉更容易疑心，你先走吧。」

鳳舉聽說，先回自己的小公館。

如夫人晚香問道：「接了誰的電話，忙著跑了出去？」

鳳舉道：「部裡有一件公事，要我到天津辦去，大概明日就要走。」

晚香道：「衙門裡的事怎麼在衙門裡不說？這個時候又要你朋友來說？」

鳳舉道：「這朋友自然也是同事，他說總長叫我秘密到天津去一趟。」

晚香道：「你去一趟，要多少天回來？」

鳳舉見她相信了，便道：「那用不著要幾天，頂多一星期就回來了。」

晚香道：「天津的嗶嘰洋貨料子比北京的便宜，你給我多帶一點回來。」

鳳舉道：「那是有限的事，何必還遠遠地由天津帶了來？你要什麼，上大柵欄去買就是了。」

晚香道：「你出門一趟，這一點小便宜都不肯給人嗎？」

鳳舉也不便再行固執，只得答應了。

到了次日，上過衙門之後，就回烏衣巷自己家裡來。

一進門，就先到燕西那裡，那門是虛掩著，不見有人。向裡邊屋裡看，小銅床上，被褥疊得整齊，枕頭下塞了幾本書，床上沒有一點縐紋，大概早上起床以前就離開這屋子了。

床頭大茶桌上有一個銅框子穿的日曆，因為燕西常在上面寫日記的，聽差不敢亂動，現在這日曆上的紙頁還是三四天以前的，大概忙得有三四天不曾管到這個了。

鳳舉按了一按鈴，是金貴進來了。

鳳舉道：「七爺呢？」

金貴笑道：「這兩天七爺忙著辦喜事，一早就走了。」

鳳舉道：「你到上房去看看，太太叫我沒有？」

金貴這可為難了，無緣無故，怎樣去問呢？因道：「大爺聽見誰說的太太叫？」

鳳舉道：「太太來叫了我，我還要你去問什麼？去！我等你回信。」

金貴沒法，只得到上房去，恰好一進圓洞門，就會到了蔣媽，因笑道：「你瞧大爺給我一件為難的事，他叫我來問太太叫了他沒有？哪裡叫了他呢？」

蔣媽笑道：「這有什麼不明白的，這就是大爺的意思，要你進去告訴一聲，說是他回來了，好讓太太把他叫了進去。」

金貴頭上正戴了一頂瓜皮帽，於是手捏了帽疙瘩，取將下來，對蔣媽一鞠躬道：「蔣奶奶，你行好吧，在太太那裡提一聲。你想，我要糊裡糊塗進去給太太一提，太太倒要說我胡巴結差事，我這話更不好說了。」

蔣媽見他如此，笑道：「大爺在哪兒？」

金貴道：「在七爺屋子裡。」

蔣媽道：「你在這兒等一等，我進去對太太說。」說畢，她走到金太太屋子裡，對金太太道：「太太，你瞧，這可奇怪，大爺坐在七爺屋子裡，又不進來，又不往外走。」

金太太道：「那是他不好意思進來罷了，你給我把他叫進來。」

蔣媽答應著出去，就走到圓洞門邊對金貴道：「你的差事算交出去了，你去告訴大爺吧，就說太太請他進去。」

金貴到前面對鳳舉一說，鳳舉進來。

到了母親屋子裡。金太太首先說道：「你是忙人啊！多少天沒有回家了？」

鳳舉笑道：「你老人家見面就給我釘子碰，我有幾天沒回來呢？不過就是昨天一天。」

金太太道：「為什麼我老見你不著？」

鳳舉笑道：「因為怕碰釘子，不敢見面。」

金太太道：「既然怕碰釘子，為什麼今日又來見我呢？別在這裡胡纏了，你到你媳婦屋子去瞧吧，說是又病了，你們自己都是生男育女的人了，倒反要我來操心。」

鳳舉道：「這是怎麼回事？三天兩天的，她老是病。」

金太太道：「難道我騙你不成？你看看去。」

鳳舉正愁沒有題目可以轉圜，得著這一句話，就好進門了，就帶著笑容，慢慢地走回院子來。上得臺階，就看見蔣媽在那裡掃地，因道：「太太說，大少奶奶病了，是什麼病？」

蔣媽站立一邊笑道：「不知道。」

鳳舉道：「怎麼老是病？我看看去。」說著，走進屋子去。

只見佩芳和衣躺在床上，側面向裡。因走到床面前，用很柔軟的聲音，問道：「怎麼又病了？」

佩芳只管睡，卻不理他。鳳舉一屁股坐在床沿上，用手推著佩芳的身體道：「睡著了嗎？

我問你話。」佩芳將鳳舉的手一撥，一翻身坐了起來，同時口裡說道：「是哪個混賬的東西，在這裡嚇我一跳？」

說完了這句話，她才一抬眼來看鳳舉，連忙伸腳下床，趿了鞋就走到一邊去。

鳳舉見她板著面孔，一絲笑容沒有，卻笑嘻嘻地伸頭向前，對她笑道：「以前的事，作為罷論，從今日起，我們再妥協，你看成不成？」

佩芳側著身子坐了，只當沒有聽見。

鳳舉見她坐在一把有圍欄的軟椅上，隨身坐在圍欄上，卻用手扶她的肩膀笑道：「以前當然是我……」

我字不曾說完，佩芳回轉身使勁將他一推，口裡說道：「誰和你這不要臉的人說話？」

鳳舉絲毫不曾防備，人向後一倒，正壓在一只瓷痰盂上。痰盂子被人一壓，噹的一聲已經打碎。

鳳舉今天是來謀妥協的，雖然被他夫人一推，卻也不生氣，手撐著地板，便站立起來。不料他這一伸手，恰按住在那碎瓷上，新碎的瓷是非常的鋒利的，一個不留神，就在手掌心裡割了一條大口，那血由手掌心裡冒流出來，像流水一般，流了地板上一大片。

鳳舉只管起來，卻沒有看到手上的血。這時，站起一摸身上，又把身上一件湖縐棉袍印上一大塊血痕。

佩芳早就看見他的手撐在碎瓷上，因為心中怒氣未息，隨他去，不曾理會，這時見他流了許多血，實在忍耐不住，便喲了一聲道：「你看，流那些血！」

鳳舉低頭看到，也失了一驚道：「噯呀！怎麼弄的？流了這些血！」將手甩了幾甩，轉著身體，只管到處去找東西來包裹。

佩芳道：「唉！瞧我吧，別動。」於是趕忙在玻璃櫥下層抽屜裡找出一紮藥棉花和一捲繃帶來，打開香粉盒子，抓了一大把香粉，拿起鳳舉一隻手，就把香粉向上一按，然後拆開棉花包，替他把手的四圍揩乾了血跡，可是那血來得洶湧，把按粉都沖掉了。

佩芳見按不住血，又抓了一把粉按上，在粉上面又加一層厚的棉花，口裡說：「今天血可是流得多了，總是不小心。」一面把繃帶一層層將他手捆好，問道：「痛不痛？」

鳳舉道：「就是流一點血罷了，不痛。怎樣棉花繃帶都預備好了？倒好像預先知道我要割破手似的。」

佩芳道：「這樣一說，倒好像我有心和你開玩笑。」

鳳舉笑道：「不是不是，我絕對沒有這個意思，你現在越太太化了，什麼小事都顧慮得周到，連棉花繃帶這種東西都預備好了。」

佩芳道：「我並不是為人家預備的，還不是為我自己預備的。」

鳳舉笑道：「我知道了，這一定是那日本產婆叫你預備的，未免預備得太早了。」

佩芳道：「給你三分顏色，你這又要洋洋得意了。不許胡說！」

鳳舉見佩芳是一點氣都沒有了，就叫蔣媽進來掃地，撿開那破瓷片。蔣媽一見鳳舉的手用布包著，身上又是一片血跡，也不覺失聲道：「哎呀！我的大爺，怎麼把手弄得這樣？」

佩芳道：「你這會子就覺得害怕，先你還沒有看見，那才是厲害呢，拉了總有兩三寸長的一條大口子！」

蔣媽道：「怎麼會拉了那大的口子呢？」

鳳舉道：「我摔一跤，把痰盂子摔了，用手一扶，就拉了這一個口子，沒關係，明天就好了。」

佩芳見鳳舉給她隱瞞，不說出推了一把的話，總覺人家還念夫妻之情，因此心裡一樂，禁不住笑了一笑。

蔣媽把碎瓷收拾去了，鳳舉在屋子裡坐了沒有走。佩芳道：「我知道，你今天是來上衙門畫到的，現在畫了到了，你可以走了。」

鳳舉道：「你幹嘛催我走？這裡難道還不許我多坐一會嗎？」

佩芳道：「我是可以讓你坐，可是別的地方還有人盼望著你呢，我不做那種損事啊。」

鳳舉笑道：「你總忘不了這件事。」

佩芳道：「我忘得了這件事嗎？我死了就會忘了。」

鳳舉道：「這件事我已經辦了，悔也悔不轉來，現在要把她丟了，也是一件不好的事。」

佩芳道：「誰叫你丟她？你不要瞎說。你又想把這一項大罪加在我頭上嗎？」

鳳舉道：「我並沒有說你要她走，不過比方說一聲，你不喜歡聽這件事，我不再提起就是了。」他說畢，果然找些別的話談，不再提到晚香這件事上去。

當天就混著在家裡沒有肯走，暗暗打了一個電話給晚香，就說是從天津打來的。晚香知道他和夫人決裂得很厲害，絕不會回家的，卻也很相信。

佩芳對於鳳舉原是一腔子的怨氣，但是很奇怪，自從鳳舉回來以後，這一腔子怨氣瓦解冰消，不期然而然地消除一個乾淨。

四　倉促成婚

第三日了，鳳舉見佩芳已完全沒有了氣，便不怎樣敷衍。這日從衙門裡回來，只見道之在前，後面兩個老媽子捧了兩個包袱，笑嘻嘻跟將進來。

鳳舉道：「為什麼大家這樣笑容滿面？買了什麼便宜東西回來了嗎？」

道之笑道：「你是個長兄，這事應該要參點意見，你也來看看吧。」

鳳舉道：「是什麼東西，要我看看？」

道之道：「你別管，跟著我到母親屋子裡來看就是了。」

鳳舉聽她說得很奧妙，果然就隨著她一路到金太太屋子裡來。

兩個僕婦將包袱向桌子上一放，屋子裡的人就都圍上來了。道之道：「你們別忙，讓我一樣一樣拿出給你們看。」說時，先解開一個布包袱，裡面全是些大小的錦綢匣子。先揭一個大的匣子，卻是一串珠鏈，匣子是寶藍海絨的裡子，白珠子盤在上面，很是好看。

金太太道：「珠子不很大，多少錢？」

道之道：「便宜極了，只一千二百塊錢。我原不想買這個，一問價錢不貴，就買下了。」

金太太笑道：「我全權付託你，你就這樣放手去做？」

道之道：「三個嫂嫂來的時候，不是都有一串珠鏈嗎？怎樣老七可以不要呢？」

金太太原也知這樣辦也是對的，**但是心裡卻有一種奇異的感覺，以為三個大兒婦都是富貴**

人家的小姐，談到聘禮，有珠鏈鑽戒這些東西是很相稱的，現在這個兒婦，是平常人家的一個女孩子，似乎不必這樣鋪張，但是這句話只好放在心裡，卻又說不出口來，當時只點了點頭。恰好佩芳、慧廠、玉芬三人也都在這屋子裡，聽到她母女這樣辯論，彼此也都互看了一眼。

道之又將紫絨的一個匣子打開，笑道：「這個也不算貴，只六百塊錢。媽，你看這粒鑽石大不大？」

金太太接過去看了看。兩個指頭捏了戒指，舉起來迎著光，又照了一照，搖搖頭道：「這個不大見得便宜。」

玉芬對佩芳道：「大嫂，我們的戒指可沒有這樣大的，母親不是說過嗎？我那個只值五百塊。」

道之道：「那怎樣比得？一年是一年的價錢啊！你們買的那個時候，鑽石便宜得多了。」

玉芬笑道：「四姐，這一次你可說錯了，這些寶石東西，這兩年以來，因為外國來的貨多，買的人又少，便宜了許多。從前賣六百塊的，現在五百塊錢正好買，怎麼你倒說是現在的比從前貴呢？」

道之道：「這個我就沒有多大的研究，反正貴也不過一二百塊錢，就是比你的大也有限，其間也無所謂不平。」

佩芳冷笑道：「這是笑話了，我們不過閒談，有什麼平不平的？」

鳳舉看見，連連搖手道：「得了得了，這是一件極不相干的事，爭論些什麼？」說著，走上前，也把一個大錦匣打開，見裡面一件結婚穿的喜紗，提了起來，看了又看，放下去，自己一人又笑了。

潤之道：「看大哥的樣子，見了這喜紗好像發生什麼感想似的？」

鳳舉道：「可不是！我想人生最快樂的一頁歷史，是莫過於結婚。在沒有結婚以前，看到別人結婚，雖然羨慕，還有一段希望在那裡，以為我總有這一天。結婚以後，看到別人結婚，那種羨慕就有無限的感慨。」

佩芳插嘴道：「那有什麼感慨呢？你愛結幾回婚就結幾回婚，沒有多久，你不是結了一回婚了嗎？你要嫌著那邊沒有名正言順地大熱鬧，我這就讓開你，你就可以再找一個結婚了。」

鳳舉笑道：「你也等我說完再來駁我，我的話可並不是這樣說。我以為過後思量，這種黃金時代可惜匆匆地過去了。在那個時候，何以自己倒不覺怎樣甜美，糊糊塗塗地就算過去？」

玉芬笑道：「大哥這話說得是有理由的。」因和潤之道：「六妹聽見了沒有？沒有結婚的人，還有一種極好的希望，不要糊裡糊塗地過去了啊！」

潤之道：「你不用那樣說，不曾結婚的人，他不過把結婚的環境當了一個烏托邦，沒有什麼關係；只是你們已經結過婚的了，到過那極樂的花園。而今提起來，是一個甜蜜的回憶。」

敏之笑道：「你把這話重說一遍吧，讓我把筆記下來。」

潤之道：「為什麼？當著座右銘嗎？」

敏之道：「虧你一口說出那多現成的新名詞，若是標點排列起來，倒是一首絕妙的新詩。」

這樣一說，大家都笑了。

在這一笑之間，才把道之姑嫂間的口鋒舌劍給他牽扯過去，依舊把兩包袱裡的東西一件一件打開來看。結果，道之所預備的聘禮，和給新人的衣服，比較之下，都和以前三位嫂嫂不相上下。

慧廠對於家庭這些小問題向來不很介意，倒也罷了。只有佩芳和玉芬總覺燕西所娶的是一個平常人家的姑娘，沒有什麼妝奩，所有的東西不免都是這邊代辦，而下的聘禮，比之自己，卻有過之無不及。

佩芳又罷了，向來和燕西感情不錯，只嫌道之多事而已，玉芬是協助白秀珠的人，眼睜睜秀珠被人遺棄，心裡老大不平，而今聘禮又是這般豐富，說不出來心裡有一種抑鬱難伸之氣。只是婆婆一手交給道之辦了，又不能多事挑剔，不敢言而敢怒，越用冷眼看，越看不過去。道之辦得高興，越是放開手來，向鋪張一方面去辦，至於旁邊有人說話，她卻一概置之不理。這時大家看了新人的裝飾品，自然有一番稱頌。

恰好燕西不知什麼事高興，笑嘻嘻地從外面進來。梅麗笑著跳了上前，一把拖住燕西的手，口裡嚷道：「七哥，七哥，你來看看，你來看看，新嫂子的東西都辦得了。」說著，兩手將燕西一推，把他推到人堆裡，連忙拿了那個小錦匣子，打開蓋來，將那鑽石戒指露出，一直舉到燕西臉上，笑道：「你看看，這個都有了，七哥準得樂。」

燕西正著顏色說道：「不要鬧。」

梅麗嘴一噘道：「你就得了吧，到了這個時候，還端個什麼哥哥牌子？」

燕西又笑道：「怎麼樣？要結婚的人，連哥哥的身分都失掉了嗎？」

梅麗道：「那是啊！新郎新娘，誰都可以和他開玩笑的。」

燕西道：「我不和你們胡扯了。」說畢，抽了身就走。

他走到自己屋子裡一想，三位嫂嫂所有的衣飾，四姐都給辦好，和清秋一說，自己的面子就大了。這一向子，因為婚姻問題業已說好，到冷家去本可以公開，但是清秋私私地對他說了，在這幾日中，兩邊都在備辦婚事，自己看了新婚的東西固然有些不好意思，旁人看了，一遇著就不免有一番話說，勸燕西少見面。

燕西一想也對，加上燕西從前到冷家去，只有她母女，而今宋潤卿聽說甥女要結婚，也就由天津請假回來，燕西又不願和宋潤卿去周旋，所以三四天沒有到冷家去。

這時一想，東西辦得有這樣好，不能不給清秋一個信，讓她快樂快樂，因此，連晚飯也不吃，就到落花胡同去。現在是很公開地來往了，汽車就停在冷家門口。燕西一直進去，就向上房走。

清秋正架著繡花的大繃子，坐在電燈下面繡一方水紅緞子。

燕西進來了，清秋回眸一笑，依舊低了頭去繡花，口裡卻道：「索性不作聲，就向裡面闖進來。」

燕西走過來，只見繃子上的花繡了三停之二，全用紙來蒙住了，清秋手下正繡了一朵大紅的牡丹花。

燕西道：「紅底子上又繡紅花，不很大現得出來吧？」

清秋道：「唯其是水紅的底子，所以才繡大紅的花。」

燕西道：「伯母呢？」

清秋道：「到廚房去了。」

燕西笑道：「什麼時候了？你還有工夫鬧這個？」

清秋道：「什麼時候？吃晚飯的時候。」

燕西笑道：「真的，你繡這個做什麼？」

清秋道：「衣服料子，你還看不出來嗎？你想想，我什麼時候穿過水紅色的衣服？」

燕西道：「哦！明白了，這是一件禮服，為什麼還要自己繡？綢緞莊上有的是繡花緞子。」

清秋道：「我嫌花樣粗，所以自己繡起。我問你，你主張穿長袍呢，還是穿裙子呢？」

燕西看那衣料上的花樣很長，不是短衣服所能容納得下的，便道：「自然是長的好，第一，這衣服上的花可以由上而下，是一棵整的；其二，長衣服披了紗，才是相襯，飄飄欲仙。其三，穿裙子是低的，不如穿長衣下擺高，可以現出兩條玉腿來。其四……」

清秋放下針，輕輕將燕西一推道：「胡說，胡說，不要往下說了。」

燕西笑道：「胡說嗎？這正是我的經驗之談，我不知道你的意見是不是和我一樣，但是主張穿長衣，那是很相同的。」

清秋笑道：「今天跑了來，就是為說這些散話的嗎？」

燕西道：「我有許多好消息告訴你。」因把家裡預備的東西說了一個大概。

清秋道：「好是好，我是窮人家的孩子，不知道可有那福氣穿戴？」

燕西笑道：「那種虛偽的話，我不和你說，在我們的愛情上，根本沒有窮富兩個字。」

燕西說時，清秋只低了頭去刺繡。燕西見她頭髮下彎著一截雪白的脖子，因走到她身後，伸了右手一個食指，在她的脖子上輕輕地耙了兩下。

清秋笑著將脖子一縮，轉過身來，將繡針指著燕西道：「你鬧，我拿針戳你。」

燕西道：「這就該戳我嗎？我在書本上也見過，什麼閨中之樂，甚於畫眉。」

清秋道：「這是我家，可不是你們家，到了你們家再說這一句吧。」

燕西笑道：「我以為你脖子上擦了粉呢，所以伸手摸一摸，但是並沒有擦粉。」

清秋回頭一皺眉道：「正經點吧，讓人聽見什麼意思？」

燕西還要說時，聽到院子裡冷太太說話聲音，就不提了。冷太太一進門，燕西先站起，叫了一聲伯母。冷太太只點了點頭。因為他已是女婿了，不能叫他少爺或先生，可是雙方又未嫁娶，也不能就叫姑爺，叫他的號呢，一時又轉不過口來，所以索性不稱呼什麼，因問道：「這時候來，吃了飯嗎？」

燕西道：「沒有吃飯，因為有樣東西，我問清秋要不要，所以來了。」

冷太太道：「我也用不著說客氣話，你們家裡出來的東西，絕沒有壞的，我們還有什麼要不要？」

燕西道：「清秋她說了，已經有了一串珠鏈，不要珠鏈了，現在家裡又買了一串，倒是比從前的大，不知道她還要不要？」

冷太太道：「你們府上怎樣辦，怎樣好，這些珍寶放一千年也不會壞的，多一串也不要緊。」

燕西道：「那就是了，伯母要辦什麼東西，可以對我說，我私下還有一點款子，可以隨便拿出來。」

冷太太道：「我沒有什麼可辦的，我們是一家人了，我又只清秋一個，我看你當然和著我自己的孩子一樣，我沒有什麼不能說的。你有錢也可以留著將來用，何必為了虛幻的事把它花了？」

燕西笑道：「伯母這話是不錯的，不過我的意思給她多製一點東西，作為紀念。」

冷太太聽他說到這裡，便笑道：「談到這一層，我倒很贊成的，不過你們新人物，都是換戒指，我覺得太普通了，最好是將各人自己隨身帶的交換一下，那才見真情，值錢不值錢倒是不在乎。」

冷太太只說了這一句，韓媽在外面叫喚，又出去了。

燕西走過去，輕輕地對清秋道：「怎麼回事？我看伯母倒有些信我不過的樣子。」

清秋停了針正色說道：「那可沒有，不過她老人家的心事，我是知道，**她總以為我們兩家富貴貧賤，相隔懸殊，她總有點不放心，怕你們家裡瞧不起窮親戚。**」

燕西道：「那絕對不成問題的，漫說不至有這種現象發生，就是有，只要我們兩人好就是了。」

清秋道：「我也是這樣說，但是彼此總願家庭相處和睦，不要有一點隔閡才好。」

燕西道：「你放心，我絕不能讓你有什麼為難之處，燈在這裡，我要是有始無終，打不破貧富階級，將來我遇著水，水裡死，遇著火，火裡……」

清秋丟了手上的針線，搶向前一步，一伸手掩住了燕西的嘴，說道：「為什麼起這樣厲害的誓？」

燕西道：「你老不相信我，我有什麼法子呢？我現在除了掏出心來給你看，我沒有別的法子了。」

清秋道：「我有什麼相信你不過的，你想，我要是不相信你的話，我何至於弄到這種地步呢？我母親究竟是個第三者，她知道我們的結合是怎樣的？她要不放心，也是理所當然啦。」

燕西道：「怪不得她老人家說交換戒指是很普通的事，要用隨身的一樣東西交換才成呢，這事原很容易，但是我的脾氣，你是知道的，向來身上不帶鑽石寶石這些東西，我把什麼來交換？」

清秋道：「那也不一定要寶石鑽石，真是要的話，你身上倒有一件東西可以交換。」

燕西道：「我身上哪裡有？除非是一枝自來水筆，這個也成嗎？」

清秋紅著臉一笑道：「你別在外表上想，你衣服裡面貼肉的地方有什麼東西沒有？」

燕西道：「是了，我褲帶上繫著一塊小玉牌子，那是從小繫的，從前上輩什麼意思，要給拴上這個，我不知道，但是到了我懂的時候，我因為拴在身上多年，捨不得解下，所以至今留著，因為不注意，自己都忘了，你若是要，我就送你。」

清秋微笑道：「我要你這個東西做什麼？不過我母親這樣說了，我希望你把這東西拿一個來，算應個景，你要知道，她說這話，得了一個乘龍快婿，已是高興到一萬分啦。」

燕西笑道：「這是我乘龍快婿樂得做的人情，一個月之後，還不是到我手裡來了嗎？」

清秋道：「你知道還說什麼呢。」

燕西於是一掀衣服，就伸手到衣服裡去，把那一塊佩玉解將下來，遞給清秋。

她接過來一看，是一根舊絲條拴著一塊玉牌，上端是一隻鴨子，鴨子下面是一塊六七分闊、一寸一分長的玉石，其厚不到一分，作春水色，上面又微微的有些紅絲細紋。那玉在身上貼肉拴著，摸在手上，還有些餘溫。

因提著只管出神，臉上只管紅了起來，搖了頭，低聲道：「不要吧。」

燕西道：「特意讓我解下來交給你，又為什麼不要呢？」

清秋停了一下，才說出緣由來，燕西也就跟著笑了。

原來清秋說，這東西既是燕西掛在靠肉地方的，自己怎麼會知道的呢？這要是一問起來，倒有些不好意思了，因輕輕地道：「不用提了，你想，你什麼我都知道，說出來什麼意思？」

燕西道：「你母親不會問，問了也沒有關係，你倒是看看這東西到底是怎麼樣？」

清秋就了燈光仔細看了一看，笑道：「這東西是好。」

燕西笑道：「你對這較有研究嗎？我掛了十幾年了，我就不知道它好在什麼地方，你說給我聽，怎麼的好法？」

清秋笑道：「我哪裡又懂得，我不過因為是你隨身的法寶，就讚了一聲好罷了。」

他們在討論，冷太太正走進來，清秋連忙將那塊玉送給她看道：「媽，你不是說要他件隨身的東西嗎？他馬上就解下來了。」

冷太太托在手裡看了一看，連道：「這果然是好東西，你好好地帶著吧。」回轉頭問燕西道：「你這塊玉繫在什麼地方？我從來沒有見過。」

燕西道：「這是從小就掛在身上，到大了也沒有解掉，一向都是繫在貼肉的地方，哪裡看得見。」

冷太太笑道：「清秋她原也有一個項圈兒的，一直戴到十二歲，後來人家笑她，她就取下來了。」

燕西笑道：「人家笑什麼呢？」

清秋道：「人家怎麼不笑？那個時候，我已升到高小了。你想，許多同學之中，就是我一個人戴上這樣一只項圈，那還不該笑嗎？」

燕西道：「據人說，男女從小帶東西在身上，是要結婚的時候才能除下的，我也不知道這是什麼理由？」

清秋道：「不要胡說了，我沒聽見過這句話。」

燕西倒不回答，只默然地笑了。

冷太太見他一對未婚而將婚的夫婦，感情十分水乳，心裡也非常痛快，當時就把那塊玉牌交給清秋道：「孩子，你好好地收著吧，我希望你們二人好好地在一處，學著新人物說的一套話，希望你們成為終身良伴，為家庭謀幸福。」

清秋笑道：「媽現在也維新多了，也會說這種新式的頌詞。」

燕西道：「老人家都是這樣的，眼看晚輩新了，無法扭正過來，倒不如索性一新，讓晚輩心裡歡喜。」

冷太太笑道：「你這話不全對，但是論到我，可是這樣子，就以你們的婚事而論，在早十年前，要我這樣辦是做不到的，到了現在，大家都是這樣了，我一個又去執拗些什麼?我說這話，你可不要誤會，並不是說我對你府上和你本人有什麼不願意，我就是覺得你們這辦法不對。」

清秋聽她母親說到這裡，臉板上來，對她母親望了一望。

冷太太便笑道：「這些話都是過去的事，也不必說了。你也是個聰明孩子，又是青春年少，我得著這樣一個姑爺，總也算是乘龍快婿。」

燕西笑道：「剛才說伯母能說新名詞，這一會子又說典故了。」說著，向清秋一望，心想，我們剛剛才說著呢。

冷太太道：「不是我說什麼典故，這是很平常的一句話，我們家鄉那邊，若是女婿入贅的，就是這樣一副對聯，什麼『仙緣引鳳，快婿乘龍。』你雖然不入贅，但是由我看來，也像入贅一樣，所以我就偶然想到這一句話。」

清秋道：「咳！很好的一個典故，用得也挺對，經你老人家加上這一串小注，又完全是那回事了。」因回頭對燕西微笑道：「你知道不知道這一個典？」

燕西道：「這是極平常的一句話，我為什麼不知道？」

清秋笑道：「你知道嗎？你說出在哪一部書上？」

燕西道：「無非是中國的神話。」

清秋道：「自然是中國的神話，這不必怎樣考究，一看字面就知道了。」

燕西笑道：「怎麼樣？你今天要當著伯母的面考我一下子嗎？其實，你是我的國文教習，這一件事，我家裡都傳得很普遍了。我是甘拜下風，你還考我什麼？」

清秋原是和他鬧著玩，不料他誤會了，以為自己要在母親面前出他的醜，連連說道：「得了得了。你是只許你和人家說笑話，不許人家和你說笑話的，弄玉來鳳，簫史乘龍，這樣一件爛熟的典故，當真的還不知道不成？」

燕西明知她是替自己遮蓋，索性把典故的出處都說出來了，因笑道：「冷先生，你真是循循善誘，我不懂的地方，你只暗暗給我提一聲兒我就知道了。」

清秋望著他笑道：「以後不要說這種話，說了那是和我惹麻煩。」

燕西道：「這也無所謂，天下的人，總不能那樣平等，不是男的賽過女的，就是女的賽過男的。」

清秋撇嘴一笑道：「沒有志氣的人。」

冷太太看見也笑了。她心裡總是想著，自己家裡門戶低，怕金家瞧不起，現在聽燕西的話音，是一味的退讓，而且把女兒當作先生，是一定愛妻的。同時，清秋又十分地謙遜，不肯賽過丈夫，這樣的辦法，正是相敬如賓，將來的結果自不會壞，半年以來，擔著一分千斤擔子，今日總算輕輕地放下，因此，和燕西談得很高興，就讓他在一塊兒吃晚飯。

吃過晚飯，燕西就到隔壁屋子裡去看了看。原來燕西自奉父命撤銷落花胡同詩社之後，他在表面上雖然照辦，但是這房子一取消，和清秋來往就有許多不便利，因此，大部分的東西並未搬回去，每天還是要來一趟，而且對自己幾弟兄也都不避諱，隨便他們和他們的朋友來，無形之中，這裡也成了一個俱樂部。

不過燕西訂了一個條約，只許唱戲打小牌，不許把異性帶到這裡，免得發生誤會。大家也知道，有異性關係的事就不在這裡聚會。這時，燕西走了過去，只聽到小客廳裡有男女嬉笑之聲，有一個女的道：「你們七爺結婚之後，這地方就用不著了，你們何不接了過來賃著？這比在劉二爺家裡方便得多。」

只聽見鶴蓀笑道：「模模糊糊地對付著過去吧，不要太鋪張了。」

那婦人道：「忠厚人一輩子是怕太太的。」說畢，格格地笑了起來，接上聽到高底鞋拍地板聲鬧成一片，那女子的聲音彷彿很熟，卻記不起是誰。

走到客廳外邊，隔了紙窗向裡張望，這才知道屋子裡坐了不少的人，除了鶴蓀之外，還有劉寶善、趙孟元、朱逸士、烏二小姐。

其中有一個女子和鶴蓀並坐在一張沙發上，正背了臉，看不清楚，料著也沒有什麼生人，便在外門吆喝道：「你們真是豈有此理！也不問人家主人翁答應不答應，糊裡糊塗，就在人家屋裡大鬧。」一面說著，一面走進屋去，這才覺得自己有些失言，原來那個女子站立起來，還是上次見面的那個曾美雲小姐。

燕西便笑道：「我真是莽撞得很，不知道有生客在座。」

曾美雲伸出手來，和燕西一握，隨著這握手之際，她身上的那一陣脂粉香向人身上也直撲過來，笑道：「七爺，我們久違了。」

燕西道：「真是久違，今天何以有工夫到我這裡來？」

曾美雲笑道：「聽說七爺喜事快到了，是嗎？」

燕西道：「密斯曾何以知道？消息很靈通啊。」

曾美雲笑道：「都走到七爺新夫人家裡來了，豈有還不知道的道理？」

燕西道：「更了不得，什麼都明白。」

烏二小姐道：「不要老說客氣話了，人家是今天新來的客人，應該預備一點東西給人家吃才對。」

燕西道：「密斯曾，你願意吃什麼？我馬上就可以叫他們辦。」

曾美雲笑道：「吃是不必預備，我打算請你新夫人見一見面，可以不可以？」

燕西笑著一搖頭道：「不行，她見不得人。」

曾美雲笑道：「和我們一見也不要緊啊，難道一見之下，就會學成我們這浪漫的樣子嗎？」

燕西道：「言重言重！其實，她是沒有出息。」

曾美雲原是站在鶴蓀面前，鶴蓀坐著沒起來，用兩個手指頭將曾美雲衣服的下擺扯了一扯笑道：「坐下吧，站在人家面前，裙子正擋著人家的臉。」

曾美雲一回轉身，一揚手縮著五個指頭，口裡可就說道：「我這一下，就該給你五個爆栗。」

鶴蓀道：「這為什麼？你擋著我，我都不能說一聲嗎？」

曾美雲笑道：「你叫別擋著就是了，加上形容詞做什麼呢？」一面說著一面坐下。

烏二小姐道：「二爺是個老實人，現在也是這樣學壞了。」

曾美雲嘴一撇道：「老實人？別讓老實人把這話聽去笑掉了牙。」鶴蓀拉著她的手道：「美雲，我做了什麼大不正經的事，讓你這樣瞧我不起？說得我這人簡直不夠格了。」

美雲道：「反正有啊，我不能白造謠言。」

烏二小姐正坐在曾美雲的對過，不住地向她丟眼色，她一時還沒有想到，毫不為意。劉寶善對烏二小姐微笑，又掉轉臉來對曾美雲點了點頭。曾美雲道：「鬼鬼祟祟的，又是什麼事？」

烏二小姐笑道：「傻子啊！說話你總不留心，讓人撈了後腿去了。」

曾美雲道：「什麼……」這個事字，還沒有說出，心裡靈機一轉，果然自己的話有點兒漏縫，將臉漲得通紅，指著烏二小姐道：「你這個好人怎樣也拿我開玩笑？」

烏二小姐道：「你這人真是不懂得好歹，我看你說話上了當，才給你一個信，你不但不領謝我的人情，倒反說我拿你開玩笑。」

曾美雲本來隨便說一句，將這話遮蓋過去的，不料就沒有顧全到烏二小姐的交情，又讓她添了一分不痛快，可是即刻之間詞鋒又轉不過來，因笑著將兩隻腳在地板上亂踢，口裡只道：「不說了，不說了。」說時，身子還不住地扭著，這樣一來，才把這一篇賬扯過去了。

烏二小姐也就藉故將話扯開，因問燕西道：「真的，這裡和冷小姐家裡一樣，我上次見面，就約了來看她。我這人也是心不在焉，當時說得挺切實，一轉身一兩樁事兒一打攪，就把事情耽擱過去了，今天到了這裡，我何不做個順水人情去看看她？」

燕西笑道：「我實說了吧，人家是快要做新娘的人了，這裡有二家兄，她從來沒見過，這時忽然見面，她會加倍地難為情。」

烏二小姐笑道：「你真是會體貼這位冷小姐的了，人還未曾過門，你就處處替她遮蓋。」

鶴蓀也覺清秋來了有些不妥，便道：「究竟不大方便……」

烏二小姐眼珠微微一瞪，脖子一歪，說道：「二爺，你這話我又得給你駁了回去，同是一個女子，為什麼我們在這裡方便，換一個人就不方便？」

鶴蓀先不說什麼，突然站了起來，從從容容地對烏二小姐行了一個鞠躬禮，口裡道：「得！我說錯了，我先賠禮，再說我的理由。」

烏二小姐將身子一偏，笑道：「你要死啊！好好地給我行這樣一個大禮做什麼？」

鶴蓀笑道：「你不生氣了嗎？我再和你把這理由解上一解，你想，我們都是極熟的朋友，若在一處，什麼話不能說，真也不敢以異性相待。」

烏二小姐把腳頓著地板，口裡又連說：「得得，不要往下說了，越說越不像話，你不以異性相待，倒以同性相待嗎？我們自己是個女子，承認是個女子，女子就不見得比男子矮了下去，為什麼我們要你不以異性相待？難道把我當作男子，這就算是什麼榮耀嗎？」

鶴蓀被她一駁，駁得啞口無言，只站著那裡發呆。

燕西道：「密斯烏，不是我替二家兄說一句，他這話沒錯，他說不以異性相待，並不是藐視女子，他以為當是同樣的人，就說他自己當自己是個女子也未嘗不可，不然，他何以不說不敢以女子相待，要說不敢以異性相待哩？這分明他不說女子弱於男子，甚至於說女子強於男子，也未嘗不可。我這話不但是在這屋子裡敢拿出說，就是照樣登在報上，也不至於有人說不對。」

烏二小姐看了燕西一眼，又望了望曾美雲。

曾美雲望著燕西，也是微微一笑，復又點了點頭道：「說得好，說得很好，理直氣壯，讓人沒法子駁你。老二，你可別屈心，你說話的時候是這樣的意思嗎？」

鶴蓀不多說了，只是微笑。

燕西笑道：「得了，這一篇話，我們從此為止，不要往下談了。由我和二家兄認個錯，算他失言了。密斯曾，你看這事如何？」

曾美雲第一次就覺得燕西活潑有趣，今天燕西說話，硬從死裡說出活來，越是看到他很可人意，便望著燕西笑了一笑。

燕西也不知道她這是什麼用意，她笑了出來，也就回報她一笑。

曾美雲眼珠一轉，因道：「七爺，我要求你一件事情，成不成？」

燕西道：「只要是能辦到的，無不從命。」

曾美雲道：「這事很小，你一定可以辦到，我明日下午到這裡來拜訪你，請你介紹我和新夫人見一見，這事大概沒有什麼為難之處。」

燕西道：「那何必呢？不多久的時候，她就可以和大家見面的。」

曾美雲道：「到了做新娘子的時候，她是不肯說話的，要和她談談很不容易，現在就和她相見，就可以很隨便地談話，到了做新娘子的時候，我還算是她一個老朋友，可以照應照應她了，你若是不答應，就是瞧不起我，不肯介紹了。」

燕西道：「言重言重，密斯曾真要見她，也未嘗不可……」說到這裡，話說得很慢，尾音拖得很長，似乎下面這句話非說不可，而又有不可說的情形，只管望著了曾美雲的臉。

她噗哧一笑道：「你不要小心眼兒，我也知道你介紹女友和新夫人見面，那是很犯忌諱的，但是不要緊，我和密斯烏一塊兒來。」

烏二小姐道：「別約我，我怕沒有工夫。」

曾美雲見她如此答覆，卻也並不向下追問，大家瞎鬧了一陣子，各自散去。

到了次日上午，曾美雲果然一個去訪燕西。

燕西並不在落花胡同睡，當曾美雲去拜訪的時候，他在家裡睡著，並沒有起床，曾美雲當然是撲了一個空，她於是在身上掏出一張片子，在上面寫道：

「七爺，我是按著時間拜訪大駕來了，不料又是你失信。今晚上令兄鶴蓀約我到貴行轅來，也許晚上能見面。」丟下這個片子，她就走了。

李貴拿了片子送回家來，燕西剛剛起床，李貴將名片遞上，燕西兩手擦著胰子，滿胳膊都起了白泡，對著洗臉架子的鏡子正在擦面，他不能用手去接名片，李貴兩個指頭捏了一個犄角，就將這名片送到燕西面前讓他看，看完了，將頭一擺。

李貴知道沒有什麼要緊，就給他扔在桌上。燕西自然也是不會留意，後來用手摸起，就塞在寫字檯一個小抽斗裡，因為明日間一天，後日就過大禮，這一過大禮，接上便要確定結婚的日子，這樣一來，自己也少不得忙一點。

洗過臉後，只喝半碗紅茶，手拿著兩片餅乾，一面吃著，一面就到道之這邊來了。道之正伏在桌上起什麼稿子，燕西一進來，她就將紙翻著覆過去了。

燕西道：「什麼稿子不能讓我看？」

道之道：「你要看也可以。」

燕西聽說，伸手便要來拿，道之又按住他的手道：「我還沒有把這話通知你的姐夫，不知道他的意思如何？」

燕西笑道：「我明白了，開送我喜禮的禮單呢。這回事，四姐幫我幫大了，什麼禮物也比不上這樣厚。這還用得送什麼禮？」

道之笑道：「你這話倒算是通情理的，不過日子太急促了，我只能買一點東西送你，叫我做什麼可來不及。」

燕西笑道：「我正為了這件事來的，你看什麼日子最合宜？」

道之道：「在你一方面，自然是最快最合宜，但是家裡要緩緩地布置，總也會遲到兩個禮拜日以後去。」

燕西笑道：「那不行。」

道之道：「為什麼不行？你要說出理由來。」

燕西笑道：「其實也沒有什麼理由，不過我覺得早辦了，就算辦完了一件事。」

道之道：「我們沒有什麼，真是快一點，也不過潦草一點，可不知冷家願意不願意？」

燕西道：「沒有什麼不願意，真是不願意，我有一句話就可以解決了。」

道之微笑，一手撐著桌子，扶了頭，只管看燕西。

燕西穿的西服，兩手插在口袋裡，只管在屋子裡走來走去。

道之咳嗽了一聲，他馬上站住，一翻身就張口要說話似的，道之笑道：「我沒有和你說話哩，你有什麼話要說？」

燕西不作聲，兩手依然插在袋裡，又在屋子裡走來走去，猛不提防，和一個人撞了一個滿懷，站不住，把身子向後一仰，不是桌子撐住，幾乎摔倒，抬頭一看，是劉守華進來了。他笑道：「你瞧，找急找到我屋子裡來了！」

燕西笑道：「這也不能怪我一個人，你也沒有看見我，若是你看見了我，早早閃開，就不會碰著了。」

劉守華笑道：「你這是先下手為強了，我沒有說你什麼，你倒怪起我來了？什麼事，你又是這樣熱石上螞蟻一般？」

道之就把他要將婚期提前來的話說了一遍。

劉守華道：「提前就提前吧，事到如今，我們還不是遇事樂得做人情，也不必太近，乾脆就是下一個禮拜日。老七，你以為如何？」

燕西聽說，便笑了一笑。

道之道：「今天是禮拜三了，連頭帶尾，一共不過十天，一切都辦得過來嗎？」

燕西道：「辦呢，是沒有多少事可辦的了。」

道之笑道：「反正你總是贊成辦的一方面。好！我就這樣地辦。讓我先向兩位老人請一回示，若是他贊成了，就這樣辦去。」

燕西笑道：「這回事情好像是內閣制吧？」

道之道：「這樣說，你是根本上就要我硬作主。你可知道為了你的事，我得罪了的人，對於各方面，我也應該妥協妥協一點？」

劉守華笑道：「江山大事，你做了十之八九，這登大寶的日子索性一手辦成，由你作主。你客氣未必人家認為是妥協吧？」

道之一挺胸道：「要我辦我就辦，怕什麼！」

劉守華點點頭，接上又鼓了幾下掌，道之將桌上開的一張紙條向身上一揣，馬上就向上房裡去了。

劉守華走過來執著燕西的手，極力搖撼了幾下，望著燕西的臉，只管發傻笑。燕西也覺有一樁奇趣，只管要心裡樂將出來，但是說不出樂的所以然。

劉守華看了他那滿面要笑的樣子，笑道：「這個時候，我想沒有什麼能比你心裡那樣痛快的了，不過你要記著，你四姐和你賣力氣不少，你可不要新人進了房，媒人扔過牆呀。」

燕西聽說，還只是笑。

一會兒，道之由裡面出來，說是母親答應了，就是那個日子。這樣一來，燕西一塊石頭倒落下地了。

自從這天起，金宅上上下下就忙將起來，所有聽差全體出動，打掃房屋。大小客廳都把舊陳設收起，另換新陳設。

因為燕西知道清秋愛清靜的，早就和母親商量了，把裡面一個小院子的三間屋劃出來作為新房。這三間房子，因為偏僻一點，常是空著，所以房子也舊一點，現在也是趕緊地粉飾。

他們究竟新家庭，不好意思貼喜聯，搭喜棚，但是文明的點綴卻不能少，因之，各進屋子，所有來往要道，都有彩綢花紮了起來，各門口，更是紮著鮮花鮮葉的彩架，在花架裡綴著無數小電燈，沿著長廊懸著仿古的玻璃罩電燈，燈下垂著五彩的穗子。

晚上電燈亮了，一道紅光在翠葉紅花之下，那一種繁華，正是平常人家所夢想不到，架下各種梁柱，都是重加油漆，在喜氣迎人的大氣裡，就是對了那朱漆欄杆，也格外有一種不可言喻的喜意，好在金家什麼東西也有儲藏的，只要小小布置，就無不齊備了。

在過大禮的那一天，金銓和金太太備了一席酒專請宋潤卿、冷太太親戚會面。冷太太躊躇了一日，以為人家是夫妻二人，自己是兄妹二人，究竟不大合適，因此只推諉分不開身，家裡人少，只讓宋潤卿一個人來。

可憐宋潤卿始終是個委任職的末吏，現在和任總理的大人物分庭抗禮，喜極而怕，到金家的時候，吃了一餐飯倒出了幾身汗，人家問一句，他才說一句，人家不問，他也無甚可說的。

燕西因為這樣，這婚事就偏重男家一方面的鋪張，女家那一面，太冷清了也覺不稱，暗暗之中，交了清秋一張六百元支票，又叫金貴、李德祿到冷宅去幫忙，自己只顧要這邊的鋪張，這幾天之內，就沒有到冷家去。

好在宋潤卿在家裡，總能主持一些事情，倒也放心，忙亂之中，忽然就把籌備婚典的日子混了過去。

金家因為門面太大，對於兒女的婚姻向來不肯聲張，只是揀那至親好友寫幾張請帖。這回燕西的婚事如此地急促，更來不及通知親友，不過也不曾守秘密，其中如劉寶善這些人，無中生有，還要找些事情做，現在有了題目怎樣肯甘休，因此，只幾個電話一打，早哄動了全城的好友，前五天起，向金家送禮物的就絡繹不絕於途。

劉寶善這些人卻專送的是些娛樂東西，是一臺戲，一班雜耍，半打電影片，劉寶善不辭勞苦，卻做了總提調。

到了先一日晚上，金家的門戶由裡至外各層門戶洞開，所有各處的電燈也是一齊開放，照得天地雪亮，金家的僕役穿梭一般來往。

燕西本人倒弄得手足無所措，只是呆坐。可是人雖靜坐，又覺東一件事沒辦，西一件事沒辦，心裡一忙，精神也很是疲倦，坐下無聊，便私下想一想證婚人主婚人如何訓辭？設若大家要我演說時，我怎樣答覆？

原來金銓為著體面起見，已經請了北方大學校的校長周步濂證婚，他當過教育總長，燕西又在那大學的附中讀過兩個學期的書，也算是他的座師，況且周校長又是個老學者，足為金冷兩氏婚姻生色的。

那兩個介紹人，在新式婚姻中本來是一種儀式，因為介紹人的身分，等於舊式的媒妁，新式婚姻根本上是用不著媒妁的，至於就字面說，大概新式夫婦的構成，十之八九不會要人從中介紹，及至婚約已成，男女雙方才去各找一個介紹人，往往甲介紹人和乙介紹人不認識，或者和結婚的不認識，倒反要結婚人和介紹人介紹起來。

這話說起來，是很有趣味的，因為如此，所以金家索性一手包辦，將兩個介紹人一塊兒請了。

這兩個介紹人，一個是曾當金銓手下秘書長的吳道成，一個是曾當金銓手下次長的江紹修，這兩個人在金家就很愁找不到事做，而今金銓親自來請，當然唯命是從了。

金銓就為了兒女的姻事，不能不講點應酬。因此，先一天晚上就備了一席酒，請了一個證婚人，兩個介紹人，恰好有一班天津相知的朋友，坐了下午的火車來京，七點多鐘就到了。金銓順帶和他們洗塵，臨時加了兩桌，裡面金太太陪了一桌天津來的女賓，所以這一晚上也就鬧了大半夜。

到了次日，總統府禮官處處長甄守禮，便帶了公府的音樂隊前來聽候使用。步軍統領衙門也撥了一連全副武裝的步兵助理司儀。

警察廳不必說，頭一天就通知了區署，在金總理公館門前加四個崗，到了喜期，區裡又添派了十二名警士、一名巡長隨車出發，沿路維持秩序。此外還有來幫忙的，都是一早到。因之，上午九點鐘以前，這烏衣巷一帶，已是車如流水馬如龍。有些做小生意買賣的，趕來做僕從車夫的生意，水果擔子，燒餅挑子，以至於賣切糕的，賣豆汁的，前後擺了十幾擔，這裡就越是鬧哄哄的，**這一種熱鬧，已不是筆墨可以形容的了**。

這是外面的情形，金家裡面更不待說。

先且從兩個男儐相說起。這兩個人都是燕西的舊同學，一個叫謝玉樹，一個叫衛璧安，都是十七八歲的未婚男子，非常英秀，本來是和燕西不常來往，燕西因為要找兩個美少年陪伴著，所以特意把他兩人請來。

這兩人可是家世和燕西不同，都是中產之家的子弟，謝玉樹更是貧寒，幾乎每學期連學費都發生問題，燕西請他們來當儐相，靴帽西服一律代辦，這兩個少年要不答應，未免有些對不住朋友，因之，老早的也就來了。

金家都是生人，而且今日賓客眾多，非常之亂，所以兩人一來之後，哪裡也不去，就坐在燕西屋子裡，這樣一來，倒幫了燕西一個大忙，許多少奶奶小姐們要來和燕西開玩笑的，看見屋子裡坐了兩個漂亮的西裝少年，都嚇得向後一退。

燕西一班常常周旋的朋友，也是到了十二點以後才來。

王幼春是首先一個來了，跳進屋裡笑道：「怎麼回事？你弄兩個人在這裡保鑣，就躲得了嗎？」

謝玉樹、衛璧安都不認識，看了他這樣魯莽地跳了進來，都笑著站起身。

燕西連忙介紹了一陣，王幼春道：「密斯脫衛，密斯脫謝，你們不要傻，現在離結婚的時候還早，你們還不應該有保鑣的責任，過去吧，讓我來拿他去開開心。」

燕西笑道：「不要鬧，時候還早哩，回頭晚上你們就不鬧了嗎？」

王幼春笑道：「你們二位儐相聽聽，他是公開地允許我們鬧新房的了，請你二位作證，晚上我們鬧起新房來，可不許說我鬧新房鬧得太厲害了。」

燕西微笑。就在這時，迴廊外就有人嚷道：「恭喜恭喜！我昨天晚上就要來，老抽不動身，這婚禮火熾得很啦。」

王幼春道：「你瞧，老孟究竟是雄辯大家之後，人還沒有到，聲音早就來了。」

來的正是孟繼祖，也是長袍馬褂，站在迴廊裡，隔著玻璃窗就向裡面一揖。

燕西笑道：「這位仁兄，真是酸得厲害！」

孟繼祖走了進來笑道：「別笑我酸，你們全是洋氣沖天的青年，不加上我這樣老腐敗的人，那也沒有趣味。」說時，接上一陣喧嚷，又進來幾個人。

孔學尼在前面，也是長袍馬褂，手上舉著帽子，口裡連連「恭喜，賀喜」。孔學尼後面緊跟的是趙孟元、朱逸士、劉蔚然，自然也是西服，因為前面的人作揖，他也就跟著作揖，伸出兩隻大拳頭，一上一下，非常地難看，連衛謝兩位也忍俊不禁笑將起來。

朱逸士道：「這小屋子，簡直坐不下了，我們到禮堂上和新房去參觀參觀，好不好？」

燕西道：「參觀禮堂可以，新房還請稍待。」

朱逸士道：「那為什麼？」

燕西道：「現在正是女客川流不息地在那裡，我們去了，人家得讓，未免大煞風景。」

朱逸士道：「這話不通，難道你府上的女賓還有怕見男子的嗎？」

燕西道：「怕是不怕，大家都不相識，跑到新人屋子裡去，還是交談呢，還是不交談呢？自然是不交談。許多生人，大家在那裡抵眼睛不成？讓我叫人先去通知一聲，然後再去。」

劉蔚然道：「先參觀禮堂去吧，是不是在大樓下？剛才我從樓外過，看見裡面煥然一新。」

燕西道：「除了那裡，自然也沒有那適當的地方了。」

大家說話時，燕西便在前面引導，到了樓外走廊四周，已經用彩綢攔起花網來，那樓外的四大棵柳樹，十字相交地牽了彩綢，彩綢上垂著綢條綢花，還夾雜了小紗燈，紮成瓜果蟲鳥的形樣，奇巧玲瓏之至。

由這裡下禮堂，那幾個圓洞式的門框都貼著牆紮滿了松柏枝，松柏枝之中也是隨嵌著鮮花。在走廊下，有八只絹底彩繪的八角立體宮燈，那燈都有六尺上下長，八角垂著絲穗，在宮燈裡安下很大的電燈。

劉蔚然道：「好大的燈，不是這高大廊簷，也沒有法子張掛。」

燕西道：「這宮燈原是大內的東西，原來裡面可以插八支蠟燭，聽說傳心殿用的，有人在裡面拿出來賣在古玩店裡，家父看看很好，說是遇到年節和大喜事可以用用，就買了過來。平常用時，都點蠟，我嫌它不大亮，就叫電料行在電架上臨時接上白罩電燈，既不改掉原來古樸的形式，又很亮。」

衛璧安笑道：「我幾乎作了一個外行，以為是在廊房頭條紗燈店裡買來的呢。」

燕西道：「其實也不算外行，從前大內要這種東西，也是在廊房頭條去辦，廊房頭條的紗燈絹燈，做得好，也正是因為當年曾辦內差的緣由。」

說著話，走進禮堂來，一進門就見一方紅緞子大喜帳，正中四個字，乃是「周南遺風」。上款是「金總理四令郎花燭誌喜」，下款是「耕雲老人謹賀」，衛璧安道：「這是誰？送禮怎樣用號？」

劉蔚然道：「密斯脫衛真是一個不問治亂的好學生，連我們大總統別署都不知道。你想，這裡又不是大做喜事，自然不便用大總統題，然而他老人家又不肯屈尊寫真名字，只好寫別號了。」

衛璧安笑道：「原來如此，怪不得這一幅帳子掛在禮堂中間了，由這樣輪著算，這兩邊應該是那一位巡閱使的了？」

燕西道：「老遠的疆吏，那倒是不敢去驚動，不過挨著大總統，總是政界的人物罷了。」

王幼春道：「不要去討論這個吧，那都是憑老伯面子來的，不算什麼，我帶你看看他女友送的東西，那才是面子呢。」因指著右邊一排桌子道：「那裡一大半是的。」

原來這左右兩邊，各一邊排列著大餐桌，桌上鋪著紅綢桌圍，上面陳設許多刺繡圖畫和金銀古玩，別的都罷了，其中有兩架湘繡，一架繡的是花間雙蝴蝶，一架是葉底兩鴛鴦，都細膩工致，遠看去栩栩欲活。

在綾子空白，繡了黑線上下款，乃是「吳藹芳謹獻」。謝玉樹對衛璧安道：「密斯脫衛，你看這種好東西出在女子的手上，實在有價值啊！」

衛璧安只管低頭去賞鑑，謝玉樹說話，他都沒有聽見。

燕西笑道：「老衛，我看你這樣子，倒很愛其物，你要不要見一見其人呢？」說時用手拍了一拍他的脊粱。

衛璧安道：「這花是繡得好，專門做賀喜事用的，不像是買來的。」

燕西道：「你不見上頭繡的有款，當然是特製的。這位吳女士，在半個月之內就趕繡起來的，真是人情大啊！」

衛璧安道：「這位女士和你有這樣的感情，似乎不是泛泛之交，人長得漂亮嗎？」

朱逸士道：「這兩句話在一處，倒有些意思。」

衛璧安道：「這兩句話說在一處，就有意思嗎？有什麼意思，敢問？」

朱逸士道：「你以為吳女士和燕西感情這樣好，並不談到婚姻上去，一定是長得不漂亮。你看我這種揣想，猜到你心裡去了沒有？」

衛璧安笑道：「倒是有一點。」

劉寶善道：「你以為不漂亮嗎？回頭你就有機會可以看到了，漂亮得很哩！燕西，你結婚，怎樣弄許多女朋友送禮？新婦看見，不免要生氣。」

朱逸士道：「生什麼氣？許多女朋友不過是朋友，冷女士獨和燕西結了婚，這才見得燕西對她感情最好，足以自豪的了。」

大家在禮堂上說笑一陣，賓客來的就越多了。人家看見禮堂上一班嘻嘻笑笑的少年，都免不得要看一下，尤其是女賓見了禮堂上這些翩翩佳公子，都有一番注意。

衛璧安道：「新郎，客在這裡走來走去，都要看上我們，怪難為情的，走吧。」

劉寶善笑道：「這倒怪了，人家新郎都不怕瞧，你做儐相的人倒先難為情起來？」

衛璧安道：「新郎是不怕人家瞧，怕人瞧的，正是我們，我們擁在這禮堂上，算哪一回事呢？」

謝玉樹道：「誠然的，我們找個地方好好地先休息休息吧，回頭新娘到了，大家都要忙，更不能休息了。」

燕西道：「這話倒是對，跟我來。」於是在前引導，把他們引到第二個院靠西三間廂房裡來。

劉寶善一見先縮住了腳，說道：「來不得，來不得，我不敢去碰那釘子。」

燕西道：「今天是例外，不要緊的。」

劉寶善道：「總理天天是要在這裡辦公的，怎麼會是例外？」

燕西道：「他老人家今天自己放假了，而且說了，他要躲避客，今天就在上房不出來，這不是例外嗎？這個地方，差不多的人是不敢來的，我們在這裡休息，是最好不過的了。」說時，他已伸手推開了門，引了大家進去。

第一個是孔學尼，走進門便去賞鑑壁上對聯那幾顆圖章。

孟繼祖道：「孔大哥得了吧，知道你認識幾個篆字，何必這樣一副研究家的面孔擺出來哩？」

孔學尼笑道：「今天我不是新郎，不要把我打趣，我是臉皮厚，若是不厚，還有兩位生朋友，說得我多難為情啊！」

衛璧安、謝玉樹原是生怯怯的，現在看他們很隨便的玩笑，也就夾在一處說笑了。

謝玉樹看外面是所精緻的小客廳，地毯鋪得有一寸來厚，屋裡並沒有硬木傢俱，都是緞面沙發椅榻，連桌几上都鋪得極厚絨墊，這大概是金銓休息之所了。左邊，一副花絨雙垂的門幕，露出中間一個小尖角的門幕，看見裡面還放著一架紫檀木玻璃書櫥，正中擺了一張寫字檯，一張綠絨靠轉椅，因見桌上有幾樣古樸的文具，便想進去看看。恰好這裡滿地是地毯，走得又一點聲音都沒有，因此裡面有人也不會知道有人來。

謝玉樹只管往裡走，走到桌子邊，掉頭一看，這才知道冒失，不由紅了臉。原來他們進來的時候，梅麗正在金銓屋子裡找一樣東西，因為許多客來了，懶得招呼他們，就在屋子裡坐著等一等，預料他們一會兒就走的，不料謝玉樹竟不聲不響地走將進來，梅麗倒是不怕人，就站起來點頭招呼。

謝玉樹心裡卻怪難為情，以為許多人都沒有進來，就是我一個人進來，倒好像故意如此似的，一陣害臊，也忘了回禮，只笑了一笑，便退出去。

梅麗不能回避了，也走了出去，這裡一些人，大半都認識，燕西便和她將衛謝二人介紹了。梅麗有事，自然進去。

謝玉樹見她穿的蛋青色緞子的短袍，短短兩隻袖子，齊平肘拐，白色皮膚的人穿了這樣清淡的衣服，越發俊秀，自己在學校裡，從來不曾見過這樣漂亮的女子，當時見了，心裡不免印下一個很深的印子。

劉寶善雖然聽見燕西說金銓就不會來的，但是心裡總是不安，大家還是一陣風似的，擁到內客廳裡來。

這客廳裡，金氏兄弟同輩的客人來了十停之六七，這人就太多了。燕西一進門，大家如眾星捧月一般將他圍上，鬧將起來。

謝玉樹便離了這客廳，在走廊上散步，因為他人長得漂亮，胸前又垂了一張寫明男儐相的紅緞條，來往人都要看他一眼。

尤其是女賓，覺得正面看人有些唐突，只偏了眼珠一看。有些挨身走過去的，有幾步之遠，還回轉頭來，無意之間對謝玉樹一看，大家心裡都不覺想著，哪裡找來的這樣一個儐相？這一個消息一傳出去，女賓裡面，傳得最是普遍，都說今天兩個男儐相長得非常漂亮，我們倒要看看。

這個時候，已經十二點多鐘了，金家預備四馬花車，已經隨著公府裡的樂隊向冷宅去了。冷宅的一切排場，都是燕西預備好了，四個大小女儐相呢，原是要由清秋找同學來承擔的，後來她和燕西商量的結果，怕是不妥，若是她的同學和金家的人完全不認識，不免有許多隔閡，倒不如這邊也找一個。

燕西想這辦法是對的，因此，便請了大嫂吳佩芳的妹妹吳藹芳，就是剛才大家所談著那送刺繡的人了，好在大小四儐相的衣履都是由燕西出錢，女家代製，總可一律的。

那邊清秋所請的大儐相是她同班生李淑珍，小儐相是附小的兩個小女學生。除了各有她們家裡的女僕照應而外，男家又派小蘭和秋香兩丫頭幫同照料，自是妥當。大小儐相在兩小時之前已經在冷家齊集，所有清秋的同學不便到金家來，在他們家裡也是一餐喜酒。

這日，清秋穿了那水紅色的繡花衣，加上珠飾，已美麗得像天人一般。不過穿了嫁衣，也說不出一種什麼感想，不覺得自己好好地矜持起來，只是在屋子老守一把椅子坐下，不肯多動。

她裡面穿的是一件小絨褂子，外面罩上夾的嫁衣，雖說不算多，然而只覺渾身發熱，她心裡也就想著，不料這段婚事居然成功了。從前曾到金家去過一次，只覺他們家裡堂皇富麗令人欣羡，到了現在，竟也是這屋子主人翁之一個。

想到這裡，自然是一陣歡喜。但是轉身一想，他家規矩很大，不知道今天見了翁姑，是怎樣一副情形？再說，他們家裡少奶奶小姐有七八位，不知道她們可都是好對付的？

據燕西說，就是三嫂子調皮一點，二嫂是維新的女子，是各幹各事，沒關係，大嫂子年歲大一點，有些太太派，至於幾位小姐，除了八小姐而外，其餘的都是會過的了，想來倒也不要緊。

可是燕西又說了，她們姑嫂之間也有些小糾紛的，似乎各位小姐也不容易對付，況且她們都是富貴人家的兒女，只有自己是貧寒人家出身，和她們比將起來，恐怕成了落伍者，尤其是富貴人家的僕役們，眼睛最勢利不過的，他若知道我的根底，恐怕又是一番情形相待，以後倒要寸步留心，要放出大大方方的樣子來。

由這裡又想，今日是到金家的第一天，更要二十四分仔細，見了翁姑應當持怎樣的態度？見了姑嫂應當持怎樣的態度？於是想到古人所謂「齊大非偶」一句話是有理由的，若燕西也是平常人家一個子弟，像我這樣的女子，無論談什麼儀節，我都可應付，就用不著這樣掛慮了。心裡這樣胡想一陣，人更是煩躁起來，倒弄得喜極而悲了。

清秋一個人只管坐在那裡胡想，默然不作一聲。冷太太雖然將女兒嫁得一個好女婿，但是膝下只有這樣一個人，從前是朝夕相見的，而今忽然嫁到人家去了，家裡便只剩下一個人，冷清清的，想起來怎樣不傷心。

她見清秋盛裝之後坐在那裡只管發呆，以為是捨不得離別，一陣心酸，就流下淚來。清秋心裡正不自在，不知如何是好，看見冷太太流淚，她也跟著流淚。還是許多人來勸清秋，說雖然出閣了，來家很方便，只當在上學一樣，有什麼捨不得呢？

兩個儐相又拉了一拉她的衣服，對她耳朵輕輕說了幾句，清秋聽說，這才止住淚，韓媽重打了一盆臉水來，用熱手巾給她擦了臉，兩個儐相牽她到梳粧檯邊重新敷了一回粉，粉敷好，宋潤卿便進來說，時候不早了，可以上車了，免得到那邊太晚。

招呼過後，音樂隊就奏起樂來了，在奏樂聲中，清秋就糊裡糊塗讓兩個儐相引上了花馬車。在花馬車中，只是一陣一陣的思潮由心裡湧將上來，而心中也就亂跳起來，這時說不出是歡喜，是憂愁，是恐慌，只覺心緒不寧。

在心緒稍安的時候，只聽見車子前面一陣陣的音樂送進耳來，自己除了把如何見翁姑，如何見姑嫂的計畫重溫習一遍外，便是聽音樂。

一路之上，聽了又想，想了又聽。在車裡覺得車子停了，而同時車子外面，也就人聲鼎沸起來，她想，這一定是到了，心裡就更跳得厲害。一會兒工夫車子門開了，就見兩個儐相走上前，將手伸進車來，各扶著清秋一隻胳膊。

清秋很糊塗地下了車，隨著他們走，自己原不敢抬起頭來，只是在下車的時候，把眼光對著前面一看。只覺得四圍都是各種車子，中間面前一片敞地，卻是用石板鋪的，上面一排磨磚横牆，沿牆齊齊的一排槐樹，槐樹正中，向裡一凹，現出一座八字門樓。

在門樓前，一架五彩牌坊，彩綢飄蕩，音樂隊已由那彩牌坊下吹打進門去了。只在這時，迎面一群男女擁將出來，最前面就是兩個西服少年，攙著燕西。只看到燕西穿了燕尾大禮服，其餘也來不及看，只低了頭。看身子面前二三尺遠的土地，彷彿燕西在前面有什麼動作。

那儐相吳藹芳扯著她道：「鞠躬鞠躬！」清秋就俯著腰鞠躬，為什麼要鞠躬？也不知道。這時，周圍前後全是人包圍了，低了頭看見許多人的衣服和腿擠來擠去，這就更不敢抬頭了。

似乎進了幾重門，還有一道迴廊，到了迴廊邊，那樂隊就停住了不上前，上了幾層臺階，便覺腳下極柔軟，踏在很厚地毯上。

人縫裡只見四處彩色繽紛，似乎進到一座大屋裡，屋裡犄角上，又另是一陣鼓角弦索之聲，原來這已到禮堂上了。

這裡本是舞廳，廳角上有音樂臺，是烏二小姐他們主張把華洋飯店裡的外國樂隊叫來了，讓他們在這裡奏文明結婚曲。外面音樂隊的樂聲未止，裡面音樂隊的樂聲又奏將起來，一片鼓樂弦索之聲，直拂雲霄。

音樂本來是容易讓人陶醉的東西，人在結婚的時間本來就會醉，現在清秋是醉上加醉，簡直不知身之所在了。

這禮堂開著側邊門，就通到上房了，上房已臨時收拾了一間小客廳，作為新人休息之室，就是和燕西書房隔廊相對地方。一進休息室，金家年紀大些的人還好些，唯有年輕些的，早忍耐不住，就擁進屋來。

第一便是梅麗，和玉芬妹妹王朝霞，一直看到清秋臉上。

吳藹芳就給她介紹道：「新娘子，這是八妹，這是你三嫂子的王家妹妹。」

清秋便對她二人笑了笑，梅麗一見清秋年紀不大，和自己差不上下，先就有幾分願意。她百忙中想不出一句什麼話來，就道：「新娘子，我早就知道你了。」

清秋笑著低聲道：「我也知道妹妹，我什麼也不懂，請你指教。」還要說第二句，外面司儀人已經請新娘就席了。儐相攙著清秋出去，梅麗受了新娘一句指教的話，立刻興奮起來，便緊傍著儐相，好照應這位得意的嫂嫂。

走上禮堂，男男女女圍得花團錦簇，簡直不通空氣。新人入了席，大家一看這一對青年男女都是粉搏玉琢，早暗暗地喝了一聲彩，偏是這四位大的男女儐相，又都俊秀美麗，真是個錦上添花。

司儀人贊過夫婦行禮之後，證婚人念婚書完畢，接上便是新郎新婦用印，這一項手續，本來分兩層辦理，有的新郎新婦自己上前蓋印，有的是儐相代為蓋印。

這個禮堂雖非常之大，但是家族來賓過多，擠得只剩了新人所站的一塊隙地。新郎倒罷了，新婦若要上前，現在是面朝北，必得由左邊人堆擠上去，繞過上面一字橫排的證婚禮案，然後再朝南用印，她除了兩個儐相在身邊挽了一隻手臂而外，身後還另有兩個小天使牽著喜紗，這就太累贅了，要走上去，似乎不容易。

當司儀贊一聲新郎新婦用印之後，新婦便在衣服裡一掏，掏出圖章盒子來，順手遞給儐相吳藹芳，將手又把她扯了一扯，吳藹芳明白，這是要她代表，好在金家她是熟極了的，便毫不躊躇，走到禮案面前去。

這邊是儐相代庖，那邊新郎也是請儐相代，順手是衛璧安，就把圖章盒子交給他了。他當儐相，真還是生平第一次，也就繞到禮案上面去。他看見吳藹芳來了，引起了他一肚子西洋墨水，用那女子佔先的例子，要讓吳藹芳先蓋印，站在一邊未動。

但是吳藹芳卻是一個老手，她知道按著禮節，是不適用女子佔先的，見衛璧安有謙讓之意，便對衛璧安道：「請你先蓋。」

衛璧安又是個多血的男兒，一難為情，臉上先就是一紅，點頭說：「是是。」但是那個是字，也只有他自己聽見罷了。

吳藹芳看見，心裡想道：人長漂亮罷了，怎樣性情也像是個女子？含羞答答的，這倒有個意思。這樣想著，眼睛就不免多看他兩眼。

衛璧安正是有些心慌，見人家注意他，更是手腳無所措，他將燕西的圖章在結婚人名下蓋了印之後，要放進圖章盒子裡去，他忘了婚書男女各一張，蓋了男方的，卻未蓋女方的。

吳藹芳知道他錯了，又覺得人家很斯文的，別再說出錯處了，讓人家下不下去，因擠了向前，將壓著婚書的銅鎮紙一挪，把上面的一張婚書拿開，低低地道：「這一張也是由男方先蓋印的。」

衛璧安這才明白過來，自己幾乎弄錯，也來不及說是了，微微和吳藹芳點了一下頭，便向婚書上蓋章，蓋完了章，他又忘了退回原處，只管站在那邊看吳藹芳蓋印。

吳藹芳蓋完，一抬頭，見他還站在這裡，便道：「我們這應該退回原處了。」

衛璧安微微應了一聲哦哦，自退下來，這一種情形，燕西都看在眼裡。

這以後證婚人介紹人來賓致頌詞，都是些恭維的話，有些調皮的青年男賓雖然想說幾句，見那上前的主婚人證婚人都是鄭而重之的樣子，也不敢說。

到了後來，是主婚人致謝詞，因為是在金家，金銓就向宋潤卿謙讓了一下，說是潤卿兄請，宋潤卿拱著手，大馬褂袖口齊平額頂，連連拱揖道：「總理請，總理請，兄弟不會演說。」

金銓一想，既是不會演說，若是勉強，反覺得不好，因此，自己便由主婚人的位置，向中間擠了一擠，挺著胸脯，正著面孔，用很從容的態度說道：

「今天四小兒結婚，蒙許多親友光臨，很是榮幸。剛才諸位對他們和舍下一番獎飾之詞，卻是不敢當。我今天借著這個機會，有幾句話和諸位親友說一說。就是兄弟為國家做事多年，很有點虛名，又因為二三十年來，總辦點經濟事業，家中衣食不覺恐慌。在我自己看來，也不過平安度日，但是外界不知道的，就以為是富貴人家。富貴人家的子女，很容易流於驕奢淫逸之途，我一些子女雖還不敢如此，但是我為公事很忙，沒有工夫教育他們，他們偶然逸出範圍，這事在所不免。所以從今以後，我想對於子女們，慢慢地給他一些教訓，懂點做人的方法。

「燕西和冷女士都在青春時代，雖然成了室家，依然還是求學的時代，他們一定不應辜負今天許多親友的祝賀，要好好的去做人。還有一層，世界的婚姻恐怕都打不破階級觀念。固然，做官是替國家作事，也不見得就比一切職業高尚，可是向來中國做官的人，講求門第，不但官要和官結親戚，而且大官還不肯和小官結親戚。世界多少惡姻緣由此造成，多少好姻緣由此打破，說起來令人惋惜之至！」

他說到這裡，四周就如暴雷也似的，有許多人鼓起掌來。

金銓是個辦外交過來的人，自然善於詞令，而且也懂得儀式，當大家鼓掌的時候，他就停了沒有向下說。鼓掌過去了，他又道：

「我對於兒女的婚姻，向來不加干涉，不過多少給他們考量考量，冷女士原是書香人家，而且自己也很肯讀書，照實際說起來，燕西是高攀了，不過在表面上看起來，我現時在做官，好像階級上有些分別，也在差不多講體面的人家，或者一方面認為齊大非偶，一方面要講門第，是不容易結為秦晉之好的，然而這種情形，我是認為不對的，所以我對於燕西夫婦能看破階級這一點，是相當贊同的，我不敢說是抱平等主義，不過借此減少一點富貴人家名聲，我希望真正的富貴人家把我這個主張採納著用一用。」

說到這裡，對人叢中目光四散，臉上含著微笑，男賓叢中又啪啪地鼓起掌來。金銓便道：「今天許多親友光臨，招待怕有不周，尚請原諒！今天晚上還有好戲，請大家聽聽戲，稍盡半日之樂。統此謝謝！」說畢，對來賓微微鞠躬。

這是總理表謝意，和平常的主婚人不同，來賓看見，也陪著一鞠躬。真有幾位來賓還在人叢裡走出來，忙著一鞠躬的。

這些儀式過去了，便是謝來賓，新郎新婦退席了。

這時，清秋還只認得公公，在男族一堆裡面，站著有老有少，誰是誰，還是分不清楚。清秋心裡雖然為這事躊躇，可是人家早已替她打算好了，行過婚禮之後，依然引到休息室裡，暫時休息。

一會兒，儐相重新將她引上禮堂，這時賓客都退了，男家老少約有一二十位，隨便地坐在那邊，一出來，就見自己公公，引了一二個婦人一塊向前來，擠挨著公公是位五十上下的太太，清秋一看就明白，那是婆婆了。

正面放了兩把太師椅，鋪了圍墊，他兩人過來就分左右坐下了。兩個儐相把清秋引到下面，燕西卻由身後轉出來了，說道：「這是父親和母親。」說畢，聲音放低了幾倍道：「你三鞠躬。」

清秋這裡禮還沒有行下去，老夫婦兩人已站起來了，清秋行禮，他倆含著微笑，也微微一點頭。

禮畢，金銓道：「新婦今天也很累，其餘只一鞠躬吧。」於是老夫婦倆站開，二姨太上來，她不坐了，只靠住椅子站著一點頭下去。又其次，便是翠姨，她先笑道：「不敢當！不敢當！」連椅子邊都沒站過去，就是側面立了。

清秋偷眼一看，見她尖尖臉兒，薄敷胭脂，非常俊秀，穿了一件銀紅色的緞袍，腰身只小得有一把，起先還以為她不定是那位嫂子，這時燕西告訴她是三姨太，心裡才明白，不料公公偌大年紀，還有這樣花枝般的一位姨母，於是也是一鞠躬相見。

她過去之後，哥嫂們便一對一對的由燕西介紹，都是彼此一鞠躬。清秋偷眼看這些人，都還罷了，唯有那三嫂一雙眼睛很是厲害，一剎那之間，如電光一般在人周身繞了一遍。

這時，道之笑著從人叢中走了出來道：「老七，我的情形特別一點，用不著介紹，我為你們的事多少總出了一點兒力，你兩個人給我三鞠躬謝一謝，成不成？」

燕西笑著答道：「成！你請上。」

道之道：「別忙，我還有一個人兒。」於是回過手去對身後連招了幾下，劉守華一見，就笑著出來了。

燕西真個陪著清秋向他們二人三鞠躬。他們夫婦走了，敏之、潤之、梅麗，都是認識的，只一齊走出來，平行了一鞠躬。

行完禮之後，金太太就走過來了，因對四個儐相道：「各位請休息休息吧，小姐們都忙累了。」又對梅麗道：「牽新娘子到新房裡去吧。」

梅麗頷首，就引清秋到上房裡來。

清秋只覺轉過幾重院子，還繞幾道走廊，進了一個海棠葉式的門內，旁邊一道小曲廊，通到上房，上房是三樓三底，一所中西合璧的屋子。屋外是道寬廊，照樣的有四根朱漆圓柱，由上通下，所以摺扇門窗，齊上朱漆，好在並沒有配上一點其他的顏色，倒也不見得俗。

窗扇裡只糊著白紙和白紗，也不用其他的顏色。沿著走廊，垂了八盞紗罩電燈，也只是牙黃色的，清秋一看，倒覺不是那樣熱鬧，心裡倒是一喜。

院子裡有一株盤枝松樹，雖不很大，已經高出屋脊，此外有幾株小松，卻很矮。西屋角邊栽了有一叢竹子，這時雖半已凋黃，倒是很緊密，此外就是幾堆石頭，上面兀自掛著枯藤，卻沒有別的點綴。

走進屋子裡去，屋子都是雕著仿古摺扇，糊了西洋圖案花紙，左邊一個木雕大月亮門，垂了湖水色的雙合帷幔。帷幔裡面兩只四五尺高的鏤花銅柱燭臺，插著一雙假的紅燭，這正是清秋往落花胡同初見燕西的時候所看到的，乃是兩個紅玻璃罩，裡面藏著小電燈泡。

屋裡的木器傢俱一律是雕花紫檀木的，這因為清秋說過，在中國的圖畫上看到古來那些木器含有美術意味，很是古雅，所以燕西就按照她的話妥辦起來。有些東西是家裡的，有些東西還是在舊王府裡買出來的。

清秋進屋之後，便有秋香、小蘭給她除了喜紗，讓到床上坐了。

床也是紫檀的架子，清秋以為必是硬梆梆的，可是一坐下去，才知道下面也安有繃簧。心想，**這些東西不知是誰所辦？沒一樣不令人稱心合意的，這樣好屋子，不說有一生一世享受，就是能住個十天半月，此生也就不枉了**，剛才在家裡那一番的愁悶，到了此時都已去個乾淨。

心裡歡喜，臉上愁痕自然也就去個乾淨，那新人所應有的喜色，就充滿了眉宇之間。

這時，看新娘子的也就擁滿了內外屋，金太太含著笑容也跟著來了，一看人如此之多，便道：「這裡地方小，許多客，擠窄得很。」

就有人道：「好極了，叫新娘子出來招待招待吧，聽說新娘子也是個新人物，還害臊嗎？」

金太太笑道：「害臊是不會害臊的，不過她是生人，一切事都摸不著頭腦，恐怕弄得招待不周。」

大家又笑著說：「不周也不要緊，請她出來坐一坐，談一談就行了。」

金太太見眾意如此，是不可拂逆的，便走進屋子去。

清秋一見婆婆進門，就站起來了。這時，她除了喜紗，穿著一件水紅繡花緞的袍子，頭髮上束著匝花瓣，顯得很是年輕，金太太看了，不免發生疼愛之心，就走上前，握著她的手說道：「許多來賓都要你招待，你就出去見見他們吧。」

清秋聽到婆婆這樣說，就答應了出去。

走到這種生地方來，所見的又沒有一個熟人，在這裡卻要作主人招待來賓，自然有些心慌，這也只好自己極力地鎮靜，免得發慌，偏是自己一出垂幔，滿屋子女賓劈劈啪啪就鼓起掌來，這樣一來，倒越弄得她有些不好意思。

還是梅麗比較和她熟些，就引她在屋旁邊一張椅子上坐下，對大家笑著說道：「人出來了，你們有什麼話和人家談就說吧。」

玉芬也在這裡，卻微微一笑道：「我們這位新弟媳和姐妹真是投機，沒過門之前，大姐妹三，就好得了不得，過了門之後，你瞧我八妹，又是這樣勇於做一個保護者。天下事都是個緣法，有了緣，隨便怎樣疏遠，都會親密起來的，所以人常說，有緣千里來相會，無緣對面不相逢，我們老七和新娘子自然是一對玉人兒，可是事先誰也不會想到這一段婚姻的。」

玉芬這一篇話，清秋還不能十分明瞭，以為不過是說笑而已。

梅麗一聽，就知道話裡有話，只是當了許多親戚朋友，又是在新娘子面前，這話簡直不好回駁，也就只好含糊對她笑了一笑。

其中就有一個女賓說道：「我們把七爺請來吧，讓他來報告戀愛的經過。」

玉芬笑道：「這裡全是女賓，用不著他來，我看我們還是請新娘子報告吧。老七這段婚姻，純粹是自由戀愛的結果，比一切婚姻都要有趣，當事人要能說一說，那我們就比聽小說還有味，這裡都是女賓，新娘子要說也方便得多，請新娘子把這種好情史告訴我們一點，不知諸位贊成不贊成？」

她這樣一說，大家都狂喊著贊成，加上還有幾個人夾在裡面鼓掌，清秋到了這時，也不知道應該怎樣表示好？只臊得低著了頭，將身子扭過一邊去。

有幾個活潑些的女太太們，就圍繞清秋身邊來，一定要她說，清秋無可如何，只得站起來說道：「真是對諸位不住，我向來沒有演說過，實在說不出來，請諸位原諒！」

玉芬道：「不，新娘子撒謊，我聽老七說過，新娘子最會演說，在天安門開大會還登過臺呢。」

清秋道：「沒有這回事，三嫂子大概是聽錯了。」

眾女賓聽了這話，哪裡肯信？只是要清秋說，還有人說道：「新娘子若是不演說，就是看這些來賓不起，我們一點面子也沒有了，那我們也不好意思在這裡待著，戲快開臺了，我們聽戲去吧。」

金太太見大家逼得新娘子太厲害，便由屋裡走出來，笑道：「諸位，我也不為著誰，有一句最公道的話，和大家說一說。結婚要報告戀愛經過，這也是有的。但是向來都是新郎報告，沒有新婦報告的，除了小姐，其餘諸位都是當過新娘子的，諸位當新娘子的時候，也報告戀愛經過沒有？若是都沒有報告過，舍下的新娘子也就不能例外。」

金太太這幾句極公道的話，卻成了極強硬的話，誰也沒有法子來反駁，都只說金太太疼愛新娘過分一點。

金太太給大家碰了一個釘子，恐怕人家不願意，便笑道：「我們那老七是臉皮厚的，諸位儘管要他報告，新娘子請諸位原諒吧，給大家鞠一個躬道謝。」

清秋明知這是婆婆使的金蟬脫殼之計，正好趁此下場，因此，當真斯斯文文地給大家鞠了一躬。

大家明知她婆媳演了一齣雙簧，但是人家做得很光滑，有什麼法子呢？就有人提議道：「前面戲開演了，我們聽戲去吧。」於是也就借著這麼機會，一陣風似的走了。

那邊戲廳裡本很乾淨，鵬振就歡喜邀了他一班朋友在這裡玩票兒，這回家裡有大戲，他們更收拾得清楚，早已仿了外面新式大戲院的辦法，一排一排，都改了藤座椅。

像這樣的人家，當然是男女不分座，不過靠左有一圈圈地方，是女賓的特殊地位，女賓有不願男賓混雜的，可以上那兒去。但是來的女賓，卻沒有故意坐在那兒去的。燕西本來在前面陪客，他覺得太膩了，家裡有現成的戲，不能不來看一看，因此，他趁著大家歡喜之際，一溜就溜到戲場裡來，隨便找了個位子坐下。

一回頭倒平空添了一樁心事，原來那位舞友邱惜珍女士正坐在身邊，只隔了一個空位子。燕西還沒有開口，她先就笑道：「七爺，恭喜啊！怎麼有工夫來聽戲？」她說這話，燕西倒不知所答，不覺先笑了一笑。本來一個男子，不能娶盡天下的好女子，也不能說一個男子在女友中娶了一位做夫人，就對不住其他的女友，可是很怪，燕西這個時候，好像見了什麼女友，都有些對不住人家似的。

加以邱惜珍和本人討論電影及跳舞，感情又特別一點，所以她恭喜一聲，似乎這裡面都含有什麼刺激意味似的，因含著笑坐近一個位子來，笑道：「以先我怎麼沒有看見你？」

邱惜珍道：「你們行大禮的時候，我就參與的，還鼓了掌歡迎你的新夫人呢。那個時候，你全副精神都在新娘身上了，哪會看見女友呢？」

燕西笑道：「言重言重！」

邱惜珍且不理他，半站起身來，對那邊座位上招了一招，燕西看時，那邊位上也有個女子起身點頭。邱惜珍笑道：「回頭再談。」說畢，她起身到那邊了。

燕西碰了一鼻子灰，沒意思得很，心想，這樣看起來，無論男子和女子還是不結婚的好，結了婚身子有所屬，就不能得大多數的人來憐愛了，怪不得，我們兄弟中，從前以我交女友最容易，而今看起來，恐怕也要取消資格了。

燕西正在這裡想入非非，忽然有個人啪的一聲，在他肩膀上拍了一下，燕西一回頭，原來是孟繼祖笑嘻嘻地站在身後。

他道：「大家到處找你，你倒在這兒快活！」

燕西拉著他的手道：「何妨坐著聽一兩齣戲呢？」

孟繼祖道：「今天的戲，無非是湊個熱鬧勁兒，有什麼看頭？」說到這裡，後面跟來一大班人。最前面就是他們詩社裡的朋友韓獨清、沈從眾。

他們自從上年詩社一會而後，常引燕西作為文字朋友，這次燕西結婚，韓獨清做了十首七絕，工楷寫了，用個鏡框子架著，送到金宅來。

他既發起了這個事，詩社裡的朋友少不得都照辦。燕西知道，他們的詩都不大高明，若是掛在禮堂上，恐怕父親看了說閒話，因此，只把七八架鏡屏都在新房的樓上掛了，料著那個地方，父親是不會去的。

不料這韓先生他偏留心這件事，到了金家前前後後，找了一個周，卻不見同會詩友的大作，自己滿心想借這個機會露上一露，不料一點影子沒有。

大為掃興之下，這時見了燕西，他首先就說道：「燕西兄，我們做的那幾首歪詩是臨時湊起來的，實在不高明。」

燕西道：「好極了，都好。」說到這裡，低了聲音笑道：「我把你們的作品都列在新房樓上，明天我要引新娘子看看你們的大作呢。」

韓獨清聽說他的作品掛在新房樓上，他高興得了不得，將手一拍道：「這話是真嗎？我知道新娘子文學不錯，我們一定要請新娘賜和幾首。」說時，兩手一揚，聲音非常之高。

韓獨清這樣說，他是要表示自己會作詩，好讓大家知道。燕西連忙拉住他的手道：「別嚷別嚷！」韓獨清見燕西不是那樣高興的樣子，就不敢追著向下說。

接上他們詩社裡的那位老前輩楊慎己先生，也就跟著來了，手上拿了帽子，老遠地就一步一個長揖，高舉到了鼻尖，口裡可就說道：「恭喜恭喜。」

燕西一看，事情不好，搬了這些個醋缸到戲場裡來，非把戲場上人全酸走不可，便起身道：「我們到客廳裡去坐坐。」

楊慎己晃著身軀道：「我看燕西兄大有和我們聯句之意。獨清兄，繼祖兄，走，我們聯句去。趁著良辰吉日詩酒聯歡，多麼地好！比在這裡聽戲，不強得多嗎？」

燕西巴不得他們走，自己引導，就把他們引將出來，一直引到小客廳裡。

楊慎己並不住地摸著鬍子道：「今日催妝之詩未可少也。」說時，連搖了兩下頭。

孔學尼笑道：「新娘子都進房幾個鐘頭了，還催什麼妝？催新娘上妝到婆婆家來了，催於何有？」

楊慎己先是一時高興，把話說錯了，這裡要更正，已是來不及，便笑道：「對了對了！某有過，人必知之，我是說花燭之詩，一個不留神，就說出催妝詩來了。該打該打！我聽說新娘子天才極高，今天晚上不要學那蘇小妹三難新郎吧？」

這句話倒把孟繼祖提醒了，笑道：「今天晚上新房裡是有意思的，我們要斯斯文文地鬧一鬧才好。」

孔學尼對孟繼祖瞟了一眼，笑道：「可不許做煞風景的事。」

他們這種酸溜溜的樣子，別人還罷了，唯有謝玉樹和衛璧安兩個人看不大慣。衛璧安就低低地說道：「遇到這樣的好戲，我們為什麼不去看看？」

謝玉樹笑道：「我早就想去看，無奈這裡全是生人，沒有人引去，怪不好意思的。」

衛璧安道：「人多客亂，誰又認識誰？我們還是去聽戲吧。」二人約好，也不驚動眾人，慢慢地踱到戲場上來。

這裡面男賓不過三分之一，女賓要占三分之二，說不盡鬢影衣香，珠光寶氣。衛謝兩人也不敢多事徘徊，看到身邊有兩個空椅子，便坐了下去。

這一坐下，心裡倒坦然了，反正是坐著聽戲，就不怕受女賓的包圍了。聽得正有趣的時候，因人家鼓掌，衛璧安忘其所以，也趕著鼓起掌來，一面對謝玉樹道：「真好。」

這真好兩個字剛說出，前面坐的女賓，忽然一位回轉頭一看，衛璧安見了，心中正如什麼東西撞了一下一般，渾身似乎有一種奇異的感觸。

那人不是別人，正是剛才在禮堂上會面的那位女儐相吳藹芳女士。

衛璧安因為和人家並沒有交情，未曾打算和她打招呼，那吳女士倒是落落大方，笑著點了一點頭，又叫了一聲衛先生，衛璧安來不及行禮，竟把身子一欠，站將起來。

吳藹芳嫣然一笑道：「聽戲不客氣，請坐請坐。」

衛璧安還是說不出所以然來，只是是的答應了一聲，直待吳藹芳回過頭去，他才坐下來。

謝玉樹看見，早是拐了他胳膊兩下，衛璧安雖然心裡十分矜持，臉上也就不由得一陣發熱，也不能做什麼表示，只得把腳對謝玉樹的腿敲了一敲。謝玉樹一笑，也就算了。

那前面吳藹芳正和她姐姐吳佩芳同座，佩芳低了頭下去，輕輕地問道：「你和他原來認識嗎？」

藹芳沒說，只搖了一搖頭。吳氏姊妹坐的前排，就是烏大小姐烏二小姐，她兩人是文明種子，凡事都不避什麼嫌疑的。

烏二小姐看見衛璧安、謝玉樹這一對美男子在座，就不住地回過頭來看，現在看到吳藹芳向衛璧安打招呼，倒以為他兩人認識，便回過臉來，對她一笑。

藹芳見她這一笑，倒莫名其妙，對著她只是發愣。烏二小姐於是手扶著椅背，回過頭來對著藹芳，藹芳看那樣子，好像是有話說，便也將頭就過來，輕輕地問道：「說什麼？」

烏二小姐眼皮向後，下巴頦接下一翹，笑道：「這個人真可以說是美男子。七爺在哪裡找了這樣兩個漂亮人物來當儐相？」

藹芳不料到她問出這話來，答覆不好，不答覆也不好，倒十分為難起來，臉上紅著，只哼了一聲。

烏二小姐看到一二分，覺得不便說什麼，依然回過頭去看戲。佩芳見烏二小姐這樣鬼鬼祟祟的，不覺又回過頭來，對衛璧安看了一眼。

衛璧安先曾見她站在男方家族隊中，知道她是金家的一位少奶奶，見她這樣注意自己，恐怕自己有什麼失儀的地方，索性板著面孔，只管看了臺上，什麼話也不說，對於佩芳的探望，只當沒有看見。

佩芳也明知衛璧安不好意思，看了一下，也只是微微一笑。

過了一會，梅麗笑嘻嘻地來了，她換了玫瑰紫色海絨面的旗袍，短短的袖子，露出兩隻紅粉的胳膊，下面穿的湖水色的跳舞絲襪子，套著紫絨的平底魚頭鞋，漆黑頭髮，靠左邊鬢上夾了一個張翅珊瑚蝴蝶夾子，渾身都是紅色來配襯，極得顏色上調和，佩芳看見，先就笑道：「八妹今天喜氣洋洋的。你瞧，穿這一身紅。」

梅麗道：「今天家裡有喜事，為什麼不穿得熱鬧些？」說時，一挨身就在藹芳身邊坐下。

藹芳笑道：「你總是這樣喜歡趕熱鬧，那邊不有空位子，擠到一處來做什麼？」

梅麗道：「咱們談談不好嗎？一會子三嫂也來，她就是個戲迷，什麼戲也懂，臺上唱一段，讓她先講一段，那就有個意思了。」一面說著，一面目光向四處張看，偶然看到身後，忽見那兩個漂亮的男儐相齊齊地坐在那裡聽戲。

她也認得謝玉樹的，倒先站起來，和他點著頭笑了一笑，謝玉樹看見人家招呼，也不能不理會，和梅麗點了一點頭，這一來，把前面的兩位烏小姐倒看呆了。

烏二小姐更是疑惑，八小姐怎麼會和那個美少年認識？這小小一點年紀，倒也知道捷足先得，可見愛美的心思，人人都是有的，因之，要偷看背後的意思更為密切，差不多三四分鐘時間就要回頭向後一看。

梅麗天真爛漫的人倒不甚注意，藹芳明知其中之意，也裝不知道，心想，隨便你去看，看你看到什麼時候。這期間，衛璧安和謝玉樹兩個人都有些不好意思，再要坐這裡，就怕看得引出風潮來，大家都怪難為情的，因此，二人說了一句走吧，就各自走開，依舊到小客廳裡來。

燕西道：「到處找你兩個人，全找不著，哪裡去了？」

衛璧安笑道：「我們有哪裡可去哩？這裡全是生地方，我們聽了兩齣戲來了。」

王幼春笑道：「你們去看戲，仔細人看你啦。」

孟繼祖道：「這話未免可怪，他們又不是兩個大姑娘，怕什麼人來看？」

他這樣一說，又弄得謝衛二人無辭可答。

衛璧安勉強笑道：「這儐相真是做不得，朋友和儐相開起玩笑來，比和新郎開起玩笑來還要厲害呢。」

孟繼祖道：「這話對。我們還是鬧新郎，新郎縱然臉皮厚，我們還可以鬧新娘啊。走吧，我們鬧新娘去！」於是這一大班人，一陣風似的，又擁到新房裡來。

這新房裡，本還有幾位女客，看見這一班如狼似虎的惡少擁了進來，也就不言而退。

清秋在家裡早幾個星期就愁到了鬧新房的這件事。知道金家親戚朋友，家鄉人最多，遇到這些喜慶禮俗，還有襲用家鄉的老套。家鄉鬧房這件事向來是十分厲害的，新娘越是怕羞，他們會越鬧得厲害，這只有一個法子，老著臉全給他一個不在乎，事情一平淡，鬧房的人就樂不起來，這就不會那麼鬧了。

主意打定了，心裡也就不害怕，所以這些人一擁進屋子，她並不躲閃，索性站著笑臉迎上前來，說道：「諸位先生請坐，我是生地方，招待不周，請多多原諒。」

大家一進門，打算就痛痛快快鬧上一陣子的，不料新娘子和理想中的人物不同，大大方方地出來見面，而且不讓眾人開口，她那裡就先表示了，這裡是生地方，招待不周，請大家原諒。

這幾句很輕鬆的話，聽去好像不算什麼，可是大家都覺得她有先發制人的手腕，人家是規規矩矩地來招待你，你若嬉皮涎臉和人開玩笑，這在表面上似乎講不過去，因之，大家都收著笑臉，愣住了，沒辦法。

究竟還是孟繼祖口才好一點，便笑著上前一拱手道：「新嫂子。」

清秋道：「不敢當，我不知道怎樣稱呼，請原諒。」

孟繼祖正要向下說幾句玩話，偏是新娘子又客氣起來了，不過自己出了馬，決計不讓新娘子擋回去，就笑道：「我叫孟繼祖，是燕西世交朋友，親密一點說，也可以算是弟兄們吧。我聽說新娘子文學很好，作得一手好詩，今日大喜之期，一定有絕妙的佳章定情，能不能先給我們瞻仰瞻仰呢？」

這個題目提出來，清秋有些為難了，難道這也可以給他們一個不在乎，說是我能作詩，當面就作，那未免太放肆了，只得笑說道：「不會作詩，請原諒。」

孟繼祖將右手一舉，向大家伸出三個指頭來，笑道：「我們進門，新娘便什麼沒有賞賜，可連給了我們三原諒。」

那個三字，故意用土語念成沙，越是俏皮。清秋一想很對，也就嫣然一笑。大家看見，乘機便鼓了一陣掌。

孔學尼道：「我們一進來，幾乎弄成了僵局，到底小孟有本領，總算把新娘引笑了。」

王幼春也笑道：「我們排了大隊，來了這麼些個人，引著新娘一樂，這就算了嗎？」

孟繼祖道：「依你怎麼辦呢？我就只有這樣大的本領，只能辦到這個程度，不過你要能出好主意，叫我去做，我一定能照著法子去辦的。」

王幼春道：「我倒有個好法子，不知你能辦不能辦？可是辦不辦在你，讓你辦不讓你辦，不在乎新娘子是不是給面子。」

孟繼祖道：「什麼法子？你說吧，若是新娘子不給面子，我就對她先行個三鞠躬。」

清秋一聽這話，見事不妙，看這人樣子是很輕佻的，若他真個對人行個三鞠躬起來，那怎麼辦呢？還是答應人家的要求，不答應人家的要求呢？便不等孟繼祖開口，就輕輕說道：「諸位請坐，諸位請坐！」說話時故意放出很殷勤的樣子，向大家周旋。

大家見新人客氣，不能不中止笑謔的聲浪。人既多，大家一謙遜，把這事又打斷了。燕西原也跟了眾人來的，只在房門外徘徊，這時，也不知道哪裡拿了一筒煙捲進來，就向大家敬煙。

孟繼祖道：「新郎敬煙不算奇。」下面一句，正是說了新娘送火，清秋早搶上前一步，接了煙筒過來，就拿煙筒每個人面前遞了去。

燕西會意，拿了盒取燈，接上就擦了給人點煙，兩個人應酬起來，態度是非常地恭敬，大家無論如何也不好再挑眼，隨後雖然還有人出主意，燕西已懂了清秋禦敵之法，只是對大家一味地謙和，大家真也再沒有法子向下鬧。

說笑了一陣，覺得沒有多大的趣味，也就走了。

到了外面，王幼春不見燕西在內，便道：「這對新人真厲害，我們簡直沒有法子逗他。」

孟繼祖道：「新娘子也並不難對付，實在是去鬧的人太無用，新娘一客氣，你們全不作聲，讓我個人去鬧，鬧得我孤掌難鳴，那有什麼法子？」

孔學尼望了他一望，笑道：「還是照我那個法子辦吧，準沒有錯。」

孟繼祖道：「別說別說，這是攻其無備的事，就要出其不意。」

這些人裡面，有知道的，大家也就相視而笑，不知道的，以為這裡面有好文章，也不願明問。好在這裡有的是熱鬧場合，大家暫分頭取樂去了。

燕西自一班朋友走後，還留在新房裡，清秋一看傭人全在外面屋子裡，對他望了一眼，低聲道：「還不快走！」說時，跟著把腳微微一頓。

再要說第二句話時，已進來一大批女客，有的就道：「新郎戲也不去看，客也不去招呼，就在這裡陪新娘子嗎？」

燕西道：「我剛陪了一班客進來，把客送走了，我還沒出門呢，你們就來了。」有人說：「不行不行，剛才我們要新娘報告戀愛經過，伯母說，沒有這個先例，要新郎說，現在正好遇著你，也不用得我們去請了。」

燕西笑道：「我只聽見男客鬧新娘，沒有聽見說女客鬧新郎的。」

烏二小姐這回也來了，便笑道：「七爺這話有些失於檢點，現在男女平等。」

燕西一見她，在人叢中向前一擠，便笑道：「外面來談吧，裡面太擠窄。」一面說，一面就在脂粉堆裡，綺羅叢中，硬擠將出來。

走到外面屋子裡，裡面就有人嚷跑了，燕西頭也不回逕自走了。到了外面，許多人在一處一起鬨，時間就是這樣混過去了。

到了晚上，比日裡更是熱鬧，前前後後，上上下下，各處的電燈都已明亮，來來往往的人如穿梭一般，赴宴的赴宴，聽戲的聽戲。

鵬振這一班公子哥兒，他們是歡喜特別玩意兒的，冷淡了一天半日，就想大熱鬧一下，可是到了真熱鬧的場合反而不參加，因之，約了幾個人另組一局，在西邊跨院裡邀了一班女大鼓書，暗暗地還把幾個唱旦的戲子約了去聽書。

燕西先是不知道，後來金榮報告才趕了去。這裡原是金銓設的一個小課堂，當他們兄弟姊妹小的時候，請了兩三個教員在這裡授課，早已空著，不做什麼用。

古人所謂富潤屋，德潤身，像他們這樣的人家，窮了幾間屋子是不會去理會的。

這時，收拾起來做書場，大鼓娘就在講臺上唱，是再合適沒有的了，燕西進來看時，聽書的不過二十左右，大鼓娘倒有十幾個，大兄弟三都坐在這裡。

鵬振還帶著那個旦角陳玉芳坐在一處，燕西一進來，大鼓娘兒目光來了個向外看齊，全望著燕西。有兩個是燕西認識的，都笑著點了點頭。

劉寶善早站起來道：「你怎樣這時才到？」

燕西道：「我哪知道你們有這一手呢？大戲是你發起的，你放了戲不聽，又到這兒來鬧。」

劉寶善道：「我們一組全在這兒，一個人跑去聽戲，那就太沒有團體心了，可是這裡多麼清靜，比聽戲有味吧？」

燕西說笑道，就在第一排椅子上坐下。

朱逸士也走過來了，和他坐在一處，都笑道：「今天你有新娘子靠了，不應該坐在這裡，又去沾香氣。」說時，眼睛望了那排唱大鼓的女子。

燕西道：「你這話根本就不通，我今天剛有新娘子就不許沾香氣，你們早就有太太的人了，為什麼還老要到處沾香氣呢？」

這時，臺上唱大鼓的王翠喜，正是鳳舉所認識的人。他剛點了一支曲子讓她唱，現在燕西儘管說話，他就把眉皺將起來，因道：「說話低一點成不成，人家一點也不聽見。」

燕西看在兄長的面子上，究竟不能不表示讓步，只好不作聲。

朱逸士卻偏過頭來，伸了一伸舌頭，再回過去，卻對王翠喜叫了兩聲好，這樣一來，和鳳舉的表示暗暗之中恰是針鋒相對，惹得在座的人都笑將起來了。

那些唱大鼓的姑娘，也是笑得扭住在一團，花枝招展，看起來非常之有趣味，燕西覺得這裡是別有一種情趣，就是沒有打算走。後來還是金榮來找他去陪客，他才走了，可是把他一找，他們在西跨院裡唱大鼓書的事，鬧得裡面女眷們也知道了。

看一看，好不好？」

玉芬一聽到這話，就拉著佩芳道：「他們這樣秘密組織，決計沒有什麼好事，我們也偷去

今天家裡有喜事，大家都是高興的，二人果然就過去。她們怕由前面去，彼此撞見了，卻由一個夾道裡，叫老媽子扭斷了鎖，從那院子的後面進去。

由這裡過去，便是那課堂的後壁，這一堵牆，都隨處安放了百葉窗，這時百葉窗自然是向外開著，只隔一層玻璃，可是屋子裡有電燈，屋子外沒電燈，很給予在外面偷看的人一種便利。當時佩芳和玉芬同走到窗子邊，將向外的百葉窗輕輕兒向裡移，然後在百葉窗縫裡向屋裡張望，玉芬只一望，首先就看見鳳舉和一個唱大鼓的姑娘並坐在椅子上，那姑娘含著笑容，偏了頭和鳳舉說話，那頭幾乎伸到鳳舉懷裡去。

玉芬一見連連向佩芳招了一招手，輕輕地道：「你瞧，大哥和那姑娘那種親密的樣子。」

佩芳低頭看時，心裡一陣怒氣也不知從何而起，心裡只管撲通撲通亂跳。

玉芬笑道：「他們這些人真是不講求廉恥，有許多客在一處，他們就是這樣卿卿我我地談起愛情來。」

佩芳扶著窗戶只管望，一句不作聲。

玉芬忽然鼻子裡哼了一聲，也是不作聲。佩芳緊挨著她的，只覺得渾身亂顫。佩芳道：「怎麼著？三妹，你怕冷嗎？」

玉芬道：「不，不，你瞧，你瞧！你望北邊犄角上。」

佩芳先也不曾望到這裡，現在看時，只見鵬振和那個旦角陳玉芳同坐在一處，一個唱大鼓的姑娘，卻斜了身子，靠著鵬振的右肩坐下，鵬振拿出煙盒，讓姑娘取了一根煙，又欠了身子

將那按機自來火盒子亮了火，點著煙，她倒自由自在地抽上了。抽了兩口，然後兩個指頭夾著煙捲，順便一反手就交給鵬振。鵬振倒一欠身子，笑著接住，好像這是一樁很榮幸的事一般。

玉芬對著百葉窗下死勁地啐了一口，然後一頓腳，輕輕地罵道：「該死的下賤東西！」

佩芳看見鳳舉鬧，本是有氣，好在他是有個姨太太的人，自己戰勝不過姨太太，卻也不願丈夫的愛為姨太太一人奪去，現在若是丈夫和別的女子好，可以分去姨太太得到的愛，借刀殺人，倒也是一件痛快的事，所以看見丈夫和別個女子談愛，雖然心裡很不痛快，卻也味同雞肋，戀之無味，棄之可惜，不是十分生氣。

現在見玉芬有很生氣的樣子，便道：「進去吧，天氣很冷的，站在這裡有什麼意思？這個時候新娘子房裡一定很熱鬧的了，我們到新娘子房裡去看看吧。」

玉芬道：「忙什麼？我還要看看他們究竟弄些什麼醜態才肯算數。」

佩芳知道玉芬是沉不住氣，若讓她還在這裡看，她一時火氣，也許撞進裡面去。今天家裡正在辦喜事，可不要為了這一點小事又生出什麼意外風波來，因就拉著她的衣服道：「走吧，在這裡站得人渾身冰冷的，我真受不了。」

玉芬身子被她拉得移了一移，但是一隻手依舊扶住了窗子，還把眼睛就窗葉縫向裡望。佩芳沒法，只得使蠻勁把她拉開。

玉芬原是不想走，要看一個究竟，無奈這屋簷下的風是打了旋轉吹下來了，由上面刮進入的領子裡去，如刀刺骨，非常難受。經佩芳一拉，也只好跟了走。

五　情海生波

走到新房這邊，裡裡外外，燈光如晝，兩個人擠了進去。只見男男女女，滿屋是人，左一陣哈哈，右一陣哈哈，那笑聲儘管由裡面發出來。

燕西被許多人包圍在中間，只是傻笑。佩芳將玉芬一拉道：「屋裡面亂極了，不進去吧。」玉芬原是一肚皮的氣，但是到了這裡，就忘去了一半，回轉頭低低說道：「看看要什麼緊？就站在這帷幔邊看吧。」

佩芳見她這樣低聲下氣地說話，想是有什麼用意，向前一擠，只見妹妹藹芳陪了新娘坐了一處。那個姓衛的男儐相雖然也夾在人叢裡，但他並不說什麼，也沒什麼舉動，偶然發出一種柔和的笑聲，卻不免有意無意之間看藹芳一下。

藹芳似乎也知道人家這一種表示，卻不大輕易說笑，然而也不離開。由這種情形看起來，心裡已明白四五分，不過這事雖然不涉於曖昧，然而自己有了一層姊妹的關係，這話究竟不好意思說破；看在心裡，也就算了。又知道玉芬一張嘴是不會饒人的，千萬不要在她面前露出什麼馬腳，因此，只當不知道什麼，混在人群中站了一會兒。

這新房裡的人雖不是怎麼大鬧特鬧，但是這些人坐著說笑，總是不走。燕西知道他們這種辦法，是一種消極的鬧房，實在是惡作劇，可是人家既不曾鬧，而又規規矩矩地談話，就沒有法子禁止人家在這裡坐。

這樣一直等到兩點多鐘了，還是金太太自己走了過來，這裡鬧的人，不是晚輩，就是下僚，大家就不約而同地都站了起來。

金太太笑道：「諸位戲也不聽，牌也不打，老是在這裡枯坐，有什麼意思？」

孟繼祖笑道：「這個時候，戲大概完了吧？辦喜事人家的堂會，和做生日人家堂會不同，不拉得那麼長的。」

金太太笑道：「那是什麼緣故呢？」

孟繼祖儘管言之成理，卻不曾顧慮其他，因笑道：「伯母恕我說得放肆，這辦喜事的人家，洞房花燭夜真是一刻值千金，弄了鑼鼓喧天，到半夜不止，這是討厭的事。」

金太太笑道：「我不敢說的話，孟少爺都對我說了，我還說什麼呢？我想諸位坐在這裡，不在演堂會戲以下吧？」

孟繼祖伸起手來，在頭上敲了一下爆栗，笑道：「該死！我怎這樣胡說八道，自己打自己的嘴巴？大家走吧，我們不要在這裡做討厭的事了。」

大家聽說，就是一陣哄堂大笑。本來金太太來了，就不得不走，既是孟繼祖說錯了話，還有什麼話說，大家也就一陣風似的擁將出去了。

當時，金太太就吩咐兩個老媽子收拾收拾屋子，便對清秋道：「今天你也累夠了，時候不早。」便走出房去。

清秋低了頭，答應兩句是，那聲音極低微，幾乎讓人聽不出來。

金太太走到門口，隨手將雙吊起的帷幔放了下來，回頭對清秋道：「不必出來了。」

清秋又輕輕地答應了一聲，便在離房門近的一把椅子上坐下了。屋子裡兩個伺候的老媽子已經沒有了事，就對燕西笑道：「七爺沒有事嗎？我們走了。」

燕西點了點頭，兩個老媽子出去，順手將門給反帶上了，燕西便上前將門暗門來門上，因

對清秋道：「坐在門邊下做什麼？」

清秋微微一笑，伸起一隻拳頭，捶著頭道：「頭暈得厲害。從今天早上八點鐘起鬧到現在，真夠累的了，讓我休息休息吧。」

燕西道：「既然是要休息，不知道早一點睡嗎？」

清秋且不理他這句話，回頭一看屋子裡，那掛著珠絡的電燈，正是個紅色玻璃罩子，配上一對罩住小電燈的假紅燭，紅色的光，和這滿屋的新傢俱相輝映，自然有一種迎人的喜氣。銅床上是綠羅的帳子，配了花毯子、大紅被，卻很奇怪，這時那顏色自然會給人一種快感，不覺得有什麼俗氣。

看完了，接上又是一笑。燕西道：「你笑什麼？還不睡嗎？」

清秋笑道：「今晚上我不睡。」

燕西笑道：「過年守歲嗎？為什麼不睡？」

清秋鼻子哼了一聲，笑道：「過年？過年沒有今晚上有價值吧？」

燕西道：「這不結了！剛才人家說了，春宵一刻值千金。」

清秋笑道：「這可是你先說詩，我今天要考考你，你給我做三首詩。」

燕西道：「不作呢？」

清秋道：「不作嗎？我也罰你熬上一宿。」

燕西道：「你別考，我承認不如你就是了。」

他們正在這裡說話時，那外面屋子裡早隱伏下了聽房的許多男客，起首一個作指揮的，自然是孟繼祖。因為他們約好了，白天和晚上新房都沒有鬧得好，所以暗暗約了一下，到了深夜要來聽房，若是聽到什麼可笑之詞，要重重和燕西鬧上一番，所以金太太要他們走，他們果然走了。其實，有七八個人藏在下房裡，等到兩個老媽子出來，大家已站在院子裡，十幾隻手不約而同地豎了起來，在電光底下，只管和老媽子搖著。

這裡面的王幼春跨著特別的大步，忙著走了過來，笑道：「你們千萬別作聲，讓我們鬧著玩玩。沒你們的什麼事了，你們去睡吧。」

老媽子一看，有王少爺在內，是極熟的人了，卻不能攔阻的，料也不會出什麼事，且自由他。這裡七八個人就悄悄地走到外面屋子來。

這裡沿著雕花格扇門，外面又垂著一副長的紫幕，一直垂到地毯上。若是要由格扇裡戳一個窟窿向裡望，得先鑽進紫幕去，這可是老大不方便，大家且不動身，先側身站立，用耳朵貼著紫幕。

恰好清秋坐在門邊椅子上說話，相距很近，外面聽個真著。

孟繼祖一聽裡面開口，樂得直端肩膀，外面屋子裡還留了一盞小電燈，發出淡色的光來。大家看見孟繼祖的樣子，也忍不住發笑，各人都把手掌捂住了嘴，不讓笑聲發出來。偏是燕西說話的聲音，又比較地高些，大家聽了他向新娘示弱的話，格外要笑。

那孔學尼本是近視眼，加之今天又多喝了幾杯酒，他過於高興，就不免擠到人縫中來，將垂的帷幕由下向上掀起，鑽進頭去，將耳朵緊貼著格扇，聽裡面說些什麼。只聽得燕西笑道：「你真要我作詩，我就作吧。房裡也沒有筆墨，我就用口念給你聽。」就聽他念道：

紫幔低垂絳蠟明，嫁衣斜擁不勝情。
檀郎一拂流蘇動，唱與關雎第四聲。
雙紅燭底夜如何……

只聽清秋道：「得了，我叫你作七律，你怎麼作絕句呢？你要知道，你料我會考你，我也料得你會早預備下了腹稿呢，恐怕還是人家打槍的吧？這個不算，我要限韻出題。」

燕西道：「得了，得了，這就夠受的了，還要限韻，我這裡給你……」說到這裡，就是唧唧噥噥的聲音，聽不清楚，一會兒，聽到腳步響，銅床響，大家聽得正是有趣，偏是孔學尼被垂幔拂了鼻尖不知吸了什麼東西到鼻子裡去了，連連打了兩三個噴嚏。

這是無論如何瞞不住裡面了，燕西就在裡面笑問道：「是哪一位外面作探子？」

孔學尼答道：「好一個風流雅事啊！唱與關雎第四聲，這是君子好逑啊！求些什麼呢？」大家知道也瞞不住的，都嚷起來道：「窈窕淑女，君子好逑！君子好逑！」大家高聲朗誦，別人罷了，清秋聽了這樣嚷，真有些不好意思。

而且這一片喧嘩，早驚動了裡外各院子的人，這裡鵬振的院子相隔最近，不過只隔一道牆，玉芬因等到此時還不見鵬振進來，已經派了兩人到前面找他去。不多一會子，鵬振果然進來了。他頭上正戴了一頂海絨小帽，一進房之後，取了帽子向桌上一扔，板著一副面孔，在椅子上坐下。

這時，秋香正把溫水壺上了一壺熱水進來。鵬振就罵道：「你這東西，簡直一點規矩也不懂，我在那裡陪客，一次兩次去找我。我多寒磣？人家都說我是一個終身充俘虜的人，身體都不能自由了。人家這樣一說，我面子上怎麼抹得開？你這樣鬧，簡直是和我開玩笑。下次還是這樣，我就不依了。」

玉芬微微一笑道：「三爺，你這話是說秋香呢？是說我呢？我去請你進來，完全是好意，你不要誤會。你若是和朋友有話說，不來不要緊，來了再去也不要緊，又何必生氣呢？」

鵬振道：「我倒不是生氣，實在是我不知道有什麼要緊的事，趕快就進來了，進來之後，又一點事沒有，這倒好像你們勾結了秋香去叫我的，我是臨陣脫逃的一個人了。」

玉芬便推一推他的背脊梁道：「你真是有事，你就先走，不要因我隨隨便便地要你進來了一趟，你就不出去，誤了事。」

鵬振道：「進來了，我就不再出去了。」

玉芬道：「其實，你們男子誰也不至於真怕老婆，何必做出這種怪相來？我的意思，並不是干涉你在外面玩。我因為夜深了，人家新娘子都睡了，你還在外面，所以我叫秋香看看你去。聽說外面還有一班大鼓書，這大概又是老大幹的把戲。」

鵬振道：「那倒不是，是朱逸士他們鬧的，你兄弟很高興，他也在鬧，你別看他年紀輕，什麼事他也比我們精。」

玉芬道：「你還要說呢，這都是你們帶壞的。你在家裡聽聽大鼓，這倒沒有什麼關係，可是我有件事不大贊成。聽說那陳玉芳，你們把他當客待，請他上坐，你們太平等了，不怕失身分嗎？這種人，早十幾年，像妓女一樣，不過陪客陪酒的，讓他在一邊伺候著，還當他是異性呢，何況還把他當客。」

鵬振道：「誰把他當客？不過讓坐在一處聽書罷了。」

玉芬道：「這人太不自重了，聽說他長衣裡面穿著女衣。」

鵬振連搖搖手道：「沒有的事，沒有的事，別那樣糟踏人。」

玉芬道：「一點也不糟踏，你沒有看見罷了。」

鵬振道：「這話我可和他保證的，絕對不確，我和他坐得最近，沒有看不清楚的。」

玉芬道：「我問你，和他坐得相距有多麼遠？」

鵬振道：「坐得椅子挨著椅子，我怎樣看不清楚？」

玉芬點了點頭道：「既然坐得最近，一定看得很清楚，那當然不會錯的了。」「不是你們都有三四個唱大鼓的女孩子坐在身邊嗎？哪裡還有他的座位哩？」

鵬振笑道：「胡說！哪裡有許多？」

玉芬道：「有幾個呢？」

鵬振道：「頂多不過有兩個罷了。」

玉芬道：「你自然是頂多的了。」

鵬振笑道：「沒有沒有，我為人家找得沒法子，才敷衍了一個。」

玉芬道：「我早知道了，不就是李翠蘭嗎？」

鵬振笑道：「你別瞎扯了，人家叫月琴。」

玉芬道：「名字沒有猜對，她的姓我總算猜著了。我問你，你和她有多久的交情了？」

鵬振笑道：「哪裡談得上交情？不過認識罷了。」

玉芬一步一步地向下問，正問得高興，忽然新人房裡高聲喧嚷起來，笑成了一片，鵬振道：「這班人真鬧得不像樣子！人家都睡了，還去鬧什麼？我給他們解圍去吧。」

玉芬道：「你可別亂說，得罪了人，充量地鬧，也不過是今天一宿，要什麼緊呢？」

鵬振笑道：「你知道什麼，唯其是今天這一晚，人家才不願意有人鬧呢。」說時，鵬振就起身到這邊院子來，看見孟繼祖這班人鬧成一團，非要燕西打開門不可，鵬振笑道：「喂！你們還鬧嗎？你也不打聽是什麼時候了？快三點鐘了。」

孟繼祖道：「你來調停嗎？好！我們就鬧到你房裡去。」

鵬振笑道：「不勝歡迎之至，可是我那裡不是新房是舊房了。」

大家也覺得夜深了，借著鵬振這個轉圜的機會，大家就一哄而散，可是這樣一來，清秋在新房裡考試新郎的這一件事，就傳出去了。

這一晚上，清秋只稍合了一合眼，並沒有十分睡著，天剛剛的一亮，就清醒過來，聽到外面有聲息了便起床。

天下當新娘子都是這樣，不敢睡早覺。等到老媽子開著門響，清秋已經穿好了衣服，開了房門，坐在椅子上了。

這個女僕李媽，原先是伺候金太太的，因為燕西幼年時，她照應得最多，所以燕西結婚，金太太就派她來伺候，金家的事，她自然是曉得很多的了。

這時，她見清秋已坐起來了，就笑道：「新少奶奶，你怎麼起來得這樣早？這裡除了八小姐上學，誰也睡到十點鐘才起來的。」

清秋笑道：「我已經醒了，自然就坐起來了。」

李媽也知道新娘子非起來早不可的，所以也不再說什麼，趕快就去預備茶水。清秋漱洗以後，喝了一點茶，就靜靜地坐著，叫李媽去打聽總理和太太起來了沒有？一直到了十點鐘，金銓和金太太才先後起來，清秋就叫李媽前面引路，向上房裡來。

金銓坐在外面屋裡，口裡銜著一截雪茄，手上捧了一張報，靠在沙發上看。清秋進來，他還未曾看見，李媽搶上前一步，先站在他面前，正要說少奶奶來了。金銓拿下報，清秋就遠遠站著，一鞠躬，叫了一聲父親。

金銓見她今天換了一件絳色的旗袍，臉上就淡淡地施了一點脂粉，向前平視著，緩緩走將來，只覺華麗之中，還帶有一分莊重態度，自己最喜歡的是這樣新舊合參的人，而且看她那嬌小的身軀，年歲很輕，還有一種小兒女態，便覺得這一房媳婦，就算肚子裡沒有什麼學問，已經可以滿意了，何況還很不錯呢，當時也就點了一點頭笑道：「你母親在屋子裡頭。」

平常所謂嚴父慈母，兒媳對於翁姑也是這樣，公公總是在於嚴肅一方面，不敢不格外恭順，表示一些惶恐的樣子。所以金銓說了這樣一聲：母親在房裡。當時她就轉過身去，走向金太太房裡。

她看見屋子裡也陳設得非常的華麗，一進門，這間屋子是一方檀木雕花的落地罩，垂著深紫色的帷幔，屋子裡最大的綠絨沙發，每張沙發上都有緞子繡花的軟枕。地板上的地毯，直有一寸多深，那地毯上還織著有五龍捧日的大花樣，兩邊屋角都有汽水管，卻是朱漆的紅木架子，將汽管罩住。

在落地罩的旁邊，有一架仿古的雕花格架，隨格放著花盆、茗碗、香爐、果碟，休息時間所要用的東西，大概都有，只在這一點上，可以知道金太太平常家居之樂了。

一個老媽子，捧了一杯漿汁之類的東西，向小桌子上一放。她看見清秋進來，便笑道：「呀，新少奶奶來了。」連忙一抽身，就先走到落地罩所在，站立一邊，將手撐起帷幔。

清秋這才看見帷幔裡面是一間臥房，金太太只穿一件灰哈喇長夾襖，服著拖鞋向外走，可想見她身體上的溫和與自在。清秋一見，就叫著媽行禮，金太太道：「我聽說你早起來了，昨晚大概一宿都沒有睡吧？其實，今天還有不少的客，應該先休息一會兒，回頭好招待。」

清秋道：「那倒不要緊！在家裡讀書的時候，一向也就起早慣了。」說話時，金太太坐下，清秋就站在一邊。

金太太道：「你坐下吧，在我們做兒媳的時候，老太爺正戴著大紅頂子做京官，前清的時候，講的是虛偽的排場。晚輩見了長輩，就得畢恭畢敬，一家人弄得像衙門裡的上司下僚一樣，什麼意味？所以到了我手裡，我首先就不要這些規矩。我和你公公到過幾國，覺得外國人的家庭，大小老少，行動各行各便，比我們中國的家庭有樂趣多了。

「不過有一層，他們太提倡小家庭制度，兒女成家了，都不和父母合居，錢財上也分個彼此。骨肉裡面這樣丁是丁，卯是卯的，也有傷天和，所以我的意思，主張折衷兩可，大體上還是照老太爺留下來的規矩，分個彼此上下體統，平常母子兄弟儘管在一處取樂。

「你是個還沒有出學堂門的青年人，自然那種腐敗家庭的老規矩，是不贊成的，不要以為我們是做官人家，就過那些虛套，一家相處，只要和和氣氣快快樂樂，什麼禮節都沒有關係。我看你倒沒有那些浮華的習氣，老七那孩子就是太浮了，你這樣很好，很可糾正他許多。今天我先把這些話告訴你，你好有個定盤星。你在這裡坐一會兒，你公公在巴黎的時候，提倡國貨，喝豆精乳，我倒染了他的習氣，我早上就是喝這個，你要不喝一點？」

金太太說一句，清秋答應一句是，金太太說完了，直說到問她喝不喝豆乳，便道：「給母親預備的，還是母親喝吧。」

金太太道：「每天有喝的有不喝的，預備總有富餘的。」說著，回頭對老媽子道：「給你七少奶奶也來一杯。」

老媽子答應著預備去了。一會兒工夫，端了一杯溫和的豆乳，放在茶几上。

清秋到了金家寸步留心，婆婆給東西吃，自然是長者賜，少者不敢辭。但是看見金太太在喝豆精汁，她也跟著端起來，將這杯子裡的小茶匙順過來，慢慢地挑著喝了。

金太太不過是問她一些家常瑣事，清秋喝了半杯的時候，金太太忽然笑道：「你不要在這裡坐了，回房去吧，那邊劉媽正等著你。」

清秋一想，怕有人到新房裡來，回房去也是，就端了那杯子，想一口喝完。金太太笑道：「不必喝了，他們大概給你預備得有哩。」

清秋也不知什麼緣由，只得放下，從容走出，自回新房來。

清秋回到房裡，燕西兀自擁被睡得香。清秋見劉媽站在一邊，對床上一努嘴道：「由他去睡吧。」一說畢，她不待清秋再說，卻出去了。

一會兒工夫，她捧著一只銀邊琺瑯的小托盆，托著一只白玉瓷小杯子進來，放在桌上。清秋一看，是一杯水，帶著一點鴨蛋青色，杯子裡熱氣騰騰地往上升。清秋這卻不知道是什麼東西，但是端來了，是喝呢？還是不喝呢？這又是個疑問。

剛才婆婆也曾說了，劉媽在等著我，讓我回來喝，那麼，總要喝的了，因此，拿了杯子的把子端將起來。這時，那杯子裡的一股熱氣不由觸到鼻端，仔細一聞，卻是一股參味，這一聞之下恍然大悟，原來是一杯人參湯。

向來也就聽到說過，有錢的人家，在新人進門的次晨，是會送一杯補身的人參湯來喝的。自己冒冒失失，接過來就喝，未免不好意思，可是已經接過來了，不喝更不合適了，只好大模大樣，不在乎似的端著喝了幾口。

這水裡著實放的冰糖不少，卻也沒有什麼藥味，倒是甜津津的，喝了大半杯，就放下了。劉媽端杯子走了，清秋就走到床邊，就把燕西極力地推搡了幾下，輕輕地道：「嘿！醒醒吧！什麼時候了，你老是睡著？一會兒人來了，看見了，成什麼樣子？」

燕西翻了一個身，揉了揉眼睛，向外看去。清秋道：「看什麼？十點多鐘了，還不起嗎？外邊客廳裡，客不少了。」

燕西一翻身坐了起來，伸了一個懶腰，笑道：「我恍惚聽見你早就起來了。」於是一面穿衣起身，一面到床後洗澡房裡去洗臉。

及至洗了臉出來，那劉媽也照樣地端了一杯參湯，送到燕西面前來，燕西將手一揮道：「端去吧，給我斟一杯茶來就是了。」

劉媽還笑著站立不動，清秋這才知道這參湯是不喝為妙的，只可惜自己大意了，卻老實地喝了，好在這事在閨房以內，不會有人知道，就也模糊過去。

燕西起身不久，果然就有客鬧到新房裡來了，燕西陪他們鬧了一陣子，也就跟著到了客廳裡去了。

許多女賓也就陸續不斷地到新房裡來，午晚兩餐飯，也是燕西、清秋分別作主人，招待得很周密。這一天晚上，又是熬到三點鐘，燕西倒罷了，白天隨時可以休息，而且晚上覺得睡得很足，可是清秋日夜不停，簡直撐持不住。

到了第三天，他們應著南邊的舊俗，夫妻雙回門。冷太太一見，只見她那小姐的臉更減少了一個圈圈，這幾天原就想著，她還是一個小孩子，突然到了這樣富貴人家去，不要受不了這種的拘束，這一見面，見她是這樣清瘦，不由心裡一陣難過，拿著清秋的手，不由得流下眼淚來。

清秋笑道：「我離了家裡，你捨不得我，掉淚還有可說。現在我回來了，你還掉淚做什麼？」

冷太太因燕西在面前，當時且不說什麼。後來清秋到屋子裡來了，因就問道：「孩子，你看怎麼樣？那種大家庭你過得慣嗎？」

清秋笑道：「你老人家不要說這種不知足的話，我們和人家那邊比，自有天壤之別，過慣了這種日子，到那裡去，反而會過不慣嗎？這話真也說得奇怪了，這一層你就放心好了。」

冷太太聽到清秋這樣說，心裡自然寬慰了，也就不再多說什麼。

到了下午，夫妻二人，又雙雙坐了汽車回來。

這日，已經沒有客了，清秋回家之後，換了衣服，就到婆婆屋子裡坐。這屋子裡有佩芳、玉芬、梅麗、道之、二姨太。先是金太太問清秋道：「你今天回去，親家太太捨不得你吧？」

清秋道：「還好。」

金太太道：「那總是捨不得的，況且親家太太面前只有你這樣一個，平常是母女相依，而今分開了一個，怎樣捨得呢？」這句話說了不打緊，說得清秋心裡一動，幾乎要哭將出來。因屋子裡有許多人，就極力地忍耐著，笑道：「這又不是離開一千八百里，要什麼緊呢？

像幾位姐姐都出過洋的，千里迢迢，遠山遠水，你老人家也沒有說一聲捨不得。」

金太太笑道：「我就非你母親可以打比了，我養了這麼些個，直叫他們累了個夠，只要能走開兩個，眼面前圖個清淨，我倒是歡喜的。你母親只你一個人，你走了，她就孤單了。雖然說同住一城，可是這樣一來，女兒就是人家的人了，心理作用總是有的，不過，我想親家母無事，倒可以常來常往，我是終年到頭的閒人，若是不出門不打牌，就喜歡找幾個人談天，親家太太來了，我一定歡迎，多一個談天的人了。」

佩芳笑道：「要做別事的人沒有，要談天的人，家裡還不有的是，何必巴巴的歡迎冷家伯母來哩？」

金太太道：「這就叫物以類集了，你們年輕的人，和我哪裡談得攏？」

佩芳笑道：「我們這些人真也是飯桶，連陪母親說話的這種容易事都辦不過來。」

金太太道：「倒不是陪不過來，我是人老珠黃不值錢，沒有法子讓你們陪著來說呢。」

道之笑道：「媽這句話是自謙之詞，可惜這一謙，謙得不大妥當，把人家冷家伯母拉在內作一個陪客了。」

金太太道：「該打，我說話，哪裡能夠那樣繞著彎子呢。」

她們這樣說笑，清秋看在肚內，覺得金家太太那天早上對自己說的話，只要舉家和睦，不講那些虛偽的禮節，今日看起來，倒也很符其實，覺得家庭有這種樂趣那才是，對於自己，心裡也就安定許多。

金太太有時談到她頭上，她也就回答一兩句，不過自己是個新來的媳婦，有些話卻不敢糊塗亂說。金太太見她這樣，覺得她總是在忠厚一邊。當燕西未結婚以前，有許多人說，冷家女孩子如何如何和燕西過從親密，如何如何時髦，如何如何會出風頭，金太太起初雖不大相信這些話，然而燕西從前是醉心於白秀珠的，現在清秋能把燕西愛白秀珠的心奪了過來，那麼，清秋的交際必超出白秀珠之上。後來道之姊妹極力說她的學問好，又經了許多方法證明，知道她的確不錯，及至一進門，金太太就曾加以充分注意，這就有信任清秋的意思表現出來了。當日談了一場，各自散去。

玉芬回到房裡，恰好老媽子說來了電話，玉芬道：「是誰來的電話？糊裡糊塗就叫我接電話？」

老媽子道：「好像是一位小姐，我問她，她在電話裡直發狠，就說請你三少奶奶說話得了，幹嘛發狠，難道我說話的聲音都不懂嗎？」

玉芬聽她這樣說，料想是熟人，便接了電話，問道是誰，那邊答道：「好人啦！連我的聲音，你都聽不出來了？玉芬姐，幹嘛你也是這樣呢？」

玉芬這才聽出她的口聲來了，原來是秀珠，便笑道：「你給我這個釘子碰得太豈有此理！我還沒有聽見你說話之前，我知道你是誰？我的小姐，你有什麼事不高興，拿你老姐姐出氣呢？」

玉芬先是隨便地說，但是，說到這裡之後，她已經知道秀珠是為什麼事生氣了。連忙就說道：「不說廢話了，你有什麼事找我說嗎？」

秀珠道：「我有許多東西扔在你那裡，請你查一查，拿一個東西裝了，給我送回來。勞駕勞駕！」

玉芬道：「你這話我不大懂，有什麼東西扔在我這裡，又叫我把一個東西裝了，送到你那裡去？這是什麼意思？」

秀珠道：「你是存心，有什麼不明白的？我丟在你家裡的衣裳也有，用的零件東西也有，小說雜誌也有，請你用一個小箱子，或是柳條籃子給我裝好，送到我家來。這話說得很清楚了，你該明白了嗎？」

玉芬道：「明白是明白了，不過你扔的東西，我見了才知道是你的，見不著可查不出來，最好請你親自到我這裡來一趟。」

秀珠道：「怎麼樣，我託你這一點小事還不成嗎？」

玉芬道：「我實在不清楚你有些什麼東西，你抽空來一趟……」

秀珠不等他說完，就接著道：「來一趟嗎？來生見吧！你若分不清我的東西就算了，我也不要了。」說畢，嘎的一聲，就把電話筒子掛上了。

玉芬和她說話說得好好的，見她忽然掛上話機，也不知道哪句話得罪了她，將掛機只管按著，要秀珠繼續地接話。

秀珠又接著說道：「玉姐嗎？有什麼話？還沒說完嗎？」

玉芬道：「你是不肯光降的了，我到你府上來可以不可以呢？」

秀珠笑道：「那是很歡迎的了。幾時來？」

玉芬道：「明天上午來吧。」

秀珠道：「好極了，我預備午飯給你吃，可不要失信啦。」

玉芬道：「絕不絕不！」於是說聲再見，掛了電話。

玉芬當時在屋子裡搜羅了一陣，把秀珠的東西找了一只小提包，一處裝了。鵬振在一邊看見，問道：「你這是做什麼？」

玉芬道：「我要逃走，你打算怎麼樣呢？」

鵬振笑道：「怎麼一回事？這兩天你說起話來老是和我發狠。」

玉芬道：「這就算發狠嗎？我要說的話還沒有說呢？我因為這幾天家裡做喜事，不便和你吵，過了幾天，我再和你一本一本地算賬。」

鵬振道：「這就奇了，我還有什麼不是呢？」

玉芬道：「你自己做的事，你自己總應該明白。」

鵬振道：「我真迷糊起來了，我仔細想想，我並沒有做什麼錯事。」

玉芬道：「你沒有做錯事嗎？又是小旦，又是大鼓娘，左擁右抱，還要怎樣地鬧，你才算數？」

鵬振這才知道是前三天的事。

玉芬道：「你這回還能抵賴嗎？全是你自己當面供出來的。」

鵬振笑道：「你這個壞透了的東西，那天慢慢地哄著我，讓我把真話全告訴了你，你今天才來翻我的案。」說著話，慢慢地向前走，走到玉芬身邊來。

她一扭身子，就把他一推，板著臉道：「誰和你這不要臉的東西說話！」

鵬振站不穩，倒退了好幾步，碰了一個大釘子，心裡當然有些氣憤不平，但是自己做錯了事，有了把柄在人手上了，又不好和她硬挺，便道：「我不和你鬧，讓開你，等你一個人去想上一想。」說畢，一轉身，打開房門，逕自走出去了。

玉芬見他走了，也不理他，把東西理了一理。

到了次日上午，誰也沒有告訴，卻在汽車行裡叫了一輛汽車，逕自到白家來。

白家並不是那樣王府一樣的房子，汽車在外面喇叭一響，裡面就聽見了，秀珠知道是玉芬到了，親自迎將出來。

玉芬進去，在重門就遇著了她了，秀珠攜著她的手道：「你真來了，而且按著時候到了，這是我料不到的事。」

玉芬笑道：「你這話就不對，我在你面前，有多少次失過信哩？」

秀珠道：「倒不是你有心失信，不過貴人多忘事，容易失信罷了。」說著話，秀珠把她引到自己屋子裡來坐。老媽子獻過了茶煙，秀珠將手一揮道：「出去，不叫你不必來。」等老媽子走了，然後笑著對玉芬道：「你家辦喜事，忙得很吧？」

玉芬道：「辦喜事不辦喜事，關我什麼事？」

秀珠道：「這是什麼話？娶弟媳婦，倒不關嫂嫂什麼事嗎？你難道不是他金家一家人？」

玉芬道：「你說，又關著我什麼事呢？」

秀珠道：「既然不關你事，怎麼這幾天你在家裡，忙得電話都不能給我一回？」

玉芬道：「家裡辦喜事，少不得有許多客，我能說不招待人家不成？」

秀珠道：「這不結了，還是關著你的事啊。」

玉芬道：「妹妹，你別把這話俏皮我，老七這一場婚事，我從中也不知打了多少抱不平，直到現在，我還和他們暗中鬧彆扭，不是我說你，這件事老七負七八分責任，你也得負兩三分責任。」

秀珠道：「這倒怪了？我為什麼還要負兩三分責任呢？」

玉芬道：「從前你兩人感情極好的時候，怎麼不戴上訂婚的戒指？其二，你以一個好朋友的資格，為什麼對老七取那過分的干涉態度？年輕人脾氣總是有的，這樣慢慢地往下鬧，鬧得就不能……」

秀珠道：「別說了，別說了，要照你這樣說，我哪裡還有一分人格？一個青年女子，為著要和人結婚，就像馴羊一般，聽人家去指揮嗎？不結婚又要什麼緊，何至去當人家的奴隸？」

玉芬因為彼此太好，無話不可說，所以把心中的話直說了，現在秀珠板著面孔打起官話來，倒叫人無話可答，因道：「表妹，你是和我說笑話，還是真惱我呢？要是說笑話，那就算了，要是認真呢，打開天窗說亮話……」

秀珠連忙一笑道：「得了，別往下說了。」

玉芬道：「你既然知道我的意思不錯，我就不說了，可是最近的情形，你還不很明瞭。這件事，完全是道之一手包辦，好就好，若是不好，我看道之怎樣負得了這一個大責任。」

秀珠道：「怎麼樣？伯母對於那個姓冷的有什麼不滿的表示嗎？」

玉芬道：「怎麼會不滿哩？這個時候，正是新開毛廁三天香，全體捧著像香餑餑一樣哩。」

秀珠冷笑道：「我就知道嘛，你從前說你家裡哪個和我好，哪個和我感情不錯，現在這怎麼樣呢？」

玉芬道：「還是那句話，從前你若是和老七感情好，一帆風順地向前做去，當然有圓滿的結果，所以我剛才說你從前辦的法子不對，你又要和我名正言順地談什麼人格不人格！」

秀珠笑道：「得了，過去的事白談什麼，東西帶來了嗎？」

玉芬道：「帶來了，放在走廊上，你去檢查檢查。」

秀珠道：「不用的，回頭再檢查吧，短了什麼，我再打電話給你。」

玉芬道：「真的，從此以後，你就不到我們那邊去了嗎？」

秀珠靠著沙發椅子，兩手胸前一抱，鼻子哼了一聲，半晌道：「金家除了你之外，我一律都恨他！」

玉芬笑道：「我也不會除外吧？這是當面不好意思說呢。」

秀珠將兩手向人亂擺，右手捏著一方小小的綢手絹，也就像小蝴蝶一樣跟著擺動，搖頭道：「得了得了，不提這種不相干的事了，找別的話談談吧。我知道你要來，我已經預備了幾樣好菜，我們先痛快喝一點酒吧。」

玉芬道：「酒是不要喝，你做的好菜，我倒要吃一點。」

秀珠道：「就是我們兩個吃吧，不要驚動他們，我們好說話。」於是就叫了老媽子來，吩咐在小客廳開飯，陪著玉芬吃飯。

吃飯以後，又引她到屋子裡來談話。談了許久，玉芬道：「在屋子裡悶得慌，我們到公園裡去玩玩，好不好？」

秀珠道：「就在家裡談一會子算了，何必還要跑到公園裡去？我到了那些地方，我就要添上一分煩惱。」

玉芬笑道：「逛公園怎麼會添煩惱？我知道了，莫非你看見人家成雙成對的，你不樂意嗎？若是這樣，你真合了現在新時髦的話了，有了失戀的悲哀了。」

秀珠道：「怎麼回事？我和你說了一天的話了，怎麼你還是和我開玩笑嗎？」

玉芬道：「不是開玩笑，我勸你不要把這種事橫擱心上，我們慢慢地向後瞧。」

秀珠冷笑了一聲道：「哼！我就是要往後瞧！」

兩人說著話，又把出遊的念頭打消了。

坐了一會兒，秀珠打開自己的箱子，在裡面小小的皮革首飾箱子內翻了一會兒，拿出一個藍綢面的小盒子，打開來，裡面盛了一盒子棉花，揭開棉花塊，卻是一個翡翠戒指，綻在一張白紙殼上。

秀珠拿了起來，遞給玉芬看道：「這是今年正月我在火神廟廟會上買的，你看這東西怎麼樣？」

玉芬接過來一看，只見那戒指綠陰陰的，周圍一轉，並不間斷，就是戒指下部，也不過綠淺一點，並沒有白紋，不覺讚了一聲好。

秀珠道：「自然是好，若是不好，我幹嘛收得這樣緊緊的呢？」

玉芬道：「什麼東西都是時新，都是反古，這翡翠手飾不是二三十年前人家愛用的東西嗎？現在又時新起來，許多人都要戴這個東西，我也買了一個，沒有這樣綠。」

秀珠道：「不就是上次我看見的那一只嗎？你戴在無名指上倒是嫌大一點，多少錢買的？不會貴嗎？」

玉芬道：「是二十八塊錢買的，我倒不是圖便宜，實在買不到好的，有三四十塊錢一只的，比一比，和我那個竟差不多，我又何必買價錢大的呢？若是像這只綠的，這樣愛人，出五十塊錢，我也願意要。」說時，將戒指由紙殼上慢慢地取下來，向左手無名指上一套，竟是不大不小，剛剛落下第三節指節去。

自己將手翻來覆去的，把戒指看了又看，那綠色雖然蒼老，卻又水汪汪的，顏色非常地潤澤，因又讚了一聲道：「這東西是不錯，你怎樣收羅來的？出了多少錢？」

秀珠且不答應她多少錢，只是對玉芬微微笑了一笑。

玉芬道：「據我看，你是謀來的，花錢不少吧？」

秀珠笑道：「你戴得怎麼樣，合適嗎？」

玉芬道：「倒也合適。」

秀珠道：「寶劍贈與烈士，你既然是這樣愛它，我就送給你吧。」

玉芬出於意料的，聽到這一句話，突然將頭一偏，向秀珠問道：「你送給我？」

秀珠道：「說送你就送你，這難道還有什麼假意不成？我向來不是那樣口是心非做假人情的人。」

玉芬笑道：「你不要疑心，我不是說你口是心非，因為這只翡翠戒指也是你所愛的東西，君子不奪人之所愛，我怎能把你所愛的東西奪了過來？」

秀珠道：「這話不對，是我願意送給你的，又不是你見了我的問我要的，談不到那個奪字。」

玉芬覺得突然之間，她送了一樣重禮，實在情厚，東西價值多少呢，那還不算什麼，唯有這種純粹的翡翠，倒是不易物色得到的東西，因笑道：「你既然誠意送給我，我若是不收，倒有些卻之不恭了。」說著，兩手捧著拳頭，拱了兩下，笑道：「謝謝你，謝謝你。」

秀珠看那樣子，很是滑稽，倒也為之一笑。

二人坐在一處，又談了一陣，一直談到下午四點鐘，玉芬道：「我要走了，出來這樣一天，也沒有給他們一個信兒，他們還不知道我到哪裡去了呢。」說著，就站起身來。

秀珠執著她的手，臉上很顯出親熱的樣子，因道：「我是不能看你的了，沒有事，我希望你常來和我談談。」

玉芬道：「你若有事，給我通電話得了。」

秀珠道：「電話我也不願意和你多打，還是你通電話來吧。」

二人牽著手，一面說話，一面慢慢向外走。

秀珠走到院子裡道：「啊！你坐來的汽車，我已經打發走了，我哥哥車子沒回來，重給你叫一輛吧。」

玉芬道：「不必，我就雇洋車回去得了。」

秀珠道：「何必省那幾個錢？這附近就有一個汽車行，一個電話，馬上就到的。」於是就吩咐聽差的打電話叫汽車，二人還是執了手站著談話。

二人說著話，也不覺時間長久，門口聽差就進來報告，說是汽車到了，玉芬道：「得了，不要送了，我回去了。」

秀珠執著她的手，卻不肯放，因道：「既然送你送了這樣久，索性送到大門外吧。」真個攙著手，同行到大門外。

玉芬上了車，和秀珠點了個頭，讓她進去，車子開走，還見著她站在門口呢。

玉芬到了家，正要吩咐門房付車錢，汽車夫就說：「白宅說了到那邊去拿錢呢。」於是掉過車頭就開走了。

鵬振先碰了玉芬一個釘子，早躲個將軍不見面，其餘家裡人又沒有注意玉芬是什麼時候出去的，所以玉芬雖出去了一整天，然後回來，家裡都沒有人知道。

玉芬回到自己屋子裡去，剛換了衣裳，佩芳由廊外過，隔著窗戶，見她照鏡子，扣鈕絆，便道：「好懶的人，午覺睡得這時候才起來嗎？」

玉芬道：「哪個睡了？我是剛回家換一件旗袍呢。」說著話，佩芳就進來了。

玉芬輕輕地道：「隔壁院子裡靜悄悄的，新少奶奶在哪兒？」

佩芳道：「在母親那邊吧？」

玉芬道：「你別看她一點小東西，倒是會哄人，你看母親對她多麼喜歡。」

佩芳道：「這年頭兒，要像她那樣才好，不然，我們那位老七，見一個愛一個的人，怎樣會給她籠絡上了？」說時，看見桌上放著一個藍扁盒子，便打開一看，見是一只純粹的翡翠戒指，拿起來反覆翻看了幾看，笑道：「不錯，新買的嗎？」

玉芬笑道：「是人家送的。」

佩芳道：「誰送的？不要瞎說了！你又不是過生日，又不辦喜事，誰好好的送你這樣重禮？」

玉芬道：「是重禮嗎？你看這一只戒指，能值多少錢？」

佩芳就戴在手指上，細細看著，笑道：「大概值五十塊錢，我猜的對嗎？」

玉芬微笑著，點了一點頭道：「你說五十塊就是五十塊吧，值多少錢，我也不知道呢。這是今年正月裡，秀珠妹妹送我的，剛才我尋東西，把它尋出來了。」

佩芳道：「這東西若讓老七看見了，我不知道他是怎麼一種感想？」

玉芬道：「我知道是這樣結局，我真後悔從前不該見著他們兩人就說笑話，現在我們沒有關係了，想一想我們從前的事，實在過於孟浪。」

佩芳道：「過去的事，我們不必說了。以後我們對白秀珠三個字少提就是了。」

玉芬道：「還好意思提到人家嗎？清夜捫心，說句對得住人的話，我看從此以後，老七還有什麼臉見人？他倒罷了，是當事者不得不如此，我不解這一位為什麼要這樣好了一個，得罪一個？」說著，板住了她那一副俊俏的面孔，將右手四指向上一伸，對佩芳臉上一照。

佩芳道：「豈止她一個！」說著，也回頭對窗子外看了一看，因道：「她們那幾位小姐，不都是這樣嗎？唉！說句迷信話，這也是各人的緣分，強求不來吧？」

玉芬也是嘆了一口氣，正想說什麼呢，佩芳卻朝著她只管擺手，嘴對著窗外努了一努。玉芬心裡明白，就低了頭在窗子縫裡，向外張望一下，只見清秋正在對面廊子上走過去，後面跟著一個老媽子，手裡拿著一個包袱，好像金太太又是新有什麼賞賜了。

這個時候，恰是佩芳禁不住咳嗽，就咳了兩聲，清秋回頭問老媽子道：「這不是大少奶奶的聲音嗎？」

老媽子道：「是的。」

清秋就笑著叫了一聲大嫂。

佩芳道：「到這兒來坐坐。」

清秋道：「回頭來吧。」說時，已進了那邊走廊下的角門了。

清秋這樣兩句話，不過是偶然的，玉芬聽了心裡又不痛快，以為走這裡過，不叫三嫂，單叫大嫂，那倒罷了，偏是佩芳請她進來，她又不肯賞面子進來，礙著佩芳的面子，也就沒有說什麼。

到了這日下午，燕西由裡面出來，玉芬從簾子裡伸出一隻手來，招著手叫道：「老七老七。」

燕西站住了腳問道：「三嫂叫我嗎？什麼事？」

玉芬道：「你進來，我對你說，難道娶了一個有學問的少奶奶，你的身價也就抬高起來，不肯光顧嗎？」

燕西笑道：「啊喲！這話真是承擔不起。」一面說一面就走了過來，一掀簾子進來。卻是玉芬笑著站起身，微彎了一彎，笑道：「歡迎歡迎！」

燕西分明知道她是俏皮話，卻又不好怎樣去說破它，只得笑道：「三嫂今天為什麼這樣客氣？」

玉芬笑道：「我這裡你都不願意來看一看了，再要不客氣一點，也許以後你得在那邊院子裡另開一個門，都不願意由我這裡經過了。」

燕西笑道：「三嫂這是什麼意思？我倒有些不懂？」

玉芬道：「你好久都不上這裡來了，來來去去，儘管由這裡過身，可是不肯停留一步。大概你們那位新少奶奶也是得了你的教訓，大嫂在這裡，她都招呼了，就是不理主人翁。」

燕西笑道：「絕不能夠，都是嫂嫂，哪能分彼此呢？這裡面恐怕你有誤會，回頭我問問她看。」

玉芬道：「這是我說了，你別去問人，人家是新來的人，你問了，她面子上不好看，我倒願意我是誤會呢。」

燕西心裡明白，知道她對於本人是欠諒解的，因為對於自己欠諒解，所以遷怒到清秋頭上去，因連對玉芬作了幾個揖道：「這都是我這一句子疏忽，有這樣子的錯誤，明天我再來賠不是。」

玉芬笑道：「你這是損我嗎？我怎樣敢當呢？」

燕西手一搖道：「得了得了！我們不談了，越談越有誤會，晚上請到我屋子裡去打小牌。」

玉芬道：「好吧，再說吧。」

燕西看她還是憤憤不平的樣子，不能離開，又在玉芬屋子裡東拉西扯，說了許多話，一直把玉芬說得有說有笑了，才告辭而去。

到了晚上吃晚飯的時候，燕西和清秋在金太太屋子裡會晚餐。原來清秋到金家來，知道他們吃飯都是小組織，卻對燕西說：「我吃東西很隨便的，並不挑什麼口味，我是新來的人，不必叫廚子另開，我隨便搭入哪一股都行，你從前不是在書房裡吃飯嗎？你還是在書房裡吃飯得了。」

燕西道：「你願意搭入哪一股哩？」

清秋笑道：「這一層我也說不定，你看我應該搭入哪一股好呢？」

燕西道：「這只有兩組合適，一組是母親那裡，一組是五姐那裡，你願意搭入哪一股呢？」

清秋道：「我就搭入母親那一組吧。」

燕西道：「母親那裡嗎？這倒也可以，晚上我們在母親那裡吃晚飯，我就提上一句，明天就可以實行加入了。」

這樣一提，到了次日，就開始在金太太一處吃飯。燕西又是不能按著規矩辦的人，因之，陪在一處吃飯不過是一兩餐，此外，還是他那個人，東來一下子，西來一下子，只剩了清秋一個人在老太太一處。

這天晚上，他夫婦在金太太那裡吃飯的時候，恰好玉芬也來。她見金太太坐在上面，他夫妻二人坐在一邊，梅麗坐在一邊，同在外屋子裡吃飯。

清秋已經聽到燕西說了，這位嫂嫂有點兒挑眼，不可不寸步留心，因之，玉芬一進門，放下筷子，就站起身來道：「吃過晚飯嗎？」

玉芬正要說她客氣，金太太先就笑道：「隨便吧，用不著講這些客套的。」

玉芬道：「是啊！家裡人不要太客氣，以後隨便吧。」說著，在下首椅子上坐了。

清秋也沒有說什麼，依然坐著吃她的飯。吃過飯之後，梅麗伸手一把抓住，笑道：「聽說你桌球打得好，我們打桌球去。」

清秋也喜歡她活潑有趣，說道：「去是去，你也等我擦一把臉。」

梅麗道：「還回房去嗎？就在這裡洗一洗就得了。」於是拉著她到金太太臥室裡去了。

金太太早已進房，燕西又是放碗就走的，平白地把玉芬一個人扔在外面。她們雖然是無意出之，可是玉芬正在氣上，對了這種事就未免疑心，以為下午和燕西說的話，燕西告訴了母親，也告訴了清秋，所以人家對她都表示不滿意，這樣看起來，清秋剛才客客氣氣地站起身來，也不是什麼真客氣，大有從中取笑我的意思了。

你一個新來的弟媳剛得了一點寵，就這樣看不起嫂嫂，若是這樣一天一天守著寵過下去，眼睛裡還會有人嗎？越想越是氣，再也坐不住，就走開了。

心裡有事，老憋不住，不大經意的，便走到佩芳這裡來。

佩芳見她一臉的怒容，便笑道：「我沒有看到你這個人怎樣如此沉不住氣？三天兩天和老三就是一場。你也不看看我，所受鳳舉的氣應該有多少，我對於鳳舉又是什麼樣子的態度？」

玉芬手扶著一把椅子背，一側身子坐下去了，十指一抄，放在胸前冷笑道：「你瞧，這是不是合了古人那句話，小人得志會顛狂嗎？那新娘子倒會巴結，她和母親一處吃飯，可是你巴結你的，你得你的寵。誰會把你當一尊大佛，你就保佑誰，別人無所謂，你就不能在人家面前托大啊。剛才是我去的不撞巧，去的時候，碰著他們在那裡有說有笑地吃飯，我去了不多一會，他們飯也吃完了，人也走開了，把我一個人扔在外面，惡狠狠地給我一個下不去，我倒不知道這是什麼意思？」

佩芳道：「不能吧？一點兒事沒有，為什麼給你下不去呢？」

玉芬道：「我也是這樣想，彼此井水不犯河水，何至於對我有過不去的樣子呢？」

佩芳道：「這自然是誤會，不過她特別地和母親在一處吃飯，故意表示親熱，讓人有些看不入眼。雖是對上人無所謂恭維不恭維，究竟不要做得放在面子上才好，你以為如何？」

玉芬道：「如今的事就是這樣不要臉才對呢。」

兩個人這樣議論，話就越長，而且越說越有味，好半天沒有走開。

清秋對於這件事，實在絲毫也不曾注意。在金太太那裡又坐了一會兒，方才回院子裡來，自己也不曾作聲，自回屋子裡去。

正要走進上屋的時候，卻聽見下屋裡有一個婦人的聲音說道：「你們少奶奶年紀太輕些，也許自己是無心，可是別人就怪下來了。」

清秋聽到這種話，心裡自不免一動，且不回上房，也不去開電燈，手摸著走廊上的圓柱子靜靜地站著，向下聽了去。

只聽又一個道：「三少奶奶對大少奶奶還說了一些什麼呢？」

那個道：「為什麼他小倆口兒就要跟著太太吃？據三少奶奶那意思，你們這位新少奶奶看她不起，不很理她。」

一個道：「那可冤枉，你別瞧她年紀小，可是心眼兒多，她自己知道她不是大宅門裡的小姐，對什麼人也加著一倍子小心，哪裡會看不起人？」

那個帶著笑音道：「這裡面還有原因的，你不知道三少奶奶是白小姐的表姐嗎？」

那一個道：「這事我早知道了，從前說把白小姐給七爺，就是三少奶奶作媒呢。」

這個道：「這不結了，你想，這一門親事沒有成功，她多麼沒有面子？你們新少奶奶一說成，她就嘔著三分氣，現在一家子天天見面，你耗著我，我耗著你，怎麼不容易生氣？三少奶奶還說了好些個不受聽的話呢。你猜怎麼著？她說……」

說到這裡，聲音就細微得了不得，一點也不聽見。唧唧噥噥了一陣子，有一個道：「嘿！那可別亂說，這是非大非小的事，說出來了，要惹亂子的。」

那個道：「不說了，我去了，回頭大少奶奶叫起來了，沒有人，又得罵我了。」

清秋聽到這裡，趕快向角門邊一踅，趄出門外去，隱到一架屏風邊，直等那婦人出去，暗中一看，原來是佩芳屋子裡的蔣媽。等她去得遠了，然後慢慢地走過來，站在門邊先叫了一聲劉媽，這才回到上房，擰著了電燈。

劉媽心裡想著，真是危險，要是蔣姐再要遲一步走，我們說的話就會讓她全聽了去，那真是一樁禍事。

劉媽進了房，見她只擰著了壁上斜插的一盞荷葉蓋綠色電燈，便擰著中間垂著珠絡那盞大燈，清秋連忙搖手道：「不用不用，我躺一會兒，我怕光，還是這小燈好。」

劉媽斟了一杯茶放在桌上，又摸了摸屋角邊汽水管子，見清秋斜靠著沙發坐下，料是很疲倦，大概沒有什麼事，放下垂幔，逕自去了。

清秋靜默默地一個人坐在屋子裡，心想，我自信是有人緣的人，到處都肯將就，何以一進金家門就變了，會讓她妯娌們不滿意？據剛才老媽子的談話，是為了白小姐，我從前只知道燕西有個親密些的女朋友叫白秀珠，至於婚姻一層，我卻是未曾打聽，燕西也再三再四地說並沒有和別人提過婚姻問題，這樣一來，他和白小姐是有幾分結婚可能的，她的地位是被我奪將過來的了，至於我們這三嫂和白小姐是表姊妹，他更沒有對我提過一字，這樣大的關係，燕西真糊塗，為什麼一點兒不說？

是了，他怕這一點引起我的顧慮，障礙婚姻問題進行，所以對我老守著秘密，可是你事前秘密，還是有可說，及至我們非結婚不可了，你就該說了。你只要一說，至少我對玉芬有一種準備，直到現在人家已經向我進攻了，我還是不知道，這是什麼用意？今天晚上，我得向他問個詳詳細細。主意想定了，也不睡覺，靜坐在沙發上等候燕西回家。

偏是事有湊巧，這晚上燕西到劉寶善家去玩，大家一起鬨，說是七爺今天能不能陪大家打八圈？燕西笑說：「八圈可以。」

劉寶善笑道：「八圈可以，大概十二圈就不可以了，不行，今晚上我們非綁他的票不可。」

燕西道：「我向來打牌不熬夜的，又不是從現在開始。」

劉寶善道：「不管，非打一宿不可，而且不許打電話回去請假。」

燕西道：「那是為什麼？**以為結婚以後，我失卻了自由嗎**？你不信，我今天就在這裡打牌打到天亮，你看就有什麼關係？」

他這樣說了，就在劉家打牌，真連電話都沒有打一個回去。

清秋在家裡，哪裡知道他這一套緣故？還是靜靜地躺著。

可是由十點等到十二點，一點，兩點。在兩點鐘以前，清秋知道他們家裡人是睡得晚的，也許這個時候還沒有到要睡的時候。直到兩點鐘打過，無論聽戲看電影都早已散場了，就是在朋友家裡打牌，**所謂新婚燕爾，這個時候不該不回來；至於冶遊，在新婚的期中也是不應有的現象，那麼，他為什麼去了？難道知道三嫂今天和我過不去，特意躲開嗎？更不對了，我是你的愛人，你要保護我，安慰我才對，你怎樣倒躲起來了？**

想著想著，桌上那架小金鐘吱咯吱咯地響著，又把短針搖到了三點。

無論如何，這樣夜深，他是不回來的了。自己原想著等燕西回來一塊兒睡，那才見得新婚的甜蜜。等候到這時還不見來，那就用不著等了，於是，一個人展開被褥，解衣就寢。但哪裡睡得著？頭靠著枕上，**想到自己的婚姻，終是齊大非偶，帶著三分勉強性，結婚的日期也太急促，弄得沒有考量的餘地**，這三嫂我看她就是一個調皮的樣子，將來倒是自己一個勁敵。

清秋在枕上這樣一想，未免覺前途茫茫，來日大難。第一，妯娌都是富貴人家的小姐，背後有一種勢力可靠。第二，自己和燕西這一段戀愛的經過，雖在這種年月，原也算得正大光明，可是暗暗之中卻結下幾個仇人，自己雖然是極端地讓步，然而燕西為人有點喜好無常，雖然他對於我是二十四分誠懇，無奈他喜歡玩，仇人在這裡面隨便用一點兒狡猾，自己就得吃虧。譬如今天，新婚還沒有到一周，他就沒有回家，就顯得他靠不住。第三，自己母親對於這婚事多少也有點勉強，若知道我一進金家，就成了一個入宮見妒的蛾眉，她要怎樣地傷心呢？要說我不該嫁燕西，這種心事是不應有的，他是怎樣一個隨隨便便的人，對我卻肯那樣用心，而且犧牲一切來就我，我不嫁他，哪裡還找這種知己去？可是嫁過了，就是這樣的一副局勢，前途又非常的危險，我這真是自尋苦惱。好好的一個女子陷入了這一種僵局之內，越想越覺形勢不好，她就越傷心，也不知這眼眶內一副熱淚從何而起，由眼角下流將出來，便淋在臉上，起初也不覺得，隨它流去。後來竟是越流越多，自己要止住哭也不行。

心想，不好，讓老媽子知道了，還不知道我為什麼事這樣哭，加上他今晚上又沒回來，他們若誤會了，一傳出去，豈不是笑話？因此，人向被窩中間一縮，縮到棉被裡面去睡。在被窩中間哭了一陣，忽然一想，我這豈不是太呆？人生不滿百，長懷千歲憂，我為什麼做那樣的呆事？老早地愁著。天下事哪有一定，還不是走一步看一步再說。現在不過有我母親，遇事不能不將就，若是沒有我母親，只剩我一個人，那就生死存亡都不足介意，慢慢向寬處想，心裡又坦然多了。因為這樣，人才慢慢地睡著。

睡得模模糊糊，覺得臉上有一樣軟和的東西，挨了一下。睜眼看時，卻是燕西伏在床沿上，他身上穿的西服，外面罩著大衣，還沒有脫下，看那樣子，大概還是剛剛回來。因為自己實在沒有睡夠，將眼睛重閉了一閉，然後才睜開眼來。

燕西笑道：「昨晚上等我等到很夜深吧？真是對不住。他們死乞白賴地拉我打牌，還不許打電話，鬧到半夜，我又怕回來了驚天動地，就在劉家客廳裡火爐邊下，胡亂睡了兩個鐘頭。」

清秋連忙扶著枕頭，坐起來道：「你簡直胡鬧，這樣大冷天，怎麼在外熬一夜？我摸摸你手看。」說時，一摸燕西的手，冷得冰骨，連忙就把他兩手一拖。拖到懷裡來，說是：「我給你暖和暖和吧。」

燕西連忙將手向回一抽，笑道：「我哪能那樣不問良心，冰冷的手伸到你懷裡去暖和，哎呀，怎麼回事？你眼睛紅得這樣厲害。」說時，將頭就到清秋臉邊，對她的眼睛仔細看了一看，輕輕地問道：「小妹妹，昨晚上你哭了嗎？」

清秋用手將他的頭一推，笑道：「胡說，好好的哭什麼？」

燕西笑道：「你不要賴，你眼睛紅得這樣，你還以為人家看不出來嗎？」於是走到後房洗澡兼梳妝室裡，取了一面鏡子來，遞給清秋手裡，笑道：「你看看，我說謊嗎？」

清秋將鏡子接過來，映著光一看，兩隻眼睛珠長滿了紅絲，簡直可以說紅了一半，將鏡子向被上一扔，笑道：「你還說呢？這都是昨晚上等你，熬夜熬出來的。」

燕西笑道：「難道你一晚上沒有睡嗎？」

清秋道：「睡不多一會兒，你把我吵醒的，可以說一晚上沒有睡著。」

燕西道：「既然如此，你就睡吧，時候還早著哩，還不到八點鐘，他們都還沒有起來呢。」

燕西一面說著，一面脫了大衣，卸下領帶。

清秋道：「你為什麼都解了。」

燕西笑道：「我還要睡一會兒。」

清秋手撐著枕頭，連忙爬起來，笑道：「不行，你要上床來睡，我就起來。」

燕西見她穿了一件水紅絨緊身兒，周身繡著綠牙條，胸前面還用細線繡了一個雞心，脖子下面挖著方領。燕西一伸手就按住她道：「別起來，別起來。」

清秋將他手一撥道：「冰冷的手，不要亂摸。」

燕西道：「剛才你說我的手冰冷，還給我暖和暖和，這會子你又怕冷。」

清秋道：「不和你說這些，你睡不睡？你要睡，我就起來，你不睡，我躺一會子。」

燕西道：「你忍心讓我熬著不睡嗎？」

清秋道：「你不會到書房裡睡去？」

燕西道：「書房裡的鋪蓋早收拾起來了，這會子你叫我去睡空床嗎？」

清秋見他如此說，一面披衣，一面起身下床。燕西道：「你真不睡了嗎？」

清秋笑道：「你睡你的，我睡不睡，關你什麼事？」

燕西伸了一個懶腰，笑道：「你真不睡，我就用不著客氣了。」於是清秋起來，燕西就睡上。

下房裡的李媽、劉媽聽到上房有說話的聲音，逆料燕西夫婦都起來了，便來伺候茶水，一進房門，看見清秋對著窗子坐了，李媽道：「喲，七少奶奶，怎麼了？你眼睛火氣上來了吧？」

清秋微笑道：「可不是！這幾天都沒有睡好，熬下火來了。我眼睛紅得很厲害嗎？」

李媽道：「厲害是不厲害，不過有一點紅絲絲，閉著眼養養神，就會好的。天氣還早，你還躺一會兒吧。」

清秋笑道：「起來了又睡，那不是發了癲嗎？」

李媽道：「就不睡，你也在屋子裡坐一會兒吧，先別到太太那兒去了。」

清秋聽她這樣說，以為自己眼睛不好，又拿鏡子來照了一照，一看之下，果然眼睛的紅色一些兒也沒有退，便笑道：「你到太太房裡去一趟，若是太太問起我來，就說我腦袋兒有點暈，已經睡了。」

李媽笑道：「一點事沒有，我怎樣去哩？」

清秋道：「那就不去也好，到了吃午飯的時候，再去說明就是了。」

清秋這樣說了，果然她上午就沒有出房門，只是在屋子裡坐著。

燕西先沒有睡著，還只管翻來覆去，到後來一睡著了，覺得十分地香，一直到十二點鐘還不知道醒。

清秋因為自己沒有出房門，燕西又沒起來，很不合適，就到床面前叫了燕西幾回，哪裡叫得醒？心想，他是熬夜的人，讓他去睡吧，又拿鏡子照了一照，眼睛裡的紅絲已經退了許多，不如還是自己出去吧，因此擦了一把臉，攏了一攏頭髮，便到金太太這邊來吃午飯。

恰好佩芳為了鳳舉的事又來和婆婆訴苦，金太太勸說了一頓，叫她就在這裡吃飯。

清秋來了，金太太先道：「我剛才聽說你不很大舒服，怎麼又來了？」

清秋道：「是昨天晚上睡得晚一點，今天又起來得早，沒有睡足，頭有點暈，不覺得怎樣。」

佩芳笑道：「我聽到李媽說，老七昨晚上沒有回來，你等了大半夜，一清早回來，就把你吵醒了。你也傻，他不回來，你睡你的得了，何必等呢？要是像鳳舉，那倒好了，整夜不歸，整夜地等，別睡覺了。喲！眼睛都熬紅了，這是怎麼弄的？」

佩芳本是一句無心的話，清秋聽了，臉上倒是一紅，笑道：「我真是無用，隨便熬著一點，眼睛就會紅的。」

清秋說著話，就在金太太面前坐下。

金太太就近一看，果然她的眼睛有些紅，心裡想，那也難怪，新婚不到幾天，丈夫就整晚不在家，大概昨晚上又急又氣，又想家，哭了一頓了，便道：「老七這孩子。非要他父親天天去管束不可，有一天不管他，他就要作怪了。他又到哪裡去了？」

清秋笑道：「據說昨晚上他就是不肯在外面打牌的，因為人家笑他，他和人家打賭，就沒有回家，而且還打賭不許打電話。」

金太太心想，她不但不埋怨她丈夫，而且還和她丈夫圓謊，這也總算難得。她心裡這樣想著，就不由對佩芳望了一望，心想，人家對丈夫的態度是怎樣？你對丈夫的態度，又是怎樣？

佩芳心裡也明白。金太太口裡雖沒有說出來，但是她心裡分明是嘉獎清秋，對自己有些不滿，這樣一想，好個不痛快。

金太太哪裡會留意到這上面去？因對清秋道：「由清早七八點鐘睡到這時候，時間也就不少了，你可以催他起來。」

清秋笑道：「隨他去吧，他八點多鐘才上床，九點鐘才睡著，這個時候也不過睡兩個多鐘頭，叫他起來，他也是不吃飯的了。」

她這一篇話，又是完全體諒丈夫的，佩芳聽了，只覺得有些不順耳。

一會子開了飯來，大家一同吃了。

佩芳談了幾句話，就回房去了。她這時雖然不樂意清秋，可是仔細一想，燕西對於清秋，他實在鍾情，無怪她這樣衛護，再看自己丈夫鳳舉是怎麼樣？弄了一個人不算，還要大張旗鼓地另立門戶。他既不鍾情於我，我又何必鍾情於他？**一個女子要去委曲求全地去仰仗丈夫，那太沒有人格**，我非和他辦一個最後的交涉不可，決裂了，我就和他離婚，回娘家過去，看他將來有什麼好結果？他要弄出什麼笑話來了，我樂得在旁邊笑他一場。

心裡這樣一計畫，態度就變了，好好一個人，會在家裡生悶氣。恰好鳳舉是脫了西裝，要回來換皮袍子。佩芳鼓著臉坐在一邊，並不理他。

鳳舉很和平的樣子，從從容容地問道：「這兩天天氣冷得厲害，我想換長衣服穿了。我那件灰鼠皮袍子不知道在哪只箱子裡？」

佩芳不作聲，只管發悶地坐。

鳳舉又問道：「在哪只箱子裡？你把鑰匙交給蔣媽，讓她給我把箱子打開。」

佩芳不但不理，她索性站了起來，對著掛在壁上的鏡子去理髮。

鳳舉一看這樣子，知道她是成心要鬧彆扭，不敢再和她說話了，就叫了一聲蔣媽，佩芳依然是不作聲，在玻璃櫥抽斗裡，拿出一把小象牙梳子，對著鏡子，一下一下慢慢地去梳攏她的頭髮，臉對著鏡子，背就朝著房門，蔣媽一進來，佩芳先在鏡子裡看到了，猛然地將身子掉轉來問道：「你來做什麼？」

蔣媽聽到是鳳舉叫的，現在佩芳說出這種話來，分明是佩芳不同意的，就笑道：「沒有事嗎？」說著，身子向後一縮，就退出去了。

鳳舉看這樣子，佩芳今天是有些來意不善，下午正約了人去吃館子，舉行消寒會，若是一吵起來，就去不成功，只得忍耐一點，便含著微笑坐在一邊。

佩芳見他不作聲，也不好作聲。坐了一會兒，鳳舉便站了起來，去取衣架上的大衣。

佩芳突然問道：「到哪裡去？」

鳳舉道：「我有一個約會，要去應酬一下子，你問我做什麼？」

佩芳道：「是哪裡的約會？我願聞其詳。」

鳳舉道：「是李次長家裡請吃飯。我們頂頭的上司也好不去嗎？」

佩芳道：「頂頭上司怎麼樣？你用上司來出名，就能壓服我嗎？今天無論是誰請，你都不能去，你若是去了，我們以後就不要見面。」

鳳舉道：「你不要我出去也可以，你有什麼理由把我留住？」

佩芳將頭一偏道：「沒有理由。」

鳳舉見她這樣蠻不講理，心裡氣憤極了，便瞪著眼睛，將大衣取在手上，將腳一頓道：「個人行動自由，哪個管得著？」

佩芳跑了過來，就扯住他的大衣，說道：「今天你非把話說明白了，我不能要你走。」

鳳舉無名火高三千丈，恨不得雙手將她一下推開，但是看著她頂著一個大肚皮，這一推出去，又不定要出什麼岔事，只得將大衣一牽，坐在旁邊一張小椅子上，指著她道：「有什麼事要談判？你說你說。」

佩芳道：「我問你，這一份家，你還是要還是不要？若是要，就不能把這裡當個行轅。你若是不要，乾脆說出來，大家好各幹各的。」

鳳舉道：「各幹各的又怎麼樣？」

佩芳將脖子一揚道：「各幹各的，就是離婚。」

鳳舉聽說，不覺冷笑了一聲。

佩芳道：「你冷笑什麼？以為我是恐嚇你的話嗎？」

鳳舉道：「好吧！離婚吧，你有什麼條件，請先說出來聽聽。」

佩芳道：「我沒有什麼條件，要離婚就離婚。」

鳳舉道：「贍養費，津貼費，都不要嗎？」

佩芳突然身子向上一站道：「哪個不知道你家裡有幾個臭錢？你在我面前還擺些什麼？就是因為你有幾個臭錢，你才敢胡作胡為，**你以為天下的女子都是抱著拜金主義，完全跟著金錢為轉移嗎？只有那些無廉恥的女子，為了你幾個臭錢，就將身體賣給你**。吳家的小姐要和你金家脫離關係，若是要了你金家一根草，算是丟了吳家祖宗八代的臉。」

說畢，兩手向腰上一叉，瞪著眼睛，望了鳳舉。

鳳舉看她那種怒不可遏的樣子，恐怕再用話一激，更要激出了事端來，便默然地坐在一邊，在身上掏出煙捲匣子來，在匣子裡取了一根煙捲，放在茶几上慢慢地頓了幾頓，然後將煙捲放在嘴裡銜著，只是四處望著找取燈。

佩芳還是叉了腰，站在屋子中間，卻問道：「你說話啊，究竟怎樣？我並無什麼條件，我問你，你有什麼條件沒有？」

鳳舉淡然答應一聲道：「你愛怎麼辦就怎麼辦，我沒有條件。」

佩芳道：「好，好，好！我今天就回家，回了家之後再辦離婚的手續。蔣媽來，給我收拾東西！」

蔣媽聽到叫，不能不來，只得笑嘻嘻地走進來，站在房門口，卻不作聲。

佩芳道：「為什麼不作聲？你也怕我散夥，前倨後恭起來嗎？把幾口箱子給我打開，把我衣服清到一處。」

蔣媽聽說，依然站著沒動，佩芳道：「你去不去？你是我花錢雇的人，都不聽我的話嗎？」

蔣媽笑道：「得了，一點小事，說過身就算了吧，老說下去做什麼呢？大爺你沒有什麼要緊的事，就在家裡待著別出去了。」

鳳舉看他夫人那樣十分決裂樣子，心想，再要向前逼緊一步，就不可收拾的，蔣媽這樣說了，心想一餐不相干的聚會，誤了卯也沒有什麼要緊，不去也罷，便道：「你去給我找一盒取燈來。」

蔣媽答應著，就把取燈拿來了。自己擦著，給鳳舉點了煙捲。

佩芳道：「你也是這樣勢利眼，我叫你做事，無論如何你不動身，人家的事只一說你就做了，下個月的工錢，你不要在我手上拿了。」

蔣媽笑道：「我只要拿到錢就是了，管他在哪個手上拿呢。」

佩芳道：「好吧！你記著吧。」

鳳舉一聽佩芳都有等下月初拿工錢的話了，當然已將要走的念頭取消，心想，婦人們究竟有什麼難於對付？只要見機行事就是了，想著，不由得一笑。

佩芳道：「哪個和你笑？你看我沒有作聲，這樣大的問題就擱下了，我是休息一會兒，再和你來算清賬目。」

鳳舉笑著對蔣媽道：「蔣媽，你給她倒一杯茶，讓她潤一潤嗓子吧。」

蔣媽果然倒了一杯茶，送過去。

佩芳依然是兩隻手抱了膝蓋坐著，將頭偏在一邊去，只看她那兩臂膀聳了兩聳，大概也是笑了。

鳳舉看見她這種情形，知道她還不至於到實行決裂的地位，便笑道：「我真不知道是什麼來由，好好地和我生氣？我就讓你，不作聲，這還不成嗎？你自己也笑了，你也知道你鬧的沒來由的了。」說時就周轉著身子，走到佩芳面前去。

佩芳把頭低著將身子又一扭，將腳又一頓道：「死不要臉的東西，誰和你這樣鬧？滾過去！」

鳳舉見夫人有點撒嬌的樣子，索性逗她一逗，便裝著《打魚殺家》戲白說道：「後來又出來一個大花臉，他喝著說，呔！滾回來。你滾過去沒有？衝著咱們爺兒們的面子，我哪裡能滾出去，我是爬過去的。咳！更寒磣。」

他時而京白，時而韻白，即景生情，佩芳是懂這齣戲的，聽了這話，萬萬忍不住笑，於是站起身來，跑進裡面屋子躲著去笑了。

佩芳這樣一來，鳳舉知道一天雲霧散，沒有多大事了，提起了大衣，打算又要走，蔣媽低聲音道：「大爺，今天你就別走了，有什麼大不了的事，明天去辦也不遲。」

佩芳聽到鳳舉要走，又跑出來了，站在門邊板著臉嚷道：「說了半天，你還是要去嗎？你若再要走，今天我也走，我不能干涉你，你也不要干涉我，彼此自由。」

鳳舉兩隻手正扶著衣架子，要取那大衣，到了這時，要取下來不好，將兩隻手縮回來也不好，倒愣住了，半晌他才說道：「我並不是要走，因為早已約好了人家了，若是不去，就失了信，你若是不願意我出去應酬，以後的應酬，我完全不去就是了。」

佩芳道：「真的嗎？今天出去也成，在今年年裡，你就哪裡也不許去。不然的話，我就隨時自由行動。」

鳳舉笑道：「難道衙門裡也不許去嗎？」

佩芳道：「衙門當然可以去，就是有正大光明的地方，白天晚上也可以去，不過不許瞞著我。我偵察出來了，隨時就散夥。」

鳳舉又躺在沙發上，將腳向上一架，笑道：「我並沒了不得的事，今天不出去也罷。」

佩芳道：「你今天就是不出去，我的思想也決定了，聽便你怎樣辦。」

鳳舉道：「我不去了，回頭我就打個電話，託病道謝得了。」

這時，蔣媽已走開了，鳳舉站起來拍著佩芳肩膀笑道：「你為什麼把離婚這種大題目壓制我？」

佩芳雙手將鳳舉一推道：「下流東西，誰和你這樣，你那卿卿我我的樣子，留著到你姨太太面前去使吧，我是看不慣這種樣子的。」

鳳舉依然笑道：「這可是你推我，不是我推你。」

佩芳道：「你要推就推，我難道攔住了你的手嗎？」說著，將身子挺了一挺，站到鳳舉身邊來。

兩人本站在門邊，鳳舉卻不去推她，隨手將門簾子放下，鬧了一陣，鬧得門簾子只是飄動。佩芳笑著一面將簾子掛起，一面將手絹擦著臉道：「你別和我假惺惺，我是不受米湯的。」

鳳舉苦心孤詣才把佩芳滿腹牢騷給她敷衍下去，這晚上，他當然不敢出去。就是到了次日，依然還在家裡睡下，不敢到小公館裡去。

這個冬天的日子，睡到上半午起來的人，混混就是一天，轉眼就是陰曆年到了。

這天是星期，吃過午飯，鳳舉就叫聽差通知做來往賬的幾家商店，都派人來結賬。原來金家的賬目向來是由金太太在裡面核算清楚，交由鳳舉和商家接洽，結完了總賬之後，就由鳳舉開發支票。

這天，鳳舉在外面小客廳裡結賬，由兩點鐘結到晚上六點半才慢慢清楚。商店裡來結賬的，知道金府上是大爺親自出面，不假手於外人的，公司是派賬房來，大店鋪是派大掌櫃來，所以都很文明。

鳳舉是瞞上不瞞下，叫家裡賬房柴賈二先生當面結算，自己不過坐著那裡監督而已。結算以後，鳳舉伸了一個懶腰，向沙發椅子上一躺，笑道：「每年這三趟結賬，我真有些害怕，尤其是過年這一回，我聽說就頭痛。」說著，一按壁上的電鈴，金貴進來了。

鳳舉道：「叫廚房裡給我做一杯熱咖啡，要濃濃的，滾燙滾燙的。」

金貴去了，賬房柴先生道：「大爺是累了，要喝咖啡提一提精神呢，可是還有一筆麻煩賬沒有算，那成美綢緞莊還沒有來人呢。」

鳳舉道：「是啊，他那個掌櫃王老頭兒，簡直是個老滑頭。」

外面有個人卻應聲答道：「今天真來晚了，我知道大爺是要責備的。」說著話，那門簾一掀，正是王掌櫃來了。

他穿了嗶嘰皮袍，青呢馬褂，倒也斯文一脈。他肋下夾著一個皮包，取下頭上戴的皮帽在手，拱著手只對鳳舉作揖，笑道：「對不起！對不起！生意上分不開身來，大爺別見怪。」說著，把他兩撇小八字鬍，笑得只管翹起來。

鳳舉道：「真是巧，罵你滑頭，你就來了。」說著，也沒有起身，指著旁邊的椅子道：「請坐吧。」

王掌櫃笑道：「大爺罵我老滑頭嗎？我可沒有聽見。」

鳳舉笑道：「分明聽見，你倒裝沒有知道，這還不夠滑的嗎？不說廢話了，你把賬拿出來我看看吧。我等了這一天，我要休息了。」

他打開皮包，拿出一本皮殼小賬簿，上面貼了紙簽，寫著「金總理宅來往摺」。

鳳舉道：「我哪裡有工夫看這個細賬，你沒有開總賬嗎？」

王掌櫃道：「有有有。」於是在皮包裡拿出一張白紙開的賬單，雙手遞給鳳舉。鳳舉拿過來一看，上面寫道：

太太項下，共一千二百四十元。

二太太項下，共二百七十三元。

三太太項下，共四百二十元。

大爺項下，共二千六百八十元。

鳳舉看到，不由心裡撲通一跳，連忙將賬單一按，問道：「我的賬，你全記在上面嗎？」

王掌櫃笑道：「大爺早吩咐過我了，新奶奶的賬另外開一筆，已經把賬另外開好了。」

鳳舉道：「既是另外開賬，何以這裡還有這樣多的錢？」

王掌櫃回頭看了一看，笑著輕輕地道：「大爺的賬，一共有四千多哩，不說別的，就是那件灰鼠外套，就是五百多塊錢了。我也怕賬多了，大爺有些受累，所以給你挪了一千二百塊錢到公賬上來了。」

鳳舉道：「有這些個賬目？我倒是始終沒有留心。柴先生，你把他這摺子上的細賬給我謄一筆下來。」

於是柴先生在謄賬，鳳舉接上將賬往下看，乃是：

二爺項下，三百六十八元。

三爺項下，五百零五元。

四小姐項下，二千七百零二元。

鳳舉笑道：「這倒罷了，還有一個比我更多的。」

王掌櫃笑道：「四小姐回國有多久了，哪裡有這些賬，這都是四小姐給七爺辦喜事買的東西，和四小姐自己沒有關係。」

鳳舉道：「我說呢，她何至於買這些東西！」又往下看是：

五小姐項下，二百十二元。

六小姐項下，一百九十元。

七爺項下，一千三百五十元。

八小姐項下，五十八元。

共收到現洋五千元，下欠……

鳳舉也不看了，將賬單向柴先生面前一扔道：「請你仔細核對一下。」

王掌櫃趁柴先生核對賬目的時候，卻在皮包裡取出一張紙單來，雙手遞給鳳舉。

鳳舉接過來一看，上面首先寫著「恭賀新禧」四個字，以後乃是：今呈上巴黎印花緞女褂料成件，翠藍印花緞旗袍料成件，英國綠色綢女袍料成件，絳色大公司緞女衣料成件，西藏獺皮領一張，俄羅斯海狸皮領一張，灰色五錦雲葛男袍料一件，淺藍錦華葛袍料一件，花綢手絹一匣，香水一匣。下面蓋著莊上的浮水印。

鳳舉道：「這是怎麼回事？你們來年是不想做生意了。我們先別說一節做了上萬塊錢的生意，我們給你介紹多少主顧了？外國人除非不買綢緞皮貨，買起來總是到你家去，不是我的力量嗎？再說，對你們店東，交情更大了，上半年在銀行裡挪二十萬款子，就是總理口頭擔保。雖然你們只挪用了一個星期，這一星期，若是在銀行裡就可以敲你們一筆竹槓。」

王掌櫃瞇著魚紋眼睛，連連搖手道：「大爺，你別嚷，你別嚷，別說宅裡做這些年生意了，就憑總理和大爺這幾年公事私事幫忙，我們也應該孝敬的，回頭大爺又要說王掌櫃老滑頭了，這也是我的主意，這邊宅裡，官樣文章，不成個意思，大爺對太太含糊回一聲兒就過去了，明天上午還有點東西，我親自送到那邊大爺小公館裡去。」

鳳舉笑道：「什麼大公館，小公館？別胡說了。」

王掌櫃道：「果然的，大爺什麼時候在那邊？」

鳳舉道：「不管我在那裡不在那裡，你把東西送去就是了。」

王掌櫃道：「那就是了，我明天早上八九點鐘準送去。」

鳳舉道：「那時候最好，我就在那邊的。」說時，廚子送咖啡來了。

鳳舉告訴廚子，也給王掌櫃做一杯，自己卻拿了賬單禮單，來見金太太。

金太太戴上眼鏡，坐在電燈下面，捧著單子，迎了光看。看完了，將眼鏡收下，望著鳳舉臉上道：「你怎買了許多錢東西？佩芳知道嗎？不見得你全是自穿的吧？」

鳳舉笑道：「這一節的錢，我簡直湊不出來，你老人家幫我一個大忙，開一張兩千元支票給我，好不好？」

金太太將單兒向地板上一摔道：「什麼？我給你開二千元支票?!我早就說了，以後這些私賬，各人去結，不要歸總。你們就說這樣不好，讓人家笑我們家裡分彼此，其實，你們哪裡是怕人笑，要把我拉在裡面，給你們墊虧空就是了，哪一節算賬，不給你們填上一兩千？管它呢，只要不太傷神，我也就不說給你老子聽。第一，就是你的賬多，那一節也不會自己付個乾淨，這一節，你倒乾脆，整賬是我的，你只管零頭了。我問你，自己掙的錢哪裡去了？」

鳳舉一點也不生氣，彎著腰把賬單撿起，笑嘻嘻地站著說道：「你老人家別生氣，並不是我要你老人家代墊，不過請你老人家借給我罷了。」

金太太道：「我不能借，我也不能開這個例，設若大家都援你的例子和我借起錢來，那就這一節的賬歸我包辦了。」

鳳舉笑道：「我不是說嘛，我只借一下，不久就歸還的，我總慎重處之，不敢胡來。設若我算完了賬，馬上就開支票錢拿去了，你老人家也不過是和我要錢而已。」

金太太道：「你果然是那樣喪失了信用，以後我還能把銀錢過你的手嗎？」

鳳舉退後一步，深深地行了一個鞠躬禮。笑道：「得了，媽，你救我一下吧，只兩千塊錢的事，白扔了，也沒有好過了別人。那話你就別提了，請你看一看這禮單。」

金太太於是復戴上眼鏡，將禮單看了一遍，因道：「他們越發地胡鬧了！怎麼連錦華葛的衣料和手絹都送來了？這能值幾個錢？」

鳳舉笑道：「只要買他的東西，價錢公道一點就行了，我們哪裡計較他送什麼禮物。再說，這禮物也不輕，這一張西藏獺皮領子就該值一百多塊錢了，怎麼樣？這支票就開給他嗎？」

金太太道：「道之給老七買的東西，是結婚用的，算在我賬上，你只把我這筆賬歸攏起來，算一算，我已經付過兩千了，大概不差他多少，其餘的賬，各人自己付，省得我將來和你們討。」

鳳舉笑道：「討一討要什麼緊呢？我就開總賬吧。得了，我給你行禮了。」說著，又是深深地一鞠躬。

金太太還要說時，鳳舉一轉身就走出去。接上金榮就把禮物拿了進來，左一個匣子，右一個匣子，倒是挺好看。

金太太正要叫人拿進房去，鳳舉又跟著來了。

金太太笑罵道：「你又進來做什麼？這些東西你又要分嗎？別的是不大值錢，只有這一張藏獺領子還值幾文，你又想拿嗎？這回你什麼東西也不要想，給我滾出去。」

鳳舉笑道：「東西既然是沒有分，那麼，錢是不成問題，一定歸你老人家墊了。」

金太太道：「錢我也不管。」

鳳舉笑著出去，就將支票開了，晚上就在家裡睡，沒有敢出去。

佩芳問有多少錢衣料賬？鳳舉說：「只有五百多塊錢，在總賬上開銷了，含糊一點，你就不要去問母親，一問明白，我們就要拿錢出來了。」

佩芳信以為真，當真沒有問。

次日早上，鳳舉只說上衙門，便一直到小公館裡來。晚香擁著絨被，頭窩在一只方式軟枕中間，被外只露了一些頭髮，鳳舉掀開一角被頭，把頭也插進被裡去。晚香突然驚醒，用手將鳳舉的頭一推，伸出頭來一看道：「嚇了人家一跳。一大早，冰冰冷的臉，冰了我一下子。」

鳳舉笑道：「快起來吧，一會子就有人送禮來了。」

晚香將手扯著他的胳膊，慢慢地坐起來，笑道：「你說你不怕少奶奶的，現在也怕起來了，昨晚上你又沒來。」

鳳舉道：「我不是怕她，我是怕老人家說話呢。」

晚香道：「你不要瞎扯！從前為什麼就不怕呢？你不要打攪我，我還要睡覺。」說著，身子又要向被窩裡縮，鳳舉按住她的身子，笑道：「不要睡了，待一會子，綢緞莊上就要送東西來。」

晚香聽說，果然就不向下縮，問道：「送些什麼來呢？」

鳳舉道：「人家送禮，我哪裡能知道他送些什麼？不過我知道，絕不至於壞到哪裡去。」

晚香也知道逢到年度，綢緞莊是有一道年禮要送的，倒不料會送到這裡，連忙披了衣服起來。

不到一點鐘之久，王掌櫃果然將東西送來了。除了綢緞料子八樣不算，另外還送了一件印度緞白狐領的女斗篷，又是一件豹皮的女大衣，一齊由外面送進上房來。晚香連忙披在身上一試，竟非常地合適。晚香道：「這真奇怪，他們怎麼知道我腰身大小？」

鳳舉道：「那還不容易嗎？你在他那裡做衣服又不是一回，他把定衣的尺寸簿子一查，就查出來了。」

晚香道：「送禮的東西怎麼不往宅裡送，送到這裡來哩？」

鳳舉道：「這一筆賬日本是我經手，我私下和他們商量好了，叫他送到這裡來的。」

晚香笑道：「你這回事件辦得很好，應該有點賞。」

鳳舉笑道：「賞什麼？你少同我搗兩個麻煩也就行了，外面有人在那裡，我還得去見見他呢。」說著，到客廳裡來。

王掌櫃起身相迎道：「我不敢失信不是？」

鳳舉道：「我要上衙門了，不能陪你了，我的賬過兩天給你吧。」

王掌櫃連忙站起來笑道：「大爺，你隨便開一張支票，不算什麼工夫，何必又要我跑一趟呢？」

鳳舉道：「你們做買賣的人，這還能怕跑一點路嗎？」停了一停，又笑道：「對不住，我的這筆賬今年是不能給的，只好等到明年再說吧。」

王掌櫃笑道：「嘿！大爺還在乎這一點錢，少打一晚小牌就有了。」

鳳舉和他說話始終也不曾坐下，一面說一面走，已經出去了。王掌櫃又不敢得罪他的，鳳舉一定不肯開支票，也就只好算了。

可是鳳舉心裡比他更為難，今年為討了這房姨少奶奶，另立門戶，差不多虧空到一萬上下。東拉西扯，把賬還了一半，還欠四五千，簡直沒有法子對付。這還罷了，佩芳又有一個老規矩，每年過年，要給五百塊錢散花，今年討了姨少奶奶，這錢更得痛痛快快拿出，不然她就要生是非的。

本來想到銀行裡去移挪幾個錢，無如今年銀行裡生意不好，也是非常地緊，恐怕不容易移挪。若是和朋友們去移挪吧，一兩千塊錢還不至於移挪不動，無如又不肯丟下這面子，心裡老是為難。

轉眼就是陰曆二十八了，賬房裡正忙著辦過年貨。鳳舉從衙門裡回來，一直就到賬房裡來，只見滿地下堆著花爆，屋外走廊上，一排懸著七八架花盒子。

柴先生正數好了一搭鈔票，拿在右手，左手便要去按叫人鈴，鳳舉一腳踏進屋來，笑道：「今年又買這些花爆，我是全瞧著別人快活。」

柴先生正要搭話，進來一個聽差，於是將錢交給他，讓他走了，起身又關上了門。這才笑道：「我也看出來一點，這幾天，大爺似乎很著急。」

鳳舉見旁邊有一張靠椅，坐著向上一靠，笑著嘆了一口氣道：「糟透了，我是自作孽，不可逭。」

柴先生道：「我估量著，大爺大概還差六七千塊錢過年吧？」

鳳舉道：「六七千雖不要，五千塊錢是要的了。你說，這事怎麼辦呢？」

柴先生道：「大爺是不肯出面子罷了，若是肯出面子，難道向外面移挪個五、七千塊錢，還有什麼問題不成？」

鳳舉道：「不要說那樣容易的話，這年關頭上，哪個不要錢用，哪裡就移挪到這些？你……」說到一個你字，鳳舉頓了一頓，然後笑道：「我也成了忙中無計，你能不能給我想一條路子？」

柴先生笑道：「我這裡是升斗之水，給大爺填填小漏洞，瞞上不瞞下，還蓋得過去，這五七千的大賬……」

鳳舉不等他說完，便道：「我知道，我是因為你終年幹賬的事，或者可以想法，並不是要你在賬房裡給我挪動這些個錢。」

柴先生笑道：「有是有一條路子，不知道大爺肯辦？」說時，把他坐的小轉椅挪一挪，挪得靠近了鳳舉，輕輕地道：「吳二少爺一萬塊錢，叫我送到一家熟銀行去存常年，商量要一分的息，何不挪用一下？」

鳳舉道：「哪個吳二少爺，有這樣多的錢要你去放？」

柴先生道：「就是大少奶奶家裡的二少爺，還有誰呢？」

鳳舉道：「這真怪了，他是一個不管家中柴米油鹽的人，怎樣會有這些錢放賬？」

柴先生道：「這自然不是公款，吳府上也不至於為這一筆款子要少爺來和我商量，這大概是少爺自己積下的私賬吧。」

鳳舉動了腳，嘆了一口氣道：「咳！我真不如人，我每月掙了這些個錢，還鬧一屁股虧空，人家當大少爺，卻整萬的有錢放私債。」

柴先生聽說，只笑了一笑。

鳳舉道：「有什麼法子沒有？若有法子，瞞著把那筆款子先挪來用上一用。」

是了。」

柴先生道：「有什麼不可以？就說有人借著用一用，十天半月奉還，多多地加些利錢就是了。」

鳳舉道：「利錢不成問題，我也就是過年難住了，過了年，我就有辦法了。」

柴先生道：「讓我來問一下看。」於是拿起桌上的桌機電話，和吳宅通了一個電話。

恰好那邊吳佩芳的兄弟吳道全在家裡。柴先生在電話裡告訴了他，說是有人借那一筆款子，充著過年關，願出月息二分，可不可以借去？吳道全就答應考量一下，下午要到這邊來，回頭當面回你的信就是了。

柴先生放下電話機，笑道：「有點希望了，大爺回頭聽信吧。」鳳舉雖不敢認為有把握，也只好無望作有望。

到了下午，吳道全果然來了，他且不見柴先生，一直就來探望佩芳。

這個時候，鳳舉和佩芳都在家裡，吳道全走進院子來，隔著窗戶先叫一聲大姐，佩芳就在裡邊答應道：「是二弟嗎？」

吳道全一面答應著，一面走進來，就在外面屋子裡坐了，先只是說些閒話，好像此來並無所謂似的。

鳳舉在屋子裡坐了一會兒，急於要出去問柴先生的消息，就出去了，吳道全見屋子裡並沒有外人了，因輕輕地笑著對佩芳道：「姐姐那款子現在有人願按月二分利承受你這一筆款子，你的意思怎麼樣？」

佩芳道：「是誰的路子？」

吳道全道：「是你這裡柴先生的路子。」

佩芳道：「靠得住嗎？若是靠不住，就算出四分利五分利，也不能冒這個險。」

吳道全道：「那自然要和你這裡賬房先生盤查個清楚明白，不能含糊了事，我為慎重起見，所以先來問問你。你說能辦我就辦，不能辦我就不辦。」

佩芳道：「你還沒有和前途接頭，我也不能說死，我全權付託你，你斟酌辦吧。」

吳道全也不願多說，怕人家把話聽去了，就起身向外邊來。

佩芳道：「二弟你進來，我還有話和你說。」

吳道全進來了，佩芳笑道：「你在柴先生那裡，口風得緊一點，不要露出馬腳來了，這事讓鳳舉知道了，那就不得了。」

吳道全笑道：「我又不是一個傻子，這事何消囑咐得。」說時，昂昂頭笑著出去了。

吳道全只當沒有事似的，慢慢地踱到賬房邊來，一見門外廊簷下，掛了許多花盒子，便笑道：「今年花盒子買得不少啊，你們七爺今年娶了少奶奶，不玩這個了，這是誰來接腳玩哩？大概是八小姐。」

柴先生隔著玻璃，在屋子裡就看見了，因笑道：「吳二爺，請進來坐坐吧。」

吳道全於是背著兩隻手，慢慢地走了進去，一推開門，見堆了許多花爆，又借此為題，說笑了一陣。

柴先生讓吳道全坐下，拿了一支雪茄，雙手遞過去，笑道：「這是好的，二爺嘗嘗。」

吳道全咬了煙頭，銜在口裡，柴先生就擦了火柴送過去，低低地笑道：「電話裡和二爺說的話，二爺意思怎麼樣？」

吳道全道：「辦是可以辦，不知道是誰要？靠得住靠不住？」

柴先生笑了拍著胸道：「這事有兄弟負完全責任，約定了日期，二爺只管和我要錢。」

吳道全笑道：「有你作硬保，莫說是一萬，就是十萬也不要緊，不過，你也要告訴這借錢的是誰？」

柴先生想了一想，笑道：「這個人你先別打聽，只要接洽好了，我當然要宣布的。」

吳道全笑道：「是個什麼有體面的人，借錢怕破了面子？」

柴先生笑道：「既然是個有體面的人，二爺就更可以放心，這錢是少不掉的了。」說到這裡，就把債務人的身分說了一遍，隱隱約約的，就暗指著萬總長的兄弟。

這萬總長的兄弟，在交通界服務多年，手頭最闊綽，每年總有個一二十萬，到年節，卻也免不了鬧虧空，這柴先生和他都很認識，吳道全也覺這種人出面子借一兩萬塊錢，是不至於有事的，大概是因為一處湊錢不容易，所以用集腋成裘的辦法，東挪一萬，西扯一萬，由柴先生和他湊個整數，只要真是他借錢，那倒是不怕，便笑道：「你說這話，我也知道，但是多久的時期呢？」

柴先生想了一想道：「至多一個月。不過不到一個月，也是按月算利錢，決計不會少付的。」

吳道全究竟是個少爺，經不得柴先生左說右說，把他就說動了心，滿口答應，把這筆款子放出去。

六　夫子論

這天下午，就在金宅吃晚飯，吃飯以後，佩芳私下將款子交給了道全。原來這錢本是存在一家銀行的，因為那家銀行有點搖動，所以佩芳把存款提出來了。現在所存在家裡的全是一百塊錢一張的鈔票，佩芳將這款子交給道全以後，道全揣在身上，出去繞了一個彎，然後就回來交給柴先生，說是特意在家裡取來的。柴先生決不會料到這是大門裡的錢，倒也相信，這天晚上，就把鳳舉找來，告訴他款子已經借好。

鳳舉借到一萬塊錢，就好像拾到一萬塊錢一樣，歡喜得了不得，立刻心裡愁雲盡退，喜上眉梢，笑道，「得！老柴，正月裡請你聽戲。」坐到十二點鐘，才高高興興地進房去睡。

佩芳手上正捧了一杯茶，靠著床柱喝。看見鳳舉進來，將茶杯放下，昂著頭問道：「你就是這樣一天忙到晚，忙些什麼？我問你，要你辦的款子，已經辦得了嗎？」

鳳舉道：「我哪怕窮死了，你散花的錢，我還總得籌劃，是也不是？」

佩芳將茶杯向下一放，突然站將起來，抵到鳳舉面前問道：「什麼屁話？到了現在，年都到眉毛頭上來了，你倒說沒錢，硬要賴下去嗎？」

鳳舉笑著連連搖手道：「別忙別忙！我的話還沒有說完，你怎麼就生起氣來？」

佩芳道：「你不是在哭窮嗎？還有什麼可說的呢？」

鳳舉道：「我是這樣子譬方說。今天晚上，我在外面鬧了這大半夜，就是為了借款。」

佩芳道：「你還不是哭窮嗎？你不必這樣說，就算你是過不了年，在外面借錢，那也是活該！誰叫你大肆揮霍，弄得自己不能收拾？老實對你說，你要不給我錢，大家就別想過年。我今年用過你什麼錢？衣服一大半都是我自己做的，我都拖窮了。你不信，打開我的箱子看看，還有多少錢？連銅子票都算在內，還不到一百塊錢，我早就指望你這一筆款子了。到了日子，你倒打算抵賴，你養得起老婆，你就養老婆，養不起，我也能獨立生活，用不著向你拿幾個臭錢。」

鳳舉笑道：「我等你把牢騷發完了，我再說話。」

佩芳道：「我只是要錢過年，沒有什麼牢騷，你能拿錢來就算了。」

鳳舉笑道：「你若提起別的事情，或者把我難住了，若是光為幾個錢，很值不得這樣生氣，明天一早，我一準把錢奉上。今天晚也是晚了，明天一早奉上，總也不至於誤你的什麼事吧？」

佩芳道：「我就要的是錢，只要有錢到手，我還有什麼話說，但是明天一早，準拿得出來嗎？」

鳳舉道：「有，有，有！若是不和我再為難，我明天除了五百正數之外，再奉送一百元的壓歲錢。」

佩芳道：「你不必亂許願了，只要我本分的錢你照數給了我，我就感激了。」如此一說，佩芳也就不再吵鬧了。

到了次日清早，鳳舉記掛著柴先生答應的那一筆錢。起床之後，漱洗完畢，馬上就到前面賬房裡來。

這幾天柴先生為了過年盤賬也是累個不了，一早就起來了。鳳舉到賬房裡時，柴先生道：「大爺，這款子全是一百元的一張票子，不要先換換再使嗎？」

鳳舉道：「用不著換，我的賬，大概沒有少於一百元的，你給我先拿出三千來。」

柴先生打開保險櫃，取了三十張票子，交到他手裡。他於是拿起桌上的話機，就叫了好幾處的電話，都是約人家十二點鐘以前到家裡來取款。

電話叫畢，身上揣著三十張鈔票，就來找他夫人說話。

一進房，佩芳沒有起來，還睡得很香。鳳舉就連連推了她幾下，說道：「起來起來，款子辦來了。」說時，數了六張票子拿在手裡。

佩芳被他驚醒，睜眼一看，見鳳舉手拿著錢，還沒有說話，鳳舉接上又把手上的票子對著佩芳面前晃，佩芳一眼看到是美國銀行百元一張票子，心裡就是撲突一跳，不由失神問道：「咦！你這票子是哪來的？」

鳳舉哪知其中緣故，笑道：「你倒問得奇怪？難道就不許我有錢過，真要哭窮賴債嗎？」

佩芳一面從被窩裡起身，一面接過票子去，仔細看了一看，可不是昨晚上拿出去放債的票子嗎？柴先生說有個體面人要借錢，不料就是他！他一把借了上萬塊的錢，不定又要怎樣大吃大喝，大嫖大賭，將來到哪裡去討這一筆賬？二弟做事，實在也糊塗，怎樣不打聽個水落石出，就把錢借了出去？當時，人坐在床上，掩上被窩，就會發起呆來。

鳳舉不知什麼一回事，便問道：「你要五百，我倒給了六百了，你還有什麼不願意的地方嗎？」

佩芳定住了神，笑道：「見神見鬼，我又有什麼不願意的呢？只因為我想起一樁事情，一刻兒工夫想不起來原是怎樣辦的？」

鳳舉道：「什麼事？能告訴我嗎？」

佩芳掀開棉被，就披衣下床，將身子一扭道：「一件小事，我自己也記不起來，你就不必問了。」

鳳舉自己以為除了例款而外，還給了她一百元，這總算特別要好，佩芳不能不表示好感的。在這時候，所謂官不打送禮人，佩芳總不至於和自己著惱。

他這樣想著，看見佩芳不肯告訴他所以然，就走上前來，拉著她的手道：「你說你說，究竟為了什麼？」

佩芳這時喪魂失魄，六神無主，偏是鳳舉不明白內容，只是追著問，她氣不過將手一摔道：「我心裡煩得要命，哪個有精神和你鬧？」

鳳舉看她的臉色，都有些蒼白無血。

她一伸手，就把壁電門一扭，放亮了一盞燈。鳳舉道：「咦！青天白日，亮了電燈為著什麼？」

佩芳經他一提醒，這才知道是扭了電燈，於是將電燈關了，才去按電鈴。一會子，蔣媽進來，伺候著佩芳漱洗，鳳舉看了，就不好說什麼。

佩芳漱洗完畢，首先就打開玻璃窗，在煙筒子裡拿出一支煙捲銜在嘴裡，蔣媽擦取燈，給她點上。她就一手撐了桌子，一手夾著煙捲，只管盡力地抽。

佩芳向來是不抽煙的，除非無聊的時候，或者心裡不耐煩的時候，才抽一半根煙捲解悶。

現在看佩芳拿了一支煙捲，只抽不歇，倒好像有很重大的心事，鬧得失了知覺似的。鳳舉心裡很是納悶，她睡了一覺起來，平空會添什麼心事？除非昨晚的夢，做得不好罷了。

佩芳一直抽完了一支煙捲，又斟一杯熱茶喝了，突然地向鳳舉道：「我來問你，你外面虧空了多少債？」

鳳舉心想，多說一點的好，也好讓她憐惜我窮，少和我要一點錢，因道：「借債的話，你就別提了，提了起來，我真沒有心思過年，我也不知道怎麼樣弄的，今年竟會虧空七八千下去了。」

佩芳一點也不動色，反帶著一點兒笑，很自在地問他道：「你真虧空了那些嗎？不要拿話來嚇我。」

鳳舉道：「我嚇你做什麼？我應給的錢都拿出來了，不然倒可以說是我哭窮，好賴這一筆債。」

佩芳道：「你果然虧空這些債，又怎樣過年呢？難道人家就不和你要債嗎？」

鳳舉道：「你這是明知故問了，這幾天我忙得日夜不安，為了何事，還不是這債務逼迫的緣故嗎？」

佩芳道：「哼！你負了這些債，看你怎樣得了？」

鳳舉笑道：「天下事就是這樣，總是置之死地而後生，沒有多少人推車碰了壁，轉不過彎來的，昨天無意之中輕輕巧巧借得一萬塊錢，我就做個化零為整的辦法，把所有的債大大小小的一齊還了，就剩了這一筆巨債負了過年。」

佩芳問到這裡，臉上雖然還是十分鎮靜，可是心裡已經撲通亂跳，因微笑問道：「你借人家許多錢，還打算不打算還呢？」

鳳舉道：「還當然是要還，不過到什麼地方說什麼話，現在還是不能說死的。」

佩笑道：「你倒說得好！打算背了許多債，月月對人掙利錢嗎？你是趕快還的好。你不還，我就去對父親說。」

鳳舉笑道：「這倒是難得的事，我的債務倒勞你這樣掛心！」

佩芳道：「為什麼不掛心呢？你負債破了產，也得連累我啊！」佩芳一面說著，一面急著在想法子，雖丟了這一萬塊錢，自己還不至於大傷神，可是這件事做得太不合算，債縱然是靠不住，可不能出了面子去討，這有多麼難受？

當時，且和鳳舉說著話。一等鳳舉出去了，連忙將壁子裡電話機插銷插上，打電話回家裡找吳道全說話，這還是早上，吳道全當然在家。

佩芳在電話裡，開口就說了兩聲糟了，要他快快地來，吳道全一問什麼事？佩芳道：「還問呢！你所辦的事辦得糟不可言了。」

吳道全一聽，就知道那一萬元的款子事情有點不妥，馬上答應就來。掛了電話，匆匆忙忙地就上金宅來，一直走到佩芳院子裡。

佩芳隔著玻璃就看見他，連招了兩招手，其實，吳道全在外面哪裡看得見？等他進來了，佩芳由裡面屋子裡走出來，皺著眉先頓一頓腳道：「你辦的好事！我這錢算扔下水去了。」

吳道全道：「咦！這是什麼話？難道……」

佩芳頓著腳輕輕地說道：「別嚷別嚷！越嚷就越糟了。」

吳道全回頭望了一望門外，問道：「究竟是怎麼一回事？」

佩芳趁著無人，就把鳳舉借錢和拿著那一百元一張鈔票的話，對吳道全說了。

吳道全道：「這一百元一張的鈔票，許我們有，也就許人家有，況且他和賬房裡有來往的，他或者在賬房裡挪款子，賬房將你的鈔票順便給了他，也未可知？賬房若付款給那借債的，把別的票子給人也是一樣，難道給你放債就非把你的鈔票給人不可嗎？」

佩芳道：「事到如今，你還說那菩薩話？不管是誰借，這錢我不借了，無論如何，你把我的錢追回來就沒事。」

吳道全見他姐姐臉色都變了，也覺這事有點危險性，立刻就到賬房裡去和柴先生商量，前議取消。

柴先生不能說一定要人家放債，便道：「二爺，你這真是令我為難了，你昨天說得那樣千真萬確，到了今天，你忽然全盤推翻，這叫我怎樣對人去說呢？二爺你就放鬆一把吧，二十天之內，我準還你的錢，你看怎麼樣？」

吳道全道：「不行！你就是三天之內還我的錢，我也不借，不管三七二十一，我就得提款回去。」說了也不肯走，就在賬房裡等著。

柴先生一看，這事強不過去，只管告訴他實話，已經挪動三千，先交回七千元，其餘約了二十四個鐘頭之內一準奉還。吳道全得了這個答覆，方才回佩芳的信。

柴先生又少不得要去逼迫鳳舉，加之鳳舉電話約著取款的人，也都陸續來了，這一下子，真把鳳舉逼得走投無路，滿頭是汗。

這時鳳舉挪動了三千塊錢，不但不能拿出來，還和柴先生商量，要格外設法把這些債主子打發開去。柴先生也是做錯了事，把韁繩套在頭上，這時要躲閃也是來不及，只得把公用的款子先挪著把債權人都打發走了，好在這兩天過年，公款有的是，倒是不為難，可是到了正月初幾是要結賬的，事先非把原款補滿不可，因此錢雖替鳳舉墊了，還催鳳舉趕快設法。

鳳舉也知道這件事不是鬧著玩的，只好四向*和朋友去商量。六七千塊錢究竟不是一件容易的事，因此有兩天沒有到晚香那邊去。

這天就是二十九，晚香是從來沒有一個人過年的事，今年這年也做了一家之主，這年是過得很甜蜜的，不料理想卻與事實相違，偏是鳳舉躲得一點形跡沒有。

外面有些人家，已是左一聲，右一聲，劈啪劈啪在放爆竹。晚香由屋子裡出來，打開玻璃門向天空一望，只見一片黑洞洞的，不時有一條爆竹火光在半空裡一閃，想到未墜入青樓以前，自己在家中做女兒的時候，每到年來就非常地快活，二十八九早已買了爆竹，在院子內和孩子們放。那個時候是多麼快活！

後來到了班子裡，就變了生活了，那可以算是第二個時期，這總算生平最不幸的一件事。現在嫁了金大爺，那就可以算是第三時期了，滿想今年這個年過得熱鬧鬧的，一看這種情形竟十分不佳。當時晚香隔著玻璃望著外面天空，黑洞洞中，釘頭似的星光，人竟發了呆。

忽然門一推，廚子送進晚飯來，晚香是和老鴇斷了往來的，娘家人又以不能生活，早逃到鄉下度命去了，這裡鳳舉不來，就是她一個人過日子，所以鳳舉體諒到這一層，總是來陪伴著她，先些時，鳳舉先是為了佩芳管束得厲害不能來，這幾天又因為債務逼得沒奈何，不能分開身，而且最難堪的，就是這兩種話都是不能告訴晚香，所以他心裡儘管是難過，卻只好憋著了放在肚子裡。

晚香既不明白他是何來由，倒疑心男子的心腸是靠不住，現在戀愛期已過，是秋扇見捐的時候了。想到這裡，不由得悲憤交集。

屋子正中，一盞暢亮的電燈，不過照見桌子上一桌子菜飯，這樣孤孤單單的生活，就是再吃得一點，也覺得是人生趣味索然，坐到桌子邊下，扶了筷子，只將菜隨便吃了兩下，就不願意吃了。因鳳舉常是在這裡請客，留下來的酒還是不少，於是在玻璃格子裡，拿了一只玻璃杯子，倒上一杯葡萄酒，一面喝，一面想心事。

凡有心事的人，無論喝酒抽煙，他只會一直地向前抽或喝，不知道滿足的，這時晚香滿腔子幽怨，只覺得酒喝下去心裡比較地痛快，所以一杯葡萄酒毫不在意地就把它完全喝下去了。她喝完了，還覺得不足，又在玻璃格子裡取了一只高腳小杯子，倒上一杯白蘭地，接上地向下喝。

當時喝下去，原不覺得怎麼樣，不料喝下去之後，一會兒工夫，酒力向上鼓蕩，只覺頭上突然加重，眼光也有些看不清楚東西，心裡倒是明白，這是醉了。丟下筷子，便躺在旁邊一張沙發椅上。

老媽子看見，連忙拿手巾給她擦臉，又倒了一杯水給她漱口，便道：「少奶奶，你酒喝得很多了，床上歇一會兒吧，我來攙著你。」

晚香道：「攙什麼？歇什麼？反正也醉不死，這樣的日子，過得我心裡煩悶死了，真是能醉死了倒也乾脆。」

老媽子碰了一個釘子，不敢向下再說什麼，便走開去了，可是晚香雖然沒有去睡，但精神實在不支，她在沙發椅上這樣躺著，模模糊糊就睡著了。

當她睡著了的時候，老媽子就打了一個電話到金宅去告訴鳳舉，恰好鳳舉在外面接著電話，說是晚香醉得很厲害，都沒有上床去睡。

鳳舉心裡一想，這幾天總是心緒不寧，莫非禍不單行，不要在這上面又出了什麼亂子，也不管佩芳定下的條約了，馬上就問家裡有汽車沒有？聽差說：「只有總理的汽車在家。」

鳳舉道：「就坐那汽車去吧，若是總理要出去，就說機器出了毛病，要等一等。我坐出去，馬上就會讓車子先回來的。」

聽差見大爺自己有這個膽子，也犯不上去攔阻，就傳話開車。鳳舉大衣也沒有穿，帽子也沒有戴，就坐了汽車，飛快地來看晚香。

到了門口，汽車夫問要不要等一等？鳳舉道：「你們回去吧，無論哪一輛車子開回來了，你就叫他們來接我。」說時，門裡聽差聽見汽車喇叭聲，早已將門開了。

鳳舉一直往上房奔，在院子裡便道：「這是怎樣回事？好好的醉了。」

老媽子推開玻璃門迎了出來，低著聲音道：「剛睡著不大一會兒，你別嚷。」

鳳舉走到堂屋裡，見晚香睡在一張沙發上，枕著繡花軟墊，蓬了一把頭髮，身上蓋了一條俄國絨毯，大概是老媽子給她加上的，腳上穿著那雙彩緞子平底鞋還沒有脫去呢。

鳳舉低著身子看看她臉上，還是紅紅的，鼻子裡呼出來的氣兀自有股濃厚的酒味，因伸手摸了她一下額角，又將毯子牽了一牽，握著她的手，順便也就在沙發上坐下。

老媽子正斟了一杯茶，放在茶几上，鳳舉道：「這是怎麼回事？一個人喝酒，會醉得這樣子。」

老媽子笑道：「都是為了你不來吧？少奶奶年輕，到了年邊下，大家都是熱熱鬧鬧的，一個人在家裡待著，可就嫌冷淡了，家裡有的是酒，喝著酒解解悶，可也不知道怎麼著，她就這樣喝醉了，我真沒留意。」

鳳舉一接電話，逆料是不出自己未來這層緣故，現在老媽子一說，果不出自己所料，看了看海棠帶醉的愛姬，又看了看手上的手錶，一來是不忍走，二來也覺得時間還早，因此找了一副牙牌，倒在圓桌上來取牙牌數，藉以陪伴著她。

晚香醉得很厲害，一睡之後，睡得就十分地酣甜，哪裡醒得了？約莫到了十一點鐘，電話來了，正是家裡的汽車夫來問要不要來接？鳳舉一看晚香還是鼻息不斷響著，就吩咐不必來了。一直等到十二點多鐘，晚香才扭了一扭身子，鳳舉連忙上前扶著道：「你這傢伙，一不小心，你就會滾到地下來了。」

晚香聽到有人說話，人就清醒了些，用手揉著眼睛，睜開一看，見鳳舉坐在身邊，仍舊閉上了眼，閉了一會兒，然後睜開來，突然向上一坐，順手把蓋在身上的毯子一掀，就站起來。鳳舉一把撈住她的手，正想說一句安慰她的話，她將手使勁一牽，抽身就跑進房裡去了，鳳舉候了半晚，倒討了這一場沒趣，也就跟在後面走進房裡來。

晚香正拿了一把牙梳，對了鏡子，梳著自己頭上的蓬鬆亂髮。鳳舉對她的後影，在一邊坐下，嘆了一口氣道：「做人難囉！你怪我，我是知道，但是你太不原諒我了。」

晚香突然回轉身來，板著臉道：「什麼？我不原諒你，你自想想，我還要怎樣原諒你呢？爺們都是這樣，有了新的，就忘了舊的，見了這個，就忘了那個，總是做女子的該死！」

鳳舉聽了她的話，知道她是一肚子的幽怨，便笑道：「你不用說了，我全明白。」

晚香道：「你明白什麼？你簡直就是個糊塗蟲。」

鳳舉笑道：「你罵我糊塗，我知道這是有緣故的，無非是丟下你一個人在這裡過這種寒年，很是冷淡，覺得我這人不體諒你。但是你要想想，又是家事，又是公事，雙料地捆在身上，我不能全拋開了來陪你一人。」

晚香道：「你不要瞎扯了，到了這年邊下還有什麼公事？」

鳳舉道：「唯其不懂，所以你就要錯怪人了，這舊曆年，衙門裡向來是注重大家得照常地辦公。況且我們是外交部，和外國人來往，外國人知道什麼新曆舊曆年哩？他要和我辦的公事可得照常地辦；家裡的事呢，一年到頭，我就是這幾天忙，你說，我一個人兩隻手兩條腿，分得開來嗎？」

晚香道：「說總算你會說，可是很奇怪，今天晚上你又怎麼有工夫來了？」

鳳舉笑道：「不要麻煩了，酒喝著醉得這樣子，應該醒一醒了。」便吩咐老媽子打水給少奶奶洗臉，又問家裡有水果沒有？切一盤子來。老媽子說是沒有。

鳳舉道：「這幾天鋪子裡都收得晚，去買去買。」於是又掏出兩塊錢，吩咐聽差去買水果。

水果買來了，又陪著晚香吃。這個時候，就有一點半鐘了。晚香雖然是有他陪著，卻是老不肯開笑臉，這時突然向鳳舉道：「你還不該走嗎？別在這裡假殷勤了。」

鳳舉本也打算走的，這樣一說他就不好意思走了，便笑道：「你不是為了一個人冷淡，要我來的嗎？怎麼我來了，又要我走？」

晚香道：「並不是我要你走，大年下弄得你不回去，犯了家法，我心裡也怪過意不去的。」說著，就抿嘴一笑。

鳳舉伸了手扯住她兩隻手，正要說什麼，晚香一使勁，兩隻手同時牽開，板了臉道：「別鬧，我酒還沒有醒，你要走，你就請吧。」說時，她一扭身坐到一張書桌邊，用手撐了腮，眼睛望著對面牆上，並不睬鳳舉。

鳳舉笑道：「你看這樣子，你還要生氣嗎？」

晚香望了他一眼，依然偏過頭去。鳳舉見晚香簡直沒有開笑臉，空有一肚子話，一句也不能說，只得也就默然無聲，在一邊長椅上躺下。

晚香悶坐了一會，自己拿了一支煙捲抽著，抽了半根煙捲，將煙捲放在煙灰缸上，又去斟茶喝。喝完了茶，回頭看那煙時，已經不見了，鳳舉卻銜了半截煙，躺在那裡抽。

晚香也並不作聲，還是用兩手撐了腮，扭著身子，在那裡坐下。

鳳舉笑道：「我們就這樣對坐著，都別作聲，看大家坐到什麼時候？」

晚香道：「我哇，我真犯不著呢。」說畢，一起身，就一陣風似的解了衣服，只留了一身粉紅的小衣就上床去，人一倒在枕上，順手抓了棉被，就亂向身上扯。

鳳舉道：「唉！瞧我吧。」於是走上前，從從容容地給她將兩條被蓋好。

鬧了這一陣子，外面屋子裡的掛鐘噹噹又敲著兩下過去了，鳳舉一看這種情形，回去是來不及的了，他一人就徘徊著，明日回家要想個什麼法子和佩芳說，免得她又來吵。

正是這樣躊躇未定，晚香在被裡伸出半截身子來說道：「什麼時候了，你還不走？再不走，可沒有人和你關門了。」

鳳舉道：「誰又說了要走呢？」

晚香道：「我並不是要你在這裡，這些日子我都不怕，難道今天晚上我就格外怕起來了嗎？」

鳳舉皺了眉道：「兩點多鐘了，別囉嗦了，你就睡吧。」

晚香哼了一聲，沒有再說什麼，就睡下去了。

這一晚上，鳳舉也就極笑啼不是，左右為難之至。

到了次日上午，陪了晚香吃過早點心，又吩咐聽差買了許多過年貨這才回去。這天就是除夕了，像他這樣鐘鳴鼎食之家，自然是比平常人家還要加上一層忙碌與熱鬧，鳳舉卻只坐在賬房裡，並沒有回上房去，一直快到下午兩點鐘，才借著換皮袍子為由，回到自己屋裡去。

佩芳因所放出去債款，居然都收回來了，料到鳳舉奔走款子席不暇暖，絕沒有工夫到姨太太那裡去。鳳舉昨晚一晚不見，她也沒有放在心上。

鳳舉卻又做賊心虛，心想，自己首先破壞了條約，佩芳吵起來，倒是名正言順，在這種大除夕日子，弄出這些不堪的事情來吵，未免難為情，因此走到自己院子裡，就很不在乎似的向屋裡走。不料佩芳在玻璃窗裡看見，連連嚷道：「別進來，別進來！」

鳳舉想道：「糟了，又要吵。」還未曾進屋，先就嚷了起來，簡直是不讓我進房，於是只好站在房門外走廊上發愣。

原來這個時候，佩芳正在屋子裡盤她那一本秘賬，桌子上有現款，也有底賬，也有銀行裡的來往摺子。這要讓鳳舉進來撞見了，簡直自己的行為是和盤托出，無論何人，這是要保守秘密的，所以老遠地看見鳳舉，趕忙就一面關起房門，一面嚷著別進來。

就在鳳舉站在走廊下發愣的時候，她就一陣風似的，將賬本鈔票向桌子抽屜裡一掃，然後關了抽屜，將鎖鎖上。這才一面開門，一面笑道：「嚇我一跳，我說是誰？原來是你。」

鳳舉聽他夫人說話，不是生氣的口吻，這又醒悟過來，以為他夫人不讓進來是別有原因，並非生氣，也就連忙在外面笑道：「你又在做什麼呢？老遠的就不要人進來。」

佩芳由裡面屋子已經走到了外面屋子，鳳舉見她穿的駝絨袍子一溜斜散了肋下一排鈕扣，她正用手側著垂下去，一個一個的向上扣。

鳳舉道：「不遲不晚，怎麼在這時候換衣服呢？」

佩芳道：「我原是先洗了澡，就換了小衣了，因為穿得太不舒服，我又換上一件了。」

鳳舉是自己掩藏形跡不迭的人，哪裡敢多盤問佩芳？只要佩芳不追究他昨天晚上的事，他已算萬幸，所以換了一件衣服，他就走了。

他的年款本來是東拉西扯勉強拼湊成功的，有一部分是在賬房裡移挪的，總怕柴先生處之不慎，會弄出什麼馬腳，所以他自己總坐在賬房裡以便監督。

他到賬房裡時，燕西也在那裡坐著，鳳舉笑道：「這裡忙得不能開交，你一個閒人，何必跑到這裡來？」

燕西道：「何以見得我是個閒人？我也不見得怎麼閒吧？這兩天為了錢鬧饑荒，我是到處設法。」

柴先生聽說，望了一望鳳舉，又望了一望燕西。鳳舉道：「你何至於鬧得這樣窮，今年下半年，你便沒有大開銷呀？」

燕西笑道：「各有各的難處，你哪裡知道。」

鳳舉道：「你有多少錢的虧空？」

燕西道：「大概一千四五百塊錢。」

鳳舉昂著頭笑了一笑道：「那算什麼，我要只有你這大窟窿，枕頭放得高高的，我要大睡特睡兩天了。」

燕西道：「是要還的零碎賬，還有過年要用的錢呢！這一疊起來，你怕不要兩千。」

柴先生笑道：「不是我從中多嘴，我看幾位少爺沒有不鬧虧空的，這虧空的數目，大概也是挨著次序來，大爺最多，二爺次之，三爺更次之，七爺比較上算少。」

燕西道：「這一本爛賬，除了自己，有誰知道？我想我的虧空不會少似二爺吧？」

鳳舉道：「往年你交結許多朋友，這裡吃館子，那裡跳舞，錢花得多了，或者有之。最近這半年中，我沒有看見你有什麼活動，何以你還是花得這樣厲害？」

燕西道：「你不是說一兩千塊錢很不算什麼嗎，怎麼你又說花多了？」

鳳舉這可不能說，我花了不算什麼，你花了就算多，只得笑了一笑。

燕西本想向賬房私挪幾百塊錢。見鳳舉這種情形，他是有優先權了，隨便說了幾句話，先就抽身走了。

且不回新房，把那日久不拜會的書房順步踏進去了。金榮拿了一床毯子，枕著兩只靠墊，正在長沙發上好睡，燕西喝道：「你倒好，在這裡睡將起來了。」

金榮一骨碌翻身起來，看見了燕西，也倒不驚慌，卻笑道：「我真不曾料到七爺今天有工夫看書來了。」

燕西皺了眉道：「你們倒快活！過年了，有大批的款子，又得拚命賭上幾場。」

金榮將那半掩的門順手給他掩上了，卻笑道：「七爺為難的情形，還不是為了過年一點小虧空嗎？這一點兒事，你何至於為難。」

燕西坐下來，翻一翻桌子上煙筒子裡的煙捲，卻是空空的，將煙筒子一推道：「給我拿煙去。」

金榮微笑道：「別抽煙，心裡有事抽煙，就更難過了。我告訴你一條好路子，四姑爺手上非常的方便，你只要到四小姐那裡閒坐，裝著發愁的樣子來，他們一定就會給你設法。」

燕西道：「你怎麼知道四小姐有錢？」

金榮笑道：「你是不大管家務事，所以不知道，這一陣子劉姑爺是天天嚷著買房，看了好幾所了，都是價錢在五萬上下，他要是沒有個十萬八萬的，肯拿這些錢買房？四小姐是肯幫你忙的，這個時候，你問她借個一千兩千的，還不是伸手就拿出來嗎？」

燕西道：「你瞧，我算是糊塗，他們這樣大張旗鼓地要買房，我就會一點也不知道，有了這樣一個財神爺，我倒不可放過。」

金榮笑道：「三個臭皮匠，抵個諸葛亮，你說我這主意不錯不是？要去，你這就去，趁著四姑爺還沒有出門，事情兒準有個八分成功。」

燕西道：「我就信你的話，三個臭皮匠抵個諸葛亮，我這就和四小姐說去。」說著，起身到道之這邊屋子裡來。

燕西這回前來正是機會，劉守華正好拿出支票簿來，簽了一張一千二百元的支票，放在桌上，用銅尺來壓著。

燕西看了便笑道：「大家都好，只有我一個人鬧窮，你瞧，你們這支票滿屋子扔，看了真讓人家羨慕。」

道之道：「你嚷什麼窮？柴米油鹽的賬，哪樣讓你管了一天了？」

燕西道：「你只知道那樣說，你不知道大家是有進款的，就只有我一個人沒有進款的。過了年，父親若要不讓我去留學，我就得到機關裡去弄差事，不然，這個窮勁兒我可是抗不了。」一說著，向沙發椅子上一靠，嘆了一口長氣。

道之對劉守華笑道：「老七是無事不登三寶殿，他來哭窮，你知道他的用意嗎？」

劉守華笑道：「我不是諸葛亮和劉伯溫，猜不到他此來什麼用意。」

道之道：「你不要裝傻了，你要裝傻，我就不必叫你劉守華，要叫你劉守財了。」

劉守華笑道：「據你這樣說，老七是和我們借錢來了。老七，你姐姐猜得對嗎？」

他這一問，燕西難為情起來，姐夫究竟是別姓的人，怎麼好意思說借錢的話，因此他卻十分躊躇著，不知道是直說好，還是不說的好。只這一猶豫之間，就把答話機會錯過。燕西又不好補說，自己此來可是借錢的，卻只一笑了之。

劉守華道：「那有什麼不好意思？你要多少錢用，我替你想點法子就是了。年輕人都要這樣，以為說沒有錢用就丟了面子，問人家借錢呢，人家答應，還是罷了，人家若是不答應，是加倍地難為情。可是要這樣，就不是應時的手腕了。」

燕西笑道：「你倒好像愛克斯光鏡，照見了我的心肝五臟，其實我窮雖窮，勉強湊起來，對付著也就可以過年，倒是不敢鬧虧空。」

劉守華一番好意，經燕西這樣一說，就不能再向前說。他不說，道之也是默然無語。燕西又說了一些閒話，也就走了。

不過走出了道之這院子裡，自己又有些後悔，剛才人家說得好好的了，只要我說出數目來，就可以照辦，偏是當時又要什麼面子，說了硬話，把現成的支票退回，這只好另想法子了。隨腳所至，不覺就走到自己內室來。

這個日子，清秋在金家雖然過了許久，但是看他們家裡過年，別有一種狂熱的情形，看了倒是有趣。只有她是一個新嫁娘，一點事也沒有，拿了一本書，正背著窗戶看。

燕西走了進來，見她看書，就笑道：「你倒自在！」

清秋道：「我不自在怎麼樣呢？這裡並沒有我要做的事呀，但是我看你沒有什麼事的人，何以也忙得不亦樂乎？」

燕西向旁邊長椅上一躺，嘆了一口氣道：「唉！你哪裡知道？」

清秋道：「我什麼不知道？你還有什麼痛苦嗎？」

燕西一時失神，把口氣露了出來，現在要勉強掩飾也是來不及，因道：「別的什麼痛苦是沒有，一到了過年的時候，大家都用錢，我想到消耗和別人一樣，可是並沒有收入，這事是很危險。」

清秋先是抿嘴一笑，然後說道：「為了錢發愁，我看你這是第一次吧？你那每月三百元的月費怎麼用了？」

燕西一拍手道：「靠那一點子錢，當然是鬧虧空，可是鬧虧空不算，還不讓人知道，第一是父親不能知道這件事，他以為一個讀書的人，每月用這些錢已經太多了，哪裡再能說不夠？」

清秋臉一紅道：「你為我花了錢不少吧？」

燕西鬧得圖窮匕現，更是不堪，因道：「我有是有點虧空，但是相沿的日子久了。」說到這裡，屋子外面，有人喊道：「七爺在這裡嗎？」

燕西便問道：「誰？」那人聽到答應，就進來了，原來是道之用的李媽。

燕西見她手上拿著一封信，心裡就是一動，因問道：「是給誰的信？」

李媽道：「是我們太太給你的，你瞧吧。」

燕西拆開來一看，先有一張支票射入了自己的眼簾，另外是一張八行，上寫道：「你大概是很著急吧？想借錢，又不好意思開口，是不是？現在把一張空白支票蓋了圖章送來，要多少錢，你斟酌情形去填上。時候不早了，填了趕快就去兌吧，我並不對人說，你放心。姊道之字。」

燕西一見，不由得喜上眉梢，對李媽道：「我知道了，你去吧，待一會兒，我自己就會來。」

李媽去了，燕西笑嘻嘻的，將支票向清秋臉上一揚，說道：「嘿！咱們正月裡花的錢都有了，現在幾點鐘？」

清秋笑道：「來了一筆什麼意外的財喜，把你樂成這個樣子？鐘在你面前桌上，倒來問我？」

燕西便將支票遞給清秋看道：「天下放債的人，我看沒有比這更痛快的了，將支票蓋好了圖章，倒讓我們來填數目。四姐待我們總算不錯的了。」

清秋道：「這樣子，你打算填多少數目呢？」

燕西一手拿著支票，一手搔了一搔頭髮，笑道：「依我的意思，最好是填上三千，可是人家給我們一個大方，真填上那樣多，又覺有一點子知進而不知退。」

清秋道：「我說你什麼事快活？原來是借到一筆錢。借錢是很不幸的事情，沒有看見你倒把它當了一件快活的事。你以為借了錢，不用得還嗎？就是不用還，究竟也不算快活。」

燕西道：「還自然是要還，但是有了錢，就救了目前的急，先快活一下再說。」於是拿了支票，就到桌上去填寫數目。

清秋趕過來，一手挽住了他的胳膊笑道：「你可別胡鬧，填上許多數目，你要知道，有多了錢，你也就是多花，不如寫上幾百就行了。正月裡我沒有什麼可花的，你別要為我打算盤，你自己划算著，你要花多少，你就寫上多少吧。」

燕西笑道：「無論如何，我得寫兩千，除了還欠債，自己還要留幾個錢用用。」說時，他已把數目填上。一看桌上的鐘，還只四點鐘，笑道：「行行行！今天銀行裡營業的時間都延長到下午七八點鐘的，這時候去，拿了錢，還可以買東西回來。」於是回轉身，兩隻手握了清秋的手，一直問到清秋臉上，笑道：「你要什麼東西？我都給你帶來。」

清秋道：「我什麼也不要，只要一個條件，你把錢交給我，讓我替你保管，你的意思怎樣？」

燕西笑道：「這不成問題，你不給我保管，我也要把錢放在你這兒的，難道我還能帶著整千的款子在身上，到處去玩嗎？」說畢，找了帽子戴上，就出去了。

出去了約有一個多鐘頭，他高高興興回來，在身上掏出那兩搭票子，交給清秋道：「每搭是五百，共總一千。」

清秋道：「還有一千呢？」

燕西道：「姓了別人了，還有嗎？」

清秋道：「你真會用錢，出門去拿兩千塊錢，不到家就用了一半，這不能不算一個大手筆。」

燕西笑道：「我這就算大手筆嗎？你去查查老大老三他們用的錢，每月是要多少？」

清秋道：「為什麼不學人的好處，卻學人的壞處？再說大哥、三哥他們都能掙錢，你總還算是在求學的時代，也不能和他去打比啊！」

燕西道：「他們掙的錢嗎？那更可笑了，恐怕還不夠每月坐汽車的油費呢。」

清秋笑道：「我不是說一句刻薄話，大概紈褲子弟四個字，你們貴昆仲倒是貨真價實。」

燕西聽了這話，未免臉上一紅，就說不出話來。

清秋也覺得這話有些言重了，便走到燕西身邊，輕輕地拍著他的肩膀道：「對不住！我的話說錯了，回頭我給你拜年，再向你道歉。」

燕西握住她的手，轉過身來，這位新夫人正穿了一件玫瑰紫的駝絨袍，兩頰帶上一點似有如無的紅暈，配上那烏緞子似的頭髮，雙鉤起來，掩住一角白臉，她美目流盼，瓠犀微露，真是嬌豔極了。

她的頭正靠住了燕西的左肩，燕西偏著頭由上向下一看，笑道：「今天為什麼穿得這樣漂亮？」

清秋道：「今天不是過年嗎？我總得穿個熱鬧鬧的，免得人家說我姓冷，人也冷。」

燕西道：「誰說了這話？」

清秋道：「沒有誰說，不過我這樣猜想罷了，反正穿得熱鬧，總也不討人厭。」

燕西笑道：「這話不可一概而論，有那種豬八戒似的人，可就越熱鬧越討厭。」

清秋笑道：「我就知道我和豬八戒的相差不多，你可要算高家莊的高小姐了。」

就在這個時候，玻璃窗外有一個人影子一閃，似乎是走過來，又退回去了。清秋眼快，便問道：「外面是誰？」忽然外面有人格格地笑將起來。

燕西聽來人的聲音，好像是道之，問道：「四姐嗎？為什麼不進來？」

道之笑道：「說起新婚燕爾，你們真是當之無愧，那種鶼鶼鰈鰈的樣子，我衝了進來，有些不大合適吧？」一面說著，一面已走將進來。

清秋聽了這話，倒有些不好意思，笑道：「四姐是做母親的人，應該指導指導我們才是，你倒拿我們開玩笑？」

道之道：「指導指導你們嗎？除非是指著老七說，你是聰明人裡頭挑出來的頂尖兒，恐怕你要指導我才對呢。得！不要說那些客氣話。老七我問你，我那支票，你給我填上了多少數目？」

燕西作了一個揖道：「姐姐，真多謝你，救我出了難關，我填了兩千，但是已用過去一半了，馬上還得開銷五百。」

清秋將他遞過來的鈔票，依舊向他手上一塞，說道：「罷罷，你叫我保管，還沒有拿過來，又要用去一半，還保管什麼？當了債權人的面，你拿回去吧。」

燕西笑道：「自然是等著花，你想，我要是把款能保管起來，又何必去借債呢？」

道之道：「我正是來告訴清秋妹，讓她監督著你，你要知道，我是債權團，就有派代表監督你財政的權利。」

燕西道：「我還得出去開發債主子呢。」說畢，轉身就向外走。

清秋隔了窗子望著，默然不語。

道之見她這樣，好像有什麼感觸似的，便笑問道：「清秋妹，你看不慣他這種樣子嗎？他們都是這樣，花錢像流水一樣，已經花慣了，從前除了兩位老人家，別人是不好干涉他們，現在你來了，你就負有這一層責任。」

清秋笑著搖了一搖頭道：「四姐，猜錯了，我不是為這個。」但是她雖然否認了，卻說不出另有別的原因。

道之向來就不管這些屑末小事，清秋不說，她也就算了，便道：「母親屋裡去坐坐吧，一個人坐在屋子裡又要看書了，晝夜坐著不動，這很是與衛生有礙的。」不待清秋答覆，拉了清秋就跑。

清秋跟著她走到外面，只見那些聽差和老媽子分批在掃院子擦玻璃，走廊上沿著花格欄一齊編上了柏枝，柏枝中間，按上大朵的綢花和五彩葡萄大的電燈泡。廊簷下，一條長龍似地懸著花球和萬國旗。

清秋道：「嘿！我們這樣文明的新家庭，對著舊年還是這樣鋪張。」

道之道：「這是母親的意思，一年一次的事，大家同樂一下子。她老人家本歡喜熱鬧，反正無傷於文明，我們倒樂得湊趣。這就算鋪張嗎？你上那大廳裡去看看，那才是熱鬧呢！」

清秋是初來金家過第一個年，少不得要先看看，以免臨時露怯，於是轉著迴廊向外，到了大廳上，只見西式的傢俱一齊撤去，第一樣先射入眼簾的，就是正中壁上懸了許多畫像，男的補服翎頂，女的是鳳冠霞帔，一列有七八幅之多，這不用猜，可以知道是金家先人的遺像。

在先人遺容之下，列著長可數丈的長案，長案邊繫著平金繡花大紅緞子的桌圍，案上羅列著的東西，並不是平常銅錫五供之類，都是高到二三尺的古禮器。大到三四尺的東西，有的是竹子製的，長長的，下直上圓還有一個蓋。有的是木製的，圓的地方更扁。有的是銅製的，是個長方形的匣子，兩端安有獸頭柄，下端有托子撐起。

清秋因為念過幾本書，記得竹製是籩，木製的是豆，銅製的是簋，此外圓的方的，羅列滿案，卻不能一一指出名字來。

沿著桌子，一列擺著烏銅鐘爵之類，並不像人家上供擺那些小杯小碟，心想，他這種歐化的人，倒不料有這種古色古香的供品，這也是禮失而求諸野了，旁邊壁上，原來字畫之類也同時撤除，另換了一批，看那上下款，必有一項是金氏先人的名號，大概是保存先人手澤之意。

此外還有七八個大小的木盒子，有的盛著馬刀，有的盛著彈弓，有的盛著書冊。還有一個金漆的木盒，裡面列著一幅楷書的冊頁，近前隔著玻璃蓋看時，卻是清朝皇帝的手詔。清秋知道燕西的曾祖曾做過邊疆巡撫，這就是給那位老人家的了。

看得正入神，道之笑道：「清秋妹，你瞧瞧，我們祖上可都也是轟轟烈烈的人，曾祖不必說了，我們爺爺，他是弟兄三個，有文有武，誰也是二品以上，就是人丁不旺，長二房留下一個姑母。」

清秋道：「燕西老說他的大姑母，如何如何疼他，只可惜他們一家都在上海，不能常往來，他還叫我和他一路去探望這位老人家呢。」

道之道：「可不是！我們這位姑母太慈善了，非常地歡喜看到我們，這也因為我們家人丁單少之故。」

清秋笑道：「這也就不算少了，一共有八個人呢，難道還要二十位三十位不成？」

道之笑道：「這是我說錯了，應該說親人不多才對了，這話我得再說回來，你想，往上兩輩子只有兩個後輩，自然看得很重。我們爺爺行三，他的眼光是很遠的，自己又嘗作過海邊上的官，他就說官場懂外務的人太少，讓我們父親出洋，老人家反對的自然是多，三房共這一個人，倒讓他到外國去，可是爺爺非這樣辦不可，結果，父親就在歐洲住了幾年回來。他老人家舊學原有底子，出洋以後又有了新知識，所以正是國家要用的人才，也總算敵得住上輩，只是到了我們這輩子，可就糟了。」

清秋道：「怎麼會糟？不過好的，都是在女子的一方面罷了，我們祖上是那樣有功業的人，應該是要傳過四代去的，書上不是說得有『君子之澤，五世而斬』嗎？」

道之道：「你既然知道這個，你和老七好好的養下幾個小國民，把……」

清秋不讓她說完，用手捶了道之一下，轉身就跑，恰好這裡新換地毯，還沒有鋪勻，毯子一絆腳，摔了一跤，不偏不倚摔在地毯上的紅氈墊中間。

道之看到，連忙上前來攙起她，笑道：「還沒有到拜年的時候哩，你倒先拜下來了。」

清秋道：「這都是你，把我這樣摔了一跤，你可別對人說，怪寒磣的。」

道之拍了她的肩膀道：「妹妹，我對你哪裡還有一點不盡心盡力地照顧嗎？你要難為情，也就和我難為情差不多，哪裡會對人說哩？」

清秋站定了，伸手理了一理鬢髮，笑道：「別說了，越說越難為情，我們到母親房裡去坐一會兒吧。」於是攜著道之的手，笑嘻嘻地同到金太太屋子裡來。

金太太正打開了一只箱子，拿了一些金玉小玩意擺在桌上，自己坐在旁邊的一張沙發上，口裡銜著一支象牙細管長煙嘴子，閒閒望著。

清秋走上前，站在桌子一邊，低了頭細看。

金太太笑道：「你瞧瞧，哪一樣好？」

清秋笑道：「我是一個外行，知道哪一樣好呢？」

金太太笑道：「我是不給壓歲錢的，一個人可以給你們一樣，你是新來的，格外賞你一個面子，你可以拿個雙份兒。你說你歡喜哪兩樣，你就先挑兩樣。」

道之道：「呵喲！這面子大了，你就挑吧。」

清秋笑道：「這樣一來，我是鄉下人進了龍宮，樣樣都好，不知哪一種好了。」

道之道：「好是樣樣都好，好裡頭總有更好的，你就不會把更好的挑上一兩樣嗎？」

清秋聽說，果然老實起來，就在二三十件小玩器中，挑了一支白玉的小鵝和一個翡翠蓮蓬，蓮蓬之外，還有兩片荷葉，卻是三根柄兒連結在一處的。

金太太笑道：「你還說外行，你這兩樣東西挑得最對，我的意思也是這樣。」

清秋笑道：「謝謝你老人家了，說起來不給壓歲錢，這錢可也不少。」

金太太道：「我也不能年年給，看我高興罷了。」

道之笑道：「其實你老人家要賞東西，今年不該給這個，應當保存起來，留著給小孩子們。」

金太太笑道：「你知道什麼，我是另有一番用意的，我的意思，先賜給小孩子母親，由她們再賜給小孩子，那麼，這也就算是傳代的物件了。若是留到將來直接給小孩子，中間就間了一代了。」

道之笑著對清秋道：「你聽見沒有？你倒不客氣，是自己挑給小孩子的。」

清秋笑道：「我真不知道繞上這一個大彎，媽也是，你還拿我開玩笑呢。」

金太太笑道：「你這孩子說話，我還和你開什麼玩笑？你上了四姐的當，你倒說我和你開玩笑。」

道之道：「得了，媽別怪她了，讓她回頭辭歲的時候，多給你鞠幾個躬吧，趁著現在腰軟，讓她多彎彎腰，將來她有一天像大嫂一樣，直了腰子，她就不肯往下彎了。」越說越讓清秋難為情。

金太太抽著煙笑道：「這事真也奇怪。一個姑娘定了婆婆家，那要害臊，還情有所可原，一個少奶奶要添孩子，這是開花結實，自然的道理，還用得著什麼難為情？」

清秋道：「照這話說，男大須婚女大須嫁，一個姑娘要上婆婆家，也就不必害臊了？」

金太太還要說時，聽到門外咳嗽了兩聲，這正是金銓來了，大家就停止了說笑話。

清秋首先站起，他一進來，看見桌上擺了許多小玩器，便問道：「把這些東西翻出來做什麼？」

金太太道：「過年了，賞給兒媳姑娘們一點東西當壓歲錢。」

金銓笑道：「人老了，就是這樣，會轉童心，太太倒高興過這個不相干的舊年。」

金太太道：「我們轉了童心，充其量也不過聽聽戲，看看電影罷了，這要是你們，一轉童心，不是孩子們在這裡，我可要說出好的來了。」

金銓道：「別抬槓，今天是大年三十夜啦。」

金太太將手上那根象牙細煙管指著金銓，眼望著清秋和道之，笑道：「你聽聽他的，剛才還說不過不相干的舊年，現在他自己倒說出大年三十夜，不許抬槓起來。這豈不是只許州官放火，不許百姓點燈嗎？」

這一說，大家都笑了。

金銓靠上手一張大軟椅上坐了，笑道：「做事的人，總想閒一閒，其實真閒了，又覺得不合適似的，每年到了陰曆陽曆這兩個長些的假期中，我反是悶得慌，不知道找什麼玩意來消磨光陰。我倒佩服鵬振和燕西。鵬振的衙門是一月也不去三回，燕西更不必談了，他們一年到頭地閒著，反是有事要找他，找不著人影。我就沒有他們這種福氣可以閒得下來。」

清秋本坐著的，站起來笑道：「這些時他倒看書，父親若是要找他，我去找他來。」

金銓笑道：「他在看書嗎？這倒奇了。並沒有什麼事找他，不過白問一聲。他既然在看書，那是十年難逢金滿斗的事，就隨他去吧。」

道之側轉臉去，背了金銓，卻對清秋微笑。清秋也偏了頭和金太太說話，道之的舉動她只當沒有看見。金太太以為她見了公公來了，格外正襟危坐，她就沒有去留心。

坐了一會兒，天色就晚了。裡裡外外，各屋裡電燈都已點亮，男女傭僕像穿梭一般的，只在走廊外跑來跑去。

過了一會兒，李貴站在堂屋中門外輕輕地問了一聲總理在這裡嗎？金銓問道：「什麼事？」

李貴只站在房門邊，答道：「大廳上各事都預備好了，是不是就要上供？」

金銓道：「還早呢。」

李貴道：「大爺說了好幾回了，說是早一點好。」

金銓一聽，心裡就明白，這一定是他要催著上完了供，就好去和姨少奶奶吃團圓酒。這孩子這樣往下做，實在是胡鬧，但是這件事在沒有揭穿以前，自己總是裝模糊不知道，免得容之不可，取締又有所不能，現在又看破了這種行動，便勃然把臉色一沉，喝道：「你聽他的話做什麼？知道他又是鬧什麼玩意！」

金太太笑道：「這也值得生氣？鳳舉也是一樣的孩子氣，他想今天晚上，家裡和朋友家裡當然有些玩意，他催著上了供，就好去玩了。」便對李貴道：「早一點也好，你全通知大家吧。」

李貴答應走開。道之先站起來道：「我去換衣服了，要不要讓守華也參與這個盛會？」

金銓道：「當然讓他看看。」

清秋聽了這話，知道這一幕家祭完全是舊式的，不必讓人招呼，自當回屋子裡去換衣服。她正要起身，金太太笑道：「這樣子，你也是要換衣服了？你穿的這紫色袍子就很好，不必換了。阿四她是因為怕孩子囉嗦，穿的是件黑袍子，太素淨了，不能不換。」

清秋心裡可就好笑，他們家裡，說新又新，說舊又舊；既然過舊年，向祖宗辭歲，同時可又染了歐化的迷信，認為黑色是不吉利的顏色，遇到盛會，黑色衣服就不能穿了。

當時因為婆婆說不必換，只坐在金太太屋子裡閒話。雖然不知道有些什麼禮節，好在自己排最末，就是行禮，也要到最後才攤派到自己頭上來，到那時候，看事行事就得，也不必預先躊躇了。

金太太屋子裡，自從幾個大丫頭出閣了，只有一個小蘭，她就為潮流所趨，不肯再添使女。上半年有些小事情，都是阿囡、小蘭兩個人分別了做，現在卻是金榮一個寡婦妹妹在屋子裡做些精細事情，因為她婆婆家姓陳，年紀又只二十歲，金太太不肯叫她什麼媽，就叫她一聲陳二姐。

陳二姐雖然是窮苦人家出身，倒生了個美人胎子，很是清秀，身材也瘦瘦的。大戶人家就是看不慣牛鬼蛇神的那種黃臉老媽子，因之金家的女僕都是挑那種年紀輕乾淨伶俐的婦人做工。金太太一來憐惜陳二姐是個年輕寡婦，二來又愛她做事靈敏，只要你有這個意思，還不曾說出來，她已經把你的事情做好了，所以陳二姐到金家來只有幾個月，上上下下倒摸得很熟。

這時，金太太一說要換衣服，陳二姐早拿了一把鑰匙在手上，走了過來，問要開哪一號箱子？金太太道：「家裡並不冷，就是把那件鹿皮絨襖子拿來，繫上一條裙，那就行了，用不著開箱子。」

於是清秋在外面屋子裡候著，等著金太太衣服換好，然後一同上大廳來。

那大廳在紫彩松枝花球之間加上許多電燈，這個時候是萬火齊明，而且彩色相映，那電燈另有一種光彩。供案前，有兩只五獅抱柱的大燭臺，高可四五尺，放在地板上，上面點了飯碗粗細的大紅燭，火焰射出去四五寸長。

再看那些桌上陳設的禮器，也盛了些東西，都是湯汁肉塊之類，家中大小男女這時都齊集了。鳳舉穿了長袍馬褂，向長案右角上，對著一個二三尺高的銅磬拿了磬槌噹噹噹敲了三下。金銓就和金太太一同上前，站在供案之下，齊齊地向祖先遺容三鞠躬，禮畢，又是三下磬，只聽得轟通一下，接上嘩啦嘩啦，院外的爆竹，萬顆爭鳴，鬧成一片。

在這種爆竹聲中，男女依著次序向祖先行禮。他們還是依著江南舊俗，走廊下，東西列著兩只銅火盆，火炭燒得紅紅的，上面掩著青柏枝，也燒得劈撲劈撲的響，滿處都是一種清香。聞到這香氣和爆竹聲，自然令人有一種過年的新感想了。

在這時，梅麗就笑著跳出來道：「爸爸，你請上，大家要給你拜年了。」

金銓看見兒女滿堂，自然也有一種欣慰的情態，背了手，在地毯上踱著笑道：「你們一年少淘一點氣，多聽兩句話就是了，倒不在乎這種形式上。」

但是他這樣說時，大家已經將他圍困上了，就團團地給他鞠躬，像鳳舉兄弟們，究竟是兒子，父親既說不必行禮，也就是模模糊糊過去了，這兒媳們姨太太們是不便含糊的，小姐們也是女子，也只好照樣。金銓只樂得連連點頭。

大家行禮畢，於是一陣風地又來圍上金太太，金太太倒是喜歡這件事，她就先笑著在供案面前等著。這自然是平輩的二太太首先行禮。只向下一站，說聲太太，拜年二字還不曾說出，金太太就向前一把拉住了她，笑道：「我也給你拜年，兩免吧。」

二太太和她已是老君老臣了，而且自己也有兒有女，只要面子敷衍一下也就算了。

其次便是翠姨，倒整整地和金太太行了一個鞠躬禮，金太太只點著頭笑了一笑道：「恭祝你正月裡財喜好，多多贏幾個錢。」

翠姨笑道：「討太太的口彩。」不過嘴裡這樣說，心裡卻以為單提到賭錢，倒有些寓祝於諷了。

金銓也覺得太太這話有些刺激的意味，但是她好像無意說的，臉上還帶著笑容，當然不見得要在這個時期和翠姨下不去；心裡雖然拴上一個疙瘩，好在這時大廳上，人正熱鬧忙碌，只一混就過去了。

翠姨只一行禮，其他的人已經一擁而上和金太太行禮，翠姨退到一邊去，這事就過去了。

大廳上大家熱鬧一會子，時候就不早了，大家就要飯廳上去吃年飯。清秋見事行事，也是跟著了一塊兒去。

那飯廳上的桌子，列著三席，大家分別坐下。正中一席，自然是金銓夫婦坐了，其餘的分別坐下，清秋正挨著潤之，卻和燕西對面坐下，潤之推了她一推，低著頭輕輕地笑道：「坐到對面去吧，怎麼坐在我這裡？」

清秋輕輕地笑道：「父親在這裡，不要說了，多難為情。」

潤之依舊推了推她道：「去吧去吧。」清秋兩手極力地按住桌子，死也不肯移動，滿堂的人都含笑望著她。

鵬振正和玉芬坐在並排，便回轉頭去，輕輕地笑道：「你瞧，就是這樣，不坐在一處的，他們毫不注意，能坐在一處的，又很認為平常的事。」

玉芬回了頭，斜看了鵬振一眼，輕輕道：「耍滑頭！」說畢，她看見下方還有一個空位，就坐到下方去了。

道之又和鵬振緊鄰，卻拿筷子頭插了兩下，旁人看見，都為之一笑。

這一餐飯，大家都是吃得歡歡喜喜的。吃完了飯，大家也就不避開金銓，公開地說打牌打撲克，金太太也就邀了二太太、佩芳、玉芬共湊一桌麻雀牌，金銓也背了兩隻手，站在他們身後轉著看牌。

清秋是因為第一次在外過年，少不得想到她的母親，一人輕輕悄悄地步回房去了。

清秋一人到了自己屋子裡時，只有李媽在這裡，劉媽也去趕熱鬧去了，想到外邊熱鬧，越覺得這裡清靜。

她一人坐著，不覺垂了幾點淚，卻又不敢將這淚珠讓人看見，連忙要了熱水洗了一把臉，重新撲了一點粉，但是心事究竟放不下去，一個人還是默默地坐著。

恰好燕西跑了過來拿錢，看見清秋這種樣子，便道：「傻子，人家都找玩兒去了，你為什麼一個人坐在屋子裡發悶？走！打牌去。」說著，就來拉清秋的手。

清秋微笑道：「我不去，我不會打牌，我吃多了油膩東西，肚子裡有些不舒服。」

燕西一把托了清秋的下巴頦，偏著頭對她臉上望了一望，指著她笑道：「小東西，我看出來了。你想起家來了，是不是？」說著，就改著唱戲腔調道：「我這頭一猜……」

清秋笑道：「猜是猜著了，那也算是你白猜。」

燕西道：「我有一個法子，馬上讓你回去看伯母去，說出來了，你怎樣謝我？」說時，一直問到清秋臉上來，清秋身子一低，頭一偏道：「不要廢話了。」

燕西道：「你以為我騙你嗎？我有最好一個法子呢！現在不過十點鐘，街上今晚正是熱鬧，我就說同去逛逛去，咱們偷偷地回你們家裡去一趟，有誰知道？」

清秋道：「是真的嗎？鬧得大家知道，那可不是玩的。」

燕西道：「除了我，就是你，你自己是不會說，我當然也是不能說。那麼，哪裡還有第三個人說出來呢？不過我若帶你回了家，你把什麼來謝我呢？」

清秋道：「虧你還能說出這種乘人於危的話！我的母親，也是你的岳母，她老人家一個人，在家裡過那寂寞的三十晚，你也應當去看看。再說，她為什麼今年過年寂寞起來哩？還不是為了你。」

燕西笑著拱拱手道：「是是！我覺悟了。你穿上大衣吧，我這就陪你去。」

清秋這一喜自是非凡，連忙就換上衣服，和燕西輕悄悄地走出來。只在門房裡留了話，說是街上逛逛去，門口的熟車子也不敢坐，一直到了大街上，才雇了兩輛車，飛馳到落花胡同來。

燕西一敲門，韓觀久便在裡面問是誰，清秋搶著答應道：「媽爹，是我回來了。」

韓觀久道：「啊喲！我的大姑娘！」說時，哆哩哆嗦就把大門開了，門裡電燈下，照著院子裡空蕩蕩的。

清秋早是推門而入，站在院子裡，就嚷了一聲媽。冷太太原是踏著舊毛繩鞋，聽了一聲媽，趕快迎了出來，把一雙鞋扔在一邊，光了襪子底，走到外面屋子裡來，等不及開風門，在屋子裡先就說道：「孩子。」

清秋和燕西一路進了屋來，冷太太瞇瞇地笑了，說道：「這大年夜怎麼你兩人來了？」

清秋笑道：「家裡他們都打牌，他要我到街上來看今晚的夜市。我說媽一人在家過年，他就說來看你。」

冷太太道：「也不是一個人，你舅舅剛走呢。」

清秋看家裡時，一切都如平常，只是堂屋裡供案上加了一條紅桌圍。

冷太太這才覺得腳下冰涼，笑著進房去穿鞋。燕西夫婦也就跟著進來了。這一看，屋子裡正中那一盞電燈拉到一邊，用一根紅繩拉在靠牆的茶几上，茶几上放著一個針線藤簸箕，上面蓋了兩件舊衣服。想到自己未來之前，一定是母親在這裡縫補舊衣服，度這無聊的年夜，就可想到她剛才的孤寂了。

右邊一只鐵爐子，火勢也不大，上面放了一把舊銅壺，正燒得咕嘟咕嘟地響，好像也是久沒有人理會，便道：「舅舅怎麼過年也不在家裡待著？乳媽呢？」

韓媽穿了一件新藍布褂，抓髻上插了一朵紅紙花，一掀簾子，笑道：「我沒走開，聽說姑娘回來了，趕著去換了一件衣服。」

燕西笑道：「我們又不是新親戚過門，你還用上這一套做什麼？」

韓媽笑道：「大年下總得取個熱鬧意思。」說著，她又去了一會子工夫，她就把年果盒捧了來。

燕西道：「嘿！還有這個！」於是對清秋一笑道：「今年伯母的果盒，恐怕是我們先開張了。」

冷太太聽說，也是一笑。也不懂什麼緣故，立刻心裡有一種樂不可支的情景，只是說不出來。

韓媽也不知道有什麼可樂的事，她也是笑嘻嘻的，在桌底下抽出一條小矮凳子，在一邊聽大家說話。坐了一會子，她又忙著去泡青果茶，煮五香蛋，一樣一樣地送來。

清秋笑道：「乳媽這做什麼？難道還把我當客？」

韓媽道：「姑娘雖然不是客，姑爺可是客啊，難得姑爺這樣惦記太太，三十晚上都來了，我看著心裡都怪樂的，要是不弄點吃的，心裡過得去嗎？」

她這樣一說，大家都笑了。

說說笑笑，不覺到了一點多鐘。清秋笑著對燕西道：「怎麼樣？我們要回去了吧？」

燕西道：「今天家裡是通宵有人不睡的，回去晚一點兒不要緊。」

冷太太道：「這是正月初一時候了，回去吧，明天早一點兒來就是了。」

清秋笑道：「媽還讓我初二來嗎？」

冷太太笑道：「是了，我把話說漏了，既然現在是正月初一的時候，為什麼初一來，又叫明天哩？不要說閒話了，回去吧，你這一對人整夜地在外頭，也讓親母太太掛心。」

清秋也怕出來過久，家裡有人盤問起來了，老大不方便。便道：「好！我們回去吧，我們去了，媽早點安歇，明天我們來陪你老人家逛廠甸。」於是就先起身，燕西跟在後面，走出門來，依然雇了人力車，一徑回家。

金家上上下下的，這時圍了不少的人在大廳外院子裡，看幾個聽差放花爆花盒子。燕西走到院子走廊圓門下，笑著對清秋道：「差一點兒沒趕上。」

玉芬也就靠了走廊下一根圓柱子在看放花爆，一見燕西，就笑道：「你小倆口子在哪兒來，弄到這般時候回家。」

清秋最是怕這位三嫂子厲害，不料騎牛撞見親家公，偏是自己回來晚了，又是讓她發現的，當然心裡一陣惶恐，臉上就未免一陣發熱，先就一笑道：「他見你們打牌沒有他一角，他就想起了我，就硬拉著我去逛街，我不能不跟他去。把我兩隻腳走得又酸又痛。」說時，彎著腰，捶著兩腿。

燕西也笑道：「你真無用，走幾步路，就會累得這樣。」

清秋也不和他多辯，就到人叢裡面去了。

燕西站在玉芬身邊，未曾走開，玉芬道：「你小倆口兒感情倒是不錯，這樣夜深，還有興致逛街。」

燕西笑道：「你們玩的地方，我們不夠資格哩。」

玉芬將嘴一撇道：「幹嘛呀？這樣損我們。」

燕西正要接著說時，那花盒子正放到百鳥投林的一幕，幾千百隻火鳥，隨著爆竹聲四圍亂射。大家哄地一陣笑，都向後退。

一個大火星斜刺裡向玉芬耳鬢射來，嚇得玉芬哎呀一聲，向後一縮，不是燕西拉著她的手胳膊，她幾乎摔倒在地下。

玉芬站定了笑道：「這花盒子是誰放的？有這樣一檔子，事先也不告訴人，嚇了我這樣一大跳。」一面說著，一面用手去扶理額角前的那一段的頭髮。她似乎有些難為情，不等花爆放完，她就走開了。

當天晚上，燕西到處趕著熱鬧，並未把這層事留意，及至過了這天，又是大正月裡，大家趕著這兒玩，那兒鬧，更不會把三十晚上那一節小事為念了。

這日是正月初四，燕西在家裡打了一天小牌，到了下午，悶得慌，也不知道哪兒去玩好。這幾天戲園子是不把戲名寫上戲報的，都是吉祥新戲，你真要到戲園子裡去撞撞看，就會撞到一些清淡無味的吉祥戲，白花了錢。

要去看電影吧？這些日子，又沒有報，也沒有電影廣告，不知道演的是什麼片子，索性哪兒也不去玩，跑到屋子裡來悶待著。

清秋道：「該玩的時候又不去玩。」

燕西道：「你叫我去玩，這是第一次了。」

清秋道：「並不是我催你去玩，你哪兒也不去，老守在屋子裡，是會讓人家笑話的。」

燕西笑道：「原來為此，我實在是找不著玩意。」

清秋道：「你不是說帶我到華洋飯店去看化裝跳舞的嗎？」

燕西道：「那要到星期六呢。」說時連忙站起來，看桌上大玻璃罩裡的旋輪日曆，今天可不是星期六！因笑道：「不是你提起，我倒把這個機會錯過了，別在家裡吃飯了，我們一塊兒到飯店裡吃去。」

清秋笑道：「你就是這樣胡忙，你常對我說，跳舞要到十點鐘才會熱鬧，去得那早做什麼？」

燕西道：「那我就先躺一會，回頭好有精神跳舞。」

清秋笑道：「好吧，回頭我要看你那靈活的交際手段了。」

燕西很是高興，本想還多邀家中幾個人一塊兒去的，可是一到了下午，各人都預定玩的方針了，一個伴都邀不著。

到了晚上九點多鐘，有一輛送人上戲院子的汽車打戲院子開回來，燕西夫婦便坐到華洋飯店去，吩咐汽車夫把聽戲的人接回家了，再上華洋飯店去接自己。清秋因為從小不懂跳舞，沒有和燕西到這地方來過，今晚是破題兒第一遭，少不得予以注意。

進了飯店大門，早有一個穿黑呢制服的西崽，頭髮梳得光而且滑，像戴了烏緞的帽子一般，看著燕西來了，笑著早是彎腰一鞠躬。

燕西穿的是西裝，順手在大衣袋裡一掏，就給了那西崽兩塊錢，左手一拐，是一個月亮門，垂著綠綢的帷幔，還沒有走過去，就有兩個西崽掀開帷幔，進去一看，只見一個長方形屋子，沿了壁子，掛著許多女子的衣服和帽子，五光十色，就恍如開了一家大衣陳列所一般。

燕西低聲道：「你脫大衣吧。」清秋只把大襟向後一掀，早就過來兩個人給她輕輕脫下，這真比家裡的聽差還要恭順得多。

由女儲衣室裡出來，燕西到男儲衣室脫了衣帽，二人便同上大跳舞廳。

那跳舞廳裡電燈照耀，恍如白晝，腳底下的地板猶如新凝結的冰凍，一跳一滑。廳的四周圍繞著許多桌椅，都坐滿了人，半環著正面那一座音樂臺。那音樂臺的後方，有一座彩色屏風，完全是一隻孔雀尾子的樣子，七八個俄國人都坐在樂器邊等候。

燕西和清秋揀了一副座位同坐下，西崽走過來，問了要什麼東西，一會子送了兩杯蔻蔻來，立刻那白色電燈一律關閉，只剩下紫色的電燈，放著沉醉的亮光。音樂奏著緊張的調子，在音樂臺左方擁出一群男女來，這些人有的穿了戲臺上長靠，有的穿了滿清朝服，有的裝著宮女，有的裝著滿洲太太。

最妙的是一男一女扮了大頭和尚戲柳翠，各人戴了個水桶似的假頭，頭上畫的眉毛眼睛，都帶一點清淡的笑容，一看見那樣，就會令人失笑。在座的人，一大半都站將起來跳舞，那兩個戴了假腦袋的，也是摟抱著跳舞，在人堆裡擠來擠去。

那頭原是向下一套，放在肩膀上的，人若一擠，就會把那活動的腦袋擠歪了過去，常常要拿手去扶正。跳舞場上的人，更是忍笑不住。

清秋笑道：「有趣是有趣，大家這麼放浪形骸地鬧，未免不成體統。」

燕西道：「胡說，跳舞廳裡跳舞，難道和你背禮記孝經不成？」

清秋道：「譬方說吧，這裡面自然有許多小姐太太們，平常人家要在路上多看她一眼，她都要不高興，以為人家對她不尊重，這會子化裝化得奇形怪狀，在人堆裡胡鬧，儘管讓人家取笑，這就不說人家對她不尊重了。」

燕西低著聲音道：「傻子，不要說了，讓人家聽見笑話。」

清秋微笑了一笑，也就不作聲了。頭一段跳舞完了，音樂停止，滿座如狂地鼓了一陣掌，各人散開。

距離燕西不遠的地方，恰好有一個熟人，這熟人不是別個，就是鶴蓀的女友曾美雲小姐，和曾美雲同座的，還有那位鼎鼎大名的舞星李老五。

燕西剛一回轉頭，那邊曾李二位已笑盈盈站起來點了一個頭，燕西只好起身走過去，曾美雲笑道：「同座的那位是誰？是新少奶奶嗎？」

燕西笑道：「小孩子不懂事，但是我可以給你二位介紹一下。」說著，對清秋點了點頭，清秋走過來一招呼，曾美雲看她如此年輕，便拉在一處坐。

曾美雲笑道：「七爺好久不到這裡來了，今天大概是為了化裝跳舞來的，不知七爺化的是什麼裝？」

燕西道：「今天我是看熱鬧來的，並不是來跳舞的。」

曾美雲笑道：「為什麼呢？」說這話時，眼光向清秋一溜，好像清秋不讓他跳舞似的。

燕西道：「既然是化裝跳舞，就要化裝跳舞才有趣，我是沒有預備的。」

李老五道：「這很容易，我有幾個朋友預備不少的化裝東西。七爺要去，我可以介紹。」

清秋笑道：「李五小姐既要你去化裝，你就試試看。」

燕西也很懂清秋的意思，就對李老五道：「也好。這個舞伴，我就要煩李五小姐了，肯賞臉嗎？」

李老五眼睛望了清秋笑道：「再說吧。」

清秋笑道：「我很願看看李五小姐的妙舞呀，為什麼不賞臉呢？」

李老五點點頭，來不及說話，已引著燕西走了。

到了那化裝室裡，李老五和他找一件黃布衫，一頂黃頭巾，一個土地公的假面具，還有一根木拐杖，李老五笑道：「七爺，你把這個套上，你一走出舞廳去，你們少奶奶都要不認得呢。」

燕西道：「你呢？不扮一個土地婆婆嗎？」

李老五道：「呸！你胡說，你現在還討人的便宜？」

燕西道：「現在為什麼不能討便宜呢？為的是結了婚嗎？這倒讓我後悔，早知道結了婚就不得女朋友歡喜的，我就不結婚了。」

李老五笑道：「越說越沒有好的了，出去吧。」

燕西真個把那套土地爺的服裝穿起來。李老五卻披了一件畫竹葉的白道袍，頭上戴著白披風，成一個觀音大士的化裝，外面舞廳裡音樂奏起來，她和燕西攜著手，就走到舞伴裡面去了。

燕西在人堆裡混了一陣，取下假面具。當他取下面具時，身邊站的一個女子化為一個魔女的裝束，戴了一個罩眼的半面具，她也取下來了。原先都是戴了面具，誰也不知道誰，現在把面具取下來，一看那女子，不是別人，卻是白秀珠。

燕西一見，招呼她是不好，不招呼她也是不好，連忙轉身去，復進化裝室，把化裝的衣服脫了，清秋也是高興，跟到化裝室來。

燕西笑道：「你跑來做什麼？一個人坐在那裡有些怕嗎？」

清秋道：「憑你這一說，我成了一個小孩子了，我也來看看，這裡什麼玩意？」

燕西脫下那化裝的衣服，連忙挽著清秋的手，一路出去。

到了舞廳裡，恰好秀珠對面而來。她看見燕西攙了一個女子，知道是他的新夫人，一陣羞恨交加，人幾乎要暈了過去，這會子不理人家是不好，理人家更是不好，人急智生，就在這一剎那間，她伸手一摸鬢髮，把斜夾在鬢髮上的一朵珠花墮落在地板上，珠花一落地上，馬上彎著腰下去撿起來。

她彎下去特別地快，抬起頭來，卻又非常之慢，因此一起一落，就把和燕西對面相逢的機會耽誤過去，燕西也知其意，三腳兩步地就趕到了原坐的座位上來。

清秋不知這裡面另含有緣故，便道：「你這是什麼回事？走得這樣快。這地板滑得很，把我弄摔倒了，那可是笑話。」

燕西強笑道：「好久不跳舞，不大願意這個了，我看這事沒有多大趣味，你以為如何？我要回去了。」

清秋微笑道：「我倒明白了，大概這裡女朋友很多，你不應酬不行，應酬了又怕我見怪，是也不是？這個沒有關係，你愛怎麼應酬，就怎麼應酬，我絕不說一個不字。」

她原是一句無心的話，不料誤打誤撞的正中了燕西的心病，不由得臉上一陣發熱，紅齊耳根。

清秋哪知這裡有白秀珠在場，卻還是談笑自若，看到燕西那種情形，笑道：「你只管坐下吧，待一會兒再走，來一趟很不容易，既然來了，怎又匆匆地要走？」

燕西除了說自己煩膩而外，卻沒有別的什麼理由可說，笑道：「你倒看得很有味嗎？那麼，就坐一下子吧。」

他這樣說著，原來坐在正對著舞場的椅子上，這時卻坐到側邊去，清秋原不曾留意，所以並不知道。

只是白秀珠的座位相隔不遠，卻難為情了，回去好呢，不回去好呢？回去是怕這裡的男女朋友注意，若是不回去，更不好意思對著燕西夫婦，因此搭訕著有意開玩笑，只管把那半截假面具罩住了眼睛。

那李老五卻看出情形來了，低了頭把嘴向燕西這邊一努，卻對曾美雲笑道：「今天這裡另外還有一幕默劇，你知道不知道？」

曾美雲道：「你不是說的小白嗎？她不在乎的。」

李老五道：「雖然不在乎，她和金老七從前感情太好了，如今看到人家成雙作對，她的愛人卻和別人在一處，心裡怎麼不難受呢？」

兩人頭就著頭，說了又笑，笑了又向燕西桌上望望，又向對面望望。

清秋對於李老五那種浪漫的情形，多少有一點注意，見了她倆只管看過來，看過去，就未免向對面看了一看，見那裡有一位小姐，面上還帶了假面具，燕西只管臉朝了這邊，總不肯掉過去，清秋就問他道：「對面那位漂亮的小姐是誰？」

燕西回頭看了一看道：「我也不知道是誰，但是她罩著半邊臉呢，你怎樣知道她是一個漂亮的小姐？」

清秋道：「若不是漂亮，她為什麼把臉罩住，怕人看見呢？」

燕西道：「是漂亮的，要露給人看才有面子，為什麼倒反而罩住呢？」

清秋道：「管她漂亮不漂亮，我問她是誰？你怎樣不答覆？」

燕西想了一想，微笑道：「這倒也用不著瞞你，不過在這裡不便說，讓我回去再告訴你吧。」

清秋抿嘴一笑道：「我就知道這裡面有緣故呢。」

燕西在這裡說話，白秀珠在那邊看見，也似乎有點感覺了，不多大一會兒，她已起身走了，燕西見她起身已走，猶如身上輕了一副千百斤的擔子，乾了半身汗，掉過身子來，對著外坐了，自己雖沒有繼續跳舞，但是聽了甜醉的音樂，看了滑稽的舞伴，也就很有趣，就不說走了。

燕西坐了一會兒，回頭一看李老五、曾美雲卻不見了，心想，她莫不是到飲料室休息去了，找他們說笑兩句也好。於是笑著對清秋道：「你坐會兒，我到樓上去，找一個外國朋友去。」

清秋笑道：「是男的還是女的呢？」

燕西道：「哪裡那麼多女朋友？」這一句話說完，他就起身走開。

「華洋飯店」的飲料室和跳舞廳相距得很遠，燕西從前常和舞伴溜到這裡來的，燕西推開門進去，卻不見有多少人，靠近窗戶，坐了一個女子，回過頭來，正是白秀珠。雙方相距得很近，要閃避就閃避不及了，只得點了頭笑道：「過年過得好啊？」

秀珠本想不理他，但是人家既然招呼過來了，總不能置之不理，便點了頭，笑道：「好！七爺也過年好哇？」

在這一剎那之間，她覺得人家追尋而來，就讓他坐下，看他說些什麼？

燕西既招呼了她，不能不和她在一張桌子邊坐下。

秀珠手上正拿了一只玻璃杯子，在掌心裡轉著，一句話也說不出來。燕西頃刻之間也想不出有什麼話可說，和秀珠對面坐著，先微微咳嗽兩聲，然後說道：「我們好久不見了。」

秀珠依舊低了頭，鼻子哼了一聲，心裡正有一句要說，抬頭一看，曾美雲和老五兩人進來了。秀珠和燕西都難為情到了萬分，不知道怎麼樣好。

曾美雲、李老五也愣住了，覺得這樣一來，有心撞破了人家的約會，也是難為情，一刻工夫，四副面孔，八隻眼珠，都呆住了。

還是秀珠調皮一點，站起來笑道：「真巧，我一個人來，一會子倒遇著三個人了。一塊兒坐吧，我會東。」

曾美雲和李老五見她很大方的樣子，也坐過來。燕西走又不是，坐又不是，只好借著向櫃檯邊打電話叫家裡開汽車來，並不回頭就這樣走了。

到了舞廳上，清秋問道：「你的朋友會到了嗎？」

燕西道：「都沒有找著，我覺得這裡沒有多大意思，我們回去吧。車子也就快來了。」

清秋對燕西一笑，也不說什麼，又坐十五分鐘，西崽來說，宅裡車來了，燕西遞過牌子去，向外面走，走到半路上，就有兩個西崽一人提了一件大衣和他們穿上。

燕西穿上衣服，在衣袋裡一掏，掏出兩張五元鈔票，一個西崽給了一張。西崽笑著一鞠躬道：「七爺回去了。」

燕西點頭哼了一聲，出門坐上車。

清秋道：「你這個大爺的脾氣，幾時才改？」

燕西道：「又是什麼事你看不過去？」

清秋道：「你給那儲衣室茶房的年賞為什麼給到十塊錢？」

燕西笑道：「你這就是鄉下人說話。這種洋氣沖天的地方，有什麼年和節？我們哪一回到儲衣室裡換衣服，也得給錢的。」

清秋道：「都是給五塊一次嗎？」

燕西道：「雖不是五塊一次，至少也得給一塊錢，難道幾毛錢也拿得出手不成？」

清秋道：「你聽聽你這句話，是大爺脾氣不是？既給一塊錢也可以，兩個人給兩塊錢就是了，為什麼要給十塊呢？三十那天，你是那樣著急借錢，好容易把錢借來了，你就是這樣胡花。」

燕西將嘴對前面汽車夫一努，用手捶了清秋的腿兩下。清秋低了聲音笑道：「你以為底下人不知道七爺窮呢？其實底下人知道的恐怕比我還要詳細得多，你這樣真是掩耳盜鈴了。」

燕西將手一舉，側著頭，笑著行了個軍禮。清秋笑道：「看你這種不鄭重的樣子。」

燕西怕她再向下說，掉過頭去一看，只見馬路上的街燈流星似的，一個一個跳了過去。燕西敲著玻璃板道：「小劉，怎麼回事？你想吃官司還是怎麼著，車子開得這樣地快。」

小劉道：「你不知道，大爺在家裡等著要車子呢，今天晚上，我跑了一宿了。」

燕西道：「都送誰接誰？」

小劉道：「都是送大爺接大爺。」他說著話，就拚命地開了車跑，不多大一會兒工夫，就到了家。

燕西記掛鳳舉跑了一晚，或者有什麼意味的事，就讓清秋一個人進去，叫了小劉來問：「大爺有什麼玩意？」

小劉道：「哪裡有什麼玩意？和那邊新少奶奶鬧上彆扭了，先是要一塊兒出去玩，也不知為什麼，在戲院子裡繞了一個彎就跑出來，出來之後，一同到那邊，就送大爺回來。回來之後，大爺又出去，出去了又回來，這還說要去呢。」

燕西道：「那為什麼？跑來跑去，發了瘋了嗎？」

小劉道：「看那樣子，好像大爺拿著什麼東西來去掉換似的。」

燕西道：「大少奶奶在家不在家？」

小劉道：「也出去聽戲去了，聽說三姨太太請客呢。」

燕西笑道：「這我就明白了，一定是他們在戲院子裡碰到，大爺不能奉陪，新少奶奶發急了，對不對？」

小劉笑道：「大概是這樣，不信你去問他看。」

燕西聽了，這又是一件新鮮的消息，連忙就走到鳳舉院子裡來。這個時候，鳳舉正將一件大衣搭在手上，就向外走。

燕西道：「這樣夜深，還出去嗎？戲院子裡快散戲了。」

鳳舉道：「晚了嗎？就是天亮也得跑，我真灰心！」

燕西明知道他的心事，卻故意問道：「又是什麼不如意，要你這樣發牢騷？」

鳳舉道：「我也懶得說，你明天就明白了。」

燕西笑道：「你就告訴我一點，要什麼緊呢？」

鳳舉道：「上次你走漏消息，一直到如今事情還沒了，你大嫂是常說要打上門去，現在你又來惹禍嗎？好在這事要決裂了，我告訴你也不要緊，這回晚香和我大過不去，我決計和她散場了。」

燕西道：「哦！你半夜出去，就為的是這個嗎？又是為什麼事起的呢？」

鳳舉道：「不及芝麻大的一點兒事，哪裡值得上吵。她要大鬧，我有什麼法子呢？」他一面說著，一面向外走。

燕西知道他是到晚香那裡去，也不追問他，回頭再問小劉，總容易明白，且由他去。

鳳舉走到門口，小劉早迎上前來，笑道：「大爺還出去吧？車子我就沒有敢開進來。」

鳳舉道：「走走走，不要廢話。」說時眉毛就皺了起來。

小劉見大爺怒氣未消，也不敢多說話，自去開車。

鳳舉坐上車去一聲也不言語，也不抬頭，只低了頭想心事，一直到了小公館門口，車子停住，走下車去，手上搭著的那一件大氅還是搭在手上。

走到上房，只有晚香的臥室放出燈光，其餘都是漆黑的。外面下房裡的老媽子，聽到大爺的聲音，一路扭了燈進來。

鳳舉看見，將手一擺道：「你去吧，沒有你的事。」

老媽子出去了，鳳舉就緩緩走到晚香屋子裡來，只見她睡在銅床上，面朝著裡，床頂上的小電燈，還是開著。枕頭外角，卻扔下了一本鼓兒詞，這樣分明未曾睡著，不過不願意理人，假裝睡著罷了，因道：「你不是叫我明天和你慢慢地說嗎？我心裡擱不住事，等不到明天，你有什麼話，就請你說。」

晚香睡在床上，動也不一動，也不理會。

鳳舉道：「為什麼不作聲呢？我知道，你無非是說我對你不住。我也承認對你不住，不過自從你到我這裡來以後，我花了多少錢，你總應該知道，你所要的東西，除非是力量辦不到的，只要可以想法子，我總把它弄了來，而且我這裡也算一分家，一切由你主持，誰也不來干涉你，自由到了極點了，你還要怎麼樣？我也沒有別的話說，我要怎樣做，才算對得住你？你若是說不出所以然來，就算你存心挑眼，天下沒有一百年不散的筵席，那算什麼？若是不願意的話，誰也不能攔誰，你說，我究竟是哪一件事對你不住？」

晚香將被一掀，一個翻身，坐了起來，臉上板得一點兒笑容沒有，頭一偏道：「散就散，那要什麼緊？可是不能糊裡糊塗地就這樣了事。」

鳳舉冷笑道：「我以為永遠就不理我呢，這不還是要和我說話？」

晚香道：「說話要什麼緊？打官司打到法庭上去，原被兩告還得說話呢。」

鳳舉靜默了許久，正著臉色道：「聽你的口音，你是非同我反臉不可的了。我問你，既有今日，何必當初呢？」

晚香道：「你倒問我這話嗎？你討我不過幾個月，說的話你不應該忘記。你曾說了，總不讓我受一點委屈的。不然，我一個十幾歲的人忙些什麼，老早的就嫁給人做姨太太？我起初住在這裡，你倒也敷衍敷衍我，越來越不對，近來兩三天只來一個照面，丟得我冷冷清清的，一天到晚在這裡坐牢似的，我還要怎樣委屈？

「這都不說了，今天包廂看戲，也是你的主意，我又沒和你說非聽戲不可，不料一到了戲院子裡，你就要走，縮頭縮腦，做賊似的。你怕你的老婆娘，那也罷了，為什麼還要逼我一塊兒走。有錢買票，誰也可以坐包廂，為什麼有你怕的人在那裡，我聽戲都聽不得？難道我在那裡就玷辱了你嗎？或者是我就會沖犯了她呢？」

鳳舉道：「嘿！我這是好意啊，你不明白嗎？我的意思，看那包廂裡或者有人認得你，當面一告訴了她……」

晚香踏了拖鞋走下床，一直把身子挺到鳳舉面前來道：「告訴她又怎麼樣？難道她還能夠叫警察轟我出來，不讓我聽戲嗎？原來你果然看我無用，讓我躲開她，好哇！這樣地瞧我不起。」

鳳舉道：「這是什麼話？難道我那樣顧全兩方面，倒成了壞意嗎？」

晚香道：「為什麼要你顧全？不顧全又怎麼樣？難道誰能把我吃下去不成？」

鳳舉見她說話完全是強詞奪理，心裡真是憤恨不平，可是急忙之中，又說不出個理由來，急得滿臉通紅，只是嘆無聲的氣。

晚香也不睬他，自去取了一根煙捲，架了腳坐在沙發椅上抽著，用眼睛斜看了鳳舉，半晌噴出一口煙來，而且不住地發著冷笑。

鳳舉道：「你所說的委屈就是這個嗎？要是這樣說，我只有什麼也不辦，整天地陪著你才對了。」

晚香將手上的煙捲向痰盂子裡一扔，突然站了起來道：「屁話！哪個要你陪？要你陪什麼？你就是一年不到這兒來也不要緊，天下不會餓死了多少人，我一樣地能找一條出路。你半夜三更地跑來為什麼？為了陪我嗎？多謝多謝！我用不著要人陪，你可以請便回去。」

鳳舉被她這樣一說，究竟有些不好意思。便道：「誰來陪你？我是要來問你，今天究竟為了什麼事要和我鬧？問出原因來，我心裡安了，也好睡得著覺。」

晚香道：「沒有什麼事，就是這種委屈受不了，你給我一條出路。」

鳳舉先聽了她要走的話還是含糊，不肯向下追問，現在晚香正式地說了出來，不容不理，便冷笑一聲道：「哦！原來為此，好辦。」說畢，站起來，隨手把搭在椅背上的大衣拿起。

晚香道：「要走就請快一點，這裡沒有多少人替你大爺二爺候門。」

鳳舉道：「我自然會走，還要你催什麼？」

晚香道：「不要走吧！仔細我今天晚上就偷跑了，你這兒還有不少的東西呢，你今天晚上是不放心，來看形勢的，我不知道嗎？老實告訴你，我沒有那樣傻，我是來去明白，要好好兒地走的。」說到這裡，冷笑一聲道：「真是要走的話，我還得見你們的老太爺老太太評評理呢。大爺，你放心，你回家陪你那大奶奶去吧。」說時，將兩手便要來推鳳舉。

鳳舉將手一摔道：「好，好，好。」說著好字，人就一陣風地走出大門。

小劉縮在門房，正圍著爐子向火，只聽得大門撲通一下響，跑了出來看時，鳳舉已經走出大門，開了車門，自己坐上車去。

小劉看了這種情況，知道是大爺生氣來著，這也用不著多問，馬上上車，開了車就回家。

鳳舉一路想著，**孔夫子說的不錯，唯女子與小人為難養也，近之則不遜，遠之則怨，我實在糊塗，何必一時高興，討上這樣一個人，平空添了許多麻煩？家庭對我一片怨言，這一位對我也是一片怨言，真是我們家鄉所謂駝子挑水，兩頭不著實。我去年認識她後，認識她就是了，何必把她討回來？討回來罷了，何必這樣大張旗鼓地重立什麼門戶？**」一路這樣想著，只是悔恨交加。

後來到了家裡，一看門口，電燈通亮，車房正是四面打開，汽車還是一輛未曾開進去，大概在外面玩的人，現在都回來了。鳳舉滿腹是牢騷，就不如往日歡喜熱鬧，又怕自己一臉不如意的樣子讓佩芳知道了，又要盤問，索性是不見她為妙，因此且不回房，走到父親公事房對過一間小樓上去。

這間小樓，原先是鳳舉在這裡讀書，金銓以聲影相接，好監督他。後來鳳舉結了婚，不讀書了，這樓還是留著，作為了一個告朔之餼羊*。

鳳舉一年到頭也不容易到這裡來一回。這時他心裡一想，女子真是惹不得的，無論如何，總會樂不敵苦。從今以後，我要下個決心，離開一切的女子，不再做這些非非之想了。他猛然間有了這一種覺悟，他就想到獨身的時代常住在小樓，因此他毫不躊躇，就上這樓來。好在這樓和金銓的屋子相距得近，逐日是打掃乾淨的。

鳳舉由這走廊下把電燈亮起，一直亮到屋子裡來。那張寫字檯還是按照學者讀書桌格式，在窗子頭斜擱著，所有的書還都放在玻璃書格子裡，可是門已鎖了，拿不出書來，只有格子下面那抽屜還可打開，抽出來一看，裡面倒還有些零亂無次的雜誌，於是抽了一本出來，躺在皮椅子上來看。

這一本書，正是十年前看的幼年雜誌，當年看來是非常有味，而今看起來，卻一點意思都沒有，哪裡看得下去？扔了這一本，重新拿一本起來，又是兒童週刊，要看起來，更是笑話了。索性扔了書不看，只靠了椅子坐著，想自己的事。

自己初以為妓女可憐，不忍晚香那嬌弱的人才永久埋在火坑裡，所以把她娶出來。娶出來之後，以她從前太不自由了，而今要給她一個極端的自由，不料這種好意，倒讓人家受了委屈，自己不是庸人自擾嗎？

再說自己的夫人，也實在太束縛自己了，動不動就以離婚來要脅，一來是怕雙親面前通不過，必要怪自己的；二來自己在交際上有相當的地位，若是真和夫人離了婚，大家要譁然了，尤其是中國官場上，對於這種事不能認為正當的。

三來呢，偏是佩芳又懷了孕，自己雖不需要子女，然而家庭需要小孩，卻比什麼還急切。這樣的趨勢，一半是自己做錯了，一半是自己沒有這種勇氣可以擺脫，設若自己這個時候並沒有正式地結婚，只是一個光人，高興就到男女交際場上走走，不高興，哪一個女子也不接近。自己不求人，人家也挾制不到我。現在受了家裡夫人的挾制，又受外面如夫人的挾制，兩頭受夾，真是苦惱。

自己怎樣遷就人家，人家也是不歡喜，**自己為了什麼？為了名？為了利？為了歡樂？一點也不是！然則自己何必還苦苦周旋於兩大之間？**這樣想著，實在是自己糊塗了，哪裡還能怪人？尤其是不該結婚，不該有家庭，當年不該讀書，不該求上進，不該到外國去，想來想去，全是悔恨。

想到這裡，滿心煩躁也不知道怎樣才能解釋胸中這些塊壘？一個人在樓上，只有酒能解悶，不如弄點酒來喝吧。於是走下樓去，到金銓屋裡按鈴。

上房聽差，聽到總理深夜叫喚，也不知道有什麼要緊的事，伺候金銓雜事的趙升便進來了。一進房看見是鳳舉，笑道：「原來是大少爺在這裡。」

鳳舉道：「你猜不到吧？你到廚房裡去，叫他們和我送些吃的來，不論有什麼酒，務必給我帶一壺來。」

趙升笑道：「我的大少爺，你就隨便在哪兒玩都可以，怎麼跑到這裡來喝酒？」

鳳舉道：「我在這裡喝酒，找罵挨嗎？對面樓上是我的屋子，你忘了嗎？」

趙升一抬頭，只見對面樓上，燈火果然輝煌，笑道：「大爺想起讀書來了嗎？」

鳳舉道：「總理交了幾件公事，讓我在這樓上辦，明日就等著要，今晚要趕起來。我肚子餓了，非吃一點不可。」

趙升聽說是替總理辦事，這可不敢怠慢，便到廚房裡去對廚子說，叫他們預備四碟冷葷，一壺黃紹，一直送到小樓上去，同時趕著配好了一只火酒鍋子的材料繼續送去。

鳳舉一人自斟自飲，將鍋子下火酒燒著，望著爐火熊熊，鍋子裡的鮮湯，一陣陣香氣撲鼻，更鼓起飲酒的興趣，於是左手拿杯，右手將筷子挑了熱菜，吃喝個不歇。

眼望垂珠絡的電燈，搖了兩腿出神。他想，平常酒綠燈紅，肥魚大肉，也不知道吃了多少？不覺有什麼好胃口，像今晚上這樣一個自斟自酌，吃得多麼香，這樣看起來，獨身主義究竟不算壞，以後就這樣老抱獨身主義，婦女們又奈我何？不來往就不來往，離婚就離婚，看她們怎樣？

一個人只管想了出神，舉了杯子喝一口，就把筷子撈夾熱菜向嘴裡一送。越吃越有味，把一切都忘了。

黃紹這種酒，吃起來就很爽口，不覺得怎樣辣，一壺酒毫不費力，就把它喝一個乾淨。酒喝完了，四碟冷葷和那鍋熱菜都還剩有一半，吃得嘴滑，不肯就此中止，因之下樓按鈴，把趙升叫來，不等他開口，先說道：「你去把廚子給我叫來，我要罵他一頓。為什麼拿一把漏壺給我送酒來？壺裡倒是有酒，我還沒有喝得兩盅，全讓桌子喝了。」

趙升笑道：「這是夜深，睡得糊裡糊塗，也難怪他們弄不好。我去叫他們重新送一壺來就是了。」

鳳舉聽了這話，就上樓去等著，不一會兒，廚子又送了一壺酒來了，而且這一壺酒比上一次還多些。鳳舉有點酒意了。心裡好笑，我用點小計，他們就中了圈套了，這酒喝得有趣，於是開懷暢飲，又把那一壺酒喝了一個乾淨。

趙升究竟不放心，先在樓下徘徊了一陣，後來悄悄地走上樓，站在廊外，探頭向裡張望了幾回，見鳳舉只喝酒，並沒有像要做公事的樣子，鳳舉一回頭，見一個人影子在外面一晃，便問是誰？趙升就答應了一聲，推門進去。

鳳舉道：「酒又沒有了，給我再去要一壺來。」說時，把酒壺舉得高高的，酒壺底朝了天，那酒一滴一滴由酒壺嘴上滴到杯子裡去。趙升笑道：「大爺還不去睡嗎？你別老往下喝了，你是要醉在這裡，總理知道了，大家都不好。」

鳳舉向趙升一瞪眼，拿著酒壺向桌上一頓，罵道：「有什麼不好？大正月裡，喝兩杯酒也犯法嗎？看你們這種謹小慎微的樣子，實在是個忠僕，其實背了主子，你們什麼事也肯幹。喝酒？比喝酒重十倍的事你們也做得有，主子能狂嫖浪賭，好吃好喝，你們才心裡歡喜，用十塊錢，你們至少要從中弄個三塊兩塊的。」

趙升聽了他這一套話，心裡好個不歡喜，看看他的臉色，連眼睛珠子都帶紅了，不知道他是怒色還是酒容，只得笑道：「你怎樣了？大爺。」

鳳舉一放筷子，站起身來，身子向後一晃，正要兩手扶桌子時，一隻手撲了空，一隻手扶在桌沿上，把一雙筷子按著豎起來，將一只杯子一挑，一齊滾到樓板上去。他身子也站不住，向後一倒，倒在椅子上，椅子也是向後仰著一晃。幸得趙升搶上前一把扯住，不然幾乎連人和椅一齊倒下。這實在醉得太厲害了，夜半更深，鬧出事來，可不是玩的！

當時他上前將鳳舉攙住，皺眉道：「大爺，我叫你不要喝，你還說不會醉呢，現在怎麼樣了？依我說，你……」不曾說完，鳳舉向一旁一張皮椅上一倒，人就倒下去了。

趙升一想，這要讓他下樓回自己屋裡去睡覺，已經是不可能，只好由他就在這裡睡著，趕忙把碗筷收了下樓，擦抹了桌椅，撮了一把檀香沫子，放在檀香爐子裡點上，讓這屋子添上一股香氣，把油腥酒氣解了。但是待他收拾乾淨了，已經是兩點多鐘了，樓上樓下幾盞電燈兀是開放著，這樣夜深電力已足，電燈是非常地明亮。這樓高出院牆，照著隔壁院子裡都是光亮的。

恰好金銓半夜醒來，他見玻璃窗外一片燈光，就起身來看是哪裡這樣亮？及看到那是樓上燈光，倒奇怪起來，那地方平常白天還沒有人去，這樣夜深，是誰到那樓上去了？待要出來看時，一來天氣冷，二來又怕驚動了人，也就算了。

第二日一早起來，披上衣服，就向前面辦公室裡看去，見那玻璃窗子裡還有一團火光，似乎燈還有亮的，便索性扶了梯子走上樓去。只見小屋裡，所有四盞電燈全部亮上，鳳舉和衣躺在皮椅上，將皮褥子蓋了，他緊閉了眼，呼都呼都嘴裡向外呼著氣。

金銓俯著身子，看了一看他的臉色，只覺一股酒氣向人直衝了過來，分明是喝醉了酒了。便走上前喊道：「鳳舉！你這是怎樣了？」

鳳舉睡得正香，卻沒有聽見，金銓接上叫了幾句，鳳舉依然不知道。金銓也就不叫他了，將電門關閉，自下樓去。

回到房裡，金太太也起來了，金銓將手一撒道：「這些東西，越鬧越不成話了，我實在看不慣。他們有本事，他們實行經濟獨立，自立門戶去吧。」

金太太道：「沒頭沒腦，你說這些話做什麼？」

金銓嘆了一口氣道：「這也不能怪他們，只怪我們做上人的，不會教育他們，養成他們這驕奢淫逸的脾氣。」

金太太原坐在沙發上的，聽了他這些話，越發不解是何意思，便站起來迎上前道：「清早起來，糊裡糊塗，是向誰發脾氣？」

金銓又嘆了一口氣，就把鳳舉喝醉了酒，睡在那樓上的話說了一遍。

金太太道：「我以為有什麼了不得的事，你這樣發脾氣，原來是鳳舉喝醉了酒，大正月裡喝一點酒，這也很平常的事，何至於就抬出教育問題的大題目來？」說著這話，臉上還帶著一臉的笑容。

金銓道：「就是這一點，我還說什麼呢，他們所鬧的事，比喝醉了勝過一百倍的也有呢，我不過為了這一件事想到其他許多事情罷了。」於是按了鈴叫聽差進來，問昨晚是誰值班？大家就說是趙升值班。金銓就把趙升叫進來，問昨晚上鳳舉怎樣撞到那樓上去了？

趙升見這事已經鬧穿了，瞞也是瞞不過去的，老老實實就把昨晚上的事直說了。

金太太聽了，也驚訝起來，因道：「這還了得！半夜三更開了電燈，這樣大吃大喝。這要是鬧出火燭來了，那怎樣得了！趙升，你這東西也糊塗。看他那樣鬧，你怎麼不進來說一聲？」

趙升又不敢說怕大爺，只得哼了兩聲。

金銓向他一揮手道：「去吧。」趙升背轉身，一伸舌頭走了。

金銓道：「太太，你聽見沒有，他是怎樣的鬧法？我想他昨晚上不是在哪裡輸了一個大窟窿，就是在外面和婦女們又鬧了什麼事。因此一肚子委屈，無處發洩，就回來灌黃湯解悶。這東西越鬧越不成話！我要處罰處罰他。」

金太太向來雖疼愛兒女，可是自從鳳舉在外面討了晚香以後，既不歸家，又花銷得厲害，也不大喜歡他了。心想，趁此，讓他父親管管未嘗不好，也就沒有言語。

七　體面兩個字

那邊鳳舉一覺醒來，一直睡到十二點。坐起來一看，才知道不是睡在自己房裡。因為口裡十分渴，下得樓來，一直奔回房裡，倒了一杯溫茶，先漱一漱口，然後拿了茶壺，一杯一杯斟著不斷地喝。

佩芳在一邊看報，已經知道他昨晚的事了，且不理會。讓他洗過臉之後，因道：「父親找你兩回了，說是那家銀行裡有一筆賬目，等著你去算呢。」說畢，抿了嘴微笑。

鳳舉想著，果然父親有一批股票交易，延擱了好多時候未曾解決，若是讓我去，多少在這裡面又可以找些好處，連忙對鏡子整了一整衣服，便來見父親。

這時金銓在太太屋子裡閒話，看見鳳舉進來，望了他一下，半晌沒有言語，鳳舉何曾知道父親生氣，以為還是和平常一樣，有話要和他慢慢地說，便隨身在旁邊沙發上坐了。

金太太在一邊倒為他捏了一把汗，又望了他一下。

這一下，倒望得鳳舉一驚，正要起身，金銓偏過頭來，向他冷笑一聲，鳳舉心裡明白，定是昨晚的事發作了，可是又不便先行表示。

金銓道：「我以為你昨晚應該醉死了才對呢，今天倒醒了。是什麼事，心裡不痛快，這樣拚命喝酒？」

鳳舉看看父親臉色，慢慢沉將下來，不敢坐了，便站起身來道：「是在朋友家裡吃酒，遇到幾個鬧酒的。」

金銓不等他說完，喝道：「你胡說！你對老子都不肯說一句實話，何況他人？你分明回來之後，和廚房裡要酒要菜，在樓上大吃大喝起來，怎麼說是朋友家裡？你這種人，我看一輩子也不會有出息的。我不能容你，你自己獨立去。」

金太太見金銓說出這種話來，怕鳳舉一頂嘴就更僵了，便道：「沒有出息的東西，沒有做過一件好事情，你給我滾出去吧。」

鳳舉正想藉故脫逃，金銓道：「別忙讓他走，我還有話要和他說一說。」

鳳舉聽到這話，只得又站住。

金銓道：「你想想看，我不說你，你自己也不慚愧嗎？你除了你自己衙門裡的薪水而外，還有兩處掛名差事，據我算，應該也有五六百塊錢的收入，你不但用得不夠，而且還要在家裡公賬上這裡抹一筆，那裡抹一筆，結果還是一身的虧空。我問你，你上不養父母，下不養妻室，你的錢哪裡去了？果然你憑著你的本領掙來的錢，你自己花去也罷了，你所得的事，還不全是我這老面子換來的？假若有一天，冰山一倒，我問你怎麼辦？你跟著我去死嗎？這種年富力強的人，不過做了一個吃老子的寄生蟲，有什麼了不得？你倒很高興的，花街柳巷，花天酒地，整年整月地鬧。你真有這種鬧的本領，那也好，我明天寫幾封信出去，把你差事一齊辭掉，再憑你的能力從新開闢局面去。」

鳳舉讓父親教訓了一頓，倒不算什麼。只是父親說他十分無用，除了父親的勢力就不能混事，心裡卻有些不服，因低了頭，看著地下，輕輕說道：「家裡現在又用不著我來當責任，在家裡自然是閒人一樣，可是在衙門裡，也是和人家一樣辦公事，何至於那樣不長進，全靠老人家的面子混差事？」

金銓原坐著，兩手一拍大腿，站了起來。罵道：「好！你還不服我說你無用，我倒要試試你的本領！」

金太太一見金銓生氣，深怕言詞會愈加激烈，就攔住道：「這事你值得和他生氣嗎？你有事只管出去，這事交給我辦就是了。」

金銓道：「太太！你若辦得了時，那就好了，何至於讓他們猖狂到現在這種地步？」說畢，又昂頭嘆了一口長氣。

這雖是兩句很平淡的話，可是仔細研究起來，倒好像金太太治家不嚴，所以有這情形，要在平常，金太太聽了這話，必得和金銓頂上幾句，現在卻因為金銓對了大兒子大發雷霆，若要吵起來，更是顯得袒護兒子了。只好一聲不言語，默然坐著。

金銓對鳳舉道：「很好！你不是說你很有本領嗎？從今天起，我讓你去經濟獨立，你有能耐，做一番事業我看，我很歡迎。」說明，將手橫空一畫，表示隔斷關係的樣子，接上把臉一沉道：「把佩芳叫來，當你夫婦的面，我宣告。」

金太太只得又站起來道：「子衡，你能不能讓我說一兩句話？」

金太太向不叫金銓的號，叫了號，便是氣極了，金銓轉過臉道：「你說吧！」

金太太道：「你這種辦法，知道的說你是教訓兒子；不知道的，也不定造出什麼是非，說我們家庭生了裂縫，你看我這話對不對？」

金銓一撒手道：「難道盡著他們鬧，就罷了不成？」

金太太道：「懲戒懲戒他們就是了，又何必照你的意思捧出那個大題目來哩？」於是一轉面向鳳舉道：「做兒子的人，讓父親生氣，有什麼意思？你站在這裡做什麼？還要等一個水落石出嗎？還不滾出去！」

鳳舉原是把話說僵了，抵住了，不得轉彎。現在有母親這一罵，正好借雨倒臺，因此也不說什麼，低了頭走出去，心裡想著，真是福無雙至，禍不單行，昨晚上在外面鬧了一整晚，今天一醒過來，又是這一場臭罵，若不是母親在裡面暗中幫忙，也許今天真個把我轟出去了，都未可定呢。

一路低了頭，想著走回房去。

佩芳笑道：「這筆銀行裡的債不在少數呢？你準可以落個二八回扣。」

鳳舉歪著身子向沙發椅上一倒，兩隻手抱了頭，靠在椅子背上，先嘆了一口氣。

佩芳微笑道：「怎麼樣？沒有弄著錢嗎？」

鳳舉道：「你知道我挨了罵，你還尋什麼開心？」

佩芳道：「你還不該罵嗎？昨天晚上讓姨奶奶罵糊塗了，急得回家來灌黃湯。你要知道，酒是不會毒死人的，沒奈姨奶奶何，要尋短見，還得想別個高明些的法子。話又說回來了，你也應該要這種的潑辣貨來收拾你，平常我和你計較一兩句，你就登臺拜師似的搭起架子，要論個三綱五常，而今人家逼得你笑不是，哭不是，我看你有什麼法子？」

鳳舉一肚子委屈，他夫人不但不原諒，冷嘲熱諷，還要儘量挖苦，一股憤憤不平之氣，由丹田直透頂門，恨不得搶起拳頭，就要將佩芳一頓痛打，轉身一想，這種人是一點良心都沒有的，打她也是枉然，只當沒有他們這些人，忍住一口氣吧。

佩芳見鳳舉不作聲，以為他還是碰了釘子，氣無可出，就不作聲。這也不必去管他。

這一天，鳳舉傷了酒，精神不能復原，繼續地又在屋子裡睡下，一直睡到下午二點鐘方才起來。這天意懶心灰，哪兒也不曾去玩。到了次日上午，父親母親都不曾有什麼表示，以為這一樁公案也就過去了。

不多大一會兒，忽然得了一個電話，是部裡曾次長電話，說是有話當面說，可以馬上到他家裡去。這曾次長原也是金銓一手提拔起來的人物，金家這些弟兄們都和他混得很熟，平常一處吃小館子，一處跳舞。曾次長對於鳳舉，卻不曾拿出上司的派頭來，所以鳳舉得了電話，以為他又是找去吃小館子，因此馬上就坐了汽車到曾家去。

曾次長捧了幾份報紙，早坐在小客廳裡，躺在沙發上，帶等帶看了。

曾次長一見他進來，就站起來相迎，笑道：「這幾天很快活吧？有什麼好玩意？」

鳳舉嘆了一口氣道：「不要提起，這幾天總是找著無謂的麻煩，尤其是前昨兩日。」一面說時，一面在曾次長對過的椅子上坐下。

曾次長笑道：「我也微有所聞，總理對這件事很不高興，是嗎？」

鳳舉道：「次長怎麼知道？」

曾次長道：「我就是為了這事，請鳳舉兄過來商量的哩，因為總理有一封信給我，我不能不請你看看。」一說畢，在身上掏出一封信，遞給鳳舉。他一看，就大驚失色。

原來那封信，不是別人寫來的，卻是金銓寫給曾次長的信。信上說：

思恕兄惠鑒：

舊歲新年都有一番熱鬧，不能免俗，思之可笑。近來作麼生？三日未見矣，昨讀西文小說，思及一事，覺中國大家庭制度，實足障礙青年向上機會，小兒輩襲祖父之餘蔭，少年得志，輒少奮鬥，紈褲氣習日見其重，若不就此糾正，則彼等與家庭，兩無是處。依次實行，自當從鳳舉做起。請即轉告子安總長，將其部中職務免去，使其自闢途徑，另覓職業，勿徒為閒員，尸位素餐也。銓此意已決，望勿以朋友私誼為之維護，是所至盼，即頌新福。

銓頓

鳳舉看了，半晌作聲不得。

原來鳳舉是條約委員會的委員，又是參事上任事，雖非實職，每月倒拿個六七百塊錢，而且別的所在還有兼差。若是照他父親的話辦，並非實職人員，隨時可以免去的，一齊免起來，一月到哪裡再找這些錢去，豈不是糟了？

父親前天說的話，以為是氣頭上的話，不料他老人家真幹起來。心裡只管盤算，卻望了曾次長皺了一皺眉，又微笑道：「次長回了家父的信嗎？」

曾次長笑道：「你老先生怎麼弄的？惹下大禍了。我正請你來商量呢。」

鳳舉笑道：「若是照這封信去辦，我就完了，這一層，無論如何得請次長幫個忙，目前暫不要對總長說，若是對總長說了，那是不會客氣的。」

曾次長笑道：「總長也不能違抗總理的手諭，我就能不理會嗎？」

鳳舉道：「不能那樣說。這事不通知總長，次長親自對家父說一說，就說我公事辦得很好，何必把我換了？家父當也不至於深究，一定換我。」

曾次長道：「若是帶累我碰一個釘子呢？」

鳳舉笑道：「不至於，總不至於。」

曾次長笑道：「我也不能說就拒絕鳳舉兄的要求，這也只好說謀事在人罷了。」

鳳舉笑道：「這樣說，倒是成事在天了。」

曾次長哈哈大笑起來，因道：「我總極力去說，若是不成，我再替你想法子。」

鳳舉道：「既如此，打鐵趁熱吧。這個時候，家父正在家裡，就請次長先去說一說，回頭我再到這裡來聽信。」

曾次長道：「何其急也？」

鳳舉道：「次長不知道，我現在弄得是公私交迫，解決一項，就是一項。」

曾次長道：「我就去一趟，白天我怕不回來，你晚上等我的信吧。」

鳳舉用手搔著頭髮道：「我是恨不得馬上就安定了，真是不成，我另作打算。」於是站起來要走。

曾次長也站起來，用手拍了一拍鳳舉的肩膀笑道：「事到如今，急也無用。早知如此，快活的時候何不檢點一些子。」說著，又是哈哈一笑。

鳳舉道：「其實我並沒有快活什麼，次長千萬不可存這個思想，若是存這個思想，這說人情的意思就要清淡一半下來了。」

曾次長笑道：「你放心吧，我要是不維護你，也不能打電話請你來商量這事了。」

鳳舉又拱了拱手，才告辭而去。

今天衙門裡已過了假期，便一直上衙門去。

到了衙門裡，一看各司科都是沉寂寂的，並不曾有人。今天為了補過起見，特意來的，不料又沒有人，心想，怎麼回事？難道將假期展長了？及至遇到一個茶房，問明了，才知道今天是星期。

自己真鬧糊塗了，連日月都分不清楚了，平常多了一天假，非常歡喜的事，必要出去玩玩的，今天卻一點玩的意味沒有，依然回家。

到了家裡，只見曾次長的汽車已經停在門外，心裡倒是一喜，因就外面小客廳裡坐著，等候他出來，好先問他的消息。不料等了兩個鐘頭還不見出來，等到三點多鐘，人是出來了，卻是和金銓一路同出大門，各上汽車而去，也不知赴哪裡的約會去了。

鳳舉白盼望了一陣子，晚上向曾宅打電話，也是說沒有回來，這日算是過去。次日衙門裡開始辦公，正有幾項重要外交要辦，曾次長不得閒料理私事，晚上實在等不及了，就坐了汽車到曾宅去會他，恰好又是剛剛出門，說不定什麼時候回來，又掃興而回。

一直到了第三日，一早打了電話去，問次長回來沒有？曾宅才回說請過去，鳳舉得了這個消息，坐了汽車，馬上就到曾家去。

曾次長走進客廳和他相會，就連連拱手道：「恭喜恭喜！不但事情給你遮掩過去了，而且還可以借這個機會給你升官呢。」

鳳舉道：「哪有這樣好的事？」

曾次長道：「自然是事實，我何必拿你這失意的人開心呢？」

鳳舉笑著坐下，低了頭想著，口裡又吸了一口氣，搖著頭道：「不但不受罰，還要加賞，這個人情講得太好了，可是我想不出是一個什麼法子？」

曾次長道：「這法子也不是我想的，全靠著你的運氣好，是前天我未到府上去之先，接到了總長一個電話，說是上海那幾件外交的案子非辦不可，叫我晚上去商議。我是知道部裡要派幾個人到上海去的，我就對總理說：部裡所派的專員有你在內，而且你對於那件案子都很有研究，現在不便換人，而且這也是一個好機會，何必讓他失了？總理先是不願意，後來我又把你調開北京，你得負責任去辦事，就是給他一個教訓，真是沒有什麼成績，等他回來再說還不算遲，總理也就覺得這是你上進的一個好機會，何必一定來打破？就默然了。前夜我和總長一說，這事就大妥了。」

鳳舉聽到要派他到上海去，卻為難起來，別的罷了，晚香正要和自己決裂，若是把她扔下一月兩月，不定她更要鬧出什麼花樣來。

曾次長看到他這種躊躇的樣子，便道：「這樣好的事情，你老哥還覺得有什麼不滿意的嗎？」

鳳舉道：「我倒並不是滿意不滿意的問題，就是京裡有許多事情，我都沒有辦得妥當，匆匆忙忙一走，丟下許許多多的問題，讓誰來結束呢？」

曾次長笑道：「這個我明白，你是怕走了，沒有人照料姨太太吧？」

鳳舉笑道：「那倒不見得。」

曾次長道：「這是很易解決的一個問題，你派一兩個年老些的家人，到小公館裡去住著，就沒有事了，難道有了姨太太的人，都不應該出門不成？」

鳳舉讓他一駁，倒駁得無話可說，心裡卻以為派了年老家人去看守小公館的辦法也不大妥當。不過心裡如此，嘴裡可不能說出來，還是坐在那裡微笑，這種的微笑，正是表示他有話說不出來的苦悶。

然而曾次長卻不料他有那樣為難的程度，因笑道：「既然說是有許多事情沒結束，就趕快去結束吧，公事一下來，說不定三兩天之內就要動身呢。」說著，他已起身要走，鳳舉只好告辭。

回得家來，先把這話和夫人商量，佩芳對這事正中下懷，以為把鳳舉送出了京，那邊小公館裡的經濟來源就要發生問題，到了那個時候，不怕鳳舉在外面討的人兒不自求生路，因道：「是很好的機會啊！有什麼疑問呢？當然是去，要不去，除非是傻子差不多。」

鳳舉笑道：「這倒是很奇怪！說一聲要走，我好像有許多事沒辦，可是仔細想起來，又不覺得有什麼事。」

佩芳道：「你有什麼事？無非是放心不下那位新奶奶罷了。」

鳳舉經佩芳對症發藥地說了一句，辯駁不是，不辯駁也不是，只是微微笑了一笑，佩芳道：「你放心去吧，你有的是狐群狗黨，他們會替你照顧一切的。」

鳳舉笑道：「你罵我就是了，何必連我的朋友也都罵起來呢？」

佩芳將臉一沉道：「你要走，是那窯姐的幸事了，我早就要去拜訪你那小公館，打算分一點好東西，現在你走了，這盤賬我暫揭開去，等你回來再說。」

她說時，打開玻璃盒，取了一筒子煙捲出來，噹的一聲，向桌上一板，拿了一根煙捲銜在嘴裡。將那銀夾子上的取燈，一隻手在夾子上划著，取出一根划一根，一連划了六七根，然後才點上煙，一聲不響地站著，靠了桌子犄角抽煙。這是氣極了的表示。向來她氣到無可如何的時候，便這樣表示的。

鳳舉對夫人的閫威，向來是有些不敢犯，近日以來，由懼怕又生了厭惡，夫人一要發氣，他就想著她們是無理可喻的，和她們說些什麼？因此夫人做了這樣一個生氣的架子以後，他也就取了一根煙抽著，躺在沙發上並不說什麼，只是搖撼著兩腿。

佩芳道：「為什麼不作聲？又打算想什麼主意來對付我嗎？」

鳳舉見佩芳那種態度，是不容人作答覆的，就始終守著緘默，心裡原把要走的話，去對晚香商量，可是正和晚香鬧著脾氣，自己不願自己去轉圜，而且佩芳正監視著，讓她知道了，更是麻煩，在家中一直挨到傍晚，趁著佩芳疏神，然後才到晚香那裡去。

晚香原坐在外面堂屋裡，看見他來，就避到臥室裡面去了。

鳳舉跟了進去，晚香已倒在床上睡覺。

鳳舉道：「你不用和我生氣，我兩天之內就要避開你了。」

晚香突然坐將起來道：「什麼？你要走，我就看你走吧。你當我是三歲兩歲的小孩子怕你駭唬嗎？」

鳳舉原是心平氣和好好地來和她商量，不料她劈頭劈腦就給一個釘子來碰，心想，這女子越原諒她，越脾氣大了，你真是這樣相持不下，我為什麼將就你？便鼻子裡哼了一聲，冷笑道：「就算我駭唬你吧，我不來駭唬你，我也不必來討你的厭。」抽身就走。

他還未走到大門，晚香已是在屋子裡哇的一聲哭將起來。

照理說，情人的眼淚是值錢的，但是到了一放聲哭起來，就不見得悅耳，至於平常女子的哭聲，卻是最討厭不過，尤其是那無知識的婦女，帶哭帶說，那種聲浪聽了讓人渾身毛孔突出冷氣，鳳舉生平也是怕這個，晚香一哭，他就如飛地走出大門，坐了汽車回家。

佩芳正派人打聽他到哪裡去了？而今見他已回，也不作聲，卻故意皺著眉，說身上不大舒服。她料定鳳舉對著夫人病了，不能把她扔下，這又可以監守他一夜了，哪裡知道鳳舉正為碰了釘子回來，不願意再出去呢。

到了第二日早上，趙升站在走廊下說：「總理找大爺去。」

鳳舉聽了又是父親叫，也不知道有沒有問題，一骨碌爬起床，胡亂洗了一把臉，就到前面去。一進門，先看父親是什麼顏色，見金銓籠了手，在堂屋裡踱來踱去，卻沒有怒色，心裡才坦然了，因站在一邊，等他父親吩咐。

金銓一回頭看見了他，將手先摸了一摸鬍子，然後說道：「你這倒成了個塞翁失馬，未始非福了。我的意思是要懲戒你一下，並不是要替你想什麼出路，偏是你的上司又都顧了我的老面子，極力敷衍你，我要一定不答應，人家又不明白我是什麼用意。我且再試驗你一次，看你的成績如何？」

鳳舉見父親並不是那樣不可商量的樣子，就大了膽答道：「這件事似乎要考量一下子。」

金銓不等他說完，馬上就攔住道：「做了幾天外交官，就弄出這種口頭禪來，什麼考量考量？你只管去就是了，誰又敢說那句話？辦什麼事，對什麼事就有把握，好在去又不是你一個人，多多打電報請示就是了。我叫你來，並沒有別什麼事，我早告訴佩芳了，叫她將你行囊收拾好了，趁今天下午的通車，你就先走，我還有幾件小事交給你順便帶去辦。」說著，在身上掏出一張字條交給他。

鳳舉將那字條接過，還想問一問情形。金銓道：「不必問了，大綱我都寫在字條上，至於詳細辦法，由你斟酌去辦，我要看看你的能力如何。」

鳳舉道：「今天就走，不倉促一點嗎？」

金銓道：「有什麼倉促？你衙門裡並沒有什麼事，家裡也沒有什麼事，你所認為倉促的，無非是怕耽誤了你玩的工夫。我就為了怕你因玩誤事，所以要你這樣快走。」

金太太聽了他父子說話，她就由屋子裡走出來，插嘴道：「你父親叫你走，你就今天走，難道你還有什麼大不了的事？就是有，我們都會給你辦。」

鳳舉看到這種情形，又怕他父親要生氣，只好答應走。

直等金銓沒有什麼話說了，便走到燕西這邊院子裡，連聲嚷著老七。連叫好幾聲，也沒有見人出來，一回頭，卻見燕西手上捧著一個照相匣子，站在走廊上，對著轉角的地方。

清秋穿了一件白皮領子斗篷，一把抄著，斜側著身子站定。

鳳舉道：「難怪不作聲，你們在照相。這個大冷天，照得出什麼好相來？」

燕西還是不回答，一直讓把相照完，才回頭道：「我是初鬧這個，小小心心地幹，一說話分了心，又會照壞。」

清秋道：「大哥屋裡坐吧。」

鳳舉道：「不！我找老七到前面去有事。」

燕西見他不說出什麼事，就猜他有話不便當著清秋的面前說，便收照相匣子，交給清秋，笑道：「可別亂動，糟了我的膠片。」

清秋接住，故意一鬆手，匣子向下一落，又蹲著身子接住。

燕西笑道：「淘氣！拿進去吧。」

清秋也未曾說什麼，進屋子裡去了。

燕西跟鳳舉走到月亮門下，他又忽然抽身轉了回去，也追進屋子去，去了好一會兒，鳳舉沒有法，只好等著，心想，他們雖然說是新婚燕爾，然而這樣親密的程度，我就未曾有過。這也真是人的緣分，強求不來的。

燕西出來了，便問道：「怎麼去了這久？大風頭上，叫我老等著。」

燕西道：「丟了一樣東西在屋子裡，找了這大半天呢。你叫我什麼事？」

鳳舉道：「到前面去再說。」一直把燕西引到最前面小客廳裡，關上了門，把自己要走的話告訴他，因道：「晚香那裡，我是鬧了四五天的彆扭，如今一走，她以為或有別的用意，你可以找著蔚然和逸士兩人去對她解釋解釋，關於那邊的家用……」

燕西笑道：「別的我可以辦，談到了一個錢字，我比你還要沒有辦法，這可不敢胡亂答應。」

鳳舉道：「又不要你墊個三千五千，不過在最近一兩個星期內，給她些零錢用就是了，那很有限的，能花多少錢呢？你若是真沒有辦法，找劉二爺去，他總會給你搜羅，不至於坐視不救的。」

燕西道：「錢都罷了，你一走，保不定她娘家又和她來往，縱然不出什麼亂子，也與體面有關，我們的地位又不能去干涉她的。」

鳳舉聽了這話，揪住自己頭上一支頭髮，低著頭閉了眼，半晌沒作聲，突然一頓腳道：「罷！她果然是這樣幹，我就和她情斷義絕，天下沒有不散的筵席。」

燕西見老大說得如此決裂倒愣住了。

鳳舉低著聲音道：「自然，但願她不這樣做。」

燕西見老大一會兒工夫說出兩樣的話來，知道鳳舉的態度是不能怎樣決絕的，因笑道：「走，你總是要走的，這事你就交給我就是了，只要有法子能維持到八方無事，就維持到八方無事，你看這個辦法如何？」

鳳舉道：「就是這樣。我到了上海以後，若是可以籌到款子，我就先劃一筆電匯到劉二爺那裡，只要無事，目前多花我幾個錢，倒是不在乎。」

燕西笑道：「只要你肯花錢，這事總比較地好辦。」

鳳舉在身上掏出手錶來看一看，因道：「沒有時間了，我得到裡面去收拾東西，你給我打一個電話，把劉二和老朱給我約來。」

燕西道：「這個時候，人家都在衙門裡，未必能來；就是能來，打草驚蛇的，也容易讓人注意。你只管走就是了，這事總可不成問題。」

鳳舉也不便再責重燕西，只得先回自己屋裡去收拾行李。

佩芳迎著笑道：「恭喜啊，馬上榮行了！」

鳳舉笑道：「不是我說你，你有點吃裡扒外，老人家出了這樣一個難題給我做，你該幫助我一點才是，你不但不幫助我，把老人家下的命令還秘密著不告訴我，弄得我現在手忙腳亂，說走就走。」

佩芳眉毛一揚，笑道：「這件事情是有些對不住，可是你要想想，我若是事先發表，昨晚上你又不知道要跑到小公館裡去扔下多少安家費，我把命令壓下了一晚上，雖然有點不對，可是給你省錢不少了。」

鳳舉心裡想，婦人家究竟是一偏之見，你不讓我和她見面，我就不會花錢嗎？當時搖了搖頭，向著佩芳笑道：「厲害！」

佩芳鼻子哼了一聲道：「這就算厲害？厲害手段我還沒有使出來呢。你相信不相信？我這一著棋，雖然殺你個攻其無備，但是我知道你必定要拜託你的朋友替你照應小公館的，我告訴你說，這件事你別讓我知道，我若是知道了，誰做這事，我就和誰算賬！」

鳳舉笑道：「你不要言過其實了，我知道今天要走，由得著消息到現在，統共不到一點鐘，這一會兒工夫，我找了誰？」

佩芳道：「現在你雖沒有找，但是你不等到上海，一路之上就會寫信給你那些知己朋友的。」

鳳舉心想，你無論如何機靈，也機靈不過我，我是早已拜託人的了，一想之下，馬上笑起來。

佩芳道：「怎麼樣？我一猜中你的心事，連你自己也樂了。」

鳳舉道：「就算你猜中了吧。沒有時間，不談這些了，給我收的衣服讓我看看，還落了什麼沒有？」

佩芳道：「不用看了，你所要的東西，我都全給你裝置好了，只要你正正經經地做事，我是能和你合作的。」說著，把撿好了的兩只皮箱，就放在地板上打開，將東西重撿一過，一樣一樣地讓鳳舉看。

果然是要用的東西差不多都有了，鳳舉笑著伸了一伸大拇指，說道：「總算辦事能幹，我要走了，你得給我餞行呀。」一伸食指，掏了佩芳一下臉。

佩芳笑道：「誰和你動手動腳的？你要餞行，我就和你餞行，但是你在上海帶些什麼東西給我呢？」

鳳舉道：「當然是有，可是多少不能定，要看我手邊經濟情形如何？設若我的經濟不大充分，也許要在家裡弄……」

佩芳原是坐著的，突然站將起來，看看鳳舉的臉道：「什麼？你還要在家裡弄點款子去，你這樣做事，家裡預備著多少本錢給你賠去？」

鳳舉連連搖手道：「我這就要走了，我說錯了話，你就包涵一點吧。」

婦人家的心理是不可捉摸的，她有時強硬到萬分，男子說雞蛋裡面沒有骨頭，她非說有骨頭不可；有時男子隨便兩句玩話，不過說得和緩一點，婦人立刻慈悲下來，男子要怎麼樣就怎麼樣，這個時候，鳳舉幾句話又把佩芳軟化得成了繞指柔，覺得丈夫千里迢迢出遠門去，不安慰他一點，反要給他釘子碰，這實在太不對了，因此和鳳舉一笑，便進裡面給他撿點零碎去，鳳舉也就笑著跟進去了。

不到一會兒，開上午飯來，夫婦二人很和氣地在一塊兒吃過了午飯，東西也收拾妥當了。於是鳳舉就到上房裡，去見過母親告別，此外就是站在各人院子裡，笑著叫了一聲走了，家裡一大批人，男男女女，少不得就擁著到他院子裡來送行。

人一多，光陰一混，就到了三點鐘，就是上火車的時候了，鳳舉就坐了汽車上車站。家裡送行的人，除了聽差而外，便是佩芳、燕西、梅麗三人。鳳舉本還想和燕西說幾句臨別贈言，無如佩芳是異常的客氣，親自坐上鳳舉的車，燕西倒和梅麗坐了一輛車子。在車子上，佩芳少不得又叮嚀了鳳舉幾句，說是上海那地方不是可亂玩的，上了拆白黨的當，花幾個錢還是小事，不要弄出亂子來，不可收拾。

鳳舉笑道：「這一點事，我有什麼不知道？難道還會上人家的仙人跳嗎？」

佩芳道：「就是堂子裡，你也要少去，弄了髒病回來，我是不許你進我房門的。」說著話，到了車站。

站門外，等著自己的家裡聽差已買好了票，接過行李，就引他們一行四人進站去。

鳳舉一人定了一個頭等包房，左邊是外國人，右邊鶯鶯燕燕的，正有幾個豔裝女子在一處談話。看那樣子，也有是搭客，也有是送行的。

佩芳說著話，站在過道裡，死命地盯了那邊屋子裡幾眼，聽那些人說話，有的說蘇白，有的說上海話，所談的事都很瑣碎，而且還有兩個女子在抽煙，看那樣子，似乎不是上等人，因悄悄地問燕西道：「隔壁那幾位，你認識嗎？」

燕西以為佩芳看破了，便笑道：「認識兩個，他們看見有女眷在一處，不敢招呼，你瞧，那個穿綠袍綴著白花邊的，那就是花國總理。」

佩芳將房門關上，臉一沉道：「這個房間，是誰包的？」一面說時，一面看那鏡子裡邊正有一扇門和那邊相通。

鳳舉已明白了佩芳的意思，便笑嘻嘻地道：「我雖然不是什麼正經人，絕不能見了女子，我就會轉她的念頭，況且那邊屋子裡似乎不是一個人，我就色膽如天，也不能闖進人家房子裡去。」

佩芳聽了這話，不由得噗嗤一笑。

鳳舉道：「你這也無甚話可說了。」

燕西道：「不要說這些不相干的話，現在火車快要開了，有什麼話先想著說一說吧。」

佩芳笑道：「一刻兒工夫，我也想不出什麼話來。」因望著鳳舉道：「你還有什麼說的沒有？可先告訴我也好。」

鳳舉道：「我沒有什麼話，我就是到了上海，就有一封信給你。」

梅麗道：「我也想要大哥給我買好多東西，現在想不起來，將來再寫信告訴你吧。」說到這裡，月臺上已是叮噹叮噹搖起鈴來。

燕西佩芳梅麗就一路下車，站在車窗外月臺上，鳳舉由窗子裡伸出頭來，對他們三人說話。汽笛一聲，火車慢慢地向前展動，雙方的距離漸漸地遠了。

燕西還跟著追了兩步，於是就抬起手來，舉了帽子，向空中搖了幾搖，梅麗更是抽出胸襟下掖的長手絹，在空氣裡招展地來而復去，佩芳只是兩手舉得與臉一樣高，略微招動了一下。鳳舉含著微笑，越移越遠，連著火車，縮成了一小點，佩芳他們方才坐車回家而去。

這時，梅麗和佩芳約著坐一車，讓燕西坐一輛車，剛要出站門，忽見白秀珠一人在空場裡站著，四周顧盼。

一大群人力車團團轉轉將秀珠圍在中心，大家伸了手掐腰兒，只管亂嚷，說道：「小姐小姐，坐我的車，坐我的車，我的車乾淨。」

秀珠讓大家圍住，沒了主意，皺了眉頓著腳道：「別鬧，別鬧！」

燕西看她這樣為難的情形，不忍袖手旁觀，便走上前對秀珠道：「密斯白，你也送客來的嗎？我在車站上怎麼沒有看見你？」

秀珠在這樣廣眾之前，人家招呼了不能不給人家一個回答，便笑道：「可不是！你瞧，這些洋車夫真是豈有此理，把人家圍住了，不讓人家走！」

燕西道：「你要到哪裡去？我坐了車子來的，讓我來送你去吧。」

秀珠聽了這話，雖有些不願意，然而一身正在圍困之中，避了開去總是好的，便笑道：「這些洋車夫真是可惡，圍困得人水泄不通。」一面說著，一面走了過來。

燕西笑著向前一指道：「車子在那面。」右手指著，左手就不知不覺地來挽著她。

秀珠因為面前汽車馬車人力車，以及車站上來來往往一些搬運夫非常雜亂，一時疏神，也就讓燕西挽著。

燕西一直挽著她開門，扶她上車去，燕西讓她上了車，也跟著坐上車去，因問秀珠要到哪兒去？秀珠道：「我上東城去，你送我到東安市場門口就是了。」

燕西就吩咐車夫一聲，開向東安市場而去。

到了東安市場，秀珠下車，燕西也下了車。

秀珠道：「你也到市場去嗎？」

燕西道：「我有點零碎東西要買，陪你進去走走吧。」

秀珠也沒有多話說，就在前面走。

在汽車上，燕西是怕有什麼話讓汽車夫聽去了，所以沒有說什麼，這時跟在後面，也沒說什麼，走到了市場裡，陪著秀珠買了兩樣化妝品，燕西這才問：「你回家去嗎？」

秀珠道：「不回家，我還要去會一個朋友。」

燕西道：「現在快三點了，我們去吃一點點心，好不好？」

秀珠道：「多謝你，但是讓我請你，倒是可以的。」

燕西道：「管他誰請誰呢？這未免太客氣了。」於是二人同走到「七香齋」小吃館裡來。

這時還早，並不是上座的時候，兩人很容易地占了一個房間。燕西坐在正面，讓秀珠坐在橫頭，沏上茶來，燕西先斟了半杯，將杯子擦了，拿出手絹揩了一揩，然後斟一杯茶，放在秀珠面前。

秀珠微微一笑道：「你還說我客氣，你是如何地客氣呢？」

這時，秀珠把她那絳色的短斗篷脫下，身上穿了杏黃色的駝絨袍，將她那薄施脂粉的臉子陪襯得是格外鮮豔。那短袖子露出一大截白胳膊，因為受了凍，泛著紅色也很好看。在燕西未結婚以前，看了她這樣，一定要摸摸她冷不冷的，現在呢，不但成了平凡的朋友，而且朋友之間還帶有一種不可侵犯的嫌疑，這是當然不敢輕於冒犯的。

秀珠見他望了自己的手臂出神，倒誤會了，笑問道：「你看什麼？以為我沒有戴手錶嗎？」

燕西笑道：「可不是！這原不能說是裝飾品，身上戴了一個錶總便當得多，不然，有什麼限刻的事，到了街上就得東張西望，到處看店鋪門前的鐘。」

秀珠道：「我怎麼不戴，在這兒呢。」說時，將左手一伸，手臂朝上伸到燕西面前。

燕西看時，原來小手指上戴了一只白金絲的戒指，在指臂上，正有一顆鈕扣大的小錶。秀珠因燕西在看，索性舉到燕西臉邊，燕西便兩手捧著，看了一看，袖子裡面，由腋下發射出來的一種柔香，真個有些熏人欲醉。

燕西放下她手，笑道：「這錶是很精緻，是瑞士貨嗎？」

秀珠笑道：「你剛才看了這半天，是哪裡出的東西都不知道嗎？」

燕西道：「字是在那一面的，我怎樣看得出來呢？不過這樣精小的東西，也只有瑞士的能做，你這樣的精明人也不會用那些騙自己的東西。」

秀珠笑道：「還好，你的脾氣還沒有改，這張嘴還是非常的甜蜜呢。」

燕西道：「這是實話，我何曾加什麼糖和蜜呢？」

兩人只管說話，把吃點心的事也忘了，還是夥計將鉛筆紙片一齊來放在桌上，將燕西提醒過來了，他問秀珠吃什麼？秀珠笑道：「你寫吧，難道我喜歡吃什麼，你都不知道嗎？」

燕西聽她如此說，簡直是形容彼此很知己似的，若要說是不知道，這是自己見疏了，便笑著一樣一樣地寫了下去。

秀珠一看，又是冷葷，又是熱菜，又是點心，因問道：「這做什麼？預備還請十位八位的客嗎？」說著，就在他手上將鉛筆紙單奪了過來，在紙的後幅，趕快地寫了雞肉餛飩兩碗，蟹殼燒餅一碟。寫完，一併向燕西面前一扔，笑道：「這就行了。」

燕西看了一看，笑道：「我們兩人大模大樣地占了人家一間房間，只吃這一點兒東西，不怕挨罵嗎？」

秀珠笑道：「這真是大爺脾氣的話，連吃一餐小館子都怕人家說吃少了，你願意花錢那也就不要緊，你可以對夥計說，弄一碗雞心湯來喝，要一百個雞心，我準保賤不了。」

燕西正有一句話要說，話到嘴邊又忍回去了，只是笑了一笑。

秀珠道：「有什麼話，你說呀！怎麼說到嘴邊又忍回去了？」

這時，夥計又進來取單子，燕西便將原單紙塗改幾樣，交給他了。一會兒，還是來了一桌子的菜，還另外有酒，秀珠這也就不必客氣了，在一處吃喝個正高興。飯畢，自然是燕西會了賬。

一路又走到市場中心來，依著燕西，還要送秀珠回家，但秀珠執意不肯，說是不一定回家，燕西也就罷了，乃告辭而別，不過這在燕西，的確是一種很快活的事了，無論如何，彼此算盡釋前嫌了。

燕西回得家去，一進去，門口號房就迎上來說道：「七爺，你真把人等了一個夠，那位謝先生在這兒整等你半天了。」

燕西道：「哪一個謝先生？」

門房道：「就是你大喜的日子，做儐相的那位謝先生。」

燕西道：「哦！是他等著我沒走，這一定有要緊的事的，現在在哪裡？」

門房道：「在你書房裡。」

燕西聽說，一直就向自己書房裡來，只見謝玉樹一個人斜躺在一張軟椅上，拿了一本書在看。燕西還未曾開言，他一個翻身坐起來，指著燕西道：「你這個好人，送人送到哪裡去了？上了天津嗎？」

燕西道：「我又沒有耳報神，怎麼知道你這時候會來？我遇到一個朋友，拉我吃小館子去了。你很不容易出學校門的，此來必有所謂。」

謝玉樹笑道：「我是來看看新娘子的，順便和你打聽一件事。」

燕西道：「看新娘子那件事，我算是領情了，你就把順便來打聽的一件事變為正題，告訴我吧。」

謝玉樹笑道：「在我未開談判之先，我還有一點小小的要求，我這個肚皮現在十分地叫屈。」

燕西一拍手道：「了不得，你還沒有吃午飯嗎？」一面說話，一面就按了電鈴。金榮進來了，燕西道：「吩咐廚房裡，快開一位客飯來，做好一點。」金榮答應去了。

燕西笑道：「是了，你是上午進城的，以為趕我這裡來吃飯，不料我今天吃飯吃得格外早，一點鐘就上了車站，算沒有合上你的預算，其實是你太客氣了，你老實一點，讓我們聽差，給你弄一點點心來吃，他也不至於辱命。」

謝玉樹道：「誰知道你這時候才回來呢？」

燕西道：「不去追究那些小問題了，你說吧，你今天為了什麼問題來的？我就是這樣的脾氣，心裡擱不住事，請你把話告訴我吧。」

謝玉樹也知道燕西的脾氣，做事總是急不暇擇的，因道：「並不是我自己的事，我也是受人之託。」

燕西笑道：「你就不要推卸責任了。是你自己的事也好，是你受人之託也好，反正你有所要求，我認準了你辦，這不很直截了當嗎？」

謝玉樹這倒只好先笑了一笑，因道：「那天你結婚日子，不是有位儐相吳女士嗎？密斯脫衛託我問你一問，是不是府上的親戚？」

說到這裡，他的臉先紅了。

燕西笑道：「你這話不說出來，我已十分明白了，這位密斯脫衛，也是一個十分的老外，怎麼請你來做這一件事？天下哪有作媒的人說話怕害臊的？」

謝玉樹經他說破，越發是難為情，所幸就在這個時候，廚子已經把飯開來了，燕西道：「對不住，我吃過點心不多久，不能又吃，我只坐在這裡空陪吧。」

謝玉樹道：「那不要緊，我只要吃飽了就是了。」於是他就專門吃飯，一聲也不響。

還是燕西忍耐不住，問道：「密斯脫衛是怎樣拜託你來作媒？他就是在那天一見傾心的嗎？」

謝玉樹鼓勵著自己不讓害臊，吃著飯，很隨便地答道：「在這個年頭兒，哪裡還容得下作媒兩個字？他不過很屬意那位吳女士，特意請我來向你打聽人家是不是小姑居處*？」

燕西笑道：「不但是小姑居處，而且那愛情之箭還從未射到她的芳心上去呢！這一朵解語之花，為她所顛倒的未始無人，不過她心目中，向來不曾滿意於誰，以老衛的人才而論，當然是中選的，不過有一層……」

謝玉樹道：「我知道，就是為他窮，對不對？難道像吳小姐那樣冰雪聰明的人兒，還不能不拿金錢來作對象嗎？」

燕西道：「我並不是說這個，我以為老衛這種動機太突兀了，並沒有什麼戀愛的過程呢。」

謝玉樹道：「就是因為沒有什麼戀愛的過程，我才來疏通你，怎樣給他們拉攏拉攏，讓他們成為朋友，等他們成了朋友以後，老衛拼命的去輸愛，那是不成問題的了，這就看吳女士能不能夠接受？只要能接受，家庭方面，還要仗你大力斡旋呢。」

說著話，謝玉樹已經把飯吃完了。漱洗已畢，索性和燕西坐在一張沙發上，從從容容地向下談。說著，還拱拱手。

燕西笑道：「你這樣和他出力，圖著什麼來？我給他們拉攏，少不得還要貼本請客，我又圖著什麼來？」

謝玉樹道：「替朋友幫忙，何必還要圖個什麼？說成了功，這是多麼圓滿的一場的功德，說不成功，我不過貼了一張嘴，兩條腿，就是你七爺請一兩回客，還在乎嗎？」

燕西道：「我也巴不得找一件有趣味的事幹，你既然專誠來託我，我絕不能那樣不識抬舉，不來進行，你今晚是不能出城的了，就在舍間下榻，我們慢慢地來想個辦法。」

謝玉樹道：「只要你肯幫忙，在這裡住十天半月我也肯，學校裡哪裡有總理公館裡住得舒服，我還有什麼不樂意的嗎？」

燕西笑道：「這樣漂亮的人才，說出這樣不漂亮的話來？」

謝玉樹笑道：「**你們天天錦衣肉食慣了，也不覺得這貴族生活有什麼意義，若是我們窮小子，偶然到你們這裡來過個一兩天，真覺到了神仙府裡一般**，不說吃喝了，腳下踏著寸來厚的地毯，屁股下坐著其軟如綿的沙發，就讓人舒服得樂不思蜀呢。」

燕西道：「剛才說正經話，給人家作媒，就老是吃螺螄吃生薑；現在鬧著玩，你的嘴就出來了。」

兩個人說笑了一陣，燕西道：「你在這兒躺一會，有好茶可喝，有小說可看，我到裡面去布置一點小事。」

謝玉樹道：「我肚子吃飽了，就不要你照顧了，你請便吧。」

燕西又吩咐了聽差們好好招待，便回自己院子裡來，老媽子說：「少奶奶吃晚飯去了。」

燕西又轉到母親屋子裡來，金太太屋子裡這一餐飯正是熱鬧，除了清秋不算，又有梅麗和二姨太加入。佩芳因為鳳舉走了，一人未免有傷孤寂，也在這邊吃。

燕西一進門，清秋便站起來道：「我聽說你在前面陪客吃過了，所以不等你，你怎麼又趕來了？」

燕西道：「你吃你的吧，我不是來吃飯的，我有事要和大嫂商量呢。」

清秋又坐下吃飯，將瓷勺子在中間湯碗裡舀著舉了起來，扭轉身來笑道：「有冬筍蓴菜湯呢，你不喝點？」

佩芳笑道：「這真是新婚夫婦甜似蜜，你瞧，你們兩人是多麼客氣啊！」

燕西笑道：「那也不見得，不過是仁者見仁，智者見智罷了。」

佩芳道：「得了，我不和你說那些，你告訴我，有什麼事和我商量？要商量就公開，不妨當著母親的面說出來聽聽。」

燕西道：「自然啊，我是要公開的，難道我還有什麼私人的請託不成？說起來這事也奇怪，他們不知道怎樣會想到和一個生人提出婚姻問題來了，就是上次作儐相的那位漂亮人，他要登門來求親了。」

梅麗聽了這話，也不知道怎麼回事，臉都紅破了，低了頭只管吃飯，並不望著燕西。

佩芳道：「你沒頭沒腦地提起這個話，我倒有些不懂，這事和我有什麼相干？」

燕西道：「自然有和你商量之必要，我才和你商量，不然，我又何必多此一舉哩？」

佩芳笑道：「哦！我知道了。其中有個姓衛的，對我們藹芳好像很是注意，莫非他想得著這一位安琪兒？」

燕西道：「可不是！他託那個姓謝的來找我，問我可不可以提這個要求？」

佩芳道：「這姓謝的也是個漂亮人兒啦，怎麼讓這個姑娘似的人兒來做說客？」

燕西道：「這件事，若辦不通，是很塌臺的，少年人都是要一個面子，不願讓平常的朋友來說，免得不成功，傳說開去不好聽。」

佩芳道：「提婚又不是什麼犯法的事，有什麼不可以，但是我家那位，眼界太高，多少親戚朋友提到這事都碰了釘子，難道說這樣一個只會過一次面的人，她倒肯了？」

二姨太插嘴道：「那也難說啊！自古道千里姻緣一線引，也許從前姻緣沒有發動，現在發動了。」

梅麗道：「這是什麼年頭？你還說出這樣腐敗的話！不要從中打岔了，讓人家正正經經地談一談吧。」

佩芳道：「這件事，我也不能替她做什麼答覆，先得問她自己，對於姓衛的有點意思沒有？」說著話，已經吃完了飯。

佩芳先漱洗過了，然後將燕西拉到犄角上三角椅上坐下，笑問道：「既然他那一方面是從媒妁之言下手，我倒少不得問一問。」

燕西道：「不用問了，事情很明白的，他的人品不說，大家都認為可以打九十分。學問呢，據我所知，實在是不錯。」

金太太在那邊嚼著青果，眼望了他們說話，半晌不作聲，一直等到燕西說到「據我所知，實在不錯」，金太太笑道：「據你所知，你又知道多少呢？若依我看來，既然是個大學生，而且那學堂功課又很上緊的，總不至於十分不堪，不過談到婚姻這件事情，雖不必以金錢為轉移，但是我們平心論一句，若是一個大家人家的小姐，無緣無故地嫁給寒士，未免不近人情，這位衛先生，聽說他家境很不好，吳小姐肯嫁過去嗎？」

佩芳還沒有答話，梅麗便道：「我想藹芳姐是個思想很高尚的人，未必是把貧富兩字來做婚姻標準的。」

二姨太道：「小孩子懂得什麼！你以為戲臺上《彩樓配》那些事都是真的呢。」

燕西笑道：「這件事，我們爭論一陣，總是白費勁，知道吳小姐是什麼意思？我們是個介紹的人，只要給兩方面介紹到一處，就算功德圓滿，以後的事，那在於當事人自己去進行了。我的意思，算是酬謝儐相，再請一回客，那麼，名正言順地就可讓他們再會一次面。」

佩芳道：「你這是抄襲來的法子，不算什麼妙計，小憐不就為赴人家的宴席上了鉤嗎？我妹妹，她的脾氣有點不同，她不知道則已，她要知道你弄的是圈套，她無論如何也是不去的，就是去了，也會不歡而散，你別看她人很斯文，可是她那脾氣，真比生鐵還硬，要是把她說愣了，無論什麼人也不能轉圜，那可成了畫虎不成反類犬了，我倒有條妙計，若是事成功了，不知道那姓衛的怎麼樣謝我？」說到這裡，不由得微笑了一笑。

燕西道：「不成功，那是不必說了，若是成了功，你就是他的大姨姐，你還要他謝什麼？」

佩芳道：「謝不謝再說吧，你們想想，我這法子妙不妙？去年那個美術展覽會不是為事耽誤了，沒有開成功嗎？據我妹妹說，在這個月內一定要舉辦，不用說，她自然是這裡面的主幹人物，只要把那姓衛的弄到會裡當一點職務，兩方面就很容易成為朋友了，而且這還用不著誰去介紹誰。」

燕西拍手笑道：「妙妙，我馬上去對老謝說。」

佩芳道：「嘿！你別忙，讓我們從長商議一下。」

燕西道：「這法子就十分圓滿，還要商議什麼？」一面說著，一面就走出去了。

燕西到了自己書房裡，一推門進去，嚷道：「老謝！事情算是成功了，你怎樣謝我呢？」

謝玉樹正拿了一本書躺在軟榻上看，聽到燕西一嚷，突然坐將起來，站著呆望了他，半晌，笑道：「怎麼樣？不行嗎？」

燕西道：「我說是成功了，你怎麼倒說不行呢？」

謝玉樹道：「不要瞎扯了，哪有如此容易的婚姻，一說就成功？」

燕西笑道：「你誤會了，我說的是介紹這一層成了功，並不是說婚姻成了功。」

謝玉樹道：「三言兩語的把這事就辦妥了，也很不容易啊！是怎麼一個介紹法？」

燕西就把佩芳說的話對他說了，謝玉樹笑著一頓腳，嘆了一口氣。

燕西道：「你這為什麼？」

謝玉樹道：「我不知道有這個機會，若是早知道，我就想法子鑽一名會中職務辦辦，也許可以在裡面找一個情侶呢，現在老衛去了，我倒要避競爭之嫌了。」

燕西看他那樣子很是高興，陪他談到夜深才回房去。

次日一早八點鐘就起來，復又到書房裡來，掀開一角棉被，將謝玉樹從床上喚醒。

謝玉樹揉著眼睛坐了起來，問道：「什麼時候了？」

燕西道：「八點鐘了，在學校裡，也就起來了，老衛正等著你回信呢，你還不該去嗎？」

謝玉樹笑道：「昨晚上坐到兩點鐘才睡，這哪裡睡足了？」說著，兩手一牽被頭，又向下一賴，無如燕西又扯著被，緊緊地不放，笑道：「報喜信猶如報捷一般，為什麼不早早去哩？」

謝玉樹沒法，只好穿衣起床。漱洗已畢，燕西給他要了一份點心，讓他吃過，就催他走。謝玉樹笑道：「我真料不到你比我還急呢。」就笑著去了。

燕西起來得這般早，家裡人多沒起來，一個人很顯著枯寂。要是出去吧？外面也沒有什麼可玩的地方，一個人反覺無聊了。

一個人躺在屋子裡沙發椅子上，便捧了一本書看。這時，正是熱汽管剛興的時候，屋子裡熱烘烘的，令人自然感到一種舒適，手上捧的書慢慢地是不知所云，人也就慢慢地睡過去了。睡意朦朧中，彷彿身上蓋著又軟又暖的東西，於是更覺得適意，越發要睡了。

一覺醒來，不遲不早，恰好屋裡大掛鐘當然一聲，敲了一點。一看身上，蓋了兩條俄國毯子，都是自己屋子裡的，大概是清秋知道自己睡了，所以送來自己蓋的。

一掀毯子，坐了起來，覺得有一樣東西一揚，仔細看時，原來腳下墜落一個粉紅色的西式小信封，這信封是法國貨，正中凸印著一個雞心，穿著愛情之箭，信封犄角上，又有一朵玫瑰花，這樣的信封，自己從前常用的，而且也送了不少給幾個親密的女友，這信是誰寄來的哩？因為字是鋼筆寫的，看不出筆跡，下款又沒有寫是誰寄的，只署著內詳。連忙將信頭輕輕撕開一條縫，將手向裡一探，便有一陣極濃厚的香味襲入鼻端，這很像女子臉上的香粉，就知道這信是異性的朋友寄來的了。

將信紙抽出來，乃是兩張芽黃的琉璃洋信箋，印著紅絲格，格裡乃是鋼筆寫的紅色字，給看信的人一種很深的美麗印象，字雖直列的，倒是加著新式標點，信上說：

燕西七哥：

這是料不到的事，昨天又在一塊兒吃飯了。我相信人和一切動物不同，就因為他是富於感情，我們正也是這樣。以前，我或者有些不對，但是你總可以念我年輕，給我一種原諒，我們的友誼，經過很悠久的歲月，和萍水之交是不可同日而語的，當然，一時的誤會也不至於把我們的友誼永久隔閡。昨天吃飯回來，我就是這樣想，整晚地坐在電燈下出神，因為我現在對於交際上冷淡得多了，不很大出去了，你昨晚回去，有什麼感想，我很願聞其詳，你能告訴我嗎？祝你的幸福！

妹秀珠上

燕西將信從頭至尾一看，沉吟了一會兒，倒猜不透這信是什麼意思，只管把兩張信紙顛來倒去地看著。

信上雖是一些輕描淡寫的幾句話，什麼萍水之交，什麼交誼最久，都是在有意無意之間。平著良心說出來，自己結了婚，只有對秀珠不住的地方，卻沒有秀珠對不住自己的地方。現在她來信，說話是這樣的委婉，又覺得秀珠這人究竟是個多情女子了，實在應該給予她一種安慰。

想到這裡，人很沉靜了，那信紙上一陣陣的香氣，也就儘管向鼻子裡送來，不由得人會起一種甜美的感想，拿了信紙在手上，只管看著，信上說的什麼卻是不知道，自然而然的，精神上卻受了一種溫情的蕩漾，便坐得書案邊去，抽了信紙信封，回起信來。

對於秀珠回信，文字上是不必怎樣深加考量的，馬上揭開墨水匣，提筆寫將起來，信上說：

秀珠妹妹：

我收到你的信，實在有一種出於意外的歡喜，這是你首先對我諒解了，我怎樣不感激呢。你這一封信來了，引起了我有許多話要對你說，但是真要寫在信上，恐怕一盒信箋都寫完了，也不能說出我要說的萬分之一，我想等你哪一天有工夫的時候，我們找一個地方吃小館子，一面吃，一面談吧。你以為如何呢？你給我一個電話，或者是給我一封信都可以。回祝你的幸福！

你哥燕西上言

燕西將信寫好了，折疊平正，筒在信封裡，捏著筆在手上，沉吟了一會，便寫著「即時專送白宅，白秀珠小姐玉展。」手邊下一只盛郵票的倭漆匣子，正要打開，卻又關閉上了，便按著電鈴叫聽差的。

是李貴進來了，燕西將信交給他，吩咐立刻就送去，而且加上一個「快」字。李貴拿著信看了看，燕西道：「你看什麼？快些給我送去就是。」

李貴道：「這是給白小姐的信，沒有錯嗎？」

燕西道：「誰像你們那一樣的糊塗，連寫信給人都會錯了，拿去吧。」

李貴還想說什麼，又不敢問，遲疑了一會子，心裡怕是燕西丟了什麼東西在白家，寫信去討，或者雙方餘怒未息，還要打筆頭官司。好呢，自己不過落個並無過錯，若是不好，還要成個禍水厲階*，不定要受什麼處分才對。

不過七爺叫人辦事，是毫無商量之餘地的，一問之下，那不免更要見罪。也只好納悶在心，馬上雇了一輛人力車，將信送到白宅。

白宅門房裡的聽差王福，一見是金府上的，先就笑道：「嘿！李爺久不見了。」李貴便將信遞給他，請他送到上房去。李貴也因是許久沒來，來了不好意思就走，就在門房裡待住了一會兒。

那聽差的從上房裡出來，說是小姐有回信，請你等一等，李貴道：「白小姐瞧了信以後說的嗎？」

那聽差道：「自然，不瞧信，她哪裡有回信呢？」

李貴心想，這樣看來，也許沒有多大問題，便在門房裡等著，果然隨後有一個老媽子拿了一封信出來，傳言道：「是哪位送信來的？辛苦了一趟，小姐給兩塊錢車錢。」

她估量著李貴是送信的，將錢和信一路遞了過來。李貴對於兩塊錢倒也不過如是，只是這件差事，本來認為是為難的。現在不但不為難，反有了賞，奇不奇呢？

那老媽子見了他躊躇，以為他不好意思收下，便笑道：「你收下吧，我們小姐向來很大方的，只要她高興，常是三塊五塊的賞人。」

李貴聽了這話，也就大膽的將錢收下，很高興地回家，信且不拿出來，只揣在身上。先打聽打聽，燕西在上房裡，就不作聲。後來燕西回到書房裡來了，李貴這才走進去，在身上將信拿出來，遞給燕西，他接過信去，笑著點了一點頭。

李貴想著，信上的話一定壞不了，便笑道：「白小姐還給了兩塊錢。」

燕西道：「你就收下吧，可是這一回事，對誰也不要說。」

李貴道：「這個自然知道，要不是為了不讓人知道，早就把回信扔在這書桌上了。」

燕西道：「這又不是什麼要不得的事不能公開，我不過省得麻煩罷了。」

李貴笑了一笑，退出去了。

燕西將秀珠的信看了一看，就扯碎了，扔在字紙簍裡，這樣一來，這件事除了自己和秀珠，外帶一個李貴，是沒有第四個人知道的了。

燕西得了這封信以後，又在心裡盤算著，這是否就回秀珠一封信？忽聽窗子外有人喊道：「現在有了先生了，真個用起功來了嗎？怎麼這樣整天藏在書裡？」

那說話的人正是慧廠。

燕西就開了房門迎將出來，笑道：「是特意找我嗎？」

慧廠道：「怎麼不是？」說著，走了進來，便將手上拿了的錢口袋要來解開。

燕西笑道：「你不用說，我先明白了，又是你們那中外婦女賑濟會，要我銷兩張戲票，對不對呢？」

慧廠笑道：「猜是讓你猜著了，不過這回的戲票子，我不主張家裡人再掏腰包，因為各方面要父親代銷的戲票已經可觀，恐怕家裡人每人還不止攤上一張票呢，依我說，你們大可以出去活動，找著你們那些花天酒地的朋友，各破慳囊。」

燕西道：「既然是花天酒地的朋友，何以又叫慳囊呢？」

慧廠道：「他們這些人，花天酒地，整千整萬地花，這毫不在乎，一要他們作些正經事，他就會一錢如命了，因為這樣，所以我希望大家都出發，和那些有錢塞狗洞不做好事的人去商量，看看這裡面究竟找得出一兩個有人心的沒有？」

她一面說著，一面把自己口袋裡一搭戲票拿了出來，右手拿著，當了扇子似的搖，在左手上拍了幾下，笑道：「拿你只管拿去，若是賣不了，票子拿回來，還是我的，並不用得你吃虧。因為我拿戲票的時候就說明了，票是可以多拿，賣不完要退回去，他們竟認我為最能銷票的，拿了是絕不會退回的，就答應我全數退回也可以，我聽了這一句話，我的膽子就壯了，無論如何，十張票總可以碰出六七張去。」

燕西笑道：「中國人原是重男而輕女，可是有些時候也會讓女子占個先著，譬如勸捐這一類的事，男子出去辦，不免碰壁，換了女子去，人家覺得有些不好意思，他就只好委委屈屈將錢掏出來了。」

慧廠道：「你這話未免有些侮辱女性，何以女性去募捐就見得容易點？」

燕西道：「這是恭維話，至少也是實情，何以倒成為侮辱之詞呢？」

慧廠道：「你這話表面上不怎樣，骨子裡就是侮辱，以為女子出去募捐，是向人搖尾乞憐呢。」

燕西笑道：「這話就難了，說婦女們募得到捐是侮辱，難道說你募不到捐，倒是恭維嗎？」

慧廠將一搭戲票向桌上一扔，笑道：「募不募，由著你，這是一搭票子，我留下了。」她說完，轉身便走。

燕西拿過那戲票，從頭數了一數，一共是五十張，每張的價目印著五元，一面數著，一面向自己屋裡走。

清秋看見，便問道：「你在哪裡得著許多戲票？」

燕西道：「哪裡有這些戲票得著呢？這是二嫂託我代銷的，戲票是五塊錢一張，又有五十張，哪裡找許多冤大頭去？」

清秋道：「找不到銷路，你為什麼又接收過來？」

燕西道：「這也無奈面子何，接了過來，無論如何總要銷了一半，面子上才過得去，我這裡提出十張票，你拿去送給同學的，所有的票價都歸我付。」

清秋道：「你為什麼要這種闊勁？我那些同學，誰也不會見你一分人情。」

燕西道：「我要他們見什麼情？省得把票白扔了，我反正是要買一二十張下來的。」

清秋道：「二嫂是叫你去兜銷，又不是要你私自買下來，你為什麼要買下一二十張？」

燕西道：「與其為了五塊錢，逢人化緣，不如自己承受，買了下來乾脆。」

清秋嘆了一口氣道：「你這種豪舉，自己以為很慷慨，其實這是不知艱難的紈褲子弟習氣，你想，我們是沒有絲毫收入的人，從前你一個人襲父兄之餘蔭，那還不算什麼，現在我們是兩個人，又多了一分依賴，我們未雨綢繆，趕緊想自立之法是正經，你一點也不顧慮到這層，只管鬧虧空，只管借債來用，你能借一輩子債來過活嗎？」

燕西聽她說著，先還帶一點笑容，後來越覺話頭不對，沉了臉色道：「你的話哪裡有這樣酸？我聽了渾身的毫毛都站立起來。」

清秋見他有生氣的樣子，就不肯說了。

燕西見她不作聲，就笑道：「你這話本來也太言重，一開口就紈褲子弟，也不管人受得住受不住？」

清秋也無話可說，只好付之一笑。燕西就不將票丟下來了，將票揣在身上，就出門去銷票去了。

有了這五十張票，他分途一找親戚朋友，就總忙了兩天兩晚。

到了第三天，因為昨晚跑到深夜兩點多鐘才回家，因此睡到十二點鐘以後方始起床。醒來之後，正要繼續地去兜攬銷票，只聽見金榮站在院子裡叫道：「七爺，有電話找，自己去說話吧。」

金榮這樣說，正是通知不能公開說出來的一種暗號，燕西聽見了，便披了衣服，趕快跑到前面來接電話，一說話，原來晚香來的電話，開口便說：「你真是好人啦！天天望你來，望了三四天還不見一點人影子。」

燕西道：「有什麼事要我做的嗎？這幾天太忙。」

晚香道：「當然有事啊！沒有事，我何必打電話來麻煩呢？」

燕西想了想，也應該去一趟，於是坐了汽車，到小公館裡來。

進得屋去，晚香一把拉住，笑道：「你這人真是豈有此理！你再要不來，我真急了。」帶說，帶把燕西拉進屋去。

燕西一進屋內，就看見一個穿青布皮襖的老太太由裡屋迎了出來，笑著道：「你來了，我姑娘年輕，別說是大嫂子，都是自己家裡姐妹一樣，你多照應點啊！」

她這樣說上一套，燕西絲毫摸不著頭腦，還是晚香笑著道：「這是我娘家媽，是我親生的媽，可不是領家媽，我一個人過得怪無聊的，接了她來，給我做幾天伴，你哥哥雖然沒有答應這件事，可不能說我嫁了他，連娘都不能認。」

燕西笑了一笑，也不好說什麼。

晚香道：「我找你來，也不是別什麼事，你大哥鑽頭不顧屁股地一走，一個錢也不給我留下，還是前幾天劉二爺送了一百塊錢來，也沒有說管多久，就扔下走了。你瞧，這一個大家，哪兒不要錢花？這兩天電燈電話全來收錢，底下人的工錢也該給人家了，許多天，我就上了一趟市場，哪兒也不敢去，一來是遵你哥哥的命令，二來真也怕花錢。你瞧，怎麼樣？總得幫我一個忙，不能讓我老著急。」

燕西正待說時，晚香又道：「你們在家裡打小牌，一天也輸贏個二百三百的，你哥哥糊裡糊塗，就是叫人送這二百塊錢來，你瞧，夠做什麼用的呢？」

燕西見她放爆竹似的說了這一大串話，也不知道答覆哪一句好，坐在沙發上，靠住椅背，望了晚香笑。

晚香道：「你樂什麼？我的話說得不對嗎？」

燕西道：「你真會說，我讓你說得沒可說的了，你不是要款子嗎？我晚上送了來就是。」說著，站起身來就要走。

晚香道：「怎麼著？這不能算是你的家嗎？這兒也姓金啊！多坐一會兒，要什麼緊？王媽，把那好龍井沏一壺茶來，你瞧，我這人真是胡鬧，來了大半天的客，我才叫給倒茶呢。」

她說時，笑著給他母親瞅了一瞅眼睛，又按著燕西的肩膀道：「別走，我給你拿吃的去，你要走，我就惱了！」說著，假瞪了眼睛，鼓著小腮幫子。

燕西笑道：「我不走就是了。」

晚香這就跑進屋去，將一個玻璃絲的大茶盤子，送了一大茶盤子出來，也有瓜子，也有花生豆，也有海棠乾，也有紅棗。

她將盤子放在小茶桌上，抓了一把，放到燕西懷裡，笑道：「吃！吃！」

燕西道：「這是過年買的大雜拌，這會子還有？」

劉寶善道：「這我是奉你老大的命令行事啊，他臨走的那天上午，派人送了一個字條給我，要我每星期付一百元至一百五十元的家用，親自送了去，我想第二個星期別送少了，所以先送去一百元，打算明後天再送五十元，憑她一個人住在家裡，有二十元一天，無論如何也會夠，就是你老大在這裡，每星期也絕花不了這些個吧？怎麼樣？她嫌少嗎？」

燕西道：「可不是！我想老大不在這裡，多給她幾個錢也罷，省得別生枝節。」

劉寶善道：「怎樣免生枝節？已經別生枝節了，鳳舉曾和她訂個條約的，並不是不許她和娘家人來往，只是她娘家人全是下流社會的胚子，因此只許來視探一兩回，並不留住，也不給她家什麼人找事，可是據我車夫說，現在她母親來了，兩個哥哥也來了，下人還在外老太太舅老爺叫得挺響亮。那兩位舅老爺，上房裡坐坐，門房裡坐坐，這還不足，還帶來了他們的朋友去鬧，那天我去的時候，要到我們吃菊花鍋子的那個宜秋軒去，我還不曾進門，就聽到裡面一片人聲喧嚷，原來是兩位舅老爺在裡面，為一個問題開談判。這一來，宜秋軒變成了宜舅軒，我也就沒有進去，大概這裡面已經鬧得夠瞧的了。」

燕西道：「我還不知道她的兩位舅老爺也在那裡，若是這事讓老大知道了，他會氣死。今天晚上，我得再去一趟，看看情形如何？若是那兩位果然盤踞起來，我得間接地下逐客令。」

劉寶善道：「下逐客令？你還沒有那個資格吧？好在並不是自己家裡，鬧就讓她鬧去。」

燕西道：「鬧出笑話來了，我們也不管嗎？」

劉寶善默然了一會兒，笑道：「大概總沒有什麼笑話的，要不，你追封快信給你老大，把這情形告訴他，聽憑他怎樣辦。」

燕西道：「鞭子雖長，不及馬腹，告訴他，也是讓他白著急。」

晚香道：「我多著呢，我買了兩塊錢的，又沒有吃什麼。」

燕西笑道：「怪道要我吃，這倒成了小孩子來了，大吃其雜拌。」

晚香的母親坐在一邊，半天也沒開口的機會，這就說了，她道：「別這麼說啊！大兄弟，過年就是個熱鬧意思，取個吉兆兒，誰在乎吃啊！三十晚上包了餃子，還留著元宵吃呢，這就是那個意思，過年嘛。」

燕西聽這老太婆一番話，更是不合胃，且不理她，站了起來和晚香道：「吃也吃了，話也說了，還有什麼事沒有？若是沒有事，我就要走了，家裡還扔下許多事，我是抽空來的，還等著要回去呢。」

晚香道：「很不容易地請了來，請了來，都不肯多坐一會兒嗎？你不送錢來，也不要緊，反正我也不能訛你。」

這樣一說，燕西倒不能不坐一下，只得上天下地胡談一陣，約談了一個多鐘頭，把晚香拿出來的一大捧雜拌也吃完了。

燕西笑道：「現在大概可以放我走了吧？」

晚香笑道：「你走吧！我不鎖著你的，錢什麼時候送來呢？別讓我又打上七八次電話啊。」

燕西道：「今天晚上準送來，若是不送來，你以後別叫我姓金的了。」說畢，也不敢再有耽誤，起身便走了。

回到家裡，就打了電話給劉寶善，約他到書房裡來談話，劉寶善一來就笑道：「你叫我來的事，我明白，不是為著你新嫂子那邊家用嗎？」

燕西道：「可不是！她今天打電話叫了我去，說你只給她一百塊錢。」

劉寶善道：「不告訴他也不好，明天要出了什麼亂子，將來怎麼辦？」

燕西道：「出不了什麼大亂子吧？」

劉寶善道：「要是照這樣辦下去，那可保不住不出亂子。」

燕西道：「今天我還到那裡去看看，若是不怎樣難堪，我就裝一點模糊，倘是照你說的，宜秋軒變了宜舅軒，我就非寫信不可。」

劉寶善笑道：「我的老兄弟，你可別把宜舅軒三個字給我咬上了，明天這句話傳到你那新嫂子耳朵裡去了，我們是狗拿耗子，多管閒事。」

燕西道：「這話除了我不說，哪還有別人說？我要說給她聽了，我這人還夠朋友嗎？」

劉寶善聽他如此說，方才放心而去。

燕西一想，這種情形連旁人已經都看不入眼，晚香的事恐怕是做得過於一點，當天籌了一百塊錢，吃過晚飯，並親送給晚香。

到了門口，且不進去，先叫過聽差，問少奶奶還有兩個兄弟在這裡嗎？聽差道：「今天可不在這裡。」

燕西道：「不在這裡，不是因為我今天要來，先躲開我嗎？」

聽差聽說就笑了一笑。

燕西道：「等大爺回來了，我看你們怎麼交代？這兒鬧得烏煙瘴氣，你電話也不給我一個。」

聽差道：「這兒少奶奶也不讓告訴，有什麼法子呢？」

燕西道：「你私下告訴了，她知道嗎？我知道，你們和那舅大爺都是一黨。」於是又哼了兩聲，才走向裡院。

這時，那右邊長客廳正亮了電燈，燕西拉開外面走廊的玻璃門，早就覺得有一陣奇異的氣味射入鼻端。這氣味裡面，有酒味，有羊頭肉味，有大蔥味，有人汗味，簡直是無法可以形容出來的，那宜秋軒的匾額倒是依舊懸立著，門是半開半掩，走進門，一陣溫度很高的熱氣直衝了來。

看看屋子裡，電燈是很亮，鐵爐子裡的煤大概添得快要滿了，那火勢正旺，還呼呼地作響。

那屋子裡面並沒有一個人，東向原是一張長沙發椅，那上面鋪了一條藍布被，亂堆著七八件衣服，西向一列擺古玩的田字格下，也不知在哪裡拖來一副鋪板，兩條白木板凳橫向中間一攔，又陳設了一張鋪，中間圓桌上亂堆了十幾份小報，一只酒瓶子，幾張乾荷葉。

圍爐子的白鐵爐檔上面搭了兩條黑不溜秋的毛手巾，一股子焦臭的味兒，和那屋子中間的宮紗燈罩的燈邊，平行著牽了兩根麻繩，上面掛著十幾隻紗線襪子，有黑色的，有振布色的，有陳布色的，有接後跟的，有補前頂的，有配上全底的，在空中飄飄盪盪，倒好像萬國旗。

燕西連忙退出，推開格扇，向院子裡連連吐了幾口口沫。

晚香老遠地在正面走廊上就笑道：「喂！送錢的來了，言而有信，真不含糊呀。」一面說，就繞過走廊走上前來，笑道：「你哥哥不在京，也沒有客來，這屋子就沒有人拾掇，弄得亂七八糟的，剛才我還在說他們呢，到北屋子裡去坐吧，雜拌還多著呢。」

燕西皺了眉，有什麼話還沒說出，晚香笑道：「別這樣愁眉苦臉的了，你那小心眼兒裡的事，我都知道，你不是為了這客廳裡弄得亂七八糟的嗎？這是我娘家兩個不爭氣的哥哥，到這兒來看我媽，在這裡住了兩天，昨天我就把他們轟出去了，我一時大意，沒有叫老媽子歸拾起來，這就讓你捉住這樣一個大錯。話說明白了，你還有什麼不樂意的沒有？」說著，帶推帶送，就把燕西推到正面屋子裡來。

燕西笑道：「捉到強盜連夜解嗎？怎麼一陣風似的就把我拖出來了？」

晚香道：「並不是我拖你來，我瞧你站著那兒怪難受的，還是讓你走開了的好。」

燕西道：「倒沒有什麼難受，不過屋子裡沒有一個人，爐子裡燒著那大的火，繩子上又懸了許多襪子，設若燒著了，把房東的房子燒了，那怎麼辦？」

晚香道：「鐵爐子裡把火悶著呢，何至於就燒了房？」

燕西道：「**天下事都是這樣，以為不至於鬧賊，才會鬧賊；以為不至於害病，才會害病；以為不至於失火，才會失火**，要是早就留了心，可就不會出岔子了。」

晚香笑道：「你們哥兒們一張嘴都能說，憑你這樣沒有理的事，一到你們嘴裡就有理了。」

燕西深怕一說下去，話又長了，就在身上衣袋裡摸索了一會，留下一小疊鈔票，摸出一小疊鈔票，就交給晚香道：「這是五十元，我忙了一天了，請你暫為收下。」

晚香且不伸手接那錢，對燕西笑道：「我的小兄弟，你怎麼還不如外人呢？劉二爺也沒有讓我找他，自己先就送下一百塊錢來了，我人前人後總說你好，從前也沒有找你要個針兒線兒的，這回你哥哥走了，還讓你照管著我呢，我又三請四催地把你請來了，照說，你就該幫我個忙，現在你不但不能多給，反倒不如外人，你說我應該說話不應該說話？」

燕西笑道：「這話不是那樣說，我送來的是老大的錢，劉二爺送來，也是我老大的錢，現在我們給他設法子將錢弄來了，反正他總是要歸還人家的，又不是我們送你的禮，倒可以看出誰厚誰薄來。」

晚香一拍手道：「還不結了！反正是人家的錢，為什麼不多送兩個來？」

燕西笑道：「我不是說讓你暫時收下嗎？過了幾天，我再送一筆來，你瞧好不好？」說時，把鈔票就塞在晚香手上。

晚香笑了一笑，將鈔票與燕西的手一把握住，說道：「除非是你這樣說，要不然，我就餓死了，等著錢買米，我也不收下來的。」

燕西抽手道：「這算我的公事辦完了。」

晚香道：「別走啊，在這兒吃晚飯去。」

燕西道：「我還有個約會呢！這就耽誤半點鐘了，還能耽誤嗎？」燕西說畢，就很快地走出去了。

晚香隔著玻璃門，一直望著出了後院那一重屏門，這才將手上鈔票點了一點，嘆口氣道：「知人知面不知心，這孩子我說他準幫著我的，你瞧，他倒只送這些個來。」

晚香的母親在屋子裡給她折疊衣服，聽了這話便走出來問道：「他給你拿多少錢來了？你不是說這孩子心眼兒很好嗎？」

晚香道：「心眼好，要起錢來，心眼兒就不好了。」

她母親道：「嫁漢嫁漢，穿衣吃飯，這是什麼話呢？金大爺一走，把咱們就這樣扔下了，一個也不給。」

晚香道：「你不會說，就別說了，怎樣一個也不給？這不是錢嗎？」

她媽道：「這不是金大爺給你的呀！」

晚香也不理她母親，坐在一邊只想心事。

她母親道：「你別想啊！我看乾媽說的那話有些靠不住，你在這兒有吃有穿，有人伺候，用不著伺候人，這不比小班裡強嗎？金大爺沒丟下錢也不要緊，只要他家裡肯拿出錢來，就是他周年半載回來也不要緊，將來你要是生下一男半女的，他金家能說不是自己的孩子嗎？」

晚香皺眉道：「你別說了，說得顛三倒四，全不對勁，你以為嫁金大爺，這就算有吃有喝，快活一輩子嗎？那可是受一輩子的罪。明天就是辦到兒孫滿堂，還是人家的姨奶奶，到哪兒去也沒有面子。」

她母親道：「別那樣說啊，像咱這樣人家，要想攀這樣大親戚，那除非望那一輩子。人就是這樣沒有足，嫁了大爺，又嫌不是正的。你想，人家做那樣的大官，還能到咱們家裡來娶你去做太太嗎？」

晚香道：「你為什麼老幫著人家說話，一點兒也不替我想一想呢？」

她母親道：「並不是我幫著人家說話，咱們自己打一打算盤，也應這樣。」

晚香道：「我不和你說了，時候還早，我瞧電影去。你吃什麼不吃？我給你在南貨店帶回來。」一面說，一面按著鈴，就叫進了聽差，給雇一輛車上電影院。

進了屋子，對著鏡子，打開粉缸，抹了一層粉。打開衣櫥，挑了一套鮮豔的衣服換上，鞋子也換了一樣顏色的，然後戴了帽子，拿了錢袋，又對著鏡子抹了抹粉，這才笑嘻嘻的，吱咯吱咯，一路響著高跟鞋出去。

正是事有湊巧，這天晚上，燕西也在看電影。燕西先到，坐在後排，晚香後到，坐在前排，燕西坐在後面，她卻是未曾留意，晚香在正中一排，揀了一張空椅子坐下，忽然有一位西裝少年對她笑了一笑道：「喂！好久不見了。」

晚香一看，便認得那人，是從前在妓院裡所認識的一個舊客。他當時態度也非常豪華，很注意他的，不料他只來茶敘過三回，以後就不見了，自己從了良，他未必知道，他這樣招呼，卻也不能怪，因點著頭笑了一笑。

他問道：「是一個人嗎？」

晚香又點了點頭，那人見晚香身邊還有一張空椅子，就索性坐下來，和她說話。

晚香起了一起身，原想走開，見那人臉上有些難為情的樣子，心想，這裡本是男女混坐的，為什麼熟人來倒走開呢？不是給人家面子上下不去嗎？只在那樣猶豫的期間，電燈滅了。燕西坐在後面，就沒有心去看電影，只管看著晚香那座位上。

到了休息的時候，電光亮了，晚香偶然一回頭，看見燕西，這就把臉紅破了，連忙將斗篷折疊好，搭在手上，就到燕西一處來，笑道：「你什麼時候來的？我沒有看見你。」

燕西道：「我進來剛開，也沒有看見你呢。」

晚香見隔他兩個人，還有一張空椅子，就對燕西鄰坐的二人，道了一聲勞駕，讓人家挪一挪。人家見她是一家人的樣子，又是一位少婦出面要求，望了一望，不作聲地讓開了。

晚香就把電影上的情節來相問，燕西也隨便講解，電影完場以後，燕西就讓她坐上自己的汽車，送她回家去。到了門口，燕西等她進了家，又對聽差吩咐幾句，叫他小心門窗，然後回家。

到了家裡，便打電話叫劉寶善快來，十五分鐘後，他就到了。燕西也不怕冷，正背了手在書房外走廊上踱來踱去。

劉寶善道：「我的七爺，我夠伺候的了，今天一天，我是奉召兩回了。」

燕西扯了他手道：「你進來，我有話和你說。」

劉寶善進房來，燕西還不等他坐下，就把今天和今天晚上的事都告訴了他，因嘆氣道：「我老大真是花錢找氣受。」

劉寶善道：「她既然是青樓中出身，當然有不少的舊雨，她要不在家裡待著，怎能免得了與熟人相見？」

燕西道：「這雖然不能完全怪她，但是她不會見著不理會嗎？她要不理會人家，人家也就不敢走過來和她貿然相識吧？」

劉寶善道：「那自然也是她的過，杜漸防微，現在倒不能不給她一種勸告，你看應該是怎樣的措詞呢？」

燕西道：「我已經想好了一個主意，由我這裡調一個年長些的老媽子去，就說幫差做事。若是她真個大談其交際來，我就打電報給老大，你看我這辦法怎樣？」

劉寶善道：「那還不大妥當，朱逸士老早就認得她的了，而且嫁過來，老朱還可算是個媒人，我看不如由我轉告老朱去勸勸她。她若是再不聽勸，我們就不必和她客氣了。」

燕西道：「那個人是不聽勸的，要聽勸，就不會和老大鬧這麼久的彆扭了。上次我大嫂釘了我兩三天，要我引她去，她說並不怎樣為難她，只是要看看她是怎樣一個人，我總是東扯西蓋，把這事敷衍過去，現在我倒後悔，不該替人受過，讓他們吵去，也不過是早吵早散夥。」

劉寶善笑道：「這是哪裡說起！她無論如何對你老大不住，也不和你有什麼相干，要你生這樣大氣？你老大又不是楊雄，要你出來做這個拼命三郎石秀？」

燕西紅了臉道：「又何至於如此呢？」

劉寶善道：「我是信口開河，你不要放在心裡，明天應該怎麼罰我，我都承認。」

燕西道：「這也不至於要罰，你明天就找著老朱把這話告訴他，我不願為這事再麻煩了。」

劉寶善覺得自己說錯了一句話，沒有什麼意思，便起身走了。

燕西正要安寢，佩芳卻打發蔣媽來相請。

燕西道：「這樣夜深，還叫我有什麼事？」

蔣媽道：「既然來請，當然就有事。」

燕西心裡猜疑著，便跟了到佩芳這裡來。

到了佩芳屋子裡，佩芳斜躺在一張軟椅上，她也不作聲，也不笑，只冷冷地望著。

燕西笑道：「糟糕！這樣子，我又像犯了什麼事？」

佩芳道：「你想想看，犯了事沒有？」

燕西道：「臣知罪，不知罪犯何條？」

佩芳冷笑道：「你還要和我開玩笑嗎？你這玩笑也開得太夠了！」

燕西道：「真的，越說我越糊塗了，我真猜不著犯了什麼事？」

佩芳道：「大概我不說穿，你也不肯承認，我問你，今天兩次把劉二爺找了來，那是為著什麼？」

燕西笑道：「大嫂怎麼知道這一件事？我真佩服你無線電報比什麼還快！」

佩芳道：「這倒不是無線電，是我做了一點不道德的事，我親自在你書房外聽了兩幕隔壁戲，把你們所說的話全聽來了，你雖然替你哥哥辦事，但是你倒說了幾句良心話，我認為差強人意。現在你們應該覺悟了，我反對你大哥討人，並不是為了吃醋，也不是為省錢，就是為著大家的體面。」

燕西坐在佩芳對面，背轉身去，看了壁上懸的大鏡子，只管搔頭髮。

佩芳道：「你以為不帶我去，我就找不著那個藏嬌的金屋嗎？」

燕西笑道：「找是找得著的，不過……」

佩芳道：「不過什麼？不過有傷體面嗎？老實對你說吧，我要是不顧著體面兩個字，我早就打上門去了。我現在聽你所說的話，他們這局面恐不能久長。早也過去了，現在我還干涉他做什麼？我當真那樣傻，現成的賢人我不樂得做嗎？」

燕西對佩芳作了兩個揖，笑道：「好嫂子，你這才是識大體，你初叫我來的時候，我不知有什麼大禍從天降。現在經你一說，我心裡才落下一塊石頭，我是以小人之心度君子之腹了。」

佩芳道：「你不要給我高帽子戴了，我也是為大家設想，不願鬧出來。其實，我不是賢人，也不是君子，我特地要聲明的，我對你還有個小小的要求，你若是我的好兄弟，你就得答應我這一件事。」

燕西又搔了一搔頭髮道：「糟糕！我心裡一塊石頭剛剛落下去，憑你這樣一說，我這一塊石頭又復提了起來。」

佩芳道：「你不要害怕，我並沒有什麼很困難的問題要你去辦，我所要求的，就是從今以後，你擺脫照顧你那位新嫂子的責任。」

燕西道：「我也沒有怎樣照顧她，自從老大去了以後，我就是今天到那裡去了兩回。」

佩芳道：「她要錢用，你們已經送了錢給她了，此外，還有什麼事要你們去照顧？而且她那樣年輕的人，又是那種出身，你們這些先生們去照顧，也有些不方便。我的意思，希望你和你那班朋友都不要去，免得自己先讓人說閒話。」

燕西笑道：「那也不至於吧？難道自己家裡人到自己家裡去，旁邊人還要多嘴不成？」

佩芳道：「難怪呢，你還打算把她當家裡人看待呢。我問你，她是什麼出身？那邊又沒有一個人，你們來來去去的，人家一點都不說閒話嗎？」

燕西自覺著是坦白無私的，現在讓佩芳一說，倒覺得情形有些尷尬，因笑道：「不去倒沒有什麼，不過將來老大知道了，又說我們視同陌路。」

佩芳道：「他要回來怪上你們，那也不要緊，你就說是我叫你這樣辦的就是了。」

燕西躊躇了一會子，笑道：「以後我不去就是了。」

佩芳道：「你口說是無憑的，以後我要偵察你的行動，你若是言不顧行，我再和你辦交涉，還有兩個條件，其一，那邊打來的電話，你不許接；其二，你不許把我的話轉告訴你的朋友。」

燕西道：「也不過如此吧？這些條件，我都答應就是了。已經一點鐘了，我要告退。」於是不待她再說話，就回房去睡覺。

到了次日，一上午劉寶善就打了電話來了，說是朱逸士以為這種話，除了骨肉之親，旁人說了，是會挨嘴巴子的，燕西也不好在電話回答得，就約了晚上到他那裡來會面，當面再說。恰好晚上家裡有小牌打，把這事擱下了。

第二晚上，又是陳玉芳組新班上臺。鶴蓀、鵬振邀了許多朋友去坐包廂，這種熱鬧自是捨不得丟下。

到了第三日，記起這件事了，便要打電話約劉寶善，恰好電話未打，那個前次來作小媒人的謝玉樹，他又來了。他是由金榮引到書房裡來的，燕西一見，他左手取下頭上帽子，右手伸過來和燕西握著，連連搖撼了幾下，笑道：

「密斯脫衛叫我致意於你，他非常地感謝，他說，雖然給他一個機會，讓他單獨進行，他自己估量著，恐不能得著什麼好成績，將來有求助於你的地方，還是要你幫忙。」

燕西笑道：「你說話有點急不擇詞了，別的什麼事可以請人幫助，娶老婆也可以請人幫助的嗎？」

謝玉樹拍著燕西的肩膀，和他同在一張沙發上坐了，笑道：「論到戀愛，原用不著第三者，但是幫忙是少不了要朋友的，你真善忘啊，你結婚，還要我同老衛幫你一個小忙，做了一天儐相呢。不過結婚以後，這就用不著人幫忙了。」

一句話未了，只聽到外面有人搶著答道：「誰說的？結婚以後正用得著朋友幫忙呢，不說別人，我現在就是替人家結了婚的人跑腿。」

那人一面說話，一面推門進來，原來是劉寶善。

他在燕西結婚的那一天，已經認識了謝玉樹，因之彼此先寒喧了兩句，回頭便對燕西道：「老弟臺，不是我說你，你做事真是模糊啊！你那天約了到我家去，讓我好等，怎麼兩天也不給我一點兒回信？你難道把這件事情忘了嗎？要不，你就是拿我老劉開玩笑。」

燕西道：「真不湊巧，恰好這兩天有事耽誤了，今天想起來了，恰好又來了客。」

謝玉樹道：「這客指的是我嗎？我實在不能算是客，你若有什麼事，儘可隨便去辦，我要在這裡坐，你用不著陪，或者我走，有話明日再談。」

劉寶善笑道：「這朋友太好，簡直是怎麼說就怎麼好呢。」

燕西道：「老謝，你就在我這裡坐一會兒吧，我把書格子的鑰匙交給你，你可以在這裡隨便翻書看，我和老劉到前面小客廳裡去談一談，大概有半個鐘頭，也就準回來了。」

燕西說著，在抽屜裡取出鑰匙，放在桌上，就拉了劉寶善走，順手將門給帶上了。

謝玉樹當真開了書格子，挑了幾本文雅些的小說，躺在沙發椅上看。看入了神，也不知道燕西去了多少時候，只管等著，索性把門暗門上，架起腳來躺著。

正看到小說中一段情致纏綿的地方，咚咚兩聲，發自門外的下面，似乎有人將腳踢那門。

謝玉樹心想，燕西這傢伙去了許久，我先不開門，急他一急，因此不理會。

外面卻有女子聲音道：「青天白日的，怎把書房門關上了？又是他怕人吵，躺在這裡睡覺了。」接上又是咚咚幾聲捶在門上面，喊道：「七哥！七哥！開門開門，我等著要找一本書。」

謝玉樹急了，先不知道來的是個什麼女子，答應是不好，不答應是不好，後來聽到叫七哥，分明是八小姐來了，心裡突然一陣激烈地跳著。

外面的人喊道：「人家越要拿東西，越和我開玩笑。你再要不開門，我就會由窗戶裡爬進來的了。」

謝玉樹又不好說什麼，就這樣不聲不響地開了門。

門一開，他向旁邊一閃。只見梅麗穿一件淺黃色印著魚鱗斑的短旗袍，出落得格外豔麗。不過臉上紅紅的，正鼓著臉蛋，好像是在生氣。

她一看見是謝玉樹，倒怔住了，站在門口，覺得是進來不好，不進來也不好。還是謝玉樹這回比較機靈一些，卻和梅麗鞠了一躬，然後輕輕地笑著道：「令兄不在這裡。」

梅麗分明見他嘴唇在那裡張動，卻一點聽不到他說些什麼，猜他那意思，大概是說好久不見，人家既然客氣，也只好和人客氣了，因笑道：「我七家兄難得在家的，謝先生又要在這裡久等了。」

謝玉樹道：「他今天在家，陪客到前面客廳裡坐去了，我不過在這屋裡稍等一等罷了，八小姐要找書嗎？令兄把書格子的鑰匙丟在這裡。」

梅麗紅了臉道：「剛才失儀得很，謝先生不要見笑。」說著，就進屋來開書櫥。

謝玉樹低了頭，不由得看到她那腳上去，見她穿了一雙紫絨的平頭便鞋，和那清水絲襪相映，真是別有風趣。

梅麗一心去找書，卻不曾理會有人在身後看她，東找西找，找了大半天，才把那一本書找著，因回頭對謝玉樹道：「謝先生，請你坐一會兒，我就不陪了。」

梅麗點頭走了，這屋子裡還恍惚留下一股子的似有如無的香氣。

謝玉樹手裡拿著書，卻放在一邊，心裡只揣念著這香的來處，忽然有人問道：「呔！你這是怎麼了？看書看中了魔嗎？」一抬頭，只見燕西站在面前。因笑道：「並不是中了魔，這裡頭有一個啞謎，暫時沒有說破，我要替書中人猜上一猜。」

燕西道：「什麼啞謎呢？說給我聽聽看，我也願意猜猜呢。」

謝玉樹將書一扔道：「我也忘了，說什麼呢？」

燕西笑道：「你真會搗鬼！我聽說你女同學裡面有一個愛人，也許是看書看到有愛人相同之點，就發呆了？」

謝玉樹道：「你聽誰說這個謠言？這句話，無論如何我是不能承認的，誰說的？你指出人來。」

燕西道：「嘿！你要和我認真，還是怎麼著？這樣一句不相干的話，也不至於急成這個樣子。」

謝玉樹道：「你有所不知，你和我是不常見面的人，都聽到了這種謠言，更熟的人就可想而知，我要打聽出來，找一個止謗之法。」

燕西道：「連止謗之法你都不知道嗎？向來有一句極腐敗的話，就是止謗莫如自修。」

謝玉樹本想要再辯兩句，但是一想，辯也無味，就一笑而罷。他本是受了衛璧安之託來促成好事的，到了這裡，就想把事情說得徹底一點，不肯就走，談到晚上，燕西又留他吃晚飯。

就在這時，晚香來了電話，燕西就是在書房裡插銷上接的電話。謝玉樹還在當面，電話裡就不便和她強辯，質問何以幾天不見面？因答說：「這幾天家裡有事，我簡直分不開身來，所以沒有來看你。你有什麼事，請你在電話裡告訴我就是了。」

晚香道：「電話裡告訴嗎？我打了好幾遍電話了，你都沒有理會。」

燕西道：「也許是我不在家。」

晚香道：「不在家？早上十點鐘打電話，也不在家嗎？這回不是我說朱宅打電話，你準不接，又說是不在家了。」

燕西連道：「對不住，對不住，我明日上午準來看你。」不等她向下再問，就把插銷拔出來了。

那邊晚香說話說得好好兒的，忽然中斷，心裡好不氣憤，將電話掛上，兩手一叉，坐在一邊，一個人自言自語地道：「我就是這樣招人討厭？簡直躲著不敢和我見面，這還了得。」

她母親看見她生氣，便來相勸道：「好好兒的，又生什麼氣？你不是說今天晚上要去瞧電影嗎？」

晚香道：「那是我要去瞧電影，我為什麼不去瞧？我還要打電話邀伴呢，他們不是不管我了嗎？我就敞開來逛。誰要干涉我，我就和誰講這一檔子理，不靠他們姓金的，也不愁沒有飯吃。媽，你給我把衣服拿出來，我來打電話。」說畢，走到電話機邊便叫電話。

她母親道：「你這可使不得，你和人家鬧，別讓人家捉住錯處。」

晚香的手控著話筒，聽她母親說，想了一想，因道：「不打電話也行，反正在電影院裡也碰得著他。」

他母親道：「你這孩子就自在一點吧，這事若是鬧大了，咱們也不見得有什麼面子。」

晚香並不理會她母親的話，換了衣服，就看電影去了，一直到一點鐘才回家來。

她母親道：「電影不是十二點以前就散嗎？」

晚香道：「散是早散了，瞧完了電影，陪著朋友去吃了一回點心，這也不算什麼啊！」

她母親道：「我才管不著呢，你別跟我嚷！」

晚香道：「我不跟你嚷，你也別管我的事，你要管我的事，你就回家去，我這裡容你不得。」

她母親聽她說出這樣的話，就不敢作聲了。從這一天起，晚香就越發地放浪。

八　金錢買的愛情

到了第四天，朱逸士卻來了。站在院子裡，先就亂嚷了一陣嫂子與大奶奶，這時一點鐘了，晚香對著鏡子燙短頭髮，在窗戶裡看見朱逸士，便道：「稀客稀客。」

朱逸士笑著，走進上面的小堂屋。

晚香走出來道：「真對不起，我就沒有打算我們家裡還有客來，屋子也沒有拾掇。」

朱逸士笑道：「嫂子別見怪，我早就要來，因為公事忙，抽不開身來。」

晚香道：「就是從前大爺在北京，你也不過是一個禮拜來一回，我倒也不怪你，唯有那些天天來的人，突然一下不來了，真有點邪門。」

於是把過年以來，和鳳舉生氣，一直到幾天無人理會為止，說了一個透澈。

朱逸士究竟和她很熟，一面為旁人解釋，一面又把話勸她。

晚香鼻子哼了一聲，笑道：「我早就知道你的來意了。」

朱逸士笑道：「知道也好，不知道也好，反正我的來意算不壞。我這裡還有一點東西，給你看看。」說著，就在身邊掏出一封信來，交給她道：「這是大爺從上海寄了一封快信給我，裡面附著有這封信。」

晚香將信接到手一看，是一個薄薄洋式信封，便道：「又是空信，誰要他千里迢迢地灌我幾句無味的米湯？」說著，將信封向沙發椅上一扔。

這一扔卻把信封扔得覆在椅子上，背朝了外，一看那信封口究竟不曾黏上的，因又拿起信封，在裡抽出一張信紙來，交給朱逸士道：「勞駕，請你念給我聽聽，咱們反正是公開，有什麼話，全用不著瞞人。」

朱逸士笑道：「所以我早就勸你認了字，要是認得字，就用不著要人念信了。」

晚香道：「反正是過一天算一天，要認識字做什麼？」

朱逸士捧了這張信紙，先看了一看，望了晚香擺頭笑道：「信上的話，都是他筆下寫的，由我嘴裡說出來罷了，我可不負什麼責任的。」

晚香道：「咳！你說出來就是了，又來這麼些個花頭！」

朱逸士便捧著信念道：「晚香吾……」

晚香道：「念啦，無什麼？」

朱逸士笑道：「開頭一句，他稱你為妹，我怕你說我討便宜，所以我不敢往下念。」

晚香道：「誰管這個！你念別的就是了。」

朱逸士這才念道：「我連給你三封信，諒你都收到了，我想你回我的信也就快到了。對不對呢？」

晚香的嘴一撇道：「不對，我也像你一樣……」

朱逸士道：「太太，怎麼了？我不是聲明在先嗎？這是他筆頭寫的，我代表說的，你又何必向我著急呢？」

晚香道：「我也是答應信上的話，誰管你呢？你念吧。」

朱逸士笑了一笑，又念道：

「我本來要寄一點款子來的，無奈公費不多，我不敢挪動，好在是我已經託了朱先生、劉先生多多照應。就是老七，他也再三對我說了，錢上面絕不讓你有一天為難，因為這樣，所以我寄錢也是多此一舉，不如免了。我有事要和你商量的，就是我不在京，請你在家看守，不要出去，免得讓外人議論是非。你要玩，讓我回京以後，多多陪你就是了。」

晚香不等朱逸士念完，劈手一把將信紙搶了去，兩手拿著，一陣亂撕，撕得粉碎，然後向痰盂裡一擲，又對朱逸士笑道：「朱先生，你別多心，我不是和你生氣。」

朱逸士的臉色，由黃變紅，由紅變白，正不知如何是好，見晚香先笑起來，才道：「你可嚇我一跳！這是什麼玩意兒？」

晚香道：「你想，這信好在是朱先生念的，朱先生不是外人，早就知道我的事的，這封信若是讓別人念了，還不知道我在外面怎樣胡作非為，要他千里迢迢回信來罵我呢。這事怎樣叫人不生氣？」

朱逸士本想根據信發揮幾句，這樣子就不用提了，但是僵著不作聲，又覺自己下不了臺，因笑道：「人都離開了，你生氣也是白生氣啊，他哪裡知道呢？」一面說，一面就站了起來，搭訕著看看這屋子裡懸掛的字畫。

因看到壁上有一架一尺多大的鏡框子，裡面嵌著鳳舉晚香兩人的合影，在相片上，有一行橫字，乃寫的是「在天願為比翼鳥，在地願為連理枝。」橫頭寫著「中秋日偕宜秋軒主攝於公園，鳳舉識。」

朱逸士便拿了那鏡框子在手，笑道：「你別生氣，你看了這一張相片，也就不要生氣了哇，這上面的話，真是山盟海誓，說不盡那種深的恩情呢。」

晚香道：「你提起這個嗎？不看見倒也罷了，看見了，格外讓人生氣，男子漢都是這樣的，愛那女子，便當著天神頂在頭上。有一天不愛了，就看成了臭狗屎，把她當腳底下泥來踩，我現在是臭狗屎了，想起了當年做天神的那種精神，現在叫我格外難過。」

朱逸士道：「既然看著難過，為什麼還掛在屋子裡呢？這話有些靠不住啊。你看這相片上的人是多麼親密！兩個人齊齊地站著。」說時，就把那鏡框送到晚香面前。

晚香道：「你不提起，我倒忘了，這東西是沒有用，我還要它做什麼？」說時，拿了過來，高高舉起，砰的一聲，就向地板上一砸，把那鏡子上的玻璃砸得粉也似的碎，一點好的也沒有。

朱逸士一見，不由得臉上變了色，正想說一句什麼，一時又想不起一句相當話來。

那晚香更用不著他來插嘴，拿相片出來，三把兩把扯了個七八塊。朱逸士為了自己的面子生氣，又替鳳舉抱不平，一聲也不言語，就背轉身出門了。

出得門來，坐上自己的包車，一直就到金宅來。走進門，正碰到金榮，便問你們七爺哪裡去了？金榮見他臉上帶有怒色。倒不敢直言相告，便道：「剛才看見他由裡往外走，也許出門了。」

朱逸士道：「我在書房裡等他。你到裡面去找找他看，看他在家裡沒有？我有要緊的話和他說。」

金榮讓朱逸士到書房裡去，便一直走到上房來找燕西，四處找著，都不曾看見，正要到書房裡回朱逸士的信，卻見小丫頭玉兒由外面進來，笑道：「金大哥，勞你駕，到七爺書房裡找一個洋信封來。我瞧那裡有客，不好去的。」

金榮道：「有客要什麼緊？他會吃了你嗎？」

玉兒將腳一伸道：「不是別的，你瞧。」

金榮一看，她腳上穿著舊棉鞋，鞋頭上破了兩個洞，金榮笑道：「了不得，你多大一點兒年紀了，就要在人前要一個漂亮？」

玉兒掉頭就走，口裡笑著說道：「你就拿來吧，七爺在三姨太太那裡寫信，還等著要呢。」

金榮倒不想燕西在這裡，就先來報信，走到院子裡，先叫了一聲七爺，燕西道：「有什麼事，還一直找到這地方來？」

金榮道：「朱四爺來了，他有話等著要和七爺說，看那樣子倒好像是生氣。」

燕西道：「他說了什麼沒有？」一面說著，一面向外面走了出來。

翠姨原站在桌子邊，看著燕西替她寫家信。燕西一扔筆要走，她就道：「什麼朱四爺朱八爺？遲不來，早不來。我求人好多回了，求得今日來寫一封信，還不曾寫完，偏是要走。」說著，搶著堵住了房門口，兩手一伸，平空攔住。

燕西笑道：「人家有客來了，總得去陪。」

翠姨道：「我知道，那是不相干的朋友，讓他等一會兒，那也不要緊，你先給我把這封信寫完，我才能夠讓你走。」

燕西笑道：「沒有法子，我就和你寫完了再走吧。金榮，你去對朱四爺說，稍微等一等我就來的。你還在書房裡送個信封來。」於是又蹲下身來，二次和翠姨寫信。

信封來了，又給翠姨寫好了，才站起來道：「這只剩貼郵票了，大概用不著我了吧？」

翠姨笑道：「要你做這一點小事還是勉強的，你還說上這些個話，將來你就沒有請求我的時候嗎？」

燕西笑道：「要寫信，我便寫了，還有什麼不是？」

翠姨道：「你為什麼還要說兩句俏皮話哩？意思好像我要你做這一點事，你已經讓我麻煩夠了似的。」

燕西笑道：「算我說錯了就是了。你有賬和我算，現在且記下，我要陪客去了。」一面說著，一面向外飛跑。

跑出了院子門，復又跑回來，玉兒卻從屋子裡迎上前，手裡高舉一件坎肩道：「是丟了這個，回頭拿的不是？」

燕西笑道：「對了，算你機靈。」順手接過坎肩，一壁穿，一壁向外走。

到了書房裡，朱逸士道：「不是新婚燕爾啦，什麼事絆住了腳不能出來，讓我老等？」

燕西笑道：「我料你也沒有什麼要緊的大事，所以在裡面辦完了一點小事才出來。」

朱逸士道：「問題倒不算大問題，只是我氣得難受。」因就把晚香撕信和撕相片子的事說了一遍。

燕西道：「這個人我真看不出，倒有這樣大的脾氣。」

朱逸士道：「脾氣哪個沒有呢？可也看著對誰發啊？我到金府上來，大小總是一個客，怎麼我說什麼，就把什麼掃我的面子？我是不敢在那裡再往下待，再要坐個幾分鐘，恐怕還要賞我兩個嘴巴呢。」

燕西笑道：「這件事她確是不對，但是我也沒有法子，只好等著老大回來了再說。」

朱逸士道：「我並不是來告訴你，要你和她出氣，不過我看她這種情形，難望維持下去，你得趕快寫信到上海去，叫他早回來，不要出了什麼亂子，事後補救就來不及了。我聽說她現在不分晝夜地總是在外面跑，這是什麼意思呢？」

燕西道：「你聽到誰說的？」

朱逸士笑道：「你想這些娛樂場所還短得了我們的朋友嗎？只要人家看見，誰禁得住不說？況且那位，她又是不避人的。」

燕西聽了這話，不由得呆了一呆，臉上也就紅上一陣。

朱逸士笑道：「這干你什麼事，要你難為情？」

燕西勉強笑道：「我倒不是怕難為情，我想到金錢買的愛情是這樣靠不住。」

朱逸士道：「**並不是金錢買的愛情靠不住，不過看金錢夠不夠滿足她的欲望罷了，你所給予她的金錢，可以敵得過她別的什麼嗜好，她就能夠犧牲別的嗜好，專門將就著你。**老實說，你老大是原來許得條件太優，到了現在不能照約履行，所以引得她滿腹是怨恨，換言之，也就是你老大的金錢不曾滿足她的欲望，**無論什麼事，沒有條件便罷，若是有了條件，有一方面不履行，那就非破裂不可的。**」

燕西先是要辯論，聽到這裡，不由得默然起來。

還是朱逸士道：「這件事據我看來，你非寫信到上海去不可，若是不寫信，將來出了事故，你的責任就更大了。」

燕西道：「這事不是如此簡單，你讓我仔細想想。」於是兩手撐在桌上，扶住了額頂。

正想著呢，金榮慌慌張張跑了進來，張口結舌地道：「七爺七爺，新大奶奶來了。」

這不由燕西猛吃一驚，因問金榮道：「她在哪裡？她的膽子也太大了。」

金榮道：「她在外面客廳裡。門房原不知道她是新奶奶，因為她說姓李，是來拜會七爺的。」

燕西道：「那倒罷了，就當她是姓李。千萬別嚷，嚷出來了，可是一件大禍，連我都是很大的嫌疑犯，大家不明白，還以為我勾引來的呢。」一面說著，一面就向外走。

走到外面客廳裡，只見晚香把斗篷脫了，放在躺椅上，她自己卻大模大樣地在屋子裡走來走去。

燕西原是一肚子氣，見了她竟自先行軟化起來，一點氣也沒有了，因笑道：「有什麼要緊的事沒有？」

晚香微笑道：「你想，我若是沒有要緊的事，敢到這裡來嗎？我有一個急事，等著要用幾百塊錢，請你幫我一個忙，我也不限定和你借多少，你有一百就借一百，你有二百就借二百，可是有一層，我馬上就要。」

燕西心想，剛才她還和朱逸士兩個人大鬧，並沒有說到有什麼急事，怎樣一會工夫就跟著發生了急事要錢？這裡面一定另有緣故，猶疑了一會子，便道：「既然是你親自來了，想必很要緊。不過這一會子，我實在拿不出手，等到晚上我把錢籌齊了，或者我當晚就送來，或者次日一早我送來，都可以。」

晚香微笑道：「你真能冤我，像府上這大的人家，難道一二百塊錢拿不出來？」

燕西這卻難了，要說拿不出來，很與面子有關，若說拿得出來，馬上就要給她，因笑道：「怎麼回事？你是來和我生氣的呢？還是來商量款子呢？」

晚香便站起來走上前，拍著燕西的肩膀笑道：「好孩子，我是來和你商量款子來了，你幫嫂子一個忙吧。」

燕西站起來，向後退了一步，又回頭看了一看，然後說道：「並不是我故意推諉，實在身上不能整天揣著整百的洋錢，若說是到裡面拿去……」

晚香笑道：「好孩子，你還說不推諉呢？你們家裡有賬房，隨時去拿個三百二百，很不費事，就是沒有現錢，賬房裡支票簿子也沒有一本嗎？那平常和銀行裡往來，這賬又是怎樣算呢？」

燕西望著她笑了一笑，什麼也不能說了。

晚香道：「行不行呢？你乾脆答覆我一句吧。」

燕西笑道：「我到賬房裡給你去看看，有沒有，就看你的運氣。」說著，剛要提了腳出門，晚香又叫道：「你回來回來。」

燕西便站住等話，晚香道：「今天天氣不早了，來不及到銀行裡去兌錢，你別給我開支票，給我現錢吧。」

燕西聽她說這話，倒疑惑起來，要錢要得這樣急，又不許開支票，這是什麼意思？便道：「好吧，我進去給你搜羅搜羅吧。」說畢，就復到書房裡來，告訴了朱逸士。

他望了燕西一望，微笑道：「你還打算給她錢嗎？傻子！」

燕西本來就夠疑慮的了，經朱逸士這樣一說，就更加疑慮，望了他，說不出所以然來。

朱逸士道：「你想，剛才我由那裡來，她一個字也沒有提到，這一會兒工夫，她就鑽出一樁急事來了，是否靠得住，也就不問可知。況且她來要錢，連支票都不收，非現洋不可，難道是強盜打搶，一刻延誤不得？你不要為難，你同我一路去見她，讓我來打發她走。」

燕西笑道：「就這樣出去硬挺嗎？有點不好意思吧？」

朱逸士道：「所以你這人沒有出息，總應付不了婦女們，這要什麼緊？得罪了就得罪了，至多是斷絕往來而已，難道你還怕和她斷絕往來嗎？」說時，伸了一隻手挽住燕西的胳膊，就一同到外面來。

晚香在小客廳裡等著，一個人有點不耐煩，遍在屋子裡走著，看牆上掛的畫片，一回頭，只見朱逸士笑嘻嘻地一腳踏了進來，倒嚇了一跳。

朱逸士先笑道：「還生氣不生氣呢？剛才我在你那裡，真讓你嚇了我一個夠了。」

晚香因見燕西緊隨在身後，就不願把這事緊追著向下說，因道：「我並不是和你生氣，我先就說明白了。得啦，對你不住，等大爺回來，叫他請你聽戲。」

朱逸士笑道：「不要緊，不要緊，事情過了身，那就算了，七爺說，你有急事來找他來了，什麼事？用得著我嗎？我要表示我並不介意，我一定要給你去擋住這一場急事。」

晚香被他這樣硬逼一句，倒弄得不知如何措詞是好，望了朱逸士，只管呆笑。

朱逸士道：「這事沒有什麼難解決的？無論什麼事，只要是錢可以解決的，我們給錢就是了。是誰要錢？我陪你去對付他，現錢也有，支票也有，由他挑選。也許由我們去說，可以少給幾個呢。」

晚香笑道：「朱先生，你還生氣嗎？你說這句話，是跌我的相來了，以為我是來騙錢的，要跟著我去查查呢。我這話說得對不對？」

燕西連連搖手笑道：「人家也是好意，你何必疑心？」

朱逸士笑道：「我這個人就是這樣，要幫忙就幫到底，我既說了要去，就非去不可！燕西，請你下一個命令，叫他們開一輛汽車，我們三個人，坐著車子一塊兒去。」

晚香臉色一變道：「我就和七爺借個二百三百的，這也不算多，借就借，不借就不借，那都沒關係。憑什麼我用錢還得請朱先生來管？我並不是二三百塊錢想不到法子的人，何苦為了這事來看人家的顏色？」說著，拿起搭在椅子上的斗篷向左胳膊上一搭，轉身就走。

燕西不好攔住她，也不好讓她這樣發氣而去，倒弄得滿臉通紅。

朱逸士笑道：「這可對不住了，你請便吧。」當他說這話時，晚香已經出去了，聽得那高跟鞋聲得得然由近而遠了。

晚香走出門以後，燕西一頓腳，埋怨道：「你這人做事，真是太不講面子，教人家以後怎麼見面？」

朱逸士冷笑道：「你瞧，這還不定要出什麼花頭呢，還打算見面嗎？」

燕西笑道：「你說得這樣斬釘截鐵，倒好像看見她搬了行李，馬上就要上車站似的。」

朱逸士道：「你瞧著吧，看我這話準不準？」

燕西笑道：「不要談這個了，你今天有事沒事？若是沒有事，我們找一個地方玩兒去。」

朱逸士道：「可是我有兩天沒有到衙門裡去了，今天應該去瞧瞧才好。」

燕西道：「打一個電話去問問就行了，有事請人代辦一下，沒有事就可以放心去玩。反正有事，也不過一兩件不相干的公事，要什麼緊呢？」

朱逸士聽了，果然笑著打了電話到部裡去，偏是事不湊巧，電話叫了幾次，還是讓人家占住線。朱逸士將聽筒向掛鉤上一掛道：「不打了，走，咱們一塊兒聽戲去。」

燕西笑道：「這倒痛快，我就歡喜這樣的。」於是二人一路出去聽戲。

這時已是四點多鐘，到了戲院子裡只聽到兩齣戲。聽完了戲，尚覺餘興未盡，因此，兩人又吃館子。吃完了館子回家，一進門就碰到鵬振。

鵬振道：「這一天，哪裡把你找不到，你做什麼去了？這件事我又不接頭，沒有法子應付。」

燕西一撒手道：「咦！這倒奇了，無頭無腦，埋怨上我一頓，究竟為了什麼？」

鵬振道：「晚香跑了。」

燕西道：「誰說的？」

鵬振道：「那邊的聽差老潘已經回來了，你問他去。」

燕西回到書房裡，還不曾按鈴，老潘哭喪著面孔，背貼著門側身而進，先輕輕地叫了一聲七爺，燕西道：「怎麼回事？她真跑了嗎？」

老潘道：「可不是！」

燕西道：「你們一齊有好幾個人呢，怎麼也不打一個電話來？」

老潘道：「她是有心的，我們是無心的，誰知道呢？是昨天下午，她說上房裡丟了錢，嚷了一陣子，不多一會兒工夫，就把兩個老媽子都辭了。今天下午，交了五塊錢給我買東西，還上後門找一個人，找了半天，也找不著那個胡同，六點鐘的時候，我才回去，遇到王廚子在屋裡直嚷，他說少奶奶把錢給他上菜市買魚的，買了魚回來，大門是反扣上，推門進去一看，除了木器傢伙而外，別的東西都搬空了，屋子裡哪有一個人？我一想，一定是那少奶奶和著她媽、她兩個哥哥，把東西搬走了，趕快打電話回來，七爺又不在家，我就留王廚子在那裡看門，自己跑來了。」

燕西跌腳道：「這娘們真狠心，說走就走。今天還到這裡來借錢，說是有急事，幸而看破了她的機關，要不然還要上她一個大當呢。事到如今，和你說也是無用，你還是趕快回去看門，別再讓那兩個舅老爺搬了東西去。」

老潘道：「這件事情，就是七爺也沒有法子作主，我看要趕快打個電報給大爺去。」

燕西忍不住要笑，將手一揮道：「你去吧，這件事用不著你當心。」

老潘還未曾走，只聽見秋香在外面嚷道：「七爺回來了嗎？大少奶奶請去有話說呢。」

燕西笑道：「這消息傳來真快啊！怎麼馬上就會知道了？」因對老潘道：「你在門房裡等一等，也許還有話問你。」於是就到後面佩芳院子裡來，這裡卻沒有人，蔣媽說：「在太太屋子裡呢。」

燕西走到母親屋子裡來，只見坐了一屋子的人。

玉芬首先笑道：「哎喲！管理人來了。你給人家辦的好事，整份兒的家搬走了，你都不知道。」

燕西看看母親的臉色，並沒有一點怒容，斜躺在沙發上，很舒適的樣子，因笑道：「這事不怨我，我根本上就沒承認照應一分的責任，我前後只去過一回，大嫂是知道的。」

佩芳笑道：「我不知道，你不要來問我。」

燕西笑道：「人走了，事情是算完全解決了，有什麼說不得的？」

佩芳道：「老七，你這話有點不對，你以為我希望她逃跑嗎？她這一下席捲而去，雖然沒有捲去我的錢，然而羊毛出在羊身上，自然有一個人吃了大虧。照著關係說起來，我總不能漠不關心，不是我事後做順水人情，我早就說了，在外面另立一份家，一來是花錢太多，二來讓外人知道了，很不好聽，三來，那樣年輕的人，又是那樣的出身，放在外面住，總不大好，所以我說，他要不討人，那是最好，既是討了，就應該搬回來住。除了以上三件事，多少還可以跟著大家學點規矩，成一個好人。我說了這話，也沒有哪個理會，現在可就鬧出花樣來了。」

燕西笑道：「所以我以先沒有聽到大嫂這樣懇切說過。」

佩芳道：「喲！照你這樣說，我簡直是做順水人情了？」

燕西道：「不是那樣說，因為你也是知道她不能來的，說也是白說，所以不肯懇切地說。」

佩芳道：「這還說得有點道理，鳳舉回來了，我一個字也不提，看他對於這件事好不好意思說出來？」

金太太笑道：「這場事就是這樣解決了呢，倒也去了我心裡一件事，我老早就發愁，鳳舉這樣一點兒年歲，就是兩房家眷，將來這日子正長，就能保不發生一點問題嗎？現在倒好了，一刀兩斷，根本解決。我看以後也就不會再有這種舉動了。」

佩芳笑道：「這話可難說啊，你老人家保得齊全嗎？」

金太太道：「這一個大教訓，他們還不應該覺悟嗎？」

玉芬就笑著接嘴說道：「我們不要討論以後的事了，還是問問老七，這事是因何而起？現在那邊還剩有什麼東西？也該去收拾收拾才好。」

燕西道：「不用去收拾了，那裡沒有什麼要緊的東西了，不過是些木器罷了。至於因何而起，這話可難說，我看第一個原因，就是為了大哥不在北京。」

佩芳冷笑道：「丈夫出了門，就應該逃跑的嗎？照你這樣說，男子漢都應該在家裡陪著他的太太姨太太才對吧？」

燕西向佩芳連搖了兩下手，笑道：「大嫂，你別對我發狠，我並不代表那個人說話，而且我說的那句話，意思也不是如此啊。」

金太太皺了眉道：「你這孩子，就是這樣口沒有遮攔，烏七八糟亂說，說了出來，又不負什麼責任。」

佩芳本要接嘴就說的，因見金太太首先攔住了不讓再說，就忍住了，只向著大家微笑。

金太太對燕西道：「你不要再說了，還是到那裡去看看，收拾那邊的殘局，花了幾個錢倒是小事，可不要再鬧出笑話來。」

燕西道：「這自然是我的事，他們都叫我打一個電報到上海去，我想人已經走了，打電報給他，不過是讓他再著兩天急，於事無補，而且怕老大心裡不痛快，連正經事都會辦不好，我看還是不告訴他的為妙。」

佩芳笑道：「為什麼給他瞞著？還要怪我們不給他消息呢，我已經打了一個電報去了，對不住，我還是冒用你的名字，好在電報費歸我出，我想你也不至於怪我。」

燕西道：「發了就發了吧，那也沒有多大關係，好在我告訴他，也是職分上應有的事。」

佩芳道：「你弟兄們關於這些遊戲的事，倒很能合作，說一是一，說二是二，若是別的事也是這樣，一定到處可以占勝利的。」

玉芬道：「合作倒是合作，只可惜這是把錢向外花的。」

他們兩人，你一言，我一語，只管向下說。

清秋坐在一邊，卻什麼話也不說，只望燕西微笑。

燕西笑道：「你可別再說了，我受不了呢。」

清秋笑道：「你瞧，我什麼話也沒有說，你倒先說起我來了！」一說這話，臉先紅了。

潤之笑道：「清秋妹可不如幾位嫂子，常是受我們老七的欺侮，而且老七常是在大庭廣眾之中給她下不去。」

燕西笑著連連搖手道：「這就夠瞧的了，你還要從旁煽惑呢。」說著，便一路笑了出來。到了外面，便分別打了幾個電話給劉寶善、劉蔚然、朱逸士，自己便帶了老潘，坐著汽車，到了公館裡來看情形。

一進門，就有一種奇異的感觸，因為所有的電燈既不曾亮，前後兩進屋子，也沒有一點人的聲音，這裡就格外覺得沉寂。

汽車一響，王廚子由後亮了走廊上的電燈出來。燕西道：「你是豁出去了，怎麼大門也不關？」

王廚子笑道：「無論是強盜或者是賊，他只要進門一瞧這副情形，分明是有人動手在先了，他看看沒有一樣輕巧東西可拿，他一定不拿就走了。」

燕西叫老潘將各處電燈一亮，只見屋子裡所有的細軟東西，果然搬個精空，就以晚香睡的床而論，銅床上只剩了一個空架，連床面前一塊踏鞋子的地毯也都不見，右手兩架大玻璃櫥，四扇長門洞開，櫥子裡，只有一兩根零碎腿帶和幾個大小鈕扣，另外還有一隻破絲襪子。擱箱子的地方，還扔了兩只箱架在那裡，不過有幾只小玻璃瓶子和幾雙破鞋狼藉在地板上，兩張桌子，抽屜開得上七下八，都是空的，桌上亂堆著一些碎紙，此外一些椅凳橫七豎八，都挪動了地位，牆上掛的字畫鏡框，一律收一個乾淨，全成了光壁子。

燕西一跌腳，嘆了一口氣，又點了頭道：「我這才知道什麼叫席捲一空了。」

老潘垂了手，站在一邊，一聲不敢言語。

燕西望著他又點點頭道：「這個情形，她早是蓄意要逃走的了，這也難怪你們。」老潘始終是哭喪著臉的，聽到燕西這一句話，不由得笑將起來，便和燕西請了一個安道：「七爺，你是明白人，大爺回來了，請你照實對他說一說。」燕西道：「說我是會對他說，可是你們也不能一點責任都沒有，當她的媽和她的兄弟在這裡來來往往的時候，你們稍微看出一點破綻來，和我一報告，我就好提防一二，何至弄得這樣抄了家似的？」

老潘這就不敢再說什麼了，只跟著他將各屋子查勘了一周。

燕西查勘完了，對老潘道：「今晚沒有別事，把留著的東西開一張清單，明天就把這些東西搬回家去，省得還留人在這裡守著木器傢伙。」

老潘都答應了，燕西才坐汽車回家。到家以後，也不知道什麼緣故，心裡只是慌得很，好像害了一種病似的。不到十一點鐘就回房去睡覺。

清秋見他滿臉愁容，兩道眉峰都皺將起來，便笑道：「你今天又惹著了一番無所謂的煩惱了？」

燕西笑道：「不知道怎麼回事，我就有這樣個脾氣，往往為了別人的事，自己來生煩惱。可是我一見你，我的煩惱就消了，我不知道你有一種什麼魔力？」一面說著，一面脫衣上床，向被裡一鑽。

他的勢力太猛，將銅絲床上的綳簧跌得一閃一動，連人和被都顛動起來。

清秋站在桌子邊，反背著靠了，笑道：「你這人就是這樣喜好無常，剛才是那樣發愁，現在又這樣快活，這倒成了一個古典，叫著被翻紅浪了。」

燕西一骨碌坐將起來，笑道：「你不睡？」

清秋道：「睡得這樣早做什麼？我還要到五姐那裡去談一談呢。」

燕西跳了起來道：「胡說！」便下床，踏著鞋，把屋子裡兩盞電燈全熄滅了。清秋在黑暗中只是埋怨，然而燕西只是吃吃地笑，清秋也就算了。

次日清晨，燕西起來得早，把昨日晚香捲逃的事已是完全忘卻，不過向來是起晚的，今天忽然起早，倒覺得非常無聊。便走到書房裡去，叫金榮把所有的報都拿了看，先彷彿看得很是無趣，只將報紙展開，從頭至尾，匆匆把題目看了一看，將報一扔，還是無事，復又將報細細地看去。

看到社會新聞裡，忽有一條家庭美術展覽會的題目射入眼簾，再將新聞一讀，正是吳藹芳參與比賽的那個會，心裡一喜，拿著報就向上房裡走。

走到院子裡，先就遇到蔣媽。蔣媽問道：「喲！七爺來得這樣地早，有什麼事？」

燕西道：「大少奶奶還沒有起來嗎？我有話要和她說。」

蔣媽知道這幾天為了姨奶奶的事，他們正有一番交涉，燕西既然這一早就來了，恐怕有和佩芳商量之處，便道：「你在外面屋子裡待一待，讓我去把大少奶奶叫醒來吧。」

燕西道：「我倒沒有什麼事，她既然睡了，由她去吧。」

佩芳在屋子裡起來，已是隔了玻璃，掀開一角窗紗，說道：「別走別走，我已經起來了。」

燕西倒不好走得，便進了中間屋子。

佩芳穿了白色花絨的長睡衣，兩手緊著腰部睡衣的帶子，光著腳，趿了拖鞋，就開門向外屋子裡來，笑道：「鳳舉有了回電來了嗎？」

燕西道：「不是。」

佩芳道：「要不，就還有別的什麼變動？」

燕西道：「全不是，和這件事毫不相干的。」

佩芳道：「和這事不相干，那是什麼事，這一早你大驚小怪跑了來呢？」說著話，兩隻手向後理著頭上的頭髮。

燕西於是將手上的報紙遞了過去，把家庭美術展覽會那一條新聞指給她看。

佩芳拿著看了一看，將報紙向茶几上一扔，笑道：「你真是肯管事，倒駭了我一跳。」說著，也不向燕西多說，便一直到臥室後的浴室裡洗臉去了。

燕西碰了一個橡皮釘子，倒很難為情地站在屋子裡愣住了。

佩芳也就想起來了，人家高高興興地來報信，給人家一個釘子碰了回去，未免有點不對，遂又在房子裡嚷道：「你等一等吧，待一會兒，我還有事要和你商量哩！別走啊。」

燕西一聽，立刻又高興起來，因道：「你請便吧，我在這裡看報。」

佩芳漱洗著，換了衣服出來，笑道：「你瞧，鬧了這半天，不過是十點鐘，你今天有什麼事，起來得這樣早？」

燕西笑道：「並不是起得早，乃是昨晚上睡得早，不能不起來，我現在覺得我們之不能起早，並不是生成的習慣，只要睡得早一點，自然可以起早，而且早上起來，精神非常之好，可以做許多事。」

佩芳道：「你且不要說那個，昨晚上你何以獨睡得早呢？」

燕西道：「昨日為了晚香的事，生了許多感慨，我也不明白什麼緣故，灰心到了極點。」

佩芳笑道：「這可是你說的，可見得不是我心懷妒嫉了。」

燕西笑道：「不說這個了，你說有話和我商量，有什麼話和我商量？」

佩芳笑道：「難道人家有事關於家庭美術展覽會的，你還不知道嗎？」

燕西道：「你不是說到老衛的事嗎？我正為了這個問題要來請教，可是剛才你不等我說完，就攔回去了。」

佩芳道：「這也並沒有什麼周折，只要找幾個會員，寫一封介紹信，把他介紹到會裡去就是了。他的英文很好的，那會裡正缺乏英文人才，介紹他去，正是合適。」

燕西站將起來，連連鼓掌道：「好極了！好極了！」

佩芳道：「不過這介紹信，我們卻不要出面，最好是用一個第三者寫了去，我們就不犯什麼嫌疑，不然，讓我妹妹知道了，那就前功盡棄。」

燕西道：「那應該找誰呢？」說著，站了起來，就只管在屋子裡轉圈子。

佩芳笑道：「這也用不著急得這個樣子，你慢慢地去想人選吧，想得了，再來告訴我，我再給你斟酌斟酌。」

燕西道：「我馬上就去找人，吃午飯的時候，包管事情都齊備了。」說畢，轉身就走了。

佩芳坐在屋子裡看了他的後影子，笑著點了點頭。

到了吃午飯的時候，只見燕西手上拿了一封信，高高興興地由外面笑著進來，佩芳笑道：「真快啊！居然把信都寫好了。卻是誰出名哩？」

燕西笑道：「最妙不過，我找的就是令妹，我剛才打了一個電話給她，我問會裡要不要英文人才？她問我為什麼提起這話？我就說我和一個姓衛的朋友打賭，說他對於交際上總不行的，他笑著也承認了，說是給他一個機會，他要練習練習。我就想起貴會來了，料著他英文還可以對付，我想介紹他到貴會來盡一點義務。她說盡義務自然是歡迎的，我又說我不是會員，不便介紹，請她寫一封信，她滿口答應了，只要我代寫就行了，你說這事有趣沒有趣？」

佩芳笑道：「人家心地光明，自然慨然答應，哪裡會想到我們算計於她哩！」

燕西笑道：「我們和她撮合山，你倒怎樣說我們算計她？」

佩芳道：「我就覺得一個女子，是做處女到老的好，若是有人勸她結婚，就是勸她上當，所以你說給她作撮合山也是給她上當。」

燕西笑道：「現在還只有一邊肯上當，我還得想法子讓他一邊上當呢。」說著，他就出去打電話給謝玉樹，說是介紹成功了，讓衛璧安明日就到會裡去。

因為這個會裡很有些外交界的人參與，若向外國人方面要發出一批請柬，先得預備，請衛璧安且先到會，謝玉樹得了這個消息，連連說好，當日就轉告了衛璧安。

這衛璧安在學校裡卻要算是個用功的學生，就是星期日也不大出門，這天聽了謝玉樹的話，就將那天當儐相穿的西裝穿了起來，先上了一堂課，同班的學生忽然看見他換了西裝，都望他一望。

有幾位和他比較熟識的，卻笑著問他：「老衛，今天到哪裡去會女朋友嗎？怎麼打扮得這樣漂亮？」

衛璧安明知是同學和他開玩笑，可是臉上一陣發熱，也不由得紅將起來。

有的人看見他紅了臉，更隨著起鬨，說他一定是有了女朋友，不然，何以會紅臉呢？

衛璧安讓大家臊得無地可容，只好將臉一板道：「是的，西裝只許少爺們穿的，我們這窮小子穿了，就會另有什麼目的。對不對？」

大家看見衛璧安惱了，這才不跟著向下說。可是這樣一來，衛璧安自己心虛起來，到了下一堂課，還是繼續地上，謝玉樹原不是他同班，卻有一兩樣選課和衛璧安同堂。

這一堂課，他也來了，剛要進門，只見衛璧安手上拿了個講義夾子，將一枝鉛筆敲著講義夾的硬面，撲撲作響走了過來。

謝玉樹迎上前去，低低問道：「你還不去嗎？就犧牲一堂課吧。」

衛璧安道：「我不去了。」

謝玉樹道：「什麼？費九牛二虎之力，得了這一點結果，你倒不去了。」

衛璧安站著現出很躊躇的樣子，微笑了一笑。

謝玉樹因為二人站在走廊上，免不得有來來往往的人注意，便拉著衛璧安的手，站在課堂後一座假山石邊，看看身後無人，然後笑道：「你還害臊嗎？你這人太不長進了。」

衛璧安不肯承認害臊，就把剛才同學開玩笑的事說了一遍，因道：「我還沒有去，他們就鬧起來，若是我去了，更不知道他們要造些什麼謠言呢。」

謝玉樹道：「這事除了我，並沒有第二個人知道，怕什麼？人家拿你開玩笑，是因為你突然換了衣服，知道什麼？你越是顧慮，倒越給人家一條可疑的線索了。去吧！」說著，扶著衛璧安的肩，站在他後面直推。

衛璧安笑道：「不過你要給我保守秘密啊！」

謝玉樹道：「這話何須你囑咐？我也是給你在後面搖鵝毛扇子的人，我要是給你宣布出去，我也有相當的嫌疑哩。」說著，帶推帶送，已經把他送得願走了，剛要轉身，衛璧安卻也回轉身來。

謝玉樹道：「怎麼回事？你還要轉來？」

衛璧安笑道：「一急起來，你這人的脾氣又未免太急。」於是將手摸了一摸頭，又把手上拿的講義夾子舉了一舉。謝玉樹會意，也就一笑而去了。

衛璧安回了自己的寢室，找了一條花綢手絹，折疊得好好的，放在小口袋裡，梳了梳頭髮，將帽子撣了一撣灰，戴上，然後才走出學校，到家庭美術展覽會來。

這個會的籌備處，本設在完成女子中學，為的是好借用學校裡的一切器具，而且通信也便當些，吳藹芳和這學校裡的女教員就有好幾個相熟的，她自己雖然不在乎當教書匠，但是她看見朋友們教書教得很有意思，也想教教。若是有哪個朋友請假，請她來替代，她是非常地樂意。所以這個學校裡，她極是熟識，借著做籌備會會址，就是她接洽的，她既愛學校生活，這個會又是她的常任幹事，越是逐日到這學校裡來了。

她也曾對會裡幾個辦事人說，介紹一個姓衛的學生，來辦關於英文的稿務。另有一封正式的信呈報諸委員，大家都說，既是吳小姐介紹來的，就不會錯，說一聲就得了，也用不著要什麼介紹信，但是吳藹芳不肯含糊從事，必定把燕西寫的那封信送到籌備會來。

這天衛璧安到了完成女子中學門口，心裡先笑起來，生平就是怕和異性往來，偏偏就常有這種不可免的異性接洽，現在要練習交際，索性投身到異性的巢穴裡面來了。

到了號房裡，號房見他穿了一身漂亮的西裝，又是一個翩翩少年，就板著面孔問道：「找誰？請你先拿一張名片來。」

衛璧安道：「我是找美術展覽會裡的人。」號房聽他所言，並不是來找學生的，臉色就和藹了幾分，因問道：「你找會裡哪一位？」

衛璧安心想，何嘗認得哪一位呢？只得信口說道：「吳小姐。」號房道：「找吳藹芳吳小姐嗎？」說這話時，可就向衛璧安身上打量一番。他並不和號房多說，已是在身上拿出一張名片，交給了號房。

號房道：「你等一等。」手上拿了名片，一路瞧著走進去了。

不大一會兒工夫，遠遠地向他一招手，叫他過去。

衛璧安整了一整領結，將衣服牽了一牽，然後跟著號房走進去。這籌備會自成部落，倒有好幾間屋子相連，吳藹芳已是走到廊簷下，先迎著和他點了點頭，說是好久不見。

衛璧安自從那天作儐相之後，腦筋裡就深深地印下吳藹芳小姐一個影子，背地裡也不知轉了幾千萬個念頭，如何能和她做朋友，如何能和她再見一面，做朋友應該如何往返，見面應該沒什麼說，也就計畫著又計畫著，爛熟於胸。

當拿片子進來之後，自己也覺冒昧了。這會裡有的是辦事人，為什麼都不要去拜會，卻單單要拜會一位女職員？或者吳女士也會覺得我這人行為不對。

正自懊悔著，不料吳女士居然相請會面，而且老早的迎了出來，先很殷勤地說話，自己肚子裡本有一篇話底子，給剛才一鬧，已是根本推翻，於今百忙中要再提，又覺抖亂麻團，一刻兒找不著頭緒了，只好先點著頭，連連先答應了兩聲是，明明自己見異性容易紅臉的，這時卻極力鎮靜著，彷彿不曾見著異性一樣。

他心裡是這樣划算，腳步也就不似先前忙亂，一步一步地步上臺階，然而脖子和兩腮上已經感到有點微熱了。

吳藹芳搶上前一步，側著身子給他推開了門，讓他進去。一引便引到一個小客廳裡，除了吳女士，這裡就是衛璧安了。

他原先曾想到這一層的，將來成了朋友，總有一天獨自和她在一處的，那麼，我就可以探探她的口氣了，誰知今天一見面，就有這樣一個好機會，這倒不知怎樣好。

吳藹芳見他那樣局促不安的樣子，心裡想道：「這個人是怎麼一回事？還是見了女子就害臊。」只得先說道：「前次接得金七爺的電話，說是密斯脫衛願意給我們會裡幫忙，我們是歡迎得了不得！所以我寫了一封信給會裡，正式介紹密斯脫衛加入，密斯脫衛今日先來了，真是熱心。」

衛璧安沒有料到吳藹芳有這樣一番談話，尤其是最後一句，說到人家未請，自己先來，不免有點冒昧，接上便笑了一笑，然後說道：「熱心是不敢說，不過從來就喜歡研究美術，現在有這樣一個機會，怎麼可以放過？所以我聽了這美術會的消息，我就極力要加入。可是我對於美術，簡直是門外漢。」

說到這裡，對人笑了一笑。在笑的時候，抽出袋裡手絹來，揩了一揩臉，接上又淡笑了一笑。

吳藹芳低頭沉思了一下，笑道：「現在會裡幾位幹事都在這裡，我馬上就介紹密斯脫衛去見一見，好不好？」

衛璧安道：「好極了，好極了，我是不善言詞的，還要請密斯吳婉轉地給我說一說。」

吳藹芳笑道：「都是學界中人，誰也沒有什麼架子，我們這個會，不過是大家高興，借此消遣，都很可以隨便談話。」說時，她已經站起身來，向前引導。

衛璧安也就站將起來，跟了她後面走。

吳藹芳把他引到會議室來，這裡共有十個幹事，其中倒有六位是女子，這又讓衛璧安驚異了一下，吳藹芳知道他見了女賓是有點不行，索性替他做個引導人，因就站在他並排，現在場的人一個一個給他介紹。

女會員中有一位安女士和吳藹芳很知己，她以為吳藹芳為人很孤高，生性就不大看得起異性，所以交際場中儘管加入，卻沒有哪個是她的好朋友，她介紹一位男會員到會裡來辦事，已經覺得事出意外，現在她索性當著眾人殷殷勤勤地給衛璧安介紹，更是想不到的事。

不過看衛璧安一表人才，姣好如處女，甚合乎東方美男子的條件，也怪不得吳藹芳是這樣待他特別垂青，因站將起來，迎上前道：「密斯脫衛來加入我們這會裡，我們是二十四分歡迎的，不知道幾時開始辦公？我們這裡正有一些英文信件等著要辦呢。」

說時，她那雪桃似的臉上印出兩個酒窩，眉毛彎動著，滿臉都是媚人的笑容。

衛璧安眼睛看了一看，臉上越是現出那忸怩不安的樣子，只是輕輕地答應著說：「不懂什麼，還求多多指教。」

吳藹芳便道：「密斯脫衛，以後說話不要客氣，一客氣起來，大家都無故受了拘束了。」

安女士聽了這話，心想著，對於一個生朋友哪有執著這種教訓的語氣去和人說話的，不怕人家難為情嗎？但是回頭看看衛璧安，卻是安之若素，反連說著是是。

安女士一想，這個人真是好性情，人家給他這般下不下去，他反要敷衍別人呢。安女士是這樣想，其他的人也未嘗不是這樣想，所以衛璧安雖是初加入這個團體，倒並不是無人注意哩。

過了幾天，各方參與展覽的作品陸續送到，展覽會的地點原定了外交大樓，因洋氣太甚，就改定了公園，將社稷壇兩重大殿一齊都借了過來。

這美術裡面，要以刺繡居多數，圖畫次之，此外才是些零碎手工。各樣出品，除了漢文標題而外，另外還有一分英文說明，這英文說明，就是衛璧安的手筆。

這種說明，乃是寫在美麗的紙殼上，另外將一根彩色絲線穿著，把來繫在展覽品上。衛璧安原只管做說明，那按著展覽品繫籤子，卻另是一個人辦的，及至由籌備處送到公園展覽所去以後，有一個人忽然省悟起來。說是那英文說明，沒有別號頭，怕有錯誤，應該去審查一下。衛璧安一想，若真是弄錯了，那真是自己一個大笑話，便自己跑到公園裡去，按著陳列品一件一件地去校正。

無奈這天已是大半下午，不曾看了多少，天色已晚，不能再向下看，這天只好回學校去。次日一早起來，便到公園來繼續料理這件事。

到了正午，才把所有的英文說明一齊對好。可是事情辦完，人也實在乏了，肚子也很餓了。從來沒有做過這樣辛苦的工作，自己要慰勞自己一下，於是到茶社裡玻璃窗下閒坐品茗，而且打算要叫兩樣點心充饑。

正捧了點心牌子在手上斟酌的時候，忽聽得玻璃錚錚然一陣響，抬頭一看，只見吳藹芳一張雪白的面孔，笑盈盈地向裡望著。

他連忙站起來道：「請進！」便迎到玻璃門前，給吳藹芳開門。

吳藹芳笑道：「一個人嗎？」

衛璧安讓她落了座，斟了一杯茶送她面前，然後就把對英文說明的事對她說了。

吳藹芳笑道：「我不知道，我若是知道，早就來替你幫忙了，既然是沒有吃飯，我來請吧。」就拿自己手上的自來水筆，將日記簿子撕了一頁下來，開了幾樣點心。

衛璧安身上一共只帶一塊錢，見吳藹芳寫了幾樣，既不便攔阻，又不知道開了些什麼，將來會賬掏不出錢來怎麼好？這就不敢把做東的樣子自居了。

吳藹芳談笑自若，一點也沒有顧慮到別人。衛璧安先也是覺得有點不安，後來吳藹芳談得很起勁，也就跟著她向下談去，吳藹芳笑道：「做事就是這樣，不可忽略一下，往往為五分鐘的忽略，倒多累出整天的工作，好像這回掛英文說明，若是昨天翻譯的時候，按著號碼也添上阿拉伯字碼，懸標題的人，他只照著中外號碼而辦，自不會錯，現在倒要密斯脫衛到公園裡來跑了兩天，會裡人對這件事應該很抱歉的。」

衛璧安笑道：「這件事，是我忽略了，應該對會裡人抱歉，怎樣倒說會裡人對我抱歉呢？」

吳藹芳笑道：「唯其是密斯脫衛自認為抱歉，所以昨天跑了來不算，今天一早又跑到公園裡來。這兩天跑功，在功勞簿上也值得大大地記上一筆。」

衛璧安笑道：「我不過跑了兩天，在功勞簿上就值得大大記上一筆，像吳女士自籌備這會以來，就不分日夜地忙著，那麼，這一筆功勞在功勞簿上又應該怎樣記上呢？」

吳藹芳道：「不然，這個會是我們一些朋友發起的，我們站在發起人裡面，是應該出力的。況且我們都有作品陳列出來，會辦好了，我們出了風頭，力總算沒有白費。像密斯脫衛在我們會裡出力，結果是一無所得的，怎麼不要認為是特殊的功勞呢？而且這種事情辦起來，總感不到什麼興趣吧？」

衛璧安笑道：「要說感到興趣這句話，過後一想，倒是有味。這裡的出品，大大小小一共有一千多樣，我究竟也不知道哪裡有錯處？哪裡沒錯處？只好挨著號頭從一二三四對起，一號一號地對了去。對個一二百號頭，還不感到什麼困難，後來對多了，只覺得腦子發脹，眼睛發昏，簡直維持不下去，可是因為發生了困難，越怕弄出亂子，每一張說明書都要費加倍的工夫去看，昨天時間匆匆，倒還罷了，今天我一早起來，來了之後就對，心裡是巴不得一刻工夫就對完，可是越對越不敢放鬆，也就越覺得時間過長，好容易忍住性子將說明題籤對完，只累得渾身骨頭酸痛。一看手上的錶，已經打過了十二點，整整是罰了半天站罪。我就一人到這裡來，打算慰勞慰勞自己。」

吳藹芳正呷了一口茶在嘴裡，聽了這一句話，卻由心裡要笑出來，嗤的一聲，一回頭把一口茶噴在地上，低了頭咳嗽了幾聲，然後才抬起來，紅了臉，手撫著鬢髮笑道：「衛先生說的這種話，不由得人不笑將起來，真是滑稽得很。」

衛璧安道：「滑稽得很嗎？我倒說的是實話呢。我覺得一個人要疲倦了，非得一點安慰不可，至於是精神方面或者是物質方面，那倒沒有什麼問題。」

吳藹芳正想說什麼，夥計卻端了點心來了。

東西端到桌上來，衛璧安一看，並不是點心，卻是兩碟涼菜，又是一小壺酒。

吳藹芳笑道：「我怕密斯脫衛客氣，所以事先並沒有徵求同意，我就叫他預備了一點菜。

這裡的茶社酒館，大概家兄們都已認識的，吃了還不用得給錢呢。」

說時，夥計已經擺好了杯筷，吳藹芳早就拿了酒壺伸過去，給他斟上一杯。衛璧安向來是不喝酒的，餓了這一早上，這空肚子酒更是不能喝。本待聲明不能喝酒，無如人家已經斟上，不能回斷人家這種美情。只得欠著身子，道了一聲謝謝。

吳藹芳拿回酒壺，自己也斟上了一杯。她端起杯子，舉平了鼻尖，向人一請道：「不足以言慰勞，助助興罷了，喝一點！」

衛璧安覺得她這樣請酒，是二十分誠意的，應該喝一點，只得呷了一口，偷眼看吳藹芳時，只見她舉著杯子，微微的有一點露底，杯子放下來時，已喝去大半杯了。據這一點看來，她竟是一位能喝酒的人，自己和她一比，正是愈見無量。

吳藹芳笑道：「密斯脫衛，不喝酒嗎？」

衛璧安道：「笑話得很，我是不會喝酒的。」

吳藹芳道：「不會喝酒，正是一樣美德，怎麼倒說是笑話？」

衛璧安道：「在中國人的眼光看來，讀書的人，原該詩酒風流的。」說到風流這兩個字，覺得有點不大妥當，聲音突然細微起來，細微得幾乎可以不聽見。

吳藹芳對於這一點，卻是毫不為意，笑道：「然而詩酒風流，那也不過是個浪漫派的文人罷了，要是真正一個學者，就不至於好酒的。我讀的中國書很少，喝酒品行好的人，最上等也不過像陶淵明這樣。下一等的，可說不定，什麼人都有。像劉伶這種人，喝得不知天地之高低，古今之久暫，那豈不成了一個廢物！」

衛璧安道：「吳女士太謙了，太謙了。」

吳藹芳笑道：「密斯脫衛，你以為我也會喝酒嗎？其實我是鬧著玩。高興的時候，有人鬧酒，四兩半斤，也真喝得下去。平常的時候，一年不給我酒喝，我也不想。這也無所謂自謙了，絕沒有一個能喝酒的人，只像我這樣充其量不過四兩半斤而已哩。」

衛璧安笑道：「雖然只有半斤四兩，然而總比我的量大，況且喝酒也不在量之大小，古人不是說過了，一石亦醉，一斗亦醉嗎？」

吳藹芳聽了他這話，心裡可就想著，原來我總以為他不會說話，現在看起來，也並不是不會說話了。心裡這樣想著，嘴裡可就說不出什麼話來，只管是微笑。

那店裡的夥計，已是接二連三送了好幾樣菜來。衛璧安心裡也想，真慚愧，今天我若是要做東，恐怕要拿衣服作押賬，才脫得了身呢。真是有口福，無緣無故地倒叨擾了她一餐，她做這樣一個小東，本來不在乎，但是我就卻之不恭，受之有愧。

衛璧安只管在這裡傻想，吳藹芳卻陪著他只管且吃且談，夥計已是上過好幾樣菜，最後飯來了，吳藹芳將杯子向衛璧安一舉，笑道：「飯來了，乾了吧。」

衛璧安連道：「一定一定。」於是將一杯酒乾了，還向吳藹芳照了一照杯。

吳藹芳將飯碗移到面前，把勺子向湯碗裡擺了兩擺，笑著向衛璧安道：「熱湯，不用一點泡飯？」

衛璧安道：「很好，很好。」於是也跟著她舀了湯向碗裡浸。

飯裡有了湯吃得很快，一會兒工夫便是一碗。吳藹芳見他吃得這樣甜爽，便吩咐夥計盛飯，衛璧安碗剛放了，第二碗飯已經送到，把這碗飯又快要吃完，吳藹芳還只是吃大半碗。

衛璧安笑道：「我真是個飯桶了……」

吳藹芳不待他接著把話去解釋，便笑道：「我們要健康身體，一定就要增加食欲，哪裡有食量不好，有強壯身體的哩？我就怨我自己食量不大，不能增進健康。密斯脫衛在學校裡，大概是喜歡運動的吧？」

衛璧安道：「談起運動來，未免令人可笑！我除了打網球而外，其餘各種運動，我是一律不行，我也知道這種運動於康健身體沒有多大關係。」

吳藹芳道：「不然，凡是運動，都能康健身體的，我也歡喜網球，只是打得不好，將來倒要在密斯脫衛面前請教。」

衛璧安笑道：「請教兩個字是不敢當，無事把這個來消遣，可比別的什麼玩意好多了。」

吳藹芳道：「正是這樣，這是一樣很好的消遣，我們哪一天沒有事，不妨來比試一下。」

衛璧安見她答應來比試，心裡更是一喜，便道：「天氣和暖了，春二三月比球實在合適，也不熱，也不怕太陽曬，但不知道吳女士家裡有打球的地方嗎？」

吳藹芳笑著點了點頭，說著話，二人已經把飯吃完。

夥計揩抹了桌子，又把茶送了上來。二人品茗談話，越談越覺有趣，看看天上的太陽光已經偏到西方去了。

吳藹芳將手錶才看了一看，笑道：「密斯脫衛還有事嗎？」

衛璧安道：「幾點鐘了？真是坐久了。」

吳藹芳道：「我是沒有什麼事，就怕密斯脫衛有事，所以問一問。」

衛璧安道：「我除了上課，哪裡還有要緊的事？今天下午的課，正是不要緊的一堂課，我向來就不上堂，把這一點鐘，消磨在圖書館裡。」

吳藹芳道：「正是這樣，與其上不要緊的一堂課，不如呆在圖書館裡，還能得著一點實在的好處呢。能上圖書館的學生，總是好學生。」說到這裡，便不由得笑了一笑。

衛璧安笑道：「好學生三個字談何容易啊？我想能做一個安分的學生就了不得了，好字何能可當呢？」

吳藹芳一說到這裡，覺得沒有什麼話可沒了，只是捧了杯子喝茶，彼此默然了一會，吳藹芳微笑道：「今天公園裡的天氣，倒是不壞。」

衛璧安道：「可不是，散散步是最好不過的了。」說到這裡，吳藹芳不曾說什麼，好端端的卻笑了一笑。

衛璧安見她只笑了而不曾說什麼，就也不說什麼，只是陪了她坐著，還是說些閒話。慢慢地又說過去一個多鐘頭，吳藹芳叫夥計開了賬單來，接過在手裡。

衛璧安站起，便要客氣兩句，吳藹芳笑著連連搖手道：「用不著客氣的，這裡我們有來往賬，我已聲明在先的了。」一說著，就拿筆在賬單後簽了一個字。

那夥計接過單子去，卻道了一聲謝謝吳小姐，看那樣子，大概在上面批了字，給他不少的小賬了。

吳藹芳對衛璧安道：「我們可以一同走。」

衛璧安道：「好極了。」

吳藹芳在前，他在後，在柏樹林子的大道上慢慢走起來。

吳藹芳道：「天氣果然暖和得很，你看這風刮了來，刮到臉上並不冷呢。」

衛璧安道：「我們住在北京嫌他刮土，就說是香爐裡的北京城，沙漠的北京城。但是到了天津，或者上海，我們就會思想北京不止，這樣的公園哪裡找去！」

吳藹芳笑道：「果然如此，我在天津租界上曾住過幾個月，只覺得洋氣沖天，昏天黑地的找不到一個稍微清雅一點的地方。」

衛璧安道：「不用到天津了，只在火車上，由老站到新站，火車在那一段鐵路上的經過，看到兩面的泥潭和滿地無主的棺材，還有那黑泥牆的矮屋，看了就渾身難過，這倒好像有心給當地暴露一種弱點，請來往的中外人士參觀。」

吳藹芳笑著連連點頭道：「密斯脫衛說的這話，正是我每次上天津去所感想到的，這話不啻是和我說了一樣呢。」

二人一面說著話，一面在平坦的路上走著，不覺兜了大半個圈圈，把出大門的路走過去了，吳藹芳並不在乎，還是且談且走，衛璧安當然也不便半路上向回路走，也只好跟了下去。整兜過了一個圈子之後，又到了出大門的那一條大路上來了。

依著衛璧安，又要說一句告別的話，不過卻不忍先說出口，只管一步一步走慢，走到後來，卻在那後面跟著，且看吳藹芳究是往哪裡走。

只見吳藹芳依舊忘了這是出門的大路轉彎之處，還是隨了腳下向前的路線一步一步走去。

衛璧安一直讓她走過了幾十丈路，笑道：「這天氣很好，散步是最適宜的，這樣走著，讓人忘了走路的疲倦了。」

吳藹芳道：「在早半年，我每日早上都要到公園來散步的，每次散步都是三個圈子。」

衛璧安道：「為什麼天天來？吳女士那時有點不舒服嗎？」

吳藹芳回首一笑道：「密斯脫衛，你猜我是千金小姐，多愁多病的嗎？」

衛璧安才覺得自己失言了，臉紅起來。

還是吳藹芳自己來解圍，便笑道：「但是，那個時候，我確是有點咳嗽，我總怕鬧成了肺病不是玩的，因此未雨綢繆，先就用天然療養法療養起來，每日就到公園裡來吸取兩個鐘頭的空氣。不過一個月的工夫，一點藥也不曾吃，病就自然地好了。」

衛璧安道：「此話誠然，我所知道的，還有許多南方的人，為了有病，常常有人到北方來療養的呢，不但病人要來療養，就是身體康健的人到北方來居住，也比在南方好。」

吳藹芳聽說，卻是噗嗤一笑。

衛璧安看到她笑的樣子，並不是怎樣輕視，便問道：「怎麼樣？我這句話說得太外行了嗎？」

吳藹芳笑道：「不是不是！」

但是她雖說了不是，卻也未加解釋。衛璧安也就隨著一笑，不再說了。

兩人兜了一個圈子又兜了一個圈子，最後還是吳藹芳醒悟過來了，太陽已經曬在東邊紅牆的上半截，下半截乃是陰的，正是太陽在西邊，要落下去了，因看了看手錶，已經是五點多鐘。便笑道：「密斯脫衛，還要走走嗎？」

衛璧安道：「可以可以！」

吳藹芳道：「那麼，我要告辭了。」

衛璧安道：「好吧，我也回去了。」於是二人一同走出公園，各坐車子而去。

吳藹芳到了家裡，一直回自己的臥房，趕快脫了高跟鞋子，換上便鞋，就倒在沙發椅子上，斜躺著坐了。

一會子工夫，老媽子進來道：「二小姐，你接電話吧，大小姐打來的電話。」

吳藹芳捏了拳頭捶著腿道：「我累得要命，一步也懶得走了，你就說我大不舒服，躺下了。有什麼話，叫她告訴你吧。」

老媽子笑道：「好好兒的人幹嘛說不舒服呢？你剛才由外面回來呢。」

吳藹芳道：「好囉唆，你就這樣去說得了。」

老媽子去了，過了一會兒來說：「大小姐有事要和你說，請你今天晚上去一趟呢。」

吳藹芳道：「哎喲！我正想今天早一點兒睡，偏是她又打電話來找我去，我還是去不去呢？我若是不去，又怕她真有事找我。」

老媽子道：「你去一趟吧，坐了家裡的汽車去，很快的。」

吳藹芳也不理會她，自躺在沙發椅子上睡了，非常地舒服。一直睡到晚上八點鐘，老媽子請吃飯，才把她叫醒。

吳藹芳道：「什麼事？把我叫醒了。」

老媽子道：「你不吃晚飯嗎？」

吳藹芳道：「這也不要緊的事，你就待一會兒再叫我要什麼緊？我躺躺兒，不吃飯了，回頭弄一點點心吃就是了。」說著，一翻身向裡，又睡了。

老媽子看她這樣子，也許是真有病，就不敢再囉唆了。

這一晚上，吳藹芳也沒有履佩芳之約，到了次日下午，才到金家去。

佩芳因為自己的大肚子已經出了懷，卻不大肯出門，只是在自己院子裡待著。

吳藹芳來了，她就抱怨著道：「幸而我沒有什麼大不了的急事，若是有急事的話，等著你來，什麼事也早解決過去了，昨天打了一下午的電話，說是你沒有在家，等你回來，自己不接電話，也不來，我倒嚇了一跳，不知在什麼地方得罪了你呢。」

吳藹芳笑道：「你不知道，昨天下午跑了一下午的腿，忙得汗流浹背，回去剛要休息，你的電話就來了。你叫我怎辦？」

佩芳道：「這事你也太熱心了。又不是一方面的事，何必要你一個人大賣其力氣呢？」

吳藹芳紅了臉道：「你說什麼？我倒不懂。」

佩芳道：「我說會務啊！你以為我是說什麼呢？」

吳藹芳笑道：「說會務就說會務吧，你為什麼說得那樣隱隱約約的？」

佩芳原是不疑心，聽她的話卻是好生奇怪，除了會務，還有什麼呢？難道他們的事倒進行得那樣快？那真奇怪了，因笑道：「不要去談那些不相干的事，我們還歸入正題吧。你看我昨天到處打電話找你，那是什麼事？」

吳藹芳道：「那我怎樣猜得著？想必總有要緊的事。」

佩芳低了頭，看了一看自己的大肚子，笑道：「你看這問題快要解決了，總得先行預備一切才好。我有幾件事，託你去轉告母親。」

吳藹芳道：「我說是什麼事，要來找我，原來是這些事，我可不管。」

佩芳道：「當然是你可以管的，我才要你管，不能要你管的，我也不會說出口啊，我所要你說的，很簡單，就是要你對母親說，讓她來一趟，我們二少奶奶家裡已經來了好幾次人了。」

吳藹芳笑道：「不是我說，你們金府上遇事喜歡鋪張，這種家家有的事，你們也先要鬧得馬仰人翻。」

佩芳道：「你不知道，我是頭一次嘛。」說到這裡，低了聲音道：「我告訴你一個奇怪的消息，據我那雇的日本產婆說，我們家的新娘子已經有喜了。」

吳藹芳道：「這也沒有什麼可驚奇之處啊！」

佩芳道：「不驚奇嗎？她說新娘已經懷孕有四個月以上了，這是不是新聞？」

吳藹芳道：「怎麼，有這種話？她不能無緣無故把這種話來告訴你啊！你們是怎樣談起來的，不至於吧？」

佩芳道：「我原也不曾想到有這種事，可是我們這裡的精靈鬼三少奶奶，不知道她怎麼樣探到了一點虛實。」

吳藹芳道：「她怎樣又知道一點虛實呢？」

佩芳笑道：「這有什麼看不出來？有孕的人，吃飯喝茶以至走路睡覺，處處都會露出馬腳的。」

吳藹芳道：「這位新少奶奶就是果有這種事，她也未必讓日本產婆去診察啊！」

佩芳道：「你真也會駁，還不失給她當儐相的資格呢，告訴你吧，是大家坐在我這裡談心，日本產婆和她拉著手談話，看了看她的情形，又按著她脈就診斷出來了。」

吳藹芳道：「這日本產婆子也會拉生意，老早地就瞄準了，免得人家來搶了去。」

佩芳笑道：「哪裡是日本婆子的生意？這都是三少奶奶暗中教她這樣做的呢。」

吳藹芳道：「那為什麼？這是人家的短處，能遮掩一日，就給人家遮掩一日，又不干三少奶奶什麼事，老早地給人家說破了，不嫌……」

佩芳也不覺紅了臉道：「不過是鬧著玩罷了，我也對她說了，未必靠得住，就是真的，我們老七那也是個小精靈蟲，他自然很明白，因之再三的對三少奶奶說，無論如何，不要告訴第三個人。」

吳藹芳道：「對了，這位新少奶奶是姓冷吧，若是姓白，我想你們三少奶奶就不會這樣給人開玩笑的。」

佩芳道：「不說了，說得讓人聽見更是不好呢。」

吳藹芳又和佩芳談了一會，她倒想起清秋來了，便到清秋這邊院子裡來。

這時候，恰好是清秋在家裡閒著無事，將一本英文小說拿出來翻弄。

吳藹芳先在院子裡站著，正要揚聲一嚷，清秋早在玻璃窗子裡看見了，連忙叫道：「吳小姐來了。請進來坐，請進來坐。」

吳藹芳進來，見她穿了一件藍布長罩袍，將長袍罩住，便笑道：「你們府上的人都能夠特別的時髦，現在卻一陣風似的，都穿起藍布衣服來了。」

清秋笑道：「說起來，真是笑話，不瞞你說，我是個窮孩子，家裡沒有什麼可以陪嫁的，只有幾件衣服，我有兩件藍布長衫是新做的，沒有穿過，到了這邊來。捨不得擱下，把它穿起來在屋子裡寫字，免得是播墨髒了衣服。首先是六姐看見，她說這布衣顏色好看，問我是哪裡買的？所幸我倒記得那家布店，就告訴她了，她當日就自坐了汽車去買了來，立刻吩咐裁縫去做，她一穿不要緊，大家新鮮起來，你一件，我一件，都做將起來。不過她們特別之處，就是穿了這藍布長衫之後，手指上得套上一個鑽石戒指。」

吳藹芳笑道：「你為什麼不套呢？你不見得沒有吧？」

清秋道：「有是有的，但是我穿這藍布褂子，原意是圖省儉，不是圖好看，若是戴起鑽石戒指來，就與原意相違背了。」

吳藹芳點點頭道：「你這人很不錯，是能夠不忘本的人。」說著，李媽已經送上茶來，卻是一個宜興博古紫泥茶杯。

吳藹芳拿著杯子看了笑道：「真是古雅得很，喝茶都用這種茶具。」

清秋笑道：「說起來，這又不值一笑了，是上次家裡清理瓷器，母親讓我去記賬，我見有兩桶宜興茶具，似乎都不曾用過的，我就問怎麼不用？大家都說，有的是好瓷器，為什麼要用泥的？事後我對母親說，那許多紫泥的東西放下不用，真是可惜，母親說，本來那東西也不賤，從前好的泥壺，可以值到五十兩銀子一把哩，北方玩這樣東西的人少，若是哪個單獨的用，倒覺不大雅觀，你若是要用，隨便挑幾套用一用，反正放在那裡，也是無人顧到的。這樣一說，我就用不著客氣，老老實實地挑選了許多。吳小姐，你說我古雅得很，在另一方面看起來，也可以說我是鄉下人呢。」

吳藹芳笑道：「可不是！這也就叫仁者見仁，智者見智了。」

她一面說話，一面觀察清秋的行動，覺得她也並沒有什麼異乎平常之處，佩芳所說的話未必就靠得住，因此倒很安慰了她幾句，叫她不要思念母親，若有工夫到我們那裡去玩玩，我們是很歡迎的。

坐談了一會兒，告辭回去。清秋一直將她送到二門口，然後才走回房來。

偏是事不湊巧，當藹芳和清秋談話的時候，恰好玉芬叫她房裡的張媽過來拿一樣東西，卻聽到清秋說一句看起來是鄉下人那一句話，她聽了這話，心想，我們少奶奶是有些不高興於她，莫非她說這話是說我們少奶奶的？她若是說我們少奶奶，這句話可說得正著啊！我們少奶奶就說她沒有見過什麼世面呢，當時東西也忘記拿了，就一路盤算著走了回去。

玉芬見老媽子沒有拿東西回來，便問道：「怎麼空著手走來呢？」

張媽道：「那裡來了客人，我怕不便，沒有進去拿去。」

玉芬道：「誰在那裡？」

張媽道：「是大少奶奶家裡的二小姐。」

玉芬道：「這倒怪了！她不在大少奶奶屋子裡坐，卻跑到清秋那裡去坐，這是什麼意思呢？她們說了些什麼？」

張媽道：「我聽到七少奶奶說，人家都笑她呢！」

玉芬道：「是說我嗎？是說誰？」

張媽道：「說誰，我倒鬧不清楚，她那意思，她也是學生出身，什麼都知道，為什麼大家都瞧她不起，說她是鄉下人呢？」

玉芬一聽這句話，臉就紅了，冷笑道：「學生出身算什麼？我們家裡的小姐、少奶奶們都也認識幾個字吧？她不過多念過兩句漢文，這也很平常。憑她那種本事，也不見有多少博士碩士會輪到她頭上去，她怎樣說我？我想吳二小姐是很漂亮的人物，不至於和她一般見識吧？」

張媽便道：「吳二小姐就駁她的話呢，說是少奶奶和小姐都是很文明的人，絕不會那樣說的，三少奶奶更是聰明人，犯不上說這種話，她說是不見得，反正總有人說出這種話來的。」

玉芬冷笑道：「她自然是信我不過，但是信我不過，也不要緊，我王某人無論將來怎麼倒楣，也不至於去求教她姓冷的。她不要誇嘴，過幾個月再見，到了那個時候，我看是我的嘴硬，還是她的嘴硬？」

張媽笑道：「可不是，憑她那種人，哪裡也能夠和三少奶奶比哩？你府上做官都做了好幾輩子，她家裡那個舅舅，做喜事的那一天也來了。見了咱們總理，身上只是哆嗦，我看他那樣子，他家裡準沒有出過大官。」

玉芬不覺笑道：「不要瞎扯了，我和她比，不過是比自己的人品，她家裡有官沒有，我不去管他。」

張媽道：「怎麼不要管？就是為了她家裡沒有官，才有她那一副德行！」

玉芬道：「你別說了，越說你越不對勁。我問你，吳家二小姐為什麼到她那裡去坐？」

張媽道：「這事我倒知道，前天大少奶奶叫人打電話請她去的，她來了，大概先也是在大少奶奶這邊坐了一會兒，後來再到那邊去坐的。」

玉芬點了點頭道：「我明白了，這裡面另有緣故的。」當時她忍耐著，卻不說什麼，然而她心裡卻另有一番打算了。

這一天晚上，玉芬閒著，到佩芳屋子裡閒坐談心。一進門，便笑道：「喝！真了不得，瞧你這大肚子，可是一天比一天顯得高了，怪不得你在屋子裡待著，老也不出去，應該找兩樣玩藝兒散散悶兒才好，至少也得找人談心，若是老在床上躺著，也是有損害身體的。」

佩芳原坐在椅子上，站起來歡迎她的，無可隱藏，向後一退，笑道：「你既然知道我悶得慌，為什麼不來陪著我談話呢？」

玉芬道：「我這不是來陪著你了嗎？還有別的人來陪你談話沒有？」說時，現出親熱的樣子，握了她的手，同在一張沙發上坐下。

佩芳道：「今天我妹妹還來談了許久呢。」

玉芬道：「她來了，怎麼也不到我那裡去坐坐？我倒聽到張媽說，她還到新少奶奶屋子裡去坐了呢。怎麼著？我們的交情還夠不上新來的人嗎？」

佩芳道：「那還是為了她當過儐相的那一段事實了。」

玉芬眉毛一聳，微笑道：「你和你令妹說些什麼了？燕西的老婆可對令妹訴苦，以為我們說她是鄉下人呢。」

佩芳道：「真有這話嗎？我就以為她家裡比較貧寒一點，絕計不敢和她提一聲娘家的事，十個指頭兒也不能一般兒齊，親戚那裡能夠一律站在水平線上，富貴貧賤相等？不料她還是說出了這種話來，怪不怪？」

玉芬道：「是啊！我也是這樣說啊。就是有這種話，何必告訴令妹？俗言道得好，家醜不可外傳，自己家裡事巴巴的告訴外人，那是什麼意思呢？幸而令妹是至親內戚，而且和你是手足，我們的真情究竟是怎麼樣，她一定知道的，不然，簡直與我們的人格都有妨礙了。」

佩芳道：「據你這樣說，她還說了我好些個壞話嗎？誰告訴你的？你怎樣知道？」

玉芬道：「我並沒有聽到別什麼，還是張媽告訴我的那幾句話，你倒不要多心。」

佩芳笑道：「說過就算說了吧，要什麼緊！不過舍妹為人向來是很細心的，她不至於提到這種話上去的，除非是清秋妹特意把這種話去告訴她了。」

玉芬道：「那也差不多。那個人，你別看她斯文，肚子裡是很有數的。」

佩芳笑道：「肚子裡有數，還能賽過你去嗎？」

玉芬道：「喲！這樣高抬我做什麼？我這人就吃虧心裡擱不住事，心裡有什麼，嘴裡馬上就說什麼。人家說我爽快是在這一點，我得罪了許多人，也在這一點。像清秋妹，見了人是十二分的客氣，背轉來，又是一個樣子，我可沒有做過。」

佩芳笑道：「你這話我倒覺得有點所感相同，**我覺得她總存這種心事，以為我們笑她窮，同時，她又覺得她有學問，連父親都很賞識，我們都不如她。面子上儘管和我們謙遜，心裡怕有點笑我們是個繡花枕哩。」**

玉芬道：「對了對了，正是如此，可見人同此心，心同此理呢。」

佩芳笑道：「其實，我們並沒有什麼和她過不去，不過覺得她總有點女學者的派頭，在家裡天天見面，時時見面的人，誰不知道誰，那又何必呢？」

玉芬笑道：「這個女學者的面孔恐怕她維持不了多少時候，有一天總會讓大家給她揭穿這個紙老虎的。」說著，格格地一陣笑，又道：「怪不得老七結婚以前和她那樣地好，她也費了一番深功夫的了。我們夫妻感情不大好，其原因大概如此。」

佩芳笑道：「你瘋了嗎？越來越胡說了。」

玉芬道：「你以為我瞎說嗎？這全是事實，你若是不信，把現在對待人的辦法改良改良，我相信你的環境就要改變一個樣子了。」

佩芳笑道：「我的環境怎麼會改一個樣子？又怎麼要改良待人的辦法？我真不懂。」

玉芬笑道：「你若是真不懂那也就算了。你若是假不懂，我可要罵了。」

佩芳笑道：「我懂你的意思了。但是你所說的，適得其反哩，你想，他們男子本來就很是欺騙婦女，你再綿羊也似的聽他的話，跟在他面前轉，我相信他真要把人踏做腳底的泥了，我以為男子都是賤骨頭，你願遷就他，他越驕橫得了不得，若得給他一個強硬對待，決裂到底，也不過是撒手。和我們不合作的男子，撒了手要什麼緊？」

玉芬伸了一伸舌頭，復又將頭擺了一擺，然後笑道：「了不得，了不得！這樣強硬的手段，男子戀著女子，他為了什麼？」

佩芳站了起來，將手拍了一拍玉芬的肩膀，笑道：「你說他戀著什麼呢？我想只有清秋妹這樣肯下身分，老七是求仁而得仁，就兩好湊一好了。」

兩人說得高興，聲浪只管放大，卻忘了一切，這又是夜裡，各處嘈雜的聲浪多半停止了，她們說話的聲音更容易傳到戶外去。

恰好這個時候，清秋想起白天藹芳來了，想去回看她，便來問佩芳，她是什麼時候準在家裡？當她正走到院子門的黃竹籬笆邊，就聽到玉芬說了那句話：除非清秋妹那樣肯下身分。不免一怔，腳步也停住了。再向下聽去，她們談來談去，總是自己對於燕西的婚姻是用手腕巴結得來的，不由得一陣耳鳴心跳，眼睛發花。

呆了一會，便低了頭轉身回去，剛出那院子門，張媽卻拿了一樣東西由外面進來，頂頭碰上。張媽問道：「喲！七少奶，你在大少奶那兒來嗎？」

清秋頓了一頓，笑道：「我還沒去。因為我走到這裡，我丟了一根腿帶，我要回去找一找，也不知道是不是丟在路上了？」說著，低了頭，四處張望，就尋找著，一路走開過去了。

張媽站在門邊看了一看，見她一路找得很匆忙，並不曾仔細尋找，倒很納悶。

聽到佩芳屋子裡有玉芬的聲音，便走了進去。

玉芬道：「什麼事，找到這兒來？」

張媽道：「你要的那麥米粉已經買來了，不知道是不是就要熬上？」

玉芬道：「這東西熟起來很快的，什麼時候要喝，什麼時候再點火酒爐子得了。這又何必來問？」

張媽笑了一笑，退得站到房門邊去，卻故意低了頭，也滿地張望。

玉芬道：「你丟了什麼？」

張媽道：「我沒有丟什麼，剛才在院子門口碰到了七少奶奶，她說丟了一隻腿帶，我想也許是落在屋子裡，找一找。」

佩芳道：「瞎說了，七少奶奶又沒有到這裡來，怎麼會丟了腿帶在這裡？」

張媽道：「我可不敢撒謊，我進來的時候，碰到七少奶奶剛出院子門，她說丟了一隻腿帶，還是一路找著出去的呢。」

佩芳和玉芬聽了這話，都是一怔。

佩芳道：「我們剛才的話這都讓她聽去了，這也奇怪，她怎麼就知道你到我這裡來了？」

玉芬道：「我們是無心的，她是有心的，有心的人來查著無心的人，有什麼查不著的？」

佩芳道：「這樣一來，她一定恨我們的，我們以後少管她的閒事，不要為著不相干的事，倒失了妯娌們的和氣。」

玉芬道：「誰要你管她的事！各人自己的事，自己還管不了呢！」於是玉芬很不高興地走回自己屋子去了。

恰好鵬振不知在哪裡喝了酒，正醉醺醺地回來。玉芬道：「要命，酒氣沖得人只要吐，又是哪個妖精女人陪著你？灌得你成了醉鰲。」

鵬振脫了長衣，見桌上有大半杯冷茶，端起來一骨碌喝了，笑道：「醉倒是讓一個女人灌醉了，可不是妖精。」

玉芬道：「你真和女人在一處喝酒嗎？是誰？」說著，就拉著鵬振一隻手，只管追問。

鵬振笑道：「你別問，兩天之後就水落石出的，你說她是妖精，這話傳到她耳朵去了，她可不能答應你。」

說著，拿了茶壺又向杯子裡倒上一杯茶，正要端起杯子來喝時，玉芬伸手將杯子按住，笑問道：「你說是誰？你要是不說，我不讓你喝這一杯茶事小，今天晚上我讓你睡不了覺！」

鵬振道：「我對你實說了吧，你罵了你的老朋友了，是你表妹白秀珠呢。」

玉芬聽了這話，手不由軟了，就坐下來，因道：「你可別胡說，她是個老實孩子。」

鵬振笑道：「現在男女社交公開的時代，男女相會最是平常，若是照你這種話看來，男女簡直不可以到一處來，若是到了一處，就會發生不正當的事情的。」

玉芬笑道：「不是那樣說，因為你們這班男子，是專門喜歡欺騙女子的。」

鵬振道：「無論我怎麼壞，也不至於欺騙到密斯白頭上去。況且今天晚上同座有好幾個人。」

玉芬道：「還有誰？秀珠和那班跳舞朋友已經不大肯來往了。」

鵬振道：「你說她不和跳舞朋友來往，可知道今天她正是和一班跳舞朋友在一處，除了我之外，還有老七，還有曾小姐，烏小姐。」

玉芬道：「怎麼老七現在又常和秀珠來往？」

鵬振道：「這些時，他們就常在一處，似乎他們的感情又恢復原狀了。」

玉芬道：「恢復感情，也是白恢復，未結婚以前的友誼，和結了婚以後的友誼，那是要分作兩樣看法來看的。」

鵬振笑道：「那也不見得吧？只要彼此相處得好，我看結婚不結婚是沒有關係的。從前老七和她在一處，常常為一點小事就要發生口角，而今老七遇事相讓，密斯白也是十分客氣，因此兩個人的友誼似乎比以前濃厚了。」

玉芬嘆了一口氣道：「這也是所謂既有今日，何必當初了。」

鵬振笑道：「只要感情好，也不一定要結婚啦。」

玉芬當時也沒有說什麼，只是把這一件事擱在心裡。

到了次日，上午無事，逛到燕西的書房裡來，見屋子門是關著，便用手敲了幾下。燕西在裡面道：「請進來吧。」

玉芬一推門進來。燕西嚷著跳起來道：「稀客稀客，我這裡大概有兩個月沒有來了。」

玉芬道：「悶得很，我又懶出去得，要和你借兩本電影雜誌看看。」說著，隨著身子就坐在那張沙發上。

燕西笑道：「簡直糟糕透了，總有兩個月了，外面寄來的雜誌，我都沒有開過封，要什麼，你自己找去吧。」

玉芬笑道：「一年到頭，你都是這樣忙，究竟忙些什麼？大概你又是開始跳舞了吧？昨晚上，我聽說你就在跳舞呢。」

燕西笑道：「昨天晚上可沒跳舞，鬧了幾個鐘頭的酒，三哥和密斯白都在場。」

玉芬聽說，沉吟了一會兒，正色道：「秀珠究竟是假聰明，若是別人，寧可這一生不再結交異性朋友，也不和你來往了，你從前那樣和她好，一天大爺不高興了，就把人家扔得遠遠的，而今想必是又比較著覺得人家有點好處了，又重新和人家好。女子是那樣不值錢，只管由男子去搓挪。她和我是表親，你和我是叔嫂，依說，我該為著你一點，可是站在女子一方面說，對你的行為簡直不應該加以原諒。」

燕西站在玉芬對面，只管微笑，卻不用一句話來駁她。

玉芬道：「哼！你這也就無詞以對了，我把這話告訴清秋妹，讓她來評一評這段理。」

燕西連連地搖手道：「那可不是鬧著玩的，她一質問起來，雖然也沒有什麼關係，究竟多一層麻煩。」

玉芬笑道：「我看你在人面前總是和她抬槓，好像了不得。原來在暗地裡，你怕她怕得很厲害呢。」

燕西笑道：「無論哪個女子也免不了有醋勁的，這可不能單說她，就是別一個女子，她若知道她丈夫在外面另有很好的女朋友，她有個不麻煩的嗎？」

玉芬一時想找一句什麼話說，卻是想不起來，默然了許久。

還是燕西笑道：「她究竟還算不錯，她說秀珠人很活潑，勸我還是和她做朋友，不要為了結婚，把多年的感情喪失。況且我們也算是親戚呢。」

玉芬笑道：「你不要瞎說了，女子們總會知道女子的心事，絕不能像你所說的那樣好。」

燕西笑道：「卻又來！既是女子不能那樣好，又何怪乎我不讓你去對她說呢？」

玉芬微笑著，坐了許久沒說話，然後點點頭道：「清秋妹究竟也是一個精明的人，她當了人面雖不說什麼，暗地裡她也有她的演算法呢。」於是把張媽兩番說的話加重了許多語氣告訴燕西，告訴完了，笑道：「我不過是閒談，你就別把這事放在心上，也不要去質問她。」

燕西沉吟著道：「是這樣嗎？不至於吧？我就常說她還是稚氣太重，這種的手段，恐怕她還玩不來，就是因為她缺少成人的氣派呢。」

玉芬淡淡一笑道：「我原來閒談，並不是要你來相信的。」說畢，起身便走了。

燕西心裡好生疑惑，玉芬不至於平空撒這樣一個謊，就是撒這樣一個謊，用意何在？今天她雖說是來拿雜誌的，卻又沒有將雜誌拿去，難道到這裡來，是特意要把這些話告訴我嗎？越想倒越不解這一疑惑，當時要特意去問清秋，又怕她也疑心，更是不妥，因此只放在心裡。

這天晚上，燕西還是和一些男女朋友在一處鬧，回來時，吃得酒氣醺人，清秋本來是醒了，因他回來，披了睡衣起床，斟了一杯茶喝。

燕西卻是口渴，走上前一手接了杯子過來，咕嘟一口喝了。

清秋見他臉上通紅，伸手摸了一摸，皺眉道：「喝得這樣子做什麼？這也很有礙衛生啊！不要喝茶了，酒後是越喝越渴的，櫥子下面的玻璃缸子裡還有些水果，我拿給你吃兩個吧。」說著，拿出水果來，就將小刀削了一個梨遞給燕西。

燕西一歪身倒沙發上，牽著清秋的手道：「你可記得去年夏天，我要和你分一個梨吃，你都不肯，而今我們真不至於……」說著，將咬過了半邊梨，伸了過來，一面又將清秋向懷裡拉。

清秋微笑道：「你瞧，喝得這樣昏天黑地，回來就搗亂。」

燕西道：「這就算搗亂嗎？」越說越將清秋向懷裡拉。

清秋啐了一聲，擺脫了他的手，睡衣也不脫，爬上床，就鑽進被窩裡去，燕西也追了過來，清秋搖著手道：「我怕那酒味兒，你躲開一點吧。」說著，向被裡一縮，將被蒙了頭。

燕西道：「怎麼著？你怕酒味嗎？我渾身都讓酒氣熏了，索性熏你一下子，我也要睡覺了。」說著，便自己來解衣扣。

清秋一掀被頭，坐了起來，正色說道：「你別胡鬧，我有幾句話和你說。」

燕西見她這樣，便側身坐在床沿上，聽她說什麼。

清秋道：「你這一陣子，每晚總是喝得這樣昏天黑地回來，你鬧些什麼？你這樣子鬧，第一是有礙衛生，傷了身體，第二廢時失業……」

燕西一手掩住了她的嘴，笑道：「你不必說了，我全明白。說到廢時失業，更不成問題，我的時間向來就不值錢的，出去玩兒固然是白耗了時間，就是坐在家裡，也生不出什麼利，失業一層，那怎樣談得上？我的什麼職業？若是真有了職業，有個事兒，不會悶著在家裡待著，也許我就不玩了。」

清秋聽了他的話，握著他的手，默然了許久，卻嘆了一口氣。

燕西道：「你嘆什麼氣？我知道，你以為我天天和女朋友在一處瞎混哩，其實我也是敷衍敷衍大家的面子，這幾天，你有什麼事不順意？老是找這個的岔子，找那個岔子。」

清秋道：「哪來的話？我找了誰的岔子？」

燕西雖然沒大醉，究有幾分酒氣，清秋一問，他就將玉芬告訴他的話說了出來。

清秋聽了，真是一肚皮冤屈，急忙之間，又不知道要用一種什麼話來解釋，急得眼皮一紅，就流下淚來。

燕西不免煩惱，也呆呆地坐在一邊，清秋見燕西不理會她，心裡更是難受，索性嗚嗚咽咽伏在被頭上哭將起來。

燕西站起來，一頓腳道：「你這怎麼了？好好兒的說話，你一個人倒先哭將起來？你以為這話，好個委屈嗎？我這話也是人家告訴我的，並不是我瞎造的謠言，你自己知道理短了，說不過了，就打算一哭了事嗎？」

清秋在身上摸索了半天，摸出一條小小的粉紅手絹，緩緩地擦著眼淚，交叉著手，將額頭枕在手上，還是嗚嗚咽咽，有一下沒一下地哭。

燕西道：「我心裡煩得很，請你不要哭，行不行？」

清秋停了哭，正想說幾句，但是一想到這話很長，不是三言兩語可以說完的，因此復又忍住了，不肯再說。那一種委屈，只覺由心窩裡酸痛出來，兩隻眼睛裡一汪淚水，如暴雨一般流將出來。

燕西見她不肯說，只是哭，煩惱又增加了幾倍，一拍桌子道：「你這個人真是不通情理！」桌子打得咚的一下響，一轉身子，便打開房門，一直向書房裡去了。

清秋心想，自己這樣委屈，他不但一點不來安慰，反要替旁人說話來壓迫自己，這未免太不體貼了。越想越覺燕西今天態度不對，電燈懶得擰，房門也懶得關，兩手牽了被頭，向後一倒，就倒在枕上睡了。

這一分兒傷心，簡直沒有言語可以形容，思前想後，只覺得自己不對，**歸根結底，還是齊大非偶那四個字，是自己最近這大半年來的大錯誤。**

清秋想到這裡，又顧慮到了將來，現在不過是初來金家幾個月，便有這樣的趨勢，往後日子一長，知道要出些什麼問題，往昔以為燕西犧牲一切來與自己結婚，這是很可靠的一個男子，可是據最近的形勢看來，**他依然還是見一個愛一個，用情並不能專一的人，未必靠得住呢。**

這樣一想，傷心已極，只管要哭起來，哭得久了，忽然覺得枕頭上有些冷冰冰的，抽出枕頭一看，卻是讓自己的眼淚哭濕了一大片，這才覺得哭得有些過分了，將枕頭掉了一個面，擦擦眼淚，方安心睡了。

次日起得很早，披了衣服起床，正對著大櫥的鏡門，掠一掠鬢髮，卻發覺了自己兩隻眼睛腫得如桃子一般，一定是昨天晚上糊裡糊塗太哭狠了，這一出房門讓大家看見了，還不明白我鬧了什麼鬼呢？於是便對老媽子說身上有病，脫了衣服復在床上睡下。

兩個老媽子因為清秋向來不擺架子，起睡都有定時的，今天見她不曾起來，以為她真有了病，就來問她，要不要去和老太太提一聲兒？清秋道：「這點小不舒服，睡一會子就好了的，何必去驚動人。」

老媽子見她如此說，就也不去驚動她了。

直到十點鐘，燕西進屋子來洗臉，老媽子才報告他，少奶奶病了。燕西走進房，見清秋穿了藍綾子短夾襖，敞了半邊粉紅衣裡子在外，微側著身子而睡，因就搶上前，拉了被頭，要替她蓋上。

清秋一縮，噗嗤一聲笑了。燕西推著她胳膊，笑道：「怎麼回事？我以為你真病了呢。」

清秋一轉臉，燕西才見她眼睛都腫了。因拉著她的手道：「這樣子，你昨天晚上是哭了一宿了。」

喝醉了酒。」

清秋笑著，偏過了頭去。

燕西道：「你莫不是為了我晚上在書房裡睡了，你就生氣？你要原諒我，昨天晚上，我是

清秋說：「胡說，哪個管你這一筆賬？我是想家。」

燕西笑道：「你瞎說，你想家何必哭？今天想家，今天可以回去，明天想家，明天可以回去，哪用得著整宿地哭，把眼睛哭得腫成這個樣子？你一定還有別的緣故。」

清秋道：「反正我心裡有點不痛快才會哭，這一陣不痛快已經過去了，你就不必問。我要還是不痛快，能朝著你樂嗎？」

燕西也明白她為的是昨晚自己那一番話把她激動了，若是還要追問，不過是讓清秋更加傷心，也就只好隱忍在心裡，不再說了，因道：「既然把一雙眼睛哭得這個樣子，你索性裝病吧，回頭吃飯的時候，我就對母親說你中了感冒，睡了覺不曾出來。你今天躲一天，明天也就好了。你這是何苦？好好兒把一雙眼睛哭得這個樣子。」

清秋以為他一味的替自己設想，一定是很諒解的，心裡坦然，昨晚上的事就雨過天空，完全把它忘了。自己也起來了，陪著燕西在一處漱洗。

但是到了這日晚上，一直等到兩點鐘，還不見他回來，這就料定他愛情就有轉移了，又不免哭了一夜。

不過想到昨晚一宿，將眼睛都哭腫了，今晚不要做那種傻事，又把眼睛哭腫。燕西這樣浪漫不羈，並不是一朝一夕之故，自己既做了他的妻子，當然要慢慢將他勸轉來，若是一味的發愁，自己煩惱了自己，對於燕西也是沒有一點補救。

如此一想，就放了心去睡。次日起來，依然像往常一樣，一點不顯形跡。吃午飯的時候，在金太太屋子裡和燕西會了面，當然不好說什麼。吃過飯以後，燕西卻一溜不見了。晚飯十有七八是不在家裡吃的，不會面是更無足怪。直到晚上十二點以後，清秋已睡了，燕西才回來。

他一進房門看見，只留了銅床前面那盞綠色的小小電燈，便嚷起來道：「怎麼著？睡得這樣早？我肚子餓了，想吃點東西，怎麼辦？」

清秋原想不理會他的。聽到他說餓了，一伸手在床裡邊拿了睡衣，向身上一披，便下床來。一面伸腳在地毯上踏鞋，一面向燕西笑道：「我不知道你今天晚上要吃東西，什麼也沒有預備，怎麼辦？我叫李媽到廚房裡去看看，還弄得出什麼東西來沒有？」

燕西兩手一伸，按著她在床上坐下，笑道：「我去叫他們就是了，這何必要你起來呢？我想，稀飯一定是有的，讓廚房裡送來就是了。我以為屋子裡有什麼吃的呢？所以問你一聲，就是沒有，何必驚動你起來，我這人未免太不講道理了。」

清秋笑道：「你這人也是不客氣起來，太不客氣，要客氣起來，又太客氣。我就爬起來到門口叫一聲人，這也很不吃勁，平常我給你做許多吃力費心的事，你也不曾謝上我一謝哩！」

燕西且不和她討論這個問題，在她身上，將睡衣扒了下來，又兩手扶住她的身子，只向床上亂推，笑道：「睡吧，睡吧！你若是傷風了，中了感冒，明天說給母親聽，還是由我要吃東西而起，我這一行罪就大了。」

清秋笑得向被裡一縮，問道：「你今晚上在哪裡玩得這樣高興，回來卻是這樣和我表示好感？」

燕西道：「據你這般說，我往常玩得不高興回來，就和你過不去嗎？」

清秋笑道：「並不是這樣說，不過今天你回來，與前幾天回來不同，和我是特別表示好感，若是你向來都是這樣，也省得我……」說到這裡，抿嘴一笑。

燕西道：「省得什麼？省得你前天晚上哭了一宿嗎？昨天晚上，我又沒回來，你不要因為這個又哭起來了吧？」

清秋道：「我才犯不上為了這個去哭呢。」

燕西笑道：「我自己檢舉，昨天晚上，我在劉二爺家裡打了一夜牌，我本打算早回來的，無如他們拖住了我死也不放。」

清秋笑道：「不用檢舉了，打一夜小牌玩，這也是很平常的事，哪值得你這樣鄭而重之追悔起來？」

燕西笑道：「那麼，你以為我的話是撒謊的了？據你的意思，是猜我幹什麼去了？」

清秋道：「你說打牌，自然就是打牌，哪裡有別的事可疑哩？」

燕西見她如此說，待要再辯白兩句，又怕越辯白事情越僵，對著她微笑了一笑，因道：「你睡下，我去叫他們找東西吃去了。」

清秋見他執意如此，她也就由他去。

燕西一高興，便自己跑到廚房裡去找廚子。恰好玉芬的張媽也是將一分碗碟送到廚房裡去，她一見燕西在廚房裡等著廚子張羅稀飯，便問道：「喲！七爺待少奶奶真好啊！都怕老媽子做事不乾淨，自己來張羅呢。」

燕西笑著點了點頭道：「可不是嘛！」

張媽望了一望，見燕西吩咐廚子預備兩個人的飯菜，然後才走。

燕西督率著一提盒子稀飯鹹菜，一同到自己院子裡來。廚子送到外面屋子裡，老媽便接著送進裡面屋子裡來，因笑道：「我們都沒睡呢，七爺怎麼不言語一聲，自己到廚房裡去？」

燕西道：「我一樣長得有手有腳，自己到廚房裡去跑一趟，那也很不算什麼。」

老媽子沒有說什麼，自將碗筷放在小方桌上。

清秋睡在枕上望著，因問道：「要兩份兒碗筷幹什麼？」

燕西道：「屋子裡又不冷，你披了衣服起來喝一碗吧。」

清秋道：「那成了笑話了，睡了覺，又爬起來吃什麼東西？」

燕西笑道：「這算什麼笑話？吃東西又不是做什麼不高明的事情，況且關起房門來，又沒有第三個人，要什麼緊？快快起來吧，我在這裡等著你了。」

清秋見他坐在桌子邊，卻沒有扶起筷子來吃，那種情形，果然是等著，只好又穿了睡衣起來。

清秋笑道：「要人家睡是你，要人家起來也是你，你看這一會兒工夫，你倒改變了好幾回宗旨了，叫人家真不好伺候。」

燕西笑道：「雖然如此，但是我都是好意啊！你要領我的好意，你就陪我吃完這一頓稀飯。」

清秋道：「我已經是起來了，陪你吃完不陪你吃完，那全沒有關係。」

燕西笑著點了點頭，扶起筷子便吃。

這一餐稀飯，燕西吃得正香，吃了一小碗，又吃一小碗，一直吃了三碗，又同洗了臉。

清秋穿的是一件睡衣，光了大腿，坐在地下這樣久，著實受了一點涼。上床時，燕西嚷道：「喲！你怎麼不對我說一說？兩條腿成了冰柱了。」

清秋笑道：「這只怪我這兩條腿太不中用，沒有練功夫，多少人三九天也穿著長統絲襪在大街上跑呢。」

燕西以為她這話是隨口說的，也就不去管她。不料到了下半夜，清秋臉上便有些發燒。次日清早，頭痛得非常的厲害，竟是真個病起來了。

早上九點鐘，清秋覺得非起床不可了，剛一坐起來，便覺得有些天旋地轉，依舊又躺了下去。燕西起來，面子上表示甚是後悔。

清秋道：「這又不是什麼大病，睡一會子就好了的，你只管出去，最好是不要對人說。吃午飯的時候，若是能起來，我就會掙扎起來的。」

燕西笑道：「前天沒病裝病，倒安心睡了，今天真有病，你又要起來？」

清秋道：「就因為裝了病，不能再病了，三天兩天地病著，回頭多病多愁的那句話，又要聽到了。」

燕西聽到，默然了許久，然後笑道：「我們這都叫天下本無事，庸人自擾之，你只管躺著吧，到了吃飯的時候，我再給你撒謊就是了。」

清秋也覺剛才一句話是不應當說的，就不再說了。

九 齊大非偶

到了吃午飯的時候，金太太見清秋又不曾來，問燕西道：「你媳婦又病了嗎？」

燕西皺眉道：「她這也是自作自受，前日病著，昨日已經好些了，應該去休養休養的，她硬掙扎著像平常一樣，因之累到昨日晚上就大燒起來。今天她還要起床，我竭力阻止她，她才睡下了。」

金太太道：「這孩子人是斯文的，可惜斯文過分了，總是三災兩病的。」說到這裡時，恰好玉芬進來了，金太太道：「你吃了飯沒有？我們這裡缺一角，你就在我們這裡吃吧？」

玉芬果然坐下來吃，因問清秋怎樣又病了？燕西還是把先前那番話告訴了她。

玉芬笑道：「怪不得了，昨天半夜裡，你到廚房裡去和你好媳婦做稀飯了，你真也不怕髒？」

燕西紅了臉道：「你誤會了，那是我自己高興到廚房裡去玩玩的。」

金太太道：「胡說，玩也玩得特別，怎麼玩到廚房裡去了？」

燕西一時失口說出來了，要想更正也來不及更正了，只低了頭扒飯。

金太太道：「你們那裡有兩個老媽子，為什麼都不叫，倒要自己去做事？」

玉芬笑道：「媽，你有所不知。老七一溫存體貼起來，比什麼人還要仔細，他怕老媽子手髒，捧著東西有礙衛生，所以自己去動手。」

金太太聽到玉芬這話，心裡對燕西的行動很有些不以為然，不過話是玉芬說的，當了玉芬的面又來批評燕西，恐怕燕西有些難為情，因此隱忍在心裡，且不說出來。

到了吃晚飯的時候，沒有玉芬在席了，金太太便對燕西道：「清秋晚飯又沒出來吃，大概不是尋常的小感冒，你該給她找個大夫來瞧瞧。」

燕西道：「我剛才是由屋子裡出來的，也沒有多大的病，隨她睡睡吧。」

金太太道：「你當著人的面就是這樣不在乎似的，可是回到房裡去，連老媽子廚子的事，你一個人都包辦了。」

燕西正想分辯幾句，只見金銓很生氣的樣子走了進來，不由得把他說的話都嚇忘了。

金銓沒有坐下，先對金太太道：「守華這孩子太不爭氣，今天我才曉得，原來他在日本還討了一個下女回來，在外國什麼有體面的事都沒有幹，就只做了這樣好事！」

金太太將筷子一放，突然站起來道：「是有這事嗎？怎麼我一點也不知道，你是聽到誰說的？」

金銓道：「有人和他同席吃飯，他就帶著那個下女呢，我不懂道之什麼用意？她都瞞了幾個月，不對我說一聲，怪不得守華總要自己賃房子住，不肯住在我這裡了。」說著話臉一揚，就對燕西道：「把你四姐叫來，我要問問她是怎麼回事？」

燕西答應了是，放下碗筷，連忙就到道之這邊來，先就問道：「姐夫呢？」因把金銓生氣的事說了。

道之笑著，也沒有理會，就跟了燕西一同來見金銓。

金銓口銜了雪茄，斜靠沙發椅子坐著，見道之進來，只管抽煙，也不理會，道之只當不知道犯了事，笑道：「爸爸，今天是在裡面吃的飯嗎？好久沒有見著的事呢。」

兩個老媽子剛收拾了碗筷，正擦抹著桌子，金太太也是板了面孔，坐在一邊。梅麗卻站在內房門雙垂綠絨帷幔下，藏了半邊身子，只管向道之做著眉眼。

道之一概不理，很自在地在金銓對面椅子上坐下。

金銓將煙噴了兩口，然後向道之冷笑一聲道：「你以後發生了什麼大事，都可以不必來問我嗎？」

道之依然笑嘻嘻的，問道：「那怎樣能夠不問呢？」

金銓道：「問？未必，你們去年從日本回來，一共是幾個人？」

道之頓了一頓，笑道：「你老人家怎麼今天問起這句話？難道看出什麼破綻來了嗎？」

金銓道：「你們做了什麼歹事？怎麼會有了破綻？」

金太太坐著，正偏了頭向著一邊，這時就突然回過臉來對金銓道：「咳！你有話就說吧，和她打個什麼啞謎？」又對道之道：「守華在日本帶了一個下女回來，至今還住在旅館裡，你怎麼也不對我報告一聲？我的容忍心，自負是很好的了，我看你這一分容忍還賽過我好幾倍。」

道之笑道：「哦！是這一件事嗎？我是老早地就要說明的了，他自己總說這事做得不對，讓我千萬給他瞞住，到了相當的時候，他自己要呈請處分的。」

金銓道：「我最反對日本人，和他們交朋友，都怕他們會存什麼用意，你怎麼讓守華會弄一個日本女人到家裡來？」

金太太道：「他們日本人不是主張一夫一妻制度的嗎？這倒奇了，嫁在自己國裡，非講平等不可，嫁到外國去，倒可以作妾。」

金銓道：「這有什麼不明白的？自己國裡為法律所限制，沒有法子。嫁到外國去，遠走高飛，不受本國法律的限制，有什麼使不得？」

金太太道：「那倒好！據你這樣說，她倒是為了愛情跟著守華了？」

金銓道：「日本女子會同中國男子講愛情？不過是金錢作用罷了。」

金太太道：「據你這樣說，當姨太太的都為的是金錢了，你對於這事大概是有點研究！」

金銓道：「太太，你是和我質問守華這件事哩？還是和我來拌嘴哩？」

金太太讓他這樣一駁，倒笑起來了，便問道之道：「那女人叫什麼名字？」

道之道：「叫明川櫻子，原是當下女的，因為她人很柔馴，又會做事，而且也有相當的知識。」

金銓道：「這幾句話，你不要恭維那個女子，凡是日本女子，都可以用這幾句話去批評的。」

道之笑道：「雖然日本女子都是這樣，但是這個女子更能服從，弄得我都沒有法子可以來拒絕她。媽若是不肯信，我叫她來見一見，就可以把我的話來證實了。」

金太太道：「既然你自己都這樣表示願意，我還有什麼話說？不過你們將來發生了問題的時候，可不許來找我，也不必證實了。」

梅麗便由綠帷幔裡笑著出來道：「請她來見見吧，我們大家看看究竟是怎樣一個人？」

金銓道：「那要見她做什麼？見了面，有什麼話也不好說。」

梅麗笑道：「什麼也不用得叫她，讓她先開口得了，她應當叫什麼，四姐還不會告訴她嗎？」

金太太道：「據你說，我們倒要和她認親嗎？」

梅麗碰了個釘子，當著父親的面又不便說什麼，就默然了。

道之笑道：「我也不能那樣傻，還讓她在這裡叫什麼上人不成？」

燕西情不自禁地也說了一句道：「那人倒是很好的。」

金太太道：「你看見過嗎？怎麼知道是很好的？」

燕西只得說道：「也不只是我一個人見過。」

金太太道：「哦，原來大家都知道了，不過瞞著我們兩三個人呢。好吧，只要你們都認為無事，我也不加干涉了。」

金銓原也料著劉守華做的這件事，女兒未必同意的，現在聽道之的口氣，竟是一點怨言也沒有，當局的人都安之若素了，旁觀者又何必對他著什麼急？因之也就只管抽著雪茄，不再說什麼了。

道之笑道：「那麼，我明天帶來吧，醜媳婦總要見公婆面，倒是帶了她來見見的好。」說著，偷眼看看父親母親的相，並沒有了不得的怒容，這膽子又放大一些了。

本來這一件事，家中雖有一部分人知道，但也不敢證實，看見櫻子的，更不過是男兄弟四人，現在這事已經揭開了，大家都急於要看這位日本姨太太，有的等不及明天，就向道之要相片看。

到了晚上，劉守華從外面回來，還不曾進房，已經得了這個消息，一見道之，比著兩隻西裝袖子，就和道之作了幾個揖。

道之笑道：「此禮為何而來？」

守華笑道：「泰山泰水之前，全仗太太遮蓋。」

道之道：「你的耳朵真長，怎麼全曉得了？現在你應該是疾風知勁草，板蕩識忠臣了。」

守華笑道：「本來這個人，我是隨便要的，因為你覺得她還不錯，就讓你辦成功了，其實……」

道之笑道：「我這樣和你幫忙，到了現在，你還要移禍於人嗎？」

守華連連搖手笑道：「不必說了，算是我的錯，不過我明天要溜走才好，大家抵在當面，我有些不好措詞的，一切一切全仗全仗。」

道之指著自己的鼻子笑道：「你怎樣謝我呢？」

守華笑道：「當然，當然，先謝謝你再說。」

道之道：「胡說！我不要你謝了。」

道之雖然是這樣說，但是劉守華一想，道之這種態度不可多得，和她商量了半晚上的事情，到了次日早上，他果然一溜就走了。

道之坐了汽車，先到滄海旅館，把明川櫻子接了來，先讓她在自己屋子裡坐著，然後打聽得父母都在上房，就帶著櫻子一路到上房來。

在櫻子未來以前，大家心裡都忖度著，一定是梳著堆髻，穿著大袖衣服，拖著木頭片子的一種矮婦人，及至見了面，大家倒猛吃一驚，她穿的是一件淺藍鏡面緞的短旗袍，頭上挽著左右雙髻，下面便是長筒絲襪，黑海絨半截高跟鞋，渾身上下完全中國化，尤其是前額上，齊齊的剪了一排劉海髮。

金太太先一見，還以為不是這人，後來道之上前給一引見，她先對金銓一鞠躬，叫了一聲總理。隨後和金太太又是一鞠躬，叫了一聲太太。

她雖然學的是北京話，然而她口齒之間總是結結巴巴的，夾雜著日本音，就把日本婦人的態度現出來了。

金銓在未見之前，是有些不以為然，現在見她那小小的身材，鵝蛋臉兒，簡直和中國女子差不多，而且她向著人深深地一鞠躬，差不多夠九十度，又極其恭順，見著這種人，再要發脾氣，未免太忍心了，因此當著人家鞠躬的時候，也就笑著點了點頭。

金太太卻忘了點頭，只管將眼睛注視著她的渾身上下，她看見金太太這樣注意，臉倒先緋紅了一個圓暈，而心裡也不免有些驚慌，因為一驚慌，也不用道之介紹了，屋子裡還有佩芳、玉芬、梅麗，都見著一人一鞠躬。

行禮行到梅麗面前，梅麗一伸兩手連忙抱著她道：「噯喲！太客氣，太客氣！」道之恐怕她連對丫頭都要鞠躬起來，便笑著給她介紹道：「這是大少奶奶，這是三少奶奶，這是八小姐。」

她因著道之的介紹，也就跟著叫了起來。

梅麗拉了她的手，對金太太笑道：「這簡直不像外國人啦。」

金太太已經把藏在身上的眼鏡盒子拿了出來，戴上眼鏡，對她又看了一看，笑著對金銓說了一句家鄉話道：「銀（人）倒是嘸啥。」

金銓也笑得點了點頭。道之一見父親母親都是很歡喜的樣子，料得不會發生什麼大問題的了，便讓櫻子在屋子裡坐下。

談了一會兒，除了在這裡見過面的人以外，又引了她去分別相見。

到了清秋屋子裡，清秋已經早得了燕西報告的消息了，看見道之引了一個時裝少婦進來，料定是了，便一直迎出堂屋門來。

道之便給櫻子介紹道：「這是七少奶奶。」

櫻子口裡叫著，老早地便是一鞠躬，清秋連忙回禮道：「不敢當！不敢當！為什麼這樣相稱？」於是含著笑容，將她二人引到屋子裡來。

清秋因為櫻子是初次來的，就讓她在正面坐著，在側面相陪。櫻子雖然勉強坐下，卻是什麼話也不敢說，道之說什麼，她跟著隨聲附和什麼，活顯著一個可憐蟲樣子。

清秋看見，心裡老大不忍，就少不得問她在日本進什麼學校？到中國來可曾過得慣？她含笑答應一兩句，其餘的話都由道之代答，清秋才知道她是初級師範的一個學生。只因迫於經濟，就中途輟學，到中國來，起居飲食倒很是相宜。

道之又當面說：「她和守華的感情很好，超過本人和守華的感情以上。」

櫻子卻是很懂中國話，道之說時，她在一旁露著微笑，臉上有謙遜不遑的樣子，可是並不曾說出來。清秋見她這樣，越是可憐，極力地安慰著她，叫她沒有事常來坐坐，又叫老媽子捧了幾碟點心出來請她，談了足有一個鐘頭，然後才走了。

道之帶了櫻子，到了自己屋裡，守華正躺在沙發上，便直跳了起來，向前迎著，輕輕地笑道：「結果怎麼樣？很好嗎？」

道之道：「兩位老人家都大發雷霆之怒，從何好起？」

守華笑著，指了櫻子道：「你不要冤我，看她的樣子還樂著呢，不像是受了委屈啊。」

櫻子早忍不住了，就把金家全家上下待她很好的話說了一遍，尤其是七少奶奶非常地客氣，像客一樣地看待。

守華道：「你本來是客，她以客待你，那有什麼特別之處呢？」

道之笑道：「清秋她為人極是和藹，果然是另眼看待。」於是把剛才的情形略為說了一說。

守華道：「這大概是愛屋及烏了。」

道之道：「你哪知道她的事？據我看，恐怕是同病相憐吧。」

守華道：「你這是什麼話？未免擬於不倫。」

道之道：「我是生平厚道待人，看人也是用厚道眼光，你說我擬於不倫，將來你再向下看，就知道我的話不是全無根據了。」

守華道：「真是如此嗎？哪天得便，我一定要向著老七問其所以然。」

道之道：「胡說，那話千萬問不得！你若是問起來，那不啻給人家火上加油呢。」

守華聽了這話，心裡好生奇怪，像清秋現在的生活，較之以前，可說是錦衣玉食了，為什麼還有難言之隱？心裡有了這一個疑問，更覺得是不問出來，心裡不安。

當天晚上，恰好劉寶善家裡有個聚會，吃完了飯有人打牌，燕西沒有趕上，就在一邊閒坐著玩撲克牌，守華像毫不留意的樣子，坐到他一處來，因笑道：「你既是很無聊地在這裡坐著，何不回家去陪著少奶奶？」

燕西笑道：「因為無聊，才到外面來找樂兒，若是感到無聊而要回去，那在家裡，就會更覺得無聊了。」

守華道：「老弟，你們的愛情原來是很濃厚很專一的啊，這很可以給你們一班朋友做個模範，不要無緣無故地把感情又破裂下來才好。」

燕西笑道：「我們的感情原來不見很濃厚很專一，就是到了現在，也不見得怎樣清淡，怎樣浪漫。」

守華道：「果然的嗎？可是我在種種方面觀察，你有許多不對的地方。」

燕西道：「我有許多不對的地方嗎？你能舉出幾個證據來？」

守華隨口說出來，本是抽象的，哪裡能舉出什麼證據，便笑道：「我也不過看到她總是不大作聲，好像受了什麼壓迫似的，照說，這樣年輕輕的女子，應該像八妹那一樣活潑潑地，何至於連吳佩芳都趕不上，一點少年朝氣都沒有？」

燕西笑道：「她向來就是這樣子的，有道是江山易改，本性難移，她要弄得像可憐蟲一樣，我也沒有別的法子。」他說著這話時，兩手理著撲克牌一張一張地抽出，又一張一張地插上，抽著抽著，一句話也不說，只是這樣地出了神。

還是劉守華在他肩膀上拍了一下，笑道：「怎麼不說話？」

燕西笑道：「並不是不說話，我在這裡想，怎樣把這種情形傳到你那裡去，又由你把這事來問我？」

守華道：「自然有原因啦。」於是就把道之帶了櫻子去見清秋，及櫻子回來表示好感的話說了一遍。

燕西道：「她這人向來是很謙遜的，也不但對你姨太太如此。」

守華笑道：「你夫婦二人對她都很垂青，她很感謝，她對我說，打算單請你兩口子吃一回日本料理，不知道肯不肯賞光？」

燕西道：「哪天請？當然到。」

守華道：「原先不曾徵求你們的同意，沒有定下日子，既是你肯賞光，那就很好，等我今天和她去約好，看是哪一天最為合適。」

燕西笑道：「好吧，定了時間，先請你給我一個信，我是靜候佳音了。」

當時二人隨便的約會，桌上打牌的人卻也沒有留意。

燕西坐了不久，先回家去，清秋點著一盞桌燈，攤了一本木板書在燈下看。

燕西將帽子取下，向掛鉤上一扔，便伏在椅子背上，頭伸到清秋的肩膀上來，笑道：「看什麼書？」

清秋回轉頭來，笑道：「恭喜恭喜，今天回來，居然沒有帶著酒味。」

燕西看著桌上，是一本《孟東野集》，一本《詞選》，那詩集向外翻著，正把那首「妾心古井水，波瀾誓不起」的詩現了出來，燕西道：「你又有什麼傷感？這心如古井，豈是你所應當注意的？」

清秋笑道：「我是看詞選，這詩集是順手帶出來的。」說著，將書一掩。

燕西知道她是有心掩飾，也笑道：「你幾時教我填詞？」

清秋道：「我勸你不必見一樣學一樣，把散文一樣弄清楚了也就行了，難道你將來投身社會，一封體面些的八行都要我這位女秘書打槍不成？」

燕西笑道：「你太看我不起了，從今天起，我非努力不可。」

清秋一伸手，反轉來，挽了燕西的脖子，笑道：「你生我的氣嗎？這話我是說重了一點。」

燕西笑道：「也難怪你言語重，因為我太不爭氣了。」

清秋便站起身來，拉著燕西同在一張沙發上坐了，笑道：「得了，我給你賠個不是，還不成嗎？」說著，將頭一靠歪在燕西身上。

這個時候，老媽子正要送東西進來，一掀門簾子，看到七爺那種樣子，伸了舌頭，趕忙向後一退。

屋子裡，清秋也知覺了，在身上掏了手絹，指著嘴唇又指著臉。

燕西笑道：「你給我臉上也揩揩，不要弄上了許多胭脂印。」

清秋笑道：「我嘴唇上從來不擦胭脂的，怎麼會弄得你臉上有胭脂？」

燕西道：「嘴上不擦胭脂，我倒也贊成。本來，愛美雖是人的天性使然，要天然的美才好。那些人工製造的美就減一層成分，況且嘴唇本來就紅的，濃濃的塗著胭脂，塗得像豬血一般，也不見得怎樣美，再說嘴唇上一有了胭脂，挨著哪裡，哪裡就是一個紅印子，多麼討厭！」

清秋笑道：「你這樣愛繁華的人，不料今天能發出這樣的議論，居然和我成為同調起來。」

燕西道：「一床被不蓋兩樣的人，你連這一句話都不知道嗎？不過話又說回來了，我對天下事是抱樂觀的，可是你偏偏就抱著悲觀，好端端的，弄得心如止水，這一點原因何在？」

清秋道：「我不是天天很快活嗎？你在哪一點上見得我是心如止水呢？」

燕西道：「豈但是我可以看出你是個悲觀主義者，連親戚都看出你是個悲觀主義者了。」

清秋道：「真有這話嗎？誰？」

燕西就把劉守華的話，從頭至尾對她說了。

清秋微笑了一笑道：「這或者是他們主觀的錯誤，我自己覺得我遇事都聽其自然，並沒有什麼悲觀之處，而且我覺得一個人生存現在的時代，只應該受人家的欽仰，不應該受人家的憐惜，人家憐惜我，就是說我無用。我這話似乎勉強些，可是仔細想起來，是有道理的。」

燕西笑道：「豈有此理！豈有此理！你又犯了那好高的毛病了，據你這樣說，古來那些推衣推食的朋友，都會成了惡意了？」

清秋道：「自然是善意。不過善之中，總有點看著要人幫助，有些不能自立之處。淺一點子說，也就是瞧不起人。」

燕西一拍手道：「糟了，在未結婚以前，不客氣的話，我也幫助你不少，照你現在的理論向前推去，我也就是瞧不起你的一分子。」

清秋笑道：「那又不對，我們是受了愛情的驅使。」說完了這句話，她側身躺在沙發上，望著壁上掛的那幅《寒江獨釣圖》只管出神。

燕西握了她的手，搖撼了幾下，笑道：「怎麼樣？你又有什麼新的感觸？」

清秋望著那圖半晌，才慢慢答道：「我正想著一件事要和你說，你一打岔，把我要說的話又忘記了，你不要動，讓我仔細想想看。」說時，將燕西握住的手按了一按，還是望著那幅圖出神。

燕西見她如此沉吟，料著這句話是很要緊的，果然依了她的話，不去打斷她的思索，默然地坐在一邊。

清秋望著獨釣圖出了一會神，卻又搖搖頭笑道：「不說了，不說了，等到必要的時候再說吧。」

燕西道：「事無不可對人言，我們兩人之間還有什麼隱瞞的事？」

清秋笑道：「你這話可得分兩層說，有些事情，夫妻之間絕對不隱瞞的；有些事情，夫妻之間又是絕對要隱瞞的。譬喻說，一個女子對於他丈夫以外，另有一個情人，她豈能把事公開說出來？反之，若是男子另有……」

說到這裡，清秋不肯再說，向著燕西一笑。

燕西紅了臉，默然了一會，復又笑道：「你繞了一個大彎子，原來說我的？」

清秋道：「我不過因話答話罷了，絕不是成心提到這一件事上來。」

燕西正待要和她辯駁兩句，忽然聽得前面院子裡一陣喧嘩裡面，又夾著許多嬉笑之聲，燕西連忙走出院子來，只見兩個聽差扛著兩只小皮箱向裡面走，他就嘻嘻地笑著說：「大爺回來了，大爺回來了。」

燕西道：「大爺呢？」

聽差說：「在太太屋……」

燕西聽說，也不等聽差說完，一直就向金太太屋子裡來。

只見男男女女擠了一屋子的人，鳳舉一個人被圍在屋子中間，指手畫腳在那裡談上海的事情，回頭一見燕西，便笑道：「我給你在上海帶了好東西來了，回頭我把事情料理清楚了，我就送到你那裡去。」

燕西道：「是吃的？是穿的？或者是用的？」

鳳舉道：「反正總是很有趣的，回頭再給你瞧吧。」說著以目示意。

燕西會意了，向他一笑。金太太道：「你給他帶了什麼來了？你做哥哥的，不教做兄弟的一些正經本領，有了什麼壞事情，自己知道了不算，趕緊地就得傳授給不知道的。」

鳳舉笑道：「你老人家這話可冤枉，我並沒有和他帶別什麼壞東西，不過給他買了一套難得的郵票罷了，有許多小地方的郵票，恐怕中國都沒有來過的，我都收到了，我想臨時給他看，出其不意的讓他驚異一下子，並不是別什麼不高雅的東西。」

金太太道：「什麼叫做高雅？什麼又叫做不高雅？照說，只有煮飯的鍋，縫衣的針，你們一輩子也不上手的東西，那才是高雅；至於收字畫，玩古董，有錢又閒著無事的人，拿著去消磨有限的光陰，算是廢人玩廢物，雙倍的廢料。說起來，是有利於己呢？還是有利於人呢？」

鳳舉笑道：「對是對的，不過那也總比打牌抽煙強。」

金太太道：「你總是向低處比，你怎麼不說不如求學做事呢？」

鳳舉沒有可說了，只是笑。

梅麗在一邊問道：「給我帶了什麼沒有？」

鳳舉道：「都有呢，等我把行李先歸拾清楚了，我就來分表東西。他們把行李送到哪裡去了？」說著，就出了金太太的屋子，一直向自己這邊院子裡來。

一進院子門，自己先嚷著道：「遠客回來了，怎麼不看見有一點歡迎的表示呢？」

佩芳在屋子裡聽到這話，也就只迎出自己屋子來，掀了簾子，遮掩了半邊身子，笑道：「我早知道你來了。但是你恕我不遠迎了。」

鳳舉先聽她光說這一句話，一點理由沒有，後來一低頭，只見她的大肚子挺出來多高，心裡這就明白了，因笑道：「你簡直深坐繡房，大門不出，二門不邁嗎？」

佩芳笑道：「可不是嘛？我有什麼法子呢？」說時，鳳舉牽著她的手，一路走進屋裡來，低頭向佩芳臉上看了一看，笑道：「你的顏色還很好，不像有病的樣子。」

佩芳笑道：「我本來就沒有病，臉上怎麼會帶病容呢？我是沒有病，你只怕有點心病吧？我想你不是有心病，還不會趕著回北京呢。」

鳳舉本來一肚子心事，可是先得見雙親，其次又得見嬌妻，都是正經大事，哪有工夫去談到失妾的一個問題，現在佩芳先談起來了，倒不由得臉上顏色一陣難為情，隨便地答道：「我有心病嗎？我自己都不知道。」

說完了這兩句，一回頭，看見和行李搬在一處的那兩只小皮箱放在地板上，就一伸手掏出身上的鑰匙，要低頭去開小皮箱上的鎖。

佩芳道：「你忙著開箱子做什麼？」

鳳舉道：「我給你帶了好多東西來，讓你先瞧瞧吧。」他就借著這開箱子撿東西為名，就把佩芳要問的話掩飾了過去。

看完了東西，走到洗澡房裡去洗了一個澡，在這個時候，正值金銓回來了，就換了衣服來見金銓。

見過金銓，夜就深了，自己一肚子的心事，現在都不能問，只得耐著心頭去睡覺，對於佩芳還不敢露出一點懊喪的樣子，這痛苦就難以言喻了。

鳳舉好容易熬到了次日早上，先到燕西書房裡坐著，派人把他催了出來。

燕西一來，便道：「這件事不怨我們照應不到，她要變心，我們也沒有什麼法子。」

鳳舉皺了眉，跌著腳道：「花了錢，費了心血，我都不悔，就是逃了一個人，朋友問起來，面子上難堪得很。」

燕西道：「這也無所謂，又不是明媒正娶的，來十個也不見得什麼榮耀，丟十個也不見得損失什麼面子。」

鳳舉道：「討十個固然沒有什麼面子，丟十個那簡直成了笑話了，這都不去管它，只求這事保守一點秘密，不讓大家知道，就是萬幸了。」

燕西道：「要說熟人，瞞得過誰？要說社會上，只要不在報上披露出來，也值不得人家注意。」

燕西說時，鳳舉靠了沙發的靠背斜坐著，眼望著天花板，半晌不言語，最後長嘆了一聲。

燕西道：「**人心真是難測，你那樣待她好，不到一年就是這樣結局，由此說來，金錢買的愛情，那是靠不住的。**」

鳳舉又連嘆了兩聲，又將腳連跺了幾下，燕西看他這樣懊喪的樣子，就不忍再說了，呆坐在一邊。

對坐著沉默了一會子，鳳舉問道：「你雖寫了兩封信告訴我，但是許多小事情我還不知道，你再把經過的情形詳詳細細對我說一遍。」

燕西笑道：「不說了，你已夠懊悔的，說了出來，你心裡更會不受用，我不說吧。」

鳳舉道：「反正是心裡不受用的了，你完全告訴我，也讓我學一個乖。」

燕西本來也就覺得肚子裡藏不住這事了，經不得鳳舉再三地來問，也就把自己在電影院裡碰到晚香，和晚香兩個哥哥也搬到家裡來住，種種不堪的事，詳詳細細地一說。

鳳舉只管坐著聽，一句話也不答，竟把銀盒盛的一盒子煙捲都抽了一半。直等燕西說完。然後站起來道：「寧人負我吧。」停了一停，又道：「別的罷了，我還有許多好古玩字畫都讓她給我帶走了，真可惜得很。」

燕西道：「人都走了，何在乎一點古董字畫？」

鳳舉道：「那都罷了，家裡人對我的批評怎麼樣？」

燕西道：「家裡除了大嫂，對這事都不關痛癢的，也無所謂批評。至於大嫂的批評如何，那可以你自己去研究了。」

鳳舉笑了一笑，便走開了。走出房門後又轉身來道：「你可不要對人說，我和你打聽這事來了。」

燕西笑道：「你打聽也是人情，我也犯不著去對哪個說。」

鳳舉這才走了，可是表面上，雖不見得就把這事掛在心上，但是總怕朋友見面問起來，因之回家來幾天，除了上衙門而外，許多地方都沒有去，下了衙門就在家裡，佩芳心裡暗喜，想他受了這一個打擊，也許已經覺悟了。

這日星期，鳳舉到下午兩點鐘還沒有出門，佩芳道：「今天你打算到哪裡去消遣？」

鳳舉笑道：「你總不放心我嗎？但是我若老在上海不回來，一天到晚在堂子裡也可以，你又怎樣管得了呢？」

佩芳道：「你真是不識好歹。我怕你悶得慌，所以問你一問，你倒疑心我起來了嗎？」

鳳舉笑道：「你忽然有這樣的好意待我，我實在出於意料以外，你待我好，我也要待你好才對，那麼，我們兩人一塊兒出門去看電影吧。」

佩芳道：「我不好怎樣罵你了，你知道我是不能出房門的，你倒要和我一塊兒去看電影嗎？」

鳳舉笑道：「真是我一時疏忽，把這事忘了。我為表示我有誠意起見，今天我在家裡陪著你了。」

佩芳道：「話雖如此，但是要好也不在今天一日。」

鳳舉道：「老實告訴你吧，我受了這一次教訓，對於什麼娛樂也看得淡得多了。對於娛樂，我是一切都引不起興趣來。」

佩芳笑道：「你這話簡直該打，你因為得不著一個女人，把所有的娛樂都看淡了。據你這樣說，難道女人是一種娛樂？把娛樂和她看成平等的東西了，這話可又說回來了，像那些女子，本來也是以娛樂品自居的。」

鳳舉笑道：「我不說了，我是左說左錯，右說右錯，我倒想起來了，家庭美術展覽會不是展期了嗎？那裡還有你的大作，我不如到那裡消磨半天去。」

佩芳笑道：「你要到那裡去，倒可以看到一樁新聞，我妹妹現在居然有愛人了。」

鳳舉原是坐著的，這時突然站立起來，兩手一拍道：「這真是一樁新聞啦，她逢人就說守獨身主義，原來也是紙老虎，她的愛人不應該壞，我倒要去看看。」

佩芳道：「這又算你明白一件事了，女子沒有愛人的時候，都是守獨身主義的，一到有了愛人，情形就變了，難道你這樣專研究女人問題的，這一點兒事情都不知道？」

鳳舉笑道：「專門研究女人問題的這個雅號，我可擔不起。」

佩芳道：「你本來擔不起，你不過是專門侮辱女子的罷了。」

鳳舉不敢和佩芳再談了。口裡說道：「我倒要去看看，我這位未來的連襟，是怎樣一個尊重女性者？」一面說著話，一面便已將帽子戴起，匆匆地走到院子裡來了。

今天是星期，家裡的汽車當然是完全開出去了，鳳舉走到大門口，見沒有了汽車，就坐了一輛人力車到公園來。

這車子在路上走著，快有一個鐘頭，到了公園裡，遇到了兩個熟人，拉著走路談話，耗費的光陰又是不少，因此走到展覽會的會場，已掩了半邊門，只放遊人出來，不放遊人進去了。

鳳舉走到會場門口，正待轉身要走，忽然後面有一個人嚷道：「金大爺怎樣不進去？」

鳳舉看時，是一個極熟的朋友，身上掛了紅綢條子，大概是會裡的主幹人員，因道：「晚了，不進去了。」

那人就說自己熟人，不受時間的限制，將鳳舉讓了進去了。

走進會場看時，裡面許多隔架陳設了各種美術品，裡面卻靜悄悄的，只有會裡幾個辦事員在裡面徘徊，其中有男的，也有女的，有兩個鳳舉認識的和他點了點頭，鳳舉也就點了點頭。但是其中並不見有吳藹芳，至於誰是她的愛人，更是不可得而知了，因之將兩手背在身後，挨著次序，將美術陳列品一樣一樣地看了去。

看到三分之二的時候，卻把佩芳繡的那一架花卉找到了。

鳳舉還記得當佩芳繡那花的時候，因為忙不過來，曾讓小憐替她繡了幾片葉子，自己還把情苗愛葉的話去引小憐，小憐也頗有相憐之意。現在東西在這裡，人卻不知道到哪裡雙宿雙飛去了？自己呢，這一回又在情海裡打了一個滾，自己覺得未免太沒有豔福了。

心裡這樣想著，站定了腳，兩隻眼睛只管注視著那架繡花出神，許久許久不曾移動。

這個時候，心神定了。便聽到一種喁喁之聲傳入耳鼓，忽然省悟過來，就傾耳而聽，這聲音從何而來？仔細聽時，那聲音發自一架繡屏之後。

那繡屏放在當地，是朝南背北的，聲音既發自繡屏裡，所以只聽到說話的聲音，並不看見人，而且那聲音一高一低，一強一柔，正是男女二人說話，更可以吸引他的注意了，便索性呆望著那繡花，向下聽了去。

只聽到一個女的道：「天天見面，而且見面的時間又很長，為什麼還要寫信？」

又有一個男的帶著笑聲道：「有許多話，嘴裡不容易那樣婉轉地說出來，唯有筆寫出來，就可以曲曲傳出。」

女的也笑道：「據你這樣說，你以為你所寫給我的信，是曲曲傳出嗎？」

男的道：「在你這種文學家的眼光看來，或者覺得膚淺，然而在我呢，卻是盡力而為了，這是限於人力的事，叫我也無可如何呀。」

女的道：「不許再說什麼文學家哲學家了，第二次你再要這樣說，我就不依你了。」

男的道：「你不依我，又怎麼辦呢？請說出來聽聽。」

女的忽然失驚道：「呀！時間早過了，我們還在這裡高談闊論呢。」

女的說這句話時，和平常人說話的聲音一樣高大，這不是別人，正是二姨吳藹芳。

鳳舉一想，若是她看到了我，還以為我竊聽她的消息，卻是不大妙，趕緊向後退一步，就要溜出會場去。但是這會場乃是一所大殿，四周只有幾根大柱子，並沒有掩藏的地方，因之還不曾退到幾步，吳藹芳已經由繡屏後走將出來。隨著又走出一個漂漂亮亮的西裝少年，臉上是笑嘻嘻的。

鳳舉一見，好生面熟，卻是一時又想不起在什麼地方曾和他見過，自己正這樣沉吟著，那西裝少年已是用手扶著那呢帽的帽沿，先點了一個頭。

吳藹芳就笑道：「啊喲！是姐夫。我聽說前幾天就回來了，會務正忙著，沒有看你去，你倒先來了。」

那西裝少年也走近前一步，笑道：「大爺，好久不見，我聽到密斯吳說，你到上海去了。燕西今天不曾來嗎？」

他這樣一提，鳳舉想起來了，這是燕西結婚時候做儐相的衛璧安，便笑著上前，伸手和他握了一握手，笑道：「我說是誰？原來是密斯脫衛，好極了，好極了。」

鳳舉這幾句話說得語無倫次，不知所云，衛璧安卻是不懂，但是藹芳當他一相見時，便猜中了他的意思，及至他說話時，臉上現出恍然大悟之色，更加明白鳳舉的來意，卻怕他儘管向下說，直道出來了，衛璧安會不好意思，便笑道：「姐夫回來了，我……」

藹芳說到這裡，一個「們」字幾乎連續著要說將出來，所幸自己發覺得快，連忙頓了一頓，然後接著道：「應該要接風的。不過上海這地方有的是好東西，不知道給我帶了什麼來沒有？」

鳳舉耳朵在聽藹芳說話，目光卻是在他兩人渾身上下看了一周，藹芳說完了，鳳舉還是觀察著未停，口裡隨便答應道：「要什麼東西呢？等我去買吧。」

藹芳笑道：「姐夫，你今天在部裡喝了酒來嗎？我看你說話有點心不在焉。」

鳳舉醒悟過來，笑道：「並不是喝醉了酒，這陳列品裡面有一兩樣東西，給了我一點刺激，我口裡說著話，總忘不了那事。哦！你是問我在上海帶了什麼禮品沒有嗎？」

說著，皺了一皺眉頭，嘆一口氣道：「上海除了舶來品，還有什麼可買的？上一次街就是舉行一次提倡洋貨。」

藹芳笑道：「姐夫，你不用下許多轉筆，乾脆就說沒有帶給我，豈不是好？我也不能綁票一樣的強要啊。」

鳳舉笑道：「有是有點小東西，不過我拿不出手，哪一天有工夫，你到舍下去玩玩，讓你姐姐拿給你吧，最好是密斯脫衛也一同去，我們很歡迎的。」

衛璧安覺得他話裡有話，只微笑了一笑，也就算了。

鳳舉本想還開幾句玩笑，因會場裡其他的職員也走過來了，他們友誼是公開的，愛情卻未曾公開，不要胡亂把話說出來了，因和衛璧安握了一握手道：「今天晚了，我不參觀了，哪一天有工夫再來吧。」說畢，便走出會場來了。

吳藹芳往常見著，總要客客氣氣在一處多說幾句話的，現在卻是默然微笑，讓鳳舉走去。

鳳舉心裡恍然，回得家來，見了佩芳，笑道：「果然果然，你妹妹眼力不錯，找了那樣好的一個愛人。」

佩芳笑道：「你出乎意料以外吧，你看看他們將來的結果怎麼樣？總比我們好。」

鳳舉正有一句話要答覆佩芳，見她兩個眉頭幾乎皺到了一處，臉上的氣色就不同往常，一陣陣的變成灰白色，她雖極力地鎮靜著，似乎慢慢地要屈著腰才覺得好過似的，因此在沙發椅子上坐了一會，又站了起來。站了起來，先靠了衣櫥站了，復又走到桌子邊倒一杯茶喝了，只喝了一口，又走到床邊去靠著。

鳳舉道：「你這是怎麼了？要不是……」

佩芳連忙站起來道：「不要瞎說，你又知道什麼？」

鳳舉讓她將話一蓋，無甚可說的了，但是看她現在的顏色，的確有一種很重的痛苦似的，便笑道：「你也是外行，我也是外行，這可別到臨時抱佛腳，要什麼沒有什麼，寧可早一點預備，大家從容一點。」

佩芳將一手撐著腰，一手扶了桌沿，側著身子，皺了眉道：「也許是吃壞了東西，肚子裡不受用，我為這事看的書不少，現在還不像書上說的那種情形，快開晚飯了，這樣子，晚飯我是吃不成功的，你到外面去吃飯吧，這裡有蔣媽陪著我就行了。」

鳳舉道：「這不是鬧著玩的，書上的話沒有實驗過，知道準不準？你讓我去給產婆通個電話，看她怎樣說吧。」

佩芳道：「那樣一來，你要鬧……」一句話不曾說完，深深地皺著眉哼了一聲。

鳳舉道：「我不能不說了，不然，我負不起這一個大責任。」說畢，也不再徵求佩芳的同意，逕自到金太太這邊來。

金太太正和燕西、梅麗等吃晚飯，看到鳳舉形色倉惶走了進來，就是一驚，鳳舉叫了一聲媽，又淡笑了一笑，站在屋子中間。

金太太連忙放筷子碗，站將起來，望著鳳舉臉上道：「佩芳怎麼樣？」

鳳舉微笑道：「我摸不著頭腦，你老人家去看看也好。」

金太太用手點了他幾點道：「你這孩子，這是什麼事？你還是如此不要緊的樣子。」

金太太一走，燕西首先亂起來，便問鳳舉道：「什麼事，是大嫂臨產了？」

鳳舉道：「我也不知道是不是，但是我看她在屋子裡起坐不安，我怕是的，所以先來對母親說一說。」

燕西道：「既然如此，那還有什麼疑問，一定是的了，你還不趕快打電話去請產婆。產婆不見得有汽車吧，你可以先告訴車房，留下一輛車子在家裡。」

鳳舉道：「既是要派汽車去接她，乾脆就派汽車去得了，又何必打什麼電話？」

在屋子裡，梅麗是個小姐，清秋是一個未開懷的青春少婦，自然也不便說什麼，他兄弟兩人一個說得比一個緊張，鳳舉也不再考量了，就按著鈴，叫一個聽差進來，吩咐開一輛汽車去接產婆。

這一個消息傳了出去，立刻金宅上下皆知，上房裡一些太太少奶奶小姐們，一齊都擁到佩芳屋子裡來。

佩芳屋子裡坐不下，大家擠到外面屋子裡來，佩芳皺了眉道：「我叫他不要言語，你瞧他這一嚷，鬧得滿城風雨。」

金太太走上前，握了佩芳一隻手，按了一按，閉著眼，偏了頭，凝了一凝神，又輕輕就著佩芳耳邊，輕輕的說了幾句，大家也聽不出什麼話，佩芳卻紅了臉，微搖著頭，輕輕地說了一個不字。

二姨太太點了點頭道：「大概還早著啦，這裡別擁上許多人，把屋子空氣弄壞了。」大家聽說，正要走時，家裡老媽子提著一個大皮包，引著一個穿白衣服的矮婦人來了，那正是日本產婆。

這日本產婆後面，又跟著年紀輕些的兩個女看護，大家一見產婆來了，便有個確實的消息，要走的也不走，又在這裡等著報告了。

產婆進了房去，除了金太太，都擁到外面屋子來了，據產婆說，時候還早，只好在這裡等著了。

鬧了一陣子，不覺夜深，佩芳在屋子裡來往徘徊，坐立彷徨，只問產婆你給我想點法子吧，金太太雖是多兒多女的人，看見她的樣子似乎很不信任產婆，便出來和金銓商量。

金銓終日紀念著國家大政，家裡兒女小事向來不過問的，今天晚上，卻是口裡銜著雪茄，背著兩手，到金太太屋子裡來過兩次。

到了第三次頭上，金銓便先道：「太太，這不是靜候佳音的事，我看接一位大夫來瞧瞧吧。」

金太太道：「這產婆是很有名的了，而且特意在醫院裡帶了兩個看護來，另找一個大夫來，豈不是令人下不去嗎？」

金銓道：「那倒不要緊，還找一位日本大夫就是了，他們都是日本人，商量商量也好，可以幫產婆的忙，自然是好。不能幫她的忙，也不過花二十塊錢的醫金，很小的事情。」

金太太點點頭，於是由金銓吩咐聽差打電話，請了一位叫井田的日本大夫來，而在這位大夫剛剛進門的時候，鳳舉在外面也急了，已經把一位德國大夫請了來。兩位大夫在客廳裡面卻是不期而遇。

好在這些當大夫的，很明瞭**闊人家治病，絕不能信任一個大夫的，總要多找幾個人看看才可以放心**，因此倒也不見怪，就分作先後到佩芳屋子裡去看了看，又問產婆的話，竟是很好的現象，便對鳳舉說，並用不著吃什麼藥，也用不著施行什麼手術，只要聽產婆的話，安心待其瓜熟蒂落就是了。

兩個大夫各拿了幾十塊錢，就是說了這幾句話就走了。在這時，賬房賈先生又向鳳舉建議，請了一位中醫來，這位中醫是賈先生的朋友，來了之後，聽說並不是難產，就沒有進去診脈，口說了幾個助產的單方也就走了。

大家直鬧了一晚，鳳舉也是有點疲乏，因為產婆說大概時候還早，就在外面燕西書房裡和衣在沙發上躺下。

及至醒來時，只見小蘭站在榻邊，笑道：「大爺，大喜啊！太太叫你瞧孩子去，挺大的個兒，又白又胖的一個小小子。」

鳳舉揉著眼睛坐了起來，便問道：「什麼時候添的？怎麼先不來叫我一聲？」

小蘭道：「添了一個多鐘頭了，有人說叫大爺來看，太太說，別叫他，他起來了，也沒有他的什麼事，讓他睡著吧。現在孩子洗好了，穿好了，再來叫你了。」

鳳舉牽扯著衣報，一面向自己院子裡來，剛進孩子門，就聽到一陣嬰兒啼哭之聲，那聲音還是很洪亮。

鳳舉走到外邊屋子裡，還不曾進去，梅麗就嚷道：「大哥，快瞧瞧你這孩子，多麼相像啊！」

鳳舉一腳踏進屋時，卻看到金太太兩手向上托著一個絨衣包裡的小孩，梅麗拉著鳳舉上前，笑道：「你瞧你瞧，這兒子多麼像你啊！」

鳳舉正俯了身子，看這小孩，忽聽得鶴蓀在窗子外問道：「媽還在這裡嗎？」

金太太道：「什麼事？你忙著這個時候來找我。」

鶴蓀道：「不知道產婆走了沒有？若是沒走，讓她等一會子。」

佩芳原是高高地枕著枕頭躺在床上，眼睛望了桌上那芸香盒子裡燒的芸香，凝著神在休息著，聽了鶴蓀的說，笑道：「我說慧廠怎麼沒有來露過面？正納悶呢，原來她也是今天，那就巧了。」

金太太從從容容的將小孩雙手捧著交給佩芳，笑道：「我也是這樣說，她那樣一個好事的人，哪能夠不來看看？或者因為挺著大肚子有點害臊，所以我也就沒追問了，她倒有耐性，竟是一聲兒也不響。」

金太太說著這話，已經是出了房門了。鶴蓀見母親出來了，笑道：「我也不知道是不是，你老人家先別嚷。」

金太太道：「這又不是什麼秘密事情。你們為什麼都犯了這種毛病？老是不願先說，非事到臨頭不發表。」

鶴蓀笑道：「是她們身上的事，她要不對我說，我怎樣會知道？」

金太太也不和他辯論，已是走得很快的走進房來，只見慧廠坐在椅子邊，一手撐著腰，一手在桌上摸著牙牌，過五關。

金太太心裡原想著，她一定也是和佩芳一樣，無非是嬌啼婉轉，現在見她還十分鎮靜，倒有些奇怪。不過看她的臉上也是極不自然，便道：「你覺得怎麼樣子？」

慧廠將牌一推，站了起來笑道：「我實在忍耐不住了。」只說得這一句，臉上的笑容立刻就讓痛苦的顏色將笑容蓋過去了。

金太太伸著兩手，各執住慧廠的一隻手腕，緊緊地按了一按，失聲道：「啊！是時候了。你怎麼聲張得這樣緩呢？」

鶴蓀見母親如此說，情形覺得緊張，便笑道：「怎麼樣？」

金太太一回頭道：「傻子！還不打電話去叫產婆快來？」

鶴蓀聽了這話，才知這是自己耽誤了事，趕快跑了出去，吩咐聽差們打電話。

大家得了這個消息，都哄傳起來。說是這喜事不發動則已，一發動起來，卻是雙喜臨門，太有趣了，上上下下的人鬧了一宿半天，剛剛要休息，接上又是一陣忙碌，所幸這次的時間要縮短許多，當日下午三點鐘，慧廠也照樣添了一個白胖可愛的男孩。

當佩芳男孩安全落地之時，金銓因為有要緊公事，就出門去了，直到下午四點多鐘回來，金太太卻笑嘻嘻地找到書房裡來，笑道：「恭喜恭喜！你添孫子了。」

金銓摸著鬍子道：「中國人這宗法社會觀念總打不破，怎麼你樂得又來恭喜了？」

金太太道：「這事有趣得很，我當然可以樂一樂。」

金銓道：「樂是可以樂，但是我未出門之先，我早知道了，回來還要你告訴我做什麼？難道說你樂糊塗了嗎？」

金太太道：「鬧到現在，大概你還不知道，我告訴你吧，你出去的時候，知道添了孩子，那是一件事；現在我告訴你添了孩子，可又是一件事了。」

金銓道：「那是怎麼說？我不懂。」

金太太笑道：「你看看巧不巧？慧廠也是今天添的孩子，自你出門去以後，孩子三點鐘落地，我忙到現在方才了事。」

金銓笑道：「這倒很有趣味。兩個孩子，哪個好一點？」

金太太道：「都像他老子。」

金銓笑道：「這話還得轉個彎，不如說是都像他爺爺吧。」

金太太道：「別樂了，你給他取個名字是正經，將來這兩個小東西讓他就學著爺爺吧。」

金銓且不理會他夫人的話，在皮夾子裡取出一支雪茄來，自擦了火柴吸著，將兩隻袖子一攏，便在屋子裡踱來踱去，轉過身，又將兩隻手背在身後，點點頭道：「有了，一個叫同先，一個叫同繼吧。」

金太太道：「兩個出世的孩子，給他取這樣古板板的名字，太不活潑了。」

金銓又背了手踱了幾周，點了點頭，又搖了一搖頭，金太太笑道：「瞧你這國務總理，人家說宰相肚裡好撐船，找兩個乳名會費這麼大事！還是我來吧，一個叫著小雙，一個叫著小同，怎麼樣？」

金銓笑道：「很好，就是這個吧。」

金太太道：「還有一件事要徵求你的同意，不過這件事，你似乎不反對才好。」

金銓道：「什麼事呢？還不曾說出來，已經是非我同意不可了，哪還用得著徵求我的同意嗎？」

金太太笑道：「你想，一天之間，我們家添兩個孩子，親戚朋友有個不來起鬨的嗎？後日又正是星期，家裡隨便樂一天，你看行不行？」

金銓道：「還有什麼可說的？這種情形，分明是贊成也得贊成，不贊成也得贊成，我還有什麼可說的。」

金太太笑道：「從來沒有這樣乾脆過，今天大概你也是很樂吧？」

金銓笑道：「我雖不見得淡然視之，我也並不把這事認為怎樣重大。」

金太太笑道：「我不和你討論這些不成問題的話了。」於是笑嘻嘻走回自己屋裡，自己計畫著應當怎樣熱鬧，一面就叫小蘭把燕西、梅麗找來。

梅麗一進門，金太太就笑道：「八小姐，該有你樂的了，後天咱們家裡得熱鬧一下子，你看要怎樣熱鬧才好？」

二姨太太也是跟著梅麗一路來的，便笑道：「太太今天樂大發了，累得這個樣子，一點不覺得，這會子對孩子這樣叫起來了。」

金太太笑道：「你也熬到今天，算添了孫子了，你就不樂嗎？陳二姐哩？來！把昨天人家送來的茶葉新沏上一壺，請二姨太喝一杯她久不相逢的家鄉味。」

二姨太太真不料今天有這種殊遇，太太一再客氣，還要將新得的茶葉特意泡一壺來，讓我嘗嘗家鄉味，這實在是不常見的事，因笑道：「太太添了兩孫子，我們還沒道喜，倒先要叨擾起來。」

金太太先笑著，有一句話不曾答應出來。梅麗笑道：「她老人家今天真是高興了，剛才叫了我一聲八小姐，真把我愣住了，我想不出什麼事做得太貴重了，所以媽倒說著我，後來一聽，敢情是她老人家高興得這樣叫呢。」

金太太道：「你聽聽她那話兒。憑著你親生之母當面，我沒有把你不當是肚子裡出來的一樣看待呀，我要罵你，要打你，盡可以明說，為什麼我要倒說？人家都說我有點偏心，最歡喜阿七和你呢，阿七罷了，你是另一個母親生的，我樂得人家說我偏心。」

燕西聽見母親叫他，正同了清秋一塊兒來，剛走到門外，便接嘴道：「這話我不承認啦。」

金太太道：「你不承認嗎？大家不但說我偏心向著你，連你的小媳婦，我都有偏愛的嫌疑哩！」

二姨太太笑道：「沒有的話，手背也是肉，手掌也是肉，哪裡會對那個厚那個薄？」

金太太用手點了點二姨太道：「你這話可讓我挑眼了，梅麗不是我生的，算手背算手掌呢？」說著將右手掌翻覆著看了幾看。

二姨太笑道：「你瞧著吧，誰是手背？誰是手掌呢？其實這話不應當那樣說呀，你想，就算我存那個心事，我只一個，太太是七個，混在一堆兒算，我有多麼合算，我們何必要分那個彼此！我一進來，太太就給我道喜，說我添了兩個孫子，要分彼此的話，我這就先沒分了，我真有那個心眼，我也只有放在心裡，不能說出來呀！而且梅麗這東西，她簡直的就不大親近我，和太太自己生的一樣，我不論背地裡當面都是這樣說的，隨便誰都能證實的，這都是我心眼兒裡的話，我要分個彼此……」

梅麗道：「得了得了，別說了，一說起來，你就開了話匣子，這一篇話，你先來了三個分彼此。」

梅麗挨著金太太坐的，金太太將手舉著向她頭上虛擊了一擊，笑道：「你這孩子，真有些欺負你娘，我大耳光子打你，知道的，說你娘把你慣壞了，不知道的，還要說我教你狗仗人勢呢。」

梅麗笑著向清秋這邊一躲，笑道：「我惹下禍了，你幫著我一點吧。」

燕西笑道：「今天大家這一個樂勁兒，真也了不得，樂得要發狂了，連二姨媽，一個有名的吳老實，都能說起來。」

梅麗笑著對清秋道：「你瞧，媽喜歡小孩子喜歡到了什麼地步？要不，你趕快的……」

清秋不等她向下說完，暗地裡握著她的手胳膊輕輕擰了一把，對她瞟了一眼道：「你還瞎說？」

梅麗笑著又避到燕西這邊來。燕西道：「別鬧了，別鬧了。媽不是叫我們來有話說的嗎？我還不知道是什麼事呢？」

金太太於是把計畫著的事一說，大家都歡喜起來了。

太太笑對大家道：「叫你們來，哪裡還有什麼重要的事說？後天咱們家裡要熱鬧一番，你們建個議，怎樣熱鬧法子？」

燕西道：「唱戲是最熱鬧的了，省事點呢，就來一堂大鼓書。」

梅麗道：「我討厭那個，與其玩那個，還不如叫一場玩戲法兒的呢。」

燕西道：「唱大戲是自然贊成者多，就是怕戲臺趕搭不起來。」

梅麗道：「還有一天兩整晚哩，為什麼搭不起來？」

燕西道：「戲臺搭起來了，邀角也有相當的困難。」

金太太道：「你們哥兒幾個，玩票的玩票，捧角的捧角，我有什麼不知道的？漫說還有兩天限期，就是要你們立刻找一班戲子來唱戲也辦得到的，這時候又向著我假惺惺。」

燕西笑道：「戲子我是認得幾個，不過是別個介紹的，可是捧角沒有我的事。」

梅麗道：「當著嫂子的面，你又要胡賴了。」

清秋笑道：「我向來不干預他絲毫行動的，他用不著賴。」

金太太道：「管你是怎樣認得戲子的，你就承辦這一趟差使試試看，錢不成問題，在我這裡拿。」

燕西坐著的，這就拍著手站了起來，笑道：「只要有人出錢，那我絕可以辦到，我這就去。」說著，就向外走。

金太太道：「你忙些什麼？我的話還沒有說完呢。」但是燕西並不曾把這話聽到，已是走到外面去了。

金貴因有一點小事，要到上房來稟報，燕西一見，便道：「搭戲臺是棚鋪裡的事嗎？你去對賬房裡說一聲，叫一班人搭戲臺。」

金貴摸不著頭腦，聽了這話倒愣住了，燕西道：「發什麼愣？你不知道搭戲臺是歸哪一行管嗎？」

金貴道：「若是堂會的話，搭戲臺是棚鋪裡的事。」

燕西道：「我不和你說了。」一直就到賬房裡來，在門外便問道：「賈先生在家嗎？」

賈先生道：「在家，今天喜事重重，我還分得開身來嗎？」

燕西說著話，已經走進屋子裡來了，問道：「老賈，若是搭一座堂會的戲臺，你看要多少時候？」

賈先生笑道：「七爺想起了什麼心事？怎麼問起這一句話來？」

燕西道：「告訴你聽，太太樂大發了，自己發起要唱戲，這事連總理都同了意，真是難得的事呀。而且太太說了，要花多少錢，都可以實報實銷。」

賈先生笑道：「我的爺，你要我辦事出點力都行，你不要把這個甜指頭給我嘗。就算是實報實銷，我也不敢開謊賬。」

燕西道：「這是事實，我並不冤你。老賈，我金燕西多會查過你的賬的，你幹嘛急？」

賈先生笑道：「這也許是實情。」他這樣說著，臉可就紅起來了。

燕西笑道：「這話說完了，就丟開不談了，你趕緊辦事，別誤了日期。」

賈先生道：「搭一所堂會的臺，這耗費不了多大工夫，我負這個責任，準不誤事，只是這邀角兒的事，不能不發生困難吧？」

燕西道：「這個我們自然有把握，你就別管了。」說時，按著鈴，手只管放在機上。

聽差屋子裡一陣很急的鈴子響，大家一看，是賬房裡的銅牌落下來，就有人道：「這兩位賬房先生常是要那官牌子，我就有點不服。」說著話時，鈴子還是響。

金貴便道：「你們別扯淡了，我看見七爺到賬房裡去，這準是他。」

金榮一聽，首先起身便走，到了賬房裡，燕西的手還按在機上呢，金榮連叫道：「七爺七爺，我來了，我來了。」

燕西道：「你們又是在談嫖經，或者是談賭經呢？按這久的鈴，你才能夠來。」

金榮道：「我聽到鈴響就來了，若是按久了，除非是電線出毛病。」

燕西道：「這個時候，我沒有工夫和你說這些了，三爺到哪裡去了，你知道嗎？你把他常到的那些地方，都打一個電話找找看。我在這裡等你的回話。快去！」

金榮又不知道發生了什麼緊急的事情，料著是片刻也不許耽誤的，不敢多說話，馬上就出來打電話，不料鵬振所常去的地方都打聽遍了，並沒有他的蹤影，明知燕西是要找著才痛快的，也只好認著挨罵去回話。

他正在為難之際，只見玻璃窗外有個人影子匆匆過去，正是鵬振，連忙追了出來，嚷道：「真是好造化，救星到了。」

鵬振聽到身後有人嚷，回頭一看，見是金榮，便問道：「誰是救星到了？」

金榮道：「還有誰呢？就是三爺呀。」於是把燕西找他的話說了一遍。

鵬振道：「他又惹了什麼大禍，非找我不可？」

金榮道：「他在賬房裡等著呢。」

金榮也來不及請鵬振去了，就在走廊子外叫道：「七爺，三爺回來了。」

燕西聽說，他就追了出來。一見鵬振，遠遠地就連連招手，笑道：「你要給花玉仙找點進款不要？現在有機會了，母親要在孩子的三朝演堂會戲呢，少不得邀她一角，戲價你愛說多少，就給多少，一點也不含糊。」

鵬振四周看了一看，因皺著眉道：「一點子事你就大嚷特嚷，你也不瞧這是什麼地方，就嚷起來。」

燕西道：「唱堂會，叫你邀一個角兒，這又是什麼秘密，不能讓人知道？」

鵬振聽了半天，還是沒有聽到頭腦，就和他一路走到書房裡去，問他究竟是怎樣一回事？燕西一說清楚了，鵬振也笑著點頭道：「這倒是個機會，後天就要人，今天就得開始去找了，我們除自己固定的人而外，其餘別麻煩，交劉二爺一手辦去。」說著，就將電話插銷插上，要劉寶善的電話。

劉寶善恰好在家裡，一接到電話，說是總理太太自己發起堂會，要熱鬧一番，便道：「你哥兒們別忙，都交給我吧。我就來，不說電話了。」

電話掛上，還不到十五分鐘，劉寶善就來了，笑道：「難得的事，金夫人這樣高興，七哥就去說一聲，這事已經全部交我負責辦理就是了，此外還有什麼事，可以一齊交給我去辦。」

燕西道：「你去辦就是了，何必還要先去說上一聲？」

鵬振笑道：「若不去說上一聲，功勞簿上怎樣記這筆賬？」

劉寶善紅了臉道：「府上有什麼大喜事，我九二碼子，敢說不效勞嗎？和金夫人去說一聲，也無非是讓她老人家放心一點的意思，哪裡就敢以功自居？」

鵬振笑道：「不要功勞就好，這一筆小小功勞讓給老七吧。」

燕西笑道：「我幹嘛那樣不講交情？下次還有找人家的時候呢。」

劉寶善鬧得真有點不好意思，便笑道：「我先來擬幾個戲碼吧，不好再請二位更改。」於是借著寫字，就避開他兄弟倆的辯論。

因問燕西道：「把白蓮花也叫來，好不好？」

燕西道：「她在天津，怎麼把她叫來？」

劉寶善道：「一個電話到天津，說是金七爺叫她來，她能不來嗎？」

燕西沉吟半晌，又笑了一笑，因道：「那又會鬧得滿城風雨的，依我說，少她一個人，也不見得就減少興趣，多她一個人，也不見得就增加興趣。」

劉寶善道：「減是不會減少興趣，可是她若真來了，增加興趣，就不在少處了。」

燕西笑道：「要打電話，我也不攔阻你們，可是別打我的旗號。」

劉寶善道：「只要說是金府上的堂會就得了，不打你的旗號，那是沒有關係的，再說，她到了北京來，還怕你不會殷勤招待嗎？」

燕西沉吟了一會子，笑道：「電話讓我自己來打也好。」

劉寶善笑道：「你瞧，馬上就自己露出馬腳來了不是？可是這長途電話，好幾毛錢三分鐘，別在電話裡情話綿綿的，有那筆費用，等她到了京以後，買別的東西送她得了。」

燕西道：「就算要說情話，反正後天就見面了，我為什麼要花那種錢呢？我是怕她沒有同我親自說話，會疑心人家開玩笑，少不得還要打電話來問的，與其還要她來一次電話，不如就是我自己打電話去吧，而且她打電話來，我未必在家，那就要耽誤時間了。」

鵬振道：「這倒也是事實，既是要她來，當然你要招待的。這電話，可以到了今天晚上再打，那時候，她正由戲院子裡回了家。你也不必打裡面的電話，到外客廳裡來打電話得了，省得又鬧得別人知道。」

劉寶善聽他說時，只管向著他微笑。他說完了，才道：「嘿！你哥們真有個商量。」

鵬振道：「你知道什麼？你想，我要不叮囑他，由他鬧去，一定會鬧得上下皆知的。那個時候，我們不方便倒沒有什麼關係，就怕白蓮花來了，從中要受一絲一毫波折，你看這是多難為情。」

劉寶善笑道：「我有什麼不知道的？我不過和你們說笑話罷了。那麼，花玉仙、白蓮花兩個人就讓你們自己電召，其餘的男女角都歸我去邀。」

燕西道：「你先擬一個戲單吧，讓我拿進去老人家瞧瞧。若是戲有更動的話，或者還要特別找幾個人也未可定。」

劉寶善道：「這話說得是，要不是這樣，臨時才覺得戲有點不對老人家勁，那就遲了。」說著，就把剛才文不加點擬的一個草單，揉成一團，摔到字紙簍裡去了，卻又另拿了一張紙恭恭敬敬地寫了一個戲單子，原來點著幾齣風情戲，如《花田錯》、《貴妃醉酒》，都把來改了。

燕西將單子接了過來，從頭至尾一看，皺眉道：「你這擬得太不對勁了，老太太聽戲，老實說，不怎樣內行，就愛個熱鬧與有趣，武的如《水簾洞》，文的如《荷珠配》，那是最好的了，你來上《二進宮》、《上天臺》、《打金枝》這樣整大段的唱工戲，簡直是去找釘子碰。」

劉寶善道：「我的七哥，你為什麼不早說？」於是把那張單子接過去又一把撕了，坐下來，又仔細斟酌著戲碼寫將起來。

鵬振笑道：「我真替你著急，這樣一檔子事，體會越辦越糟，你若是就用原先那個單子，我瞧大體還能用，你這平空一捉摸，倒完全不對勁。」

劉寶善笑道：「並不是我故意捉摸，我聽七哥說這回堂會是金夫人發起的，年老的人，當然意見和我們不同。」

燕西道：「你也不必擬了，你就還把原先那個戲碼謄正吧，縱然要改，也不過一兩樣，比二次三次的強得多。」

劉寶善現在一點主張也沒有了，就照他們的話，把最先一個單子從字紙簍裡找了出來，重新謄了一份。燕西拿著，又從頭至尾看了一遍，笑道：「這個就很好。你要重新改兩遍，真是庸人自擾。」

劉寶善在懷裡掏出方手帕，揩著額角上的汗珠，強笑道：「得了，這分差使總算沒有巴結上，你兄弟倆的指示，這回是受教良多，下次我就有把握了。」

燕西也笑了起來，就拿戲單進去，劉寶善卻和鵬振依舊在外面等信，約有半個鐘頭，燕西出來了，拍著劉寶善的肩膀道：「我說怎麼樣？家母就說這戲碼大體可以，自己用筆圈了幾個，除了這個不必更動而外，其餘聽我們的便。」

劉寶善將單子接過來一看，只見第一個圓圈，就圈在《貴妃醉酒》上面。

鵬振笑道：「你看這事情怎麼樣，不是我們猜得很準嗎？」

劉寶善拱了一拱手笑道：「甚為感激，要不然，我準碰一個大釘子，這是大家快樂的時候，就是我一個人碰釘子，也未免有點難為情。」

燕西道：「要論起你拿話挖苦我們來，我們就應該讓你碰釘子去！」

劉寶善拿著單子拱了幾拱手道：「感激感激，這件差事，我已經摸著一些頭緒了，還是交給我吧。」

鵬振兄弟本來就怕忙，二來也不知堂會這種事要怎樣去接洽，當然是要交給人去辦的，一點也不留難，就讓劉寶善拿著單子去了。

有了他這一個宣傳，大家在外面一宣揚，政界裡先得了信，知道金銓一天得兩個孫子，再有幾個輾轉，這消息傳到新聞界去了，有兩家通訊社和金銓是有關係的，一聽說總理添了兩個孫少爺，便四處打電話，打聽這個消息，有這樣說的，有那樣說的，究竟聽不出一個真實狀況來，後來只得冒了重大的危險，向金宅打電話，請大爺說話。

鳳舉又不在家，通訊社裡人說，就隨便請哪一位少爺說話吧，聽差找著燕西，把話告訴他，燕西彷彿知道父親曾津貼兩家通訊社，可不知道是哪家？現在說是通訊社裡的電話，他便接了。

那邊問話，恭喜，總理今天一次添兩個孫少爺嗎？燕西答應是的，那通訊社裡便問，但不知是哪一位公子添的？燕西雖然覺得麻煩，然而既然說上了，又不便戛然中止，便答道：「我大家兄添了，二家兄也添了。」通訊社便問，是兩個嗎？燕西就答應是兩個，那邊又問都是兩個嗎？燕西覺得實在麻煩了，便答應道：「都是兩個。」說畢，便將電話掛上了。

通訊社裡以為是總理七公子親自說的話，哪裡還有錯的，於是大書著：「本社據金宅電話，金總理一日得了四個孫子，乃是大公子夫人孿生兩個，二公子夫人孿生兩個。孿生不足奇，同日孿生，實為稀有之盛事」云云。這個消息一傳出去，人家雖然知道有些捧場的意味，然而這件事很奇，不可放過，無論那家報上，都登了出來。

金銓向來起得不晚，九點多鐘的時候，連接著幾個朋友的電話，說是府上有這樣喜事，怎麼不先給我們一個信呢？金銓這才知道報上登遍的了，他一日孿生四孫，只得對朋友說了實話，報上是弄錯了，一面就叫聽差，將報拿來看。

因為闊人們是不大看報的，金銓也不能例外，現在聽了這話，才將報要來一查。一見報上所載，是有關係的通訊社傳出去的，而且他所得的消息，又是本宅的電話，不覺生氣道：「這是誰給他們打電話的？自己家裡為什麼先造起謠言來？」

聽差見總理不高興，直挺挺地垂手站在一邊，不敢作聲。金銓道：「你去把賈先生請來。」

聽差答應著去，不多一會兒，賈先生便來了。

金銓問道：「現在還在家裡拿津貼的那兩家通訊社，每月是多少錢？」

賈先生聽到這話，倒嚇了一跳。心想，一百扣二十，還是和他們商量好了的，難道他們還把這話轉告訴了老頭子不成？

金銓是坐在一張寫字檯上，手上拿著雪茄，不住地在煙灰缸子上擦灰，眼睛就望著賈先生，待他答話。

賈先生道：「現在還是原來的數目。」

金銓道：「原來是多少錢？我已經不記得了。」

賈先生道：「原來是二百元一處。」

金銓道：「家裡為什麼要添這樣一筆開支？從這月起，將它停了吧。」

賈先生躊躇道：「事情很小，省了這筆錢，……也不見得能補蓋哪一方面，沒有這一個倒也罷了，既然有了，突然停止，倒讓他們大大地失望。」

金銓道：「失望又要什麼緊？難道在報上攻擊我嗎？」

賈先生微笑道：「那也不見得。」

金銓道：「怎樣沒有？你看今天報上登載我家的新聞嗎？他們造了謠言不要緊，還說是據金宅的電話，把謠言證實過來。知道的，說是他們造謠言，不知道的，豈不要說我家裡胡亂鼓吹嗎？」說著話，將雪茄連在煙灰缸上敲著幾下響。

賈先生一看這樣子，是無疏通之餘地的了，只得連答應了幾聲是，就退出去了，口裡卻自言自語地道：「拍馬拍得好，拍到馬腿去了。」

他這樣一路說著，正好碰著了燕西，燕西便攔住他問道：「你說誰拍馬沒有拍著？」

賈先生就把總理吩咐，停了兩家通訊社津貼的事說了一遍。

燕西笑道：「糟糕，這事是我害了他，他昨天打電話問我，我就含糊著答應了他們，大概他們也不考量，就作了消息，天下哪有那麼巧的事？同日添小孩子，還會同是雙胞兒嗎？」一路說著，就同到賬房裡來。

賈先生道：「你一句話，既是把人家的津貼取消，你得想點法子，還把人家津貼維持著才好。」

燕西道：「總理今天剛發了命令，今天就去疏通，那明擺著是不行，他們是什麼時候領錢？」

賈先生道：「就是這兩天，往常都領過去了，唯有這個月，我有事壓了兩天，就出了這個岔兒。」

燕西笑道：「那有什麼難辦的？你就倒填日月，發給他們就是了，不然，我也不管這事，無奈是我害得人家如此的，我良心上過不去，不能不這樣。」

賈先生躊躇著道：「不很妥當吧？你要是不留神，給我一說出來，那更糟了。」

燕西道：「是我出的主意，我哪有反說出來之理？」

賈先生笑道：「好極了，明天我讓那通信社多多捧捧七爺的人兒吧。」

燕西為著明日的堂會，正忙著照應這裡，哪有工夫過問這些閒事，早笑著走開了。

這一天不但是金家忙碌，幾位親戚家裡，也是趕著辦好禮物送了過來。清秋因為自己家裡清寒，抵不上那些親友的豪貴，平常是不主張母親和舅舅向這邊來的，不過這次家中一日添雙丁，舉家視為重典，母親也應當來一次才好。因此趁著大家忙亂，私下回娘家去了一轉，留下幾十塊錢，叫母親辦一點小孩兒東西，又告囑母親明日要親去道喜。

冷太太聽說金家要大會親友，也是不願來，但是不去，人情上又說不過去，只是對清秋說，明天到了金家要多多照應一點。

清秋道：「那也沒有什麼，反正多客氣少說話，總不會鬧出錯處來。」叮囑一遍，就匆匆地回來，自己是坐著人力車的，剛要到家門，只見後面連連一陣汽車喇叭響，一回頭，汽車挨身而過，正是燕西和一個年輕的女子坐在裡面，燕西臉正向了那女子笑著說話，卻沒有看到清秋。

讓汽車過去了，清秋立刻讓車夫停住，給了車錢，自走回家來。她走到門口，號房看見，卻吃了一驚，便迎著上前道：「七少奶沒坐車嗎？」

清秋笑道：「我沒有到哪裡去，我走出胡同去看看呢。」

號房見她是平常衣服，卻也信了，等她進去以後，卻去告訴金榮道：「剛才七爺在車站上接白蓮花來，少奶知道了，特意在大門外候著呢。」

金榮道：「我們這位少奶奶，很好說話，大概不至於那樣的，可是她一人到門口來做什麼呢？我還是給七爺一個信兒的好。」

於是走到小客廳裡，在門外逡巡了幾趟，只聽到燕西笑著說：「難得你到北京來的，今天晚上，我得陪你哪兒玩玩去才好。」

金榮輕輕地自言自語道：「好高興！真不怕出亂子呢。」

接上又聽到鵬振道：「別到處去瞎跑了，到綠蔭飯店開個房間打牌去吧。」

金榮一聽，知道屋子裡不是兩個人，這才放重腳步，一掀簾子進去。見燕西和白蓮花坐在一張沙發上，鵬振又和花玉仙坐在一張沙發上，於是倒了一倒茶，然後退了站在一邊，燕西對他看時，他卻微微點了點頭。

燕西會意，於是走到隔壁小屋子裡去，隨後金榮也就跟著來了。燕西問道：「有什麼事嗎？」

金榮把號房的話說了一遍，燕西道：「不是她一個人出去的吧？」

金榮卻說是不知道，只是聽到號房如此說的，燕西沉吟了一會，因輕輕地道：「不要緊的，不必對別人說了。」

燕西依舊和白蓮花在一處說笑了一會，不過放心不下，就走回自己院子裡來，看看清秋做什麼，只見她站有那株盤松下面，左手攀著松枝，右手卻將松針一根一根的扯著向地下扔，目不轉睛的卻望了天空，大概是想什麼想出了神呢。

燕西道：「你這是做什麼？」

清秋猛然聽到身邊有人說話，倒吃了一驚，因手拍著胸道：「你也不作聲地就走來了，倒嚇我一跳！」

燕西道：「你怎麼站在這兒？」

清秋皺了眉道：「我心裡煩惱著呢，回頭我再對你說吧。」說著這話，一個人逕自低著頭走回屋子去了。

燕西看她的樣子，分明是極不高興，這倒把金榮的話證實了，本想追著到屋子裡去問幾句，說明白了，也無非是為了和白蓮花同車的事，這時白蓮花在前面等著，若是和清秋一討論起來，怕要消磨許多時間，暫時也就不說了，便掉轉身軀出去。

這一出去，先是陪著白蓮花吃晚飯，後來又陪著在旅館裡打牌，一直混到晚上兩點多鐘回來，清秋早是睡熟了。

燕西往常回來得晚，也有把清秋叫醒來的時候，今天房門是虛掩的，既不用她起來開門，自己又玩得疲倦萬分，一進房也就睡了。

清秋睡得早，自然起來得早。又明知道今天家裡有許多親友來，或者有事，起來以後，就上金太太那邊去，燕西一場好睡，睡到十二點鐘才醒，一看屋子裡並沒人，及至到金太太那邊去，已經有些親戚來了。清秋奉著母親的命令，也在各處招待，怎能找她說話？

到了下午一點鐘，冷太太也來了。

金太太因為這位親母是不常來的，一直出來接過樓房門外。敏之、潤之因為母親的關係，也接了出來，清秋是不必說，早在大門口接著，陪了進來。

冷太太見了金太太，又道喜她添了孫子，又道謝不敢當她接出來。金太太常聽到清秋說她母親短於應酬，所以不大出門，心想，自己家裡客多，一個一個介紹，一來費事，二來也讓人苦於應酬，因此不把她向內客廳裡讓，直讓到自己屋子裡來。

清秋也很明白婆婆是體諒自己母親的意思，更不躊躇，就陪著母親來了。冷太太來過兩回，一次是在內客廳裡坐的，一次是在清秋屋子裡坐的，金太太屋子裡還沒到過。金太太笑道：「親母，今天請你到我屋子去坐吧。外面客多，我一周旋著，又不能招待你了。」

冷太太笑道：「我們是這樣的親戚，還客氣嗎？」

金太太道：「不，我也要請你談談。」說著話，進了一列六根朱漆大柱落地的走廊。裡面細雕花木格扇，中露著梅花、海棠、芙蓉各式玻璃窗。一進屋，只覺四壁輝煌，腳下的地毯其軟如綿，也不容細看，已讓到右手一間屋，房子是長方形，正面是一副紫絨堆花的高厚沙發，沙發下是五鳳朝陽的地毯，地毯上是寬矮的踏凳。這踏凳，也是用堆花紫絨蒙了面子的。

再看下手兩套紫檀細花的架格，隨格大小高下，安放了許多東西，除了古玩之外，還有許多不識的東西，也常聽到清秋說過，金太太自己私人休息的屋子，她所需要的東西都預備在那裡，另外有兩架半截大穿衣鏡，下面也是紫檀座櫥，據說，一邊是藏著無線電放音器，一面是自動的電器話匣子。

冷太太一看，怪不得這位親母太太是如此的氣色好，就此隨便閒坐的屋子，都布置得這樣舒服。金太太道：「親母就在這裡坐吧，雖然不恭敬一點，倒是極可以隨便的。」說著，讓冷太太在紫絨沙發上坐了。

冷太太一看這屋子，全是用白底印花的綢子裱糊的牆壁，沙發後，兩座人高的大瓷瓶，瓶子裡全是顛倒四季花。最妙的是下手一座藍花瓷缸，卻用小斑竹搭著架子，上面繞著綠蔓，種著幾朵黃花兒，幾只王瓜，心裡便想著，五六月天，我們雞籠邊也搭著王瓜架，值得如此鋪張嗎？

金太太見她也在賞鑑這王瓜，便笑道：「親母，你看，這不很有意思嗎？」

冷太太笑道：「很有意思。」

金太太道：「有人送了我們早開的牡丹和一些茉莉花，另外就有兩架王瓜，這瓷缸和斑竹架子都是他們配的，我就單留下了這個。這屋子裡陽光好，又有暖氣管，是很合宜的。」

金太太將王瓜誇獎了一陣子，冷太太也只好附和著。

清秋見她母親雖是敷衍著說話，可是態度很自然的，今天家裡既是客多，自己應該去陪客，不能專陪著自己母親，就轉身到內客廳裡來。

玉芬一見，連忙走過來，拍著她的肩膀道：「你來得正好，我聽說伯母來了，我應該瞧瞧去，這許多客，你幫著招待一下子吧。勞駕勞駕！」

清秋道：「我也是分內的事，你幹嘛說勞駕呢？」

玉芬又拍拍她的肩道：「我是要休息休息，這樣說了，你就可以多招待些時候了。」

清秋笑著點了點頭道：「你儘管去休息吧，都交給我了，還有五姐六姐在這兒呢，我不過擺個樣子，總可以對付的。」

玉芬笑道：「老實說，我在這裡，真沒有招待什麼，我都讓兩位姐姐上前，不過是做個幌子而已。」

清秋連忙握她一隻手，搖撼了幾下道：「好姐姐，你可別多心，我是一句謙遜話。」

玉芬笑道：「你說這話才是多心呢。我多什麼心呢？別說廢話了，我瞧伯母去。」說著，也就走了。

清秋站在客廳門外，懊悔不迭，自己來招待就來招待便了，又和她謙虛個什麼？這人是個笑臉虎，說不多心一定是多心了。

正在發愣，客廳卻有一班客擠出來了，清秋只得敷衍了幾句，然後自己也進客廳去。

這時玉芬已經到了金太太屋子裡來了，她見冷太太和婆婆同坐在沙發上，非常的親密，便在屋子外站了一站。

冷太太早看見了，便站起身來，叫了一聲三少奶奶。

金太太道：「你請坐吧，和晚輩這樣客氣。」

玉芬想不進來的，人家這樣一客氣，不得不進來了，便進來寒暄了幾句。

冷太太道：「清秋對我說，三少奶奶最是聰明伶俐的人，我來一回愛一回，你真個聰明相。」

玉芬笑道：「你不要把話來倒說著吧，我這人會讓人見了一回愛一回？」

冷太太連稱不敢。金太太笑道：「這孩子誰也這樣說，掛著調皮的相，但是真說她的心地，卻不怎樣調皮。」

冷太太連連點頭道：「這話對的，許多人看去老實，心真不老實；許多人看去調皮，實在倒忠厚。」

玉芬笑道：「幸而伯母把這話又說回來了，不然，我倒要想個法子，把臉上調皮的樣子改一改才好。」

這一說，大家都笑了。

玉芬道：「前面大廳上已經開戲了，伯母不去聽聽戲去？」

金太太道：「這時候好戲還沒有上場，我和伯母倒是談得對勁，多談一會兒，回頭好戲上場再去吧。你要聽戲，你就去吧。」

玉芬便和冷太太笑道：「伯母，我告罪了，回頭再談吧。」說著，走了出來，便回自己的屋子裡。

只見鵬振肋下夾了一包東西，匆匆就向外跑，玉芬見著，一把將他拉住，道：「你拿了什麼東西走？讓我檢查檢查。」

鵬振笑道：「你又來搗亂，並沒有什麼東西。」說著，一摔玉芬的手就要跑。

玉芬見他如此，更添了一隻手來拉住鼻子一哼道：「你給我來硬的，我是不怕這一套，非得讓我瞧不可。」

鵬振將包袱依舊夾著，笑道：「你放手，我也跑不了，檢查就讓你檢查，但是我有幾句話，要和你講一講理，你看成不成？」

玉芬放了手，向他前面攔著一站，然後對他渾身上下看了一看，笑道：「怎不講理？」

鵬振道：「講理就好，你拿東西進進出出，我檢查過沒有？為什麼你就單單地檢查我？我拿一個布包袱出去，都要受媳婦兒的檢查，這話傳出了，叫我臉向哪裡擱？」

玉芬道：「你說得很有理，我也都承認，可是有一層，今天無論如何我要不講理一回，請你把包袱打開，給我看一看，我若是看不著內容，我是不能讓你過去的。」

鵬振笑道：「真的，你要看看？得啦，怪麻煩的，晚上我再告訴你就是了。」

玉芬臉一板，兩手一叉腰，瞪著眼道：「廢話！硬來不行，就軟來，我也是不受的！」

鵬振也板著臉道：「要查就讓你查，查出來了，我認罰，查不出來呢，你該怎麼樣？」

玉芬道：「哼！你唬我不著，我要是查不出什麼來，我也認罰，這話說得怎麼樣？」

鵬振道：「搜不著，真能受罰嗎？」

玉芬道：「君子一言，駟馬難追，說了出來，哪有反悔之理。」

鵬振就不再說什麼了，將包袱輕輕悄悄地遞了過去，笑道：「請你檢查吧！諸事包涵一點。」

玉芬將包裹接過去，匆匆忙忙打開一看，卻是一大包書。放在走廊短欄上，翻了一翻，都是燕西所定閱的雜誌，此外卻是大大小小一些畫報，拿了幾本雜誌，在手裡抖了一抖，卻也不見一點東西落下來，便將書向旁邊一推，落了一地，鼻子一哼道：

「怪不得不怕我搜，你把秘密的信件都夾在這些書裡面呢，我又不是神仙，我知道你的秘密藏在哪一頁書裡？我現在不查，讓我事後來慢慢打聽，只要我肯留心，沒有打聽不出來的。你少高興，你以為我不查，這一關就算你闖過去了？我可要慢慢地來對付，總會水落石出的。」

一口氣，她說上了一遍，也不等鵬振再回復一句，一掉頭，挺著胸脯子就走了。

鵬振望著她身後，發了一會子愣。等她走遠了，一個人冷笑道：「這倒好，豬八戒倒打了一耙！她搜不著我的贓證，倒說我有贓證她沒工夫查。」

忽然身後有人笑道：「幹嘛一個人在這裡說話？又是抱怨誰？」

鵬振回頭一看，卻是翠姨，因把剛才事略微說了一說。

翠姨道：「你少給她過硬吧，這回搜不著你的贓證，下回呢？」

鵬振又嘆了一口氣道：「今天家裡這麼些親戚朋友，我忍耐一點子，不和她吵了，可是這樣一來，又讓她興了一個規矩，以後動不動，她又得檢查我了。」

翠姨笑道：「你也別儘管抱怨她，若是你總是好好兒的，沒有什麼弊在人家手裡，我看她也不至於無緣無故地興風作浪的，今天這戲子裡面，我就知道你捧兩個人。」

鵬振道：「不要又用這種話來套我們的消息了。」

翠姨道：「你以為我一點不知道嗎？我就知道男的你捧陳玉芳，女的你是捧花玉仙，對不對？」

鵬振笑道：「這是你瞎指的。」

翠姨道：「瞎指有那麼碰巧全指到心眼裡去嗎？老實告訴你，我認識幾個姨太太，他們都愛聽戲捧坤角，還有一兩個人，簡直就捧男角的呢，他們在戲子那裡得來的消息，知道你就捧這兩個人，因為不干我什麼事，我早知道了，誰也沒有告訴過，你今天當著我面胡賴，我倒成了造謠言了，我不能不說出來。老實說，你們在外頭胡來，以為只要瞞著家裡人就不要緊，你就不許你們的朋友對別人說，別人傳別人，到底會傳回來嘛，你要不要我舉幾個例？」

鵬振一聽這話，的確不大好，向翠姨拱了拱手，笑道：「多多包涵吧。」說畢，逕自出去了。

這個時候，金氏兄弟和著他們一班朋友都擁在前面小客廳裡，和那些戲子說笑著。因為由這裡拐過一座走廊，便是大禮堂，有堂會的時候，這道寬走廊將活窗格一齊掛起，便是後臺。左右兩個小客廳，就無形變成了伶人休息室。

右邊這小客廳，尤其是金氏弟兄願到的地方，因為這裡全是女戲子。鵬振推門一進來，花玉仙就迎上前道：「我說隨便借兩本雜誌看看，你就給我來上這些。」

鵬振道：「多些不好嗎？」

花玉仙道：「好的，我謝謝你，這一來，我慢慢地有得看了。」

燕西對鵬振道：「你倒慷他人之慨。」

花玉仙沒有懂得這句話，只管望了燕西。燕西又不好直說出來，只是笑笑而已。

孔學尼伸出右手兩個指頭，作一個闊叉子形，將由鼻梁直墜下來的近視眼鏡向上托了一托，然後擺一擺腦袋，笑道：「這種事情，我得說出來。」於是走近一步，望著花玉仙的臉道：「老實告訴你，這些書都是老七的，老三借去看了，看了不算，還一齊送人，當面領下這個大情，不但是乞諸其鄰而與之，真有些掠他人之美。」

鵬振笑道：「孔夫子，這又挨上你背一陣子四書五經了，這些雜誌，每月寄了許多來，他原封也不開，儘管讓它去堆著。我是看了不過意，所以拆開來，偶然看個幾頁，我給他送人，倒是省得辜負了這些好書，不然，都送給換洋取燈的了。」

燕西笑道：「你瞧瞧，不見我的情倒罷了，反而說一大堆不是。」

花玉仙怕鵬振兄弟倒為這個惱了，便上前一手拉著他的手，一手拍著他的肩膀道：「我事先不知道，聽了半天，我這才明白了，我這就謝謝你，你要怎樣謝法呢？」

燕西笑道：「這是笑話了，難道為你不謝我，我才說上這麼些個嗎？」

花玉仙笑道：「本來也是我不對，既是得了人家的東西，還不知道誰是主人，不該打嗎？」

白蓮花也在這裡坐著的，就將花玉仙的手一拖道：「你有那麼些閒工夫，和他說這些廢話。」說著，就把花玉仙輕輕一推，把她推得遠遠的。

孔學尼擺了兩擺頭道：「在這一點上面，我們可以知道，親者親，而疏者疏矣。」

王幼春在一邊拍手笑著：「你別瞧這孔夫子文縐縐的，他說兩句話倒是打在關節上，玉仙那種道謝，顯然是假意殷勤，蓮花出來解圍，顯然是幫著燕西。」

白蓮花道：「我們不過鬧著好玩罷了，在這裡頭還能安什麼小心眼兒嗎？你真是鍋碗找碴兒。」說著，向他瞟了一眼，嘴唇一撇，滿屋子人都拍手頓足哈哈大笑起來。

孔學尼道：「不是我說李老闆，說話還帶飛眼兒，豈不是在屋子裡唱《賣胭脂》，怎麼叫大家不樂呢？」

這樣一來，白蓮花倒有些不好意思，便拉花玉仙走出房門去了。

劉寶善在人叢裡站了起來道：「開玩笑倒不要緊，可別從中挑撥是非，你們這樣一來，她倆不好意思，一定是躲開去了，我瞧你們該去轉圜一下子，別讓她倆溜了。」

鵬振道：「那何至於？要是那樣……」

燕西道：「不管怎樣，得去看看，知道她兩人到哪裡去了？」說著，就站起身來追上去。追到走廊外，只見她兩人站在一座太湖石下，四望著屋子。

燕西道：「你們看什麼？」

白蓮花道：「我看你府上這屋子蓋得真好，讓我們在這裡住一天，也是舒服的。」

燕西道：「那有什麼難？只要你樂意，住周年半載又待何妨？剛才你所說的是你心眼裡的話嗎？」

花玉仙手扶著白蓮花的肩膀，推了一推，笑道：「傻子！說話不留神，讓人家討了便宜去了。」

白蓮花笑道：「我想七爺是隨便說的，不會討我們的便宜的，要是照你那樣說法，七爺處處都是不安好心眼兒的，我們以後還敢和他來往嗎？」

燕西走上前，一手挽了一個，笑道：「別說這些無謂的話了，你們看看我的書房吧！我帶你們去看。」

他想著，這時大家都聽戲陪客去了，自己書房裡決沒有什麼人來的，就一點不躊躇，將二花帶了去坐。

坐了不大一會兒，只見房門一開，有一個女子伸進頭來，不是別人，正是清秋。

二花倒不為意，燕西未免為之一愣。

清秋原是在內客廳裡招待客的，後來冷太太也到客廳裡來了，因為冷太太說，來幾次都沒有看過燕西的書房，這一回倒是要看看，所以清秋趁著大家都起身去看戲，將冷太太悄悄地帶了來。

總算是她還是格外地小心，先讓冷太太在走廊上站了一站，先去推一推門，看看屋子裡還有誰？不料只一開門，燕西恰好一隻手挽了白連花的脖子，一隻手挽著花玉仙的手，同坐在沙發上。

清秋看二花的裝束，就知道是女戲子，知道他們兄弟都是胡鬧慣了的，這也不足為奇，因此也不必等燕西去遮掩，連忙就身子向後一縮。

冷太太看她那樣子，猜著屋子裡必然有人，這也就用不著再向前進了。

清秋過來，輕輕地笑道：「不必瞧了，他屋子裡許多男客。」

冷太太道：「怎麼斯斯文文，一點聲音都沒有呢？」

清秋道：「我看那些人都在桌子上哼哼唧唧的，似乎是在作詩呢。」

冷太太道：「那我們就別在這裡打擾了，有的是好戲，去聽戲去吧。」於是母子倆仍舊悄悄地回客廳來。

清秋雖然對於剛才所見的事有些不願意，因為母親在這裡，家裡又是喜事，只得一點顏色也不露出，像平常一樣陪著母親聽戲。

也不過聽了兩齣戲，有個老媽子悄悄地步到身邊，將她的衣襟扯了一扯，她已會意，就跟老媽子走了開來。走到沒有人的地方，清秋才問道：「鬼鬼祟祟的有什麼事？」

老媽子道：「七爺在屋子裡等著你，讓你去有話說呢，我不知道是什麼事。」

清秋心裡明白，必定是為剛才看到那兩個女賓，他急於要向我解釋，其實我哪裡管這些閒賬？也就不甚為意地走回屋子裡來。

只見燕西板著臉，兩手背在身後，只管在屋子裡走來走去，看見人來，只瞅了一眼，並不理會，還是來回地走著。

清秋見他不作聲，只得先笑道：「叫我有什麼事嗎？」

燕西半晌又不作聲，忽然將腳一頓，地板頓得咚的一響，哼了一聲道：「你要學他們那種樣子，處處都要干涉我，那可不行的！」

清秋已是滿肚子不舒服，燕西倒先生起氣來，便冷笑道：「你這是給我一個下馬威看嗎？我想我很能退讓的了，我什麼事干涉過你？」

燕西道：「你說下馬威就是下馬威，你怎麼樣辦吧？」

清秋見他臉都氣紫了，便道：「今天家裡這些個人，別讓人家笑話，你有什麼話，只管慢慢地說，何必先生上氣？」

燕西道：「你還怕人家笑話嗎？昨天你就一個人到街上偵探我的行動去了，剛才你還要我的好看，一直找到我書房裡去。」

清秋道：「你別嚷，讓我解釋，我絕對不知道你有女朋友在那裡，因為母親要看你的書房，所以我引了她去。」

燕西道：「很好，我以為不過是你要和我搗亂呢，原來你把你母親也帶去調查我的行動，事情總算你查出來了，你要怎樣辦，就聽你怎樣辦。」

清秋不曾說得他一句，他倒反過來生氣，一肚子委屈，也不知道怎麼說好，只在這一難之間，兩道眼淚就不期然而然地流下來了。

燕西道：「這又算委屈你了？得！我還是忍耐一點，什麼也不說，省得你說我給了你下馬威看。」他說畢，掉轉身子就走了。

清秋一點辦法沒有，只得伏到床上去哭了一陣。

一會子，只聽得玉兒在外面叫道：「七少奶，你們老太太請你去哩。」

清秋連忙掏出手絹，將臉上淚痕一陣亂擦，向窗子外道：「你別進來，我這兒有事，你去對我們老太太說，我就來。」玉兒答應著去了。

清秋站起來，先對鏡子照了一照，然後走到屋後洗澡間裡去，趕忙洗了一把臉，重新撲了一點粉，然後又換了一件衣服，才到戲場上來。

冷太太問道：「你去了大半天，做什麼去了？」

清秋笑道：「我又不是客，哪能夠太太平平地坐在這裡聽戲哩？我去招待了一會子客，剛才回屋子裡去換衣服來的。」

冷太太道：「你家客是不少，果然得分開來招待，若是由一個人去招待，那真累壞了，燕西呢？我總沒瞧見他，大概也是招待客去了。」

清秋三言兩語將事情掩飾過去了，就不深談了。

這金家的堂會戲，一直演到半夜三四點鐘，但是冷太太因家裡無人，不肯看到那麼晚，吃過晚飯之後，只看了一齣戲，就向金太太告辭。

金太太也知道她家人口少，不敢強留，就吩咐用汽車送，自己也送到大樓門外。

清秋攙著母親的手，送出大門，一直看著母親上了汽車，車子開走了，還站著呆望，一陣心酸，不由得落下幾點淚，一個人悵悵地走回上房，只聽得那邊大廳裡鑼鼓喧天，大概正演著熱鬧戲，心裡一陣陣難受，哪裡還有興致去聽戲？便順著走廊，回自己院子裡來。

這道走廊正長，前後兩頭也不見一個人，倒是橫梁上的電燈都亮燦燦的。走到自己院子門口，門卻是虛掩的，只簷下一盞電燈亮著，其餘都滅了，叫了兩聲老媽子，一個也不曾答應，大概他們以為主人翁絕不會這時候進來，也偷著聽戲了。

院子裡靜悄悄的，倒是隔壁院子下房裡嘩啦嘩啦抄動麻雀牌的聲音傳了過來，一個人走進屋子去，擰亮電燈，要倒一杯茶喝，一摸茶壺，卻是冷冷冰冰的，於是將珐瑯瓷壺拿到浴室自來水管子裡灌了一壺水，點了火酒爐子來燒著了。

火酒爐子燒得呼呼作響，不多大一會，水就開了，她自己沏上了一壺茶，又撮了一把臺灣沉香末，放在御瓷小爐子裡燒了。

自己定了一定神，便拿了一本書，坐著燈下來看。但是前面戲臺上的鑼鼓嗆噹嗆噹，只管一片傳來，心境越是定，越聽得清清楚楚，哪裡能把書看了下去？燈下坐了一會，只覺無聊。心想，今天晚上坐在這裡是格外悶人的，不如還是到戲場上去混混去。屋子裡留下一盞小燈，便向戲場上來。

只一走進門，便見座中之客，紅男綠女，亂紛紛的，心想都是快樂的，唯有我一個人不快樂，我為什麼混在他們一處？還不曾落座，於是又退了回去。

到了屋子裡，那爐裡檀煙，剛剛散盡，屋子裡只剩著一股稀微的香氣，自己坐到燈邊，又斟了一杯熱茶喝了，心想，這種境界，茶熱香溫，酒闌燈燒，有一個合意郎君並肩共話，多麼好！有這種碧窗朱戶，繡簾翠幕，只住了我一個含辱忍垢的女子，真是彼此都辜負了。

自己明明知道燕西是個紈褲子弟，齊大非偶，只因他忘了貧富，一味地遷就，覺得他是個多情人，到了後來，雖偶然也發現他有點不對的地方，自己又成了騎虎莫下之勢，只好嫁過來，不料嫁過來之後，他越發是放蕩，長此以往，不知道要變到什麼樣子了？今天這事，恐怕還是小發其端吧？

她個人靜沉沉地想著，想到後來，將手托了頭，支著在桌上。

過了許久，偶然低頭一看，只見桌上的絨布桌面有幾處深色的斑點，將手指頭一摸，濕著沾肉，正是滴了不少的眼淚，半晌，嘆了一口氣道：「過後思量盡可憐」。

這時，夜已深了，前面的鑼鼓和隔牆的牌聲反覺得十分吵人，自己走到銅床邊，正待展被要睡，手牽著被頭，站立不住，就坐下來，也不知道睡覺，也不知道走開，就是這樣呆呆地坐在床沿上，坐了許久，身子倦得很，就和衣橫伏在被子上睡下去。

自己也不知道什麼時候醒了過來，只覺身上涼颼颼的，趕忙脫下外衣，就向被裡一鑽。就在這個時候，聽得桌上的小金鐘和隔室的掛鐘同時噹噹噹敲了三下響，一聽外面的鑼鼓無聲，牆外的牌聲也止了。

只這樣一驚醒，人就睡不著，在枕頭上抬頭一看，房門還是自己進房時虛掩的，分明是燕西還不曾進來，到了這般時候，他當然是不進來了，他本來和兩個女戲子似的人在書房裡糾成了一團，既是生了氣，索性和她們相混著在一處了。

不料他一生氣，自己和他辯駁了兩句，倒反給他一個有詞可措的機會，夫妻無論怎樣的恩愛，男子究竟是受不了外物引誘的，想將起來，恐怕也不免像大哥三哥那種情形吧？

清秋只管躺在枕頭上望了天花板呆想，鐘一次兩次的報了時刻過去，總是不曾睡好，就這樣清醒地天亮了，越是睡不著，越是愛想閒事，隨後想到佩芳、慧廠添了孩子，家裡就是這樣驚天動地的鬧熱，若臨了自己，應該怎麼樣呢？只想到這裡，把幾個月猶豫莫決的大問題又更加擴大起來，心裡亂跳一陣，接上就如火燒一般。

還是老媽子進房來掃地，見清秋睜著眼，頭偏在枕上，因失驚道：「少奶奶昨晚上不是比我們早回來的嗎？怎麼眼睛紅紅的，倒像是熬了夜了。」

清秋道：「我眼睛紅了嗎？我自己不覺得呢，你給我拿面鏡子來瞧瞧看。」

老媽子於是捲了窗簾子，取了一面帶柄的鏡子送到床上，清秋一翻身向裡，拿著鏡子照了一照，可不是眼睛有些紅嗎？因將鏡子向床裡面一扔，笑道：「究竟我是不大聽戲的人，聽了半天的戲，在床上許久，耳朵裡頭還是嗆噹嗆噹的敲著鑼鼓，哪裡睡得著？我是在枕上一宿沒睡，也怪不得眼睛要紅了。」

老媽子道：「早著呢，你還是睡睡吧，我先給你點上一點兒香，你定一定神。」於是找了一撮水沉香末，在檀香爐裡點著了，然後再輕輕地擦著地板。

清秋一宿沒睡，只覺心裡難受，雖然閉上眼睛，但屋子裡屋子外一切動作都聽得清清楚楚，哪裡睡得著？聽得金鐘敲了九下，索性不睡，就坐起來了。

不過雖然起來了，心裡只是如火焦一般，老想到自己沒有辦法，尤其是昨日給兩個侄子做三朝，想到自己身上的事，好像受了一個莫大的打擊，以前燕西和自己的感情如膠似漆，心想，總有一個打算，而今他老是拿背對著我，我怎麼去和他商量？好便好，不好先受他一番教訓也說不定，一個人在屋子裡就是這樣發愁。

十　蕉境

到了正午，勉強到金太太屋子裡去吃飯。燕西也不曾來，只端起碗，扒了幾口飯，便覺吃不下去，桌上的葷菜，吃著嫌油膩，素菜吃著又沒有味，還剩了大半碗飯，叫老媽子到廚房裡去要了一碟子什錦小菜，對了一碗開水，連吞帶喝地吃著。

金太太看到，便問道：「你是吃不下去吧？你吃不下去，就別勉強，勉強吃下去，那會更不受用的。」

清秋只淡笑了一笑，也沒回答什麼。不料金太太的話，果然說得很對，走到自己房裡來，只覺胃向上一翻，哇的一聲，來不及就痰盂子，把剛才吃的水飯吐了一地板。

一吐之後，倒覺得肚子裡舒服多了。不過這種痛快，乃是頃刻間的，一個好好的人，大半天沒吃飯，總不會舒服，約摸過了半個鐘頭，清秋又覺心裡有種如焦如灼的情況，不好意思又叫老媽子到廚房裡去要東西，便叫她遞錢給聽差，買些乾點心來吃。

乾點心買來了以後，也只吃了兩塊就不想吃，因為這些點心嚼到嘴裡，就像嚼著木頭渣子一樣，一點也沒有味。倒是沏了一壺好濃茶，一杯一杯地斟著都喝完了。

心裡自己也說不出那一種煩悶，坐也不好，睡也不好，看了一會書，只覺眼光望到書上，一片模糊，不知所云，放了書，走到院子裡來，便只繞著那兩棵松樹走，說不出個滋味。走得久了，人也就疲倦得很，她這樣心神不安的，鬧了大半天，到了下午四點以後，人果然是支持不住，便倒在床上去睡了，一來昨晚沒有睡好，二來是今天勞苦過甚，因此一上床就昏著睡過去了。

醒過來時，只見侍候潤之的小大姐阿囡斜著身子坐在床沿上，她伸了手握著清秋的手道：「五小姐六小姐剛才打這裡去，說是你睡了，沒敢驚動。叫我在這裡等著你醒，問問可是身上不舒服？」

清秋道：「倒要她兩人給我擔心，其實我沒有什麼病。」

阿囡和她說話，將她的手握著時，便覺她手掌心裡熱烘烘的，因道：「你是真病了，讓我對五小姐六小姐說一聲兒。」

清秋握著她的手連搖幾下道：「別說，別說！我在床上躺躺就好了，你要去說了，回頭驚天動地，又是找中國大夫，找外國大夫，鬧得無人不知，自己本沒什麼病，那樣一鬧，倒鬧得自己怪不好意思的。」

阿囡一想，這話也很有理由，便道：「我對六小姐是要說的，請她別告訴太太就是了，要不然她倒說我撒謊。你要不要什麼？」

清秋道：「我不要什麼，只要安安靜靜地躺一會兒就好了。」

阿囡聽她這話，不免誤會了她的意思，以為她是不願人在這裡打攪，便站起身來說道：「六小姐還等著我回話呢。」

清秋道：「六小姐是離不開你的，你去吧，給我道謝。」

阿囡去了，清秋便慢慢地坐了起來，讓老媽子擰了手巾擦了一把臉，老媽子說：「大半天都沒吃東西，可要吃些什麼？」

清秋想了許久，還是讓老媽子到廚房去要點稀飯吃，自己找了一件睡衣披著，慢慢地起來，廚房知道她愛吃清淡的菜，一會子，送了菜飯來了，是一碟子炒紫菜苔，一碟子蝦米拌王瓜，一碟子素燒扁豆，一碟子冷蘆筍。

李媽先盛了一碗玉田香米稀飯，都放在小圓桌上，清秋坐過來，先扶起筷子，夾了兩片王瓜吃了，酸涼香脆，覺得很適口，連吃了幾下。

老媽子在一邊看見，便笑道：「你人不大舒服，可別吃那些個生冷，你瞧一碟子生王瓜，快讓你吃完了。」

清秋道：「我心裡燒得很，吃點涼的，心裡也痛快些。」說著，將筷子插在碗中間，將稀飯亂攪。

李媽見她要吃涼的，又給她盛了一碗上來涼著，清秋將稀飯攪涼了，夾著涼菜喝了一口，覺得很適口，先吃完了一碗。

那一碗稀飯涼了許久，自不十分熱，清秋端起來，不多會，又吃完了，伸著碗，便讓老媽子再盛，李媽道：「七少奶奶，我瞧你可真是不舒服，你少吃一點吧？涼菜你就吃得不少，再要鬧上兩三碗涼稀飯，你那個身體可擱不住。」

清秋放著碗，微笑道：「你倒真有兩分保護著我。」於是長嘆了一口氣，站起來道：「我們往後瞧著吧。」

李媽也不知道她命意所在，自打了手巾把子，遞了漱口水過來，清秋趿著鞋向痰盂子裡吐水，李媽道：「喲！你還光著這一大截腿子，可仔細招了涼。」

清秋也沒理會她，抽了本書，坐到床上去，將床頭邊壁上倒懸的一盞電燈開了，正待要看書時，只覺得胃裡的東西一陣一陣地要向外翻，也來不及趿鞋，連忙跑下床，對著痰盂子，嘩啦嘩啦，吐個不歇。

這一陣惡吐，連眼淚都帶出來了，李媽聽到嘔吐聲，又跑進來，重擰手巾，遞漱口水。李媽道：「七少奶，我說怎麼著？你要受涼不是？你趕快去躺著吧。」於是挽著清秋一隻胳膊，扶她上床，就疊著枕頭睡下，吩咐李媽將床頭邊的電燈也滅了，只留著橫壁上一盞綠罩的垂絡燈。

李媽將碗筷子收拾清楚，自去了。清秋一人睡在床上，見那綠色的燈，映著綠色的垂幔，屋子裡便陰沉沉的，這個院子是另一個附設的部落，上房一切的熱鬧聲音都傳不到這裡來。

屋子裡是這樣的淒涼，屋子外又是那樣沉寂，這倒將清秋一肚子思潮都引了上來。一個人想了許久，也不知道什麼時候了，忽然聽到院子裡呼呼一陣聲音，接上那盞垂絡綠罩電燈，在空中搖動起來，立刻人也涼颼颼的。

定了一定神，才想起過去一陣風，忘了關窗子呢，床頭邊有電鈴，按著鈴，將李媽叫來，關了窗子，李媽道：「七爺今晚又沒回來嗎？兩點多鐘了，大概不回來了，我給你帶上門吧。」

清秋聽說，微微地哼了一聲，在這一聲哼中，她可有無限的幽怨哩。

這一晚上，清秋迷迷糊糊的，混到了深夜，躺在枕上，不能睡熟，人極無聊，便不由得觀望壁子四周，看看這些陳設，有一大半還是結婚那晚就擺著的，到而今還未曾移動，現在屋子還是那樣子，情形可就大大地不同了。

想著昔日雙紅燭下，照著這些陳設，覺得無一點不美滿，連那花瓶子裡插的鮮花那一股香氣，都覺令人喜氣洋洋的。還記得那些少年惡客，隔著綠色的垂幕，偷聽新房的時候，只覺滿屋春光旖旎，而今晚，雙紅畫燭換了一盞綠色的電燈，那一晚上也點著，但不像此時此地這種淒涼，自己心裡何以只管生著悲感？卻是不明白。

正這樣想著時，忽聽得窗子外頭滴滴嗒嗒地響了起來，仔細聽時，原來是在下雨，起了簷溜之聲，那松枝和竹葉上，稀沙稀沙的雨點聲，漸漸聽得清楚。

半個鐘點以後，簷溜的聲音加倍的重大，滴在石階上的瓷花盆上，與巴兒狗的食盆上，發出各種叮噹劈啪之聲，在這深沉的夜裡，加倍地令人生厭，同時屋子裡面，也自然加重一番涼意。人既是睡不著，加著雨聲一鬧，夜氣一涼，越發沒有睡意，迷迷糊糊聽了一夜的雨，不覺窗戶發著白色，又算熬到了天亮。

別的什麼病自己不知道，失眠症總算是很明顯的了，不要自己害著自己，今天應當說出來，找個大夫來瞧瞧，一個人等到自己覺得有病的時候，精神自覺更見疲倦。

清秋見窗戶發白以後，漸覺身上有點酸痛，也很口渴，很盼望老媽子他們有人起來伺候。可是窗戶雖然白了，那雨還是淅淅瀝瀝地下著，因此窗戶上的光亮老是保持著天剛亮的那種程度，始終不會大亮，自從聽鐘點響起便候著人，然而候到鐘響八點，還沒有一個老媽子起來，實在等不過了，只好做向來不肯做的事，按著電鈴，把兩個老媽子催起來。

劉媽一進外屋子裡，就喲了一聲說：「八點鐘了，下雨的天，哪裡知道？」

清秋也不計較她們，就叫她們預備茶水，自己只抬了一抬頭，便覺得暈得厲害，也懶得起來，就讓劉媽擰了手巾，端了水盂，自己伏在床沿上，向著痰盂胡亂洗盥了一陣。

及至忙得茶來了，喝在口內，覺得苦澀，並沒有別的味，只喝了大半杯，就不要喝了。窗子外的雨聲格外緊了，屋子裡陰暗暗的，那盞過夜的電燈因此未滅，清秋煩悶了一宿，不耐再煩悶，便昏沉沉地睡過去了。

睡著了，魂夢倒是安適，正彷彿在一個花園裡，日麗風和之下看花似的，只聽得燕西大呼大嚷道：「倒楣！倒楣！偏是下雨的天，出這種岔事。」

清秋睜眼一看，見他只管跳著腳說：「我的雨衣在哪裡？快拿出來吧，我等著要出門呢。」

清秋本想不理會，看他那種皺了眉的樣子，又不知道他惹下了什麼麻煩，只得哼著說道：「我起不來，一刻也記不清在哪箱子裡收著，這床邊小抽屜桌裡有鑰匙，你打開玻璃格子第二個抽屜，找出衣服單子來，我給你查一查。」

燕西照著樣辦了，拿著小賬本子自己看了一遍，也找不著，便扔到清秋枕邊，站著望了她。清秋也不在意，翻了本子，查出來了，因道：「在第三只皮箱子浮面，你到屋後擱箱子地方，自己去拿吧，那箱子沒有東西壓著，很好拿的。」

燕西聽說，便自己取雨衣來穿了，正待要走，清秋問道：「我又忍不住問，有什麼問題嗎？」

燕西道：「你別多心，我自己沒有什麼事，劉二爺搗了亂子了。」

清秋這才知道劉寶善的事，和他不相干的，因道：「劉二爺鬧了什麼事呢？」

燕西本懶得和清秋說，向窗外一看，突然一陣大雨，下得嘩啦嘩啦直響，簷溜上的水瀑布似的奔流下來，因向椅上一坐道：「這大雨，車子也沒法子走，只好等一等了，誰叫他拚命地摟錢呢？這會子有了真憑實據，人家告下來了，有什麼法子抵賴？我們看著朋友分上，也只好盡人事罷了。」

清秋聽了這話，也驚訝起來，便道：「劉二爺人很和氣的，怎麼會讓人告了？再說，外交上的事，也沒有什麼弄錢的事情。」

燕西道：「各人有各人的事，你知道什麼？他不是在造幣局兼了採辦科的科長嗎？他在買材料裡頭弄了不少的錢，報了不少的謊賬，原來幾個局長和他有些聯絡，都過去了，現新來的一個局長，是個巡閱使的人，向來歡喜放大炮，他到任不到一個月，就查出劉二爺有多少弊端。也有人報告過劉二爺，叫他早些防備。他倚恃著我們這裡給他撐腰，並不放在心上。昨天晚上，那局長雷一鳴，叫了劉二爺到他自己宅裡去，調了局子裡的賬一查，雖然表面上沒有什麼漏洞，但是仔細盤一盤，全是毛病，我今天早上聽見說，差不多查出有上十萬的毛病呢。到了今天這個時候為止，劉二爺還沒有回來，都說是又送到局子裡去看管起來了。一面報告到部，要從嚴查辦，他們太太也不知是由哪裡得來的消息，把我弟兄幾個人都找遍了，讓我們想法子。」

清秋道：「你同官場又不大來往的人，找你有什麼用？」

燕西道：「她還非找我不可呢，從前給我講國文的梁先生，現在就是這雷一鳴的家庭教授，只有我這位老先生，私下和姓雷的一提，這事就可以暗消，我不走一趟哪行？」說時，外面的雨已經小了許多，他就起身走了出來。

燕西一走出院門，就見金榮在走廊上探頭探腦，燕西道：「為什麼這樣鬼鬼祟祟的？」

金榮道：「劉太太打了兩遍電話來催了，我不敢進去冒失說。」

燕西道：「你們以為我這裡當二爺三爺那裡一樣呢，這正正經經的事有什麼不能說？剛才那大雨，我怎樣走？為了朋友，還能不要命嗎？」

說著話，走到外面，汽車已經由雨裡開出來了，汽車夫穿了雨衣，在車上扶機盤，專等燕西上車。燕西道：「我以為車子還沒有開出來呢，倒在門口等我，你們平常沾劉二爺的光不少，今天人家有事，你們是得出一點力。要是我有這一天，不知道你們可有這樣上勁？」

車夫和金榮都笑了。這時，大雨剛過，各處的水全向街上湧，走出胡同口，正是幾條低些的馬路，水流成急灘一般，平地一二尺深，浪花亂滾。

汽車在深水裡開著，濺得水花飛起好幾尺來，燕西連喝道：「在水裡頭，你們為什麼跑得這快？你們瞧見道嗎？撞壞了車子還不要緊，若是把我摔下來了，你們打算怎麼辦？」

汽車夫笑著回頭道：「七爺，你放心，這幾條道一天也不知走多少回，閉了眼睛也走過去了。」一口裡說著，車子還開得飛快。

剛要拐彎，一輛人力車拉到面前，汽車一閃，卻碰著人力車的輪子，車子、車夫和車上一個老太太一齊滾到水裡去，汽車夫怕這事讓燕西知道了，不免挨罵，理也不理，開著車子飛跑。

燕西在汽車裡，似乎也聽到街上有許多人呵了一聲，同時自己的汽車向旁邊一折，似乎撞著了什麼東西了，連忙敲著玻璃隔板問道：「怎麼樣？撞著人了沒有？」

汽車夫笑道：「沒撞著，沒撞著。這寬的街，誰還要向汽車上面撞，那也是活該。」

燕西哪裡會知道弄的這個禍事？他說沒有撞著，也就不問了。

汽車到了這造幣局雷局長家門口，小汽車夫先跳下來，向門房說道：「我們金總理的七少爺來拜會這裡梁先生。」

門房先就聽到門口汽車聲音，料是來了貴客，現在聽說是總理的七少爺，哪敢怠慢？連忙迎到大門外。

燕西下了車子，因問梁先生出去沒有？門房說：「這大的雨，哪會出去？我知道這位梁先生從前也在你府上待過的。這兒你來過嗎？」

燕西厭他絮絮叨叨，懶和他說得，只是由鼻子裡哼著去答應他。他說著話，引著燕西轉過兩個院子，就請燕西在院門房邊站了一站，搶著幾步，先到屋子裡廂報告。

燕西的老業師梁海舟由裡面迎了出來，老遠地笑著道：「這是想不到的事，老弟臺今天有工夫到我這裡來談談。」說著，便下臺階來，執著燕西的手。

燕西笑道：「早就該來看看的，一直延到了今天呢。」於是二人一同走到書房來，這時正下了課，書房裡沒有學生。梁海舟讓燕西坐下，正要寒暄幾句話。

燕西先笑道：「我今天來是有一件事，要求求梁先生講個情。這事自然是冒昧一點，然而梁先生必能原諒的。」於是就把劉寶善的事情詳詳細細地說了，因輕輕的道：「劉二爺錯或者是有錯的，但是這位局長恐怕也是借題發揮，劉二爺也不是一點援救沒有的人，只是這事弄得外面知道了，報上一登，他在政治上活動的地位，恐怕也就發生影響，最好這事就是這樣私了，大家不要傷面子，梁先生可以不可以去和雷局長說一說？大家方便一點。」

燕西的話雖然搶著一說，梁海舟倒是懂了，因道：「燕西兄到這兒來，總理知道嗎？」

燕西道：「不知道，讓他老人家知道，這就扎手了，你想，他肯對雷局長說這事不必辦嗎？也許他還說一句公事公辦呢，連這件事，最好是根本都不讓他曉得。」

梁海舟默然了一會，點了點頭道：「劉二爺也是朋友，老弟又來託我，我不能不幫一個忙。不過，我這位東家雖然和我很客氣，但是不很大在一處說話，我突然去找他講情，他或者會疑心起來，也未可知。」說著，將手輕輕地拍了一下桌沿道：「然而我決計去說。」

燕西聽說，連忙站起來和他拱拱手，笑道：「那就不勝感激之至，只是這件事越快越好，遲了就怕挽回不及了。」

正說到這裡，聽差的對燕西說：「宅裡來了電話，請七爺說話。」

燕西跟著到了接電話的地方，一接電話，卻是鵬振打來的，他說：「這老雷的脾氣，我們是知道的，光說人情，恐怕是不行，你可以託梁先生探探他的口氣是要不要錢？若是要錢的話，你就斟酌和他答應吧。」

燕西放下電話，回頭就來把這話輕輕地對梁海舟說了。

梁海舟躊躇了一會兒，皺著眉道：「這不是玩笑的事，我怎樣說哩，我們東家這時倒是還沒有出去，讓我先和他談談看，老弟你能不能在我這裡等上一等？」

燕西道：「為朋友的事，有什麼不可以？」

梁海舟便在書架上找了一部小說，和一些由法國寄來的美術明信片放在桌上，笑道：「勉強解解悶吧。」於是就便去和那位雷一鳴局長談話去了。

去了約一個鐘頭，他笑嘻嘻地走來，一進門便道：「幸不辱命，幸不辱命！」

燕西道：「他怎麼說了？」

梁海舟道：「我繞了一個很大的彎子才說到這事，他先是很生氣，他後來說了一句，歷任局長未必有姓劉的弄得錢多，應該讓他吃點苦才好，梁先生你別和他疏通，請問他弄了那些個錢，肯分一個給你用嗎？」

燕西笑道：「他肯說這句話，倒有點意思了，梁先生應該乘機而入。」

梁海舟道：「那是當然，我就說，從前的事那是不管了，現在若是要他吐出一點子來，也不怕他不依，這種事情，本來可大可小，與其讓他想了法子來彌補，倒不如搶先罰他一筆款子，倒讓他真感受著痛苦。這位雷局長說，罰他一下也好，我是不要錢，我們大帥正打算在前門外軍衣莊上要付一筆款子，他若肯擔任下來，我就放過他。可是我又怕傳出去了，人家倒疑惑我弄錢，我背上這個名聲未免不值得，我就說，這事情不辦則已，若一辦起來，只要他簽一張支票，派人到銀行將款子取將出來，有誰知道？

「他聽了我這話，只管抽著煙微笑，那意思自然是可以了，我就說，這位劉君，我雖不大熟識，但是也見過幾次面，他那方面，倒有人和我表示事是做錯了，只要有補救之法，倒無不從命，他就說，你不能和他直接說嗎？我聽他說了此話，分明是成功了，他就說，和劉二爺並沒有什麼惡感，只要公事上大家過得去，他又何必和劉二爺為難？既是有金府上人來轉圜，不看僧面看佛面，他願擔一半責任，不把這事告到部裡去，也不打電報給趙巡閱使，只要大家過得去就是了。總而言之，他是完全答應了。」

燕西道：「事情說到這種程度，自然是成功了，但不知開口要多少錢？」

梁海舟笑道：「這個數目，他好意思說出口，我倒不好意思說出口，你猜他要多少？他要十萬。」

燕西道：「什麼？」

梁海舟笑道：「你不用驚訝，我已聲明在先，連我都不好意思說的。」

燕西道：「難道他還把劉二爺當肉票，大大綁他一筆不成？劉二爺這事，大概也不致於砍頭，他若是有這麼些錢，不會留在那裡，等著事情平了，他慢慢地受用，何必一下子拿出來給人家去享福呢？」

梁海舟望了一望院子，然後走近一步，輕輕地道：「這話不是那樣說，他反正有人扛叉杆兒的，設若他綁票綁到底，把劉二爺向他的主人翁那兒一送，你猜怎麼樣？那結果不是更糟糕嗎？」

燕西聽了這話，心裡倒為之軟化起來，躊躇著道：「不過一開口就要十萬，這叫人可沒有法子還價，事情太大了，我也不敢作主，讓我和他太太商量商量看，不過由我看來，他太太就是願出，破了他的產，未必還湊合得上呢。」

梁海舟笑道：「老弟究竟是個書生，太老實了，他說要十萬，我們就老老實實地給十萬嗎？自然要他大大地跌一跌價錢，給我草草地說了一番，他已經打了對折了，因為我不知道劉二爺那方面的事，不敢擔負講價，所以沒有把價錢說定。由大勢說來，自然還是可以減的。」

燕西道：「既是數目還可以通融，那就好辦，現在我先回去和劉太太商量一下，究竟能出多少錢，讓她酌定。」

梁海舟笑道：「這個你放心，他既願意妥洽，當然不把事情擴大起來的，我等候你的電話吧。」

燕西見這方面已不成問題，就坐了車子一直到劉寶善家來。

劉太太和劉寶善一班朋友都是熟極了的人，燕西一來了，她就出來相見。燕西把剛才的事說了一遍，劉太太道：「只要能平安無事，多花幾個錢倒不在乎，七爺和寶善是至好朋友，他的能力，七爺總也知道，七爺看要怎樣辦呢？」

燕西笑道：「這個我可不敢胡來，據那老雷的意思，是非五萬不可的了，我哪敢擔這種的擔子呢？」

劉太太道：「錢就要交嗎？若是就要交的話，我就先開一張支票請七爺帶去。」

燕西道：「二爺的支票，劉太太代簽字有效嗎？」

劉太太沉吟了一會，因道：「我不必動他名下的，我在別處給他想一點法子得了。」說著，她走進內室去，過了一會子，就由裡面拿出了一張支票來交給燕西。

燕西接過來看時，正是五萬元的支票，下面寫了雲記，蓋了一顆小圓章，乃是「何岫雲」

三個字簽字，這正是劉太太的名字。

燕西看到，心裡很是奇怪，怎麼她隨隨便便就開了一張五萬元的支票來？這樣子，在銀行沒有超過一倍的數目，不能一點也不躊躇呢。她既如此，劉寶善又可知了。

他心裡想著，自不免在臉上有點形色露出來。劉太太便道：「七爺，你放心拿去吧，這又不是抵什麼急債，可以開空頭支票。」

燕西笑道：「我有什麼不放心？寶善有了事，劉太太難道還捨不得花錢把他救出來嗎？我暫時回家去一趟，和三家兄大家兄商量一下子，看看這支票是不是馬上就要交出去？若是還可以省得的話，就把這支票壓置一兩天。」

劉太太皺了眉道：「不吧！我們南方人說的話，花了錢，折了災，只要人能夠早一點平平安安地恢復自由，那也就管不得許多，只當他少掙幾個得了。」

燕西道：「好吧，那我就這樣照辦吧。」於是告別回家。

今天天氣不好，鳳舉弟兄都在家裡坐在外面小客廳裡，大家正在討論劉寶善的事，正覺沒有辦法。燕西一回來，大家就先爭著問事情怎麼樣？燕西一說，鵬振便首先要了支票去看，因笑道：「人家說劉二爺發了財，我總不肯信，於今看起來，手邊實在是方便，我看總有個三五十萬。」

鶴蓀嘆了一口氣道：「我們空負著虛名，和劉老二一比，未免自增慚愧了。」

鳳舉笑道：「見錢就眼饞，那又算什麼，值得嘆一口氣？」

鶴蓀道：「並不是我見錢眼饞，我佩服劉老二真有點手段，那雷一鳴綁了票，他有這些個錢，你想搜刮豈是容易嗎？」

燕西道：「人家正等我們幫忙，我們倒議論人家。我是拿不著主意，現在劉太太這張支票是不是交出去呢？」

鳳舉道：「她自己都捨得花錢，還要你給她愛惜做什麼？他惹了那大的禍，用五萬塊錢脫身，他就是一件便宜事了，你就把這張支票送去吧。不過你要梁先生負責，支票交了出去，可就得放人，他們這種票匪，可不講什麼江湖上的義氣，回頭交了錢，他不放人，那可扎手。」

鵬振道：「能用錢了，這事總算平易，我就怕要鬧大呢。那邊既是等著你回話，你就去吧。」

燕西見大家都如此主張，他也不再猶豫，揣了支票，又到雷家來了。見了梁海舟，將支票交給他，笑道：「款子是遵命辦理了，人能夠在今天恢復自由嗎？」

梁海舟道：「大概總可以吧？讓我去和他說說看。」於是將支票藏在身上，去見雷一鳴了。那雷一鳴等著梁海舟的消息，卻也沒有出門。過了一會兒，梁海舟笑嘻嘻地走來，進門對燕西拱拱手道：「事情妥了，妥了！我原想銀行兌過支票以後才能放人的，他倒更直捷痛快，說得人家乾脆，我也乾脆，已經打了電話給局子裡，將監視劉二爺的警察取消了。」

燕西道：「這樣說來，人是馬上可以恢復自由了？」

梁海舟道：「當然。他還說了，你若是願意送他回家，你就可以坐了你的汽車去接他出來。」

燕西不料輕輕悄悄地就辦成了這樣一件大事，很是高興，便道：「既然馬上可以接他，我又何必不順便去接他出來。」於是一面和梁海舟道謝，一面向外走。

坐上汽車，就告訴車夫直開造幣局。汽車走了一截路，才想起來，劉寶善被監視在什麼地方，也不曾打聽清楚。再說，只有撤銷監視的話，究竟讓不讓人來接他，也沒有一句切實的話，況且雷局長通電話到現在也不到一點鐘，急忙之間，是否就撤銷了監視還未可知，自己馬上就來接人，未免太大意一點了。

他在車上，正自躊躇著，汽車已到造幣局門口停住，燕西要不下車也是不可能，只好走下車來，直奔門房。

不料剛到門房口，就見劉寶善由裡面自自在在的走將出來，他老遠地抬起一隻手，向燕西招了一招，笑道：「我接到梁海舟的電話，說是你已經起身由那裡來了。」

說著話，二人越走越近，劉寶善就伸著手握了燕西的手，連連搖了幾搖，笑道：「把你累壞了，感激得很。將來有用我老大哥的時候，我是盡著力量幫忙。」

燕西笑道：「你出來了，那就很好，你太太在家裡惦記得很，我先送你回家去吧。」

劉寶善跟他一路上車，燕西和他一談，他才知道家裡拿出了五萬塊錢來贖票，因笑道：「我們太太究竟是個女流，經不得嚇，人家隨便一敲，就花了五萬元了。」

燕西道：「什麼？據你這樣說，難道說這五萬元錢出得很冤嗎？我原打算考量考量的，可是我也問過好幾位參謀，都說只要人出來就得了，花幾個錢卻不在乎，我因為眾口一詞都是如此說，也就不肯胡拿主意。若是照你的辦法，又怎麼樣呢？大概你還能有別的良法脫身嗎？」

劉寶善笑道：「雖然不能有良法脫身，但我自信賬目上並沒有多大的漏縫，罪不至於坐監，我就硬挺他一下子，他也不過把我造幣局裡的地位取消。可是政治上的生活，日子正長，咱們將來也不知道鹿死誰手呢？」

燕西道：「那麼，這五萬塊錢算是扔到水裡去了？」

劉寶善微笑了一笑道：「出錢也有出錢的好處，我相信我這位置，他是不能不給我保留的，那麼……」說著，又微笑了一笑。

燕西待要問個究竟，汽車已經停在門口了。劉太太聽說劉寶善回來了，喜不自勝，一直迎了出來，笑道：「怎麼出來得這樣快？這都是七爺的力量，我們重重地謝謝。」

燕西道：「別謝我，謝謝那五萬元一張的支票吧。」

劉寶善夫婦說得挺高興的，燕西一想，就不必在這裡誤了人家的情話，就道：「劉二爺，回頭見吧，我忙了一上午，還沒有吃飯呢。」也不等劉寶善表出挽留的意思，他已經抽開身子走得很遠了。燕西到了家，很是得意的，見著人就說把寶善接回來了。

這個時候，家裡已吃過了飯，回房換了衣服的時候，就叫老媽子去吩咐廚房裡另開一客飯，送到外面屋子裡吃。

這時清秋勉強起了床，斜靠在沙發椅上，燕西先是沒有留心到她的顏色，以為她對於前天的事還沒有去懷，不理會她的好，後來找了一個鞋拔子拔了鞋，一隻腳放在小方凳上，一彎腰正對著清秋的臉色，見她十分的清瘦，便問道：「你真的病了嗎？」

清秋微笑道：「你這話問得有點奇怪，我幾時又假病過呢？」

燕西且不答覆她的話，只管使勁去拔鞋，把兩隻鞋都拔好了，還把刷子去刷了一刷。雖和清秋相距很近，並不望著她的臉。

清秋道：「這下雨的天，穿得皮鞋好好的，幹嘛又換上一雙絨鞋？換了也就得了，這樣苦刷做什麼？」

燕西這才把鞋拔子一扔，坐到沙發上道：「忙一早上，真夠了，我這一換鞋，今天不出去了。」

清秋道：「結果怎樣呢？」

燕西就把大概情形說了一說，又道：「我出了面子來說，總得辦好，若不是我，恐怕要出十萬，也未可知呢。話又說回來了，就是十萬，劉二爺也出得起，我真奇怪，他怎麼會有許多錢？」

清秋道：「我不說心裡忍不住，說出來或者你又會不快活，據我看，他發財是該的，一點不稀奇，這種人高比一點，是我們家的門客，實在說一句，是你們賢昆仲的幫閒。你歡喜小說，你不曾看到《紅樓夢》上說的賴大家裡還蓋著園子嗎？這賴大家裡有這樣子好，那些少爺哪比得上？」

燕西道：「你胡扯！劉二爺是我們的朋友，怎把他當起老管家的來？」

清秋道：「據我看，還比不上呢，你想，他終年到頭都是陪著你們玩，有屁大的事情，你們也叫他幫忙，他口裡雖有時也推諉一下子，但是實際上，沒有不出全力和你們去辦的，你們請客，是假座他家，你們打小牌，也是假座他家，還有許多在家裡不方便做的事情，都可以在他家裡辦；若說是朋友，天下有這樣在朋友家裡鬧的嗎？若說他是父親的僚屬，勉強敷衍你們賢昆仲。那也不過偶爾為之，出於不得已罷了，現在終年累月這樣，那絕不能是不得已，要是不得已的話，那就寧可得罪你們賢昆仲，放事不幹了。」

燕西道：「據你這樣說，難道他還揩我們的油嗎？」

清秋笑道：「憑你這句話，你就糊塗，你們賢昆仲一年玩到頭，花錢雖冤，都是為著裝面子，明明地花去。若是要你們暗中吃虧，是不可能的。劉二爺哪敢揩你們的油？就揩油，又能揩你們多少錢呢？」

燕西道：「據你說，他就有錢，也是他的本事弄來的，與我們無干，你怎麼又說他是門客幫閒那些話？」

清秋望著燕西，不由得微笑了一笑道：「我猜你不是裝傻，唯其你們不明白這道理，他才好弄錢。你想，他因為和你們熟識，父親有什麼事，他全知道，得著你們的消息，他要做投機的事，比之別人總是事半功倍，同時，人家要有什麼事，不能不求助於父親的，又不能不找個消息靈通的人接洽接洽。劉二爺終年到頭和你們混，無論他能不能在父親面前說話，人家也會說他是我們的親信。他對於外面，就可借此挾天子以令諸侯，要求什麼不得？

「對於內呢，利用你們賢昆仲給他通消息，父親有點對他不滿，你們還有不告訴他的嗎？他自然先設法彌補起來。他若是要求得父親一句話，一張八行，在父親分明是隨便的，人家就以為是金總理保薦了他的親信，總要想法子給他一分兼差，有了差事之後，他那樣聰明的人還不會弄錢嗎？他有錢不必瞞別人，只要瞞我們金家人就行了。外人知道他有錢，他是沒關係的。你們知道他有錢，把這事傳到父親耳朵裡去，哪裡還能信他窮，到處給他想法子找事呢？所以他應該發財，你們也應該不知道。」

燕西將她的話仔細一想，覺得很對，因笑道：「你沒做官，你也沒當過門客，這裡頭的訣竅，你怎麼知道這樣清楚？」

清秋道：「古言道得好，王道不外乎人情，這些事我雖沒有親自經歷，猜也猜出一半，況且你們和劉二爺來往的事，你又喜歡回來說，我冷眼看看，也就知道不少了，你想，他也是像你們賢昆仲一樣敞開來花錢嗎？他可沒有你們這樣的好老子呢。」

燕西聽了他夫人這些話，仔細想了一想，不覺笑道：「聽君一夕話，勝讀十年書。」

清秋道：「這就不敢當，你回家來，少發我一點大爺脾氣，我也就感激不盡了。」

燕西覺得夫人如此聰明，說得又如此可憐，不覺心動，望著夫人的臉，只管注意，男女之間，真是有一種神秘，這一下子，燕西夫婦又回復到了新婚時代了。

清秋如此說了一遍，燕西雖覺得她言重一點，然而是很在理的話，只是默然微笑。在他這樣默然微笑的時候，眼光不覺望到清秋面上，清秋已是低了頭，只看那兩腳交叉的鞋尖，不將臉色正對著燕西，慢慢地呆定著。

燕西一伸手，摸著清秋的臉道：「你果然是消瘦得多了，應該找位大夫瞧瞧才好。」

清秋把頭一偏，笑道：「你不要動手吧，摸得人怪癢癢的。」

燕西執著她一隻手，拉到懷裡，用手慢慢地摸著，清秋要想將胳膊抽回去，抬著頭看看燕西的顏色，只把身子向後仰了一仰，將胳膊拉得很直。

燕西又伸了手，將一個指頭，在清秋臉上扒了一扒，笑道：「你為了前天的事，還和我生氣嗎？」

清秋道：「我根本上就不敢生氣，是你要和我過不去。你既是不生氣，我有什麼氣可生呢？我不過病了，打不起精神來罷了。」

燕西道：「你這話我不信，你既是打不起精神來，為什麼剛才和我說話有頭有尾，說了一大堆？」

清秋道：「要是不能說話，我也好了，你也好了。現在偶然患病，何至於弄到不能說話哩？」

燕西道：「你起來，我倒要躺躺了，早上既是冒著雨，跑了這大半天，昨晚上又沒有睡得好。」

清秋聽他昨晚上這句話，正想問他昨晚在哪裡睡的，忽然一想，彼此發生了好幾天的暗潮，現在剛有一點轉機，又來挑撥他的痛處，他當然是不好回答，回答不出來，會鬧成什麼一個局面呢？如此想著，就把話來忍住。

燕西便問道：「看你這樣子有什麼話要說，又忍回去了，是不是？」

清秋道：「可不是！我看你的衣服上有幾點油漬，不免注意起來。只這一轉念頭，可就把要說的話忘了。」

燕西倒信以為實，站起來，伸了一伸懶腰，和衣倒在床上睡了，不多大的工夫，他就睡得很酣了。

李媽進來看見，笑道：「床上不離人，少奶奶起來，七爺倒又睡下了，他早上回家，兩邊臉腮上紅紅的，好像熬了夜似的，怪不得他要睡。」

清秋道：「他大概是打牌了。」

李媽卻淡淡地一笑，沒說什麼走了，清秋靠著沙發，只管望了床上，只見燕西睡得軟綿綿的，身子也不曾動上一動，又嘆了一口長氣。

燕西一睡，直睡到天色快黑方才醒過來。陰雨的天，屋子裡格外容易黑暗，早已亮上了電燈。燕西一個翻身，向著外道：「什麼時候了？天沒亮你就起來了。」

清秋道：「你這人真糊塗！你是什麼時候睡的，大概你就忘了。」

燕西忽然省悟，笑著坐了起來，自向浴室裡去洗臉，只見長椅上放了一套小衣，澡盆邊掛的鐵絲絡子裡，又添了一塊完整的衛生皂。燕西便道：「這為什麼？還預備我洗澡嗎？」

清秋道：「今天晚上，我原打算你應該要洗個澡才好，不然也不舒服的。衣是我預備好了的，洗了換上吧。」

燕西想不洗，經她一提，倒真覺得身上有些不爽。將熱水汽管子一扭，只見水帶著一股熱氣直射出來，今天汽水燒得正熱，更引起人的洗澡興趣，這也就不作聲，放了一盆熱水，洗了一個澡。

洗澡起來之後，剛換上小衣，清秋慢慢地推著那扇小門，隔了門笑問道：「起來了嗎？」

燕西道：「唉！進來吧。怕什麼？我早換好衣服了。」

清秋聽說，便托了兩雙絲襪，一雙棉襪，笑著放到長椅上。

燕西笑道：「為什麼拿了許多襪子來？」

清秋道：「我知道你願意要穿哪一種的？」說著話，清秋便伸手要將燕西換下來的衣襪清理在一處。

燕西連忙上前攔住道：「晚上還理它做什麼？」說著，兩手一齊抱了，向澡盆裡一扔。

清秋在旁看到，要攔阻已來不及，只是對燕西微笑了一笑，也就算了。

燕西穿好衣服，出了浴室，搭訕著將桌上的小金鐘看了一看，便道：「不早了，我們應該到媽那兒吃飯去了吧？」

清秋道：「你看我坐起來了嗎？我一身都是病呢，還想吃飯嗎？」

燕西道：「剛才我問你，你只說是沒精神，不承認有病，現在你又說一身都是病。」

清秋道：「你難道還不知道我的脾氣？我害病是不肯鋪張的。」

燕西道：「你既是有病，剛才為什麼給我拿這樣拿那樣呢？」

清秋卻說不出所以然來，只是對他一笑。

燕西遠遠地站著，見清秋側著身子斜伏在沙發上，一隻手只管去撫摩靠枕上的繡花，似乎有心事說不出來，故意低了頭。

燕西凝神望著她一會兒，因笑道：「你的意思，我完全明白了，但是你有點誤會。十二點鐘以後，我再對你說。」

清秋道：「你不要胡猜，我並沒有什麼誤會，不過我自己愛乾淨，因之也願意你乾淨，所以逼你洗個澡，別的事情，我是不管的。」

燕西道：「得啦！這話說過去，可以不提了，我們一路吃飯去吧，你就是不吃飯，下雨的天，大家坐在一處，談談也好，不強似你一個人在這裡納悶。」

清秋搖了一搖頭道：「不是吃不吃的問題，我簡直坐不住，你讓我在屋子裡清靜一會子，比讓我去吃飯強得多。」

燕西一人走到金太太屋子裡來吃飯，只見金太太和梅麗對面而坐，已經在吃了。

梅麗道：「清秋姐早派人來告訴了，不吃飯的，倒不料你這匹野馬今天回來了。」

燕西笑道：「媽還沒有說，你倒先引起來？」說著，也就坐下來吃飯。

金太太道：「你媳婦不舒服，你也該去找大夫來給她瞧瞧，你就是公忙，分不開身來，也

可以對我說一聲，她有幾天不曾吃飯了。」

燕西道：「不是我不找大夫，她對我還瞞著，說沒有病呢，看也是看不出她有什麼病來。」

金太太將一只長銀匙正舀著火腿冬瓜湯，聽了這話，慢慢地呷著，先望了一望梅麗，將湯

喝完，手持著筷子，然後望著燕西道：「我看她那種神情，不要不是病吧？你這昏天黑地的渾

小子，什麼也不懂的，你問問她看吧，要是呢？可就要小心了。她是太年輕了，而且又住在那

個偏僻的小院子裡，我照應不著她。」

梅麗笑道：「媽這是什麼話，既不是病，又要去問問她。」

金太太瞪了她一眼，又笑罵道：「做姑娘的人，別管這些閒事。」

梅麗索性放下手上的筷子，站起來鼓著掌笑道：「我知道了，七哥，恭喜你啊！」

金太太鼓著嘴又瞪了她一眼，梅麗道：「別瞪我，瞪我也不行，誰讓你當著我的面說著呢？」

金太太不由得噗哧一聲笑了，因道：「你這孩子，真是淘氣，越是不讓你說，你是越說得厲害，你這脾氣幾時改？」

燕西道：「梅麗真是有些小孩子脾氣。」

梅麗道：「你娶了媳婦幾天，這又要算是大人，說人家是小孩子。」

燕西笑著正待說什麼，梅麗將筷子碗一放，說道：「你別說，我想起一樁事情來了。」說罷，她就向屋外一跑。

燕西也不知道她想起了什麼心事？且不理會，看她拿什麼東西來。

不一會工夫，只見梅麗拿著幾個洋式信封進來，向燕西一揚道：「你瞧這個。明天有一餐西餐吃了。」

燕西拿過來看時，卻是吳藹芳下的帖子，請明日中午在西來飯店會餐，數一數帖子，共有八封，自己的兄弟妯娌姐妹們都請全了，有一人一張帖子，有兩人共一張帖子的。

燕西道：「怪不得你飯也不要吃，就跑去拿來了，原來是吳二小姐這樣大大地破鈔，要請我們一家人，無緣無故這樣大大的請客，是什麼用意呢？」

梅麗道：「我也覺得奇怪，我把請帖留著，還沒有給她分散呢，我原是打算吃完了飯拿去問大嫂的。」

燕西道：「你去問她，她也和我們一樣地不知道帖子是什麼時候送來的，該問一問下帖子的人就好了。」

梅麗道：「是下午五點才送來的，送的人送來了還在這裡等著人家問他嗎？要問也來不及了。」

金太太道：「你們真是愛討論，人家請你們吃一餐飯也很平常，有什麼可研究的？」

燕西道：「並不是我們愛討論，可是這『西來飯店』不是平常的局面，她在這地方請我們家這多人，總有一點意思的。」他說著，覺得這事很有味，吃完了飯，馬上就拿著帖子去問潤之和敏之。

潤之道：「這也無所謂，她和我們家裡人常在一處玩的，我們雖不能個個都做過東，大概做過東的也不少，她那樣大方的人，當然要還禮。還禮的時候，索性將我們都請到，省去還禮的痕跡，這正是她玩手段的地方。有什麼不瞭解的呢？」

燕西點點頭道：「這倒有道理。五姐六姐都去嗎？」

潤之道：「我們又沒有什麼大了不得事情的人，若不去，會得罪人的，那是自然要去的。」

燕西見他們都答應去，自己更是要去的了。

到了次日，本也要拉著清秋同去的，清秋推了身上的病沒有好，沒有去。燕西卻和潤之、敏之、梅麗同坐一輛汽車到「西來飯店」去。

一到飯店門口，只見停的汽車馬車人力車卻不在少數。只一下車，進飯店門，問著茶房吳小姐在哪裡請客？茶房說是大廳。燕西對潤之輕輕地笑道：「果然是大幹。」潤之瞪了他一眼，於是大家齊向大廳裡來。

一路進來，遇到的熟人卻不少。大廳裡那大餐桌子，擺成一個很大的半圈形，大廳兩邊小屋子裡，衣香帽影，真有不少的人，而且有很多是不認識的，燕西姐妹們找著許多熟人一塊坐著，同時鳳舉、鶴蓀、鵬振三人也來了，看看在場的人，似乎臉上都帶有一層疑雲，也不外是吳藹芳何以大請其客的問題。

這大廳兩邊小屋子裡，人都坐滿了，藹芳卻只在燕西這邊招待，對過那邊，也有男客，也有女客，她卻不去。不過見著衛璧安在那裡走來走去，似乎他也在招待的樣子。

他本來和藹芳很好的，替藹芳招待招待客，這也不足為奇，所以也不去注意。過了一會兒了，茶房按著鈴，藹芳就請大家入座。

不料入座之後，藹芳和衛璧安兩個人各占著桌子末端的一個主位，在座的人不由得都吃了一驚，怎麼會是這樣的坐法呢？

大家剛剛落椅坐下，衛璧安敲著盤子噹噹響了幾下，已站將起來。

他臉上帶著一點笑容，從容道：「各位朋友，今天光降，我們榮幸得很，可是今天光降的佳賓，或者是兄弟請的，或者是吳女士請的，在未入席之前，都只知道那個下帖子的一位主人翁，現在忽然兩個主人翁，大家豈不要驚異嗎？對不住，這正是我們弄點小小的玄虛，讓諸位驚異一下子。那麼，譬之讀一首很有趣味的詩，不是讀完了就算了事，還要留著永久給諸位一種回憶的呢。」

說到這裡，衛璧安臉上的笑容格外深了。他道：「但是，我們為什麼要這樣引得大家感到趣味呢？就是引了大家今日在座一笑而已嗎？那又顯得太簡單了。現在我說出來，要諸位大大地驚異一下子，就是我和吳女士請大家來喝一杯不成敬意的喜酒，我們現在訂婚了，不但是訂婚了，我們現在就結婚了；不但是結婚了，我們在席散之後，就到杭州度蜜月去了。」

這幾句話說完，在席的人早是發了狂一般嘩啦嘩啦鼓起掌來。

等大家這一陣潮湧的鼓掌聲過去了，衛璧安道：「我對於吃飯中間來演說卻不大贊成，因為一來大家只聽不吃，把菜等涼了；只吃不聽，卻又教演說的人感覺不便，所以我今天演說，在吃飯之前，以免去上面所說的不妥之點，今天來的許多朋友，能給我們一個指教，我們是非常的歡迎的。」說畢，他就坐下去了。

在座的人聽了他報告已經結婚，早就忍不住，等著要演說完了，現在他自己歡迎人家演說，人家豈有不從之理？早有兩三個人同時站立起來搶著演說。在座的人看見這種樣子，不由得哈哈大笑起來。於是三人之中，推了一個先說。

那人道：「我們又要玩那老套子的文章了，衛先生吳女士既然是有這種驚人之舉動，這就叫有非常之人，有非常之功。這種非常之事的經過，是值得一聽的，我們非吳女士報告不可！」

衛璧安對於這個要求，總覺得有點不好依允，正自躊躇著，吳藹芳卻敲了兩下盤子站將起來。新娘演說，真是不容易多見的事，所以在座的來賓一見之下，應當如何狂熱，早是機關槍似的，有一陣猛烈的鼓掌。

這一陣掌聲過去，藹芳便道：「**這戀愛的事情本是神秘的，就是箇中人對於愛情何以會發生，自己也說不出所以然來。唯其是這樣神秘，就沒有言語可以形容，若是可以形容出來，就很平常了。**這事要說，也未嘗不能統括地說兩句，就是我們原不認識，由一個機會認識了，於是成了朋友，成了朋友之後，彼此因為志同道合，我們就上了愛情之路，結果是結婚。」說畢，便坐下去了。

這時大家不是鼓掌，卻是哄天哄地地都道：「那不行，那不行，這完全是敷衍來賓的，得重新說一遍詳詳細細的。」

大家鬧了一陣了，藹芳又站起來道：「我還有真正的幾句話未曾報告諸位，現在要說一說。我們結婚之前所以不通知諸位好友，不光是像璧安君所說，讓大家驚異一下子，實在是為減省這些無謂的應酬起見。可是話又說回來了，既是要減省這些無謂的應酬，為什麼我們又要請酒呢？這就因為度蜜月以後，也就要出洋，當然要和大家許久不見面的，所以我們借這個機會來談一談。」

大家聽她說到這裡，卻不知道她是什麼用意。藹芳又道：「唯其如此，我們在一處聚餐的時候卻是很匆促，很想聚餐之後還照幾張相。照相之後，我們還要回去料理鋪蓋行李，這時間實在怕分配不開來了，若是諸位真要我們報告戀愛的經過，我們就在蜜月裡頭，用筆記下來，將來印出若干份來報告諸位吧。我們還很歡迎大家給我們一個批評呢。」

大家一聽吳藹芳如此說了，就不應再為勉強，只得算了。

在場的孟繼祖卻笑嘻嘻地站起來演說道：「兄弟今天所恭賀新人的話，前面幾位先生都說了，我用不著再來讚上幾句。我所要說的，就是吳女士說的，得了一個機會和衛先生認識，這是事實，而且兄弟也曾參與那個機會。不但兄弟參與了那個機會，在場的諸位先生們女士們大概曾參與的也不少哩。是哪一回呢？就是金燕西、冷清秋二位先生結婚，四個男女儐相中，吳衛兩君卻在其內，這一對璧人就是那時一見傾心了。由此說來，結婚的場合不光是為著主人翁而已，還要借這機會實行願天下有情人都成眷屬的工作，所以吳衛二君在打破婚姻虛套儀式之下，今天還主張聚餐，實在大有用意，這用意，說明了就沒有意思，不說明，又怕有人辜負主人翁的好意，所以我得點破一句。」

他說到這裡，把前面斟滿了的一只玻璃杯子舉著道：「我們恭祝新夫婦前途幸福無量，同時又恭祝參與今天盛筵的人，他若是有得機會的資格，就慶祝他們今天得機會。」

食堂裡面許多的青年男女自然不少未訂婚的，聽了這話，都不免心裡一動。在女賓裡面，還不過是一笑，在男賓裡面，早就要鼓掌，因為孟繼祖有那一番做作，只好等著他說完。他正要舉著杯子喝酒呢，這裡的鼓掌聲已經是驚動了屋瓦。

這時在招待一切的謝玉樹，卻站起來道：「我要代表新人說一句，請大家原諒，來賓喝酒吃菜吧，人家時候不多呢。」

他坐下來，在座就有人笑道：「謝先生，記得燕西那天結婚，你和璧安一般，也是一個男儐相啊，怎麼你沒有得著機會呢？」於是在座的人哄堂大笑了。

又有人道：「說這話的這位先生，未免太武斷一點，在他未宣布以前，我們又怎麼知道他沒有得著機會呢？也許他的對手方就在食堂裡，比吳衛二位的經過更守得很秘密，將來讓我們驚異一下子，那更是有趣味了。」

這一遍話說完，大家笑得更厲害，經過五分鐘之久，聲浪才平靜。

說這話的人原是無心，可是他誤打誤撞，這幾句話真的射中兩人的心坎了。這其中第一個聽了不安的，便是謝玉樹。

他心想，我的心事，小衛是知道的，他的嘴一不穩，我這事就很容易傳到別人耳朵裡去的，大概孟繼祖這話不能平空捏造，必定有所本。他心裡這樣想著，眼睛就不免向對過那排座位上的梅麗看去。

梅麗聽孟繼祖演說時，她也想著，那天當儐相的，除了衛璧安，還有個謝玉樹，論起人才來，他不見得不如小衛，不知道有了愛人沒有？若沒有愛人，在那天，倒是不少的人注意他，他要找個對手，那天果然他是一個機會。他有兩次和我碰見的，倒不免有些姑娘調兒，見人臉先紅了。

心裡想著時，目光不免向對面看來。兩個有心的人，不先不後，目光碰個正著。梅麗倒不十分為意，謝玉樹卻是扎了一針麻醉劑一般，不由得身上酥麻一陣，將長柄的勺子不住地舀著湯喝。梅麗早知道他這個人是最善於害臊的，見他如此，不由得噗嗤一聲笑了。

潤之和梅麗緊鄰坐著的，因輕輕地問道：「你笑什麼？我看到謝玉樹向我們這邊望著來呢。」

梅麗笑道：「我笑他，既是偷著看人，又怕人家看著他，真是作賊的心虛，我就不信這位衛先生和他也一樣的，怎麼現在就改變了？」

潤之笑道：「小衛果然是比從前開敞多了，你要知道這種開敞，是藹芳陶融出來的，若是小謝也有人去陶融他，我想不難做到小衛這種地步的。」

梅麗也不再說什麼，就笑了一笑。

西餐到了上咖啡，大家就紛紛離座，衛璧安和藹芳兩人便在一處走著，和大家周旋完了，他兩人就雙雙出門，同坐一輛汽車而去。這飯店裡的男女來賓，自有吳衛幾個友人招待，燕西見主人翁一去，也就無須再在這裡盤桓，就和妹妹們一塊兒出門。

剛走到大廳門口，恰好和謝玉樹頂頭相遇，便笑道：「小謝，你今天作何感想呢？」

謝玉樹一見他身後站立著三位小姐們，這卻不可胡開玩笑，便含著微笑點點頭道：「這件事情大概你出於意料以外吧？照說，他們是不應該瞞著你的，可是他是不得已，因為你這人太隨便了，一高興起來，你對人一說，他們所謂要讓人驚異一下子的，就成了泡影了。」說著，敏之們都笑了。

燕西道：「都認識嗎？要不要介紹一下子？」

謝玉樹連連點頭道：「都認識的，都認識的。」

正說著話，孟繼祖也走過來了。他和金家是世交，小姐們自是都認識的，因之他就比較放肆些，就拍著謝玉樹的肩膀道：「我說的話，你聽清楚了沒有，對於我有什麼批評呢？很對的吧？」

謝玉樹見了梅麗，不免就有點心神不定，孟繼祖竟把這話直說出來，他大窘之下，紅著臉只說了四個字：「別開玩笑。」

梅麗見他們說笑，站在兩個姐姐後面也是微笑。燕西上前一步握著謝玉樹的手道：「你好久不到我那裡去玩了，我很想跟你學英語，你能不能常到舍下去談談？」

謝玉樹道：「我是極願去的，可是不容易會著你，可記得正月裡那一次嗎？在你書房裡，整整等六個鐘頭，真把我膩個夠。」

他一提這話，梅麗倒記起了，那次是無意中碰見過他的，正自想著，潤之忽然一牽手道：「走哇，你還要等誰呢？」梅麗一抬頭，只見燕西已走到門邊，連忙笑著走了。

手正一開門，想起來了，手裡原捏著一塊印花印度綢手絹，現在哪裡去了？回頭一看，只見落在原站之處的地板上，所幸發覺得早，還不曾被人拾了去，就回身來要去拾那手絹，但是她發覺之時，恰好謝玉樹也發覺了，他站得近，已是俯了身子拾將起來。

梅麗一見，倒怔住了，怎樣開口索還呢？謝玉樹拾了手絹，心裡先一喜，一抬頭見梅麗站在一邊看著，就一點不考慮，將手絹遞給她，心裡原想說句什麼，一時又說不出來，就只笑著點了一個頭。梅麗接過手絹，道了一聲勞駕。見燕西等已出門，便趕上來。

梅麗退到門外，潤之道：「你都出來了，又跑回去做什麼？倒讓我們在這裡先等你。」

梅麗道：「我手絹丟了，也不應當回去找嗎？」

潤之道：「你的手絹不是拿在手上的嗎？」

梅麗笑道：「是倒是拿在手上的，我可不知道怎麼樣會丟了，現在倒是尋著了。」

潤之道：「大廳裡那麼些個人，都沒有看見嗎？」

梅麗一紅臉道：「我又沒走遠，就是人家看見，誰又敢撿呢？」

潤之本是隨便問的一句話，她既能答覆出來，哪裡還會注意？於是大家坐上汽車回家。

到了家裡，梅麗早跑到金太太那裡去告訴了，回頭又到佩芳屋子裡去，問佩芳可知道一點？佩芳道：「我若知道，就是事先守秘密，今天我也會慫恿你們多去幾個人了。」

梅麗道：「你和二嫂不去，那是當然的，玉芬姐好好的人，為什麼不去呢？」

佩芳道：「這個我知道，這幾天她為了做公債，魂不守舍，連吃一餐飯的工夫都不敢離電話，她哪有心思去赴不相干的宴會？」

梅麗道：「她從前掙了一筆錢，不是不幹了嗎？」

佩芳道：「掙錢的買賣，哪有幹了不再幹的？這一回，她是邀了一班在行的人幹，自信很有把握。不料這幾天，她可是越做越賠，聽說賠了兩三萬了。好在是團體的，她或者還攤不上多少錢。」

梅麗道：「怪不得，我今天和三哥說話，他總是不大高興的樣子。」

佩芳道：「你又胡扯了。玉芬做公債和鵬振並不合股，她蝕了本，與鵬振什麼相干？」

梅麗道：「這有什麼不明白的？三嫂公債做蝕了本，三哥有不碰釘子的嗎？大概見著面，三嫂就要給他顏色看，釘子碰多了，他……」還不曾說下去，只聽著院子裡有人叫著梅麗梅麗，這正是鵬振的聲音。

梅麗向佩芳伸了一個舌頭，走到玻璃窗邊，將窗紗掀起一隻角，向外看了一看，只見鵬振站在走廊上，靠了一個柱子，向裡邊望著，像是等自己出去的樣子，因此放下窗紗，微笑著不作聲。

鵬振道：「你儘管說我，我不管的，我有兩句話對你說，你出來。」

梅麗躲不及了，走出房來，站在走廊這頭，笑嘻嘻地向鵬振一鞠躬，笑道：「得！我正式給你道歉，這還不行嗎？」

鵬振笑道：「沒有出息的東西，背後說人，見了面就鞠躬。別走，別走，我真有話說。」

梅麗已走到走廊月亮門邊，見他如此，慢吞吞將手摸著欄杆一步一步走來。

鵬振笑道：「我的事沒有關係，可是你三嫂做公債虧了，你別嚷說，若是讓父親知道了，是不贊成的。知道與我不相干，不知道的，還不知道我私下積蓄了多少私款呢。」

梅麗笑道：「就是為了這個嗎？這也無所謂，我不告訴人就是了。」說到這裡，臉色便正了一正道：「三哥，我有一句話得說明，我心裡雖然擱不住事，可是不關緊要的事我才說。嫂嫂們的行動，我向來不敢過問，更是不會胡說。況且，我自己很知道我自己的身分，我是個庶……」

鵬振不等她說完，就笑道：「得了，得了，我也不過是謹慎之意，何曾說你搬什麼是非。」說著話時，早在腰裡掏出皮夾子來，在皮夾子裡拿了一張電影票，向梅麗手上一塞道：「得！我道歉，請你瞧電影。」

梅麗笑道：「瞧你這前倨而後恭。」拿了電影票也就走了。

鵬振走回自己屋子，只見玉芬躺在一張長沙發上，兩隻腳高高地架起，放在一個小屜几上。她竟點了一支煙捲，不住地抽著。頭向著天花板，煙是一口一口地向上直噴出來。有人進來，她也並不理，還是向著天花板噴煙。

鵬振道：「這可新鮮，你也抽煙，抽得這樣有趣。」

玉芬依舊不理，將手取下嘴裡的煙捲，向一邊彈灰。這沙發榻邊，正落了一條手絹，她彈的煙灰全撒在手絹上。鵬振道：「你瞧，把手絹燒了。」說著話時，就將俯了身子來拾手絹。

玉芬一揚臉道：「別在這裡鬧！我有心事。」

鵬振道：「你這可難了，我怕你把手絹燒了，招呼你一聲，那倒不好嗎？若是不招呼你，讓你把手絹燒了，那會又說我這人太不管你的事了。」說著，身子向後一退，坐在椅子上，不由得嘆了一口氣。

玉芬見他這樣子，倒有些不忍，便笑著起來道：「你不知道我這幾天有心事嗎？」

鵬振道：「我怎麼不知道？公債是你們大家合股的，你蝕本也有限，你就把買進來的拋出去拉倒，攤到你頭上有多少呢？」

玉芬道：「拋出去，大概要蝕兩千呢，然而這是小事。」說到這裡，眉毛皺了兩皺。剛才發出來的那一點笑容又收得一點沒有了，看那樣子，似乎有重要心事似的。

鵬振道：「據你說，蝕兩千塊錢是小事，難道還有比這更大的事嗎？」

玉芬道：「人要倒楣，真沒有法子，我是禍不單行的了。」

鵬振聽了，突然站立起來，走到她身邊問道：「你還有什麼事失敗了？」

玉芳道：「果然失敗了，我就死了這條心，不去管了。」說著把大半截煙捲銜在口裡，使勁吸了一陣，然後向痰盂子猛一擲，好像就是這樣子決定了什麼似的，便昂著頭問道：「我說出來了，你能不能幫我一點忙？若是本錢救回來了，我自然要給你一點好處。」說著，便向鵬振一笑。

鵬振也笑起來道：「什麼好處哩？難道……」說著，也向沙發上坐下來。若在往日，鵬振這樣一坐下來，玉芬就要生氣的，現在玉芬不但沒看見一般，依然安穩地坐著，鵬振笑道：「究竟是什麼事？你說出來，我好替你打算。好處哩……」

玉芬道：「正正經經地說話，你別鬧，你若是肯和我賣力，我就說出來，你若是不能幫忙，我這可算白說，我就不說了。」

鵬振道：「你這是怎麼了？難道我不願你發財，願你的大洋錢向外滾嗎？只要可以為力，我自然是盡力去幹。」

玉芬昂著頭向天花板想了一想，笑道：「你猜吧？我有多少錢私蓄？」

鵬振道：「那我怎麼敢斷言，我向來就避免這一層，怕你疑我調查你的私產。」

玉芬道：「唯其是這樣，所以我們都發不了財。我老實說一句，我積蓄一點錢也並不為我自己。就是為我自己，我還能夠把錢帶到外國去過日子嗎？無論如何，這裡面，你多少總有點關係的。我老實告訴你吧，我一共有這個數。」說著，把右手四個指頭一伸。

鵬振笑道：「你又騙我了。無論如何，你總有七八千了，而且首飾不在其內的。」

玉芬道：「你真小看我了。我就上不了萬數嗎？我說的是四萬。」

鵬振笑道：「你有那麼些個錢，幹嘛常常還要向我要錢用？」

玉芬道：「我像你一樣嗎？手上有多少就用多少，要是那樣，錢又能積攢得起來？」

鵬振笑道：「得！你這理由是很充足，自己腰裡別著五六萬不用，可要在我這月用月款的頭上來搜刮，我這個人就不該攢幾文的？」

玉芬胸脯一伸，正要和他辯論幾句，停了一停，復又向他微笑道：「過去的事，還有什麼可說的？算我錯了就是了。現在我這筆錢發生了危險，你看要不要想法子挽救呢？」

鵬振笑道：「那當然要挽救，但不知道挽救回來了，分給我多少？」

玉芬道：「你這話，豈不是自己有意見外嗎？從前我不敢告訴你，無非是怕你拿去胡花掉，現在告訴你了，就是公的了。這個錢，我自然不會胡花的，只要你是作正當用途，我哪裡能攔阻你不拿。」

鵬振聽了這話，直由心裡笑出來，因道：「那麼，你都把這錢做了公債嗎？這可無法子想的，除非向財政界探聽內幕，再來投機。」

玉芬道：「若是做了公債，我倒不急了，一看情形不好，我就可以趕快收場，我現在是拿了五萬塊錢，在天津萬發公司投資……」

鵬振不等她說完，就跳起來道：「嗳呀！這可危險得很啦！今天下午，我還得了一個秘密的消息，說是這家公司要破產呢。但是他有上千萬的資本，你是怎樣投了這一點小股呢？」

玉芬道：「我還和幾位太太們共湊成三十萬去投資的，她們都掙過好些個錢呢！不然……唉！不說了，不說了。」說著只管用腳擦著地板。

鵬振道：「大概你們王府上總有好幾股吧？不是你們王府上有人導引，你也不會走上這條道的。這個萬發公司經理，手筆是真大，差不多的人真會給他唬住了。有一次，我在天津一個宴會上會著他，有一筆買賣要十八萬塊錢，當場有人問他承受不承受？他一口就答應了，反問來人要哪一家銀行的支票，那人說是要匯到歐洲去的，他就說是那要英國銀行的支票省事一點了，他找了一張紙，提起筆來，就寫了十八萬的字條，隨便簽了一個字，就交給那人了。那人拿了支票去了，約有半個鐘頭，銀行裡來了電話，問了一問，就照兌了。在外國銀行，信用辦到了這種程度，不能不信他是一個大資本家。」

玉芬道：「可不是嗎？我也是聽到人說，這萬發公司生意非常好，資本非常充足，平常的人要投資到那公司裡去是不可能的。他還要大資本家，大銀行才肯作來往呢。我因為做公債究竟無必勝之券，所以把存款十分之八九都入了股。不料最近聽得消息，這個經理完全是空架子，不過是善於騰挪，善於鋪張，就像很有錢似的。最近在印度做一筆買賣，虧空了六七十萬，又發現了他公司裡借過好幾筆三五萬的小債，因此人家都疑惑起來。但是我想他的資本有一二千萬呢，總不至於完全落空吧？」

鵬振道：「做大買賣的人，大半就是手段辣的，一個錢也不肯讓他放空，這裡錢來了，那邊就趕快想一個輸出的法子，好從中生利，到了後來，有了信用，不必拿錢出來，一句話也可以生利，更掙得多；越是掙的多，越向空頭買類上做去，結果總是債務超過資本，有一天不順手了，債就一齊出頭，試問有什麼不破產之理？不過他大破產就不知道要連累多少人小破產，大家維持場面起見，只有債權人不和他要債，股東不退股，甚至於還加些股本進去，然後公司不倒，多少還有挽回之餘地。據我所知，現在有些銀行，有些公司，都是這樣……」

玉芬道：「得！得！得！哪個和你研究經濟學？要你說這個，我就是問你，這筆款子能不能想法子弄回來？」

鵬振笑道：「你別忙呀，我這正是解釋或者不至於生多大的問題，這不是瞎子摸海的事。

你等我到銀行界裡去打聽打聽消息看。」

玉芬聽說，就將鵬振掛在衣架上的帽子取下來。遞到他手裡，將手推了他一推道：「好極了，我心都急碎了，你就去吧，我等你的信。」

鵬振待要緩一緩，無奈見他夫人兩眉尖幾乎要鎖到一處，眼睛眶子深陷下去了，白臉泛黃，真急了。只得勉強出去。

鵬振被玉芬催了出來，走到外書房裡，就向外面打了幾個電話，找著經濟界的人，打聽這個消息。這究竟是公司裡秘密的事，知道的很少，都說個不得其詳。有幾個人簡直就說沒有這話，像那樣的大公司，哪裡會有倒閉的事，這一定是經濟界的謠言。

鵬振問了好幾處，都沒有萬發公司倒閉的話，心裡不免鬆動了許多，就把積極調查的計畫放下來了。

掛上了電話，正自徘徊著，不知道要個什麼事消遣好？金貴卻拿了一封信進來，笑道：「有人在外面等回話呢。」說著將信遞了過來。鵬振接過去一看，只是一張信紙，歪歪斜斜，寫了二三十個筆筆到頭的字，乃是：

三爺臺鑒：

即日下午五時，請到本宅一敘。恭候臺光。

臺安！

花玉仙啓

鵬振不由得噗嗤一笑，因向金貴道：「你叫那人先回去吧。不用回信了，我一會兒就來。」金貴答應去了。

鵬振將信封信紙一塊兒拿在手裡，撕成了十幾塊，然後向字紙簍裡一塞，又把字紙抖亂了一陣，料著不容易再找出來了，然後才坐汽車先到劉寶善家裡去，再上花玉仙家。

玉芬在家裡候著信，總以為鵬振有一個的實消息帶回來的。到了晚上兩點鐘，鵬振帶著三分酒興，才走一步跌一步地走進房來。

玉芬見他這個樣子，便問道：「我這樣著急，你還有心思在外面鬧酒嗎？我託你辦的事，大概全沒有辦吧？」

鵬振被他夫人一問，人清醒了一大半，笑道：「那是什麼話？我今天下午，到處跑了一周，晚上還找了兩個銀行界裡的人吃小館子。我託了他們仔細調查萬發公司最近的情形，他們就會回信的。」

玉芬道：「鬧到這時候，你都是和他們在一處嗎？」

鵬振道：「可不是！和這些人在一處是酸不得的，今天晚晌花的錢真是可觀。」

玉芬道：「他們怎樣說，不要緊嗎？」

這句話倒問得鵬振不知如何回答是好，因已走向浴室來，便只當著沒有聽到，卻不答覆這個問題。

玉芬一直追到屋子裡來，連連問道：「怎麼樣？要緊不要緊？」

鵬振冷水洗了一把臉，腦筋突然一涼，清醒了許多。因道：「我仔細和他們打聽了，結果，謠言是有的，不過據大局看來，公司有這大的資本，總不至於倒的。」

玉芬一撒手，回轉身去，自言自語地道：「求人不如求己，讓他打聽了這一天一宿，還是這種菩薩話。若是這樣，我何必要人去打聽，自己也猜想得出來呀！」

鵬振知道自己錯了，便道：「今天我雖然賣力，究竟沒有打聽一些消息出來。我很抱歉！明天我抽一點工夫，給你到天津去一趟，無論如何，我總可以打聽一些消息出來。」

玉芬跑近前，拉著鵬振的手道：「你這是真話嗎？」

鵬振道：「當然是真話，不去我也不負什麼責任，我何必騙你呢？」

玉芬道：「我也這樣想著，要訪得實的消息，只有自己去走一趟，是我巴巴的到天津去，要說是光為著玩，恐怕別人有些不肯信。你若是能去，那就好極了，你也不必告訴人，你就兩三天不回來，只要我不追問，旁人也就不會留心的。我希望你明天搭八點鐘的早車就走。」

鵬振聽說，皺了眉，現著為難的樣子，接上又是一笑。

玉芬道：「我知道，又是錢不夠花的了，你既是辦正事，我豈有袖手旁觀之理？我這裡給墊上兩百塊錢，你衙門裡發薪水的時候，還我就是了。」

鵬振聽到，心裡暗想，這倒好，你還說那筆款子救回來了，大家公用呢。現在我給你到天津去想法子，盤纏應酬等費，倒都要花我自己的，便向玉芬拱了拱手笑道：「那我就感謝不盡了，可是我怕錢不夠花，你不如再給我一百元。乾脆，我就把圖章交出來，鹽務署那一筆津貼，就由你託人去領，利息就叨光了。」說著，又笑著拱了拱手。

玉芬道：「難道你到天津去一趟，花兩百塊錢還會不夠嗎？」

鵬振道：「不常到天津去，到了天津去，少不得要多買一些東西。百兒八十的錢，能做多少事情呢？」

玉芬笑道：「你拿圖章來，我就給你墊三百塊錢。」

鵬振難得有這樣的好機會，可以在外面玩幾天不歸家，反正錢總是用的，便將自己的圖章拿出，交給玉芬。

玉芬看了一看，笑道：「可是這一塊圖章？你別把取不著錢的圖章拿來。」

鵬振道：「我這人雖然不講信用，也應當看人而設，在體面前，我怎麼能使這種手段呢？你想，你拿不著錢，能放過我嗎？」

玉芬笑了。等到鵬振睡了，然後悄悄的打開保險箱子，取了三百塊錢的鈔票，放在床頭邊一個小皮箱裡。

到了次日早上醒時，已是九點多鐘了。玉芬道：「好，還趕八點的車呢！火車都開過一百多里了。」於是將鵬振推醒，漱洗完了，打開小皮箱，將那卷鈔票取了出來，敞著箱子蓋也不關。

鵬振指著小箱子道：「還不蓋起來，你那裡面有多少錢都讓我看到了。」

玉芬聽說，索性將箱子裡東西翻了一翻，笑道：「請看吧，有什麼呢？我一共只剩了三百塊錢，全都借給你了。現在要零錢用，都要想法子呢，這還對你不住嗎？」

鵬振見她是傾囊相助，今天總算借題目重重的借了一筆大債，這也就算十分有情，不然和她借十塊錢，還不肯呢。

當時叫秋香到廚房裡去要了份點心吃，要了一個小皮包，將三百塊錢鈔票揣在裡面，就匆匆地出門，坐了汽車到花玉仙家來，就要她一路到天津玩去。

花玉仙道：「怎麼突然要上天津去？」

鵬振道：「衙門裡有一件公事，要派我到天津去辦，我得去兩三天。我想順便邀你去玩玩，不知道你可能賞這個面子？」

花玉仙道：「有三爺帶我們去玩玩，哪裡還有不去之理？只是今天我有戲，要去除非是搭晚車去。」

鵬振道：「那也可以，回頭我們一路上戲館子，你上後臺，我進包廂。聽完了戲，就一路上車站。」

花玉仙道：「那就很好，四天之內我沒有戲，可以陪你玩三天三晚呢。」

鵬振聽說大喜，到了晚上，二人就同坐了一間包房上天津去了。

玉芬總以為鵬振十一點鐘就走了，在三四點鐘起就候他的電話，一直候到晚上十二點鐘還不見電話到，玉芬急得什麼似的，實在急不過了，知道鵬振若是住旅館，必在太平飯店內的，就打電話去試試，問有位金三爺在這裡沒有？

那邊回說三爺是在這裡，這個時候不在旅館，已經出去聽戲去了，掛上了電話，玉芬倒想起來，不曾問一聲茶房，是和什麼人一路出去聽戲的？也只作罷了。

到了晚上一點鐘，鵬振卻叫回電話來了。原來玉芬自從做公債買賣而後，自己卻私安了一個話機，外面通電話來，一直可到室內的。當時玉芬接過電話，首先一句就說道：「你好，我特派你到天津去打聽消息，真是救兵如救火，你倒放了不問，帶了女朋友去聽戲！」

鵬振說道：「誰說的？沒有這事。」接上就聽到鵬振的聲浪離開了話機，似乎像在罵茶房的樣子，然後他才說道：「絕對沒有這事，連戲也沒去聽，戲出在北京，幹嘛跑到天津來聽戲？」

玉芬道：「別說廢話了，長途電話是要錢的，打聽的事情怎麼了？」

鵬振道：「我打聽了好多地方，都說這公司買賣正做得興旺，在表面上一點破綻也沒有。明天中午我請兩個經濟界的人吃飯，得了消息，一定告訴你。是好是歹，明天下午我準給你一個電話。」玉芬聽得鵬振如此說，也就算了。

天津那邊，鵬振掛上電話。屋子裡電燈正亮得如白晝一般，花玉仙脫了高跟皮鞋，踏著拖鞋，斜躺在沙發上，手裡捧了一杯又熱又濃的咖啡，用小茶匙攪著，卻望了鵬振微微一笑，點頭道：「你真會撒謊呀！」

鵬振道：「我撒了什麼謊？」

花玉仙道：「你在電話裡說的話，都是真話嗎？」

鵬振道：「我不說真話，也是為了你呀。」說著，就同坐到一張沙發椅上來，於是伸了頭，就到她的咖啡杯子邊看了一看，笑道：「這樣夜深了，你還喝這濃的咖啡，今天晚上你打算不睡覺了嗎？」

花玉仙瞅了他一眼，微笑道：「你也可以喝一杯，豁出去了，今天我們都不睡覺。」

鵬振笑道：「那可不行，我明天還得起早一點，給我們少奶奶打聽打聽消息呢。」

花玉仙道：「既然是這樣，你就請睡吧，待一會兒，我到我姐姐家裡去。」

鵬振一伸手將她耳朵垂下來的一串珍珠耳墜輕輕扯了兩下，笑道：「你這東西，又胡搗亂，我使勁一下，把你耳朵扯了下來。」

花玉仙將頭偏著，笑道：「你扯你扯，我不要這隻耳朵了。」

鵬振道：「你不要，我又不扯了，這會子，我讓你好好地喝下這杯咖啡，回頭我慢慢地和你算賬。」

花玉仙又瞅了他一眼，鼻子裡哼了一聲。這時，不覺時鐘噹噹的兩下，鵬振覺得疲倦，自上床睡了。

這一覺睡得不打緊，到了第二天上午十二點以後方才醒過來。鵬振一睜眼，看見玻璃窗上有一片黃色日光，就在枕頭底下將手錶掏出來一看，連忙披著睡衣爬了起來。漱洗以後，茶房卻送了幾份日報進來，鵬振打開來，便支著腳在沙發上看。

他先將本埠戲園廣告、電影院廣告看了一遍，然後再慢慢地來看新聞，看到第二張，忽然有幾個加大題目的字，乃是「華北商界最大事件，資本三千萬之萬發公司倒閉」。

鵬振一看這兩行題目，倒不由得先嚇了一跳，連忙將新聞從頭至尾一看，果然如此。說是公司經理昨日下午就已逃走，三時以後，滿城風雨，都說該公司要倒閉，於是也不及叫茶房，自己取下壁上的電話分機，就要北京電話。

偏是事不湊巧，這天長途電話特別忙，掛了兩個鐘頭的號，電話方才叫來。那邊接電話的不是玉芬，卻是秋香，她道：「你是三爺，快回來吧。今天一早，少奶奶吐了幾口血，暈過去了，現在病在床上呢。」

鵬振道：「她知道萬發公司倒閉的消息嗎？」

秋香道：「大概是吧？王三爺今天一早七點鐘打了電話來，隨後九點鐘，他自己又來一趟，我聽到說到公司裡的事情。」

鵬振再要問時，秋香已經把電話掛上了。鵬振急得跳腳，只得當天又把花玉仙帶回京來。

原來玉芬自鵬振去後，心裡寬了一小半，以為他是常在外面應酬的，哪一界的熟人都有。

他到了天津去，不說他自己，就憑他父親這一點面子，人家也不能不告訴他實話的。他打電話回來，說沒有問題，大概公司要倒的話總不至於實現。於是放了心，安然睡了一覺。

及至次日清早，睡得朦朦朧朧的時候，忽然電話鈴響，心裡有事便驚醒了，以為必是鵬振打來的長途電話，及至一接話時，卻是王幼春打的電話，因問道：「你這樣早打電話來，有什麼消息嗎？」

王幼春道：「姐姐，你還不知道嗎？萬發公司倒了。」

玉芬道：「什麼？公司倒了，你哪裡得來的消息？」

王幼春道：「昨天晚上兩點多鐘，接了天津的電話，說是公司倒了。我本想告訴你的，一來恐怕靠不住，二來又怕你聽了著急，反正告訴你，也是沒有辦法的，所以沒有告訴你。今天早上，又接到天津一封電報，果然是倒閉了。」

玉芬聽了這話，渾身只是發抖，半晌說不出話來。那邊問了幾聲，玉芬才勉強答道：「你……你……你還給我……打……聽打聽吧。」掛上電話，哇的一聲，便吐了一口血。

電話機邊，有一張椅子，身子向下一蹲，就坐在上面。老媽子正在廊簷下掃地，見著玉芬臉色不對，便嚷了起來，秋香聽見，首先跑出房來。玉芬雖然暈了過去，心裡可是很明白的，就向他們搖了幾搖手。

秋香會意，就不聲張，因問道：「少奶奶，你要不要上床去躺一躺呢？」

玉芬點了點頭。於是秋香和老媽子兩人便將她攙上床去。

秋香知道她有心事，是不睡的了，將被疊得高高的，放在床頭邊，讓她靠在枕上躺著。玉芬覺得很合意，便點了點頭。秋香見她慢慢地醒了過來了，倒了一杯涼開水，讓她漱了口，將痰盂接著，然後倒了一杯溫茶給她喝。

玉芬喝了茶，哼哼兩聲，然後對她道：「吐的血掃了沒有？」

秋香道：「早掃去了。」

玉芬道：「你千萬不要告訴人，說我吐了血，人家知道，可是笑話，你明白不明白？」

秋香道：「我知道。王少爺也許快來了，我到前面去等著他吧。他來了，我就一直引他進來就是了。」

玉芬又點了點頭。秋香走到外面去，不多一會兒，王幼春果然來了，秋香將他引來，他在外面屋子裡叫了兩聲姐姐。玉芬道：「你進來吧。」

王幼春走了進來，見她臉色慘澹，兩個顴骨隱隱地突起來。便道：「幾天工夫不見，你怎麼就憔悴到這種樣子了？」

玉芬道：「你想，我還不該著急嗎？你看我們這款子還能弄多少回頭呢？」

王幼春道：「這公司的經理，聽說已經在大沽口投了海了，同時負責的人也跑一個光，所有的貨款在誰手裡，誰就扣留著，我們空拿著股票，哪裡兌錢去？」

玉芬道：「照你這樣說，我們所有的款子，一個也拿不回來了嗎？」

王幼春道：「唉！這回事，害的人不少，大概都是全軍覆沒呢。」

玉芬聽到，半晌無言，垂著兩行淚下來道：「我千辛萬苦攢下這幾個錢，現在一把讓人拿了去了，我這日子怎麼過呢？」說畢，伏在床沿上，又向地上吐了幾口血。

秋香喲了一聲道：「少奶奶你這是怎麼辦？你這是怎麼辦？」說著，走上前一手托了她的頭，一手拍著她的背。

玉芬道：「你這是怎麼了？把我當小孩子嗎？快住手吧。」說著，便伏在疊的被條上。

王幼春皺眉道：「這怎辦？丟了錢不要鬧病，趕快去找大夫吧。」

玉芬搖了一搖頭道：「快別這麼樣！讓人家聽見了笑話。誰要給我嚷叫出來了，我就不依誰。」

王幼春知道他姐姐的脾氣的，守著秘密的事不肯宣布的；而且為了丟錢吐血，這也與面子有關，她一時心急吐了兩口血，過後也就好了的，用不著找大夫的了，因道：「那麼，你自己保重，我還要去打聽打聽消息呢。我們家裡，受這件事影響的還不在少處呢，姐夫不是到天津去了嗎？他也許能在那方面打聽一點真實消息，找一個機會。」

玉芬聽說，她那慘白的臉色立刻又變一點紅色，格格笑上一陣說道：「他能找一點機會嗎？我也是這樣想呢！」

王幼春一看形勢不對，就溜了。

剛才到了大門口，秋香由後面驚慌驚張地追了上來，叫道：「王三爺，你瞧瞧去吧，我們少奶奶不好呢。」

王幼春不免吃了一驚，就停了腳問道：「怎麼樣，又變了卦了嗎？」

秋香道：「你快去看吧，她可真是不好。」

王幼春也急了，三腳兩步跟她走到房內，只見玉芬伏在疊被上，已是不會說話，只有喘氣的分兒。

王幼春道：「這可是不能鬧著玩的，我來對她負這個責任，你們趕快去通知太太吧。」

秋香正巴不得如此，就跑去告訴金太太了。

一會兒工夫，金太太在院子裡就嚷了起來道：「這是怎麼樣得來的病？來得如此凶哩。」說著，已走進屋子裡來，看見玉芬的樣子，不由得向後退了一步，呀了一聲道：「果然是厲害，趕快去找大夫吧。」

身邊只有秋香一個人可差使，便道：「糊塗東西！你怎麼等少奶奶病到這樣才告訴我哩？到前面叫人坐了汽車找大夫去吧。不論是個什麼大夫，找來就得。」

王幼春道：「伯母，也不用那樣急，還是找一位有名的熟大夫妥當一點，我來打電話吧。」

王幼春到外面屋子裡打了一個電話。好在是早上，大夫還沒有到平常出診的時候，因此電話一叫，大夫就答應來。不到十五分鐘的工夫，就有前面的聽差把梁大夫引進來。

這時，家中人都已知道了，三間屋子都擠滿了人。王幼春也不便十分隱瞞，只說是為公債虧了急成這樣的。金太太聽到起病的原因不過是如此，卻也奇怪，心想，玉芬不是沒有見過世面的人，就是公債上虧空兩三千，也不至於急到這田地。

讓大夫瞧過之後，就親自問梁大夫，有什麼特別的病狀沒有？大夫也是說，不過受一點刺激，過去也就好了。金太太聽說，這才寬了心。一直等大夫去後，王家又有人來看病，金太太才想起來了，怎麼鬧這樣的厲害，還不見鵬振的影子？這也不用問，一定是在外面又做了什麼壞事。

玉芬本來在失意的時候，偏是他又置之不顧，所以越發急起病來了。因此金太太索性裝著糊塗，不來過問。

玉芬先是暈過去了，有一小時人是昏昏沉沉的，後來大夫扎了一針，又灌著喝下去好多葡萄酒，這才慢慢地清醒了。

清醒了之後，自己又有些後悔，這豈不是讓人笑話？我就是那樣沒出息，為了錢上一點小失敗就急得吐血。但是事已做出去了，悔也無益。好在我病得這樣，鵬振還不回來，他們必定疑心我為了鵬振氣出病來。若是那樣，比較也有點面子，不如就這樣賴上了。

本來鵬振也太可惡，自己終身大事相託，巴巴讓他上天津去，不料他一下車就去聽戲，也值得為他吐一口血。如此想著，面子總算找回一部分，心裡又坦然些了。

鵬振趕回北京的時候，已經兩點多鐘了。自己是接花玉仙一路走的，當然還少不得先送花玉仙回去，然後再回家。

自己也覺亂子搗大了，待要冒冒失失闖進屋去，怕會和玉芬衝突起來，因此先在外面書房裡等著，就叫一個老媽子進去，把秋香叫出來。

秋香一見面，就道：「三爺，你怎麼回事？特意請你到天津去打聽消息的，北京都傳遍了，你會不知道？」

鵬振笑道：「你這東西沒上沒下的，倒批評起我來，這又和你什麼相干呢？」

秋香道：「還不和我相干嗎？我們少奶奶病了。」

鵬振問是什麼病？秋香把經過情形略說了一說，因道：「現在躺著呢，你要是為省點事，最好是別進去。」

鵬振道：「她病了，我怎能不進去？我若是不進去，她豈不是氣上加氣？」

秋香望著他笑了笑，卻不再說什麼。

鵬振道：「我為什麼不能進去？」

秋香回頭看了一看，屋子外頭並沒有人，就笑著將身子蹲了一蹲道：「除非你進去，和我們少奶奶這麼，不然，」說著臉色一正道：「人有十分命，也去了七八分了。你瞧著她那樣子，你忍心再讓她生氣嗎？我真不是鬧著玩，你要不是先叫我出來問一聲，糊裡糊塗地跑進去，也許真會弄出事情來。」

鵬振道：「你說這話，一定有根據的，她和你說什麼來著嗎？」

秋香沉吟了一會子，笑道：「話我是告訴三爺，可是三爺別對少奶奶說，要不然，少奶奶要說我是個漢奸了。」

鵬振道：「我比你們經驗總要多一點，你告訴我的話，我豈有反告訴人之理？」

秋香笑了一笑，又搖搖頭道：「這問題太重大了，我還是不說吧。」

鵬振道：「你幹嘛也這樣文縐縐的，連問題也鬧上了。快說吧！」

秋香又沉吟了一會，才低聲說道：「這回可不是鬧著玩的，少奶奶要跟你離婚哩。」

鵬振笑道：「就是這句話嗎？我至少也聽了一千回了，這又算什麼？」

秋香道：「我是好意，你不信就算了。可是你不信我的話，你就進去，鬧出禍事來了，後悔就遲了，少奶奶還等著我呢。」說畢，她抽身就走了。

鵬振將秋香的話一想，她究竟是個小孩子，若是玉芬真沒有什麼表示，她不會再三說得這樣懇切的。玉芬的脾氣，自己是知道的，若是真冒昧衝了進去，也許真會衝突起來，而自己這次做的事情實在有些不對，總應該暫避其鋒才是。

鵬振猶豫了一會子，雖然不敢十分相信秋香的話，卻也沒這樣大的膽子敢進屋去，就慢慢地踱到母親屋裡來。

金太太正是一個人在屋子裡閒坐，一個陪著的沒有，茶几邊放了兩盒圍棋子，一張木棋盤，又是一冊《桃花泉圍棋譜》。

鵬振笑道：「媽一個人打棋譜嗎？怎麼不叫一個人來對著？」

金太太也不理他，只是斜著身體，靠了太師椅子坐了。

鵬振走近一步，笑道：「媽是生我的氣嗎？」

金太太板著臉道：「我生你什麼氣？我只怪我自己，何以沒有生到一個好兒子？」

鵬振笑道：「哎喲！這樣子果然是生我的氣的，是為了玉芬生病，我不在家嗎？你老人家有所不知，我昨天到天津去了，剛才回來呢。」

金太太道：「平白的你到天津去做什麼？」

鵬振道：「衙門裡有一點公事，讓我去辦，你不信，可以調查。」

金太太道：「我到哪兒調查去，我對於這些事全是外行，你們愛怎麼撒謊，就怎麼撒謊。可是我希望你們自己也要問問良心，總別給我鬧出大亂子來才好。」

鵬振道：「我又不能未卜先知，我要是知道玉芬今天會害病，昨日就不到天津去。」

金太太冷笑道：「你指望我睡在鼓裡呢？玉芬就為的是你不在家，她才急病的，據我看來，也不知你們這裡頭還藏了什麼機關？我聲明在先，你既然不通知我，我也不過問，將來鬧出亂子來了，可別連累我就是了。」

鵬振見金太太也是如此說，足見秋香剛才告訴的話不是私造的，索性坐下來問玉芬是什麼情形。

金太太道：「你問我做什麼？你難道躲了不和她見面，這事就解決了嗎？女子都是沒有志氣的，不希望男子有什麼偉大的舉動，只要能哄著她快活就行了，你去哄哄吧，也許她的病就好了。」

鵬振聽了母親的話，和秋香說的又不同，自己真沒了主意，倒不知是進去好，是不進去好？這樣猶豫著，索性不走了，將桌上的棋盤展開，打開一本桃花泉，左手翻了開來，右手就伸了到棋子盒裡去，沙啦沙啦抓著響，人站在桌子邊，半天下一個子。

金太太將桃花泉奪過來，向桌上一扔，將棋盤上的棋子抹在一處，抓了向盒子裡一擲，望了他道：「你倒自在，還有心打棋譜呢？」

鵬振笑道：「我又不是個大夫，要我急急去看她做什麼呢？」但是嘴裡這樣說著，自己不覺得如何走出了房門。

慢慢踱到自己院子裡，聽到自己屋子裡靜悄悄的，也就放輕著腳步步上前去。到了房門口，先掀著門簾子伸頭向裡望了一望，屋子裡並沒有別人，玉芬側著身子向外面睡，臉向著窗子，眼睛卻是閉了的。

鵬振先微笑著進了房去。玉芬在床上，似乎覺得有人進來了，卻把眼睛微微睜開了一線，然後又閉上，身子卻不曾動一動。鵬振在床面前彎腰站著，輕輕叫了兩聲玉芬。

玉芬並不理會，只是閉眼不睜，猶如睡著一般。玉芬不作聲，鵬振也不作聲，彼此沉寂了許久，還是鵬振忍耐不住，因道：「你怎樣突然得了這樣的重病？」

玉芬睜開眼望了他一望，又閉上了。鵬振道：「現在你覺得怎麼了？」

玉芬突然向上一坐，向他瞪著眼道：「你是和我說話嗎？你還有臉見我，我可沒有臉見你呢？你若是要我快死，乾脆你就拿一把刀來，要不然，就請你快出去。我們從此永不見面。快走快走！」說著話時，將手向外亂揮。

鵬振低著聲音道：「你別嚷，你別嚷，讓我解釋一下。」

玉芬道：「用不著解釋，我全知道，快走快走！你這喪盡了良心的人。」她口裡說著，手向床外亂揮，一個支持不住，人向後一仰，便躺在疊被上。

秋香和兩個老媽子聽到聲音，都跑進來了，見她臉色轉紅，只是胸脯起伏，都忙著上前。

鵬振向她搖了一搖手道：「不要緊，有我在這裡，你們只管出去。」

她們三人聽到，只好退到房門口去。

鵬振走到床面前，給玉芬在胸前輕輕撫摩了一番，低著聲音道：「我很對你不住，望你原諒我。我豈有不望你好，不給你救出股款的嗎？實在因為……得了，我不解釋了，我認錯就是了。我們亡羊補牢，還得同心去奮鬥，豈可自生意見？哪！這兒給你正式道歉。」說時，他就退後了兩步，然後笑嘻嘻地向玉芬行了兩個雙鞠躬禮。

玉芬雖然病了，她最大的原因是痛財，對於鵬振到天津去不探聽消息這一件事，卻不是極端的恨，因為公司要倒是已定之局，多少和公司裡接近的人一樣失敗，鵬振一個事外之人，貿然到天津去，他由哪裡入手去調查呢？不過怨他不共患難罷了。

現在聽到鵬振這一番又柔軟又誠懇的話，已心平氣和了一半，及至他說到我這裡給你鞠躬了，倒真個鞠躬下去，一個丈夫這樣的和妻子道歉，這不能不說他是極端地讓步了，因道：「你這人怎麼一回事？要折死我嗎？」說時，就不是先緊閉雙眼不聞不問的樣子了，也微微地睜眼偏了頭向鵬振望著。

鵬振見她臉上沒有怒容了，因道：「你還生我的氣嗎？」

玉芬道：「我並不是生你氣，你想，我突然受這樣大的損失，怎樣不著急？巴巴的要你到天津去一趟，以為你總可以給我幫一點忙。結果，你去了的，反不如我在家裡的消息靈通，你都靠不住了，何況別人呢？」

鵬振道：「這回實在是我錯了，可是你還得保重身體，你的病好了，我們就再來一同奮鬥。」說著，他就坐在床沿上，側了身子，復轉來，對了玉芬的耳朵輕輕地說。

玉芬一伸手，將鵬振的頭向外一推，微微一笑道：「你又假惺惺。」

鵬振道：「我是受不了良心的譴責，只因偶然一點事不曾賣力，就弄得你遭這樣的慘敗，我怎能不來安慰你一番呢？」

玉芬道：「我失敗的數目，你沒有對人說嗎？」

鵬振道：「我自然不能對人說，去洩漏你的秘密……」下面還不曾接著說，就有人在院子裡說道：「玉芬姐。」

鵬振一聽是個女子的聲音，連忙走到窗子邊，隔著窗紗向外一看，原來是白秀珠，這真出乎意料以外的事。

自從金冷二家的婚事成了定局以後，她就和這邊絕交了，不料她居然惠然肯來，作個不速之客，趕著就招呼道：「白小姐，稀客稀客，請到裡面來坐。」

玉芬在床上問道：「誰？秀珠妹妹來了嗎？」

鵬振還不曾答話，她已經走進來了，和鵬振點了一個頭，走上前，執著玉芬的手道：「姐姐，你怎麼回事？突然得了這樣的重病，我聽到王家的伯母說，你為了萬發公司倒閉了。是嗎？」

玉芬點了點頭，又嘆了一口氣。

秀珠回轉頭來，就對鵬振道：「三爺，我要求你，我單獨和玉芬姐說幾句話，行不行？」鵬振巴不得一聲，笑道：「那有什麼不可以？」說時，就起身走出房門去了。

秀珠等著鵬振腳步聲音走遠了，然後執著玉芬的手，低低地說道：「你那個款子，還不至於完全絕望，我也許能幫你一個忙，挽救回來。」

玉芬緊緊握著秀珠的手，望了她的臉道：「你不是安慰我的空話嗎？」

秀珠道：「姐姐，你怎麼還不明白？我要是說空話，我也不必自己來跑一趟了。你想，你府上我還願意來嗎？我就知道我這劑藥準能治好你的病，所以我自己犯著嫌疑來一趟。」

玉芬不由得笑了。因道：「小鬼頭，你又瞎扯。我有什麼病要你對症下藥哩？不過我是性子躁，急得這樣罷了。你說你有挽救的辦法，有什麼法子呢？」

秀珠正想說，你已經說不是為這個病，怎麼又問我什麼法子？繼而一想，她是一個愛面子的人，不要說穿吧，就老實告訴她道：「這個公司裡，承辦了一批洋貨，是秘密的，只有我哥哥和一兩個朋友知道，這洋貨足值五六十萬，抵償我們的債款大概還有富餘，我就對我哥哥說，把你這筆款子也分一股，你這錢不就回來了嗎？我哥哥和那幾個朋友都是軍人，只要照著他們的債款扣錢，別人是不敢說話的。」

玉芬道：「這話真嗎？若是辦成了，要什麼報酬呢？」

秀珠道：「這事就託我哥哥辦，他能要你的報酬嗎？這事詳細的情形，我也不知道，反正他們和萬發公司有債務關係，款子又收得回來，這是事實，要不然，等你身體好了，你到我家裡去，和我哥哥當面談談，你就十分明白了。」

玉芬道：「若是令兄肯幫我的忙，事不宜遲，我明天上午就去看他。」

秀珠道：「那也不忙，只要我哥哥答應了，就可以算事，等你好了，再去見他，也是一樣。」

玉芬道：「我沒有什麼。我早就可以起床的，只是我恨鵬振對我的事太模糊，我懶起床。現在事情有了辦法，我要去辦我的正事，就犯不著和他計較了。」

秀珠笑道：「你別著急，你自己去不去是一樣的，我因為知道你性急，想要託一個人來轉告訴你都來不及，所以只得親自前來。我這樣誠懇的意思，你還有什麼不放心的嗎？」

玉芬道：「我很感激你，還有什麼不放心？我就依你，多躺一兩天吧。」於是二人說得很親熱，玉芬並留秀珠在自己屋裡吃晚飯。

秀珠既來了，也就不能十分避嫌疑，也不要人陪，廚房開了飯來，就在外面屋子裡吃。飯後又談到十點鐘，要回去了，玉芬就叫秋香到外面打聽打聽，自己家裡有空著的汽車沒有？秀珠連忙攔住道：「不，不。我來了一天了，也沒有人知道，現在要回去，倒去打草驚蛇，那是何必？你讓我悄悄地走出去，你這大門口有的是人力車，我坐上去就走了。」

玉芬覺得也對，就吩咐秋香送她到大門口。

秀珠經過燕西書房的時候，因指著房子低低地問秋香道：「這個屋子裡的人在家裡嗎？」

秋香道：「這個時候不見得在家裡的，有什麼事要找我們七爺嗎？我給你瞧瞧去。」

秀珠道：「我不過白問一聲，沒有什麼事。你也不必去找他。」

秋香道：「也許在家裡，我給你找他一下子，好不好？」

秀珠道：「你到哪裡去找他？」

秋香道：「自然是先到我們七少奶奶那裡去找他。」

秀珠扶著秋香的肩膀，輕輕一推道：「這孩子說話，幹嘛叫得這樣親熱？誰搶了你七少奶奶去了？還加上我們兩個字做什麼？」

秋香也笑了起來了。二人說著話，已走到洋樓門下，剛一轉彎，迎面一個人笑道：「本來是我們的七少奶奶嘛，怎麼不加上我們兩個字呢？」

秀珠抬頭看時，電燈下看得清楚，乃是翠姨，便笑道：「久違了，你忙呢？」說到這裡，頓了一頓，又笑道：「也許，各人有各人的事，哪裡說得定呢？幾時來的？我一點兒不知道，坐一會兒再走吧。」

秀珠道：「我半下午就來了，坐了不少的時候了，改天再見吧。」說著，就匆匆地出門去了。

翠姨站在樓洞門下，等著秋香送客回來，因問道：「這一位今天怎麼來了？這是猜想不到的事呀。」

秋香道：「她是看我們少奶奶病來的。」

翠姨笑道：「你這傻瓜！你不知道和她說七少奶奶犯忌諱嗎？怎麼還添上我們兩個字呢？可是這事你也別和七少奶說，人家也是忌諱這個的。」

秋香道：「七少奶奶她很大方的，我猜不會在這些事上注意。」

翠姨道：「七少奶奶無論怎樣好說話，她也只好對別的事如此，若是這種和她切己有關的事，她也麻糊嗎？」兩人說著話，一路笑了進來。

秋香只管跟翠姨走，忘了回自己院子，及走到翠姨窗外，只見屋子裡電光燦爛，由玻璃窗內射將出來，窗子裡頭，兀自人影搖動。秋香停住了腳，接上又有人的咳嗽聲，秋香一扯翠姨衣襟道：「總理在這裡了，我可不敢進去。」說完，抽身走了。

翠姨走進房去，只見沙發背下一陣一陣有煙冒將出來，便輕輕喝道：「誰扔下火星在這兒？燒著椅子了。」

這時，靠裡一個人的上身伸將出來，笑道：「別說我剛才還咳嗽兩聲，就是你聞到這種雪茄煙味，你也知道是金總理光降了。」說著，就將手上拿的雪茄煙向翠姨點了兩點。

翠姨先不說話，走到銅床後，繡花屏風裡換了一件短短的月白綢小緊衣，下面一條蔥綠短腳褲比膝蓋還要高上三四寸，踏著一雙月白緞子繡紅花拖鞋，手理著鬢髮，走將出來，問道：「這個時候你跑到我這裡來做什麼？」

金銓口裡銜著雪茄，向她微笑，卻不言語。

翠姨道：「來是儘管來，可是我有話要聲明在先，不能過十二點鐘，那個時候我要關房門了，再說，你也得去辦你的公事。」

金銓銜著雪茄，只管抽著，卻不言語，又搖了一搖頭。

翠姨道：「你這是什麼玩意？我有些不懂。」

金銓笑道：「有什麼不懂？難道我在這屋子裡還沒有坐過十二點鐘的權利嗎？」

翠姨笑道：「那怎樣沒有？這屋子裡的東西全是你的，你要在這裡坐到天亮也可以，但是……」

金銓道：「能坐，我就不客氣坐下了，我不知道什麼叫著但是。」

翠姨也坐到沙發上，便將金銓手上的雪茄一伸手搶了過來，皺著眉道：「我就怕這一股子味兒，最是你當著人對面說話，非常地難受。」

金銓笑道：「我為了到你屋子裡來，還不能抽雪茄不成？」

翠姨將雪茄遞了過來，將頭卻偏過去，笑道：「你拿去抽去，可別在我這裡抽，兩樣由你挑了。」

金銓笑道：「由我挑，我還是不抽煙吧。」

翠姨撇嘴一笑，將雪茄扔在痰盂子裡了。坐了一會，翠姨卻打開桌屜，拿了一本賬簿出來。金銓將賬簿搶著，向屜裡一扔，笑道：「什麼時候了，還算你的陳狗屎賬。」

翠姨道：「我虧了錢呢，不算怎麼辦？算你的嗎？」

金銓道：「算我的就算我的，難道你那一點小小的賬目，我還有什麼擔負不起嗎？」

翠姨笑道：「得！只要你有這句話，我就不算賬了。」於是把抽屜關將起來。

金銓隨口和翠姨說笑，以為她沒有大賬，到了次日早晌，因為有公事，八點鐘就要走，翠姨一把扯住道：「我的賬呢？」

金銓笑道：「哦！還有你的賬，我把這事忘了。多少錢？」

翠姨笑道：「不多，一千三百塊錢。」口裡說著，手上扯住金銓的衣服，卻是不曾放。

金銓笑道：「你這竹槓未免敲得凶一點，我若是昨天不來呢？」

翠姨道：「不來，也是要你出。難道我自己存著一注家私，來給自己填虧空嗎？」

金銓只好停住不走，要翠姨拿出賬來看。

翠姨道：「大清早的，你有的是公事，何必來查我這小賬呢？反正我不能冤你，今天晚晌，你來查賬也不遲，就是這時候，要先給我開一張支票。」

金銓道：「支票簿子不在身上哪行呢？」

翠姨道：「你打算讓我到哪家去取款呢？你就拿紙親筆寫一張便條得了，只要你寫上我指定的幾家銀行，我準能取款，你倒用不著替我發愁。」

金銓道：「不用開支票，我晚上帶了現款來交給你，好不好？」

翠姨點點頭笑道：「好是好，不過要漲二百元利息。」

金銓笑道：「了不得！一天工夫漲二百塊錢利錢，得！我不和你麻煩，我這就開支票吧。」說著，見靠窗戶的桌上放了筆和墨水匣，將筆拿起，笑道：「你這屋子裡會有了這東西，足見早預備要訛我一下子的了。」

翠姨道：「別胡說，我是預備寫信用的。」說時，伏在桌沿上，用眼睛斜瞅著金銓道：「你真為了省二百塊錢，回頭就不來查賬了嗎？」

金銓哈哈一笑，這才丟筆走了。

到了這天晚上，金銓果然就拿了一千五百元的鈔票送到翠姨屋子裡來，笑道：「這樣子，我總算對得住你吧？」

翠姨接過鈔票，馬上就打開箱子一齊放了進去。

金銓道：「我真不懂，憑我現在的情形，無論如何也不至於要你挨餓，何以你還是這樣地拚命攢錢？這箱子裡關了多少呢？」說著，將手向箱子連連點了幾下。

翠姨道：「我這裡有多少，有什麼不知道的？反正我的錢都是由你那兒來的啊，你覺我這就攢錢不少了。你打聽打聽看，你們三少奶奶就存錢不少，單是這回天津一家公司倒閉，就倒了她三萬，我還有你撐著我的腰，我哪裡比得上她？」

金銓笑道：「你可別嫌我的話說重了。若是自己本事掙來的錢呢，那就越掙得多越有面子。若是滾得人家的錢，一百萬也不足為奇。你還和她比呢！」

翠姨道：「一個婦人家，不靠人幫助，哪裡有錢來？」

金銓道：「現在這話說不過去了，婦女一樣可以找生活。」

翠姨道：「好吧？我也找生活去。就請你給我寫一封介紹信，不論在什麼機關找一個位置。」

金銓聽了，禁不住哈哈大笑，因站起身來，伸手拍著翠姨的肩膀道：「說來說去，你還是得找我，你也不必到機關上去了，就給我當一名機要女秘書吧。」說著，又哈哈大笑起來。

翠姨道：「你知道我認識不了幾個字，為什麼把話來損我？可是真要我當秘書，我也就去當。現在有些機關上，雖有幾個女職員，可是裝幌子的還多著呢。」

金銓笑道：「難道還要你去給我裝幌子不成？」

翠姨道：「瞎扯淡，越扯越遠了。」說著話，她就打開壁上一扇玻璃門，進浴室去洗手臉。

金銓在後面笑道，也就跟了來。

到了浴室裡，只見翠姨脫了長衣，上身一件紅鴛鴦格的短褂子，罩了極緊極小的一件藍綢坎肩，胸下突自鼓了起來，她將兩隻褂袖子高高舉起，露出兩隻雪白的胳膊，彎了腰在臉盆架子上洗臉。

她扭開盆上熱水管，那水發出沙沙的響聲，直射到盆裡打漩渦，她卻斜著身子等水滿。這臉盆架上，正斜斜的懸了一面鏡子，翠姨含著微笑，正半抬著頭在想心事，忽然看到金銓放慢了腳步，輕輕悄悄的繞到自己身後，遠遠伸著兩隻手，看那樣子，是想由後面抄抱到前面，當時且不作聲，等他手伸到將近時，突然將身子一閃，回過頭來對金銓笑道：「幹嘛？你這糟老頭子。」

金銓道：「老頭子就老頭子吧，幹嘛還加上個糟字？」

翠姨將右手一個食指在臉上輕輕耙了幾下，卻對金銓斜瞅著，只管撇了嘴。

金銓嘆了一口氣道：「是呀！我該害臊呀。」

翠姨退一步，坐在洗澡盆邊一張白漆的短榻上，笑道：「你還說不害臊呢？我看見過你對著晚輩那一副正經面孔，真是說一不二。這還是自己家裡人，大概你在衙門裡見著你的屬員，一定是活閻羅一樣的，可是讓他們這時在門縫裡偷瞧瞧你這樣子，不會信你是小丑兒似的嗎？」

金銓道：「你形容得我可以了，我還有什麼話說？」說著，就嘆了一口氣，於是在身上掏出一個雪茄的扁皮夾子來，抽了一枝雪茄，放在嘴裡。一面揣著皮夾子，一面就轉著身子，要找火柴。

翠姨捉住他一隻手，向身後一拉，將短椅子拍著道：「坐下吧。」

金銓道：「剛才我走進來一點，你就說我是小丑，現在你扯我坐下來，這就沒事了？」

翠姨笑道：「我知道你就要生氣。你常常教訓我一頓，我總是領教的。我和你說兩句笑話，這也不要緊，可是你就要生氣。」

金銓和她並坐著，正對了那斜斜相對的鏡子，這鏡子原是為洗澡的人遠遠在盆子裡對照的。兩人在這裡照著影子，自然是髮眉畢現。

金銓對了鏡子，見自己頭上的頭髮雖然梳著一絲不亂，然而卻有三分之一是帶著白色的了，於是伸手在頭上兩邊分著，連連摸了幾下，接上又摸了一摸鬍子，見鏡子裡的翠姨烏油油的頭髮，配著雪白的臉兒，就向鏡子點了點頭。

翠姨見他這種樣子，便回轉頭來問道：「你這是什麼一回事？難道說我這樣佩服了你，你還要生氣嗎？」

金銓道：「我並不是生氣。你看著鏡子裡那一頭斑白的頭髮，和你這鮮花一朵並坐一處，我有些自慚形穢了。」

翠姨道：「你打了半天的啞謎，我以為你要說什麼？原來是一件不相干的事，漫說你身體很康健，並不算老，就是老的話，夫妻們好不好，也不在年歲上去計較。若是計較年歲，年歲大些的男子，都應該去守獨身主義了。」

金銓拍了她的肩膀笑道：「據你這樣說，老頭子也有可愛之道，這倒很有趣味啊！」說著，昂頭哈哈大笑起來。

翠姨微笑道：「老頭子怎麼沒有可愛之道？譬如甘蔗這東西，就越老越甜，若是嫩的呢，不但嚼著不甜，將甘蔗水嚼到口裡，反有些青草氣味。」

金銓走過去幾步，對了壁上的鏡子將頭髮理上兩理，笑道：「白頭髮你還不要發愁，有人愛這調調兒呢。」說著，又笑了起來。因對翠姨道：「中國人作文章，歡喜搬古典，古典一搬，壞事都能說得好，老頭子年歲當然是越過越苦，可是他掉過頭來一說，年老還有點指望，這就叫什麼蔗境，那意思就是說，到了甘蔗成熟的時候了，書上說的，我還不大信，現在你這樣一說，古人不欺我也。」

翠姨皺了眉道：「你瞧，這又用得搬上一大套子書？」

金銓道：「不是我搬書，大概老運好的人都少不得用這話來解嘲的，其實我也用不著搬書，像你和我相處很久，感情不同平常，也就不應該嫌我老的。」說著，又笑起來。

翠姨道：「你瞧，只管和你說話，我放的這一盆熱水現在都涼過去了，你出去吧，讓我洗澡。」

金銓道：「昨天晚晌天氣很熱，蓋著被出了一身的汗，早晌起來，忙著沒有洗澡，讓我先洗吧。」

翠姨道：「我們蓋的是一床被，怎麼我沒有出汗呢？你要洗你就洗吧。」說著，就起身出浴室，要給他帶上門。

金銓道：「你又何必走呢？你花了我那些錢，你也應該給我當一點小差事。」

翠姨出去了，重新扶著門，又探了頭進來笑問道：「又是什麼差事？」

金銓道：「勞你駕，給我擦一擦背。」說時，望了翠姨笑。

翠姨搖著頭道：「不行不行，回頭濺我一身水。」

金銓道：「我們權利義務平等待遇，回頭你洗澡，我是依原禮退回。」

翠姨道：「胡說！」一笑之下，將門帶上了。

請續看《金粉世家》下

金粉世家【典藏新版】中

作者：張恨水
發行人：陳曉林
出版所：風雲時代出版股份有限公司
地址：10576台北市民生東路五段178號7樓之3
電話：(02) 2756-0949
傳真：(02) 2765-3799
執行主編：朱墨菲
美術設計：許惠芳
行銷企劃：林安莉
業務總監：張瑋鳳

初版日期：2021年2月
ISBN ：978-986-352-920-0
風雲書網：http://www.eastbooks.com.tw
官方部落格：http://eastbooks.pixnet.net/blog
Facebook：http://www.facebook.com/h7560949
E-mail：h7560949@ms15.hinet.net
劃撥帳號：12043291
戶名：風雲時代出版股份有限公司

風雲發行所：33373桃園市龜山區公西村2鄰復興街304巷96號
電話：(03) 318-1378
傳真：(03) 318-1378
法律顧問：永然法律事務所 李永然律師
北辰著作權事務所 蕭雄淋律師

行政院新聞局局版台業字第3595號 營利事業統一編號22759935

國家圖書館出版品預行編目資料

金粉世家／張恨水 著. -- 初版 -- -- 臺北市：風雲時代出版股份有限公司，2021.01- 冊；公分

ISBN 978-986-352-920-0（中冊；平裝）

857.7　　109019454